本书系国家社科基金一般项目"建阳刊刻小说与地域文化关系研究"(16BZW066)结项成果

涂秀虹 著

建阳刊刻小说与地域文化关系研究

人民文学出版社

图书在版编目(CIP)数据

建阳刊刻小说与地域文化关系研究 / 涂秀虹著. -- 北京：人民文学出版社，2024. -- ISBN 978-7-02-018956-4

Ⅰ．G239.29；TS8-092

中国国家版本馆 CIP 数据核字第 2024SN1320 号

责任编辑　杜广学
装帧设计　黄云香
责任印制　张　娜

出版发行　人民文学出版社
社　　址　北京市朝内大街 166 号
邮政编码　100705

印　　刷　北京建宏印刷有限公司
经　　销　全国新华书店等

字　　数　500 千字
开　　本　710 毫米×1000 毫米　1/16
印　　张　28.5　插页 3
版　　次　2024 年 9 月北京第 1 版
印　　次　2024 年 9 月第 1 次印刷

书　　号　978-7-02-018956-4
定　　价　98.00 元

如有印装质量问题，请与本社图书销售中心调换。电话:010-65233595

序

齐裕焜

本书是涂秀虹主持的国家社科基金项目"建阳刊刻小说与地域文化关系研究"的结项成果。课题结项获评"优秀",结项之后秀虹又做了修改,如今马上要出版了,我通读了书稿,很乐意就此谈谈我对秀虹这一课题的了解。

中国小说刊印研究是近二三十年中国古代小说研究的重要领域。而建阳为宋元明三代全国刻书中心,建阳刊刻小说在全国占比很大,对古代小说的发展起过重要作用,所以建阳刊刻小说又是中国小说刊印研究的重中之重,对其版本和文本、评点和插图,以及书坊主、书坊文人、刻工等诸问题,国内外众多学者已发表不少论文论著。学界的研究较多关注名著,对于建阳刊刻小说的整体面貌,尚缺乏较全面系统的研究。在充分了解学界研究的基础上,秀虹确定课题目标为:理清建阳刊刻小说文献,系统研究建阳刊刻小说的历史面貌和地域特征,探讨建阳刊刻小说与地域文化之间的关系,以此深入和拓展中国小说史研究。

从研究视野上看,秀虹注重从地域文化的视角关注和研究建阳刊刻小说。她花了好长时间摸清建阳刊刻小说版本,对建阳刊刻小说版本进行系统整理。在前人研究基础上,目前可以明确著录的建阳刊刻小说108部,现存版本190余种,与前人相比大约增加了50多种版本。正是在较为全面把握小说刊刻文献的基础上,她申请了"建阳刊刻小说与地域文化关系研究"这一课题,主要考虑这些问题:建阳刊刻小说经历了怎样的发展历程,具有什么特征,为什么会形成这些特征,跟地域文化之间有何关系;建阳刻书所处的闽北及其周边地区社会经济文化具有怎样的地域特征,地域文化如何跟时代文化相结合,从而促成建阳刊刻小说发展过程中的一些重要变化;建阳刊刻小说在小说史上处于什么地位,为古代小说发展提供了什么,有何价值和意义；从微观角度，建阳刊刻小说发展中是否有一些重要的人物和事件，对小说发展起过关键作用，是否有一些作品在小说发展史上具有标志性意义，等等。

　　在研究方法上，秀虹主要受到法国布尔迪厄场域理论和文学地理学方法论的影响和启发，把小说编撰、书坊刊刻、刊本流传等纳入考察重点，关注小说编撰与书坊刊刻的时代背景和地域文化背景、编撰者身份和书坊主修养、小说版本与文本形态及其传播，在中国小说史的宽广视域中探究制约文学发展的内外诸因素如何共同作用。建阳刊刻小说以建阳书坊和福建刻书为背景，与闽学及福建教育文化关系密切，所以，她很关注相关刻书情况，特别着力讨论建阳及周边地区的教育文化对小说编刊的影响，还原建阳书坊小说刊刻和宋元明三代小说发展的场域，力图构建动态、立体的文学发展过程。

　　就全书的具体论述而言，有三个方面给我留下深刻印象。一是建阳刊刻小说的文学社会学研究。从文本现象学范畴，考察建阳小说的生产与传播，包括版本、版式、插图等，从而构建建阳书坊小说刊刻的历史面貌。从不同时代政治文化、社会制度、教育水平、文化政策等角度考察小说编刊的深层原因。通过对小说稿源、刻工以及读者消费力的考察，结合县志府志、出版史文献等还原建阳刊刻小说从生产到接受的整个社会运作过程。借鉴阅读社会学知识，考察建阳图书销售和传播特色与读者定位的关系，建阳刊刻小说以图像丰富著称，主要是适应普通民众通俗阅读、增长知识的需求。

　　二是建阳刊刻小说的文化学研究。主要以福建区域文化为历史参照，对讲史、公案、神魔三种小说做类型分析，探讨地域文化如何制约、影响并生成建阳刊刻小说的题材类型、思想主题、价值取向，探讨这种制约与生成对小说繁荣与发展的独特意义。建阳地区自宋代以来儒学文化积淀深厚，被称为"闽邦邹鲁"、"道南理窟"，这是建阳成为全国刻书中心的"文化资本"。建阳小说刊本多为书坊自编自刊，与福建教育普及、史学积累、法律文化、民间信仰等关系极为密切。因为受朱子闽学精神影响，建阳刊刻小说以通俗演绎义理为指归，风骨刚健。元代开始至于晚明，建阳成为小说刊刻中心，小说出版占市场份额极大，深刻影响了中国小说史面貌。

　　三是对小说发展重要问题的深入思考。书中所论小说题材和类型，是学界普遍关注的问题，而秀虹结合闽北及周边地区历史文化进行考察，多有独特的补充和发现,新见迭出。比如,通过对建阳书坊刊刻《资治通鉴》类图书的考察,揭示"按鉴"演义的意义;通过建阳刊刻讲史类小说尚未发展成"英雄传奇"类型的考察,发现讲史小说类型分化的发展过程;通过公案小说类型发展过程的分析,既深化公案小说类型特征的研究,又揭示书坊编刊兴趣和能力对小说类型发展的重要意义,探讨文学发展必然律中偶然因素的决定性作用,等等。建阳刊刻小说看似仅生产于一地,繁荣于一时,但通过探析建阳刊刻小说所发现的一系列内在问题,对于发现小说史发展深层动力、还原文学史文化场域等,显然有其重要的文学和史学价值。

通过秀虹细致、系统地梳理,建阳刊刻小说的历史与地域特征清晰地呈现在我们面前,也打开我们探究古代小说发展与地域文化互动的另一扇窗。建阳刊刻小说兴于宋,盛于明,衰微于明末清初,这一发展过程反映了时代变迁,折射了不同时代的世风、文风和学术风气,与建阳及周边地区地理人文所形成的文化场域密切相关,也正因为此,建阳刊刻小说的历史一脉相承。宋代建阳刊刻小说以重知识重学术的文人文言小说为主,元代趋向通俗,但大量讲史平话的刊刻则可见宋代文教传统之延续,只是教育文化更为普及和下移。明代为中国古代小说繁荣期,繁荣的表现首先在于《三国志演义》《水浒传》《西游记》等典范小说大量刊行,其次表现在典范作品影响下的类型小说大量产生,在现存明刊小说中建刻大约占三分之二。明代建刻小说在趋向通俗性趣味性的同时,仍然延续了宋元以来通过小说教化以普及教育的传统,刊刻小说呈现出明显的地域特征:从语体来说,以白话通俗小说为主,而较少文言小说刊刻;从题材来说,多集中于讲史、神魔、公案三类题材,而极少艳情小说的刊刻;从作品类型来说,《三国志演义》《水浒传》《西游记》三大名著的刊刻与改编占了现存全部刊本的一半,且以简本为主,此外所刊小说多为书坊组织文人编撰,受典范作品影响,艺术成就大体不高;从版式上看,现存小说刊本多为上图下文版式,不少图像雕刻比较粗糙。秀虹的这一判断极为敏锐,建阳刊刻小说在版本、文本、版式及其插图、评点等方面确实有着较为明晰的特征,今天对于一些无书坊标识的刊本,学界往往据此判断刊刻于建阳。建阳刊刻小说较为明显的地域特征与其经史刊刻传统相关,宋代以来建阳刊刻的经史著作多节本,多纂图,多附音释和评点;也与闽北地区的理学氛围与区域性文化特征、建阳的经济文化水平,以及与此相关的建阳书坊经营策略等方面密切相关。建阳刊刻小说对于小说艺术发展的意义毋庸置疑，同时，对于文化普及、民族精神传承、国民教育也具有重要意义。它通过各种出版创意，把文化教育从精英阶层向底层普及，在空间层面则从江南、中原向全国推广，并且传播及于日本、朝鲜及东南亚等广大地区。

小说刊印的研究，很重要在于编刊活动及其意义的发掘，也就是考察小说编撰者和刊刻者是在怎样的历史条件下完成编刊活动。由于古代小说在知识体系和文学文体中的边缘地位，关于小说编刊者及其编刊活动的文献记载极少，仅有的一些文献记载，学界多已尽可能做了发掘和研究。在学界研究基础上，秀虹一方面是在福建历史文化、建本刊刻文献等方面下了苦功，宏观呈现小说编刊的历史文化背景，资料丰富，论证充分，很有说服力；另一方面是结合建阳刻书整体概况的梳理，对一些编刊者和编刊活动做微观考察，论从史出，见微知著。比如对于建阳书坊极负盛名的余象斗及余氏家族，结合公案小说类型兴衰的分析，做了较为具体的描述和深入的讨论。公案小说在建阳刊刻小说中是比较特殊的一类，因为建阳编刊小说多依据历史文献编辑而成，公案小说虽然也有其文献来源，但却是少有的以当代社会生活为题材的小说类型。书中对余氏书坊编刊活动的分析，具有历史场景还原的意义，既体现文学史研究的典型性，又具备一定的社会学研究深度。

历史是客观存在的，它不可能自觉呈现。由于时光流逝，历史面貌已然泯入尘烟，历史研究的意义就在于拭去遮蔽的烟尘，照亮历史本真。因此，在历史文献中发掘出一些具有本体性、存在性意义的文本、人物和事件，是照亮历史的宝贵光束。秀虹在充分掌握刻书文献和小说文本的基础上，通过文本细读，阐释罗烨《醉翁谈录》、余象斗《廉明公案》等典型文本的意义，以文史互证的方式"返回文学现场"，寻求聚焦建阳刊刻小说和中国古代小说发展历史的微光。这些努力非常可贵，对学界同行应有不少启发。

祝愿秀虹，继续努力治学，做一个不懈的"追光者"，不断书写自己亮丽的人生篇章！

2024 年夏日

目 录

序 …………………………………………………………… 齐裕焜　1

导论：福建建阳刻书兴盛的历史地理因缘 ……………………………… 1

上　编

第一章　宋代建阳刊刻小说及其地域文化背景 ……………………… 21
　　第一节　宋代小说观念与建阳刊刻小说 ………………………… 21
　　第二节　刻书和文教：小说刊刻的背景和资源 ………………… 50
　　第三节　从《醉翁谈录》看小说编刊的地域
　　　　　　文化背景 …………………………………………………… 77

第二章　元代建阳刊刻小说及其地域文化背景 ……………………… 103
　　第一节　元代建阳刊刻小说概况 ………………………………… 104
　　第二节　元代建刻小说所处刻书背景 …………………………… 110
　　第三节　元代建刻小说与福建教育文化 ………………………… 130
　　第四节　福建说话艺术传统及建刻话本的
　　　　　　小说史意义 ………………………………………………… 151

第三章　明代建阳刊刻小说及其地域文化特征 ……………………… 168
　　第一节　明代建阳刊刻小说概况 ………………………………… 168
　　第二节　明代建刻小说的刻书与文教背景 ……………………… 178
　　第三节　明代建刻小说地域特征及其形成原因 ………………… 203

下　编

第四章　建阳刊刻讲史小说与史部图书编刊传统 …………………… 227

第一节 建阳刊刻讲史小说 ·· 229
第二节 编刊讲史小说的书坊与文人及闽地
　　　　史学氛围 ·· 251
第三节 史部刊刻与讲史小说按鉴演义 ························ 284

第五章　建阳书坊编刊神魔小说的宗教文化背景 ············ 298
第一节 建阳刊刻神魔小说 ·· 298
第二节 民间信仰：神魔小说编撰的地域文化背景 ········ 312
第三节 宗教民俗与神怪类图书编刊传统 ···················· 327
第四节 民间信仰视域中的神魔小说编刊 ···················· 338

第六章　建阳书坊与公案小说之兴衰 ··························· 368
第一节 建阳刊刻公案小说及其文体特征 ···················· 368
第二节 明代公案小说编刊的知识语境与叙事
　　　　传统 ··· 380
第三节 公案小说编撰所呈现个体经验和地域
　　　　色彩 ··· 396
第四节 余象斗及余氏书坊之于公案小说类型
　　　　发展的意义 ·· 415

结语 ··· 434

主要参考文献 ··· 440
后记 ··· 447

导论：福建建阳刻书兴盛的历史地理因缘

印刷术的发明是社会经济文化发展的产物。一般认为，中国印刷术发明使用于唐代，这有着唐代社会经济文化高度发达的必然性。唐代疆域统一，社会经济繁荣，农业生产和手工业制造达到很高水平，商业贸易兴盛，首都长安以及洛阳、成都、凉州、扬州、京口、广州、泉州等地都是繁华富庶的城市。唐代还推行积极的对外贸易政策，陆路设互市监，海道设市舶司，专管对外贸易，吸引了大批外国商人前来贸易。社会经济的繁荣推进了文教事业的发展与图书的需求，贸易的繁盛也促进了图书流通，包括域外流通，这是印刷术发明和使用的背景。

福建建阳刻书亦有始于唐代之说。清代《天禄琳琅书目后编》从《仪礼图》序后牌记论及"勤有堂"及余氏刻书历史，认为"建安自唐为书肆所萃"①。建安为建宁府古称，建宁府刻书主要集中于建阳。民国初年，胡君复有题上海商务印书馆一长联："昔晚唐建安余氏肇启书林，世界阅千余岁矣，其后三峰万卷，同时梅溪秀岩，文采风流，我思古人，聊从公等纂坊肆雅闻，缥缃掌故；自北宋布衣毕生始为活板，变迁可一二数耶，近稽兰雪桂坡，上溯石经漆简，棣通演进，以有今日，何况此间称水陆形胜，东南管枢。"②胡君复认为千年缥缃历史，首推晚唐建安余氏。从《天禄琳琅书目后编》和胡君复长联，皆可见建宁刻书之声誉影响。但是，20世纪80年代以来，学界多认为建阳刻书起于宋代。今存建阳刻本以宋本为最早，成规模的建阳刻书应该是从宋代开始的。

---

① 〔清〕彭元瑞《天禄琳琅书目后编》，《天禄琳琅书目　天禄琳琅书目后编》，《中国历代书目题跋丛书》第二辑，上海古籍出版社2007年版，第416页。

② 〔清〕吴恭亨撰，喻岳衡校注《对联话》，岳麓书社2003年版，第306页。

宋代刻书极为兴盛，以其刻书主体、刻书资金来源，有官刻、私刻之分。

官刻指的是中央和地方官署以及学校书院等从事的图书刊印，其中以国子监最为出名。宋代国子监版本准许读书人出钱自印，南宋时还实行租赁版片印书，为了方便各地租赁版片印书，国子监常把样本寄发各地。后来民间书坊也据监本刻印发卖。为了"文籍流布"，"敦本抑末"，官刻书价比较低。① 为了普及知识，对于一些便民医书，朝廷还下令雕印小字本以降低书价。如元祐三年（1088），以"下项医书册数重大，纸墨价高，民间难以买置。八月一日奉圣旨：令国子监别作小字雕印"，并规定"只收官纸工墨本价，许民间请买，仍送诸路出卖"②。由此可见，国子监的刻书也有销售对象的考虑，而小字版的刻书很重要的目的是让普通人能买得起书，能接受教育，提高文化修养。

私刻，是指家塾、私宅或书坊、书肆、书棚、书籍铺等所刻图书。家塾、私宅所刻又称为家刻。书坊、书肆等所刻又称为坊刻。坊刻多为营利性的商业生产。但家刻与坊刻有时很难区分，有的坊刻用家宅名，但显然是营利性的刻书，如宋代建阳的很多家刻即如此。比如建阳著名的余氏万卷堂，有时署"万卷堂"，有时署"万卷堂家塾"；又如"刘日新宅三桂堂"、"刘叔刚一经堂"、"刘通判仰高堂"等，都是私宅而为书坊。

实际上官刻与私刻也并非截然可分，因为有的官刻以某官员名义刻书，但用的是公款；有的官刻委托私刻刊行，由公款支付刻书费用，但署名私刻堂号。所以本书论及官刻、私刻或家刻、坊刻，主要为了论述交流的方便，使用学界普遍说法，区分有时难免不那么明确。

宋代刻书之兴盛，一方面是刻书业自身发展的趋势，经过唐五代的发展，雕版、印刷、造纸、油墨等技术都有了更大的进步；另一方面，很重要的是统治者的提倡和重视。宋代统治者重视"文德致治"，重视文化教育的普及，开国不久就着手刻书。建隆四年（963），由工部尚书判大理寺窦仪与苏晓等人根据后周律令编纂刻印颁行了《宋建隆重评定刑统》，简称《宋刑统》，共三十卷，五百零二条，这是宋代官方刻书的开始。接着宋廷监雕了《大藏经》、《太平御览》、《太平广记》、《文苑英华》、《册府元龟》、《资治通

---

① 〔清〕毕沅《续资治通鉴》卷三十三《宋纪三十三》，第二册，中华书局1957年版，第752页。
② 〔清〕傅增湘《藏园群书经眼录》卷七《子部一·医家类》，中华书局2009年版，第503页。

鉴》等大型图书。至于景德二年(1005)夏,时人谓儒家经典版片"国初不及四千,今十余万,经、传、正义皆具"①。

宋代官府、私家、书坊等竞相刻书售书,图书出版发行非常兴盛,很重要的客观原因还在于城市商品经济繁荣,文化事业因而得到相应的发展。城市中的官吏、富商、文人是图书的重要消费者,普通市民和手工业者则消费了大量的日常用书与通俗读物。同时,由于科举制度的确立,实行开科取士,读书人对图书的需求更加迫切。又由于教育普及,识字者增多,为刻书业准备了大量的读者。而且,宋代的文化学术活动非常活跃,文学艺术如诗词文、绘画等都取得了很高成就,学术思想史上往往有"汉宋"之称,"宋明理学"更是儒学发展的高峰。文化的兴盛为刻书业准备了大量的作者、著作与读者。

宋代的刻书地点集中在京城和吴越闽蜀等地。北宋汴梁、南宋临安、成都、建阳是当时的刻书中心。

一个地区的刻书发展决定于该区域经济文化发展水平。宋代福建刻书兴盛有其经济文化发展的必然性,经过唐五代长期的积累和发展,宋代的福建已成为国内较发达地区,文化成就尤其辉煌灿烂,在此基础上出现了福建刻书盛况。

福建刻书地域分布广,每一地区都有刻书。先是福州刻书之繁盛引人注目,尤以大型佛藏和道藏刊刻闻名天下。继之建阳刻书兴起,成为宋代三大刻书中心之一。建阳刻书以坊刻为主,福建其他地区则以官刻为主。福建官刻由于受主流文化影响,刻书种类基本与国子监刻书相似,内容多侧重儒家经典、正经正史,还有一些实用的医书、小学等类。建阳乃至福建繁盛的刻书,是建阳书坊刊刻小说的直接背景。

建阳刻书持续宋元明三代之盛,也正因此,福建刻书数量自宋至明长期位居全国前列。明代嘉靖以后,社会政治形态变化带来经济文化的变化,作为经济文化中心的江南地区成为全国图书编刊和集散中心,在万历以后刻书尤为繁盛,而地处偏僻的建阳,其书坊经营在明末天启、崇祯年间就已逐渐衰退。建阳刻书在入清以后衰落,福建刻书中心转移至福州和汀州四堡,

---

① 〔元〕脱脱等《宋史》卷四百三十一《列传》第一百九十《儒林一·邢昺》,第三十七册,中华书局1977年版,第12798页。

福建其他地区也仍有官刻和私刻，但是，福建刻书数量和刻书地位从此再不可能居于全国之首了。因为清代图书出版之繁盛不仅存在于江南地区，北京、广东、上海等地也渐次发展而为出版中心。由于出版技术的更新和发展，甚至全国各地皆能便利出版，福建的图书出版泯然其间。

福建建阳刊刻小说起于宋，兴于元，盛于明，入清以后只有零星几种刻本，因此本书讨论福建建阳刊刻小说与地域文化的关系主要集中于宋元明三代，而以建阳刻书为主要背景。建阳刻书兴盛有其多方面因缘，当地林木资源丰富而具纸墨之便利，是刻书兴盛极为重要的物质条件之一。由于小说文体非关国是民生，既为小道而又篇幅颇巨，纸墨条件便利而使得出版成本不高，这对于小说刊刻来说是非常关键的因素，对此，前人多有论述，本书不再赘言。本书之导论，在前人研究基础上着重从福建文化积淀和区域地理角度略述建阳刻书兴盛之因缘。

一、建阳刻书兴盛以福建经济文化繁荣为背景

建阳刻书兴于宋，以宋代福建经济文化高度繁荣为背景。

福建是个区域性特征很明显的地区，三面环山，一面临海，西部高大陡峭的武夷山绵延五百多公里作为天然屏障，地貌和气候自成单元，与内陆交通十分不便，与境外文化的交流受到限制。而福建区域内各地交流也有山水阻碍。福建多山，山地丘陵占土地面积90%以上。境内两列主山脉，即西部的武夷山脉和斜贯中部的戴云山脉，由这两列山脉绵延出众多支脉，山峦起伏。在主山脉和支脉中间镶嵌着许多盆地，每一盆地自成一个地理单元。河网密度大，闽江、汀江、九龙江、晋江、木兰溪、交溪等众多河流穿行于山间，把山脉和盆地串联在一起。而这些河流又大多自成体系，独自入海。由于众多山脉与河系的分割，福建的地形显得比较零碎，在古代，连绵的群山、茂密的雨林使得人们的来往与交流非常困难，很难产生群体效应的文明跃进。所以，偏于东南一隅的闽地，原本跟楚越文明、中原文明相比有着比较大的差距。

战国时期越人进入闽地，与闽地本土文化碰撞交流，产生了颇为先进的闽越文化。但在闽越国衰落之后，闽地三百年间人烟稀少。直到三国孙吴以后，因为偏安南方，地域褊狭，逐渐重视闽中的经营和开发。又因为江淮以至中原地区长期战乱，闽中相对安宁，江淮以及江淮以北民众相继入闽避

乱,带来了先进的农业、手工业等技术,促进了闽地的经济开发。唐代寰区一统,朝廷轻徭薄赋的政策促进了南方包括福建地区的发展。唐代安史之乱以后,一波又一波的移民大潮使福建人口不断增加。笔者据黄仲昭《八闽通志》卷之二十"食货"各府数据统计,北宋福建总人口数为2887075,其中福州将近60万人,闽北三府将近130万人。"南宋初年,福建人口比北宋又多了30多万户。南宋中叶,福建人口达到300多万人,是国内人口最密集的区域之一。"①人口大幅度增长的同时,农业、手工业、商业水平都有了很大的发展。又由于宋代朝廷积极的工商政策和开放的海洋政策,福建丰富的自然资源和面临海洋的地形成为很大优势,因此在全国经济发展中占据重要地位。闽北山区森林资源、矿产资源丰富,朝廷大规模开采银矿、铜矿、铅矿,发展铸钱业和制茶业,闽北建州、南剑州、邵武军成为商品经济活跃地区。且因为五代闽国以来对外贸易发展迅速,再加上福建与江南地区的商业联系密切,福建成为海内外贸易的生产地和集散地,泉州成为中外贸易的主要通道和国内南北贸易的枢纽,甚至成为宋元时期中国最大的对外贸易港口,被称为东方第一大港,跟埃及亚历山大港并称为世界两大港。繁荣的贸易,广阔的市场,为福建工商业和商业性农业的发展提供了很好的商机,也促进了周边浙江、江西等地的发展。福建与浙江、江西的手工业如制茶、陶瓷、造纸、织棉等非常发达与此相关,而建本书籍,也是内外贸易商品之一。

　　经济与文化的发展相互促进。北方移民南下,带来了北方的学术与文化。又由于任职闽地的朝廷官员有意提倡儒学,如晋永嘉间光州危京,晋太元间丹阳陶夔,南朝刘宋时期江左阮弥之、余姚虞愿,南朝齐之何徹等,兴教育,立学堂,教授儒学,六朝以后,闽地逐渐形成了重视教育崇尚儒学的文化氛围。唐代林谞《闽中记》曰:"自晋、宋文雅以来,教化丕变,家庠序而人诗书。"②唐代杜佑《通典》谓:"闽越遐阻,僻在一隅,凭山负海,难以德抚。永嘉之后,帝室东迁,衣冠避难,多所萃止,艺文儒术,斯之为盛。今虽间阎贱品,处力役之际,吟咏不辍,盖因颜、谢、徐、庾之风扇焉。"③随着唐末五代大

---

① 徐晓望《论宋代福建经济文化的历史地位》,《东南学术》2002年第2期。
② 转引自陈庆元、陈炜《林谞〈闽中记〉辑考》,《闽江学院学报》2004年第1期。
③ 〔唐〕杜佑《通典》卷一百八十二《州郡典·古扬州下》,第五册,中华书局1988年版,第4850页。

批士人举族入闽,闽人主体为重视教育的中原士族。至于宋代,朝廷重视教育,而福建教育的发展"独先于天下"①。早于宋仁宗庆历四年(1044)朝廷下诏州郡立学之前十几年,福建的南剑、莆田等地就已经设立了州、县学。南剑州学创办于天圣三年(1025),创办后的100年间,有222名南剑州考生在37榜进士考试中及第,使该州学为全国所瞩目。宋代福建共有州、县学约56所,大部分设于北宋年间,到南宋中叶已趋于完善。② 官学之外,私学也极为繁盛,聘师办学成为当时普遍的风气。当时福州私学遍布全城,弦诵之声,里巷相闻,每个乡里都有书社。梁克家《三山志》引龙昌期《咏福州》诗云"是处人家爱读书",又引程师孟诗云"城里人家半读书","学校未尝虚里巷"③。绍兴九年(1139),张浚奏书称"福唐儒学最盛之地,三岁应诏,盖八千余人"④;至淳熙十三年(1186),福州应试考生不下一万四五千人,建宁府亦万余人。⑤

由于经济繁荣,教育普及,宋代福建文化全面兴盛。宋人张全真谓:"睠昔瓯粤险远之地,为今东南全盛之邦……岂谓中宸之眷,复分南顾之忧。"⑥正如徐晓望主编《福建通史》第三卷《前言》说:宋代是福建文化发展的一个高潮时期,有7000余人成为进士,其中在朝廷任职宰辅的官员达50多位。在科技文化各方面取得重要成就的名家非常多,如科技方面有编纂《武经总要》的曾公亮,天文学卓有建树的苏颂,法医学开山祖宋慈,还有在植物学上有重大成果的蔡襄;文学方面,有杨亿、柳永、张元幹、刘克庄等名家;史学方面,有郑樵、袁枢等大师;宋代闽人在理学方面的研究最引人注目,杨时、游酢、胡安国、胡寅、罗从彦、李桐、朱熹、陈淳、蔡元定、黄榦等大师级的人物荟萃东南,构成了一道亮丽的风景线。朱熹综罗百代的气魄,致精致微的研究,被誉为孔子以后儒学最重要的人物,对朝鲜、日本等国产生巨

---

① 〔明〕郑庆云等纂《(嘉靖)延平府志》地理志卷之一,第十二叶,《天一阁藏明代方志选刊》,上海古籍书店1961年版。
② 参见徐晓望主编《福建通史》第三卷,福建人民出版社2006年版,第360—361页。
③ 〔宋〕梁克家修纂《(淳熙)三山志》卷四十《土俗类二·岁时》,福州市地方志编纂委员会整理,海风出版社2000年版,第640页。
④ 〔宋〕梁克家修纂《(淳熙)三山志》卷十二《版籍类三·赡学田》,第135页。
⑤ 〔清〕徐松辑《宋会要辑稿》第一百十六册《选举二十二》,中华书局1957年版,第4598页。
⑥ 〔宋〕王象之《舆地纪胜》卷一百二十八《福建路·福州》,第四册,《中国古代地理总志丛刊》,中华书局1992年版,第3685页。

大的影响。①

宋代福建经济、文化、教育之发达,是福建刻书兴盛、建阳成为全国刻书中心的重要条件。刻书既是工商业,也是文化事业,刻书业与经济文化各领域的发展互为条件,相辅相成。宋代福建文学、文化之盛,虽然与政治形势的变化、区域环境的相对安定、经济贸易的繁荣发达、学校与书院教育的全面兴盛等相关,但其中一个非常直接的原因,是刻书业的发达。苏轼在为朋友李常作《李氏山房藏书记》时曾说:"余犹及见老儒先生自言其少时欲求《史记》、《汉书》而不可得,幸而得之,皆手自书,日夜诵读,惟恐不及。近岁市人转相摹刻,诸子百家之书,日传万纸,学者之于书,多且易致如此,其文词学术,当倍蓰于昔人……"②宋代福建的刻书业也在全国处于领先水平,特别是建阳大量刊刻经史典籍、理学著作和小学、科举教育类图书,这是宋代福建文化繁荣的重要条件。

文化和教育的兴盛与刻书业的发达,彼此相关,互为条件,形成文化环境的良性循环。繁荣的商业贸易、发达的文化事业,为刻书业提供了流通的市场网络和稿源作者、销售与接受群体,是建阳刻书兴盛的重要背景。建阳书坊刻书以经部史部为大宗,多理学著作,多科举考试参考用书和小学教育启蒙读物。比如类书,《四库全书总目》中的《源流至论》提要谓:"宋自神宗罢诗赋,用策论取士,以博综古今、参考典制相尚,而又苦其浩瀚,不可猝穷,于是类事之家,往往排比联贯,荟萃成书,以供场屋采掇之用。其时麻沙书坊,刊本最多……"③现存建阳书坊刊刻类书如《初学记》、《太平御览》、《白孔六贴》、《皇朝类苑》、《全芳备祖集》、《群书会元截江网》、《山堂群书考索》、《事林广记》、《岁时广记》等等,种类和数量很多,可见当时需求之大。而其中不少类书出自闽人编辑,则可见本地的文化积累为刻书业提供的良好条件。《四库全书总目·子部类·书类》就著录了不少宋代闽人所编类书,如叶廷珪《海录碎事》,祝穆《事文类聚》,章定《名贤氏族言行类稿》,谢维新《古今合璧事类备要》,林駧《源流至论》等。福建文学文化事业高度繁

---

① 徐晓望主编《福建通史》第三卷,第 5 页。
② 〔宋〕苏轼《李氏山房藏书记》,苏轼著,孔凡礼点校《苏轼文集》卷十一,中华书局 1986 年版,第 359 页。
③ 〔清〕永瑢等《四库全书总目》卷一三五《子部类·书类一》,中华书局 1965 年版,第 1151 页。

荣,是类书编刊的必要基础,而福建和周边地区科举之盛、人才辈出,又不能不说与大量类书和经史类著作的刊刻、传播密切相关。

二、宋代建阳为闽学与刻书中心

宋代建阳刻书兴盛最为直接的动力来自儒学的发展,而建阳成为刻书中心,则跟闽北成为"道南理窟"密切相关。理学是以研究儒家经典的义理为宗旨的学说,所谓"义理之学"。朱子理学代表了宋代儒学的最高成就,因为朱熹生长、师承、讲学基本都在闽地,所以又被称为闽学。北宋,"海滨四先生"陈襄、陈烈、周希孟、郑穆"相与倡道于海滨"①,成为闽学之先驱。南宋,游酢、杨时将洛学南传,杨时、罗从彦、李侗与朱熹一脉相传,其时闽北还有刘子羽、刘子翚等刘氏数代忠义、理学名人,胡氏一门父子叔侄五贤,蔡元定一门父子祖孙九儒,闽北理学家扎堆出现,代代相传,福建成为儒学传播最稳固的地区。由于朱熹讲学著述活动主要在建阳,朱熹在建阳考亭创办的沧州精舍在朱子学术活动中具有重要意义,因此朱子闽学又被称为"考亭学派"。朱子闽学和书坊刻书同时而兴,元代理学家建阳熊禾有言:"文公之文,如日丽天;书坊之书,犹水行地。"②闽学与建刻,犹如双峰并峙,两者可谓相辅相成。由于闽学的繁盛,南宋闽北一带书院林立,吸引了全国不少学子前来访学问道,闽北成为重要的教育中心之一。闽学的发展,更加促进了教育的发展,教育的需求推进了刻书的发展。建阳刻书的繁盛又促进了闽学的发展,朱熹及当时理学家的著作大多由建阳刊刻传播。而闽学对于建阳刻书的深远影响,则绵延至此后数百年,至于明代以通俗、娱乐为主的小说,仍然因闽学影响而呈现出不同于其他地区的风格面貌。

建阳成为闽学和刻书的中心,与建阳处于闽北的地理位置密切相关。建阳在武夷山麓南面,为出入闽地的必经之地。北方汉民入闽的迁移路线有陆路和水路,陆路一般是从江浙地区翻越武夷山,水路则是沿海南下。北方移民缺乏航海装备,当时水路危险性也大,因此绝大多数都是经行陆路而来。唐宋以前入闽陆路最主要的是分水关路与柘岭、仙霞岭路,都在

---

① 〔元〕脱脱等《宋史》卷三二一《列传第八十·陈襄》,第三十册,第10419页。
② 〔元〕熊禾《重建建阳书坊同文书院疏》,《熊勿轩先生文集》卷四,中华书局1985年版,第58页。

闽北境内,所以北方移民进入闽地首先到达的是闽北。《建阳县志》曰:"中原离乱,则士大夫莫不扶老携幼,避诸闽中,而建又为闽之都会。"所以,来到建州的人很多。①《建安志》谓:"自五代乱离,江北士大夫、豪商巨贾,多逃难于此。"②五代时期福建人口增长最多,福建各地又以建州人口增长最多,这一区域增设了顺昌、松溪、归化、建宁、延平、富沙、剑浦等七县。由于建州过于庞大,南唐统治建州时割出剑州。宋初杨亿《建安郡斋三亭记》道:"建安大邦,保界闽粤,绵地八百里,生齿十万室。"③

  由于接受移民最多,儒学水平最高,从五代到宋代,闽北都是福建文化高地。五代十国时期,南唐文学最盛,闽国大约排第三。闽北处于闽国与南唐交界处,后来闽国三分时为南唐据有。或因得两地人文之精粹而人才最盛,南唐著名学者中不乏闽北人,如闽北三大才俊江文蔚、江为、杨徽之;又如朱弼,建安人,精究五传,旁贯数经,任庐山国学国子助教。五代以后,中国经济文化重心逐渐南移。南宋,由于特殊的政治形势,福建,尤其是闽北,成为南方文化中心之一。南宋金盈之《新编醉翁谈录》卷二《荣贵要览》首为《戊辰亲恩游御园录》,记载嘉定元年(1208)建安邵武新科进士聚会的情景:

  嘉定改元,五月甲辰,主上临轩策进士。辛酉壬戌,胪唱于集英殿。建安昭武,正奏名十有二人,特奏名十有七人,宗室取应一人。以六月戊寅,讲乡会于聚景园。谢(源明)月光、赵(善恭)作肃、刘(燏)晦伯、窦(思文)文仲、李(正通)彦中、雷(霆)复之、徐(应龙)仲通、赵(善橚)材父遣书币来相席。邹(应龙)景初先自章贡致馈,至是还朝,复主盟斯会。黄(格)诚之、李(曼卿)仲硕、蔡(以中)正孺、李(桂)景诜、王(洪之)涂叔、真(德秀)景实预焉。调官较艺中都者三十人同席。先言还,弗及与者。时中书舍人太子庶子直学士院邹(应龙)景初裏东官,面奏得圣旨,特借御园……④

---

  ① [明]魏时应等修《(万历)建阳县志》卷一《风俗》,《日本藏中国罕见地方志丛刊》第12册,书目文献出版社1991年版,第285页。
  ② [明]黄仲昭修纂《八闽通志》卷三《地理》,上册,福建人民出版社2006年版,第42页。
  ③ [宋]杨亿《武夷新集》卷六,福建人民出版社2007年版,第108页。
  ④ [宋]金盈之《新编醉翁谈录》卷二,古典文学出版社1958年版,第8页。

建安邵武一科进士三十人之多，可见闽北人才之盛。在京城借御园开同乡会，呼朋唤友、活跃异常，令人想见其显贵荣耀、意气风发。闽北地区文化之繁盛由此可见一斑。

闽北地区经济文化在南宋时期发展至顶峰，有其天时、地利、人和的诸多原因。《福建通史》论及宋代南方区域开发的不同层次，谓：南宋所辖区域内，经济文化较为发达的是东南的江南东路、江南西路、两浙东路、两浙西路、福建路，以及四川的成都路。而成都路文化虽然发达，但与东南诸路相比，一是地方较小，二是位于抗金前线，三是对南宋来说过于边远，所以，南宋的文化中心只能是东南诸路。东南各路的中心恰在四路交界的武夷山，若以武夷山为中心，以武夷山与南京的直线距离（约300公里）划一个圆，恰好将东南城市的精华都划入范围之内。宋室南迁后，定都杭州，闽北距离杭州不远，又是南方山林文化最发达的区域，所以，成为文化人的一个据点。"又因为"远离前线的文化发达区，也只有福建一个了，因此福建能成为宋代文化最发达的区域。宋朝将南外宗正司与西外宗正司安置于福建，便反映了这一考虑。基于同样的理由，南宋时的福建山区成为北方文人学士荟萃的地方"①。所以，宋代福建儒学高度发展，并形成理学的高峰——闽学，实为中原文化在福建的延伸，又因独特的时代和地理条件而得到飞跃性发展。正是在这样的天时、地利中产生了建阳刻书之繁盛。

儒学在福建的传播与发展，还得力于中原世家大族之入迁。中原士族举族南迁聚居闽北，在当地文人著作及方志、族谱中多所记载。比如宋代文学家杨亿为杨徽之书写行状云："公之先，华阴人，永嘉之乱，流寓江表，占籍上饶郡。凡十余世。唐上元中，刘展叛涣，吴会骚然。公之六代祖遂举族避地于建安吴兴，因为著姓。"②如建阳《庐峰蔡氏族谱》记载，其入闽始祖蔡炉曾任东昌刺史，同妹夫刘翱及西河节度使翁郜，率领五十三姓入闽，定居于建阳一带，蔡炉为蔡氏九儒之源。③北方内地移民举家连族入闽、定居闽北的记载不胜枚举，宋代大儒游酢、杨时、胡安国、朱熹等家族也都在不同时代迁入定居于闽北。

---

① 徐晓望主编《福建通史》第三卷，第19—20页。
② 〔宋〕杨亿《杨徽之行状》，《武夷新集》卷十一，第17—18页。
③ 参见蔡占祥等修建阳《庐峰蔡氏族谱》卷一，第一叶，建阳市图书馆藏1917年建阳木活字本。

《(万历)建阳县志·人物志》首列儒林游、朱、蔡、刘四世家,记其"师友之渊源,或父子兄弟相祗承"①。四世家皆先后从各地迁入福建,定居建阳,名儒辈出。如游世家,其先建业人,有名五丈者筑居于建阳长平,游氏有游复、游醇、游酢、游操、游九言、游九功、游开等儒林名流。朱世家朱松为徽州婺源人,由进士授建州政和县尉,举家入闽,此后有朱熹、朱塾、朱埜、朱在、朱鉴、朱浚、朱沂、朱彬,历代传承,克绍家风。蔡世家即上述庐峰蔡氏,其先弋阳郡人,唐昭宗时蔡炉从王潮入闽,为建阳长官,卜居麻沙镇,累传至宋代而有蔡谅、蔡发、蔡元定、蔡渊、蔡沈、蔡沆、蔡模、蔡杭,一门清俊而博学。刘世家则来自京兆,自唐刘翱之后,传至宋代有刘颌、刘勉之、刘清夫、刘崇之、刘子翚、刘淮、刘懋、刘纯、刘燫、刘炯、刘垕、刘填、刘钦、刘应李等。

《(万历)建阳县志》序刘世家曰:"刘之先以诗文著者,代不乏人。自文忠公从元晦游,始崇尚经术……其子若孙皆师事元晦,以儒知名……累数叶而明经饬吏者彬彬然盛也。然吾闻刘氏有五忠,皆以身死国,凛然犹有生气,邑人每传之而奉祠庙貌不绝也。"②刘翱为唐末开国公,昭宗季年,与其弟金吾将军刘翔、将作监簿刘幽入闽,刘翔居崇安五夫里,刘翱居建阳麻沙,刘幽居建阳马铺。卜居麻沙镇南之刘翱,手植樟木,大数十围,且建祠以祀鼻祖汉代刘向,至宋代,裔孙刘中创瑞樟书院,与其兄子翚讲道其中。③ 这个家族不仅是儒学世家,而且有"五忠世家"之称,因为刘翔之八世孙刘韐谥曰忠显,刘韐之子刘子羽谥曰忠定,子羽之子刘珙谥曰忠肃,刘翱七世孙刘颌谥曰忠简,十二世孙刘纯之庙号赐忠烈。建阳自宋至明著名的刻书世家刘氏,应该多出自这一家族。宋代刘氏私家刻书数量最多,刻书内容多经史儒学、名人著作,从"一经堂"、"天香书院"、"麻沙刘仕隆宅"、"麻沙刘将仕宅"、"麻沙刘通判宅仰高堂"、"麻沙镇水南刘仲吉宅"等家刻题署都能感受到刘氏刻书的家学渊源。元代刘应李化龙书院曾刻刘燫著作《云庄刘文简公文集》十二卷《外集》十卷《年谱》一卷,至明代正统九年(1444)刘燫九世孙刘稳重刊。明代著名刻书家刘弘毅亦为刘氏后裔,其慎独斋所刻仍以经史为主,皆为精品善本,所刻《十七史详节》以"五忠后裔"、"精力史学"

---

① 〔明〕魏时应等修《(万历)建阳县志》卷六《人物志》,第 396 页。
② 〔明〕魏时应等修《(万历)建阳县志》卷六《人物志》,第 406 页。
③ 〔明〕魏时应等修《(万历)建阳县志》卷二《建置志》,第 310—311 页。

相标榜。刘氏为建阳刻书之大族,学术渊源有自,源远流长。

　　士大夫家族入闽之后往往聚族而居,聚族而居有利于家族适应环境,也有利于保持传统、形成家族文化。福建各地至今保留着很多古村落、古民居,几乎每一姓氏都有自己的族谱、宗祠,其中保留了不少家族的家训,宗祠楹联也往往表现了重儒崇教的家族文化,这些都是各代移民聚族而居的文化遗存。入闽家族带来中原地区重视教育的传统,很多家族为教育子弟而开办书院、塾学。如南唐尚书熊延祕提兵入闽,遂家于建宁①,后来卜居建阳。熊氏聚族于建阳崇泰里(今建阳莒口),建鳌峰书院以教育子弟,后人称其地为熊墩。熊延祕后裔人才辈出,熊人霖《建阳熊氏儒籍记》历数自南唐熊延祕、熊博至于明代熊宗立,熊氏东西两族一共27人,多儒学名家。如宋末元初熊禾为朱熹三传弟子,著名理学家,继承和弘扬朱子学说,著有《四书标题》、《大学广义》、《学庸或问释义》、《易启蒙通义》、《尚书口义》、《书集说》、《春秋通解》、《三礼传义》、《三礼考异》、《诗选正宗》、《农礼兵刑稿》等。熊禾入元不仕,隐居武夷五曲,构筑洪源书院,读书讲学,晚年回到熊墩,重建鳌峰书院,从学者众。至正癸巳(1353)熊禾曾孙熊坑刻熊禾著作《勿轩易学启蒙图传通义》七卷于鳌峰书院。成化三年(1467)熊坑曾孙刻《熊勿轩先生文集》八卷。熊氏"至明人文日盛,孙枝蕃衍,簧序济济,多岁荐者,其熊屯密溪,亦皆西族系儒籍,而东族别有谱,两族之分于汀、邵、泉、漳者,不可胜纪,科第项背相望云"②。建阳书林熊氏祖于宋代熊忠信,理宗端平乙未进士,忤贾似道而被贬,遂弃官不仕,自号梅隐,此即熊氏书坊梅隐书堂之来历。熊氏刻书代有其人,至明代尤盛。

　　世家大族入闽并兴办教育,无论对于闽学的形成和发展,还是刻书业的兴盛,乃至闽文化全面兴盛、名人辈出,都有着深远的影响。宋代建阳刻书以家塾型私家刻书为主,如建安黄善夫家塾、刘元起家塾、陈彦甫家塾、虞氏家塾、曾氏家塾、蔡梦弼家塾、魏仲举家塾、魏忠卿家塾、梅山蔡建侯行甫蔡氏家塾等,刻书内容以经史为主,也有一些诗文集,可见刻书与家塾教育的密切关联。

---

① 〔明〕熊人霖《建阳熊氏儒籍记》,《鹤台先生熊山文选》卷二,日本内阁文库藏清初潭阳余震等校刻本,第一册。
② 〔明〕熊人霖《建阳熊氏儒籍记》,《鹤台先生熊山文选》卷二。

建阳刻书兴盛于宋代,是与中国文化发展至宋代的积累和转型相关的。这个转型很重要的方面在于文化下移,其实就是精英文化的普及。特别在南宋,因为福建所处的特殊地理位置,成为中原精英文化聚集、传承和发展之地。建阳,作为闽学的核心区域,有着精英文化的深厚积淀。刻书,正是文化厚积薄发的表现;刻书事业,正是精英文化普及的方式,所以,建阳刻书对此后文化的传承发展,对于国民教育、开启民智具有重要意义。正是以此深厚的刻书文化为背景,建阳刊刻小说作为建阳刻书的一类,始终以教育和普及为基本理念。

三、山水相连的商业与文化交流网络

福建虽然偏于海隅,却与江南地区、中原地区交流密切。武夷山脉,战乱之时是闽地封闭自成一体的天然保障,太平时期是闽地交通江南、通往中原的重要地脉。作为刻书中心的建阳,其地域文化的独特性不在于山水阻隔的自成体系,而在于山水相连的交流沟通。由于地缘切近,闽、赣、浙之同姓氏往往出于同源,如建阳刻书大族熊氏、刘氏、余氏等,与江西同一姓氏为同宗同族,由此可见地域之间的交流密切。位于武夷山南麓的建阳,处于出入闽地交通要道,《(万历)建阳县志》录邑人御史陈纪之文曰:"潭阳四冲之衢也。南通延建,西通邵武,自崇安北者通江右,自浦城东者通江左,车辙马迹,日无停晷。"①闽北与江西、浙江密切交流,融入以江南为中心的商业网络和文化网络,这是建阳刻书包括小说刊刻重要的地理文化背景。

福建与外地的商业贸易有陆路与海路,二者并存。陆路要翻越西北部的大山。唐以前的陆路主要是翻越仙霞岭或武夷山通往浙江、江西的道路,由汀州入江西虔州的交通唐宋以后也常见记载。海路则有南北两个方向。由福州向南经泉州到广州,由福州向北可通往江南、渤海等地。通过陆路与海路,福建与浙江、江西、岭南等地广泛贸易交流,且以这些地区作为中介,与南北各地贸易交流。此外福建还有外洋航线,从福建沿海通往朝鲜半岛、日本列岛、东南亚各国等。唐代福建的福州、泉州与广州、扬州并称为对外贸易主要区域。五代闽国时期,由于王审知的大力推进,福建外贸快速发展,成为海上南北贸易的交汇点。至于宋元,泉州更成为东方第一大港。根

---

① 〔明〕魏时应等修《(万历)建阳县志》卷二《建置志》,第323页。

据宋代赵汝适《诸蕃志》记载,当时与泉州贸易的主要国家与地区分布于东亚、东南亚、南亚、西亚、东非乃至欧洲罗马,包括40多个贸易点。福建的对外贸易非常发达,但福建本身的市场不大,福建从海外进口的奢侈品多销往内地,获得巨大的经济效益。江南、中原是福建对外贸易的巨大腹地,是福建对外贸易原料产地、商品来源地与重要市场。福建长期以来形成了沟通江南商业圈的商路,成为广义的江南地区经济共同体中的一个重要部分。

独特的地理条件和历史上特别的政治形势,使福建在很长时间内是江南商业圈中颇具优势的贸易区。由于商品经济活跃,福建人走南闯北从事商业活动,外地商人包括外国商人也纷纷入闽贸易,加速了福建文化与外来文化的交流,所以,福建往往是得风气之先的开化之地。发达的贸易交流开阔了闽人眼界,壮大了闽人闯天下走四方的胆魄,形成了闽人开拓进取的性格。福建商人信息灵通、思路灵活、市场意识敏锐,这是建阳刻书的又一文化背景。以建阳书坊为主体的闽刻与市场流通关系密切,在京师和江南地区流行的刻本,建阳书坊很快便有翻刻;同时,建阳书坊经营方式灵活,占市场份额很大,建本也经常为江南各地所翻刻。"建本"也是海外贸易的商品之一,通过福州、泉州的海外贸易之舟,把当时最先进的中华文化带到世界各地。

福建与江南不仅是商业共同体,也是文化共同体,人才交流频繁,共同推进了南方文化的繁荣鼎盛。朱熹之生平向学、交友切磋、培育后进最为典型。朱熹之父朱松为徽州婺源人,出仕入闽,与闽之理学人物交好,往来密切。绍兴十三年(1143)朱松去世前将家事托付给好友崇安五夫刘子羽,并嘱咐朱熹从学胡宪、刘勉之、刘子翚三先生。朱熹成年出仕后又师从延平李侗,还曾在赴任同安途中拜访兴化郑樵,据说促膝交谈三天三夜。隆兴元年(1163)朱熹与豫章张栻交往,研讨《中庸》,后来朱熹与张栻、吕祖谦(婺州人)合著《胡子〈知言〉疑义》,评述张栻之师胡宏的"性体心用"说。淳熙二年(1175)吕祖谦访寒泉精舍,与朱熹合编《近思录》;其后朱熹送吕祖谦到信州,与陆九渊、陆九龄相会于鹅湖寺,相与议论,此为著名的"鹅湖之会"。高水平学者的交流、相与激发,是闽学成为显学、朱熹成为文化巨人的必要条件。朱熹一生培养学生众多,《朱熹门人录》统计总数为511人,其中闽北三州府84人,泉州14人,漳州等闽中其他地区73人,江西、安徽95人,浙江76人,江苏7人,湖南等其他各地162人。通过门人传播,朱子闽学在全国各地开花结果,甚至传到海外,影响深远。而朱熹门人以福建、江西、浙江、湖南最多,儒学此后的发展也主要在这些地方,儒学后继者无不受闽学影响而发扬光大。朱熹的一些门人因为追随朱熹而移居建阳,如浙中叶味道,师从朱熹,后来定居建阳莒口后山,其子叶采,师从蔡渊。如祝穆兄弟,祖籍婺源,曾祖祝确为朱熹的外祖父,父亲祝康国是朱熹表弟,跟随朱熹的母亲祝氏居于崇安。祝穆兄弟早年丧父,跟随朱熹学习成长,定居建阳。而朱熹则把自己的长子朱塾送到婺州,托付给吕祖谦教育,在吕祖谦的安排下,朱塾在婺州学习并成家立业,最后病故于婺州。这些都表现了福建与江南地区文化交流之密切,文化区域之一体。

福建与江南地区密切的文化交流是建阳刻书兴盛的重要条件。宋元明建本的编撰者绝大多数为福建、江西、浙江人。事实上,宋代以后,文化中心南移,文学与学术著作的作者多为南方人。比如上文述及类书,今见《四库全书》子部类书类一所收录的宋代类书29种,奉敕编撰的《太平御览》、《册府元龟》暂且不论,24种基本可确定编撰者的类书中,编撰者的地域分布是:浙江14种,福建5种,江苏2种,江西1种,河南2种。此外,编撰《六贴补》之杨伯岩郡望为代州(今属山西),但杨伯岩已是南宋人,生活在南方,曾任职衢州。可见江南文学之盛。宋代类书多为建阳刊本,实际上还有很多出于闽人和江右文人之编,因清初传播所见和选择标准的缘故,《四库全书》所选闽编闽刻不多。类书之外,建阳书坊所刊经史子集各类著作多出于浙江、江西、福建人编著,这些地区盛产状元,建阳书坊很多刊本便冠以状元编选,以此为金字招牌。比如南宋建阳刊刻苏轼诗类注本现存三种:一为黄善夫刊本,题"王状元集百家注分类东坡先生诗";一为建安万卷堂本,题"王状元集诸家注分类东坡先生诗";一为魏仲卿家塾本,题"王状元集诸家注分类东坡先生诗"。此外,南宋坊刻本还有《王状元集百家注编年杜陵诗史》三十二卷。王状元为王十朋,温州乐清人,绍兴二十七年(1157)进士第一,宋代名臣,朝野敬重,晚年出知泉州,跟他此前任职饶州、湖州等地一样,留下赫赫功绩和爱民美名,也留下不少诗文。其人其文,得当代后世盛赞,《四库全书总目》称其"立朝刚直,为当代伟人"①。建阳书坊这些编刊打着王十朋状元旗号,在当时是有很大的影响力的。从宋代到明代,建阳大量刊刻的通俗读物署名编撰者多为江浙或江西、福建名人。可见,建阳刻书之

---

① 〔清〕永瑢等《四库全书总目》卷一五九《集部·别集类一二》,第1371页。

盛,正是以江南文化之繁盛为依托。

与江南地区密切交流,以中原腹地为根本,交通南北,辐射海外,是福建经济文化的基本情形,也正是福建刻书发展的基本情形。江浙刻书业繁盛,并且长期是图书的聚散地,福建以其山地竹木资源与造纸业优势、人口密集而劳动力廉价之优势,成为江浙图书聚散的主要供应区。宋代很多刻本最早出现于福建,南方各地刻书往往在闽刻基础上重新编刊,延至明清,建阳刻书内容和版式上的创新也常为江南书坊所借鉴。建阳刻书之盛,也推进了江南地区的文化发展,不仅以书籍消费的形式,而且直接为江南各地输送刻书人才,明代福建不少优秀刻工活跃于江浙地区,万历以后,建阳不少书坊都在金陵开设分肆,建阳刻书和江南刻书融合,从而进一步推进了刻书业的发展,推进了区域文化乃至全国文化的繁荣发展。

元代以后,政治中心回归北方,江南地区回归为交通、经济、文化中心,闽北失去了宋代那样因天时、地利而生的政治文化优势地位,但是,闽北毗邻江南所处的商业网络和文化网络优势仍然存在,这是商业和文化交融发展的刻书业兴盛的重要条件。因此在闽北文化衰退的情况下,建阳刻书在明代持续发展至于鼎盛,一方面在于宋元时期刻书业打下的坚实基础,建阳书坊多世代经营的刻书世家,家族事业和地方产业的延续有一定的稳定性;另一方面,建阳所处的地理位置仍然是建阳刻书兴盛的重要条件,浙江、江西文化之繁盛是建阳刻书重要的支持,为建阳书坊准备了充足的稿源和巨大的读者群。建阳在省内与各地的交通也较为方便,特别是通往福州的闽江水路之便,使得建阳书坊获得福州、兴化、泉州等地的重要支持。

福建在宋代的文化地位虽然成为不可重复的历史陈迹,但是文化发展有其延续性,文化积淀有其一贯性,福建文化在宋代之后仍然持续发展,在全国文化繁荣的大背景下福建仍然处于前列。从唐代后期开始,福建著名文学家在全国行政区域的排名开始跻身于前列,南宋最盛,此后元明清仍然位居前列。根据学界统计数据,福建著名文学家人数在全国的排名情况是这样的:唐代后期第七名(19人),北宋第六名(30人),南宋第三名(78人),元代第六名(28人),明代第四名(97人),清代第六名(88人)。[①] 但

---

① 参见梅新林《中国文学地理形态与演变》表5—1"历代著名文学家籍贯地域分布表",复旦大学出版社2006年版,第583页。

就福建省内来说,闽北文化的优势地位在宋元的高峰之后急剧衰落。宋代无疑为闽北地区最盛,在福建114位文学家中闽北三府占了58人,分别为建宁39人,邵武9人,南剑10人。元代闽北仍然领先,在福建27位文学家中闽北三府占了11位。但是,明清二代闽北衰落明显,明代福建产生98位文学家,福州37人,兴化21人,泉州19人,闽北三府只有12人。清代福建产生87位文学家,福州44人,泉州10人,兴化7人,闽北三府只有12人。①

闽北文化衰落的直接原因在于未能再出现宋代大儒那样的文化领军人物,但根本原因是政治经济文化重心更加高度集中于吴越地区,明清时代浙江江苏一带的文化繁荣鼎盛。明代全国产生1347位有籍贯可考的文学家,吴文化区430人,越文化区294人,列全国第一第二,远远高于其他各地。有明一代,吴文化区的文魁(状元、榜眼、探花及会元)达66人,为全国之冠(当时全国文魁共244人),越文化区48名文魁,与江西地区并列全国第二。② 吴越文化的兴盛吸引了全国士子移居吴越,闽人中的翘楚就有不少长期居于吴越。

就福建省内各地来说,沿海的发展条件优于闽北山区,根本原因在于交通条件的变化。明代万历年间王世懋《闽部疏》谓:"凡福之绸丝,漳之纱绢,泉之蓝,福、延之铁,福、漳之橘,福、兴之荔枝,泉、漳之糖,顺昌之纸,无日不走分水岭及浦城小关,下吴越如流水;其航大海而去者,尤不可计……"③这段话常被研究者引用,一般关注的是从分水岭和浦城小关下吴越的商品之多,这固然是事实,但王世懋还提到,走海路的商品比走闽北山路的还更多。为什么走海运的商品更多呢?一方面是沿海平原种植经济作物多,另一方面是沿海经商者多,还有一个重要条件是沿海走海路,明代航海条件进一步发展,航道畅通,不仅往海外,就是往岭南或江浙以北,也以水路便利。交通条件的变化,其实是闽北山区经济文化地位变化的先声,从此以后,水运不发达的山区经济文化发展日渐落后。历史上北方移民入闽以后往往经过闽北,沿着闽江继续顺流而下到达沿海平原。宋元以后,福建沿

---

① 据曾大兴《中国历代文学家之地理分布》第六章表十五、第七章表十八、第八章表二十二、第九章表二十五统计。参见曾大兴《中国历代文学家之地理分布》,商务印书馆2013年版。
② 曾大兴《中国历代文学家之地理分布》,第399页、第403页。
③ 〔明〕王世懋《闽部疏》,第十七叶,《纪录汇编》卷二百七,明万历四年陈于廷刻本。

海人口密度已经很大,闽北人口更多往江浙地区迁移。闽北人口也有一部分往江浙山区迁移,但经济文化水平比较高的人群则多往江南发达区域、中心城市迁移。宋代至明清,福建迁往江南文化中心的人群有好几类,一是读书出仕定居江浙,如宋代蔡京,明末清初黄虞稷、余怀家族等;二是谋生经营迁往江浙,比如明代后期有不少建阳书坊在金陵等地开分肆。另外,也有政府行政命令征集外迁,比如明代洪武年间征集各地书户进入凤阳,其中就有福建书户。明代以后新的移民进入闽北山区,则是来自江西、浙江山区之民。闽北文化水平下降具有多方面原因。

　　刻书业的兴盛必然以经济文化的发展为基础,因此,明代建阳书坊虽然从刻书数量来说仍为全国书坊之首,但完全依靠外界的文化支持必然底气不足,不堪一击。明末清初,福建长期处于战火之中,先是明亡之战,接着是三藩之乱,几十年间交通阻隔,被战火摧毁的建阳书坊此前曾历经多次战乱,这一次却无力恢复。平定三藩之后,海上航路畅通,福州泉州地区与江浙往北地区的交流更为便捷,闽北作为交通要道的地位逐渐下降,再加上从明末清初开始江西文化水平下降,江西读书士子为建阳书坊提供的作者和读者群体缩减,建阳书坊所处的区位优势更为减弱。此后中国逐渐纳入全球海洋文明之进程,文明发展进一步往沿海转移。就福建区域刻书来说,明末清初闽西汀州延续了建阳之发展,但刻书中心最终集中于省城福州,沿海泉州、厦门刻书也逐渐兴盛。而建阳书坊只是偶有雕刻,谱写了六百年的刻书传奇就此曲终收拨。

上　编

第一章　宋代建阳刊刻小说及其地域文化背景

　　小说概念有传统目录学所谓小说和文学文体意义之小说的区分。文学文体意义之小说有一部分为书目文献所著录，但俗化之传奇杂俎和说话艺术之话本则不为书目文献所顾。宋代建阳书坊刊刻的小说总数不多，但多为传统目录学所谓小说。这样的小说刊刻之文类倾向并非建阳书坊所特有，而是宋代小说刊刻的普遍特征，因为宋代世风和文风重知识、重学术，重知识之实用是宋代文学普遍的价值判断。由于建阳本地和周边地区为宋代文化教育最发达地区，建阳刻书最为重要的特点是重教育、重知识，刻书的内容以正经正史、子部儒家、医书、类书和文人别集为主，在这样的背景下，小说刊刻必然出于知识传播的价值判断。跟刻书中心杭州相比，建阳书坊刊刻小说虽然数量不多，但都是宋人小说中影响较大的作品，如曾慥《类说》，洪迈《夷坚志》、《容斋随笔》，张师正《括异志》，司马光《涑水记闻》，王明清《挥麈录》等，这样的稿源质量跟南宋福建文化鼎盛有一定关系。作为理学中心的建阳，同时作为全国刻书中心之一，能获得当时文化领域一流水平的稿源。另外，此时建阳也可能刊刻了《大唐三藏取经诗话》和罗烨《醉翁谈录》这样具有通俗性质的文学文体意义的小说，这类小说的刊刻具有重要的文学史意义。宋代建阳小说刊刻一方面因应全国重知识、重实用的小说风气，另一方面则因书坊经营方式而表现出对趣味性、娱乐性的追求，但都与宋代建阳，乃至福建全省刻书环境密切相关，而建阳乃至全省之刻书，则以当地的经济文化发展水平为基础。

第一节　宋代小说观念与建阳刊刻小说

　　当我们言说小说历史的时候，往往会有两种不同的视角：一种是同情之理解,作历史场域之还原;一种是以现代观念分析,作历史发展之回溯。我们对宋代小说刊刻的讨论,以前者为基础,但兼顾现代观念之回溯。

本书研究对象的确定,首先是立足于现代小说观念,以叙事文学文体的小说为主要研究对象。但宋代作为文学发展由雅入俗的转变期,文学文体小说与传统目录学所谓小说之间的关系极为密切①。传统目录学所谓小说包含了一部分文学文体小说,而我们现今所谓文学文体小说溢出于传统目录学小说范畴之外的那些著作,又与传统目录学小说概念和小说作品有着千丝万缕的关联,即使不入传统目录学法眼的白话小说,也往往以传统目录学之小说作为基础。如罗烨《醉翁谈录》之《舌耕叙引·小说开辟》所言:"夫小说者,虽为末学,尤务多闻。非庸常浅识之流,有博览该通之理。幼习《太平广记》,长攻历代史书。烟粉奇传,素蕴胸次之间;风月须知,只在唇吻之上。《夷坚志》无有不览,《琇莹集》所载皆通。动哨、中哨,莫非《东山笑林》;引倬、底倬,须还《绿窗新话》……"②《太平广记》、《夷坚志》等见录于古代书目之小说家类。其中如《太平广记》,今人亦视之为小说总集,但是,编纂于宋代早期的这部小说总集,无论编排体例,还是选录内容,若用今天的小说观念来衡量,都不是出于小说文体的考虑,而其内容之庞杂,恰恰体现了宋代包容杂家博闻和传说补史的小说观念。因此,我们的讨论不能不从传统目录学所谓小说概念说起,就宋代部分,也不能不包容传统目录学所谓小说著作。

一、关于小说概念和宋代小说观念

关于"小说"一词在历史上的内涵丰富和概念差异,前人早有讨论,至少在明代就已有文人认识到"小说"一词指涉不同文体,如郎瑛《七修类稿》指出作为说话伎艺的小说跟诗话传记之流的小说是不同的③。而今之学界对小说概念的内涵、小说观念的变化、小说文体的差异更有不少讨论和辨析。

如谭帆、王庆华《"小说"考》一文讨论了"小说"的内涵演变,梳理了小

---

① 参见石昌渝《中国小说源流论(修订版)》,生活·读书·新知三联书店2015年版,第8页。
② 〔宋〕罗烨《醉翁谈录》甲集卷一,古典文学出版社1957年版,第3页。
③ 〔明〕郎瑛《七修类稿》,上海书店出版社2001年版,第229页。

说概念的四种基本内涵:一是无关于政教的"小道",指谈说浅薄道理的论说性著作,这是先秦两汉时期确立的最早的"小说"文类观,在后世广为延续,影响深广;二是有别于正史的野史、传说,是指与"杂史"、"杂记"等相近而又相区别的叙事性作品,以南朝梁《殷芸小说》为标志;三是作为口头伎艺名称,指民间发展起来的"说话"伎艺,明代文人把说话伎艺视作通俗小说之源;四是虚构的有关人物故事的特殊文体,主要指通俗小说,这是明清通俗小说兴起且繁盛之后所确立的"小说"内涵,体现了小说观念的演化。此文对"小说"内涵的论述主要着眼于"小说"概念的演化轨迹,同时指出"小说"概念历时性和共时性并具,"小说"指称对象的变化,并不意味着对象之间的更替,而常常表现为"共存":"如班固《汉志》的'小说'观一直影响到清代,《四库全书总目》对'小说'的看法即与《汉志》一脉相承,《总目》所框范的小说'叙述杂事'、'记录异闻'、'缀辑琐语'和明清以来的通俗小说在清人的观念中被同置于'小说'的名下。"①

段江丽《中国古代小说概念的四重内涵》通过对历史文献的梳理和分析,也提出中国古代"小说"概念的四重内涵:"先秦时期,'小说'是一个词语;两汉之际,'小说'是一种学术流派、学术思想;魏晋至清末民初,'小说'指经史子集之外的庞杂文类;宋元明清,在小说作为庞杂文类概念的同时,还衍生出另一种内涵,指一种与传统诗歌、戏剧并列的文学文体。其中,前三种内涵均与文体无关,第四种涵义则已经是一种明确的文体概念,而且与现代小说概念高度重合。晚清林纾等人选择以'小说'一词来作为西方 fiction、novel 两个词汇的译词,应该与中国古代'小说'概念的第四种内涵有直接的关联,至少可以说是第四种内涵的合理延伸。"②

宋代,是中国文学雅俗交融、俗文学快速发展的重要阶段,就小说来说,在笔记杂著、野史传说之外发展出了说话伎艺之小说。因此,学界关于宋代小说的研究,往往兼顾作为文类的小说和文学文体意义上的小说。

就宋人的表述来说,似乎可以分为书目文献中的"小说"和文学话语表达中的"小说",体现的是不同的小说观念。

宋代公私书目都列"小说"类,虽然以现在的小说观念来看,这些书目

---

① 谭帆、王庆华《"小说"考》,《文学评论》2011 年第 6 期。
② 段江丽《中国古代小说概念的四重内涵》,《文学遗产》2018 年第 6 期。

所谓小说都是庞杂文类的概念,但是,宋代四大书目《崇文总目》、《遂初堂书目》、《郡斋读书志》、《直斋书录解题》小说类所录多有相同,由此可见,尽管"小说"所指庞杂,但是,当时对小说文类的判断又基本相同,可见为一个时代的文类和小说观念。四大书目中,晁公武《郡斋读书志》和陈振孙《直斋书录解题》多有考证解题,为今人研究所倚重。《郡斋读书志》有宋代刻本流传,《直斋书录解题》则是清代以来学者据前代残本辑录整理而成。但是,《直斋书录解题》相对晚出,在书目考论中对前代书目多有涉及,可见陈振孙对书目归类等问题是有思考的,《直斋书录解题》对小说文类的认识多少可以代表他所处时代的观念。陈振孙曾任职莆田,"传录夹漈郑氏、方氏、林氏、吴氏旧书"①,可能也正因为如此,所录比其他几部宋代书目更多闽人著述,虽然未能一一判断这些著作当时是否有刊本,但作为建阳刻书的地域文化背景还是有其参考价值,故而录《直斋书录解题》之"小说家类"目录如下:

    神异经一卷　称东方朔撰
    十洲记一卷　称东方朔撰
    洞冥记四卷、拾遗一卷　东汉郭宪撰
    拾遗记十卷　晋王嘉撰
    名山记一卷　晋王嘉撰
    殷芸小说十卷　宋殷芸撰
    世说新语三卷、叙录二卷　宋刘义庆撰
    续齐谐记一卷　梁吴均撰
    北齐还冤志二卷　颜之推撰
    古今同姓名录一卷　梁元帝撰
    朝野佥载一卷　唐张鷟撰
    补江总白猿传一卷　无名氏
    冥报记二卷　唐唐临撰
    刘𫗧小说三卷　唐刘𫗧撰
    隋唐嘉话一卷　刘𫗧撰
    博异志一卷　称谷神子撰

---

① 〔宋〕周密著,张茂鹏点校《齐东野语》,中华书局1983年版,第217页。

辨疑志三卷　唐陆长源撰
宣室志十卷　唐张读撰
封氏见闻记二卷　唐封演撰
刘公佳话一卷　唐韦绚撰
戎幕闲谈一卷　韦绚撰
闻奇录一卷　不著名氏，当为唐末人
柳常侍言旨一卷　唐柳珵撰
幽闲鼓吹一卷　唐张固撰
知命录一卷　唐刘愿撰
前定录一卷　唐钟辂撰
甘泽谣一卷　唐袁郊撰
乾馔子三卷　唐温庭筠撰
尚书故实一卷　唐李绰撰
杂纂一卷　唐李商隐撰
卢氏杂记一卷　唐卢言撰
杜阳杂编三卷　唐苏鹗撰
酉阳杂俎二十卷、续十卷　唐段成式撰
庐陵官下记二卷　段成式撰
唐阙史三卷　唐高彦休撰
北里志一卷　唐孙棨撰
玉泉笔端三卷又别一卷　不著名氏
云溪友议十二卷　唐范摅撰
传奇六卷　唐裴铏撰
三水小牍三卷　唐皇甫枚撰
醉乡日月三卷　唐皇甫松撰
异闻集十卷　唐陈翰撰
卓异记一卷　称李翱撰
大唐说纂四卷　不著名氏
摭言十五卷　唐王定保撰
广摭言十五卷　何晦撰
金华子新编三卷　刘崇远撰，五代时人

耳目记一卷　无名氏
唐朝新纂三卷　石文德撰
豪异秘纂一卷　无名氏
纪闻谭三卷　蜀潘远撰
北梦琐言三十卷　孙光宪撰
后史补三卷　高若拙撰
野人闲话五卷　景焕撰
续野人闲话二卷　不知作者
开颜集三卷　周文规撰
洛阳缙绅旧闻记五卷　张齐贤撰
太平广记五百卷　李昉等修
秘阁闲谈五卷　吴淑撰
广卓异记二十卷　乐史撰
谈苑十五卷　宋庠录杨亿言论
文会谈丛一卷　上官融撰
国老闲谈二卷　称夷门君玉撰，不著姓
洞微志三卷　钱易撰
乘异记三卷　张君房撰
补妒记八卷　王绩编
祖异志十卷　聂田撰
括异志十卷、后志十卷　张师正撰
郡阁雅言二卷　潘若冲撰
茅亭客话十卷　黄休复撰
嘉祐杂志三卷　江休复撰
梦溪笔谈二十六卷　沈括撰
苕川子所记三事一卷　不知作者
东斋记事十卷　范镇撰
该闻录十卷　李畋撰
纪闻一卷　李复圭撰
东坡手泽三卷　苏轼撰
艾子一卷　传为苏轼作

龙川略志六卷、别志四卷　苏辙撰
玉壶清话十卷　僧文莹撰
张芸叟杂说一卷　张舜民撰
画墁集一卷　张舜民撰
洛游子一卷　题司马光，非也
麈史三卷　王得臣撰
苏氏谈训十卷　苏象先撰
续世说三卷　孔平仲撰
孙公谈圃三卷　刘延世录孙升所谈
渑水燕谈十卷　王闢之撰
乌台诗话十三卷　朋九万录东坡案相关资料
碧云騢一卷　梅尧臣撰
青箱杂记十卷　吴处厚撰
师友闲谈一卷　李廌撰
剑溪野语三卷　陈正敏撰
冷斋夜话十卷　僧惠洪撰
墨客挥犀十卷、续十卷　不知名氏
搜神秘览三卷　章炳文撰
石林燕语十卷　叶梦得撰
燕语考异十卷　宇文绍奕撰
玉涧杂书十卷　叶梦得撰
岩下放言一卷　叶梦得撰
柏台杂著一卷　石公弼撰
绀珠集十二卷　朱胜非编撰
类说五十卷　曾慥编撰
春渚纪闻十卷　何薳撰
曲洧旧闻一卷、杂书一卷、骰骰说一卷　朱弁撰（朱熹从父）
南游记旧一卷　曾纡撰
翰墨丛纪五卷　滕康撰
铁围山丛谈五卷　蔡絛撰
萍洲可谈三卷　朱彧撰

砚冈笔志一卷　唐稷撰

泊宅编十卷　方勺撰

却扫编三卷　徐度撰

闲燕常谈三卷　董弅撰

唐语林八卷　王谠撰

道山青话一卷　不知何人

复斋闲记四卷　龚相撰

鄞川志五卷　朱翌撰

窗间纪闻一卷　陈子兼撰

枕中记一卷　不著名氏

姚氏残语一卷　姚宽撰

槁简赘笔二卷　章渊撰（章子厚子孙）

老学庵笔记十卷　陆游撰

夷坚志甲至癸二百卷、支甲至支癸一百卷、三甲至三癸一百卷、四甲四乙二十卷，大凡四百二十卷　洪迈撰

睽车志五卷　郭彖撰

经锄堂杂志八卷　倪思撰

续释常谈二十卷　龚颐正撰

北山记事十二卷　王遘撰

云麓漫钞二十卷、续钞二卷　赵彦卫撰

儆告一卷　不著名氏

夷坚志类编三卷　陈昱编

山斋愚见十书一卷　称灌圃耐得翁撰

桯史十五卷　岳珂撰

游宦纪闻十卷　张士南撰

鼠璞一卷　戴埴撰

周卢注博物志十卷、卢氏注六卷　晋张华撰

玄怪录十卷　唐牛僧孺撰

潇湘录十卷　唐李隐撰

龙城录一卷　称柳宗元撰

树萱录一卷　不著名氏

云仙散录一卷　称唐冯贽撰

葆光录三卷　陈纂撰

稽神录六卷　南唐徐铉撰

启颜录八卷　不知作者

清异录二卷　称翰林学士陶穀撰

归田录二卷　欧阳修撰

归田后录十卷　朱定国撰

清夜录一卷　沈括撰

续清夜录一卷　王铚撰

王原叔谈录一卷　王洙之子录其父所言

延漏录一卷　不著名氏。疑为章得象之侄章望之所作

清虚居士随手杂录一卷　王巩撰

石渠录十一卷　黄伯思撰

避暑录话二卷　叶梦得撰

台省因话录一卷　石公弼撰

思远笔录一卷　王寓撰

秀水闲居录三卷　朱胜非撰

闻见后录二十卷　邵某撰

侍儿小名录一卷、续一卷　朋溪居士撰

纪谈录十五卷　传密居士撰

贤异录一卷　无名氏

能改斋漫录十三卷　吴曾撰

挥麈录三卷、后录十一卷、第三录三卷、余话一卷　王明清撰

投辖录一卷　王明清撰

吴船录一卷　范成大撰

琐碎录二十卷、后录二十卷　温革撰

鉴诫别录三卷　欧阳邦基撰

乐善录十卷　李昌龄撰①

---

① 〔宋〕陈振孙著，徐小蛮、顾美华点校《直斋书录解题》，上海古籍出版社1987年版，第315—344页。

《直斋书录解题》小说类书目167种。

另外,《直斋书录解题》之传记类和杂家类中有些作品,后世常泛称为小说,如《古列女传》、《博物志》等。而"传记类"中的一些作品,今人研究中多归于文学文体意义上的小说,比如《飞燕外传》、《梁四公记》、《杨妃外传》等。或许正因为"传记类"不少作品符合现代观念中的小说文体特征,因此,在相关研究中不少学者把"传记类"中一些虚构因素不太明显的作品也称为小说,而这些作品实录特征更为明显,比较接近史学意义上的"传记"文类。因此,不妨也通过《直斋书录解题》了解文学文体意义上的小说与史学意义上的传记并列于宋人"传记"观念的情况。且抄录《直斋书录解题·传记类》书目如下:

古列女传九卷 东观汉纪十卷 高士传十卷 黄帝内传一卷 飞燕外传一卷 西京杂记六卷 襄阳耆旧传五卷 谈薮二卷 梁四公记一卷 景龙文馆记八卷 狄梁公家传三卷 高力士外传一卷 北征杂记一卷 唐年小录八卷 陵园记一卷 凤池历二卷 邺侯家传十卷 牛羊日历一卷 西南备边录一卷 异域归忠传二卷 蛮书十卷 闽川名士传一卷 崔氏日录一卷 开元天宝遗事二卷 入洛记一卷 中朝故事二卷 敦煌新录一卷 唐末泛闻录一卷 杨妃外传一卷 渚宫故事五卷 锦里耆旧传八卷、续传十卷 平蜀实录一卷 秦王贡奉录二卷 家王故事一卷 戊申英政录一卷 玉堂逢辰录二卷 南部新书十卷 唐登科记十五卷 五代登科记一卷 大宋登科记三十二卷 中兴登科小录三卷、姓类一卷 乘轺录一卷 奉使别录一卷 刘氏西行录一卷 契丹讲和记一卷 庆历正旦国信语录一卷 熙宁正旦国信录一卷 接伴送语录一卷 使辽见闻录二卷 奉使鸡林志三十卷 宣和使金录一卷 奉使杂录一卷 馆伴日录一卷 隆兴奉使审议录一卷 揽辔录一卷 北行日录一卷 乾道奉使录一卷 奉使执礼录一卷 使燕录一卷 李公谈录一卷 丁晋公谈录一卷 贾公谈录一卷 王沂公笔录一卷 沂公言行录一卷 王文正家录一卷 寇莱公遗事一卷 乖崖政行语录三卷 安定先生言行录二卷 曹武惠别传一卷 韩魏公家传十卷 韩忠献遗事一卷 魏公语录一卷 魏公别录四卷 杜祁公语录一卷 文潞公私记一卷 唐质肃遗事一卷 韩庄敏遗事一卷 范忠宣

言行录二十卷　范太史遗事一卷　傅献简佳话一卷　杜公谈录一卷　道乡语录一卷　丰清敏遗事一卷　宗忠简遗事三卷　吕忠穆家传一卷、逢辰记一卷、遗事一卷　襃德集二卷、易学辨惑一卷　吕氏家塾记一卷　桐阴旧话十卷　熙宁日录四十卷　温公日记一卷　赵康靖日记一卷　刘忠肃行年记一卷　绍圣甲戌日录一卷、元符庚辰日录一卷　文昌杂录六卷　闻见近录一卷　辨欺录一卷　回天录一卷　尽忠补过录一卷　吴丞相手录一卷　岳飞事实六卷、辨诬五卷　丁卯实编一卷　孔子编年五卷　诸葛武侯传一卷　韩文公历官记一卷　欧公本末四卷　皇祐平蛮记二卷　孙威敏征南录一卷　唃厮啰传一卷　陕西聚米图经五卷　元丰平蛮录三卷　元祐分疆录三卷　青唐录一卷　交趾事迹十卷　占城国录一卷　鸡林类事三卷　政和大理入贡录一卷　安南表状一卷　边和录五卷　建炎德安守御录三卷　淮西从军记一卷　顺昌破敌录一卷　滕公守台录一卷　二杨归朝录一卷　逆臣刘豫传一卷　许右丞行状一卷　李忠定行状一卷　翟忠惠家传一卷　艾轩家传一卷　夹漈家传一卷、所著书目附　叶丞相行状一卷　谢修撰行状墓志一卷　朱侍讲行状一卷　紫阳年谱三卷　笃行事实一卷　赵丞相行实一卷、附录二卷　赵忠定行状一卷、谥议一卷　倪文节言行录三卷、遗奏志状碑铭谥议一卷　赵华文行状一卷　八朝名臣言行录二十四卷　中兴忠义录三卷　孝史五十卷　孝行录三卷　古今孝悌录二十四卷　廉吏传十卷　南阳先民传二十卷　典刑录十二卷　近世厚德录四卷　救荒活民书三卷　仁和活民书二卷　折狱龟鉴三卷　明刑尽心录二卷　好还集一卷　先贤施仁济世录一卷　莆阳人物志三卷　卧游录一卷　上庠录十卷　上庠后录十二卷　昭明太子事实二卷　祠山家世编年一卷　海神灵应录一卷　鄂国金佗粹编二十八卷、续编三十卷①

很显然，传记类跟小说家类著录的差异是非常明显的。以人物而言，帝王将相之事归于传记类；以事件而言，涉及国家政治、军事、法律、民生之大事，归于传记类。但是，传记类重要的特征之一是叙事。因此后来元明很多小说以这些传记类著作为基本素材，比如从《飞燕外传》《高力士外传》《杨妃

---

① 〔宋〕陈振孙著，徐小蛮、顾美华点校《直斋书录解题》，第 193—223 页。

外传》《天宝遗事》等衍生出不少宫闱题材的小说,比如《折狱龟鉴》等对公案小说的影响,比如《鄂国金佗粹编》等与岳飞故事的关系,等等。后世历史小说大为兴盛和讲史长篇最早成熟,与史部著作的繁盛关系密切,尤其得力于其中以人物为主、重在叙事的传记类著作。

宋代书目文献坚守着传统目录学意义上的小说概念,相当于学术话语体系中的小说概念,其实也体现了当时知识体系中小说的位置。若在学术话语体系之外划分出相对日常、且自有其脉络承传的文学话语体系,则至少在宋代,文学话语体系中已使用文学文体意义的小说概念。如南宋洪迈所言:"大率唐人多工诗,虽小说戏剧,鬼物假托,莫不宛转有思致,不必颛门名家而后可称也。"①而被称为洪迈之言的另一段话更为人所常道:"唐人小说,不可不熟,小小情事,凄惋欲绝,洵有神遇而不自知者,与诗律可称一代之奇。"②这段话见于清人编撰《唐人说荟》之《例言》,据学界考证,此言可能非洪迈所言,而为明人伪托。③但以"小小情事,凄婉欲绝"印证唐传奇诸多名篇,显然因所论恰切而为人们所乐道。

南宋末年吴自牧《梦粱录》所言"小说"则是口传的说话艺术:"说话者谓之'舌辩',虽有四家数,各有门庭。且小说名'银字儿',如烟粉、灵怪、传奇、公案朴刀杆棒发发踪参之事……但最畏小说人,盖小说者,能讲一朝一代故事,顷刻间捏合。"此"小说"只是说话四家之一,说话艺术之说经和讲史,也属于后世文学文体意义的小说概念:"谈经者谓演说佛书,说参请者谓宾主参禅悟道等事,有宝庵、管庵、喜然和尚等;又有说浑经者戴忻庵。讲史书者,谓讲说通鉴汉唐历代书史文传兴废争战之事……"④说话伎艺由来已久,早在汉代末年就有"俳优小说",唐代有"人间小说",宋代说话艺术吸收和融合了文人小说志怪传奇与雅文学诗词艺术的养分,受到不同社会阶层的喜爱,为说话艺术准备的话本或在说话艺术基础上形成的话本,皆为文学文体意义的小说文本。

宋代之后,随着小说观念的发展,论小说者逐渐从叙事类文体中析出虚

---

① 〔宋〕洪迈撰,孔凡礼点校《容斋随笔》卷十五,上册,中华书局2005年版,第194页。
② 〔清〕陈世熙辑《唐人说荟》卷首《例言》第一叶,天津图书馆藏清道光二十三年弁山楼刻本。
③ 参见李剑国《唐五代志怪传奇叙录(增订本)》,中华书局2017年版,第102页注②。
④ 〔宋〕吴自牧《梦粱录》卷二十《小说讲经史》,浙江人民出版社1984年版,第196页。

构成分较为明显的一类故事,甚至考虑故事类型乃至叙事风格的特征,逐渐明晰了作为文学文体的小说概念内涵和外延所指。明代胡应麟对小说的理解是这样的:"小说家一类又自分数种,一曰志怪,《搜神》、《述异》、《宣室》、《酉阳》之类是也;一曰传奇,《飞燕》、《太真》、《崔莺》、《霍玉》之类是也;一曰杂录,《世说》、《语林》、《琐言》、《因话》之类是也;一曰丛谈,《容斋》、《梦溪》、《东谷》、《道山》之类是也;一曰辨订,《鼠璞》、《鸡肋》、《资暇》、《辨疑》之类是也;一曰箴规,《家训》、《世苑》、《劝善》、《省心》之类是也。"①胡应麟已经明确地把志怪和传奇跟其他文类区别开来,可见小说观念已经有了非常大的发展,但是,胡应麟所说小说家仍然是包容庞杂文类的概念。到了清代《四库全书总目》,仍然延续的是传统目录学的小说观念,把不入经史子集的杂类归于小说。《四库全书总目》把小说分为杂事、异闻、琐语三类,跟胡应麟相比还摒弃了传奇类著作,当然,传统目录学更不会关注白话小说,但同样不影响传奇小说和白话小说在文学文体中自然生长、成熟繁盛。

虽然至少在宋代就已经明确使用文学文体意义上的小说概念,但是,此后甚至到晚清的很多文人笔记和公私书目文献中,文类意义上的小说与文学文体意义上的小说概念仍然缠夹不清。也正因为如此,今天的研究者在论及小说刊刻的问题时,立足于现代小说观念的同时,往往会适当兼顾小说概念的历史内涵,沿用前人所谓小说概念和作品所指。

二、宋代建阳刊刻小说概况

上述《直斋书录解题》著录的书目中有的言及雕版情况,《郡斋读书志》也偶有注明版本,但很少,而且,两种书目都极少言及福建刻本。但是,《直斋书录解题》的著录书目不少来自福建藏书家藏书,其中不少闽人著作,还有一些曾经刊刻于建阳的著作如《夷坚志》、《挥麈录》等,同样也未言及版本。从当时刻书情况来看,一方面是小说刊刻并不少见,另一方面是福建本地刻书条件较好,因此,估计当时建阳书坊刊刻小说应当不少,只是目前所见不多,且按所见文献介绍如下。

---

① 〔明〕胡应麟《少室山房笔丛》卷二九《九流绪论下》,上海书店出版社2009年版,第282页。

宋代建阳刊刻小说，首先可说的一类是见于宋人书目且著录为小说的著作：

1.《类说》六十卷，宋曾慥编。此书编成于绍兴六年（1136），绍兴十年始刊于麻沙书坊。宝庆丙戌（1226），建安郡守叶时据麻沙本重刻。麻沙初刻本和宝庆本已亡佚。南宋中叶建阳另有一种刻本，此本现存三卷，藏于中国国家图书馆。明天启六年（1626），山阴岳钟秀据另一写本重刊于新野，现在能见到的《类说》多卷本，就是这个天启本。①

宋人书目如《遂初堂书目》、《郡斋读书志》、《直斋书录解题》等，都将此书归于小说家，清代《四库全书》则归于子部杂家类，《四库全书总目》谓："《类说》六十卷，两江总督采进本。宋曾慥编。慥字端伯，晋江人。官至尚书郎，直宝文阁。奉祠家居，撰述甚富。此乃其侨寓银峰时所作，成于绍兴六年。取自汉以来百家小说，采掇事实，编纂成书……书初出时，麻沙书坊尝有刊本。后其版亡佚。宝庆丙戌，叶时为建安守，为重锓置于郡斋，今亦不可复见。世所传本，则又明人所重刻也。其书体例，略仿马总《意林》，每一书各删削原文，而取其奇丽之语，仍存原目于条首。但总所取者甚简，此所取者差宽，为稍不同耳。南宋之初，古籍多存，慥又精于裁鉴，故所甄录，大都遗文僻典，可以裨助多闻。又每书虽经节录，其存于今者以原本相校，未尝改窜一词。"②

2.《括异志》十卷，宋张师正撰。宋建宁府麻沙镇虞叔异宅刊行。现存明正德十年（1515）影抄本。藏于中国国家图书馆，原为铁琴铜剑楼旧藏。商务印书馆《四部丛刊续编》据此影印。

《直斋书录解题》著录此书为"括异志十卷后志十卷"，今《后志》已佚。《四库全书总目》谓："《括异志》十卷，内府藏本。旧本题宋张师正撰。师正字不疑，熙宁中为辰州帅。《文献通考》载师正擢甲科后，宦游四十年不得志。于是推变怪之理，参见闻之异，得二百五十篇。魏泰为之序。此本不载魏序，盖传写佚之。然王铚《默记》以是书即魏泰作。盖泰为曾布之妇兄，而铚则曾纡之婿，犹及识泰，其言当不诬也。"③

---

① 参见〔宋〕曾慥编纂，王汝涛等校注《类说校注·前言》，上册，福建人民出版社1996年版，第1页。
② 〔清〕永瑢等《四库全书总目》卷一二三《子部·杂家类七》，第1061页。
③ 〔清〕永瑢等《四库全书总目》卷一四四《子部·小说家类存目二》，第1227页。

清代瞿镛《铁琴铜剑楼藏书目录》卷十七《括异志》提要谓："《括异志》十卷，旧钞本。题'襄国张师正纂'。此书惟见陈氏《书录》，尚有《后志》十卷，惜无之。所记皆北宋名臣异事。每段末注，闻之某某，或云，某笔以相示，则师正亦北宋时人也。目录后有'建宁府麻沙镇虞叔异宅刊行'一行。卷末有'正德十年岁次乙亥仲春癸丑日虞山逸民俞洪重录毕'二行。（卷首末有'祝仲子承绪父'、'南阳叔子藏本'二朱记。）"①

3.《夷坚志》，宋洪迈撰。建阳书坊、建宁学府多次刊刻。洪迈编纂《夷坚志》前后时间跨六十年，随编随印，刊刻地点不一，但多次在闽刊行。洪迈于南宋淳熙七年（1180）刻《夷坚乙志》序云："《夷坚》初志成，士大夫或传之，今镂版于闽，于蜀，于婺，于临安，盖家有其书……（乾道）八年夏五月，以会稽本别刻于赣，去五事，易二事，其它亦颇有改定处。淳熙七年七月又刻于建安。"②据此可知，《甲志》曾刊于闽，《乙志》再次刊于闽。《夷坚支志戊》卷八《湘乡祥兆》一文后，洪注云："桃符证应，已载于《癸志》。比得南强笔示本末，始知前说班班得其粗要为未尽，故再记于此，而《癸志》即刊于麻沙书坊，不可芟去矣。"③则《癸志》又刊于闽。

《四库全书》收其《支志》五十卷，归于子部小说家类异闻之属。《四库未收书提要》介绍八十卷本（《甲志》、《乙志》、《丙志》、《丁志》各二十卷）："宋洪迈撰。影宋钞本。案《夷坚志》十集，每集二十卷。《支志》十集，每集十卷。《三志》十集，每集十卷。《四志》甲乙二集，二十卷。共四百二十卷。小说家唯《太平广记》为卷五百，然卷帙虽繁，乃搜辑众书所成者。其出于一人之手，而卷帙遂有《广记》十之七八者，唯有此书，亦可谓好事之尤者矣。迈每集各自为之序，唯《四乙》未成，不及序，计序三十一篇，篇各出新意……每卷之下注明若干事，每事亦必注明某人所说，以著其非妄。书中神怪荒诞之谈居其大半。然而遗文轶事可资考镜者，亦往往杂出于其间。《四库全书》所收者，乃《支志》五十卷，与此不相涉。此本卷首有元人沈天祐序，称建学所存旧刻闽本残阙，承本路府判张绍先之命，以浙本补全

---

① 〔清〕瞿镛编纂，瞿果行标点，瞿凤起覆校《铁琴铜剑楼藏书目录》卷十七《小说类》，上海古籍出版社2000年版，第457页。
② 〔宋〕洪迈撰，何卓点校《夷坚志》第一册，中华书局2006年第2版，第185页。
③ 〔宋〕洪迈撰，何卓点校《夷坚志》第三册，第1114页。

者……"①

据陈振孙《直斋书录解题》著录,《夷坚志》有四百二十卷,已多散失。洪迈自序《夷坚乙志》谓此书曾在福建、四川、婺州、临安刊刻过,但各地多未刻全四百二十卷。

《夷坚志》的版本,宋以后就亡佚近一半,从历代著录和现存版本看,宋以后主要分三个部分流传,即《夷坚初志》的甲乙丙丁四志八十卷部分,《夷坚支志》、《夷坚三志》的零散卷帙部分,《分类夷坚志》五十一卷部分。②

其中,《夷坚初志》的甲乙丙丁四志八十卷为宋刻元修,此底本为宋刻闽本,元代约大德年间(1297—1307)沈天佑《序》云:"今蜀、浙之板不存,独幸闽板犹存于建学。然点检诸卷,遗缺甚多。本路张府判绍先提调学事,勉予访寻旧本补之,奈闽板久缺,诚难再得其全。幸友人周宏翁,于文房中尚存此书,是乃洪公所刊于古杭之本也。然其本虽分甲乙至壬癸为十志,似与今来闽本详略不同,而所载之事,亦大同小异。愚因撷浙本之所有,以补闽本之所无。"③在福建提学张绍先支持下,沈天佑寻访《夷坚志》旧本,此时蜀浙之版已不存,独建版尚存,但缺四十三版,沈天佑从友人周宏翁处借得浙江本补刊完成,遂有宋刻元修后印本传世。

《分类夷坚志》五十一卷则是选编本,建安叶祖荣从《夷坚志》四百二十卷全帙中精选而成,为明清两代《夷坚志》的通行本。现存明嘉靖二十五年(1546)洪楩清平山堂刻本,目录次行题"鄱阳洪迈景卢纪述"、"建安叶氏祖荣类编"。中国国家图书馆和上海图书馆皆有此本。

据杜信孚《明代版刻综录》著录,《夷坚志》在明代以后尚有闽刊,明嘉靖十五年(1536)叶邦荣刊《夷坚志》五十卷。叶邦荣,字仁甫,闽县人,嘉靖元年(1522)进士,安吉知州,有《朴斋集》。④ 叶邦荣曾于嘉靖三十七年(1558)为《龙岩县志》作序。

4.《涑水记闻》,宋司马光撰。绍兴十五年(1145)之前建安刊行,绍兴十五年毁板。李心传《建炎以来系年要录》卷一五四:"(绍兴十有五年秋七月)丙午,右承务郎、新添差浙东安抚司干办公事司马伋言:'建安近刊行一

---

① 〔清〕永瑢等《四库全书总目》附录《四库未收书提要》,第1857页。
② 参见张祝平《〈夷坚志〉的版本研究》,《古籍整理研究学刊》2003年第2期。
③ 〔宋〕洪迈撰,何卓点校《夷坚志》附录《诸家序跋·沈天佑序》,第四册,第1833页。
④ 杜信孚《明代版刻综录》第五卷,第六册,广陵古籍刻印社1983年版,第35页。

书,曰《司马温公记闻》,其间颇关前朝故事。缘曾祖平日论著,即无上件文字,显是妄借名字,售其私说。伏望降旨禁绝,庶几不惑群听。'诏委建州守臣,将不合开板文字,尽行毁弃,仅特迁一官。初,范冲在史馆,上出光《记闻》,命冲编类进入。冲言:'此书虽未尽可信,其有补治道亦多。'乃缮写成十册上之。至是秦桧数请禁野史,仅惧罪,遂讳其书,然其书卒行于世。"①

5.《挥麈录》二十卷,包括《前录》四卷,《后录》十一卷,《第三录》三卷,《余话》二卷,宋王明清撰,宋庆元六年(1200)之后龙山书堂刊。《余话》总目后有龙山书堂刊记:"此书浙间所刊止前录四卷,学士大夫恨不得见全书。今得王知府宅真本全帙四录,条章无疑,诚冠世之异书也……"卷末有赵不谫之跋曰:"《前录》先以刊行,《后录》、《余话》不谫备数昭武日,仲言移书见委……因浼龙山张君,得以继之。"赵不谫,字师厚,庆元六年知邵武军。王明清,字仲言。此本现存于中国国家图书馆。②

6.《容斋随笔》五笔七十四卷,宋洪迈撰,宋嘉定十六年(1223)洪伋刻于建宁。此本已佚。明弘治八年(1495)会通馆铜版活字本《五笔》卷后附三跋,其中洪伋之跋与周文炳之跋言及建宁本。另外还存在一种与赣州本行款相同但刻工不同的宋刻本,张元济认为是建宁本之覆刻,孔凡礼认为它是另一种建宁本。③

另一类是未见于宋人书目,但今人称之为小说的著作:

1.《醉翁谈录》,罗烨编撰。以天干顺序分为十集,每集二卷。此书未见著录,国内久已失传。现存本由朝鲜传入日本,1941年日本影印出版称之为"观澜阁藏孤本宋椠"。《续修四库全书》据此影印。此书版式、字体具有明显的宋元建本风格,其中部分内容与元代建本《事林广记》重合,选录故事中闽地故事占很大比例,应该是宋末元初建阳书坊刻本。详见下文分析。

2.《新雕大唐三藏法师取经记》,学界一般认为是说经话本。此本与《大唐三藏取经诗话》同为日本京都北部高山寺旧藏。《大唐三藏取经诗

---

① 〔宋〕李心传撰,胡坤点校《建炎以来系年要录》卷一百五十四,第六册,中华书局2013年版,第2903页。
② 参见霞绍晖《王明清〈挥麈录〉考述》,四川大学古籍整理研究所、四川大学宋代文化研究中心编《宋代文化研究》下,四川大学出版社2006年版,第795页。
③ 参见孔凡礼《略谈〈容斋随笔〉的版本》,《古籍研究》2003年第2期。

话》卷末有"中瓦子张家印"题款,据吴自牧《梦粱录》载,"中瓦子"为南宋临安府街名,故学界多判断此本为南宋临安刊本。《新雕大唐三藏法师取经记》与之内容基本相同,是同书另一版本,日本学者矶部彰认为是福建刻本①。

此外,还有一些小说,是附在文人文集中的,比如《五百家注音辨昌黎先生文集》,庆元六年(1200)建阳魏仲举家塾刊,其中卷二十一收录《石鼎联句诗序》,为寓言小说;《五百家注音辨柳先生文集》附《龙城录》二卷,《龙城录》为小说②,等等。又据陈振孙《直斋书录解题》,麻沙书坊出过苏东坡"大全集",兼载《志林》、《杂说》之类。③ 此类非单独刊行者暂且不论。

宋代建阳刊刻小说,其中一部分符合现今文学文体意义的小说概念,这些著作大概可分为四类,一是小说类编,即《类说》;二是志怪小说集,即《括异志》、《夷坚志》;三是传奇杂俎集,即罗烨《醉翁谈录》;四是说话艺术之话本,即《新雕大唐三藏法师取经记》。而其他未必符合文学文体小说概念的著作,大部分被今人称之为"笔记",但也有一些接近于所谓"轶事小说"。萧相恺《宋元小说史》谓"轶事小说":"指的是记载'史官之所不记'的朝野人物遗闻琐事的短篇文言小说。它与史传的区别,在于它所记叙的多非军国大事,或者即使是军国大事,也只是其中的某一截面,而且,它有更多的虚夸成分,更强的传闻性质,甚至完全是虚构出来的。它和志怪小说的区别在于它所记的是历史人物的言行事迹,而志怪所记的是鬼神怪异的活动。其区别于传奇之处则主要在艺术表现手法上:它的描写叙述没有传奇的委婉、绮丽、曲折,篇幅也比传奇短,故事的传奇性一般也不明显。"④如此用否定、排除的方法来界定一种文类,确实是因为中国古代小说特殊的艺术形态给后人出了难题。这些轶事小说往往是杂录,从内容来说军国大事、家长里短、文艺学术、工匠园艺无所不录,但也有的涉神仙怪诞之事,作者却又言之凿凿,实在是内容庞杂,难以归类。而建阳所刊刻者,多为考证史实,是不为

---

① 石昌渝主编《中国古代小说总目(白话卷)》,山西教育出版社2004年版,第41页。
② 陈振孙曰:"《唐志》无此书,盖依托也。或云王铚性之作。"参见〔宋〕陈振孙著,徐小蛮、顾美华点校《直斋书录解题》,第339页。
③ 〔宋〕陈振孙著,徐小蛮、顾美华点校《直斋书录解题》,第503页。
④ 萧相恺《宋元小说史》,浙江古籍出版社1997年版,第227页。

正史编撰所选择的历史素材,大多不具备小说性质,有的篇章叙事性比较强,但也更近于史传。这类著作,其实是刘叶秋《历代笔记概述》所谓历史琐闻类笔记和考据辩证类笔记。①

比如司马光《涑水记闻》,实为史料笔记。马端临《文献通考》录《涑水记闻》与《温公日记》:

> 涑水记闻十卷
> 晁氏曰:皇朝司马光撰。记宾客所谈祖宗朝及当时杂事。
> 陈氏曰:此书行于世久矣。其间记吕文靖数事,吕氏子孙颇以为讳,盖尝辨之,以为非温公全书,而公之曾孙侍郎伋季思遂从而实之,上章乞毁板。识者以为讥。②
> 温公日记一卷
> 陈氏曰:司马光熙宁在朝所记。凡朝廷政事、臣僚差除,及前后奏对、上所宣谕之语,以及闻见杂事,皆记之。起熙宁元年正月,至三年十月出知永兴而止。
> 巽岩李氏曰:文正公初与刘道原共议,取实录、正史,旁采异闻,作《资治通鉴后纪》。属道原早死,文正起相,元祐后终,卒不果成。今世所传《记闻》及《日记》,并《朔记》,皆《后纪》之具也。自嘉祐以前,甲子不详,则号《记闻》;嘉祐以后,乃名《日记》。若《朔记》,则书略成编矣。始文正子孙藏其书祖庙,谨甚,党祸既解,乃稍出之。旋经离乱,多所亡逸。此八九纸草稿,或非全幅,间用故牍,又十数行别书,牍背往往剪开黏缀,事亦有与正史、实录不同者。盖所见所闻所传闻之异,必兼存以求是,此文正长编法也。③

朱熹亦曾说:"《涑水记闻》,吕家子弟力辨,以为非温公书(盖其中有记吕文靖公数事,如杀郭后等)。某尝见范太史之孙某说,亲收得温公手写稿本,安得为非温公书!某编《八朝言行录》,吕伯恭兄弟亦来辨。为子孙者只得

---

① 刘叶秋《历代笔记概述》,北京出版社 2011 年版,第 4—5 页。
② 〔宋〕马端临著,上海师范大学古籍研究所、华东师范大学古籍研究所点校《文献通考》卷一九六《经籍考二十三》,第九册,中华书局 2011 年版,第 5676—5677 页。
③ 〔宋〕马端临《文献通考》卷一九七《经籍考二十四》,第九册,第 5683 页。

分雪,然必欲天下之人从己,则不能也。"①

可见,《涑水记闻》是司马光为作《资治通鉴后纪》而积累的历史素材,所以,按照所见所闻如实记事,实为历史类著作。对此,宋人书目归类就有分歧,《遂初堂书目》归于小说,《直斋书录解题》则著录于史部杂史类,而元人所撰《宋史·艺文志》著录于史部故事类。

王明清《挥麈录》也是史料笔记。王明清出身史学名家,博学洽闻,熟悉掌故,"学成文武艺,货与帝王家",意在继承家学,参与修史,此《挥麈录》为其平生留意朝野之所积累。其《挥麈录》前录卷四之末有自跋,可见其编撰之由。② 此跋文历述半生落拓,怀才不遇,志不能伸,怆念家学,感慨涕零。文笔深沉,令人感慨唏嘘。王明清确实是一位优秀的小说家,其《投辖录》、《摭青杂记》作为小说,文学成就为人称道,而《挥麈录》实为史料笔记,但宋人书目《遂初堂书目》、《直斋书录解题》皆著录于小说类。

洪迈《容斋随笔》的特点是考释名物,辩证历史,以其精到的考证议论为世所重。《四库全书总目》谓:"其中自经史诸子百家以及医卜星算之属,凡意有所得,即随手劄记。辩证考据,颇为精确。如论《易·说卦》'寡发'之为'宣发',论《豳风》'七月在野,八月在宇'之文,为农民出入之时,非指蟋蟀,皆于经义有裨。尤熟于宋代掌故,如以宋自翰林学士入相者非止向敏中一人,驳沈括《笔谈》之误。又引'国史'《梁灏传》证陈正敏《遯斋闲览》所纪八十二岁及第之说为不实。皆极审核。"《四库全书总目》也举了此书一些失误的例子,"然其大致,自为精博。南宋说部,终当以此为首焉"。③《容斋随笔》,宋人书目《遂初堂书目》、《宋史·艺文志》著录于小说类;《郡斋读书志》赵希弁"附志"列于杂说类,但"附志"无小说类,小说多列于杂说类;《直斋书录解题》著录于杂家类。清代《四库全书》亦归于杂家类。

事实上,对于"笔记"概念的内涵和外延,学界仍然存在不同的认识。新近出版的顾宏义《两宋笔记研究》在研讨前人观点的基础上对"笔记"概念作了界定,列举了两宋笔记刊本85种,包括建刻之志怪小说集《夷坚

---

① 〔宋〕黎靖德编,王星贤点校《朱子语类》卷第一百三十《本朝四》,第八册,中华书局1986年版,第3104页。
② 限于篇幅,未能引录,请参考〔宋〕王明清《挥麈录》,上海书店出版社2001年版,第34—36页。
③ 〔清〕永瑢等《四库全书总目》卷一一八《子部·杂家类二》,第1020页。

志》，但未列《涑水记闻》和《容斋随笔》，而列举了另外两部建刻：江少虞《皇朝事实类苑》，绍兴二十三年刊印于麻沙书坊；叶大庆《考古质疑》，据叶释之《序》，宝庆初，叶大庆"分教于建，建素多士，竞相传写，笔札不给。文之先生叶公为锓诸梓"。① 这两部著作的性质都是史料或学术笔记。

古人的小说概念包容庞杂，书目文献之小说家类多兼容子史。还有不少归于子部杂家、史部杂史或传记类的著作，在古人的潜意识中其实是被归于小说的。比如江少虞《皇朝事实类苑》，常见之宋代书目未归于小说类，如《直斋书录解题》卷十四归于类书类。清代《四库全书》题为《事实类苑》六十三卷，归于子部杂家类杂纂之属，但提要引王士禛称之为"说部"之评论，谓"王士禛《居易录》称为宋人说部之宏构，而有裨于史者，良非诬也"。②

前人论及建阳刊本时，每每言及宋代刻本《列女传》，亦称之为小说。这样的称谓归类源于《隋书·经籍志》史部杂传类收录人物传记和小说故事类笔记的传统。虽然历代书目其实是把《列女传》归于杂传或史传类，但是，很可能因为杂传与史传类包含了传奇性质的叙事类作品，这些作品后世称为小说，同类相衍，因此包括《列女传》在内的史传性质的人物传记也被笼统称为小说。

《列女传》，从前学者、收藏家都认为现存最早版本为北宋嘉祐八年（1063）建安书肆余氏靖安勤有堂摹刻本，文渊阁四库全书《御制古列女传序》即称"宋嘉定间闽中所刊"。现在有不少学者作了论证，认为所谓余氏勤有堂刊本当为元刊本。但是，此本确实由宋代闽人整理编定，北宋嘉祐八年，进士长乐（福州古称）王回对《列女传》作了整理，在此基础上，嘉定七年（1214）武夷蔡骥又作了些调整，此即建安余氏刊刻之底本。③ 而以宋代建阳刻书条件，且以当地教育之普及、理学之兴盛，由长乐王回、武夷蔡骥编定的《列女传》当时付梓是可能的。

---

① 顾宏义《两宋笔记研究》，大象出版社2020年版，第127—134页。
② 〔清〕永瑢等《四库全书总目》卷一二三《子部·杂家类七》，第1061页。
③ 原刻清代后期就已不存。现存清道光年间（1821—1850）扬州阮氏文选楼仿建阳余氏刻本。目录后有"建安余氏"牌记。叶德辉认为通常所说的北宋嘉祐八年（1063）建阳余氏刻本《古列女传》实际上是元代刻本。参见孙闻博《刘向〈列女传〉流传及版本考》，北京大学历史系编《北大史学》第15辑，北京大学出版社2010年版，第40—41页。

现存《新刊古列女传》享誉甚高,向来被推为小说插图之冠。此本插图125幅,上图下文,图文大概各占页高一半;插图多作双面连式,半叶15行,行16字。《古列女传》插图刻绘质朴生动,人物主要采用白描手法,背景则运用了凹版阴刻的技术,对屏风、几案、树石等大块面图案,采用保留墨版,以简单线条勾出纹饰的手法,通过黑白对比使画面更鲜明。① 成熟的雕版技术使之不仅在小说史上,而且在版画艺术史上都有其重要地位。

《列女传》的文体在史传和小说之间,在古代通俗叙事类图书匮乏的时代,它在文化水平不一定很高的闺阁中流传与被阅读的情形,正与后来的小说相似。这也是《列女传》被称为"小说"的原因之一。与《列女传》相似的叙事类通俗读物很多,如《孝经直解》、《日记故事》以及众多的历史知识、掌故类蒙学读物、通俗读物。这些读物一方面是小说生成的直接的营养基,它们不仅提供了小说叙事的基本题材,而且共同培养了小说作者和小说读者的观念和判断,培养了小说作者和小说读者对叙事方式的认同和习惯。另一方面,在中国古代小说观念较为模糊的情况下,这些读物都被广义地视作"小说"。这是中国小说存在的实际情形,这样的存在状态很大程度上决定了小说的创作旨意、文本构成方式和接受方式。从这类通俗读物与轶事笔记,可见通俗小说生成场域,正是这些叙事类作品的传播,逐渐推进了小说艺术的发展,而这类叙事作品也始终与古代小说的发展共存。

三、四部知识体系中的小说刊刻

很显然,宋代建阳刊刻小说主要是传统目录学所谓小说,为今人所重而不为传统目录学所载之小说,如《大唐三藏法师取经记》、《醉翁谈录》等,则少见刊本,不仅建阳刻书中少,就是全国刻书中也少有此类小说。虽然不能完全以现存刊本来判断当时通俗小说的刊刻情况,但是,从传播留存概率来说,必然是这类通俗小说的刊刻远远少于传统目录学所谓小说。为什么呢?一方面是俗文学的地位还比较低,因此,与说话艺术相关的话本或俗化传奇的案头文本传播尚未为知识阶层所重视;另一方面则是传统目录学之小说观念以知识性为重,传统目录学之小说因知识性价值而被刊刻和传播。

中国古代小说发展至宋代,已经过魏晋志怪和唐传奇的发展阶段,文人

---

① 薛冰《插图本》,江苏古籍出版社2002年版,第164页。

对文学文体小说的认识已经比较成熟,但是,受到传统学术体系的影响,宋人对小说文体的价值判断更重其知识性价值。

以建阳所刊小说类编《类说》和小说集《括异志》、《夷坚志》来说,文人创作和编撰的出发点和立意不能说没有文学文体意识。《类说》和《括异志》、《夷坚志》,在古今小说观念中基本被归于小说类,同时,三者都是文人仕途失意之时的消遣之作,体现了传统的文学以抒情的普遍观念。《类说》编撰者曾慥,福建温陵(今泉州)人,北宋名臣曾公亮五世孙,其妻父因投靠金人和张邦昌被窜谪而死,曾慥受牵连而被免官,遂隐居银峰,闭门著述,编成《类说》等著作。《括异志》作者张师正,晁公武《郡斋读书志》谓其"擢甲科,得太常博士。后游宦四十年,不得志,于是推变怪之理,参见闻之异,得二百五十篇"①。而洪迈著《夷坚志》,始于其出使金国回来,被弹劾"使金辱命"论罢,出知吉州,后改赣州,在任上建学馆,造浮桥,造福百姓,但是心灰意冷而寄情"夷坚"。《括异志》与《夷坚志》之志怪,与六朝干宝所谓"足以明神道之不诬"②完全不同,作者已是有意为小说,游戏笔墨,寄情乌有之乡,聊遣胸间抑郁之气。《类说》虽为类书,但曾慥同样是不得志而游戏笔墨,寄情于小说类编。

《类说》、《括异志》、《夷坚志》这类小说之编刊,寄情文学的另一面,则是古人对于小说文体娱乐功能的认识:小说之为小道,作意好奇,搜奇辑佚以为乐事。清谈闲适,雅好搜奇,是汉代以来文人之风尚,《类说》、《括异志》、《夷坚志》编撰、刊行正源于此,体现的是文人雅好,士大夫以此自娱自炫。

《类说》之编刊,其传统渊源有二:一为唐宋类书的编刊,《类说》的独特之处在于所编撰内容以小说为主;二为《太平广记》的编刊,《类说》与之相似的是取材以小说为主,但体例与之不同,所采用之书籍也多有不同。编撰者曾慥自序开篇就说"小道可观,圣人之训也"③,对文体的认识很明确。跟《太平广记》相比,《类说》引用书目文体更为单纯,就是小说。

---

① 〔宋〕晁公武撰,孙猛校证《郡斋读书志校证》第十三卷,上册,上海古籍出版社2011年版,第556页。

② 〔晋〕干宝撰,〔南朝宋〕陶潜撰,李剑国辑校《新辑搜神记 新辑搜神后记》,中华书局2007年版,第19页。

③ 〔宋〕曾慥编纂,王汝涛等校注《类说校注》上册,第1页。

《括异志》"推变怪之理,参见闻之异",记载的都是朝野人物诡异之事,为志怪小说。

洪迈对于小说的文学文体观念最为自觉。从洪迈自己的几篇序言中我们可以看到他的小说文体观念。《夷坚乙志序》:

> 《夷坚》初志成,士大夫或传之,今镂板于闽,于蜀,于婺,于临安,盖家有其书。人以予好奇尚异也,每得一说,或千里寄声,于是五年间又得卷帙多寡与前编等,乃以乙志名之。凡甲、乙二书,合为六百事,天下之怪怪奇奇尽萃于是矣。夫《齐谐》之志怪,庄周之谈天,虚无幻茫,不可致诘。逮干宝之《搜神》,奇章公之《玄怪》,谷神子之《博异》,《河东》之记,《宣室》之志,《稽神》之录,皆不能无寓言于其间。若予是书,远不过一甲子,耳目相接,皆表表有据依者。谓予不信,其往见乌有先生而问之。①

《夷坚丙志序》自谓"但谈鬼神之事足矣,毋庸及其它"②。
《夷坚丁志序》:

> 凡甲丁四书,为千一百有五十事,亡虑三十万言。有观而笑者曰:"《诗》、《书》、《易》、《春秋》,通不赢十万言,司马氏《史记》上下数千年,多才八十万言。子不能玩心圣经,启睸门户,顾以三十年之久,劳动心口耳目,琐琐从事于神奇荒怪,索墨费纸,殆半太史公书。曼澶支离,连犿丛酿,圣人所不语,扬子云所不读。有是书不能为益毫毛,无是书于世何所欠?既已大可笑,而又稽以为验,非必出于当世贤卿大夫,盖寒人、野僧、山客、道士、瞽巫、俚妇、下隶、走卒,凡以异闻至,亦欣欣然受之,不致诘。人何用考信,兹非益可笑与?"予亦笑曰:"六经经圣人手,议论安敢到?若太史公之说,吾请即子之言而印焉。彼记秦穆公、赵简子,不神奇乎?长陵神君、圯下黄石,不荒怪乎?书荆轲事证侍医夏无且,书留侯容貌证画工;侍医、画工,与前所谓寒人、巫隶何以异?

---

① 〔宋〕洪迈撰,何卓点校《夷坚志》第一册,第185页。
② 〔宋〕洪迈撰,何卓点校《夷坚志》第一册,第363页。

善学太史公,宜未有如吾者。子持此舌妇,姑閟其笑。"①

洪迈明确认识到《夷坚志》与《诗》、《书》、《易》、《春秋》等经典的不同,自觉把小说的历史渊源循自司马迁《史记》之文,以及《齐谐》、庄周、干宝以来的"寓言"。若转换成今天的话语表达,搜奇好逸,一言以蔽之:小说的本质是虚构。

然而,洪迈对小说文体的认识还不止于虚构之性质。他显然更强调:虚构之中有"寓言",惟有道理在其中,虚构之小说才有存在的价值。《容斋随笔》卷一有一篇《浅妄书》,似少见引述,且录之:

  俗间所传浅妄之书,如所谓《云仙散录》、《老杜事实》、《开元天宝遗事》之属,皆绝可笑。然士大夫或信之,至以《老杜事实》为东坡所作者,今蜀本刻杜集,遂以入注。孔传《续六帖》,采撷唐事殊有工,而悉载《云仙录》中事,自秽其书。《开天遗事》托云王仁裕所著,仁裕五代时人,虽文章乏气骨,恐不至此。姑析其数端以为笑。其一云:'姚元崇开元初作翰林学士,有步辇之召。'按,元崇自武后时已为宰相,及开元初三入辅矣。其二云:'郭元振少时美风姿,宰相张嘉贞欲纳为婿,遂牵红丝线,得第三女,果随夫贵达。'按,元振为睿宗宰相,明皇初年即贬死,后十年,嘉贞方作相。其三云:'杨国忠盛时,朝之文武,争附之以求富贵,惟张九龄未尝及门。'按九龄去相位十年,国忠方得官耳。其四云:'张九龄览苏颋文卷,谓为文阵之雄师。'按,颋为相时,九龄元未达也。此皆显显可言者,固鄙浅不足攻,然颇能疑误后生也。惟张彖指杨国忠为冰山事,《资治通鉴》亦取之,不知别有何据。近岁,兴化军学刊《遗事》,南剑州学刊《散录》,皆可毁。②

同样是"虚构",《云仙散录》、《老杜事实》、《开元天宝遗事》这些"虚构"在洪迈看来是浅妄可笑的,他认为这些著作没有存在的价值。考察洪迈所举数例,都是不符合历史真实的"硬伤",所以,所谓浅妄所指在于违背史实。

---

① 〔宋〕洪迈撰,何卓点校《夷坚志》第二册,第537页。
② 〔宋〕洪迈撰,孔凡礼点校《容斋随笔》卷一,上册,第6—7页。

细味其数次所言,可知洪迈的小说理论:小说可以谈神怪之事,因为世界之大,谁能说耳目之内所认识的世界才是真实的呢?但是,这些故事必须具备基本的真实性,也就是客观呈现而不违于历史事实。

真实性,这个标准自六朝至南宋洪迈都是小说创作和小说接受的重要标准,东晋裴启《语林》,传说就是因为谢安谓其中关于谢安之记载失真,"都无此二语,裴自为此辞耳",从此《语林》失传①。所以,洪迈即使自谓"但谈鬼神之事足矣,毋庸及其它",但对于《夷坚志》偶载失真之事也非常在意,《夷坚丙志序》为此特别声明订正,并致歉意:"始予萃《夷坚》一书,颛以鸠异崇怪,本无意于纂述人事及称人之恶也。然得于容易,或急于满卷帙成编,故颇违初心。如甲志中人为飞禽,乙志中建昌黄氏冤、冯当可、江毛心事,皆大不然,其究乃至于诬善。又董氏侠妇人事,亦不尽如所说。盖以告者过,或予听焉不审,为竦然以惭。"②对于书中所记之事不符合事实,洪迈觉得非常惭愧。

当然,从"但谈鬼神之事足矣,毋庸及其它"可见,洪迈显然对鬼神之事虚妄特性又有着清醒的认识,所以,他的认识本身是存在矛盾的。因此,《夷坚志》中这类表达往往前后自相龃龉,根本的原因就在于以小说为史部之遗的传统观念对洪迈的影响,在当时的文化语境中,主流的观念认为小说价值在于其广见闻、长知识、益教化的实用功能。

但洪迈其实对传统所谓"小说"所包含的文类差异有着明确认识,所以,他能一手写二书。他的《夷坚志》与《容斋随笔》,从书名到文类、题材选择、语言风格,有其明显分别。刘勇强《中国古代小说史叙论》谓:"例如《容斋随笔》,按传统的小说观说,也属'小说',但它与《夷坚志》明显不同,属于考辨性质的。洪迈分别独立撰述,表明他对《夷坚志》小说性质的清晰把握。《容斋随笔》虽亦有故事,多为历史性质,重在评述,与《夷坚志》的关注角度与笔法迥然有别。"③

两相比较,洪迈对于《容斋随笔》更为珍重自豪。《容斋续笔》卷首洪迈自序曰:

---

① 周楞伽《前言》,见〔晋〕裴启撰,周楞伽辑注《裴启语林》,文化艺术出版社1988年版,第6—7页。
② 〔宋〕洪迈撰,何卓点校《夷坚志》,第一册,第363页。
③ 刘勇强《中国古代小说史叙论》,北京大学出版社2007年版,第194页。

第一章　宋代建阳刊刻小说及其地域文化背景 | 47

　　是书先已成十六卷,淳熙十四年八月,在禁林日入侍至尊寿皇圣帝清闲之燕,圣语忽云:"近见甚斋随笔。"迈竦而对曰:"是臣所著《容斋随笔》,无足采者。"上曰:"煞有好议论。"迈起谢,退而询之,乃婺女所刻,贾人贩鬻于书坊中,贵人买以入,遂尘乙览。书生遭遇,可谓至荣……①

　　洪迈以《容斋随笔》自豪,不仅是因为皇帝的认可和表扬,更重要的在于《容斋随笔》这类笔记的性质——"议论",不仅不违历史和生活真实,而且表现学问根底,补益于学问,裨益于世教。这正是小说知识价值的判断。

　　在当时的文化语境中,不仅对于考辨性的笔记,对于志怪小说,人们也看重它的学问与教化功用。所以,曾慥编《类说》,引圣人之训以证"小道可观",强调小说"可以资治体,助名教、供谈笑、广见闻"。② 此说有类于《诗》之"兴观群怨"之功能论。宋代宝庆刊本叶时之序谓"前言往行,君子贵于多识;稗官小说,良史列之九流","博士或有志于圣门'友多闻'之训,当谓不为无补"。③ 明代岳钟秀重刊《类说》,也强调的是此书有益学问的功能:"上自紫盖黄垆,下及昆虫草木,无不包罗焉;内而修身养命,外而经国字眂,无不该遍焉;食息起居之节,怡情玩物之宜,无不冥搜而骈集焉,若是乎弗类也者。独其取类极博而择类极精,珠汇璧萃,语语会心,事事中解。虽云无远弗届乎,与彼荒唐俶诡之书弗类也;虽云无细不备乎,与彼凡庸俚俗之书弗类也。无问人之见与未见,总为人间世不可少者,类与不类,相与为类,则其说也长而其为类也大矣。粤稽古人淹贯灵通,多是神明寄会,或不借照于记事之珠。乃今胜士韵流,往往寓聪明于耳目。倘按籍而有获焉,则平日用之不误、问之不知者,一旦印证于斯编,宁不触类而称快也哉!"④《括异志》,时人的推崇也在于作者张师正"经史沿革,讲摩纵横;文章诗歌,举笔则就"⑤。而以志怪为主的《夷坚志》,由于卷帙繁多,其中亦有不少非志

---
① 〔宋〕洪迈撰,孔凡礼点校《容斋随笔》上册《容斋续笔》卷一,第219页。
② 〔宋〕曾慥编纂,王汝涛等校注《类说校注》上册,第1页。
③ 〔宋〕曾慥编纂,王汝涛等校注《类说校注》上册,第2页。
④ 〔宋〕曾慥编纂,王汝涛等校注《类说校注》上册,第1—2页。
⑤ 〔宋〕释文莹《玉壶清话》卷五,转引自〔宋〕张师正撰,白化文、许德楠点校《括异志》附录,中华书局1996年版,第125页。

怪篇目,宋代何异专门把《夷坚志》中非志怪因素的篇章摘编成册,刊刻发行。何异《容斋随笔序》曰:"仆又尝于陈日华晔尽得《夷坚十志》与《支志》、《三志》及《四志》之二,共三百二十卷,就摘其间诗词杂著、药饵符咒之属,以类相从,编刻于湖阴之计台,疏为十卷,览者便之。仆因此搜索《志》中,欲取其不涉神怪,近于人事,资鉴戒而佐辩博,非《夷坚》所宜收者,别为一书,亦可得十卷。"①何异的摘编,一方面表现了他的文类观念非常明确,另一方面表明了他对《夷坚志》的价值判断,重知识重教化而轻志怪。

在古人的小说观念中,虽然考辨笔记或轶事笔记也被视为小说,但与志怪小说相比,笔记显然更为古代知识阶层所推重。明代弘治年间李瀚就明确称《容斋随笔》"比所作《夷坚志》、《支志》、《盘州集》,踔有正趣"②。推重笔记的人群主要是知识阶层,推重的原因主要在于历史文化知识的考释和辩证。

如《容斋随笔》,嘉定赣州刻本卷首何异之序称其"可以稽典故,可以广闻见,可以证讹谬,可以膏笔端,实为儒生进学之地"③。此后明清刻本之序亦称道于此。清代康熙年间洪璟谓:"其书自经史典故、诸子百家之言,以及诗词文翰、医卜星历之类,无不纪载,而多所辨证。昔人尝称其考据精确,议论高简,如执权度而称量万物,不差累黍,欧、曾之徒所不及也……其嘉惠来学,为读书稽古之益者,岂为少哉!"④明弘治李瀚之序洋洋洒洒,极为赞叹洪迈之才、《容斋随笔》之于读书君子之价值:"书必符乎名教,君子有所取,而读者要非无益之言也。夫天下之事,万有不齐,而可以凭藉者理之正,事不一而理有定在,犹百川万折,必归于海。否则涉于荒唐缪悠,绝类离索,以盲聩人之耳目者,在所不取。古今驰声于墨札之场者,噓英吐华,争相著作,浩渺连舻,策氏籍名,不可纪极,嗜博者亦必珍如拱璧,而把玩之不辍焉。文敏公洪景卢,博洽通儒,为宋学士。出镇浙东,归自越府,谢绝外事,聚天下之书而遍阅之。搜悉异闻,考核经史,捃拾典故,值言之最者必札之,遇事之奇者必摘之,虽诗词文翰、历谶卜医,钩纂不遗,从而评之。参订品藻,论议雌黄,或加以辩证,或系以赞繇,天下事为,寓以正理,殆将毕载。积廿余

---

① 〔宋〕洪迈撰,孔凡礼点校《容斋随笔》下册附录,第980页。
② 〔宋〕洪迈撰,孔凡礼点校《容斋随笔》下册附录,第984页。
③ 〔宋〕洪迈撰,孔凡礼点校《容斋随笔》下册附录,第980页。
④ 〔宋〕洪迈撰,孔凡礼点校《容斋随笔》下册附录,第986—987页。

年,率皆成书,名曰《随笔》,谦言顺笔录之云尔。加以《续笔》、《三笔》、《四笔》,绝于《五笔》,莫非随之之意,总若干万言。比所作《夷坚志》、《支志》、《盘州集》,踔有正趣。可劝可戒,可喜可愕,可以广见闻,可以证讹谬,可以祛疑贰,其于世教未尝无所裨补。予得而览之,大豁襟抱,洞归正理,如跻明堂,而胸中楼阁四通八达也。惜乎传之未广,不得人挟而家置。因命纹梓,播之方舆,以弘博雅之君子,而凡志于格物致知者,资之亦可以穷天下之理云。"①

明代崇祯年间马元调的序则叙述自己阅读《容斋随笔》的收获,以证明《容斋随笔》对读书君子的价值:"壬子秋,寓长干报恩僧舍,得略识一时知名士,每集必数十人,论及古今成败及文章得失,忿争不决者,元调辄片言以解,此书之助为多。间以示玉绳周子,读之尽卷,惘然曰:'古人学问如是,吾侪穷措大,纵欲留意,顾安所得书,又安所得暇日乎?'""自后读《随笔》渐熟,又推其意以渐读他书,如执权度称量万物,爽者鲜矣。每逢同侪,必劝令读是书……"马元调序还引述其师子柔先生言:"此宋文敏洪公之所著书,其考据精确,议论高简,读书作文之法尽是矣……考据议论之书,莫备于两宋,然北则三刘、沈括,南则文敏兄弟,欧、曾辈似不及也。"②

从这些序言,可见古人对笔记的推重主要在于它有益学问、有益世教的功能。也正因为受历史语境影响,文学文体的小说观念与笔记趋同,因此,曾慥强调《类说》广见闻的意义,洪迈追求《夷坚志》叙事真实的原则。

重视小说的学术价值、实用功能,一方面是小说观念的传统所自。我们若把小说类著作放置于传统的书目分类系统中,能更清楚地看出,传统的小说观念是从知识系统的角度肯定小说的价值意义。事实上,书目文献自古以来就是学术思想和知识分类的集中体现,从刘歆父子的六略分书,到魏晋时期形成经史子集的四部分类法,图书分类其实是知识分类,体现了古人对知识结构和知识系统的认识,而其中的子部小说家,就处在这个知识结构和知识系统形成的文化场域之中。子部小说家,无论在六部分类还是四部分类中都是个特殊的类别,确实就是经史子集、特别是经史之中无法归类的著作被归于小说家,也正是从补充经史认识的角度,肯定小说家这类著作的知识价值。

另一方面则由宋代的世风、文风所决定。宋太祖曾曰:"帝王之子,当

---

① 〔宋〕洪迈撰,孔凡礼点校《容斋随笔》下册附录,第983—984页。
② 〔宋〕洪迈撰,孔凡礼点校《容斋随笔》下册附录,第984—985页。

务读经书,知治乱之大体,不必学作文章,无所用也。"①这话虽然针对的是"帝王之子",但对社会各阶层产生了广泛影响,事实上也是宋代对于文学普遍的价值判断。宋太宗把《太平总类》改名为《太平御览》,且曰:"朕性喜读书,开卷有益,不为劳也。此书千卷,朕欲一年读遍,因思学者读万卷书亦不为劳耳。"②宋太宗下令编撰《太平广记》、《太平御览》、《文苑英华》,其中《太平广记》主要引用书目为野史杂传小说,宋太宗正是从开卷有益的角度肯定其知识作用。但《太平广记》编成并刻版之后,时人认为小说非关国计民生紧急之事,并未印行,从中更可见当世对文学实用价值的判断。宋代自立国之日起,北方少数民族的威胁就是君臣朝野心中痼疾,当世的政治、教育、知识不能不首先指向这个决定国家生死存亡的重大问题。宋太祖、宋太宗重视文学的知识性实用功能,根本原因应该在此。宋代名臣倡导志士仁人"先天下之忧而忧,后天下之乐而乐"等思想亦源于此。所以,求实、重理、重政治、重教化,是由宋代国家安全而决定的世风、文风,宋诗"以文字为诗,以才学为诗,以议论为诗"③的风格面貌由此形成,小说之重才学、重议论也因于此。

正是在这样的时代风气中,宋代建阳刻书的内容以正经正史、子部儒家、医书、类书和文人别集为主。其中官刻的内容侧重于经、史、前人文集等,尤以正经正史为多;学者型家刻对建阳刻书产生了非常重要的引领作用,家刻和坊刻也以正经正史为多,《史记》、《汉书》、《后汉书》、《资治通鉴》等几部大部头的史书刊刻较多,同时,刊刻了大量经史解读、注释、类编之书。显然,建阳刻书最为重要的特点是重教育重知识。我们把宋代建阳刊刻的小说放置于宋代建阳刊刻的所有图书之中,更能看出小说在其中的位置,也能明白小说之刊刻,出于知识传播的价值判断。

第二节 刻书和文教:小说刊刻的背景和资源

建阳刊刻之小说,若跟全国各地相比,数量不算太少;但若跟建阳刻书

---

① 〔宋〕司马光撰,邓广铭、张希清点校《涑水记闻》卷一,中华书局1989年版,第20页。
② 〔宋〕李焘撰,上海师范大学古籍所、华东师范大学古籍所点校《续资治通鉴长编》卷二四《太宗·太平兴国八年》,第一册,中华书局2004年版,第559页。
③ 〔宋〕严羽著,郭绍虞校释《沧浪诗话校释》,人民文学出版社1983年版,第26页。

总数相比,跟福建刻书总数相比,占比是很少的。在四部皆备的建阳刻书、建宁府乃至福建刻书中,小说是很小的一类。宋代的小说刊刻主要是传统书目所谓小说,或可称为文人小说,跟当时政治文化制度和精英文人的文化风尚密切相关。各地官刻和学者型私家刻书代表上层意识和主流观念,事实上书坊刻书也受官刻和学者型私家刻书风尚影响。

建阳是福建、江西、浙江文化交流的集中区域之一,建阳刻书是建阳周边福建各地和邻近江西、浙江图书刊刻的代表,是浙江、江西文化辐射的集中表现。建阳刊刻小说和所有图书,其稿源、销售和传播都与福建、浙江、江西乃至全国更广大地区的交流密切相关。在此,仅略述福建各地刻书,以见建阳书坊刊刻小说之文化场域之一斑。

一、福建全境刻书之盛况

两宋时期福建全境大部分地区都刻书,刻书地域遍布各州府、军治所,甚至偏僻小县都有刻书。福建各地刻书以官刻为主,也有一些家刻,坊刻则主要集中于建阳。以下在学界研究基础上,结合目前所见文献略为介绍建阳之外的福建全境刻书之盛,以为建阳刊刻小说及建阳坊刻之背景。

(一) 福州刻书

福州,所谓"东带沧溟,百川丛会,控清引浊,随潮去来","海滨之上,几及洙泗","为东南一都会,风俗尊向儒术"。①

福州早在北宋时期就以雕刻佛道大藏而举世闻名。有宋两朝全国共刊刻《大藏经》六部、《道藏》一部。其中福州一地在同一时期刊刻了三部大藏,这就是:福州东禅寺等觉院刊《崇宁万寿大藏》,宋神宗元丰三年(1080)开雕,至宋徽宗崇宁二年(1103)竣工,共雕印佛经六千四百三十四卷,五百八十函(一作五百八十五函),后来陆续增补,至于总卷数六千八百七十卷。福州开元寺刊《毗卢大藏》,又称《福州开元寺大藏经》,简称《福州藏》,徽宗政和二年(1112)开雕,约于南宋高宗绍兴二十一年(1151)前后基本刊竣,全藏凡印六千一百一十七卷,五百六十七函。福州天宁万寿观刊《万寿道藏》,宋徽宗政和三年(1113)开雕,至政和八年(1118)刊竣,总五百四十函,五千四百八十一卷。三大藏总卷数近二万卷,雕版超过四十万块,镌字

---

① 〔宋〕王象之《舆地纪胜》卷一百二十八《福建路·福州》,第四册,第3647—3648页。

达三亿多字,这个数量不仅大大超过当时福建境内所刻诸书已知卷数的总和,也是另外两个刻书中心浙江和四川无法比的。从中我们可以看到福建当时的经济实力、雕版印刷实力与文化地位,也可以看到宗教信仰在福建的兴盛。①

经藏的刊刻得到官府的支持,其中道藏是奉旨刊刻,由官府主持并出资刊印。福州的官刻沿此发展,但侧重于正经正史类书籍,也有一些诗文集和方书。在雕版印刷发展的早期阶段即唐代,刻书多为民间日用之阴阳占卜、小学字书、历书以及佛经。从五代冯道等人发起刊刻儒家经典之后,儒家经典与史书、医书就成为国子监刻书的最重要类型,影响及于各级官刻、各地私刻。宋代福州官刻以正经正史为主,与宋代福建教育的兴盛有关,也与福州作为福建政治文化中心的地位有关。

历代书目多著录宋代福州官刻善本,如:淳祐庚戌(十年,1250)福建提刑司提点刑狱公事史季温刻宋赵汝愚辑《国朝诸臣奏议》一百五十卷,宋黄庭坚著、史容注《山谷外集诗注》十七卷。宝祐五年(1257)福州府永泰县学刊宋徐自明撰《宋宰辅编年录》二十卷。大约开庆元年(1259),福州学宫雕刻宋真德秀撰《西山先生真文忠公读书记》甲集三十七卷、乙集下二十二卷、丁集二卷。② 咸淳年间(1265—1274)福州知府兼福建安抚使汤汉刻晋陶渊明撰、宋汤汉注《陶靖节先生诗注》四卷。福唐郡庠刊《后汉书注》一百二十卷。福州知州蔡幼学刊宋陈傅良撰《止斋先生文集》五十卷。此外,南宋初年据北宋监本覆刻之汉班固撰、唐颜师古注《汉书注》,其中补版刻工曾于绍兴十九年(1149)刻福州开元寺毗卢大藏,则此本应为福州官刻。③

宋本传世者有限,但现存文献中多有福州刻书之记载,方彦寿《福建历

---

① 谢水顺、李珽《福建古代刻书》,福建人民出版社1997年版,第31页。
② 王重民《中国善本书提要》引《南雍志》卷十八《经籍考》云:"《真西山读书记》六十卷,存者二千八百面。其书分甲乙丙丁,今但有甲三十七卷,丁二卷,乙上《大学衍义》四十三卷,下《读书记》二十二卷,丙缺。"《中国善本书提要》,上海古籍出版社1983年版,第225页。
③ 今存两《汉书》最早版本,是北宋末南宋初所刊,过去学者认为是景祐监本。《中国版刻图录》说:"此书嘉道间藏黄丕烈家,《百宋一廛赋》著录。黄氏别藏一本,内多补版。补版刻工程保、王文、孙生等人,绍兴十九年又刻福州开元寺毗卢大藏。程保等既是南宋初年人,则此书原版刻于北宋后期,即据北宋监本覆刻,而非景祐监本,当是事实。"北京图书馆编《中国版刻图录(增订本)》,第一册,文物出版社1961年版,第8页。

代刻书家考略》列举宋代福州府刻书家14位：黄裳、刘峤、邹柄和邹梄、史浩、汪应辰、詹体仁、郑性之、徐经孙、吴燧、史季温、徐居谊、杨复、杨栋、杨士瀛。① 这些人多为任职于此的官员。

（二）泉州刻书

泉州地处海隅，海外贸易发达，唐代以来文化兴盛。文化的繁荣和贸易的发达促进了造纸业和印刷业的发展，张秀民曾称南宋泉州刻书为诸州之冠②。

南宋乾道、淳熙、嘉定间，泉州的州学、军学、公使库、郡斋、提举市舶司、书院等大量刻书，书籍通过海运还远销海外。现在可知者如：乾道二年（1166），韩仲通于泉南郡庠刊宋孔传编《孔氏六帖》三十卷。乾道五年（1169），王十朋于泉南郡庠刊宋蔡襄《蔡忠惠集》三十六卷。淳熙四年（1177），泉州州学刊宋沈与求《沈忠敏公龟溪集》十二卷。③ 淳熙八年（1181）、九年，陈应行等于泉州州学刊宋程大昌《禹贡论》二卷《后论》一卷、《山川地理图》二卷，程大昌《演繁露》十六卷《续演繁露》六卷，宋司马光《潜虚》一卷，宋张敦实《潜虚发微论》等。淳熙九年（1182），胡大正于温陵中和堂刊宋胡寅《读史管见》八十卷。淳熙十年（1183），司马伋于泉州公使库刊宋司马光《司马太师温国文正公传家集》八十卷。嘉定二年（1209），李大有于福建路提举市舶司刊宋李纲《梁溪集》一百八十卷《附录》六卷，福建路提举市舶司在泉州，但此书并非官刻本，而是敬仰李纲的官员们集资而成的私刻本。嘉定四年（1211），杨楫于同安郡斋刊宋朱熹撰《楚辞辨证》。嘉定十二年（1219），真德秀于温陵郡斋刊朱熹撰《资治通鉴纲目》五十九卷《序例》一卷，以及唐欧阳詹《欧阳四门集》、宋王十朋《梅溪续集》等。

泉州刻书以官刻为主，坊刻仅见"吴阿老书籍铺"。《王状元集诸家注分类东坡先生诗》二十五卷，目录最后一页末行落款"泉州提举市舶司东吴

---

① 方彦寿《福建历代刻书家考略》卷一《福州（府）刻书家》，中华书局2020年版，第4—23页。

② 张秀民《宋孝宗时代刻书考略》："彭椿年、陈应行程大昌《禹贡论》、《后论》、《禹贡山川地理图》于郡庠，至出公帑十五余万以佐其费，可见泉郡之富足，宜其刻书为诸州冠也。"《张秀民印刷史论文集》，印刷工业出版社1988年版，第101页。

③ 谢水顺、李珽《福建古代刻书》，第148页。

阿老书籍铺印"。此书原为清代杨继振所藏,后为傅增湘从"厂肆"购得。此本与南宋建安魏仲卿家塾本和万卷堂本的行格款识相同,仅牌记有别。现存十四卷,傅增湘收集到刘须溪评点的元刻类注本与建阳虞平斋元刻类注本残卷,拼配泉州本成二十五卷,现存中国国家图书馆。

泉州所辖安溪县亦刻书。据《(乾隆)安溪县志》记载,嘉定年间(1208—1224)县令陈宓刊刻《司马温公书仪》、《唐人诗选》等,县令周肆刊刻《西山仁政类编》、《安溪县志》、《竹溪先生奏议》、《宋书》、《后村先生江西诗选》、《张忠献陈复斋修禊序》等。①

(三)兴化刻书

宋代太平兴国四年(979)析泉州游洋镇,置太平军,寻改兴化军。至太平兴国五年,兴化军辖三县,即兴化、莆田、仙游。兴化军文化教育发达,有"文献名邦"之称,科名之盛,甲于闽中。宋代兴化刻书业繁荣,刻书内容经史子集皆备。由于乡邦名士的带动,兴化刻书数量多,而且得风气之先。早在北宋嘉祐年间,蔡襄就在仙游刊刻自撰《荔枝谱》一卷②。另外,蔡襄小楷手书自著《茶录》,治平元年(1064)在建州漕治镌刻于石,石刻拓本流传至今。南宋兴化刻书,如:《西铭集解》一卷,大约绍熙三年(1192)前后赵师侠辑刻于兴化军。③《莆阳比事》七卷,宋李俊甫撰,嘉定七年(1214)福清林璆刊于兴化军。《崇文古诀》二十卷,宋楼昉编撰,宝庆三年(1227)兴化教授陈森刊于郡学。④《艾轩集》二十卷,宋林光朝撰,嘉熙间(1237—1240)知兴化军张友刻于任上,张友同时刊刻其祖父原户部尚书张傪斋撰《张尚书集》若干卷。《后村先生大全集》前集五十卷,宋刘克庄撰,淳祐八年(1248)林希逸刊于兴化郡庠。在此前后,知兴化军数任官员曾刊刻刘克庄父辈著作:刘克庄季父刘弥邵《易稿》,淳祐间(1241—1252)兴化军教授俞来刊刻;刘

---

① 〔清〕庄成修、沈钟、李畴纂《(乾隆)安溪县志》卷十《祠墓(古迹附)》,《中国地方志集成·福建府县志辑》27《康熙德化县志·民国德化县志·乾隆安溪县志》,上海书店出版社2000年版,第643页。

② 〔宋〕陈振孙撰,徐小蛮、顾美华点校《直斋书录解题》卷十《农家类》,第298—299页。

③ 陈振孙《直斋书录解题》卷九《儒家类》著录《西铭集解》一卷,谓赵师侠集吕大临、胡安国、张九成、朱熹四家之说为一编,刻之兴化军。参见陈振孙撰,徐小蛮、顾美华点校《直斋书录解题》,第276—277页。赵师侠有《满江红·壬子秋社莆中赋桃花》等词,此壬子为绍熙三年,其刊刻《西铭集解》当为同一时期。参见方彦寿《福建历代刻书家考略》,第506—507页。

④ 参见方彦寿《两宋莆田官私刻书考述》,《文献》2008年第3期。

克庄二大父刘夙、刘朔遗文十卷、附录五卷、《史记考异》五卷,宝祐年间(1253—1258)眉山宋遇刻于兴化军任上。又,刘克庄与其弟克永曾刊刻其父刘弥正《退斋遗稿》于家塾。《三先生集》,林希逸刻于兴化军,三先生者,莆田林光朝、福清林亦之、福清陈藻,皆为南宋理学家。《楳埜集》,宋徐元杰撰,景定二年(1261)知兴化军徐直谅刊刻。《伸蒙子》三卷,唐林慎思撰,咸淳九年(1273)林元复刊于莆田县学。咸淳间(1265—1274)兴化军教授王庚于郡学刊宋朱熹撰《周易本义》十二卷,宋真德秀撰《文章正宗》二十四卷。又,宋方惟深撰《方秘校集》十卷,陈振孙《直斋书录解题》卷二十著录:"莆田方惟深子通撰……后乃知莆中尝刊板,为十卷……"①

宋代兴化刻书特点鲜明,多为兴化军官员刊刻本邑乡贤著作,兼及理学名家著作。洪迈《容斋随笔》记载兴化军刊刻小说《开元天宝遗事》②,已见前文所述。

此外,还有不少兴化籍人士在外地刻书,但刻书地点不一定在兴化。如黄汝嘉任豫章郡学教授时刻过不少书。宋胡安国《春秋传》三十卷,北京大学图书馆藏乾道四年(1168)刊庆元五年(1199)莆田黄汝嘉修补本。黄汝嘉还刊刻过宋吕本中《东莱先生诗集》、宋饶节《倚松老人诗集》、宋晁冲之《具茨先生诗集》、宋黄庭坚《山谷别集》等。又如嘉定十四年(1221),莆阳许兴裔刻宋赵彦肃《复斋易说》六卷,叶德辉《书林清话》谓此书系许兴裔守严陵时"刻置祠堂"。③

(四)漳州刻书

漳州刊刻渊源久远,在唐代已有金石镌刻,最著名的是唐咸通四年(863)《佛顶尊胜陀罗尼经》石刻碑,俗称"咸通碑",被称为"天下经幢中第一"。漳州木版年画的历史据说源自宋代,但漳州刻书的历史今知最早为宋淳熙年间(1174—1189)漳州州学教授田澹刊刻漳州先贤高登之文集《东溪集》④。

---

① 〔宋〕陈振孙撰,徐小蛮、顾美华点校《直斋书录解题》卷二十《诗集类下》,第595页。
② 〔宋〕洪迈撰,孔凡礼点校《容斋随笔》卷一《浅妄书》,上册,第7页。
③ 叶德辉《书林清话》卷三,上海古籍出版社2008年版,第54页。
④ 淳熙十四年(1187),朱熹撰《漳州州学东溪先生高公祠记》曰:"公殁二十余年,延平田君澹为郡博士,始求其遗文刻之方版,又肖公像而奉祠之,以风励学者。"参见方彦寿《朱熹与漳州官私刻书》,《朱子学刊》2012年第1辑,黄山书社2013年版,第83页。

漳州刻书与朱熹的影响关系密切。绍熙元年（1190）朱熹出守漳州，在漳州刻印了"四经"（《易》、《书》、《诗》、《春秋》）和"四子"（《大学》、《论语》、《孟子》、《中庸》）。朱熹《答宋泽之》谓"临漳所刻诸书十余种，谩见远怀"①，《福建古代刻书》列举了《大学章句》、《小学》、《近思录》、《芸阁礼记解》、《楚辞协韵》、《家仪》、《乡仪》、《献寿仪》、《永城学记》、《伊川与方道辅帖》，以及蔡襄的《献寿仪帖》。② 漳州为朱子过化之地，朱子理学在漳州影响深远。淳祐八年（1248），漳州通判薛季良于漳州龙江书院刊刻陈淳《北溪先生大全集》五十卷《外集》一卷，陈淳师从朱熹，是朱子门人中重要的理学家。

（五）汀州刻书

汀州处于闽西山区，是福建较晚开发的地区，但在宋代也颇为重视教育。现存汀州宋刻本出于县学、郡斋、军州之官刻，其字体更近江浙刊本常见的欧体，瘦长秀丽，刊刻精良，均为世人所重之善本。宋代汀州刻本如：

宋贾昌朝撰《群经音辨》，绍兴十二年（1142）宁化县学覆刻绍兴九年（1139）临安府学本，刻印俱佳，为宋时第三刻。此书为天禄琳琅旧物，汲古阁毛氏藏书，陆贻典曾从毛氏借校自藏明抄本，改正讹字甚多。现藏于中国国家图书馆，《四部丛刊续编》第一次印本所收《群经音辨》即据此影印。

宋晁说之撰《嵩山景迂生文集》二十卷，乾道三年（1167）晁说之之孙晁子健刻于临汀郡庠。

宋韦骧撰《钱塘韦先生集》十八卷（现存十四卷），乾道四年（1168）韦骧之孙韦能定刻于临汀郡庠。

宋方夷吾编《方氏编类家藏集要方》二卷，汀州知州陈日华于庆元丁巳（1197）刻于临汀。同一年，陈日华刻其五世祖陈襄《古灵先生文集》二十五卷，附《神宗皇帝即位使辽语录》一卷。

《古算经》，嘉定六年（1213）知汀州军鲍澣之刻于汀州军，毛氏汲古阁

---

① 〔宋〕朱熹撰，徐德明、王铁校点《晦庵先生朱文公文集》卷五八，朱杰人等主编《朱子全书》第23册，上海古籍出版社、安徽教育出版社2002年版，第2777页。

② 参见谢水顺、李珽《福建古代刻书》，155页。

据此影抄，极为世人所重。原为徐氏传是楼藏书，今仅存六种，包括《周髀算经》二卷《音义》一卷、《孙子算经》三卷、《九章算经》九卷（存一至五卷）、《五曹算经》五卷、《数术记遗》一卷、《张丘建算经》三卷，另有《算学源流》一卷，分别藏于上海图书馆、北京大学图书馆。此为元丰七年（1084）秘书省刻本《算经十书》的翻刻，北宋秘书省原刻本今已很难见到，但由此翻刻本依稀可见原刻之面貌。此本至今纸洁墨莹，开卷生香，墨色如漆，光彩夺目。

（六）闽北刻书

闽北建宁府、南剑州、邵武军位于武夷山一线，大体可视为同一地理文化区域。随着闽学的兴盛，闽北一带学者云集，书院林立，成为天下士子求学向往之地，也成为全国文化的中心之一。于是，刻书的规模化生产逐渐集中，建阳的麻沙、崇化成为全国的刻书中心之一。闽北三府刻书可能都与建阳书坊关系密切，在此且略为介绍建阳坊刻之外的三府刻书。

关于建宁府刻书，学界或认为宋代建宁府所在地建安确有刻书，或认为，建宁府所刻图书通常由官府出经费交付书坊刊刻印行。建宁府刻书很多，如：乾道五年（1169），福建路常平提举郑伯熊整理辑校《程氏遗书》、《二程文集》、《经说》诸书，作小字本刻印于建宁府。淳熙二年（1175）建宁知府韩元吉于建安郡斋刻汉戴德撰《大戴礼记》十三卷，淳熙六年（1179）又刻印《古文苑》九卷。嘉定三年（1210）建宁知府李大异刻《皇朝大诏令》二百四十卷。嘉定年间（1208—1224）建宁知府蔡幼学刊自撰《育德堂奏议》六卷、《育德堂外制》五卷。嘉定八年（1215）建宁郡斋刻宋徐天麟撰《西汉会要》七十卷，宝庆二年（1226）建宁郡斋刻徐天麟撰《东汉会要》四十卷。项寅孙刊其父项安世撰《周易玩辞》十六卷于建安书院，项寅孙于淳祐间（1241—1252）任福建转运判官，此书或刊于此时。建安书院山长黄镛于景定四年（1263）刻《晦庵先生文集》一百卷并《续集》十一卷、《别集》十卷，至咸淳元年（1265）完工。咸淳间建宁知府吴坚刻宋杨时《龟山先生语录》四卷《后录》二卷，宋邵雍《邵子观物内篇》二卷《外篇》二卷《后录》二卷，邵雍《渔樵问对》一卷，宋张载《张子语录》三卷《后录》二卷，宋胡宏《知言》六卷附录一卷，以及宋朱熹《周易本义》及《朱子语类》、宋祝穆《方舆胜览》等。建宁府还刻过《太平御览》，此书在太平兴国八年（983）编成后，有国子监刻本，但已失传,南宋有两刻,一为建宁本,一为蜀刻本。①

　　福建路驻守在建宁的派出机构也有刻书,如绍兴七年(1137)福建转运判官晁谦之刻印其从兄晁补之《济北晁先生鸡肋集》七十卷;绍兴十七年(1147)福建路转运司刻印宋王怀隐编《太平圣惠方》一百卷,同年建安漕司刻印宋黄伯思《东观余论》十卷;淳熙间(1174—1189)提举茶事的转运司官员许仲启刊《北苑修贡录》;淳祐年间(1241—1252)福建常平提举赵师耕刻《河南程氏遗书》。

　　官府刻书的内容侧重于经、史、前人文集等,与福州各地官刻相类。建宁府官员之名贤后裔刻印先人著作也比较多,如黄伯思《东观余论》、苏轼《东坡别集》、洪迈《容斋随笔》、蔡幼学编《国朝编年政要》、项安世《周易玩辞》、郑汝谐《东谷易翼传》等,都由作者后人刊于建宁任上。也有后学刊刻先贤著作,最多见的是刻印朱熹著作,如绍定间(1228—1233)陈韡以福建招捕使兼知建宁,于任上刻印朱熹《论语详说》、《孟子要略》,真德秀为之序。咸淳元年(1265)建宁知府吴坚刻印《周易本义》、《朱子语类》等。南宋时期,府治所在地的建安书院曾多次刊刻《晦庵先生文集》。②

　　南剑州位于闽江上游三溪——建溪、沙溪、富屯溪的总汇口,为八闽之襟喉、闽北重镇,文风昌盛,为理学名邦。文化的发展对刻书业产生了直接的推动作用,现在可知南宋官刻如:《唐史论断》三卷,宋孙甫著,南宋绍兴二十七年(1157)南剑州学官张敦颐刻于南剑州庠;《朱文公校昌黎先生文集》四十卷及《外集》十卷、《集传》一卷、《遗文》一卷,朱熹考异、王伯大音释,南宋宝庆三年(1227)南剑州郡斋刻;《龟山杨文靖公集》三十五卷,宋杨时著,南宋延平郡斋刊③。此外,前述洪迈《容斋随笔》记载南剑州学刊刻小说《云仙散录》。

---

① 宋蜀刻本蒲叔献序《太平御览》曰:"以载籍繁夥,无复善本,惟建宁所刊,多磨灭舛误,漫不可考。"此本由成都府路转运判官兼提举学事蒲叔献刊刻于庆元五年(1199)。可见建宁本早在此前就已椠版行世。此书卷帙浩大,以私家或书坊之力刻印似不太可能,应该是建宁官府刻本。明内府曾收藏一部建宁本,后流落在外,残本流入日本。蜀刻本也流入日本。1928年,张元济借拍两刊,计拍摄目录十五卷、正书九百七十四卷携归,印入1935年商务印书馆出版的《四部丛刊三编》。参见谢水顺、李珽《福建古代刻书》,第138页。

② 方彦寿《建阳刻书史》,中国社会出版社2003年版,第61页。

③ 《铁琴铜剑楼藏书目录》称:"《文靖集》宋时刊于延平郡斋,其本不传。"〔清〕瞿镛编纂,瞿果行标点,瞿凤起覆校《铁琴铜剑楼藏书目录》卷二十一《集部三·别集类三》,第569页。

邵武历来为闽北重镇,靠近浙江,名家辈出。宋刻如:

《梁溪先生文集》一百八十卷,宋李纲撰,嘉定六年(1213)知邵武军陈彭寿刊于邵武郡斋,这是李纲文集首次在邵武刻印。八年后,淄州长山人姜注知邵武军时,又重加搜访,从李纲族孙李国手中录以全帙,重加刻印。绍定五年(1232),长乐人赵以夫任知军,得知李纲文集刻版在前一年邵武府署火灾中缺失五百版,乃于第二年加以补刊。今存于上海图书馆的李纲文集宋刊残本三十八卷,《中国版刻图录》著录为邵武官版,由于是残存孤帙,难以确知是哪种刊本。①

《高峰先生文集》十二卷,宋廖刚撰,乾道七年(1171)邵武军学刻,时廖刚长子廖迟任邵武知军,军学教授闽清人葛元鹭为之作序。咸淳七年(1271)郡守吴邦杰因感其书版散失、字迹多漫灭,为传乡邦先贤文献,又命工重修刊印。此两刊本在清乾隆修《四库全书》时就已不见流传。有振绮堂、怡古斋等抄本流传。

《潜虚》一卷,宋司马光撰;《潜虚发微论》一卷,宋张敦实撰,淳熙九年(1182)前邵武刻。此书当时邵武、建阳俱有刻本,但有脱略,因此,淳熙九年,陈应行任泉州教授时参以邵武本重刻于泉州郡庠。

闽北私家刻书很多,特别值得一提的是学者型私家刻书,对书坊刻书,对学术传播,都有着重要意义。宋代闽北一带学者辈出,书院如林,在浓郁的学术氛围中,很多学者刻书。如著名学者游酢就学于洛阳程门,学成回建阳后,把二程语录整理成《河南程氏遗书》十卷刻印出版,这就是《四库全书总目》所称"游酢家本"。另两位闽学先驱崇安五夫里胡安国和延平罗从彦,也编辑并刻印了《二程遗书》。

闽北的学者型私家刻书尤以朱熹学派人物为代表。朱熹著作相当一部分是在建阳刻印出版的,其中既有书坊刻印,也有其筹资自刻。据方彦寿《建阳刻书史》所录,朱熹在闽、浙、赣、湘刻书达三十多种。朱熹一生大部分时间在闽北著书讲学,其刻书以建阳刊刻者为多,如《论孟精义》、《程氏遗书》、《程氏外书》、《庭闻稿录》、《游氏妙旨》、《上蔡语录》,以及朱熹与吕祖谦合编的《近思录》等,都刻于建阳。朱熹刻书的目的,一方面是出版自己的研究成果,供所办书院教学之用,一方面也是为了维持生计,所以也属

---

① 参见方彦寿《建阳刻书史》,第105页。

于商业性刻书。但朱熹刻书没有用公款，都是自己私人筹措经费。朱熹的很多门人也在学术研究的同时从事刻书。如蔡元定曾受朱熹委托刊刻朱熹《中庸章句》、《诗集传》。蔡元定长子蔡渊曾为朱熹刊行《周易参同契考异》、《易学启蒙》、《大学章句》。刘爚刊行朱熹《四书集注》。跟随朱熹读书和成长的祝穆，自编自刻《方舆胜览》。

考亭学派之外，建安其他学者如熊克、吴炎、余允文、黄昇等也有刻书。

邵武文风昌盛，私家刻书令人瞩目。如日本武田科学振兴财团杏雨书屋收藏的《史记集解》一百三十卷，刘宋裴骃集解，绍兴十年（1140）邵武东乡朱中奉宅刊刻，这是《史记》的第一部私刻本。又如宋俞鼎孙、俞经辑《儒学警悟》，被称为中国最早的综合性丛书，由俞闻中于嘉泰二年（1202）刊于家塾。俞闻中，字梦达，邵武人，承议郎，曾任南剑州通判。《儒学警悟》七集四十一卷，收录宋人著作六种，即《石林燕语辨》、《演繁露》、《嬾真子录》、《考古编》、《扪虱新语》、《萤雪丛说》。

还有不少邵武人刻书于外地，如《范文正公集》二十卷及《别集》四卷、《尺牍》二卷，宋范仲淹著，乾道三年（1167）邵武俞翊刊刻于鄱阳。邵武人刻书最有名的是廖莹中，贾似道之党，为人所不齿，但其刻书为人所称道。廖氏世彩堂刊刻之"九经"，"凡以数十种比校，百余人校正而后成"，以校勘之精审、用料之讲究、刊印之精美著称。所刻《昌黎先生集》、《河东先生集》、《三礼节》、《左传节》、《诸史要略》、《淳化阁帖》、《绛州潘氏帖》、《小字帖》、《世彩堂小帖》、《文选》等，也广受赞誉。其中《文选》刊于建宁①。廖莹中长期生活于杭州，其世彩堂应该不在邵武，但与建刻有一定关联。

此外，建阳邻县崇安和浦城等地也刻书。崇安书坊堂号前多冠以武夷之名，如武夷安乐堂、武夷詹光祖月厓书堂等。安乐堂以刻各种药书药方而出名，庆元二年（1196）刻《新编近时十便良方》四十卷。南宋末，武夷詹光祖月厓书堂刻朱熹《资治通鉴纲目》五十九卷。月厓书堂至元朝仍经营，至元二十四年（1287）刻印《黄氏补千家注纪年杜工部诗史》三十六卷，现藏于中国国家图书馆。两宋时期闽北浦城文风颇盛，科举发达，人才辈出，刻书不少，但多失传。

---

① 参见张春晓《廖氏世彩堂与廖莹中考》，南京大学古典文献研究所主办《古典文献研究》总第八辑，凤凰出版社 2005 年版，第 405 页。

二、以坊刻为主的建阳刻书

历来对建阳刊本评价不高。北宋叶梦得《石林燕语》谓："今天下印书，以杭州为上，蜀本次之，福建最下。京师比岁印板，殆不减杭州，但纸不佳；蜀与福建多以柔木刻之，取其易成而速售，故不能工；福建本几遍天下，正以其易成故也。"①关于"以柔木刻之"之说，谢水顺、方彦寿等学者已做多方研究，认为此说与事实不符，是叶梦得想当然之说，建阳本的雕版是就地取材适合于雕刻的梨木、樟木等。事实上，在现存的宋版善本书中，最多的是建阳刻本，不仅多，而且质高。

宋代建阳刻书也有官刻，如宝庆元年（1225）至绍定元年（1228）刘克庄任建阳知县，刻印建安黄铢《榖城集》五卷，又刻自选《中兴五七言绝句》一书；淳祐十二年（1252），建阳知县赵与迥刻印朱鉴编《晦庵先生朱文公易说》二十三卷于县斋。这些官刻书通常都是交付建阳书坊刊刻，或延请建阳书坊的刻工。

建阳刻书以家刻和坊刻为主。学界认为，建阳的家刻多属坊刻营利性质。当时著名的家刻有数十家，常见于文献著录的建阳家刻如黄善夫家塾之敬室、蔡琪家塾、建溪三峰蔡梦弼东塾、建安蔡子文东塾、建安蔡建侯（梅山蔡建侯行甫蔡氏家塾）、建安陈彦甫家塾、建阳龙山书堂、建安刘元起家塾、麻沙镇水南刘仲吉宅、麻沙刘仕隆宅、麻沙刘将仕宅、麻沙刘通判宅仰高堂、建安刘元起家塾之敬室、建安刘叔刚宅（又称刘叔刚一经堂）、建安刘日新宅三桂堂、建安蔡行文、建安刘麟、东阳崇川余四十三郎宅、建安余恭礼宅、建安虞氏家塾、麻沙镇虞叔异宅、建安虞平斋务本书堂、麻沙镇南斋虞千里、建安魏仲举家塾、建安魏仲立宅、建安魏县尉宅、建安魏忠卿家塾、钱塘王叔边家、建安曾氏家塾、建阳祝穆、建阳熊克等。这里有的属于学者刻书，如祝穆、熊克等；也有的依托家塾，但实际上属于坊刻。

宋代建阳家刻本以刊刻质量好而著称于世，不少善本为后世不断翻刻，广为流传。比如黄善夫家塾刊本《百家注分类东坡先生诗》，此书题名《王状元集百家注分类东坡先生诗》，凡二十五卷。首列《百家注东坡先生诗

---

① 〔宋〕叶梦得撰，〔宋〕宇文绍奕考异，侯忠义点校《石林燕语》卷八，中华书局1984年版，第116页。

序》二篇，分别署"西蜀赵公尧卿"、"状元王公十朋龟龄"所撰。次列《百家注分类东坡先生诗姓氏》，题"状元王公十朋龟龄纂集"，起自黄庭坚，迄于王十朋三兄弟，《姓氏》后有"建安黄善夫刊于家塾之敬室"双行木记。次为《东坡纪年录》，题"仙溪傅藻编纂"。又次为《百家注东坡先生诗门类》，共分79类。次列目录，目后重出双行木记"建安黄善夫刊于家塾之敬室"。正文卷首题书名及作者；每半叶13行，行22至23字不等；小注双行，行25至27字不等；框高19.9厘米，宽13.2厘米；左右双边，双鱼尾间题书名及卷页数。版刻清朗，字体清秀劲正，是麻沙刻本之佳者。此本是苏诗集注传世最早的刊本，以分类编次和汇注百家为特点，在苏诗"五注"、"八注"、"十注"基础上，搜索诸家注释铲繁剔冗而编成。此书自南宋中叶至今流传海内外，影响很大。特别是在元明两朝，施元之、顾禧的苏诗编年注未见传刻，黄刻类注本遂成为流行的苏轼诗集完整注本，在研究上具有重要参考价值。

黄善夫家塾刻本中《史记集解索隐正义》比苏诗类注还更有名。在黄善夫刊刻此本之前，有《史记集解》、《史记索隐》、《史记正义》，三书单行，是注释《史记》的许多著作中最有名的三种。黄善夫刻本合三书为一书，将三家说解分别列于《史记》正文之下，便于学习者兼采诸家之说。此书一出，广受欢迎，为黄善夫家塾刊本赢得了很好的声誉。该书校勘细致，镌刻优良，成为明代廖铠、汪谅、王延喆、秦藩朱惟焯四本之祖。明嘉靖年间王延喆以影刻黄善夫本《史记》著称于世。另外，黄善夫还刻了《汉书》一百卷、《后汉书注》一百二十卷，以及《扁鹊仓公传》等，都以刻印精美著称。

另如刘氏刻书、蔡琪刻书、魏仲举刻书等等，精美的善本书籍不胜枚举。

不同于学者刻书注重学术研究，也不同于官刻本朴素刊刻经史原典，这些家刻出于普通学者编辑，更了解读书士子的需求，为典籍加上了音释和注解，分门别类，便于学习。当然，其中很多也有广告性质，如"百家注"，甚至"五百家注"，打出"陆状元"、"王状元"的旗号，或者直接就是"文场资用"，这些显然是图书的营销手段。所以，建阳的家刻与书坊刻书没有多大性质差异，只是牌记不同而已。其实若以牌记题署来区分刻书性质往往很模糊，如余仁仲万卷堂是宋代有名的书坊，而现存其所刻《礼记》二十卷本署为余仁仲万卷堂家塾刻本。又如蔡琪刻书，有的署"蔡琪家塾"，有的署"蔡琪一经堂"。

建阳刻书的主流是坊刻，主要集中于麻沙、崇化二坊。二坊刻书既有相近之处,也似有某些区别。麻沙刻书更近于通常所说的家刻,内容上以正经正史、子部儒家和文人别集为主。崇化刻书,以坊刻为主,内容则四部俱全,而较麻沙刻书更注重通俗性。书坊刻书以营利为目的,刊刻畅销书,编撰名目求新善变,刻印速度快捷迅猛,行销范围无远不至。而一些学者对建阳刻本评价不高,是因为建阳书坊很多,确实有些书坊压缩成本,刻本多为密行小字,校勘粗疏,以书价低廉竞争市场。书坊刻本之间相互抄袭、改头换面重新印刷,以至偷工减料的现象也时有发生。①

宋代建阳坊刻以余氏、刘氏、蔡氏、黄氏、虞氏等比较有名,由宋迄明,世代相沿,形成刻书大族。方彦寿著录宋代建阳书坊29家:建安余氏、崇川余氏、建安余仁仲万卷堂、建安余彦国励贤堂、建安余腾夫、建安余唐卿明经堂、建安钱塘王朋甫、建安王懋甫桂堂、麻沙刘智明、麻沙刘氏书坊、麻沙刘仲立、建阳刘诚甫、建安刘德亨、刘氏天香书院、建阳蔡琪一经堂、建安蔡文子行之、建阳崇化书坊陈八郎宅、建安陈氏、建安黄及甫、建宁府黄三八郎书铺、建安虞平斋务本书堂、书铺张金瓯、魏齐贤富学堂(又称毕万裔富学堂)、建安江仲达群玉堂、闽山阮仲猷种德堂、建安万卷堂、麻沙万卷堂、建安庆有堂、建阳龙山书堂。这里所列与上文所说家刻有些重复,但家刻与坊刻确实很难区分。

宋代是建阳刻书的全盛期,刻本很多,从叶德辉《书林清话》到现代全国性、地域性印刷史、刻书史著作多有著录。限于篇幅,选列目前所见一部分宋代建阳家刻与坊刻书目,以见建阳小说刊刻背景之一斑。

1.《童溪王先生易传》三十卷,宋王宗传撰,开禧元年(1205)建安刘日新宅三桂堂刻本,中国国家图书馆、辽宁省图书馆存。

2.《附释音毛诗注疏》二十卷,汉郑玄笺,唐孔颖达等疏,宋建安刘叔刚宅刻本,日本足利学校遗迹图书馆存。

3.《附释音春秋左传注疏》六十卷,晋杜预注,唐孔颖达疏,唐陆德明释文,宋建安刘叔刚一经堂刻本,日本足利学校遗迹图书馆存,中国国家图书馆存卷一至二十九,台北故宫博物院存卷三十至六十。

4.《春秋公羊经传解诂》十二卷,汉何休撰,唐陆德明音义,绍熙二年(1191)余仁仲万卷堂刻本,中国国家图书馆存。

---

① 方彦寿《建阳刻书史》,第91—93页。

5.《春秋穀梁传集解》十二卷，晋范宁集解，绍熙二年（1191）余仁仲万卷堂刻本，台北故宫博物院存残本。

6.《新雕石林先生尚书传》二十卷，宋叶梦得撰，绍兴二十九年（1159）东阳魏十三郎书铺刻本，日本静冈清见寺、大东急记念文库存残本。

7.《附释文尚书注疏》二十卷，汉孔安国传，唐孔颖达疏，庆元年间（1195—1201）建安魏县尉宅刻本，台北故宫博物院存。

8.《京本点校附音重言重意互注周礼》十二卷，汉郑玄注，南宋建阳刻本，北京大学图书馆存残本。

9.《礼记》二十卷，汉郑玄注，唐陆德明音义，宋余仁仲万卷堂家塾刻本，中国国家图书馆存，上海图书馆存残本。

10.《纂图互注礼记》二十卷，《礼记举要图》一卷，汉郑玄注，唐陆德明音义，绍熙年间（1190—1194）福建刻本，中国国家图书馆存。

11.《监本纂图重言重意互注论语》二卷，魏何晏集解，宋刘氏天香书院刻本，北京大学图书馆存。

12.《钜宋广韵》五卷，宋陈彭年等撰，乾道五年（1169）建宁府黄三八郎刻本，上海图书馆、日本内阁文库存。

13.《钜宋广韵》五卷，宋陈彭年等撰，南宋麻沙刘仕隆宅刻本，日本福井氏崇兰馆旧藏，今私人收藏。

14.《史记》一百三十卷，汉司马迁撰，刘宋裴骃集解，唐司马贞索隐，乾道七年（1171）蔡梦弼东塾刻本，中国国家图书馆、上海图书馆存。

15.《史记》一百三十卷，汉司马迁撰，刘宋裴骃集解，唐司马贞索隐，唐张守节正义，宋建安黄善夫家塾刻本，中国国家图书馆、上海图书馆、日本历史民俗博物馆存，日本东京大学东洋文化研究所存残本。

16.《汉书》一百卷，汉班固撰，唐颜师古注，宋建安黄善夫刻庆元元年（1195）建安刘元起修印本，北京大学图书馆、日本历史民俗博物馆存。

17.《汉书》一百卷，汉班固撰，唐颜师古注，宋蔡琪家塾刻本，中国国家图书馆存，美国哈佛大学哈佛燕京图书馆、南京图书馆存残本。

18.《后汉书》九十卷，刘宋范晔撰，唐李贤注；《志》三十卷，晋司马彪撰，梁刘昭注，嘉定元年（1208）建安蔡琪一经堂刻本，日本静嘉堂文库存残本。

19.《后汉书》九十卷，刘宋范晔撰，唐李贤注；《志》三十卷，晋司马彪撰,梁刘昭注,宋钱塘王叔边建阳刻本,中国国家图书馆存。

20.《后汉书》九十卷,刘宋范晔撰,唐李贤注;《志》三十卷,晋司马彪撰,梁刘昭注,宋建安黄善夫刻本,北京大学图书馆存,天津图书馆、上海图书馆存残本。

21.《李侍郎经进六朝通鉴博议》十卷,宋李焘撰,宋毕万裔宅富学堂刻本,中国国家图书馆存。

22.《新唐书》二百二十五卷,宋建安魏仲立宅刻本,台湾"国家图书馆"存。

23.《重修事物纪原集》二十卷,宋高承编,庆元三年(1197)建安余氏刻本,日本静嘉堂文库存,中国国家图书馆存残本。

24.《类编秘府图书画一元龟》,宋建安余仁仲万卷堂刻本,台北故宫博物院、日本宫内厅书陵部存残本。

25.《初学记》三十卷,唐徐坚等奉敕编,绍兴十七年(1147)东阳崇川余四十三郎宅刻本,日本宫内厅书陵部存。

26.《音注河上公老子道德经》二卷,题汉河上公章句,宋麻沙刘通判宅仰高堂刻本,台北故宫博物院存。

27.《老子道德》经二卷,题汉河上公章句,宋建安虞氏家塾刻本,中国国家图书馆存。

28.《纂图分门类题五臣注扬子法言》十卷,汉扬雄撰,晋李轨、唐柳宗元、宋宋咸、吴祕、司马光注;《新增丽泽编次扬子事实品题》一卷,宋吕祖谦辑;《新刊扬子门类题目》一卷,宋陈傅良辑,宋麻沙刘通判宅仰高堂刻本,中国国家图书馆存。

29.《文场资用分门近思录》二十卷,《近思后录》十四卷,宋建安曾氏家塾刻本,台湾"国家图书馆"存。

30.《活人事证方》二十卷,宋嘉定九年(1216)建安余恭礼宅刻本,未名藏家存,仅存首册。

31.《新刊仁斋直指方论》二十六卷,《小儿方论》五卷,《医学真经》一卷,《伤寒类书活人总括》七卷,宋杨士瀛撰,詹宏中校定,景定年间(1260—1264)环溪书院刻本,上海图书馆、台北故宫博物院存。

32.《新编类要图注本草》四十二卷,《目录》一卷,《序例》五卷,宋寇宗奭撰,刘信甫、许洪等校,宋建安余彦国励贤堂刻本,日本宫内厅书陵部存。

33.《杨氏家藏方》二十卷,宋杨倓撰,淳熙五年(1178)序,卷末有淳熙十二年(1185)跋,阮仲猷种德堂刻本,日本宫内厅书陵部存。

34.《杜工部草堂诗笺》五十卷,《外集》一卷,宋嘉泰年间(1201—1204)建安蔡梦弼家塾刻本,中国国家图书馆、上海博物馆、北京大学图书馆、重庆图书馆、成都杜甫草堂等处存残本。

35.《新刊五百家注音辩昌黎先生文集》四十卷,《外集》十卷,唐韩愈撰,宋魏仲举辑注;《序传碑记》一卷,《韩文类谱》十卷,宋魏仲举辑,庆元六年(1200)魏仲举家塾刻本,南京图书馆存。

36.《五百家注音辨唐柳先生文集》四十五卷,唐柳宗元撰,宋童宗说、韩醇等注释,宋魏仲举辑,宋建阳刻本,中国国家图书馆存。

37.《王状元集百家注分类东坡先生诗》二十五卷,《目录》一卷,宋苏轼撰,王十朋纂集,宋建安魏忠卿家塾刻本,日本宫内厅书陵部存。

38.《王状元集百家注分类东坡先生诗》二十五卷,宋苏轼撰,题宋王十朋纂集;《东坡纪年录》一卷,宋傅藻撰,宋建安黄善夫家塾刻本,中国国家图书馆存。

39.《王状元集百家注分类东坡诗》二十五卷,宋苏轼撰,题宋王十朋纂集,宋建安黄及甫刻本,日本天理图书馆存残本。

40.《王状元集诸家注分类东坡先生诗》二十五卷,《目录》一卷,《纪年录》一卷,宋苏轼撰,王十朋编,南宋建安万卷堂刻本,日本宫内厅书陵部、静嘉堂文库存。

41.《皇朝文鉴》一百五十卷,《目录》三卷,宋吕祖谦辑,南宋麻沙刘将仕宅刻本,北京大学图书馆存。

42.《类编增广黄先生大全文集》五十卷,宋黄庭坚撰,乾道年间(1165—1173)麻沙镇水南刘仲吉宅刻本,北京大学图书馆存。

43.《李学士新注孙尚书内简尺牍》十六卷,宋孙觌撰,宋李祖尧注,庆元三年(1197)梅山蔡建侯行甫蔡氏家塾刻本,上海图书馆存。

44.《中兴以来绝妙词选》十卷,宋黄昇辑,淳祐九年(1249)刘诚甫刻本,中国国家图书馆存。

从以上列举可见,宋代建阳刻书有其内容特点,以正经正史、子部儒家、医书、类书和文人别集为主。

建阳以经史典籍的刊刻开始它辉煌的刻书历程,这与宋代以来学校的普及、闽学的兴盛密切相关,但也以刻书业的发展、宋代文化的全面兴盛为背景。儒家经典的刊刻向来备受朝廷重视,北宋之前雕印五经、七经以及群经注本,都由朝廷选官校定、国子监颁刻发行,成为世所遵循的定本。南宋时期,一方面国子监财力薄弱,书板多下发诸州郡镂板;另一方面雕版印刷技术全面发展,私刻、坊刻极为兴盛。建阳刻书正是在这一背景下大力发展起来的。在建阳家刻和坊刻中,值得注意的是《史记》、《汉书》、《后汉书》、《资治通鉴》等几部大部头的史书刊刻较多。这一方面是因为刻书业至于宋代才得到大发展,如此大部头史著的刊刻与传播有了物质与技术的条件;另一方面,也与宋代福建地方经济繁荣有关,与建阳发达的刻书业有关,还与福建崇儒重教的传统、教育的兴盛有关,可谓天时、地利、人和之并力而为。

在经史著作的刊刻中,建阳家刻和坊刻更多经史解读、注释、类编之书,这与福建学校教育兴盛、科举发达密切相关。岳珂《场屋编类之书》曾说:"自国家取士场屋,世以决科之学为先,故凡编类条目、撮载纲要之书,稍可以便检阅者,今充栋汗牛矣。建阳书肆方日辑月刊,时异而岁不同,以冀速售。"①虽然岳珂对此不无贬抑之意,但可见建阳刻书与科举、教育的密切关系。建阳书坊还首创为经史加句读,对此,岳珂相当肯定:"监蜀诸本,皆无句读,惟建监本始仿馆阁校书式,从旁加圈点,开卷了然,于学者为便。"②宋代重科举,经史著作是读书人求取功名的必读之书,而对于攻科举的读书士子来说,为经史加上注释和解读方便了他们的阅读。

与福建各地官刻以及福建之外其他地区刻书相比,以坊刻为主的建阳刻书一开始就具备明确的读者意识,换位思考,从读者需求出发,体现出贴心的服务意识,也体现了书坊民间商业经营的性质。比如同样刊刻经史典籍,建阳书坊在刻书内容和版式上力求创新,费尽心思设计,有所谓的纂图互注本、附释音本、附音重言互注本、监本纂图本、监本纂图重言重意互注本、监本纂图重言重意互注点校本、京本点校附音重言重意互注本等诸多名目。现存如图文互见的《纂图互注尚书》、《纂图互注礼记》,附有注音解义

---

① 〔宋〕岳珂撰,郎润点校《愧郯集》卷九,中华书局2016年版,第123页。
② 〔宋〕岳珂《刊正九经三传沿革例》,转引自〔清〕钱大昕著,〔清〕何元锡编次《竹汀先生日记钞》,《丛书集成初编》,商务印书馆1936年版,第13页。

的《尚书注疏》、《春秋经传集解》、《入注附音资治通鉴》、《增广注释音唐柳先生集》等便是其例。这些附有插图、释音、互注、句读、重言重意等内容的典籍，便于读者阅读理解，因而拥有更广泛的读者群。

建阳书坊对经史典籍进行各种形式的创意加工，体现了书坊传承经典、普及文化、走大众化路线的经营定位，这样的定位成为建阳刻书最为重要的特点。

把宋代建阳书坊刊刻小说置于建阳刻书之中进行整体观照，就能看出宋刻小说重知识重功用的价值观之所由。并且，这样的小说观念、价值判断影响此后元明小说的编刊。

三、文化积淀和教育兴盛：内外兼修的刻书动力

福建为何刻书如此兴盛？福建一个偏僻的山区小县建阳，何以成为全国刻书中心之一？根本的原因在于福建文化的发展。

刻书，对于文化交流水平的要求很高。一个地方，既需要深厚的文化积淀作为"内秀"，又需要具备思想碰撞、风流激荡而激发文明飞跃的外部条件，才能成就刻书事业，才能成为刻书中心。宋代福建，为刻书提供了这样内外兼修的动力。

福建文化在宋代之前已经过长久的积淀，在唐代已达到一定水平。由于地理上远离国家政治文化中心，处在国家统治势力范围的东南大陆最边缘，福建文化经历了西晋以后多次移民大潮的冲击，逐渐成为中原文化的东南海滨之"冲积平原"。隋唐寰区一统，促进了南方地区的发展，福建成为较发达区域，特别到唐代中后期，福建教育发展速度较快。《八闽通志》卷四十四《学校》序曰："按旧志，莆人郑露倡学于梁、陈之间，福人薛令之登第于神龙之际，则闽人知学其所来也远矣。而《唐史》则谓自常衮兴学校，而闽人始知学，何欤？盖闽人知学虽已久，至衮大兴学校而始盛也。自时厥后，闽之文物駸駸与上国齿。"[①]唐末中原战乱，更多逃避战乱的士人进入福建，因为"闽越之江山奇秀，士风深厚"[②]，更重要的是远离战争，杜牧说："东

---

① 〔明〕黄仲昭修纂《八闽通志》卷四十四《学校》，下册，第1页。
② 〔唐〕黄滔《大唐福州报恩定光多宝塔碑记》，《莆阳黄御史集》第三册，商务印书馆1936年版，第326页。

闽、两越,宦游善地也,天下名士多往之。"①王氏治闽,轻徭薄税,与民休息,崇儒兴教,"三十年间,一境晏然"②。王审知闽国吸引了大量人才,"中朝士大夫若常侍李洵、翰林承旨韩偓……莫不浮荆襄吴楚,交集于闽"③。晚唐五代,福建经济文化得到很大发展,为宋代福建文化的大繁荣奠定了基础。进入宋代之后,福建很快就成为全国文化最发达地区。

宋代福建地区的发展有着多方面的条件,其中,粮食生产的富足是其坚实的物质基础。宋真宗时期,福建从印度支那中部占城国引入一种早熟而耐旱的水稻,这种水稻适合在比较贫瘠的土地栽种,以山地为主的福建因此成为重要的产粮区,闽北甚至被称为粮仓。这种水稻的成熟期本来是100天,到了12世纪,聪明的中国农民培育出了60天就能成熟的新品种。"早熟稻的传播像其他粮食作物的传播一样,需要一个缓慢的过程。直到南宋(1127—1279),早熟品种的传播范围大概还只限于浙江、苏南、福建和江西"④,这些地区也正是宋代文教最发达的地区,由此亦可见地区文化水平的发展和粮食生产的物质基础之间密切的关联。

宋仁宗嘉祐年间(1056—1063),吴孝宗作《余干县学记》,云:"古者江南不能与中土等,宋受天命,然后七闽二浙与江之西东,冠带《诗》、《书》,翕然大肆,人才之盛,遂甲于天下。"⑤经过北宋三次兴学运动,江南地区的文教事业突飞猛进。进入南宋,又由于特别的天时地利,福建成为代表和引领先进文化的中心区域之一。三次兴学,朝廷都要求全国各地建立学校,福建是最热情响应的地区,至南宋末年,福建所属一府、五州、二军、四十八县都新建或修复、扩建了学校,这在宋代是较为突出的。从全国范围来看,州县百分之百设立学校的另一个地区是江南西路。当时全国各路设州学的比率是72%,而全国各路设置县学的平均比率只有44%。⑥崇宁三年(1104),

---

① 〔唐〕杜牧《杭州新造南亭子记》,陈允吉校点《樊川文集》卷十,上海古籍出版社2009年版,第156页。
② 〔宋〕薛居正等《旧五代史》卷一百三十四《僭伪列传一·王审知》,中华书局2015年修订版,第六册,第2087页。
③ 〔明〕吴源《莆阳名公事述》,〔唐〕黄滔《莆阳黄御史集》附录一卷,第三册,商务印书馆1936年版,第373页。
④ 何炳棣《明初以降人口及其相关问题1368—1953》,中华书局2017年版,第203页。
⑤ 〔宋〕洪迈撰,孔凡礼点校《容斋随笔》下册《容斋四笔》卷五《饶州风俗》,第682页。
⑥ 刘海峰、庄明水《福建教育史》,福建教育出版社1996年版,第41页。

规定州学定额为100人,县学大县50人,中县40人,小县30人,但允许扩招,不设上限,福建路的州县学迅速扩充规模。《八闽通志》记载闽清县学增为41区,建宁府学学舍增至三百余间,①《宋史·选举志》记载崇宁五年(1106)浦城县学生隶籍者一千余人②。全闽最大的学校福州州学,弟子员常数百人。福州所属各县县学多数于北宋建立,在崇宁大观兴学高潮中办学规模都很大:怀安县学校舍81区;长溪县学有屋88间;始于唐代的长乐县学在宋元祐三年(1088)重建,为斋12间,养士近100人,崇宁初增至53区;福清县学84区;古田县学91区;永福县学58区;宁德县学47区;罗源县学99区。③ 南宋,地方教育的重心转移到书院了,福建地方官学总体上继承北宋的制度持续发展,福建科举更为兴盛。绍兴九年(1139)福州知州张浚奏书中说"本州科场赴试,至七千余人,补试终场二千五百五十五人",从中可见科举之盛。张浚同时说到"今系籍学生五百余人,本学养止二百人额"④,北宋末罢三舍升贡法而给福州州学的学生定额是二百人,对于福州这样的地区来说远远不够,所以,实际系籍人数大大超额。如此兴盛的学校教育,福建在宋代科举及第登科的人数极多,据陈寿祺《福建通志》所录,宋代福建各类科目所取人数近万人。美国学者贾志扬统计,福建进士科的人数为7144,排名全国第一,且远远多于其他地区,宋代进士人数较多的各路为:两浙东路4858,江南西路3861,两浙西路3646,江南东路2645,成都府路2012,其他各路皆在1700以下。福建进士数占全国进士总数的24%。⑤ 福建不仅进士及第人数多,而且在科举考试中名列前茅者众多。宋代共产生118位状元,其中5人籍贯不明,籍贯明确的113位状元中有19人为福建籍。而进士及第后担任重要职务的福建人也很多,两宋三百年官拜宰相的闽人就有十几位。这些科举出身而出将入相者,激励了福建人更为重视教育,南宋绍兴年间,就连文教发展相对全省较晚的汀

---

① 〔明〕黄仲昭修纂《八闽通志》卷四十四《学校》,下册,第9、11页。
② 〔元〕脱脱等《宋史》卷一百五十七《志》第一百一十《选举三·学校试(律学等试附)》,第十一册,第3666页。
③ 刘海峰、庄明水《福建教育史》,第43页。
④ 〔宋〕梁克家修纂《(淳熙)三山志》卷八《公廨类二》,第95页。
⑤ 刘海峰、庄明水《福建教育史》,第63—64页。

州,都因知州郑强努力发展教育而"人以不学为耻"①。理宗淳祐十一年(1251)陈必复撰文称,福建"负笈来试于京者,常半天下。家有庠序之教,人被诗书之泽,而仕于朝为天子之侍从亲近之臣,出牧大藩、持节居方面者亦常半。而今世之言衣冠人物之盛,必称七闽"②。《宋史·地理志》称福建此地"多向学,喜讲诵,好为文辞,登科第者尤多"③,"福建出秀才"成为宋代福建地理文化的典型特征。

宋代福建文教之盛不仅表现在官学和科举所取得的成绩,而且表现在书院和理学在全国的影响。福建在北宋就已有一些书院,如侯官县的古灵书院,政和县的云根书院和星溪书院等,但福建大量著名的书院是在南宋由朱熹及其弟子创立的,在朱熹的推动和影响下,书院遍及福建全境。《八闽通志》明确记载了48所宋代书院,如果加上福建各地方志的记录,宋代福建书院大概在80所以上。宋代福建书院的数量排在全国第二位,仅次于江西。④ 以朱熹为代表的闽学,以福建的书院为大本营,既是福建文化发展高峰的标志,又对福建人文教育乃至中华文化的发展产生了深远影响。《宋元学案》立案学者共988人,其中福建学者人数最多,为178人,次后为浙江157人,江西149人,四川142人,湖南141人。从中可见福建地区文化水平在全国所处位置。书院教育与学校教育密切相关,与科举制度也有关联。但由于福建的书院主要发展于朱熹,都与朱熹及其弟子门人相关,其后也都以朱子理学为主要办学方向。

福建的小学教育有着悠久的历史,来自中原等发达地区的家族重视童蒙教育。至晚唐五代,王审知不仅开设面向平民的"四门学",而且也开办童蒙教育的小学。《恩赐琅琊郡王德政碑》谓:"常以学校之设,足为教化之源。乃令诱掖蒙童,兴行敬让。幼已佩于师训,长皆置于国庠。俊造相望,廉秀特盛……"⑤至于宋代,朝廷要求各州县在办高等教育的儒学外,都要

---

① 〔明〕邵有道修,何云、伍晏纂,涂秀虹、涂明谦点校《(嘉靖)汀州府志》卷十二《历官·名宦(下)》,海峡书局2019年版,第344页。
② 〔宋〕陈必复《端隐吟稿序》,曾枣庄、刘琳主编《全宋文》卷七八七八,上海辞书出版社2006年版,第341册,第299页。
③ 〔元〕脱脱等《宋史》卷八十九《志》第四十二《地理五·福建路》,第七册,第2210页。
④ 参考刘海峰、庄明水《福建教育史》,第51—60页。
⑤ 此碑立于闽王祠,祠位于福州市鼓楼区庆城路。碑文亦见于中国国家图书馆藏《恩赐琅琊郡王德政碑》清道光间拓本。

办初等基础教育的小学。在全国普建官立小学的背景下,福建的小学教育更为繁盛,乡学、义斋、家塾、书社等在各县非常普遍。方大琮记载永福县"十家而九书室","兹焉入境,听诵声之盈耳",①"非独士为然,农工商各教子读书,虽牧儿馌妇亦能口诵古人语言"②。偏远山区永泰也是"家家自以为屈、宋,人人自以为邹、枚"③。很多地方五步一塾,十步一庠,教育相当普及。

梁克家《三山志》记载了福州乡间的书社情况:

> 入学 每岁节既五日,各遣子弟入学。或须卜日,则以寅、申、巳、亥吉,亦不过三五日止。凡乡里各有书社,岁前一二月,父兄相与议,求众所誉学识高、行谊全,可以师表后进者某人,即一二有力者,自号为鸠首,以学生姓名若干人,具关子,敬以谒请,曰:"敢屈某人先生来岁为子弟矜式,幸甚。"既肯可,乃以是日备礼延致,诸子弟迎谒再拜,惟恐后。远近闻之,挈筐就舍,多至数百人,少亦数十人,间有年四五十不以老为耻,月率米钱若干,送为司计,为掌膳给赡饮食。先生升堂,揭立规矩,有轻重罚至屏斥,凡五等,曰"不率者视此"。诸生欲授何经,乃日就讲席,唱解敷说。旬遇九日,覆问之,常以岁通一经。若三日、八日,则习诗赋。若经义与论策,讲题命意,有未达,点削涂改,俾自入绳墨,风俗如是,盖旧矣。龙昌期《咏福州》诗云"是处人家爱诗书"。程守师孟诗云"城里人家半读书",又云"学校未尝虚里巷"。自周希孟、陈烈先生以来,以德行、经术警悟后学,自是乡邑有所推择,莫不尊敬畏服。近三十年以前,尚然也。故知有父兄师友琢磨淬厉,纵不为世用,亦有成德。三十年之后,生以趋试上庠,率游学四方,而先生亦各开门以待来者。事师之礼浸衰,教人之礼甚略,非旧俗也。④

---

① 〔宋〕方大琮《通永福学职启》,曾枣庄、刘琳主编《全宋文》卷七三六九《方大琮》九,第321册,第135页。

② 〔宋〕方大琮《永福辛卯劝农文》,曾枣庄、刘琳主编《全宋文》卷七三六六《方大琮》六,第321册,第83页。

③ 〔明〕何乔远编撰,厦门大学古籍整理研究所、历史系古籍整理研究室校点《闽书》卷三十六《建置志·邵武府·泰宁县》,第一册,福建人民出版社1994年版,第908页。

④ 〔宋〕梁克家修纂《(淳熙)三山志》卷四十《土俗类二·岁时》,第640页。

从这条记载可以看到宋代书社的情况：人数规模少则数十人，多至数百人；学生年龄自然是以正常的小学年龄为多，但其中也有四五十岁的中年人，一方面或许是科举考试的吸引力，另一方面可见人们对教育的重视，对文化学习的渴求；从学习内容来看不止是小学的识字教育，而是水平较高的通经教育，按照科举考试的科目练习诗赋和"经义"、"论策"；教育的方式是"以德行、经术警悟后学"；教育的目标则是"纵不为世用，亦有成德"。从中也可见教育之普及，全民教育或不为夸张。

南宋时期，朱熹的理学思想对福建基础教育的社会教化功能有着重要的促进作用。朱熹无论自立私学还是为官兴学，都以天理人性为讲学宗旨，产生了广泛的社会影响。光宗绍熙元年（1190）朱熹知漳州，一到任就着手整顿礼教，大兴社会教化，亲自制订颁布了《谕俗文》和《朱子家法》等一系列有关化民易俗的规则。他还亲自编了小学教材《小学》。

宋代福建刻书之盛，跟文教之繁荣关系密切。福建全境刻书，建阳之外的各地以官刻为主，官刻主要是正经正史，以及教材，科举辅助读物，闽学人物著作，理学著作，还有一些医书、类书等，偶有一些官员刊刻个人文集。建阳的刻书也多此类。引人注目的是各地私家刻书，多以书堂名号刻书，跟家族教育关系密切。而在宋亡以后兴盛的建阳书坊通俗小说编刊，与朱子理学密切相关。

由于人才繁盛，闽人著述也非常繁盛，宋人书目中著录的闽人著述占比非常大。宋代闽人小说类著作不少，如：宁化郑文宝《南唐近事》，浦城杨亿口述、黄鉴笔录、宋庠编辑《杨文公谈苑》，仙游蔡襄《荔枝谱》①、《龙寿丹记》，晋江吕夏卿《淮阴节妇传》，延平黄裳《燕华仙传》，将乐廖子孟《黄靖国再生传》，邵武吴处厚《青箱杂记》，浦城章炳文《搜神秘览》，仙游蔡绦《铁围山丛谈》，蒲城何薳《春渚纪闻》，邵武黄伯思《石渠录》，浦城章望之《延漏录》、《曹氏女传》，延平陈正敏《遯斋闲览》，罗源余嗣《出神记》，长乐

---

① 蔡襄《荔枝谱》，《宋史·艺文志》著录于小说类。这类谱录类著作在宋代欧阳修以后就一般比较明确不归于小说，但古人偶有或因佞古而承袭《汉书·艺文志》、《隋书·经籍志》之传统归之于小说类。据《直斋书录解题》，蔡襄《荔枝谱》、欧阳修《牡丹记》皆刻于闽。《直斋书录解题》卷十曰："端明殿学士莆田蔡君谟撰，且书而刻之，与《牡丹记》并行。闽无佳石，以板刊，岁久地又湿，皆蠹朽，至今犹藏其家，而字多不完，可惜也。"〔宋〕陈振孙撰，徐小蛮、顾美华点校《直斋书录解题》卷十《农家类》，第299页。

陈长方《步里客谈》、罗源陈善《扪虱新话》、晋江曾慥《高斋漫录》、《类说》，浦城章渊《稿简赘笔》、福州太平寺僧蒋宝《冥司报应》、浦城叶绍翁《四朝闻见录》、邵武廖莹中《江行杂录》等。可见宋代闽人颇尚小说编撰之风气。虽然这些小说当时未必刊于建阳或福建，但很显然，闽人小说著作也是建阳书坊刊刻小说的重要文化背景，闽人的小说著作和小说阅读与接受，无疑是建阳刊刻小说的文化场域之一。

宋代建阳书坊刊刻小说虽然数量不多，但如上文所列举，曾慥《类说》、洪迈《夷坚志》、《容斋随笔》、张师正《括异志》、司马光《涑水记闻》、王明清《挥麈录》等，都是宋代小说中影响较大的作品。可以说，建阳书坊出版了当时的一流小说。这跟宋代福建的文化鼎盛有关，宋代福建产生了大量著名文人，也有不少著名文人任职或游历福建，福建文化有能力走出去跟全国交流对话，因此，建阳书坊能获得当时文化领域一流水平的稿源。

宋代建阳书坊刊刻之小说，目前所见虽受限于文献，但或可视之为抽样标本，从中可见建阳刊刻小说、乃至全国刊刻小说之基本样貌。宋代的小说观念和小说刊刻，正是宋代重视教育、推重知识的时代风气之反映。

四、精英知识阶层影响下的小说笔记一体观

宋代小说刊刻地域颇广，南宋全境各路都有刊刻。主要由于刊本佚失，对于宋代小说刊刻数量的准确统计非常困难。学界有人统计两宋笔记的刊刻分布，尽管"笔记"和"小说"概念不同，而且对于"笔记"的界定也很难取得完全一致的看法，但"笔记"跟传统书目中小说一家的关系无疑最为密切，所以，我们暂以此作为一个参照，且为表述之便，以下同时使用"小说"和"笔记"两个概念。

顾宏义《两宋笔记研究》统计两宋85种笔记的刊刻分布情况：浙江19种，江西15种，福建11种，江苏9种，安徽6种，湖北5种，四川4种，湖南3种。以州府而论，刻书最多的自然是作为都城的临安府9种，其次则是福建建州6种。这些笔记大半出于官刻，官刻者计有36种，坊刻者14种，其他则为私家刻书以及寺庙刻僧人作品。[①]

这个统计，就具体数字来说或许很难完备，但是就各地刊刻数量的大体

---

① 顾宏义《两宋笔记研究》，第126—141页。

顺序和比例来说，应该是大体符合历史情形的，因为浙江、江西、福建处于前三的排序跟宋代办学数量、科举进士人数等情况相吻合，刻书一定是跟学校教育、科举考试密切相关的。由此也可以见出笔记的刊刻与刻书业的发达、与学校教育和科举考试的兴盛之间密切的关系。从这个统计，一方面可见宋代福建刊刻笔记在全国所处地位；另一方面，可见福建刊刻笔记之所以兴盛的原因之一：福建刻书以建州最，建州刻书之盛以建阳书坊为核心，事实上福建各地刻书之盛都多少与建阳书坊有关系，而建阳书坊刻书兴盛，实与建阳所处地理位置密切相关，建州处于闽北，与江西、浙江接壤，建阳刻书之盛正是得利于浙江江西的刻书、文教之辐射，江西和浙江为建阳刻书提供了作者稿源、流通信息、销售渠道等多方面的资源和便利。

而福建全境的刻书和文教之盛，是福建刊刻小说的背景，更是建阳书坊刊刻小说的文化场域。学校普及、教育发达、科举兴盛的福建，其小说和笔记的刊刻不限于书坊，也不仅于建宁府。上文所述福建各地刊刻的小说和笔记还有不少，比如：朱胜非《绀珠集》刊刻于汀州，这是一部与《类说》体例相似而规模较小的小说资料类编，卷首有王宗哲绍兴七年（1137）序；《孙公谈圃》，刘延世录孙升所谈，乾道二年（1166）刊刻于汀州；程大昌《演繁露》，淳熙八年（1183）刊于泉州州学；俞鼎孙、俞经编辑《儒学警悟》，收录宋人著作六种，即《石林燕语辨》《演繁露》《嬾真子录》《考古编》《扪虱新语》和《萤雪丛说》，邵武俞闻中嘉泰二年（1202）刊于家塾；真德秀《西山读书记》，宋理宗年间（1225—1264）刻于三山学宫；《横渠语录》《龟山先生语录》，咸淳年间（1265—1274）吴坚刊于福建漕治。此外，上文述及洪迈《容斋随笔》卷一记载，南剑州学曾刊《云仙散录》，兴化军学曾刊《开元天宝遗事》。很有意思的是，这些小说和笔记，多为官刻，只有《儒学警悟》为私家刻书。其中，《绀珠集》《孙公谈圃》，陈振孙《直斋书录解题》录于卷十一小说类，是汀州官刻本；《云仙散录》，《直斋书录解题》亦录于卷十一小说类，《开元天宝遗事》，《直斋书录解题》录于卷七传记类，此两书，因记载失真而为洪迈《容斋随笔》严厉批评，以当时的观念，作为笔记是不合格的，但这两者也都由官学刊刻。这些官刻，由地方各级行政机构和学校刊刻，地方行政长官直接参与策划和刊刻管理，代表了知识精英阶层的价值判断。

知识精英阶层对笔记的认识自不必说，比如《儒学警悟》的丛书名，就很典型地代表了编刊者的认识和用意,俞鼎孙、俞经是把它们作为儒学著作来编辑的。这部丛书收录的宋人著作六种,即《石林燕语辨》《演繁露》、《嬾真子录》、《考古编》、《扪虱新语》和《萤雪丛说》,皆为考释辩证类笔记,其中亦有些叙事性比较强的篇章,其性质与《涑水记闻》、《挥麈录》、《容斋随笔》等相似,而俞成之跋称其"大概为儒学设,亦为警悟用"①,正是因儒学之博闻需要而编刊。官刻和私家刻书刊刻小说类编(《类说》)和志怪小说集(《括异志》、《夷坚志》)性质的著作,其目的实与笔记刊刻相同,也是出于广见闻长见识的教育目的,因此小说编撰在抒情消遣、搜奇记轶的同时以真实性为叙事原则,这样的小说观念显然是由于跟笔记处于相同的历史语境而形成的共性。

　　宋代建阳书坊刊刻小说和笔记,显然一方面是因为书坊所在闽北地区文化发达,读书士子众多,小说和笔记有其受众,另一方面则是因为官刻为代表的精英文化的示范和影响。宋代建阳刊刻之小说,表现了小说尚在雅致书斋而未走向社会大众之时的形态,也体现了宋人对于小说文类之认识。

　　建阳是当时全国文化最发达地区之一,在全国处于引领时代思想、时代精神的前沿地位,所以,建阳文化可为全国典型之缩影。宋代闽北理学鼎盛,学校与书院广布,闽北三府,学者群集,文人交往无非讨论学术,切磋学问,交流思想,因此对经史及经史考据类著作需求很大。刻书文化,是一个时代主流文化的物化表征。宋代福建,特别是闽北地区,为天下"理窟",闽北刻书也最形象表现了宋代主流意识的好尚。闽北乃至福建的宋代刻书,无论官刻私刻,主要刻的是经史典籍、理学名著,还有些诗文大家文集,不少为名贤后裔刊刻先人著作,不无展示世传家风、家学渊源之意。现存闽北三府刊刻图书以经史著作为主,如上述,笔记类著作实与经史类著作同类,对于读书人来说是同类的知识与精神需求。

　　整个闽北乃至福建,好学崇理以为尚,那是一个文人积极向上、议论纵横、以天下为己任的时代。在这样的刻书背景、理学环境下,小说的刊刻必然取相同风尚,否则被视为异类。如《容斋随笔》言"浅妄书",就得到朱熹的响应,《朱子语类》卷一二八记载朱子言:"洪景卢《随笔》中辨得数种伪书

---

① 〔宋〕俞鼎孙、俞经辑刊《儒学警悟》,中华书局2000年影印版,第12页。

皆是。"①这就是闽北小说刊刻和传播的环境。小说受主流文化影响，也是主流文化构成的一部分，刊刻什么类型的小说，什么类型的小说最为兴盛，也体现了主流文化的意志，体现了主流文化对接受群体的影响。

总之，小说发展至于宋代，文学文体意义的小说观念尚未能完全独立于笔记和其他实用文体而取得独立自足的美学意义，文学文体意义的小说跟笔记之间关系至为密切。建阳刊刻的小说类编和志怪小说集，以广见闻、长见识的实用性为主要目标，并由此规范了追求真实的小说编撰原则，正与文人笔记的内在品质相通。笔记往往偏重史事，长于知识和考证，其广见闻和求真实之用意更为明显，文学文体意义的小说编撰，实与笔记共同受制于当时重知识重教化的实用文学观念。但另一方面，文学文体意义的小说以抒情消遣的创作驱动、搜奇记轶的趣味爱好为内涵，其实也与笔记编撰有相通之处。笔记的特点是随笔记录，不拘体例。笔记作者固然有出于勤奋而记读书所得者，但大体以闲散而为者多。如洪迈《容斋随笔自序》谓："予老去习懒，读书不多，意之所之，随即纪录，因其后先，无复诠次，故目之曰《随笔》。"②这种闲散之中不无消遣的意味，人生况味亦在其中。读书所见，见闻所及，有得于心，有趣于胸臆，与搜奇记轶虽然不同，但也都是文人雅好的表现。所以，宋代建阳刊刻之小说（包括笔记），正是小说流连于知识阶层雅致书斋的文本形态。很显然，宋代建阳书坊刊刻《类说》、《括异记》、《夷坚志》等小说，尚无自觉的小说文体独立的意识，他们的小说刊刻观念，是在官刻和家刻的影响下，也就是在精英知识阶层影响下的小说笔记一体观。

第三节　从《醉翁谈录》看小说编刊的地域文化背景

宋代建阳刊刻小说在文体类型等方面跟福建文教发达关系密切。若从小说文本的角度，因为作品大体并非原创于福建，因而文本内容未必与福建文化直接相关。但宋代建阳刊罗烨《醉翁谈录》一书非常特别，此书选材偏重闽人闽地闽事，很可能是建阳书坊聘请文人编撰，偶然间为我们留下了难

---

① 〔宋〕黎靖德编，王星贤点校《朱子语类》卷第一百三十八《杂类》，第八册，第3278页。
② 〔宋〕洪迈撰，孔凡礼点校《容斋随笔》卷一，上册，第1页。

得的文学史标本。同时,由罗烨《醉翁谈录》,引起我们关注现存另一种《醉翁谈录》,即金盈之编撰《醉翁谈录》。金盈之《醉翁谈录》未见宋元刊本,无法判断宋元时期建阳书坊是否刊刻过此书,但它涉及不少福建题材,选录文本跟建刻书籍颇有关联,此书的早期编刊很可能也跟建阳书坊有一定的关联。所以,我们的讨论就从两种《醉翁谈录》说起,以此作为例证,或可略为想象与还原建阳刊刻小说之语境。

一、两种《醉翁谈录》

现存宋人编撰《醉翁谈录》两种,一为从政郎新衡州录事参军金盈之编撰,一为庐陵罗烨编撰。两种《醉翁谈录》有关联,两者有七则内容相同,即罗编丁集卷一《花衢记录》所选七则,全部见于金编卷七卷八《平康巷陌记》,但除此之外两书内容不同。

金盈之《醉翁谈录》八卷,内容多为唐宋著作的抄录,学界研究已指出其中题材最晚的时代是宋代嘉定(1208—1224)。而从以下几则书写大体可以确定此书编撰时代即为嘉定:一是卷一《名公佳制·史丞相上梁文》题目注明"嘉定己巳敕赐府第"①,嘉定己巳即嘉定二年(1209),史弥远升任丞相的第二年。史弥远在宁宗嘉定之后虽然仍居理宗朝相位,但是因潜谋废立、逼死宁宗指定继承人赵竑等,朝廷内外颇有非议。此书列此上梁文于全书卷首,大抵应该是嘉定年间所为。二是卷二《荣贵要览·戊辰亲恩游御园录》谓:"嘉定改元,五月甲辰,主上临轩策进士。辛酉壬戌,胪唱于集英殿。建安昭武正奏名十有二人,特奏名十有七人,宗室取应一人,以六月戊寅讲乡会于聚景园……"②嘉定戊辰即嘉定改元的公元1208年。此文对人物、御园处所多有注释,行文方式似为当时记事。三是卷六《禅林丛录·冯相坐禅》谓:"近代冯相于中书退朝之暇,未始不以坐禅为念……"③此冯相乃南宋绍兴时的冯楫。以嘉定时期称绍兴年间(1131—1162)为"近代",时间上正好相当。综合这几则可见,此书编撰时间应该就是嘉定时期。

---

① 〔宋〕金盈之《新编醉翁谈录》卷一,第1页。
② 〔宋〕金盈之《新编醉翁谈录》卷二,第8页。
③ 〔宋〕金盈之《新编醉翁谈录》卷六,第40页。

第一章 宋代建阳刊刻小说及其地域文化背景

罗烨《醉翁谈录》，前人定为宋末元初刊本，虽然所据《吴氏寄夫歌》、《王氏诗回吴上舍》并非元代故事，但此书其他篇目还可看到一些时间标注。比如乙集卷二《姑苏钱氏归乡壁记于道》提到"宋理宗即位之二十二年"①，这一年是淳祐六年（1246）。另外，乙集卷一《静女私通陈彦臣》的判案官员福建宪台王刚中，附会的很可能是宋末景炎元年（1276）以福州城降元的王刚中。如此，可见罗编成书时间晚于嘉定，在金编之后。

金编卷一《名公佳制》十则中有两则闽人之事。一是《竹石铭》之刘文伯，绍兴年间建阳人，曾中乡举，万历《建阳县志》卷六"隐逸"有传，谓其文得朱松、刘子翚称许。二是《弃竹杖诗》之刘夔，建州崇安人，真宗大中祥符八年（1015）进士。此卷所谓"名公佳制"或记载史弥远、胡直孺、司马光之事，或抄录洪适、黄庭坚之文，皆名闻天下之人，刘文伯、刘夔虽然也有一定的知名度，但跟他们相比略逊一筹，但在闽北无疑是知名人物。

金编卷二《荣贵要览》五篇，其中第一篇《戊辰亲恩游御园录》跟其他四篇宫廷记事有所不同，这一篇虽也介绍御园，但叙事重心为建安昭武（即邵武）讲乡会，不仅介绍嘉定元年新科进士建安昭武三十人，而且如数家珍列出十五位闽北名宦姓名，又言"调官较艺中都者三十人同席"②，如此表现闽北人才之盛。接着列举了在鉴远堂、翠光亭、会芳堂等处分别进行的"讲团拜、更衣、会素食五杯、分茶、劝酒七盏荤食"等活动程序，介绍了御园景观，此则末句为"凡四五十所，足迹止到此而已"，如此口吻，似乎原作者是亲自参加了建安昭武讲乡会的一员。金盈之未必为原作者，但选录这样不无炫耀的介绍可见金编对闽北人事的偏重。

金编卷六《禅林丛录》跟其他几卷的名公、荣贵、京城、琐闼等不同，除了最末一篇《冯相坐禅》涉及名宦冯楫，其他十七则基本为村野僧尼之事，不太可能出于名家手笔。其中呈现的佛教俗化和普及化形态不太可能出现在唐代及之前，下火文在南宋的禅宗语录中才开始出现，《醉僧溺死与下火》一文中出现了柳永词"酒醒何处，杨柳岸、晓风残月"③，这些都证明这一

---

① 〔宋〕罗烨《醉翁谈录》乙集卷二，第21页。虽然此篇末题署时间为"绍兴甲戌中秋后三日"，但是，假如按照绍兴甲戌（二十四年，1154）来推算，跟文中所谓"顷因丧乱，父母以妻里人朱横，时年未笄耳"等内容不符，所以，"宋理宗即位之二十二年"不可轻易怀疑其有误。
② 〔宋〕金盈之《新编醉翁谈录》卷二，第8页。
③ 〔宋〕金盈之《新编醉翁谈录》卷六，第36页。

卷记载的是宋代禅林之事。叙事方式比较像当代生活的记录,比如《贺叶僧下山娶尼疏》多有小字注释:

"共惟好龙胄子,坠鹊外孙"注:"叶僧乃张家甥。"

"世路多歧,须藉与权而蹋白"注:"与权,行者名,先叶下山。"

"歆教象弟钉船,恼得马爷荡桨"注:"弟有妻父跛,名马,故云。"①

不长的一篇短文有十处注释,主要是对人名的解释,涉及人物的身份、职业、身体特点等,都可见记事的真实性。这些故事当中,《了禅师与觉和尚下火》明确记载为建州建阳之事:"这汉是建州建阳措大。"②《崇荐龚老与傅磨下火》、《崇和尚与妓下火》之"崇"应该是指崇安,罗编《醉翁谈录》多处如此用法;《祭逃禅虚一居士文》之"北苑"则是宋代闽北著名茶苑。卷六《禅林丛录》主要是与释家相关的各类疏文像赞,叙事性质、文体风格相似,有可能大部分都是闽北之事。此书宋代故事中闽北题材占比较大,表现出编撰者对闽北的熟悉和偏爱。而这些闽北之事和卷六《禅林丛录》中《冯相坐禅》之外的十七则,皆未见载于金编之前的著作,可能即为金盈之编撰或采录,其中如下火文应为禅林即兴之作的采录。由此推测,金盈之可能就是闽北或邻近地区人。

金编中有一些内容可证明此书之选编跟建刻关系密切。比如卷一《名公佳制》之《约朋友结课檄书》、《御书扇铭》、《清醇酒颂》皆见于宋代建本《圣宋名贤五百家播芳大全文粹》,此本首有绍熙元年(1190)许开序。《五百家播芳大全文粹》中《约朋友结课檄书》一文,作者标署为黄庭坚,此文未见于《豫章黄先生文集》。《御书扇铭》为孙觌之作,见于孙觌《鸿庆居士集》,其中"后十四年"、"儒先酋酋"、"天纵笔始"③几处文字,《五百家播芳大全文粹》与之不同,写作"后十七年"、"儒先酋(首)尊"、"天纵笔妙"④,金编《醉翁谈录》与《五百家播芳大全文粹》相同。如此可见,金编《醉翁谈录》很可能参考了《圣宋名贤五百家播芳大全文粹》。《圣宋名贤五百家播

---

① 〔宋〕金盈之《新编醉翁谈录》卷六,第33—34页。
② 〔宋〕金盈之《新编醉翁谈录》卷六,第35页。
③ 〔宋〕孙觌《鸿庆居士集》卷三十二《御书扇铭》,第二十六叶至二十七叶,《钦定四库全书》集部四。
④ 〔宋〕魏齐贤集《圣宋名贤五百家播芳大全文粹》卷九十九《铭·御书扇铭》,第六叶,宋刻本。

芳大全文粹》网罗繁富但失之冗滥,亦为宋代书坊编刊普及而趋于通俗化的典型著作。金编之取材,可见其适俗之取向。

以上可见金编与建阳刻书关系密切,虽然不能就此证明金编出自建刻,但是,或可见金编亦处于建本传播的文化圈内。

金盈之的生平不可考,仅能从其《醉翁谈录》卷首题署获知金盈之为"从政郎新衡州录事参军"①。罗烨的生平亦不可考,同样只能从其《醉翁谈录》卷首题署知其为庐陵(今江西吉安)人。衡州跟庐陵相距不远,衡州、庐陵和刻书中心建阳之间交通相对便捷,历来交流频繁。两本《醉翁谈录》为我们提供了想象宋代小说编撰与建刻之间关联的可能。

由于金盈之《醉翁谈录》现存未见宋元刊本,未能确定其最早的编刊地点,而罗烨《醉翁谈录》现存本被认为是宋刊本,至少可确定其出于宋末元初,因此,下文主要分析罗烨《醉翁谈录》的相关情况。

二、罗烨《醉翁谈录》偏重闽地的选材

福建由于特别的地理位置,在宋代以前的叙事文学视野中很少受到关注。而罗烨《醉翁谈录》却很特别,这部与说话艺术关系密切的"传奇集和杂俎集"②,其选编有着明显的闽地视角,与闽地文化关系密切。但罗烨的选编显然不仅仅面向闽地,选录故事发生地遍布全国大部分地区,虽然未必自觉,却在客观上呈现了宋元以前叙事文学区域变化的纵向发展过程,与文学中心从黄河流域向长江流域发展而一路向南的区域流变规律相暗合。因此,罗烨《醉翁谈录》偏重闽地的选材,无意中凸显了文学发展链条上历来未受关注的一环。

罗烨《醉翁谈录》按照甲、乙、丙、丁、戊、己、庚、辛、壬、癸十天干分十集,每集二卷。甲集卷一相当于本书之叙引,甲集卷二开始的十九卷则为本书正文。甲集卷一列举了很多说话篇目,前人多有考证叙录,但因文本形态不确定难以展开题材性质的分析,故暂不涉及,且取甲集卷二至癸集卷二的

---

① 〔宋〕金盈之《新编醉翁谈录》卷一,第1页。
② 关于罗烨《醉翁谈录》的性质,谭正璧先生1945年《绿窗新话与醉翁谈录》称之为"传奇集兼杂纂集",古典文学出版社1957年整理本《出版说明》称之为"传奇集和杂俎集",1986年版《中国大百科全书·中国文学》谓其"转述了《太平广记》和唐宋其他传奇小说书籍里面的故事,另外还采录了一些诗词杂俎之类",这些描述都基本符合罗烨《醉翁谈录》抄录文字的实际情况。

十九卷进行文本分析。其中基本可确定为唐五代以及之前的故事二十八篇①,多为各时代京城故事,以今日省份论,涉及山西(平陆、太原、魏国安邑)三篇,河南三篇,甘肃(天水)一篇,湖南二篇,湖北二篇,四川(广汉)一篇,江苏(建康、广陵)四篇,浙江(会稽、剡县、天台山)二篇。北宋以来的故事四十篇,其中涉及河南(汴京、伊川)八篇,陕西(华阴)一篇,山东(莱州、兖州、齐州)三篇,四川(成都、阆中)二篇,湖北(鄂州、峡州)二篇,湖南(潭州、潇湘)五篇,江西(婺源)一篇,广东(广州、岭右)二篇,江苏(金陵、姑苏、镇江、徐州)七篇,浙江(会稽、临安、处州、东阳、山阴、三衢、秀州)十篇,福建(福州、建州、昭武、南剑、莆阳)十七篇。②另外,戊集两卷为宋代翁元广题咏建州歌妓,共录五十五首诗歌。可见,这十九卷故事发生地涉及全国南北各地,但其中闽地故事最多。所谓闽地故事是指闽人闽事,即故事发生地或故事主人公与闽地相关,在此概称之为"闽地故事"。

《醉翁谈录》中闽地故事篇目所占比例,若不论篇幅长短而以篇数计,约占全书四分之一强;以卷数而论,闽地故事的卷数大约占全书一半,其中乙集卷一、丙集卷二、戊集卷一卷二全卷为闽地之事,乙集卷二、丙集卷一大约一半为闽地故事,其余各卷也间有闽地故事。而在闽地故事中,又以闽北(建州、昭武、南剑)的故事最多,且基本集中于南宋时期。此前文学史上有过黄璞《闽川文士传》等闽地题材的史传性叙事作品,但在全国性选材的叙事作品中如此集中、大量表现闽地故事则极为少见,不能不引人注目。

以下一一列举《醉翁谈录》之闽地故事。

乙集卷一《烟粉欢合》:《林叔茂私挈楚娘》、《静女私通陈彦臣》。

乙集卷二《妇人题咏》:《韩玉父寻夫题漠口铺》、《吴氏寄夫歌》、《王氏诗回吴上舍》。

丙集卷一《宝窗妙语》:《黄季仲不挟贵以易娶》、《僧行因祸致福》。

丙集卷二《花衢实录》四篇皆建州崇安(今福建武夷山市)人柳永之事。

丁集卷二《嘲戏绮语》:《王次公借驴骂僧》。

戊集卷一《烟花品藻》,卷二《烟花诗集》,二卷吟咏建州五十五位歌妓。

---

① 其中有二篇,即丁集卷二之《嘲人好色》、《嘲人请酒不醉》,故事明显虚构,时代与地域的统计不完全有意义。

② 有些篇目涉及多个地名,以上统计篇目有重复计算。

庚集卷一《闺房贤淑》：《曹氏廉不受赠》。

庚集卷二《花判公案》：《判暨师奴从良状》、《判妓执照状》、《富沙守收妓附籍》。

癸集卷二《重圆故事》：《钱穆离妻而后再合》。

文学的发生与人群流动密切相关，因此，交通要道沿线经常是文学创作和文学故事发生的密集区域。《醉翁谈录》的闽地故事，故事发生地或者主人公所属地基本都在"福州—延平—建安—邵武"这一条线上。从福州到邵武这条路线是自古以来出入闽地最重要的一条通道，福州和闽北也是宋以前闽地最为发达的两个区域，通过闽北陆路与江右、吴越往北地区交往最为密切。

乙集卷一《烟粉欢合》之《林叔茂私挈楚娘》是南宋故事，男主人公是三山（今福州）林叔茂，赴皇都（今杭州）参加省试，跟名妓楚娘两情相眷。林叔茂当年未中，后科高中，授建昌教授，两人设计，林叔茂带着楚娘潜逃归闽。林叔茂家中有妻李氏，初不能容，楚娘怀怨，李氏同情，三人并衾而卧，三山城里传为笑谈。

《静女私通陈彦臣》应是《绿窗新话》中《杨生私通孙玉娘》的改编。谓延平簪缨之家连静女与邻居陈彦臣两情相好，某日私会被连母所闻，解官囚禁，得福建宪台王刚中花判，两人结为夫妻。

乙集卷二《妇人题咏》之《韩玉父寻夫题漠口铺》，秦人韩玉父，因离乱而家钱塘，儿时曾向易安居士学诗，及笄，与闽人林子建有终身偕老之约。林得官归闽后杳无音讯。韩携女奴，自钱塘往三山寻找林，但林已官盱江，韩只好返回延平，经顺昌、昭武而去。

《吴氏寄夫歌》，叙昭武吴贤良之女，因夫婿在太学三年无音讯，吴女作歌相寄。《王氏诗回吴上舍》，叙三山吴仁叔在太学，附家书归，而误封一幅白纸，妻子写诗一首以复。这两篇，上海古典文学出版社《醉翁谈录》出版前言称为元代故事。但其中吴贤良，字伯固，可能即为宋代邵武人吴处厚，宋元间其故事盛行，《事林广记·风月锦囊》多有记载。又据李剑国考证，此两篇所言"太学"、"斋"、"上舍"等，乃宋代国学制度，与元无涉。①

丙集卷一《宝窗妙语》之《黄季仲不挟贵以易娶》，叙处州林五郎，独生

---

① 参见李剑国《宋代志怪传奇叙录（增订本）》，中华书局2018年版，第651—653页。

女素姐一眼失明,聘请福州人黄季仲教之读书至十二岁。素姐十六岁,议亲未有成者,林五郎夫妇商量招赘黄先生。因贫富不等,黄再四拒绝,但林家慰之曰义如半子,不必患贫,黄因诺之。黄准备今秋科举,暂不成亲。当年秋,黄预乡荐,赴春官,获功名,但未发家书,林家以为见弃,郁郁不乐。一日,黄荣归,具袍笏拜于林家。林家大喜,遂令毕亲。黄后历荣贵,事林氏夫妇如亲生父母。

《僧行因祸致福》,叙建之崇邑(建州崇安,今武夷山市)之东隅寺僧,福州人,俗姓林,因法事见一寡妇家女儿貌美,遂令徒弟法庆还俗结亲,林僧厚与资给,频繁往来其家。法庆遇到其妻与林僧对饮,杖及林僧,并加以腐刑。

丙集卷二《花衢实录》四篇《柳屯田耆卿》、《耆卿讥张生恋妓》、《三妓挟耆卿作词》、《柳耆卿以词答妓名朱玉》,皆建州崇安人柳永之事。

丁集卷二《嘲戏绮语》九则中,明确时代的多唐前之事。其中《王次公借驴骂僧》为闽地故事,但向来被误读。原文如下:

> 建安南陵王次公,一日放骡,误入贵安寺和尚麦园,伤残其麦不少,僧骂詈不已。其仆闻之,归告于王。明日,王乃跨骡携仆往见其僧。王问僧曰:"夜来秃驴吃了和尚多少麦?此驴在家本无事,才出家后无礼!"既而呼其仆来:"去却鞍辔,牵那秃驴进来打,且看我打它下唇和上唇也动。"①

此故事常被选录,一般被解读为东汉建安年间南陵人王次公的故事。但从这一故事所述佛教之世俗化、"和尚"的称谓等看来,不可能发生在东汉时代。因为东汉时期乃佛教传入早期,可能尚无寺院的建立,当时一般不允许中国人出家,"和尚"也还没有成为一般出家人的称谓。故此文之"建安"不是年号,而是地名,即建州(治所今福建建瓯)。另据《(弘治)八闽通志》卷七十六《寺观》载,建阳县有贵安寺,建于唐大顺元年(890)。以此也可证实,《王次公借驴骂僧》记载的是闽地故事。

戊集卷一《烟花品藻》,卷二《烟花诗集》,此二卷吟咏建州55位歌妓。《烟花品藻》小序曰:

---

① 〔宋〕罗烨《醉翁谈录》丁集卷二,第43—44页。

丘郎中守建安日，招置翁元广于门馆，凡有宴会，翁必预焉；其诸妓佐樽，翁得熟谙其姿貌妍丑、技艺高下，因各指一花以寓品藻之意，其词轻重，各当其实，人竞传之。①

《烟花品藻》录诸妓为：吴玑（红梅）、杨倩（冰仙）、吴瑛（白莲）、萧瑢（茉莉）、范如（荼蘼）、冯倩（垂丝海棠）、王艳（扬州琼花）、余菲（蔷薇）、李楚（黄菊）、童韵（林檎）、吴琼（蕙花）、钱美（百合）、李真（木芙蓉）、陈双（海棠）、王新（柳花）、薛英（鬓边娇）、吴华（紫薇）、张颜（梨花）、林艳（石榴）、游韶（山茶）、许秀（桃花）、兰娘（含笑）、张娘（萱草）、陈靓（迎春）、兰云（碧桃）、刘瑛（李花）、王赛（史君子）、丘盼（白菊）。《烟花诗集》录诸妓为：林美（御戴）、魏翠（木瓜）、李韶（木兰）、张燕（惜春）、游秀（栀子）、罗赛（石竹）、张意（夜合）、田秀（鸡冠）、刘珏（旱莲）、萧琼（刺桐花）、詹雅（碧蝉儿）、张惠（仙掌）、吴嫱（芭蕉）、程芳（牵牛）、陈瑛（金凤）、陈云（芦花）、郑倩（金樱）、张莹（槐花）、严秀（樱粟）、张素（金钱）、余芙（蓼花）、黄素（松花）、杨艳（勃姑樱）、潘桂（映山红）、王端（褊豆）、魏舜（木鳖）、彭楚（茅花）。

戊集这两卷非叙事文体，因此，诗体叙事之寓言已无法想象，但是，人名（艺名）亦为社会生活、时代文化表征之一，人名加上花名和花事吟咏，隐藏着丰富的生活场景和深厚的社会意蕴。55 种花名本身也构成了社会生活的时空色彩，这里大部分花名通常不见于文学作品，在传统文人的抒情言志诗文中不屑言及，比如鸡冠、仙掌、扁豆、木鳖等。说来连花草都隐含着花语的文化层级。55 种花，恰恰还原了宋时生活空间的花草植物世界，所描绘的应该是闽北建宁府的庭院和原野。因为花语有一定的写实性，翁元广这些诗篇被收入宋代陈景沂之《全芳备祖》，清代康熙年间编入《御定佩文斋广群芳谱》。

庚集卷一《闺房贤淑》之《曹氏廉不受赠》，叙曹修古卒，故僚馈赠葬资，曹氏幼女廉不受赠。曹修古（？—1033），字述之，建州建安人。此篇谓其"累迁御史，持宪无阿曲，言事失职，知闽之兴化军，期年而卒"②。

---

① 〔宋〕罗烨《醉翁谈录》戊集卷一，第 45 页。
② 〔宋〕罗烨《醉翁谈录》庚集卷一，第 72 页。

庚集卷二《花判公案》中有三篇涉及闽人闽地:《判瞽师奴从良状》,叙东阳妓瞽师奴移往崇安充弟子,已经漕司落籍,后再归建阳,县宰花判。《判妓执照状》谓柳耆卿宰华阴之日,有妓女为不羁子弟所骗,柳耆卿借古人诗句花判。《富沙守收妓附籍》,叙延平妓女因讼窜到富沙,本州移文乞押回,富沙太守丁侍郎花判。

癸集卷二《离妻复合》之《钱穆离妻而后再合》,谓钱穆为莆阳人,幼而聪敏,长而好学,丰姿粹美,骨气轩昂,人以为奇男子,但贫不能自立,因兄在福州南禅寺为僧,名慧聪,钱穆往依之。慧聪往蜀川云游,钱穆与之偕行。及至峡州,于旅邸遇富室萧文贵,喜钱穆之才,请钱穆教其子弟,且为其娶妻。四年后,钱穆思乡,携妻归莆阳,路上遇狂风巨浪,妻子所在船只不知所在。夫妻分离后,皆以为对方亡故。妻家招媒议亲已另定婚,钱穆忽然梦见妻子说将要另嫁,立即赶到峡州,夫妻复合。

《醉翁谈录》中闽地故事涉及三山(福州)、延平(南剑)、建安(建州、富沙)、崇安、建阳、昭武、顺昌、莆阳等地名,其间道路方向都很准确。这些故事中准确的地名,为我们想象宋人社会生活构建了广阔而立体的地理空间。其中有一些小地名,尤其具有还原历史生活的意义。比如乙集卷二之《韩玉父寻夫题漠口铺》:

妾本秦人,先大父尝仕,朝乱离落,因家钱塘。儿时,易安居士教以学诗。及笄,方择所从,有一上舍林君子建,为言者有终身偕老之约,妾信之。去年夏,林得官,归闽,妾倾囊以助其行,林许"秋冬间遣骑迎汝"。久之杳然,何其食言耶!不免携女奴,自钱塘而之三山。至夏,林已官盱江矣,因而复回延平,经由顺昌,假道昭武而去。叹客履之可厌,笑人事之可乖。因理发漠口铺,漫题数语,留于壁间。妇人从夫者也,士君子其无诮。

【题壁曰】

南行逾万山,复入武阳路。黎明与鸡兴,理发漠口铺。盱江在何所?极目烟水暮。生平良自珍,羞为浪子负!知君非秋胡,强颜且西去。①

---

① 〔宋〕罗烨《醉翁谈录》乙集卷二,第19—20页。

韩玉父的行程:自钱塘往三山寻夫林子建,因林官盱江,复回延平,经顺昌,假道昭武而去。在这条出入闽地最古老的道路上,一个名不见经传的小地名颇为值得关注:漠口铺。漠口铺是邵武一个很小的地名,在《嘉靖邵武府志》卷二的"山川河流"中介绍:"三涧傅于勋溪,合于漠口。"漠口铺是三溪合流之处,在邵武府封域图中可看到,"漠口铺"位于邵武府北面往铅山方向,自此北去江西广信府铅山县界三百里,西北到江西建昌府新城县界一百六十里。① 明代《天下水陆路程》可以为我们提供更为具体的路程参考:建昌府(盱江),陆路六十里—硝石,六十里—五福,三十里—杉关,三十里—纸马街,六十里—光泽县,百二十里—邵武府。② 所以,这位弱女子站在漫漫长途当中那个微小的漠口铺,茫然而凄楚:"盱江在何所?极目烟水暮。"令人感慨同情。

《醉翁谈录》中的一些作品,典型地表现了闽地突出的社会现象。

如丙集卷一《宝窗妙语》之《僧行因祸致富》,谓"建之崇邑之东隅,有一寺,其僧乃福州人也,俗姓林,衣钵甚厚,尤善斡运"③。这是当时闽地佛寺僧人的真实写照。闽地寺庙、僧人之多,五代以来或为全国之最,而闽北僧人多来自福州地区,僧人不法,成为当时一个严重的社会问题。嘉靖《建宁府志》卷十九谓"释教蔓延,世未能尽",并载录建宁道佥事张俭义《处寺田议》,曰:"切见建宁一府,寺观之田,半于农牧亩,所赖有宋诸儒流风遗韵未泯,其民耻为僧道,而为僧者多系福清县江阴里及莆田、长乐沿海之民,隐变军盐匠灶户籍,祖父子孙兄弟叔侄原籍娶妻生子,止以法名占据袭充,或一家而住三寺两寺,或一人而管三庵四庵,或典拨田亩,厚私藏而累里甲以粮差,或举放私债,索重息而致佃人于逃窜,或奸淫妻女而谋杀本父本夫,或装饰盗情而致死愚夫愚妇,争端百出,健讼屡年。"④

从《醉翁谈录》如此大量的闽地故事可见,其选编有意无意地偏向闽地题材。《醉翁谈录》编者罗烨是庐陵人,庐陵离闽北不远,宋元明三代大量

---

① 〔明〕陈让编次,邢址订刊《(嘉靖)邵武府志》卷二,第一叶,上海古籍书店 1964 年据宁波天一阁藏明嘉靖刻本影印。
② 〔明〕黄汴《天下水陆路程》,山西人民出版社 1992 年版,第 239 页。
③ 〔宋〕罗烨《醉翁谈录》丙集卷一,第 28 页。
④ 〔明〕夏玉麟、郝维岳等修,汪佃等纂《(嘉靖)建宁府志》卷十九,第五十六叶,《天一阁藏明代方志选刊》第 28 册,上海古籍书店 1964 年据宁波天一阁藏明嘉靖刻本影印。

江西文人到闽北谋生,往往服务于建阳书坊,庐陵罗烨很可能也是其中一员。

《醉翁谈录》并非全部篇章都来自闽地创作,也并非仅仅面向闽地而编,从《舌耕叙引》之《小说引子》和《小说开辟》来看,编者视野开阔,他讨论的是说话艺术而非某地说话艺术,他所面向的是全国的说话艺术、说话艺人和普通读者。在这样全国性选材的作品集中偏向闽地取材,隐含了编撰者罗烨对读者接受视野和阅读期待的判断。《醉翁谈录》的选材潜在地呈现了文学表现视野的历史地图,其中闽地叙事已然进入主流文化的视野之中。

一个地域如何进入主流文化的视野之中?一般来说,以它政治经济文化的综合实力。文学表现视野的地域性与地域的政治经济文化状况密切相关,因此,历代帝都和经济长期繁荣的一些地区广为世人瞩目,在文学史上占尽篇幅,是叙事文学最常见的表现地域。而闽地,则由于特别的地理条件,缺乏不同文化的交流碰撞,长期未能有飞跃性的文化发展,又由于山高路远,交通不便,闽地长期被视为"化外"之地,宋代以前很少进入叙事文学的视野。《太平广记》一部大书,其中闽地题材篇目包括草木虫鱼杂著类在内只有六十多条。

但宋代以来,大量文人笔记关注闽地人事物产,如陶毅《清异录》、徐铉《稽神录》、吴淑《江淮异人录》、张洎《贾氏谭录》、郑文宝《南唐近事》、钱易《南部新书》、江休复《江邻几杂志》、欧阳修《归田录》、张师正《括异志》和《倦游杂录》、司马光《涑水记闻》、宋敏求《春明退朝录》、刘斧《青琐高议》等等,数量之多很难完全统计。一些出仕闽地的文人著述记载了大量闽人闽事,如洪迈编撰的《夷坚志》,其中有大量的闽地见闻。洪迈饶州人,曾任福州教授、建宁知府。而大量进入仕途、进入政治文化中心的闽籍士人笔记也颇多闽人闽事,如建州浦城人杨亿口述之《杨文公谈苑》十五卷,记其平生见闻,涉及文人轶事、民情风俗,邵武人吴处厚《青箱杂记》记朝野杂事,都多有闽人之事。

《醉翁谈录》中大量的闽地故事,就是在这样的叙事背景下产生的。毫无疑问,宋代文学叙事如此密集关注闽人闽事,正是因为当时闽地文化的崛起和闽地在全国重要的经济文化地位。

跟近邻江西和浙江相比,福建是后发展地区。但从六朝至五代,因为战乱产生的几波移民大潮推进了闽地文明的进程,至唐末五代,闽地已成为国内经济文化较发达区域之一。而进入宋代,闽地经济文化飞速发展,一跃而为全国最发达地区,成为南方有名的文化大省之一。就这样,闽地以不容忽视的强劲势态闯入了主流文化的视野中,在政治经济文化各方面占据着中心话题。这就是《醉翁谈录》故事中闽地男女主人公如此活跃的时代背景,闽地为他们支撑起了强势的经济文化底气。而且,闽地故事的男女主人公以读书人居多,也源于闽地教育文化发达的真实背景。

罗烨《醉翁谈录》的闽地题材故事又以闽北故事为多,也正体现了当时闽地文化以闽北最盛的历史事实。上文所述金盈之《醉翁谈录》,卷二《荣贵要览》首为《戊辰亲恩游御园录》,表现了文人话语论述闽地文化的热情。嘉定元年(1208),当年中进士者,建安邵武有三十人之多,因此在京城借御园开同乡会。可见闽地特别是闽北人才之盛,显贵荣耀。《醉翁谈录》中的闽北故事主要集中于南宋时期,也正是南宋闽北文化发展的映射。

三、罗烨《醉翁谈录》与《事林广记》的关系

因为文化鼎盛,宋代闽北建阳成为全国三大刻书中心之一。建阳刻书文化,是罗烨《醉翁谈录》选材偏重闽地更为直接的背景条件。从《醉翁谈录》部分资料的来源、现存刊本的版式特征可见,此书编撰与建阳刻书关系密切,庐陵罗烨很可能就是在闽地编撰此书。

罗烨《醉翁谈录》现存本一般认定为宋元刊本,未署刊刻书坊之名,但很可能是建阳刻本,其有力旁证是建阳刻本《事林广记》,《醉翁谈录》与《事林广记》在内容上关系密切,在版式上非常相似。

《事林广记》原本成书于宋绍定(1228—1233)以后[1],原书作者为建州崇安人陈元靓,但宋代刊本不传。当前学界介绍《事林广记》现存版本二十种[2],包括元刻本三种,明刻本七种,刊刻年代不详者六种,明钞本二种,日

---

[1] 胡道静《事林广记·前言》,〔宋〕陈元靓编《事林广记》,中华书局1963年影印元代建安椿庄书院刻本。

[2] 胡道静为椿庄书院《事林广记》影印本所作《前言》介绍《事林广记》六种版本。长泽规矩也介绍七种版本,参见长泽规矩也《和刻本类书集成第一辑解题》,长泽规矩也《和刻本类书集成》第一辑,上海古籍出版社1990年版。严绍璗介绍九种版本,参见严绍璗《日藏汉籍善本书录》中册,中华书局2007年版,第1019—1021页。王珂介绍二十种版本,参见王珂《〈事林广记〉版本考略》,《南京师范大学文学院学报》2016年第2期。

本德川幕府时代钞本一种,和刻本一种。其中元明刻本十种皆为建刻,即:元至顺(1330—1333)建安椿庄书院刻本[①]、元至元庚辰(后至元六年,1340)郑氏积诚堂刻本[②]、元西园精舍刊本[③]、明洪武壬申(二十五年,1392)梅溪书院刊本[④]、永乐戊戌(十六年,1418)翠园精舍刊本[⑤]、成化戊戌(十四年,1478)福建刘廷宾等刊本[⑥]、弘治辛亥(四年,1491)云衢菊庄刊本[⑦]、弘治壬子(五年,1492)詹氏进德精舍刊本[⑧]、弘治丙辰(九年,1496)詹氏进德精舍刊本[⑨]、嘉靖辛丑(二十年,1541)余氏敬贤堂刊本[⑩]。《事林广记》现存每一版本都经增补新编,都已非陈元靓原编之貌。其中元代后至元六年(1340)建阳郑氏积诚堂刻本,和日本元禄十二年(1699)翻刻元泰定二年(1325)本,此二种版本与《醉翁谈录》在内容上关系密切[⑪]。

郑氏积诚堂本分卷方式与《醉翁谈录》一样,也是按照天干分为十集,每集分上下二卷。当然,这种分集分卷方式在宋元时期很常见。但不仅如此,郑氏积诚堂本辛集卷下《风月笑林》还有不少篇章与《醉翁谈录》相同。

郑氏积诚堂本《事林广记》之《风月笑林》可能因为重复编排,编排了二组"嘲戏绮谈",后一组"嘲戏绮谈"一共三十篇,而《醉翁谈录》丁集卷二的《嘲戏绮语》一共九篇,二者有七篇相同,即:《嘲人不识羞》、《杜正伦谈任環怕妻》、《嘲人好色》、《夫嘲妻丑》(《醉翁谈录》题为"夫嘲妻青黑")、《嘲请酒不醉》、《借驴骂僧》(《醉翁谈录》题为"王次公借驴骂僧")、《嘲人面似猿猴》。

[①] 藏故宫博物院。参见胡道静为中华书局1963年影印本《事林广记》所写《前言》。
[②] 藏北京大学图书馆、日本宫内厅书陵部。见胡道静为中华书局1963年影印本《事林广记》所写《前言》、长泽规矩也《和刻本类书集成第一辑解题》。
[③] 藏日本内阁文库。参见长泽规矩也《和刻本类书集成第一辑解题》、严绍璗《日藏汉籍善本书录》第1019页。王珂据此本《后集》卷二"纪年类""历代纪年"言"今上皇帝天历二,至顺万万年",认为此书刊于至顺年间(1330—1333)。参见王珂《〈事林广记〉版本考略》。
[④] 藏日本庆应义塾大学附属图书馆。严绍璗《日藏汉籍善本书录》,第1019页。
[⑤] 藏日本静嘉堂文库,其"外集"末木记"吴氏玉融堂刊"。严绍璗《日藏汉籍善本书录》,第1020页。此书又有南京图书馆藏本。
[⑥] 藏英国剑桥大学图书馆、台湾"国家图书馆"。见胡道静为中华书局1963年影印本《事林广记》所写《前言》、长泽规矩也《和刻本类书集成第一辑解题》。
[⑦] 藏日本天理图书馆。
[⑧] 藏日本米泽市市立图书馆。
[⑨] 藏日本内阁文库。
[⑩] 藏辽宁图书馆。
[⑪] 参见凌郁之《罗烨〈新编醉翁谈录〉考论》,复旦大学编《中国文学研究》第十辑,中国文联出版社2007年。

郑氏积诚堂本《风月笑林》"烟花判笔"一共十七篇，《醉翁谈录》之《花判公案》则一共十五篇，两者重合的十三篇，即：《判妓执照状》、《判妓告假赛愿》、《判僧奸情》、《富沙守收妓附籍》、《判暨师奴从良状》、《张状元判妓状》、《黄判院判戴氏论云》、《判夫出改嫁状》、《判渡子不孝罪》、《断人冒称进士》、《判娼妓为妻》、《丞相判李淳娘供状》、《判和尚相打》。这十三篇从题目到正文都基本相同，只存少许字词差异。郑氏积诚堂本"烟花判笔"中另两篇亦见于《醉翁谈录》：《判静女私通陈彦臣》，见于《醉翁谈录》乙集卷一《烟粉欢合》之《静女私通陈彦臣》；《判阿麟琼娘争婚》，见于《醉翁谈录》甲集卷二《私情公案》之《张氏夜奔吕星哥》。这两篇文字二本差别较大，《事林广记》本文字简短，主要录其判词，《醉翁谈录》本则有较为细致的故事情节。

日本元禄十二年（1699）翻刻元泰定二年（1325）本也是按天干分为十集，每集卷数不一。癸集卷十三亦有《花判公案》和《嘲戏绮语》。其《花判公案》十四篇，其中十三篇与《醉翁谈录》庚集卷二"花判公案"相同，连篇目顺序都相同。其中《判夫出改嫁状》一篇，不但正文文字相同，而且连其中"嫁"、"稼"二字多次通用都完全相同。其《嘲戏绮语》也多有相同。

事实上，《醉翁谈录》与《事林广记》之间的密切关系，还不止于部分内容的相同相似，《醉翁谈录》与《事林广记》的一些版本在版刻款式、字体上也基本相同。

罗烨《醉翁谈录》孤本存于日本，上海古籍出版社2002年出版的《续修四库全书》本即据此本影印。此本卷首版面款式如下（图一）：

第一行："新编醉翁谈录卷之一"，长圆形墨底白字（阴刻）"甲集"。

第二行："庐陵罗烨编"。

第三行：长圆形墨底白字（阴刻）"舌耕叙引"，此为门类标题，四字之上刻一花鱼尾，此装饰图案为门类标题的标识。

第四行："小说引子"，此为小标题。

正文中常见圆形、长圆形墨底白字（阴刻）以突出文字内容，如分类数字"一"、"二"、"三"，如"歌云"，如篇目分类"不负心类"等。

《事林广记》元代的三种刊本中，西园精舍刊本未见，所见至顺（1330—1333）建安椿庄书院刻本与后至元六年（1340）建阳郑氏积诚堂刻本（图二）之影印，其版面款式都和《醉翁谈录》相同，卷首之标题、卷数、作者等内容的排列和款式相同,文中类目或篇目也多以椭圆形墨底白字(阴刻)标识。其字体也大体相同。宋代刻书字体有其明显的地域特征,浙本多欧体,蜀本多柳体,建本多颜体。元代建本仍沿袭颜体风格的字体。《醉翁谈录》与此二种《事林广记》的字体接近颜体,风格类似唐楷,这是建阳刊本的常见字体。

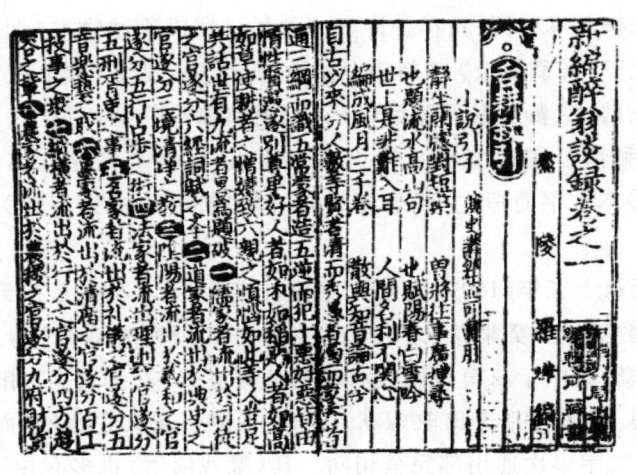

图一 《醉翁谈录》,《续修四库全书》本

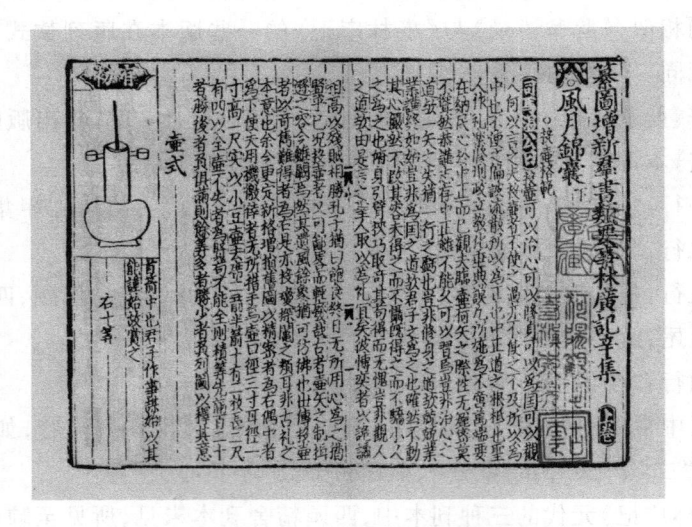

图二 后至元六年(1340)建阳郑氏积诚堂刻本
《事林广记》,中华再造善本

而这样的版面款式为闽刻所常见,如元泰定甲子(元年,1324)建安刘氏日新书堂刊《新编事文类要启劄青钱》①、泰定甲子麻沙吴氏友于堂刊本《新编事文类聚翰墨全书》②,泰定丙寅(1326)庐陵武溪书院刊本(内封书名上方题"西园精舍",可见为西园精舍承刻)《新编古今事文类聚》③,至元庚辰(后至元六年,1340)梅轩蔡氏刊《增修诗学集成押韵渊海》④,至正元年(1341)建安虞氏务本堂刻《赵子昂诗集》⑤,元碧山精舍刻本《新编湖海新闻夷坚续志》(图三)⑥,明代刻本《新编事文类聚翰墨全书》⑦等,都与《醉翁谈录》、椿庄书院和积诚堂刊本《事林广记》版面款式相同,字体相似。在《四部丛刊》、《续修四库全书》、《中华再造善本》等大型丛书中,能看到不少闽刻本与《醉翁谈录》的版面款式相类似,其中的花鱼尾和近于颜体的字体尤其独特而显眼,与其他地区的刻本风格判然有别。

当然,版本的判断较为复杂,此只可作为旁证参考。但从《醉翁谈录》与《事林广记》内容和版式上的相似性,结合上文所述《醉翁谈录》取材的地域特征,基本可以判断:《醉翁谈录》是闽刊本。

由于《醉翁谈录》和《事林广记》都可能存在改版新编的问题,因此,孰先孰后难以断定,但显然二者具有相同的编刊背景。作为宋元时代全国刻书中心之一,建阳刊刻了大量图书,《事林广记》一类的类书就很多,其中不少类书出自闽北本地文人编辑。《事林广记》的编撰者陈元靓还编有《岁时广记》。建阳刊刻的小说或故事类通俗读物的数量也不少,如前文所述《括异志》、《列女传》等,曾慥《类说》和洪迈《夷坚志》还多次刊刻于建宁(建

---

① 《新编事文类要启劄青钱》,《续修四库全书》1221册,据日本德山毛利氏藏元代泰定元年建安刘氏日新书堂刊本影印,上海古籍出版社2002年版。
② 〔元〕詹友谅编《事文类聚翰墨全书》一百三十四卷,日本多处图书馆收藏,有日本东京大学综合图书馆藏本、石井积翠轩文库藏本(残本)等。参见严绍璗《日藏汉籍善本书录》中册,中华书局2007年版,第1037页。
③ 〔宋〕祝穆、〔元〕富大用辑《新编古今事文类聚》,书目文献出版社1991年据元刻本影印。
④ 〔元〕严毅《增修诗学集成押韵渊海》,《闽刻珍本丛刊》41册,据元至元庚辰梅轩蔡氏刊本影印,人民出版社、鹭江出版社2009年版。
⑤ 〔元〕赵孟頫《赵子昂诗集》,中华再造善本,据中国国家图书馆藏元至正元年(1341)虞氏务本堂刻本影印,北京图书馆出版社2005年版。
⑥ 〔元〕佚名《湖海新闻夷坚续志》,中华再造善本,据中国国家图书馆藏元碧山精舍刻本影印,北京图书馆出版社2005年版。
⑦ 〔宋〕刘应李编《新编事文类聚翰墨全书》,《续修四库全书》1219册,据北京图书馆藏明初刻本影印,上海古籍出版社2002年版。

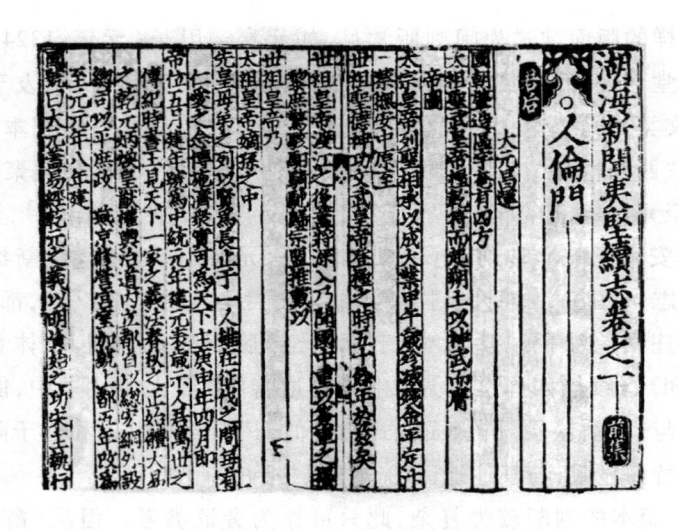

图三 元碧山精舍刻本《新编湖海新闻夷坚续志》，
中华再造善本

阳）。《醉翁谈录》甲集所列小说名目不少出于《夷坚志》，庚集《闺房贤淑》的故事多见于《列女传》和祝穆所编《事文类聚》，戊集翁元广咏花诗之五首亦见于《全芳备祖集》，壬集《红绡密约张生负李氏娘》的故事梗概见于《岁时广记》，还有不少传奇见于曾慥《类说》。《醉翁谈录》与建阳编刊图书之间的关系或可进一步讨论，闽北浓厚的编书氛围、书坊刻书提供的阅读和取材便利，无疑是罗烨编辑《醉翁谈录》的重要条件。

关于《醉翁谈录》的编者庐陵罗烨，未见历史文献记载，有人认为他可能是个说话艺人，但从《醉翁谈录》题材内容上的特点以及刊刻风格、与《事林广记》的关系看，罗烨应该是建阳书坊聘请的编辑，本地刊刻的图书为他提供了编辑图书的资源，但他的《醉翁谈录》应该同时取材于当时的说话艺术。

四、文学发展中心与地域流变的场景还原

文学发展的路线就像一条河流，由北至南的河道流淌至宋代，承载了北方大量迁移人口的闽地成为重要的文化"冲积平原"。以此，《醉翁谈录》偏重闽地叙事的现象具有折射宋代文学发展图景的意义，为宋代文学地图的完整描绘增添重要一笔。然而《醉翁谈录》的意义不仅于此，《醉翁谈录》并

非单纯的闽地叙事作品,它的选材遍及南北各地,藉由宋代闽地叙事溯其文学地理发展源流,我们可以探讨《醉翁谈录》作为个案所呈现的文学史价值。

当我们把《醉翁谈录》选编的所有篇目按照故事发生的时间顺序分地域排列,一眼就能看出这部传奇杂俎集的独特性,它的选材在时间和空间的维度上具有如此宽广的覆盖面,包容了宋代之前各个历史时段南北不同地域的故事,不同时期故事发生地的地域分布呈现出自六朝至宋代一路向南的地域流变特点。《醉翁谈录》的故事选材暗合了文学中心从黄河流域向长江流域发展的区域流变规律,其中故事情节所呈现的人群流动反映了文化的时代特征和变化进程,表现了地域间文学交流的历史轨迹,对文学地理研究具有场景还原的文本内证意义。

《醉翁谈录》的故事选编所呈现的地域流变特点,与学界对文学史地理过程的规律性认识相暗合。文学地理研究通过文学家的地域分布已得出这样的认识:唐五代以前的文学以京城为核心,向周边辐射,与文明的兴起和政治文化活动轨迹同频,文学家的地域分布以黄河流域和长江流域最为集中,而"从秦汉到南北朝,始于长安首都圈,然后经过以黄河流域为主导向以长江流域为主导的演变,最终重心落在东晋南朝的建康首都圈"。"从隋唐到南宋,重新始于长安首都圈,也同样经过以黄河流域为主导向长江流域为主导的演变,最终重心落在南宋的临安首都圈。"① 在《醉翁谈录》所选录的篇章中,不同时期故事主人公集中的区域正是当时文学活动的中心。唐五代之前的故事发生地最为集中的是京城,二十八篇故事大部分涉及各时代的京城,其中十六篇涉及唐代京城。但以黄河流域为主导的故事发生中心,逐渐演变和落脚于长江流域。在唐五代故事中,京师以外,涉及长江流域的故事已多于黄河流域。宋代的故事仍然比较多选择京城故事,可确定为北宋故事的十六篇,其中六篇故事与汴京相关,还有二篇涉及河南。此外,北宋故事涉及北方地区的只有四篇,而涉及南方地区或南方人的有十一篇。但《醉翁谈录》所呈现的宋代文学地图远远不止于当前文学地理研究所关注的临安首都圈,在罗烨选编的宋代尤其是南宋故事中,京城故事的重心地位已相对下滑。大概跟南宋时期半壁江山的视野有关,罗烨所选宋代

---

① 梅新林《中国文学地理形态与演变》,第24页。

故事以黄河以南为主,故事发生地从北宋以前的聚焦京城,变为南宋区域各地的普遍关注,而这恰恰表现了宋代文学、教育、文化全面发展繁荣的趋势和面貌。当然,其中闽地故事集中而表现的闽地文化盛况,则是当前文学地理研究关注不多的,但一路向南,开发而倚重闽地,恰恰是宋代经济文化发展的重要特征。两相对比,《醉翁谈录》所选故事的地域分布与文学地理规律性认识的暗合,显示了《醉翁谈录》选编有其未必自觉的内在逻辑和结构。

《醉翁谈录》故事发生地也正是文学兴盛的地区。这一方面是因为文学的发展基本与政治经济文化的发展同频,而小说故事正是社会政治经济文化的折射;另一方面也因为,《醉翁谈录》虽然与说话艺术相关而有明显的俗化特征,但主要来源还是文人叙事、文人笔记,因此,表现对象主要还是读书人,很多故事还涉及主人公的文学书写,因此故事发生地与文学兴盛地相吻合是必然的。

小说故事情节的本质是人群活动与交往的表现,故事所呈现的人群流动,反映了文化的时代特征和交流路径、变化进程。《醉翁谈录》选录的故事,不仅体现了不同时代的文学中心,而且蕴含了地域间文学交流的历史轨迹。从这个意义上说,《醉翁谈录》的故事选编不仅呈现了中国文学自唐前至宋代由北向南变迁的地理历史过程,而且对文学地理的研究具有场景还原的文本内证意义。

比如涉及唐代京城的故事大多呈现了主人公在京城和其他地域之间的迁移活动。辛集卷一《柳毅传书遇洞庭水仙女》,主人公柳毅为湘人①,进京赶考,落第,从京城回湘。故事的结尾,柳毅得到龙宫丰厚馈赠,"因适广陵宝肆,鬻其所得……徙居金陵,娶卢氏女……开元中……遂与妻归于洞庭,莫知其迹"②。《裴航遇云英于蓝桥》:"裴航因下第,游于鄂渚,买舟于襄汉",遇樊夫人;"航遂饰装归辇下",经过蓝桥驿,遇云英,求婚不得,归京师。③ 癸集卷一《无双王仙客终谐》,无双仙客自京师"历西蜀下峡,寓居于

---

① 唐传奇《柳毅传》下文又谓"将还吴",则为吴人。关于柳毅为湘人还是吴人,洞庭是湘之洞庭还是吴之太湖,是一个与文学传说关系密切的地理问题,参见张伟然《中古文学的地理意象》,中华书局 2014 年版,第 177 页。
② 〔宋〕罗烨《醉翁谈录》辛集卷一,第 86—87 页。
③ 〔宋〕罗烨《醉翁谈录》辛集卷一,第 88—90 页。

渚宫,悄不闻京兆之耗。遂归襄阳别业,与无双偕老矣"。《李亚仙不负郑元和》,男主人公郑元和荥阳人,"应举之长安",在李娃的帮助下"登甲科",授成都府参军。① 这些传奇都是中唐以后的作品,故事主人公从京师往西蜀、往湘楚、进入长江下游的行走路线,具有典型的时代特征。蜀地文化虽然历史悠久,但是,因为交通的阻隔,在初盛唐时期以黄河流域为中心的政治经济文化格局中,蜀地被视为极偏僻之地。但是安史之乱以后南北经济文化格局发生了很大变化,更为根本的是,交通得到了改善,开成年间(836—840),自散关至剑门新修一千一百里驿路,蜀地与外界交流逐渐加强,尤其是与政治经济文化中心京城的交流变得相当普遍,蜀地的文化迅速发展,此地六朝时期没有出现文学家,隋唐五代时期出了十九个文学家。② 荆楚文化区也有着悠久的文化传统,襄州地处南北要冲,与东西水运的交会点荆州相邻,所谓"右控巴蜀,左联吴越,南通五岭,北走上都",历来交通便利,人口众多,经济发达,中唐以后经济更为繁荣。安史之乱以后,由于运河漕路经常被阻,江汉漕运线地位上升,江淮租赋有一半以上由江陵转陆运至襄州再北输长安,襄州和荆州因此成为重要的财货集结地和转运地。荆楚文化在唐代进一步发展,出现的文学家不仅数量多,而且影响很大。③ 而长江下游的金陵、广陵,早在六朝时期已为政治经济文化中心,"江南佳丽地,金陵帝王州"(谢朓《入朝曲》),其经济之发达、商业之繁华为天下之最。安史之乱以后,北方人口再度大规模南迁,主要奔向东南地区,中央政府的财政收入几乎全部仰给东南。韩愈《孟生诗》云:"秦吴修且阻,两地无数金。"无数人群奔走于"修且阻"的秦吴之间。《醉翁谈录》中的故事为我们还原了隋唐时期经济文化状况的历史图景,其间地域交流的细节和场景。这些故事生动地表现了唐五代时期黄河流域与长江流域二个文化中心区域之间的密切交流,以京城为中心的文学区域因人群的频繁流动而流播、扩大,与长江流域的襄汉、湖湘至于吴地广泛交流。京师以外,涉及长江流域的故事多于黄河流域。如己集卷一《梁意娘与李生诗曲引》为潇湘故事;卷二《赵旭得青童君为妻》主人公赵旭天水人,家于广陵,终于益州,故事发生地以

---

① 〔宋〕罗烨《醉翁谈录》癸集卷一,第110—115页。
② 参见曾大兴《中国历代文学家之地理分布》,第173页。
③ 参见曾大兴《中国历代文学家之地理分布》,第193页。

广陵为中心。黄河流域与长江流域是关联密切的文化共同区域,以黄河流域为主导的故事发生中心,逐渐演变和落脚于长江流域。

宋代,正如文学活动的中心区域由黄河流域转移至长江流域,故事发生地的集中区域也由黄河流域向长江流域流转。《韩玉父寻夫题漠口铺》的主人公韩玉父之自叙保留了文学地域流变的典型范例:"妾本秦人,先大父尝仕,朝乱离落,因家钱塘。儿时,易安居士致以学诗。"因为出仕和战乱的原因,黄河流域的"秦人"家于钱塘,易安居士也因为战乱的原因避居钱塘,韩玉父得以跟从易安居士学诗。

勾连黄河与长江流域的南北大运河沿线是故事发生集中地区。如广陵、镇江、苏州、杭州、徐州等地。南北大运河与海河、淮河、钱塘江几大水系相沟通,把沿线的通都大邑联系成一个经济文化共同体,人群来往便利,文学传播迅速。这也是隋唐以后黄河流域的文明迅速向南方地区传播和推进的重要条件。

《醉翁谈录》北宋故事中十一篇涉及南方地区或南方人,这些故事比较集中地表现了人群从北方到南方的行走轨迹,而且多走水路,可见水路交通之进步,是宋代文学发展的客观条件之一。如《红绡密约张生负李氏娘》,男女主人公张生与李氏汴京人,"自汴涉淮,至苏州居焉"。张生寻父至秀州,又与越英成婚姻。李氏"税舟抵秀",见张生再娶,三人共争,告于包待制。① 又如《张时与福娘再会》,"张时,字逢辰,河南人也。少年游学至建康",与福娘交往的故事发生于建康,五年后与福娘再会于湖南。故事中建康与湖南之间的交通亦走水路:"未几,张时中高选。五年之间,为湖南运干。方赴上(任),于江下舣舟。忽见小舟中有一妇人,素服淡妆,坐于舟中,高声呼:'张逢辰。'张时视之,乃福娘也。移舟相近,问其所以,方知张尚书近日不禄,其子差人操舟先送福娘归去。"②

《醉翁谈录》乙集卷二《金陵真氏有诗才》,真氏金陵人,婚嫁至临安。此为南方吴越间故事。此篇出于唐代范摅《云溪友议》,原作真氏为"慎氏",毗陵(今江苏常州)庆亭人,嫁到蕲春(今属湖北)。但《醉翁谈录》改为宋哲宗年间"元祐中",改毗陵庆亭为金陵,改蕲春为临安。把时代改近,

---

① 〔宋〕罗烨《醉翁谈录》壬集卷一,第 96—103 页。
② 〔宋〕罗烨《醉翁谈录》癸集卷二,第 117—119 页。

把地点改为更有名的通都大邑,这样的改写很可能针对更为普遍的受众,令人觉得更为亲切。金陵为六朝故都,知名度自不必说,把"蕲春"改为"临安",则反映了杭州在唐以后的迅速发展,特别因南宋"行在"升为"临安府",更为天下瞩目。

南宋故事全部以南方地区为故事发生地,这与南宋半壁江山的历史情形相吻合。从这些故事可见,南宋全境人群交往频繁。特别值得关注的是,南方地区的全面开发,原来那些偏远地区也有了较为频繁的人群流动,比如岭南地区。如乙集卷二《姑苏钱氏归乡题记于道》,诗后跋曰:"予吴人也,世本良家子。顷因丧乱,父母以妻里人朱横,时年未笄耳。宋理宗即位之二十二年,横因商于岭右,妾两偕过此。不幸去岁秋,横竟殁于瘴乡。栖迟之踪,无以自处,因携其遗孤以归故乡。"①叙事主人公为姑苏人氏,随夫经商于岭右,丈夫不幸殁后,妻子归途题诗,文学的传播因此自吴及粤。

地理位置与岭南相似的闽地,因为特别的编书条件和故事选编视角,闽地与外地的交流在《醉翁谈录》中得到了相当充分的表现。北宋的闽地故事以柳永为代表,建州人柳永,寄情于金陵、京华市井艳冶之地,也曾判案于陕西华阴,也曾买舟经南剑往福州,所过之处无不留下词章。无论故事是否虚构,词作且不论其雅俗,客观上表现了以人为主体的文学在不同地域的交融、传播和影响。北宋故事中还有一则《曹氏廉不受赠》,叙曹修古女儿在父亲身后不受赠赠之事。此事见于宋代王闢之《渑水燕谈录》,宋代祝穆《事文类聚》、明代胡我琨《钱通》等多所转录,亦载入《宋史》之《曹修古传》。建州人曹修古进士出身,任职之地除京城之外,还历任饶州、歙州、南剑州、兴化军等地,为宋代著名的"四御史"之一,其女儿的修养见其家教。宋代闽地多出名臣文士,闽北为"道南理窟",曹修古女儿的故事背后有其父辈和乡贤因为求学、出仕而行走、交流的地域文化背景,但因《醉翁谈录》小说体例和趣味的选择,不载此类史事,借曹修古女儿故事,可略窥其一斑。

戊集卷一《烟花品藻》记南宋之事,小序谓"丘郎中守建安日,招置翁元广于门馆"。丘郎中丘砺乃昫山(今属江苏)人,政和八年(1118)王嘉榜进士②,

---

① 〔宋〕罗烨《醉翁谈录》乙集卷二,第21页。
② 〔明〕凌迪知《万姓统谱》卷六十二,《景印文渊阁四库全书》956册,台湾商务印书馆1983年版,第931页。

有著作《易议》、《超然类稿》、《杜诗集句》，绍兴年间知建州，后来"除福建提举兼提刑改转运判官，在建凡十年"①，以其"儒雅之才"②，对闽地必然影响很大。翁元广当为江浙一带诗人，在当时颇为知名，宋元诗文集多选其作，《五百家播芳大全文粹》选其文《祭五旁庵主人》，《后村千家诗》选其诗《渔父》，《诗林万选》录其诗《题临江茶阁》，宋代陈起编《江湖小集》卷三、卷四《释绍嵩江浙纪行集句诗》集翁元广之句共八十七句，其以花喻人的品花诗为《全芳备祖集》、《广群芳谱》等植物类书所选。丘砺与翁元广在建安的文学活动，亦可见文学在地域间传播途径之一斑。

南宋的闽地故事记载了闽人与南方各地交流之频繁。如乙集卷一《林叔茂私挈楚娘》，"三山林叔茂，初来赴省"，与"皇都名娼楚娘"相恋。后来林叔茂授建昌教授，携楚娘经衢城回到三山城。③乙集卷二《韩玉父寻夫题漠口铺》，闽人林子建与韩玉父相遇于钱塘，林子建得官回闽，韩玉父自钱塘至三山寻找林子建，林子建已官盱江，韩玉父"复回延平，经由顺昌，假道昭武去"④。乙集卷二《吴氏寄夫歌》，吴氏之夫从昭武往京城入太学；《王氏诗回吴上舍》，王氏之夫吴仁叔从三山往京城入太学。丙集卷一《黄季仲不挟贵以易娶》福州人黄季仲寓居处州，馆于林家。庚集卷二《判暨师奴从良状》，暨师奴从东阳移往崇安，又到建阳。癸集卷二《钱穆离妻而后再合》，钱穆，莆阳（今福建莆田）人，"有兄在福州南禅寺为僧，名慧聪。钱穆往依之。一日，慧聪欲去蜀川云游，以观山川之胜。穆于是与之偕行。及至峡州时，有一富室萧文贵者，与穆相会于旅邸中"⑤。人群流动频繁，既是宋代闽地文化发展的客观条件，又是此地经济文化发达的表征。

《醉翁谈录》所选南宋故事中闽地叙事占绝对比例，自然有着闽地编刊的特别因缘，但根本的原因是闽地在南宋时期文化的崛起。闽地唐代以前未见著名的本土文学家，但从唐代后期开始，闽地文学发展迅猛，并长期保

---

① 〔明〕林世远、王鏊等纂修《（正德）姑苏志》卷五十《人物八·名臣》，下册，《北京图书馆古籍珍本丛刊》27《史部·地理类》，据明正德刻嘉靖续修本影印，书目文献出版社1998年版，第781页。
② 〔宋〕周麟之《丘砺除福建运判》，《海陵集》卷十三，《景印文渊阁四库全书》1142册，台湾商务印书馆1983年版，第100页。
③ 〔宋〕罗烨《醉翁谈录》乙集卷一，第12—14页。
④ 〔宋〕罗烨《醉翁谈录》乙集卷二，第19页。
⑤ 〔宋〕罗烨《醉翁谈录》癸集卷二，第120页。

持优势,如上文所述,唐代后期闽地著名文学家在全国行政区域的排名是第七(19人),北宋位列第六(30人),至南宋已位列第三(78人)。

在《醉翁谈录》中,不仅故事发生地的集中区域与文学活动中心重合,而且所选故事大多涉及主人公的诗词题咏,客观上表现了文学创作的状态与传播的途径。特别值得注意的是,闽地位于主流文化传播的东南大陆终端,闽地故事中的闽人多具文学写作能力,在地域文化的交流中同时具备施与受的能力,可与其他地域平等交流。以此,亦可证明闽地因文化传播的"冲积"和历史发展的"沉积"而已成为文化中心之一,宋代所谓"海滨邹鲁"之称其实也包含了文化中心的意思。

女子诗文之才历来备受小说叙事之关注,在《醉翁谈录》中也不例外,相关篇目大约占全书四分之一。而梳理《醉翁谈录》女子诗才故事的地域分布令人颇为吃惊,因为这些故事非常巧合地印证了六朝至宋代文学中心和地域流变的特征。

《醉翁谈录》女子诗才故事地域分布如下:

唐前:庚集卷一《道韫才辨》,会稽;癸集卷一《乐昌公主破镜重圆》,建康,往长安。

唐代:乙集卷二《唐宫人制短袍诗》、《六岁女吟诗》,丁集卷一《花衢记录》("其中诸妓,多能文词,善谈吐"),长安。

五代:已集卷一《梁意娘与李生诗曲引》,潇湘。

北宋:壬集卷二《华春娘题诗遇君亮成亲》,开封或齐州;乙集卷二《金陵真氏有诗才》,金陵、临安。

南宋以来:甲集卷二《张氏夜奔吕星哥》,会稽往成都;乙集卷一《林叔茂私挈楚娘》临安往三山;《静女私通陈彦臣》,延平;乙集卷二《韩玉父寻夫题漠口铺》,钱塘往三山;《姑苏钱氏归乡壁记于道》岭右归姑苏;《吴氏寄夫歌》,昭武;《王氏诗回吴上舍》,三山。

这些故事虽然只是各个时代故事的偶然撷取,但是,却如此巧合地表现了各个时代文学兴盛的中心地域,和不同时代中心地域的流变、地域之间的影响。东晋谢氏和陈朝皇族都是从中原迁移至江南的家族,谢氏和陈氏文学之盛,正表现了六朝时期文学中心自黄河流域向长江流域流转的历史情形。唐五代以京城为中心,向长江流域辐射和流转。北宋,仍以京城为中心,向运河沿岸、向长江流域辐射和流转。南宋,吴越地区与长江流域文学繁荣，以京城临安或吴越地区为中心，向周边辐射，影响及于闽粤，闽地成为南方文学中心之一。从中国古代教育的发展历史来看，女子受教育和女子的诗文才能一定是经济文化繁荣的结果，所以，女子诗文之才亦是衡量本地经济文化发展水平的标志。因此，女子诗才故事的地域分布所表现出的地域文学流变规律是在情理之中的。而《醉翁谈录》中南宋女子诗才故事的地域流布，正是南宋文学和文化发展状况之缩影。

《醉翁谈录》编者罗烨未必具备对说话艺术或小说艺术作理论总结的意识，但他在概述"舌耕"的艺术特点和题材分类后，选择了不同时代的作品分门别类编录，却有似于当前文学教育中文学史和作品选的意义。《醉翁谈录》的选编未必具备明确的理性分析意识，以当时的文学观念和文学史认识水平来说，作品的选编未必能有时代性和地域性的考虑，但很巧的是，这些看起来像是偶然抄录的作品却如此具有时代和地域的代表性，从而使得这部《醉翁谈录》成为同时期同类编著中具有典型意义的小说类小型类书。不过，它显然不是经过文学史全部搜索罗列而作综合分析的典范，当时与它相同性质的著作也可能不止一部，而它可能只是偶然流传了下来。然而，这个文学史上偶然的个案，却是个饶有趣味、值得仔细品味内涵的个案，因为它如此典型地表现了偶然之中的必然律。

无论选编原因、成书条件如何，《醉翁谈录》为文学发展的地理过程提供了清晰细致的场景性"内证"，其题材构成所体现的文学区域变化规律正好暗合今人对文学地理过程的认知，殊可宝贵。这部传奇杂俎集对长时段文学史的关注所表现出的宏阔视野，呈现了编著者的历史意识，显示了宋人对文学史和文学地图的认识所达到的高度，也提示了小说文献在文学地理研究中的价值，对文学史认识的独特意义。作为个案，《醉翁谈录》似可启发我们新的研究方法和研究思路。而《醉翁谈录》不限于福建一地的广阔选材视野，同时也证明了建阳书坊在当时小说刊刻中的地位，以及建阳书坊面向全国市场的定位。

第二章　元代建阳刊刻小说及其地域文化背景

　　传统书目文献所谓小说在宋代的刊刻地域广,且官刻、家刻、坊刻都有。进入元代以后,传统书目著录的非文学文体小说类著作刊刻较少,文学文体小说中白话小说的刊刻大为增长。宋代建阳虽然也有小说刊刻,但还说不上是全国小说刊刻的中心。从现存刊本来看,元代建阳书坊已然成为全国小说刊刻中心。

　　传统书目文献所谓小说,实为学术话语体系中的小说概念,体现的是精英文人雅致书斋的话语形态。我们今天称为小说文体的《大唐三藏法师取经记》以及罗烨《醉翁谈录》中的篇目,在宋人的话语体系中属于另一体系的"小说",或可称为通俗话语体系,这一体系跟说话艺术关系密切,为世俗大众喜闻乐道。

　　在宋代学术话语体系之小说雅致书斋形态之外,还有为世俗大众所喜好的瓦舍勾栏形态,因说话艺术而形成的话本就是瓦舍勾栏形态的文本形式。说话艺术的成熟,以及古代小说发展至宋代而出现的艺术转变,有着前代小说的基础和各体文学发展的积淀,但同时代的笔记和文言小说显然是其重要的养分,比如《夷坚志》就是说话艺术最为重要的参考书之一,"《夷坚志》无有不览"[①],是《醉翁谈录》甲集《小说开辟》所谓说话艺人基本修养之一。文学文体意义的小说以其更为明显的叙事搜奇、消遣记轶的特征,更容易被面向大众的俗文学说话艺术所吸收。《大唐三藏法师取经记》和罗烨《醉翁谈录》,在通俗小说发展过程中具有里程碑意义,罗烨《醉翁谈录》记录了宋代说话艺术的内容分类、家数名目和艺术特征,所录传奇杂俎被认为是供说话艺人使用的素材,《大唐三藏取经诗话》则可能是说经话本。一

---

① 〔宋〕罗烨《醉翁谈录》,第3页。

般认为这两种小说的成书时间是在宋代,但现存版本是宋刊还是元刊,则至今仍有不同的认识,如此或可视为宋代晚期到元代小说刊刻的发展形态。这两种小说都可能曾经由建阳刊刻。进入元代后,建阳书坊刊刻小说数量大为增长,其中有文学文体意义的文言小说,更引人注目的是通俗小说的涌现,而非文学文体意义的传统目录学所谓小说极少。从建阳书坊宋代刊行的各体小说,到元代更为大量刊行的通俗小说,建阳小说刊刻史保留了小说从雅致书斋走向社会大众的发展过程。

第一节 元代建阳刊刻小说概况

元代,在全国大部分地区刻书业式微的情况下,福建建阳刻书持续发展,小说刊刻比宋代更盛。元代建阳的小说刊刻,一方面沿着宋代的题材和文体类型发展,另一方面,出现了繁盛的讲史平话刊刻。元代建阳的小说刊刻,已从雅致书斋走向市井勾栏,从中可见大众文学的发展。

元代建阳刊刻的文言小说,多为文学性叙事特征明显之作,显然有别于史料和学术考证性质的笔记,在后世的小说史中被明确称为文学文体意义的小说。元代建阳书业更为引人注目的是通俗小说刊刻颇具规模,在小说史研究中广受重视。

元代建阳刊刻小说目前知见如下:

1.《世说新语》八卷,元至元二十四年(1287)安福刘应登校注本,学界认为建刻①。此书之建刻后来有明代万历十四年(1586)余碧泉刻八卷本,书林余圮儒刻本《李卓吾批点世说新语补》二十卷。

2.《新编湖海新闻夷坚续志》,前人著录简称或为《湖海新闻》,或为《夷坚续志》。不著撰人。清代黄虞稷《千顷堂书目》著录"吴元复《续夷坚志》二十卷",且小字注曰:"字山渔。鄱阳人。宋德祐中进士。入元不仕。一作四卷。"②今不少学者认为吴元复即为此《夷坚续志》作者。此书分前后两集,十七门,共五百余条。现存最早的刻本为碧山精舍刻本前集十二卷,现

---

① 参见潘建国《〈世说新语〉元刻本考——兼论"刘辰翁"评点实系元代坊肆伪托》,《文学遗产》2009 年第 6 期。

② 〔清〕黄虞稷撰,瞿凤起、潘景郑整理《千顷堂书目》卷十二《小说类》,上海古籍出版社 2001 年版,第 349 页。

存十卷。碧山精舍本字体、版式以及阴刻标识、花栏装饰等,都表现出较为典型的建阳书坊刻书风格,碧山精舍应为元代建阳书坊。此为洪迈《夷坚志》、元好问《续夷坚志》之后出现的又一志怪小说集。

3.《江湖纪闻》,元郭霄凤撰。此书见于《百川书志》、《万卷堂书目》、《国史经籍志》、《红雨楼书目》、《补辽金元史艺文志》、《补元史艺文志》等公私书目著录,惟所记卷数有十六卷、二卷之异。今藏于中国国家图书馆的残本题为"新刊分类江湖纪闻",仅存前集六至十卷,未见署书坊名。大连图书馆藏有《新刊分类江湖纪闻》之日本钞本三种,分别是二卷节钞本、前后集二册二十四卷钞本、前后集五册二十四卷钞本,其中两种二十四卷钞本均书"碧山精舍重编"之牌记,可见所据底本为碧山精舍重编本。中国国家图书馆藏残本与大连图书馆所藏两种二十四卷钞本之书名、版式、内容基本相同,因此,学界判断中国国家图书馆藏残本为碧山精舍刻本。另外,同藏于中国国家图书馆的碧山精舍刻本《新编湖海新闻夷坚续志》与《新刊分类江湖纪闻》在体例、分类乃至题材性质等方面都相似,刊本的字体、版式亦大体相近,此亦可为同一书坊刻本之旁证。中国国家图书馆藏碧山精舍残本《新刊分类江湖纪闻》与《新编湖海新闻夷坚续志》的颜体字、黑底白字的阴刻标识、花栏装饰等,都是较为典型的建阳书坊元代刻本风格,碧山精舍可能是建阳书坊。

又:大连图书馆藏二卷节钞本《新刊分类江湖纪闻》第二节题为"翠岩精舍重编前集",则所据底本为翠岩精舍重编本。翠岩精舍为元明时期建阳名肆,叶德辉《书林清话》卷四列举元代私宅家塾之刻书,其中"建东阳翠岩刘氏家塾"、"刘君佐翠岩精舍,始元延祐至明成化"[①]。由此可见,《新刊分类江湖纪闻》在建阳当不止一家书坊刊刻。

4.《三分事略》上中下三卷,元至元甲午(三十一年,1294)建安书堂刊刻。上图下文,封面上栏横刻"建安书堂",下栏题"新全相三国志□□",左右各竖刻四字,行间题"甲午新刊"。上、中两卷首题"至元新刊全相三分事略",尾题"照元新刊全相三分事略",下卷首也作"照元新刊全相三分事略"。此书内容、版式、图像与《至治新刊全相平话三国志》大致相同,只是图像较朴拙,文字有少量不同。与《三国志平话》对照,《三分事略》脱漏八

---

① 叶德辉《书林清话》卷四,第75页。

个整叶:卷上《张飞三出下沛》、《张飞见曹操》、《水浸下邳擒吕布》;卷中《孔明班师入荆州》、《吴夫人欲杀玄德》;卷下《孔明斩马稷》、《孔明百箭射张鳗》、《孔明出师》。

此本现存日本天理图书馆。孙楷第《中国通俗小说书目》未著录。上海古籍出版社《古本小说集成》、中华书局《古本小说丛刊》据日本天理图书馆藏本影印。

5. 全相平话五种,元至治间(1321—1323)建安虞氏刊刻。

元刊全相平话五种,包括:《新刊全相平话武王伐纣书》、《新刊全相平话乐毅图齐七国春秋后集》、《新刊全相秦并六国平话》、《新刊全相平话前汉书续集》、《至治新刊全相平话三国志》各三卷,被称为"元至治刊平话五种"。版式上图下文。其中《新刊全相平话乐毅图齐七国春秋后集》与其他四种行款不同。现藏日本内阁文库,有仓石武四郎影印本。文学古籍刊行社合为《全相平话五种》影印出版。上海古籍出版社《古本小说集成》据文学古籍刊行社影印本重印。

6.《新编五代史平话》,包括梁史、唐史、晋史、汉史、周史各两卷。现存八卷,梁史下卷、汉史下卷缺。北宋说话艺术已出现专讲《五代史》的艺人尹常卖。《新编五代史平话》应该是在说话艺术基础上由文人加工而成,多据正史。此书元明以来未见著录,清光绪二十七年(1901)吴县曹元忠得之于杭州,曹氏断为宋刊。宣统三年(1911)毘陵董康借以覆梓,题为"景宋残本五代平话"。董康认为似宋元间麻沙坊刻,但也认为"宋椠无疑"。对于此书的成书和刊刻时间,至今有不同看法,或认为成书于宋,但入元后有所增益①;或认为此书由金人所作,成书于金代灭亡前后②;或认为此书为元编元刊③。原书现藏于台湾"国家图书馆",从字体、黑底白字阴刻标识"诗曰"、目录的花栏装饰等来看,应为建阳刊本。

7.《吴越春秋连像平话》,孙楷第《中国通俗小说书目》卷一"宋元部"著录:"未见。见日本毛利家藏书目。"④胡士莹《话本小说概论》认为是"建

---

① 丁锡根《〈五代史平话〉成书考述》,《复旦学报(社会科学版)》1991年第5期。
② 宁希元《〈五代史平话〉为金人所作考》,《文献》1989年第1期。
③ 罗筱玉《〈新编五代史平话〉成书探源》,《文学遗产》2012年第6期。
④ 孙楷第《中国通俗小说书目(外二种)》卷一《宋元部·讲史》,中华书局2018年版,第2页。

安虞氏所刻的一种"。①

8.《宣和遗事》，此书成书于宋或元，学界对此向来有争议。现存刊本分二卷本和四卷本。其中黄丕烈原藏二卷本现藏于台湾"国家图书馆"，据其字体和版式，如黑底白字的阴刻标识，目录"后集"的花栏装饰等，应该是建阳坊刻。此本黄丕烈认为宋本，台湾"国家图书馆"善本目录亦著录为宋本，但黄永年认为应是元本。

9.《红白蜘蛛》残叶，原书全篇共有十叶，现存只有一叶，为第十叶。当时是某书之一卷，还是一卷单行，不详。此残叶于1979年西安文物管理委员会清理古籍时发现。发现者黄永年认为是元代福建建阳书坊所刊刻。此本字体为秀丽的颜体，有两处文字"但见"、"正是"以黑底白字阴刻标识。从版式、字体来看，此本是较为典型的建阳书坊元刻本风格。

此外，宋代已负盛名的《夷坚志》在元代以后持续传播，张绍先主持宋刻元修的八十卷本《夷坚志》，叶祖荣辑《新编分类夷坚志》五十一卷，已见前文宋刻部分介绍。

又有神仙传记类作品《新编连相搜神广记》，题淮海秦子晋撰，分前后集，共收五十七神之事迹，有插图。叶德辉《重刊绘图三教源流搜神大全序》曰："曩阅毛晋汲古阁宋元秘本书目，子部类载有《元板画像搜神广记》前后集二本。"②所指大概即此书。现存于中国国家图书馆的版本曾经郑振铎收藏，郑振铎断为元代建安版。贾二强根据此书称元为圣朝，且有至元、大德、延祐年号，判断成书不早于元代中期，又根据字体与版式认为刊刻于元代中后期建阳书坊。此书傅增湘《藏园群书经眼录》列为子部小说家类，但著录为"明刊本"。宁稼雨《中国文言小说总目提要》、石昌渝《中国古代小说总目》、朱一玄等《中国古代小说总目提要》等皆未著录此书。石昌渝《中国古代小说总目》之"搜神记"词条在后世影响部分提到此书。

元末陶宗仪撰《南村辍耕录》是一部文言笔记，可能出于建阳书坊刊刻。此书有铁琴铜剑楼藏本，现藏于中国国家图书馆，《铁琴铜剑楼藏书目

---

① 胡士莹《话本小说概论》下册，中华书局1980年版，第729页。
② 叶德辉《重刊绘图三教源流搜神大全序》，佚名《绘图三教源流搜神大全（外二种）》，上海古籍出版社2012年影印本，第3页。

录》:"《南村辍耕录》,三十卷,元刊本。题:'南村陶宗仪撰。'此至正丙午所刻本。目后自记:凡伍伯(佰)捌拾肆事。有孙作序。"①据路工《访书见闻录》,山西省博物馆藏元末建阳刻本,但目前山西博物馆藏《南村辍耕录》定为明刊本。此书有"至正丙午夏六月江阴孙作大雅序",又有清溪野史邵亨贞募刻疏,至正丙午为1366年,1368年明代立国,邵亨贞募集刻书很可能已入明洪武之年。这应该是此本或定为元刊或定为明刊的原因。此本正文字体为颜体,半叶十二行、行二十五字,如此行款则版面比较拥挤,从邵亨贞募集出版经费的疏文可知,此书出版经费不宽裕,结合此书字体行款推测,此书很可能是请建阳书坊代为刊刻的。明代弘治袁铬《建阳县志续集》"典籍·子部"著录"南村辍耕录三十卷,元天台陶宗仪撰"②,很可能即为此本。

元代建阳刊刻小说之题材和文体类型发生了很大变化。传统目录学所谓小说的刊刻继续发展,但是,少有非文学文体意义的小说著作,而多为文学文体意义的文言小说;通俗小说刊刻数量大为增长,从现存刊本可见,通俗小说刊刻的规模远超文言小说。这样的变化一方面是小说文体发展之必然,另一方面,则源于元代社会的政治经济文化之变。

传统目录学之非文学文体意义的小说,其编刊和传播皆与科举考试制度密切相关。因为科举考试的竞争激烈,读书士子需要在经史之外博览群书,子部小说虽为小道,却以其经史考据和广博的见闻为人所重,因此历代学者皆言小说之不可废。而从仕宦阶层来说,绝大多数是科举考试的成功者,他们在政务之余往往重视著书立说,除了正经正史的注疏和编撰,他们还很乐意通过编撰小说来表现自己的修养,而且小说这种文体,古雅闲适,充满文人趣味,很适合他们的身份、职业和休闲、社交,是文人雅致书斋生活的体现。但是,入元之后,科举考试很长时间未能正常举行,读书士子不能以科举求立身,宋代那个以文化精英为主的仕宦阶层解体了,元代的官员从身份、文化修养、生存方式各方面都与宋代大为不同。传统目录学所谓小说从编刊到传播的环境都发生了巨大变化,宋代曾有不少官

---

① 〔清〕瞿镛编纂,瞿果行标点,瞿凤起覆校《铁琴铜剑楼藏书目录》卷十七《子部三·小说类》,第451页。

② 〔明〕袁铬《(弘治)建阳续志》,《四库全书存目丛书》据明弘治刻本影印,史部第176册,齐鲁书社1996年版,第90页。

刻和家刻介入小说刊刻，这样的现象在元代极为少见。元代福建的官刻和家刻整体衰微，书坊则持续发展，因此，小说和各类图书的刊刻都主要由市场决定。

书坊刻书是商业经营，取决于市场，也就意味着读者的需求决定了书坊刻书内容和形式的选择。宋代以来商业文化的发展促进了通俗文艺的繁荣，文学发展由雅入俗，小说的娱乐性和趣味性因素得到较为普遍的接受。元代因为科举不常，读书人的阅读在一定意义上获得了自由和解放，就小说来说，相比于知识性或政治性，其趣味性、娱乐性或抒情性更为适俗而为读者广泛接受，也就是文学文体小说比非文学文体小说更受大众欢迎，这就是元代建阳刊刻文言小说以文学文体小说为主的根本原因。

元代建阳书坊刊刻的不多的文言小说，明显可见前代小说编刊的影响，但也表现出新的时代特色。其中《世说新语》是前代常见刊刻的作品，元代建阳刊本经刘应登重新编校和评点，删改了前代刘孝标注，注释和评点更为通俗化。《夷坚志》有沈天佑主持宋刻元修八十卷本，又有叶祖荣辑《新编分类夷坚志》五十一卷，洪迈《夷坚志》原书辑录比较随意，随录随编，而"分类"新编，显然是适应读者阅读的需要，是一种有利于传播的整理。《新编湖海新闻夷坚续志》，从书名就可见是在前代洪迈《夷坚志》和元好问《续夷坚志》的影响下编撰的；郭霄凤《江湖纪闻》书名全称为"新刊分类江湖纪闻"，则又可见其受《湖海新闻》之影响。现存《新编湖海新闻夷坚续志》、《新刊分类江湖纪闻》皆为碧山精舍刊本，亦可见二者之间编刊设计和思路上的前后关联。《辍耕录》是接近史料性质的轶事笔记，但是叙事性强，且跟宋刊笔记有所不同的是，其"历史琐闻"的范围扩大到更多"稗官小史之谈"，明显可见文人笔记由宋至元的时代变化。

元代商业繁荣，同时，广大读书士子未能进入仕途，读书人或从事更为广泛的教育，或进入文化市场以文谋生，促进了文化教育进一步向普通民众下移，教育更为普及。商业发展与文化下移、教育普及相结合，则是白话通俗小说大量刊行的基本条件。

然而，政治经济文化条件的变化在元代是全国普遍现象，而小说刊刻相对集中于福建建阳，则还因于建阳书坊特定的地域文化背景。

第二节　元代建刻小说所处刻书背景

　　文人参与编刊的力量不仅体现在元代建阳大量刊刻的小说之中,更体现在元代建阳书坊刻书之繁盛。而元代建阳小说刊刻,仍然以建阳书坊刻书之繁盛为背景。

　　元代建阳刊刻小说呈现出文学性、通俗化的特征,当然是小说文体发展规律的体现。但建阳之所以成为全国刊刻小说较为集中的地区,则直接因于建阳自宋代以来的刻书业之繁盛,建阳作为全国刻书中心之一,进入元代以后延续了书业的发展。而元代建阳刊刻小说文体内容特点之形成原因,亦隐藏在建阳书坊刻书业的发展状况之中。

　　建阳刊刻小说是建阳乃至福建刻书的一部分,跟建阳乃至福建刻书的整体特征和发展趋势是一致的。元代福建刻书的整体面貌是:官刻、家刻衰落,而坊刻持续发展;刻书种类虽然仍四部皆备,但是,比之宋代更明显表现出通俗化、普及化的特征。元代建阳小说刊刻,正体现出教育普及和书坊商业性经营共同作用的特征。

　　我们若把元代建阳刊刻小说置于当时建阳刻书、福建刻书的整体状况之中观察,更能看出建阳小说刊刻形态之由来。

一、元代福建官方、书院与私家刻书

　　由蒙古贵族建立的元朝,是当时世界上最强大、最富庶的国家。虽然在蒙古族入主中原的过程中,施行了一些野蛮政策,致使政治、经济、文化曾发生某些倒退现象,但是,统治者逐渐认识到文治对巩固政权的重要意义,因此,先后采取了尊经重儒、兴学立教、举贤招隐、保护工匠等一系列措施,客观上促进了刻书事业的发展。由于对儒学、教育的重视,元代统治者对刻书事业非常重视。根据钱大昕《补元史艺文志》统计,元代刻印、流通的图书,经部为八百零四种,史部为四百七十七种,子部为七百六十三种,集部为一千零九十八种,共三千一百四十二种,这里包含了继承宋代而来的官方机构和各级书院雕版和藏书。而在元代新刊书籍中,福建作出了比较重要的贡献。

　　元代福建以建阳刻书为主,建阳以外地区刻书现存较少,谢水顺等《福

建古代刻书》列举了二十余种,各地都有零星刻书,但官刻以福州为主,书院刻书与私家刻书多集中于闽北,多儒学名家之作与经史典籍。此参考《中国古籍善本书目》及学界相关研究,并根据诸多文献核实版本信息,列举建阳坊刻之外部分书目如下。

(一)官方刻书

元代福建官刻本以福州所刻《资治通鉴》、《通志》、《礼书》、《乐书》等儒学刻本最有名,均为一百五十卷以上的经史大部头。

1. 至元二十六年(1289),福建行中书省参知政事魏天祐在福州中和堂开雕《资治通鉴》二百九十四卷,于至元二十八年(1291)刻成。是书序后有"钜鹿奉国"爵式木记、"容斋"圆形木记、"中和堂"方形木记;又有"温字十七号"、"三山邓坚刊"小字两行。① 现存六十四卷。

2. 大德年间(1297—1307),福州路三山郡庠刻宋郑樵撰《通志》二百卷。"及吴绎守闽,乃捐俸摹褙五十部,传之北方,乃至治二年九月印造者。"②此书流传至今还有超过三十部(目前仅据六批珍贵古籍名录统计就有三十一部),分藏北京、上海、南京、浙江、中科院等图书馆,多元明递修本。

3. 泰定间(1323—1328),福州路儒学翻刻宋建阳刊十行本《十三经注疏》,刊竣后版片存于福州路儒学经史库中,入明后,仍贮原处,并经多次修版。③

4. 至正七年(1347),福州路儒学刻宋陈祥道撰《礼书》一百五十卷。是书还有元闽赵宗吉刻本,从宋本翻雕,也是元闽官刻本。

5. 至正七年(1347),福州路儒学刻宋陈旸撰《乐书》二百卷《目录》二十卷《正误》一卷。此书流传尚有近十部。

6. 至正十五年(1355),三山学官刻元黄溍撰《金华黄先生文集》四十三卷。张金吾《爱日精庐藏书志》卷三十四著录时,载录至正十五年福建闽

---

① 参见林申清编著《宋元书刻牌记图录》,北京图书馆出版社1999年版,第79页。
② 〔清〕李希圣《雁影斋题跋》卷四,李慧、主父志波标点《藏书题识 华延年室题跋 雁影斋题跋》,上海古籍出版社2009年版,第371页。
③ 参见程苏东《"元刻明修本"〈十三经注疏〉修补汇印地点考辨》,《文献》2013年第2期;张学谦《元明时代的福州与十行本注疏之刊修》,中国历史文献研究会编《历史文献研究》第45辑,广陵书社2020年版,第34—41页。

海道肃政廉访使贡师泰序,其中提到:"比廉问闽南,过金华,得先生之集于王生,故叙而授之三山学官,俾刻梓以惠来学。"①中国国家图书馆存残本三部,分别存八卷(八至十二、十四至十六)、二十三卷(一至十三、二十二至三十一)、二卷(三十一至三十二,元刻明修)。

  7. 至正十五年(1355),福建闽海道肃政廉访使贡师泰刻元张养浩《牧民忠告》,福建闽海道肃政廉访使庄嘉刻元张养浩《风宪忠告》。

  8. 至元元年(1335),漳州路儒学重刊宋陈淳撰《北溪大全集》五十卷。此书初刊于宋淳祐八年(1248),由陈淳之子陈榘编,通判漳州军州事兴化薛季良初刻于龙江书院。

  9. 至治三年(1323)汀州路总管府刻宋黄仲元撰《有宋福建莆阳黄国簿四如先生文稿》五卷,又题为《四如集》。《皕宋楼藏书志》卷九十三著录明刊本时,载有仲元之子黄梓所撰序,落款为"时至治癸亥立秋日,男将仕郎汀州路总管府知事梓百拜谨识"②。此书另有宋刊六卷本。

  10. 至正元年(1341),闽宪金斡克庄于建宁刻元虞集撰《道园学古录》五十卷。

  11. 至正五年(1345),建宁路官医提领陈志刊元危亦林撰《世医得效方》十九卷、唐孙思邈撰《孙真人养生书》一卷。此书现存刊本不少,藏于上海图书馆、北京大学图书馆、中医科学院图书馆、辽宁省图书馆等多处。

  以上可见,官刻以正经正史、宋元理学名家文集为主。

(二)书院刻书

  元初福建私办书院较为兴盛,但后来多为官办,官府赐田、委派山长等。元代福建各地书院刻书不少,刻书内容多为教学所需,或书院创建者之作。如:

  1. 大德中(1297—1307)詹氏建阳书院刊宋林駧撰《古今源流至论》前集十卷后集十卷续集十卷、宋黄履翁撰别集十卷。③

  2. 至顺年间(1330—1333)建安椿庄书院刊宋陈元靓撰《新编纂图增类

---

① 〔清〕张金吾撰,柳向春整理《爱日精庐藏书志》卷三十四《集部·别集类》,上海古籍出版社2014年版,第653页。
② 参见〔清〕陆心源编,许静波点校《皕宋楼藏书志》第六册卷九十三《集部·别集类二十七》,浙江古籍出版社2016年版,第1654页。
③ 叶德辉《书林清话》卷四,第71页。

群书类要事林广记》四十二卷,计有前集十三卷、后集十三卷、续集八卷、别集八卷,现藏台北故宫博物院。

3. 至正十一年(1351),建安书院刻元赵居信撰《蜀汉本末》三卷。据瞿镛《铁琴铜剑楼藏书目录》卷九著录,"至正己丑嗣子某守建宁,出其书,示建安书院山长黄君复,刻之。君复有跋。卷末有'建安詹璟刊'一行,元刻致佳本也"。① 黄君复的跋后署"至正辛卯二月建宁路建安书院山长晚学黄君复载拜谨书"②。

4. 至正十三年(1353),建阳鳌峰书院刻熊禾撰《勿轩易学启蒙图传通义》七卷。书前有至正癸巳仲秋熊禾曾孙熊玩序,谓:"先祖著述,如五经四书训释固多传于世者,惟此篇未及。玩叨登第,任将乐令,恐久而湮没,遂寿梓于鳌峰书院。"③

5. 至正二十年(1360),建宁府屏山书院刻宋陈傅良撰、曹叔远编《止斋先生文集》五十一卷、《附录》一卷。此书原有宋刻本,此为重刊,故卷末有白文二行:"至正庚子仲冬屏山书院重刊"。④

6. 至正二十年(1360),建宁府屏山书院刻宋刘学箕撰《方是闲居士小稿》二卷,上海图书馆藏,卷首序末有"至正庚子仲冬屏山书院重刊"木记。至正二十一年(1361),刘学箕从玄孙刘张据宋嘉定原刻本重刊,《四库全书》所据即此重刊本。

7. 至正二十六年(1366),崇安南山书院刊《大广益会玉篇》三十卷和《广韵》五卷。《大广益会玉篇》前有《玉篇广韵指南》,末有"至正丙午良月南山书院新刊"木记;《广韵》序后有"至正丙午菊节南山书院刊行"木记。

8. 元代建阳化龙书院刻宋刘爚《云庄刘文简公文集》十二卷《外集》十卷《年谱》一卷。化龙书院为刘应李建于至元二十八年(1281)。

9. 至正二十七年(1367),沙县豫章书院刻宋罗从彦撰、元曹道振编《豫

---

① 〔清〕瞿镛编纂,瞿果行标点,瞿凤起覆校《铁琴铜剑楼藏书目录》卷九《史部二·别史类》,第241页。
② 〔元〕赵居信《蜀汉本末》书后黄君复跋,《四库全书存目丛书》史部第19册,齐鲁书社1996年版,第361页。
③ 〔清〕丁丙《善本书室藏书志》卷一《经部一》,丁丙著录此书的旧抄本时误将"熊玩"作"熊玩"。参见《仪顾堂题跋　续跋　善本书室藏书志》,中华书局1990年版,第399页。
④ 〔清〕瞿镛编纂,瞿果行标点,瞿凤起覆校《铁琴铜剑楼藏书目录》卷二十一《集部三·别集类三》,第585页。

章罗先生文集》十七卷。目录后有"至正乙巳秋沙阳豫章书院刊"木记,后有至正二十七年(1367)福建等处儒学提举卓说序,可见此书自至正乙巳(二十五年,1365)开始刊刻,至正二十七年刊竣。此书原有至正三年(1343)罗从彦五世孙罗天泽初刊,此为重刊。

(三)私家刻书(包括家刻和坊刻)

1. 至元二十四年(1287),詹光祖月厓书堂刻宋朱熹撰《资治通鉴纲目》五十九卷,现存于中国国家图书馆;又有《黄氏补千家注纪年杜工部诗史》三十六卷,唐杜甫撰,宋黄希、黄鹤补注,《年谱辨疑》一卷,宋黄鹤撰,现存于山东省博物馆、台北故宫博物院、中国国家图书馆、成都杜甫草堂存残本。

2. 大德间(1297—1307),杨曙刻元杨奂撰《还山遗稿》六十卷、《附录》二卷。瞿镛《铁琴铜剑楼藏书目录》卷二十二著录此书的明刊本时提到:"文宪《还山集》,大德中,其孙南剑录事曙得其本于姚牧庵,刻之建宁,有六十卷。见《牧庵紫阳先生文集》序,其本久佚。"①

3. 元三山张士宁刻元艾元英撰《如宜方》二卷,为《四库全书》采进本。《四库全书总目提要》:"……前有二序,一为至正乙未林兴祖作,一为至治癸亥吴德昭作……然相其版式,犹元代闽中所刊,非依托也。"②

4. 元邵武谢子祥刻宋杨复撰《仪礼图》十七卷、《仪礼旁通图》一卷。瞿镛《铁琴铜剑楼藏书目录》卷四著录"此本为昭武谢子祥所刻"。③

5. 至元五年(1339)建阳蒋易刻唐诗选集《极玄集》二卷。傅增湘《藏园群书题记》卷十九云:"元板建阳蒋氏师文所开雕《极玄集》……其字画颇精致,元板之善者也。"④

6. 天历元年(1328)建安郑明德宅刻元陈澔撰《礼记集说》十六卷。现存于中国国家图书馆、上海图书馆等多处。

7. 至正九年(1349),建宁路瓯宁县书市刘衡甫刻元林桢辑《联新事备

---

① 〔清〕瞿镛编纂,瞿果行标点,瞿凤起覆校《铁琴铜剑楼藏书目录》卷二十二《集部四·别集类四》,第613页。

② 〔清〕永瑢等《四库全书总目》卷一○五《子部·医家类存目》,第883页。

③ 〔清〕瞿镛编纂,瞿果行标点,瞿凤起覆校《铁琴铜剑楼藏书目录》卷四《经部四·礼类》,第83页。

④ 傅增湘《藏园群书题记》卷十九《集部九》,上海古籍出版社1989年版,第939页。

诗学大成》三十卷，现存于南京图书馆。

从元代福建官刻、书院刻书和家刻可见，学校教育和书院教育沿着前代奠定的基础继续发展。虽然由于元代科举考试时行时止，教育类书籍的刊刻无论数量还是种类都大为萎缩，但是，重要的经史著作、教学用书和理学名家文集仍然持续刊刻，所谓斯文命脉不绝如缕，这正是元代建阳书坊刻书的文化背景。

二、元代建阳坊刻

因宋元战乱，宋代兴盛的蜀刻和浙刻受到重创。建阳刻书虽然也受到战乱影响，但是由于地方经济的繁荣，加上林木资源为刻书提供的优良条件，所以很快就复苏了。

但元代建阳刻书以坊刻为主，官府刻书与私家刻书数量很少。

元代建阳官刻比之宋代大为减少，方彦寿《建阳刻书史》仅列十来种：《元典章》、《四书通》、《道园学古录》、《王荆文公诗》、《新编古今事文类聚》、《蜀汉本末》、《方是闲居士小稿》、《止斋先生文集》、《广韵》、《大广益会玉篇》、《农桑辑要》、《世医得效方》、《孙真人养生书》等。其中还包括了崇安书院刻书。值得注意的是，元代建阳官刻少有经史典籍，但经史之外诗文、农桑、医学等种类较多，更贴近普通读者的生活日用和学养修习。

元代建阳家刻很少，但有些特点引人注目。首先是理学家私人开办书院兼刻书。如著名理学家熊禾、刘应李为由宋入元之名儒，入元不仕，隐居闽北，开办学堂读书讲学，熊禾之洪源书堂、鳌峰书院，刘应李之化龙书院皆有刻书。私办书院刻书往往有些启蒙读物，可见其为教育用书，同时适应通俗需求，必然有其营销目的。值得关注的还有促成洪迈《夷坚志》刊刻的张绍先（光祖），《（乾隆）福建通志》列于"流寓"，曰："张绍先，其先湖湘人。宦游四方，爱建阳山水，遂家焉。题所居曰'闲乐'。与宾客论学不辍。又辟室百楹，为同文书院，以待四方贤俊。熊禾称其隐退非泉石，而无补于时者。"[①] 同文书院在后世非常有名，万历《建阳县志》记载："同文书院在崇化里，宋乾道间朱文公建以贮图书，特祀孔子于中，后遭兵燹。元大德丁未，泉州总管府推官张光祖重建。"张光祖在同文书院校书刻书。

---

① 〔清〕郝玉麟等修《（乾隆）福建通志》卷五十二《流寓》，第十叶，《钦定四库全书》本。

从元代建阳官刻和私人开办书院刻书之适应通俗的题材选择,我们可以看到社会主流文化从高雅典重下移、注重通俗普及的发展变化过程。元代建阳官刻衰减,坊刻大幅增长,说明刻书的商业性进一步发展。脱离了官刻公费刻书、友情赠阅的传播模式,刻书必然走向通俗。刻书题材适应通俗,根本的原因也正在于刻书的商业化。正是在这样的文化背景上,繁盛的坊刻中出现了不少小说刻本。

元代建阳书坊数量和刻书数量都可能超过宋代。在现存元刻本中,建阳刻本包括元刊后修本大约二百六十种,占比较大。元代麻沙书坊曾遭火焚,所以,元代书坊多集中在崇化。元代建阳书坊,仍以余、刘、虞、陈诸姓刻书最多。此外,新崛起的尚有郑、叶、詹、熊诸姓。①

元代建阳著名刻书名肆有刘君佐翠岩精舍、余志安勤有堂、刘锦文日新堂、建安虞氏、叶日增广勤堂(又题三峰书舍)等。此外,还有建安余氏双桂堂、建安余彦国励贤堂、余氏勤德堂、西园余氏(又称西园精舍)、建安余卓、刘氏学礼堂、建安刘承父、麻沙刘氏南涧书堂、建阳刘氏、刘氏明德堂、建安熊氏万卷堂、建安熊氏、平硐伯氏、熊氏博雅书堂、熊氏卫生堂、建安陈氏余庆堂、建安双璧陈氏留耕书堂、陈氏积善书堂、建安虞氏务本书堂、建安虞信亨宅、虞氏明复斋、建安蔡氏、詹氏建阳书院、詹氏进德书堂、郑氏积诚堂、建安郑天泽宗文堂、云衢张氏集义书堂、建安高氏日新堂、建安朱氏与耕堂、建安书堂、罗祖禹、富沙碧湾吴氏德新书堂、建阳吴氏友于堂、麻沙万卷堂、云衢会文堂、建安椿庄书院、建安同文堂、建安玉融书堂、德星书堂等。② 元代建阳坊刻不少于四十六家。

元代建阳书坊刻书四库皆备,非常突出的一个现象是,五经四书类著作多,其中不少为程朱理学或考亭学派著作,并且延续宋代编刊形式,为经典添加句读和音义注释等各种助读元素。略为列举部分刊本如下。

《易》:《直音傍训周易句解》十卷,元朱祖义撰,泰定三年(1326)敏德书堂刻本,存于日本内阁文库;《易学启蒙通释》二卷,《启蒙通释附图》一卷,宋胡方平撰,致和元年(1328)环溪书院覆至元刻本,存于日本东京都立中央图书馆;《魁本大字详音句读周易》二卷,至正十二年(1352)梅隐书堂

---

① 方彦寿《建阳刻书史》,第167页。
② 方彦寿《建阳刻书史》,第179—181页。

刻本，存于中国国家图书馆。建刻最多的是集程颐、朱熹解读本《程朱二先生周易传义》，有延祐元年（1314）翠岩精舍刻本、后至元二年（1336）建安碧湾书堂刻本、至正二年（1342）居敬书堂刻本、至正六年（1346）虞氏务本堂刻本等，存于中国和日本多家藏书机构，此本又有音训、附录等多种出版形式。翠岩精舍还刊刻了多种易学著作，后至元二年刊刻了程朱解读《周易》的另一种版本，《周易经传集程朱解附录纂注》（后名《周易会通》）十四卷附录二卷，元董真卿撰，现存于日本东洋文库；又刻胡一桂《周易本义附录纂疏》十五卷，今存三卷，为下经第一、传上下，胡一桂《周易本义启蒙翼传》四卷，今存原刻全帙，藏于上海图书馆。

《书》：元朱祖义撰《直音傍训尚书句解》十三卷，泰定年间（1324—1328）敏德书堂刻本，中国国家图书馆存。但最多的是《书集传》，或为宋蔡沈传六卷，或署朱熹订正、蔡沈传六卷首一卷，有至正十四年（1354）翠岩精舍刻本，至正甲午（十四年，1354）日新书堂刻本，至正二十六年（1366）梅隐精舍刻本，元代刘氏南涧书堂刻本等。还有更多《书集传》音释纂注，较早的是延祐五年（1318）建安余氏勤有堂刻本《书集传辑录纂注》六卷又一卷，《朱子说书纲领辑录》一卷，元董鼎撰，现存于中国国家图书馆；董鼎撰《书集传辑录纂注》六卷又有至正十四年（1354）翠岩精舍刻本，上海图书馆、中国国家图书馆、日本静嘉堂文库等存明修本。《书集传》现存至少还有十来种版本，其中元邹季友音释本《书集传音释》六卷，就有多家刊本，如至正五年（1345）虞氏明复斋南溪精舍刻本，①存于俄罗斯国家图书馆东方文献中心；至正十一年（1351）德星书堂刻本，存于中国国家图书馆、北京师范大学图书馆、日本内阁文库；至正年间（1341—1368）双桂书堂刻本，存于吉林省图书馆。此外，还有《书集传纂疏》六卷目录一卷，宋蔡沈撰，元陈栎纂疏，泰定四年（1327）梅溪书院刻本，日本内阁文库、静嘉堂文库存；《书蔡氏传旁通》六卷，元陈师凯撰，朱万初校正，至正五年余氏勤有堂刻本，日本内阁文库存。

《诗》：《诗集传附录纂疏》二十卷，《诗序附录纂疏》一卷，《诗传纲领附录纂疏》一卷，元胡一桂撰，《语录辑要》一卷，元胡一桂辑，泰定四年（1327）

---

① 此本卷首序文后署"至正乙酉菊节虞氏明复斋刊"，并钤有"明复斋""南溪精舍""至正乙酉"三印。

翠岩精舍刻本，中国国家图书馆、日本静嘉堂文库存，广西壮族自治区桂林图书馆存残本；《韩鲁齐三家诗考》六卷，宋王应麟辑，泰定四年刘君佐翠岩精舍刻本，中国国家图书馆、日本静嘉堂文库存；《诗童子问》二十卷，宋辅广撰，至正四年（1344）余志安勤有堂刻本，上海图书馆、台北故宫博物院、日本宫内厅书陵部存；《诗缉》三十六卷，宋严粲撰，元建安余氏勤有堂刻本，日本宫内厅书陵部存，上海图书馆等存残本；《诗经疑问》七卷，元朱倬撰，附编一卷，宋赵惪撰，至正七年（1347）建安书林刘锦文日新堂刻本，中国国家图书馆、台北故宫博物院存；《诗集传名物钞音释纂辑》二十卷，元许谦音释，罗复辑，至正十一年（1351）双桂书堂刻本，中国国家图书馆存；《诗集传通释》二十卷，《纲领》一卷，《外纲领》一卷，元刘瑾撰，至正十二年（1352）刘氏日新书堂刻本，中国国家图书馆、北京大学图书馆、湖北省图书馆、日本尊经阁文库、静嘉堂文库存，上海图书馆存抄配本，南京图书馆存明修本。

《礼》：《仪礼》十七卷，《仪礼图》十七卷，《旁通图》一卷，宋杨复撰，元余志安勤有堂刻本，上海博物馆、南京图书馆、台北故宫博物院存残本；《礼记集说》十六卷，元陈澔撰，天历元年（1328）建安郑明德宅刻本，日本内阁文库存，中国国家图书馆、上海图书馆、北京大学图书馆存残本。

《春秋》：《春秋集传释义大成》十二卷，元俞皋撰，后至元四年（1338）日新堂刻本，台北故宫博物院存；《春秋胡氏传纂疏》三十卷，元汪克宽撰，至正八年（1348）刘叔简日新堂刻本，中国国家图书馆、日本宫内厅书陵部、尊经阁文库等存，天津图书馆、广东省博物馆、安徽师范大学图书馆存残本；《春秋诸传会通》二十四卷，元李廉撰，至正十一年（1351）虞氏明复斋刻本，存于中国国家图书馆、故宫博物院、北京大学图书馆，又有至正十一年虞氏明复斋南溪精舍崇川书府刻本①，存于中国国家图书馆、军事科学院军事图书资料馆、上海图书馆、日本静嘉堂文库、宫内厅书陵部、龙谷大学，日本杏雨书屋、庆应义塾大学附属研究所斯道文库存残本。

"四书"：《大学章句》一卷《或问》一卷，宋朱熹撰，元王侗笺注，至正十六年（1356）翠岩精舍刻本，台北故宫博物院存；《中庸章句或问》不分卷，宋

---

① 此本卷首序文后署"至正辛卯腊月崇川书府重刊"，书末有二牌记，分别署"南溪精舍"、"至正辛卯仲冬虞氏明复斋"。

朱熹撰，延祐元年（1314）麻沙万卷堂刻本，芷兰斋存；《中庸章句》一卷《或问》一卷，宋朱熹撰，元王侗笺注，至正十六年翠岩精舍刻本，台北故宫博物院存；《论语通》十卷，元胡炳文撰，元建安刘氏南涧书堂重刻本，日本内阁文库存；《孟子集注》七卷，宋朱熹集注，延祐元年（1314）麻沙万卷堂刻本，日本宫内厅书陵部存；《四书通》二十六卷，元胡炳文撰，天历二年（1329）余志安勤有堂刻本，中国国家图书馆存；《四书集注通证》六卷，元张存中撰，天历二年余志安勤有堂刻本，中国国家图书馆存；《四书辑释大成》三十六卷，元倪士毅辑释，至正二年（1342）日新书堂刻本，北京大学图书馆、蓬莱市文化局慕湘藏书馆、日本庆应义塾大学附属研究所斯道文库存残本；《四书经疑问对》八卷，元董彝撰，至正十一年（1351）同文堂刻本，中国国家图书馆、中科院国家科学图书馆存；《四书章图纂释》二十二卷，元程复心撰，后至元三年富沙碧湾吴氏德新书堂刻本，日本内阁文库存，宫内厅书陵部存残本。

　　元代刻书中，对经典的解读方式非常多样，比如有明州（今浙江宁波）刊刻的"九经"直音注录本，现存《明本排字九经直音》二卷，不题撰人，此书有多种建刻，如至元二十四年（1287）梅隐书堂刻本，至正十七年（1357）日新书堂刻本（此本卷末牌记署日新书堂刊，内封署熊氏博雅堂刊）。

　　建刻小学类有大量字书和韵书，如《大广益会玉篇》三十卷，梁顾野王撰，唐孙强增补，宋陈彭年等重修，有至正十六年（1356）翠岩精舍刻本，又有元詹氏进德书堂刻本等。《广韵》五卷，宋陈彭年等撰，有元统三年（1335）日新书堂刻本，至正十六年（1356）翠岩精舍刻本，元余氏双桂书堂刻本等。《增修互注礼部韵略》五卷，宋毛晃增注，毛居正重增，有至正四年（1344）建安余氏勤德堂刻本，至正十五年（1355）日新书堂刻本，至正十五年陈氏余庆堂刻本，至正二十六年（1366）秀岩书堂刻本等。《韵府群玉》二十卷，元阴时夫辑，元阴中夫注，有元统二年（1334）梅溪书院刻本、至正十六年（1356）刘氏日新堂刻本、至正二十八年（1368）东山秀岩书堂刻本[①]、元清江书堂刻本等，现存刊本较多，藏于中国国家图书馆、日本尊经阁文库、美国哈佛大学哈佛燕京图书馆等国内外多家藏书机构。

[①] 此本目录后牌记署"戊申春东山秀岩书堂刊"。"戊申"为元顺帝至正二十八年，是年正月朱元璋在应天府即皇帝位，八月大都降明，该本刻在春天，在此定为元末刻本。

建阳书坊刊刻了不少史部著作,其中不乏部头较大的一些史书,如:《五代史记》七十四卷,宋欧阳修撰,宋徐无党注,现存元宗文书院刻明修本,中国国家图书馆、山东大学图书馆等多处收藏。《资治通鉴纲目书法》五十九卷,元刘友益撰,后至元二年(1336)积善堂刻本,台北故宫博物院存。《续资治通鉴》十八卷,题宋李焘撰,《续资治通鉴后集》十五卷,宋刘时举撰,现存元陈氏余庆堂刻本、朱氏与耕堂刻本、云衢张氏集义书堂刻本等多种。《宋季三朝政要》六卷,现存皇庆元年(1312)陈氏余庆堂刻本、至治三年(1323)云衢张氏刻本等。《宋史全文续资治通鉴》三十六卷,《增入名儒讲义续资治通鉴宋季朝事实》二卷,元佚名撰,元建阳刻本,复旦大学图书馆存。

建阳刊刻史部著作涉及门类较多,现存如:《十七史详节》二百七十三卷,宋吕祖谦辑,元刻本,中国国家图书馆存。《注陆宣公奏议》十五卷,唐陆贽撰,宋郎晔注,元至正十四年(1354)刘氏翠岩精舍刻本,中国国家图书馆、南京图书馆等多处收藏。《国朝名臣事略》十五卷,元苏天爵辑,元统三年(1335)余志安勤有书堂刻本,中国国家图书馆、日本内阁文库等多处收藏。《三辅黄图》六卷,致和元年(1328)余氏勤有堂刻本,中国国家图书馆存。《故唐律疏议》三十卷,唐长孙无忌等撰,佚名释文,《纂例》十二卷,元王元亮撰,至正十一年(1351)余志安勤有堂刻本,中国国家图书馆、首都图书馆等多处收藏。

建阳刊刻子部、集部主要是两类作品,一类是朱子学派著作,一类是历代名家名著或诗文选集、诗文总集。

朱子学派著作如《类编标注文公朱先生经济文衡》前集二十五卷、后集二十五卷、续集二十二卷,宋滕珙编辑,泰定元年(1324)梅溪书院刻本,清华大学图书馆存,中国人民大学图书馆、上海博物馆存残本;《朱子成书》十卷,宋朱熹撰,元黄瑞节辑,至正元年(1341)日新书堂刻本,中国国家图书馆、台北故宫博物院存;《潜室陈先生木钟集》十一卷,宋陈埴撰,元建安吴氏友于堂刻本,上海图书馆存抄配本残本。

历代名家名著或诗文选集、诗文总集数量很多,同一种著作往往有多家书坊刻本,其中有一些著作题为朱熹撰校。如:《楚辞集注》八卷、《辩证》二卷、《后语》六卷,宋朱熹撰,有天历三年(1328)陈忠甫宅刻本,存于日本内阁文库,至治元年(1321)建安虞信亨宅刻本,存于山东省图书馆,后至元二年(1336)建安傅子安刻本,存于中国国家图书馆。《分类补注李太白诗》二十五卷,唐李白撰,宋杨齐贤集注,元萧士赟补注,有至大三年(1310)余志安勤有书堂刻本,现存刊本很多,藏于中国国家图书馆、日本宫内厅书陵部等国内外多家藏书机构。《集千家注分类杜工部诗》二十五卷,唐杜甫撰,宋徐居仁编次,宋黄鹤补注,《年谱》一卷,宋黄鹤撰,有皇庆元年(1312)余志安勤有堂刻本,还有元广勤书堂刻本、元积庆堂刻本等,现存刊本也很多,藏于国内外多家藏书机构。《集千家注批点杜工部诗集》二十卷、《文集》二卷、《年谱》一卷、附录一卷,唐杜甫撰,宋刘辰翁批点,元高楚芳编,至正二十八年(1368)云衢会文堂刻本,日本天理图书馆、京都大学附属图书馆存。《朱文公校昌黎先生文集》四十卷、《遗文》一卷、《集传》一卷,唐韩愈撰,宋朱熹考异,王伯大音释,至元辛巳(十八年,1281)日新书堂刻本,日本内阁文库、庆应义塾大学附属研究所斯道文库、早稻田大学图书馆存,山东省博物馆藏本无《遗文》、《集传》,有《外集》(十卷,现存八卷)。《增广音注唐郢州刺史丁卯诗集》二卷续集一卷,唐许浑撰,元祝德子订正,元建安叶氏刻本,中国国家图书馆存。《王状元集百家注分类东坡先生诗》二十五卷,宋苏轼撰,题宋王十朋纂集,宋刘辰翁批点,《东坡纪年录》一卷,宋傅藻撰,元建安熊氏刻本,中国国家图书馆存;此书又有元建安虞平斋务本书堂刻本,存于中国国家图书馆,辽宁省图书馆存残本,美国国会图书馆存《东坡纪年录》。《琼琯白玉蟾上清集》八卷,宋葛长庚撰,元建安余氏静庵刻本,上海图书馆存。《白先生杂著指玄篇》八卷,《白先生金丹图》二卷,宋葛长庚撰,元勤有堂刻本,日本内阁文库存。《赵子昂诗集》七卷,元赵孟𫖯撰,至正元年(1341)虞氏务本堂刻本,中国国家图书馆、日本静嘉堂文库存。《静修先生文集》二十二卷,元刘因撰,至顺元年(1330)宗文堂刻本,中国国家图书馆、上海图书馆、中国书店、日本尊经阁文库存。《伯生诗续编》三卷,元虞集撰,《题叶氏四爱堂诗》一卷,元虞集、吴全节等撰,后至元六年(1340)刘氏日新堂刻本,中国国家图书馆存,北京大学图书馆存抄配本。《揭曼硕诗集》三卷,元揭傒斯撰,后至元六年(1340)日新堂刻本,中国国家图书馆、福建省图书馆存。《唐诗鼓吹》十卷,金元好问辑,元郝天挺注,元刘氏日新堂刻本,上海图书馆存。《皇元风雅》三十卷,元蒋易辑,元建阳张氏梅溪书院刻本,中国国家图书馆存,台北故宫博物院存残本。《皇元风雅后集》六卷,元孙存吾辑,元李氏建安书堂刻本,中国国家图书馆存。《渔隐丛话前集》

六十卷,宋胡仔辑,元翠岩精舍刻本,北京大学图书馆存残本。《国朝文类》七十卷目录三卷,元苏天爵辑,元翠岩精舍刻本,中国国家图书馆存,吉林省图书馆存清抄配本残本。《新刊类编历举三场文选》十集七十二卷,元刘贞编集,此为元代科举文献,元统乙亥(三年,1336)至至正辛巳(元年,1341)虞氏务本书堂和余氏勤德书堂刻本①,日本静嘉堂文库存,中国国家图书馆存庚集八卷、辛集三卷。

建刻中还有大量类书,其中有一些是日用类书,如《新编纂图增类群书类要事林广记》五十卷,宋陈元靓辑,至顺间(1330—1333)西园精舍刻本,日本内阁文库存;此书又有后至元六年(1340)郑氏积诚堂刻本《新编纂图增类群书类要事林广记》十集二十卷,存于日本宫内厅书陵部,北京大学图书馆存抄配本,日本佐贺县武雄市教育委员会存残本。《居家必用》十卷,至元己卯(五年,1339)友于书堂刻本,中国国家图书馆存残本。《阴阳备用选择成书》十二卷,不题撰人,至正十七年(1357)建安玉融书堂刻本,日本广岛市立中央图书馆存。

有一些类书主要为诗文素材和写作参考,或为科举考试提供应试参考。如宋吕祖谦编《东莱先生分门诗律武库》前集十五卷、后集十五卷,宋末元初建安刻本,现存于日本静嘉堂文库,此书辑录古籍诗赋之典故佳句,分门别类编纂而成,属于为学习诗歌写作者提供资料参考的类书。这种类书数量很多,如《联新事备诗学大成》三十卷,元林桢辑,此书有皇庆年间(1312—1313)建安双桂书堂刻本,存于台北故宫博物院,至正十五年(1355)翠岩精舍刻本,存于日本天理图书馆,大东急记念文库存残本;又有《增广事联诗学大成》三十卷,元毛直方撰,至顺三年(1332)建安广勤书堂刻本,台湾"国家图书馆"存,至正二年(1342)日新书院刻本,中国国家图书馆存。《诗学集成押韵渊海》二十卷,元严毅辑,后至元六年(1340)蔡氏梅轩刻本,中国国家图书馆、南京图书馆、北京大学图书馆等存。《诗词赋通

---

① 据黄仁生《元代科举文献三种发覆》(《文献》2003 年第 1 期)著录,此本第三册(乙集)、第四册(丙集)、第五册(丁集)、第六册(戊集)和第八册(庚集)封面均署"务本书堂",第九册(壬集)封面署"勤德书堂"。另外,"甲集目录题署之后双边框中有五行刊记,末署'元统乙亥菊节建安虞氏务本斋谨题';庚集目录题署之后双边框中有五行刊语,末署'至正辛巳夏六建安余氏勤德堂谨题';辛集目录题署之后双边框中有八行刊语,末署'至正改元辛巳菊节建安虞氏务本堂谨题';壬集目录题署之后双边框中有六行刊语,末署'至正元年中秋日古杭余氏勤德堂谨题'"。

用对类赛大成》二十卷,至正二十年(1360)陈氏秀岩书堂刻、至正二十六年(1366)增补刻本,美国哈佛大学哈佛燕京图书馆存。《新编古今事文类聚》前集六十卷、后集四十八卷、续集二十八卷、别集三十二卷,宋祝穆编,新集三十六卷,元富大用编,元西园精舍刻本,日本大东急记念文库存明修本。《新编事文类聚翰墨全书》甲集十卷、乙集十二卷、丙集十九卷、丁集九卷、戊集十卷、己集十二卷、庚集十卷、辛集二十四卷、壬集十一卷、癸集十七卷,元刘应李辑,元詹友谅编,泰定元年(1324)麻沙吴氏友于堂刻本,上海图书馆、日本东京大学综合图书馆、石井积翠轩文库、米泽市立图书馆、御茶之水图书馆存残本,台湾"国家图书馆"存配补本残本。《新编事文类要启劄青钱》五十一卷,不题撰者,泰定元年(1324)建安刘氏日新堂刻本,日本宫内厅书陵部存。《汉唐事笺对策机要》十二卷后集八卷,元朱礼撰,元至正六年(1346)日新堂刻本,中国国家图书馆存。

此外,建阳书坊刊刻了大量医书药书,如宗文书院刊宋唐慎微撰《经史证类大观本草》三十一卷、宋寇宗奭撰《本草衍义》二十卷,广勤书堂刊晋王叔和撰、宋林亿等校定《新刊王氏脉经》十卷,等等,多医学名著,历代传承。

由于建阳坊刻的影响很大,当时许多官版书或私家书委托建阳雕印,其中也有些是外地的官方或私人委托。又由于闽学的影响,闽北成为很多学子向往的地方。元代尊崇理学,闽学的发源地闽北更有着特别的魅力,很多儒学著作都由建阳刊刻行世。就以儒学发达的徽州来说,许多徽州理学家的著作是在建阳刊行的。如至正二十六年(1289),建阳熊禾之武夷书堂刻宋婺源胡方平《易学启蒙通释》二卷图一卷,今存元刻明修本,此书系由胡方平之子胡一桂携稿至闽所刊。胡一桂著作亦多次由建阳刊行,如大德四年(1300)武夷书堂刻胡一桂《十七史纂古今通要》十七卷;泰定四年(1327)建阳刘君佐之翠岩精舍刻胡一桂《朱子诗集传附录纂疏》二十卷、《诗序附录纂疏》一卷、《诗传纲领附录纂疏》一卷,以及胡一桂《周易本义附录纂疏》十五卷,《周易本义启蒙翼传》四卷。又如,至正八年(1348),建安刘锦文之日新堂刻婺源汪克宽《春秋胡氏传纂疏》三十卷,至正末又刻休宁赵汸《春秋金钥匙》一卷,卷末有牌记:"至正癸丑日新堂刊"。[①] "至正癸丑"已为明洪武六年(1373),此犹用元代纪年,各家书目皆著录此书为元刻本。实际

---

① 叶德辉《书林清话》卷四,第76—77页。

上此书当开雕于元至正末,刷印时已进入明初。而上述天历二年(1329)建安余志安勤有堂刻婺源胡炳文《四书通》二十六卷,则由浙江行省儒学提举杨志行命婺源张存中督刊。

三、建阳坊刻通俗化和普及化特点

比之宋代,元代闽北经济大为衰退,很重要的原因是制茶和银矿开采这两大支柱产业的衰微。再加上科举时行时断等政治因素的影响,表现在书坊刻书上,既影响了刻书内容,也影响了书版形式。

从内容上看,经、史类大部头著作如《史记》、《汉书》、《资治通鉴》等在元代建阳书坊少有刻本,很重要的原因是科举不常,经史著作的需求大为下降,又因为《史记》、《汉书》、《资治通鉴》这些著作大多卷帙浩大,价格较高,有能力购买的读者少,从书坊经营来说,资金投入大而收效慢,必然很少刊刻。虽然少有大部头著作,但是,现存书坊刊刻经史类图书仍然很多,基本为经史解读著作,也有一些篇幅不小,其中很多还是考亭派学者著作,这些著作的刊刻一方面表现考亭派学者在元代知识界的影响,另一方面当然也表现了地方文化的特色,而这些作品有一部分可能由官府或私人委托雕版,则刻印经费和编辑力量来自委托方。但从这些著作的刊刻,可见元代以建阳为中心的福建、浙江、江西地区的文化教育持续发展的情况。这也正是建阳刊刻小说的重要背景。

建阳书坊刊刻了子部集部更为通俗的大量著作,盛行的诗文集之外,医书、类书占比很大。医书暂且不说,且说类书。几乎所有书坊都刊刻过类书。其中《事林广记》、《联新事备诗学大成》等图书一再翻刻。很有意思的是考亭学派文人如刘应李也仿祝穆《事文类聚》编辑了《翰墨全书》,并得到考亭学派传人熊禾的赞赏,熊禾为《翰墨全书》作序。事实上,朱熹以来的考亭学派从来不是闭门造车的腐儒,他们一贯关心国事民生,亲躬民生俗业,如朱熹关心民生多有建树,他在闽北推行的义仓制度宋元以来广为各地采用,他为谋生也曾从事刻书业。宋元时期文学主潮由雅入俗的变化,也体现在考亭学派学者对于类书的编辑和刊刻。类书面向普通民众普及知识,考亭学派学者对类书的赞赏和推崇,正可见时代风尚的变化,也可见在文学思潮变迁中文人雅士的参与推进了文化的发展。而《联新事备诗学大成》这类指导诗文写作的类书大量刊行,则更可见诗文写作的下移和普及。

元代建阳书坊刻本的版式也发生了变化。其版式早期沿袭宋本,字大行疏,多左右双边,中期行格趋密,出现四周双边,版心从宋代的细黑口发展为大黑口。元代的大黑口与宋代刻本的细黑口不同,宋代的细黑口是建阳刻工在实践中的创造,它的出现,使书叶有了准确的中线,便于对折,而大黑口则是这种现象的夸张和变形。① 这种变化很可能是刻书者无心或无力精雕细镂所致。此外,元代建阳刻本多用简体字或俗字,仍然重视牌记的宣传广告作用,还出现了不少使用内封的图书,有些内封书名带图,颇具设计匠心,对后世出版产生了较大影响。

元代建阳书坊刻书形成这些特点,深层原因在于元代政治经济形态的变化,由于统治者不同于前代的文化身份,事实上发生了政体的变化,根本地改变了元代的经济体制和商业发展格局,从刻书业来说,商业的民间主导性质更为明显,商品化特色更为鲜明。

建阳书坊刊刻图书大体仍然四部皆备,但四部图书皆表现出通俗化、普及性特点,是宋代以来文化下移的典型表现,又因为元代特别的政治经济文化环境,商品经济的发达进一步推动文化普及于大众,建阳刊刻的小说,似可看作元代文化下移和普及的典型图书类型之一。

元代建阳刊刻小说基本为叙事情节性、趣味性比较强的小说,可读性强,惟有陶宗仪《南村辍耕录》,内容性质在学术性小说和文学性小说之间,现存所谓元刊本未标明刊刻书坊,但根据此本版式行款字体风格,不少学者认为是建阳刊本。其实,无论是否为建阳刊本,这一刊本都非常典型地体现了小说家著作在元代的刊刻情况。

陶宗仪《南村辍耕录》三十卷,陶之友人孙大雅序称之:"上兼六经百氏之旨,下极稗官小史之谈。昔之所未考,今之所未闻。其采摭之博,侈于白帖;研核之精,拟于洪笔。论议抑扬,有伤今慨古之思;铺张盛美,为忠臣孝子之劝。文章制度,不辨而明;疑似根据,可览而悉。盖唐宋以来,专门史学之所未让。虽周室之藏,郯子之对,有不待环辙而后知,又岂抵掌谈笑以求贤于优孟者哉。"②这样百科全书式的规模和体例,显然是前代类书的影响,若在宋代,是士人学习和科举考试的重要参考。当然,其"下极稗官小史

---

① 方彦寿《建阳刻书史》,第208页。
② 〔元〕陶宗仪《南村辍耕录》卷首,中华书局1959年版,第3页。

之谈",小说家色彩更为明显,显然有学术更为下移的时代特色。但是,在元代的社会经济形态下,即使这样,也未必能有很多读者需求,书坊从经济效益出发不会主动刊刻,而避乱耕读的陶宗仪自己完全不可能有经济能力刊刻,因此,虽然精英文人评价很高,但是只能由朋友们募集刻书款。为此,他的朋友邵亨贞作《南村辍耕录疏》,倡邀朋友同志出资相成。疏文如下:

> 南村田叟陶君九成,著书三十卷。凡六合之内,朝野之间,天理人事,有关于风化者,皆采而录之,非徒作也。然又能不忘稼穑艰难。盖有取于圣门"馁在其中,禄在其中"之旨,乃名之曰《南村辍耕录》。朋游间咸欲为之版行,以备太史氏采择,而未有倡首之者。于是僭为疏引,以伸其意。同志之士有观其书者,必皆乐闻而兴起焉。
> 伏以兒(倪)宽带经而锄,名高前史。陶亮既耕还读,教及后昆。顾服田力穑,乃士之常;然著书立言,于世为重。比睹《辍耕》之录,实为载道之文。凡例既明,书法尤备。钩玄提要,匪按图索骥之空言;考古验今,得闭户研轮之大意。盍亦写诸琬琰,庶可缉于简编。惟镂板乃见全书,在司帑当无难色。同门曰朋,合志曰友,幸怂恿以相成;副墨之子,洛诵之孙,共流传于不朽。学海之波澜无障,研田之稼穑有秋。谨疏。①

原藏于铁琴铜剑楼、现存于中国国家图书馆的"元刊本"正文行款为半叶十二行、满行二十五字,版面比较拥挤,可见出版经费不宽裕,很可能正是用募集款请书坊代为刊刻的。陶宗仪、孙大雅、邵亨贞都是当时知名文人,都有著作流传后世,算得上社会精英,从《南村辍耕录》的编刊亦可见当时文人的生活方式和生存状况。《南村辍耕录》的内容体例大体在学术性小说和文学性小说之间,其集资委托书坊刊刻的形式也略似于家刻和坊刻之间,正可折射元代学术性小说不常见、而书坊刊刻多文学性小说之概况。

以此回望宋代的小说刊刻,可见宋代学术性小说刊刻在于当时的社会阶层稳定,作为主要作者的精英阶层有知识、有闲而有钱,编撰小说出于知

---

① 〔元〕陶宗仪《南村辍耕录》卷首,中华书局1959年版,第4页。

识学养和雅致闲情,而作为学习者、仰慕者的中下层文人群体则从知识习得的角度阅读和购买小说,从刻书者的角度,则是官刻和私刻有充足的资金,坊刻则因为不愁销路,或者受委托刊刻,也乐于刊刻。至于文学文体的通俗白话小说,还没有被纳入文人知识学的体系之中,从雅致休闲的角度,则文人的审美趣味还没有放下高雅学术的架子,因此,官刻家刻一般是不可能涉及的,而书坊刻书因为还未能看到广泛的阅读需求自然也不会大量涉及。宋代书坊刻书还是以学习型、知识型读物的刊刻为主,因为读者群体还没有广泛下移至普通大众,通俗小说的刊刻显然尚无普及的条件。这样的情况在元代发生了很大变化。

四、元代建刻小说与书坊文献便利

建阳刊刻小说与建阳书坊刻书所积累的图书资源关系密切。元代建刻文言小说或为前代文言小说刊刻之延续、改编,或为前代文言小说影响下的新编。白话通俗小说中,讲史平话尽管有着宋代以来说话艺术的基础,但是从口传到文本,讲史平话的编辑仍然需要图书文献作为基础。

元代建阳书坊成批刊行讲史平话之所以可能,与其所具备的较为成熟的出版条件有关。建阳刻书在宋代就已非常繁荣,成为全国三大刻书中心之一,刊刻了大量的图书,其中史部图书尤为建刻之大类。在国内现存善本图书中有上千种建阳刻本,其中史部类(包括纪传类、传记类、杂史类、史评类、政书类等)至少二百种,占比很大。中国古代小说是史部的派生物,特别讲史平话,是作为正史的通俗化形式出现的,建阳书坊大量刊行的史部图书启发了讲史平话的刊刻,也为之提供了丰富的刊刻背景与资源。

宋元讲史平话,都有讲史艺人的创作作为基础,但刊刻成书,也都经过了书坊文人编辑。建阳书坊如此集中地刊刻了为数不少的讲史平话,跟建阳大量刊行史部图书而为讲史平话的编辑提供便利有很大关系。因为宋元讲史平话都具有依傍史籍成书的特点,虽然不同作品跟史籍之间的关系有疏有密,并不一致。在现存宋元讲史平话中,正如丁锡根所言:"《五代史平话》的题材是历史,其创作基础的主要方面也是正史,类似的作品,还有如《宣和遗事》、《秦并六国平话》等。另一种类型如《武王伐纣平话》、《三国志平话》,只借用历史人物的姓名或局部事实,或从于史无征的荒诞情节中隐约着历史事件的微末线索,其故事都采自民间传说,出于作者的虚拟,讲史艺人通过想象和虚构成书,其创作的主要基础不是正史,而是经过艺术加工的历史生活。"①但无论哪种类型,都与史部图书关系密切,建阳书坊大量刊刻史部图书,显然为平话的编辑和刊刻提供了参考资料的便利。

  根据学界对这些平话文本的分析可见,大部分平话直接借鉴的史书很可能都是朱熹的《资治通鉴纲目》。比如《五代史平话》,跟《资治通鉴》、《五代史》等著作都有重合的史料,但是,研究者经过文本对勘,认为《五代史平话》主要的史料来源是《资治通鉴纲目》,而且,所据《资治通鉴纲目》底本应该就是元代建阳书坊刊本。② 即使是艺术加工的成分多于正史的《三国志平话》,研究者也都肯定它与朱熹所编《资治通鉴纲目》之间的关系,认为平话立足于蜀汉一方作为叙事视角,是受到了朱熹《资治通鉴纲目》三国部分以蜀汉为正统编年的叙事倾向性的影响。朱熹一生主要在建阳地区活动,他对建阳的文化教育、社会生活乃至刻书事业产生了重大影响,从上文列举的刊本可见,朱子及考亭学派著作在建阳乃至福建刻书中占有重要地位。建宁府刊刻了朱熹的大部分著作,现存善本中就有元至正二十四年(1364)詹光祖月厓书堂刊刻的朱熹《资治通鉴纲目》五十九卷,以朱熹在宋元时代,特别是在建阳地区的影响,并且朱子后人和后学多致力于朱子著作的刊刻,官刻和私刻中也应该有此书。因此,朱熹《资治通鉴纲目》的刊行是《五代史平话》、《三国志平话》等刊行的重要背景。由于朱熹在建阳崇高的地位,《资治通鉴纲目》对于讲史平话的意义更重要的还在于,它与建阳刊刻的其他经部史部图书一起,形成了重视历史著作、重视经典义理阐发的出版氛围,这种出版背景启发了书坊创造性地刊刻讲史平话。

  作为讲史平话刊刻背景,史部图书中其他一些著作也值得我们关注。比如吕祖谦的《十七史详节》。

  一方面因为吕祖谦在宋代理学中的重要地位,另外一方面很可能跟吕祖谦与朱熹的友情有关,建阳刊刻了不少吕祖谦著作。元刻本吕祖谦辑《十七史详节》二百七十四卷,此书现存于中国国家图书馆。《十七史详节》是《史记》等十七部史书的缩编本,在历史纪传的节钞中删去了大量历史事实的记载,保留下来的内容除了必要的帝王生死、太子与皇后的废立、主要

---

① 丁锡根《〈五代史平话〉成书考述》,《复旦学报(社会科学版)》1991 年第 5 期。
② 罗筱玉《〈新编五代史平话〉成书探源》,《文学遗产》2012 年第 6 期。

军事外交与朝臣变故外,几乎都是关于灾异之象的记载。比如东汉、三国部分,列传部分的叙事似乎偏于怪异之事,而且多夸饰色彩。如卷八《蔡茂》传:"茂初在广汉,梦坐大殿,极上有三穗禾(三辅间谓屋梁为极),跳取之,得其中穗,辄复失之。以问主簿郭贺,贺离席庆曰:'大殿者,官府之象。极而有禾,人臣之上禄也。取中穗者,中台之位也。于字禾失为秩,虽曰失之,乃所以得禄秩也。衮职有阙,君其补之。'旬月而茂征为司徒。"①又如卷九《郎𫖮》传:"𫖮少传父业,兼明经典。昼研精义,夜占象度,勤心锐思,朝夕无倦。顺帝时,灾异屡见,𫖮拜章曰:'臣闻天垂妖象,地见灾符,所以谴告人主,责躬修德,使正机平衡,流化兴政也。方今时俗奢佚,浅恩薄义。夫救奢必于俭约,拯薄无若敦厚'……"长篇大论,又"条便宜七事"(漏刊第四),更与尚书相诘难。②引经据典论述天象与人事相因之理,节钞的取舍表现了宋代理学家以史证道的史学观念,但对于灾异之象的记述偏好,与说话艺术不避虚构和夸张的叙事方式恰好有些相通之处,似乎叙事风格与思维方式颇为接近。《十七史详节》应该是可以代表一个时代的认识水平、思维方式与叙事水平的,其编纂与宋代盛行的说话艺术讲史家门处于同一时代。《十七史详节》是吕祖谦读史书时随手节钞备检之书,可想而知,也是他讲学课徒之参考书。宋代以来建阳书坊刊刻大量教学辅助读物,元代更是以教学用书为主,这当中,历史类读物占了很大比重。建阳刻本中的杂史、史评类著作多与《十七史详节》性质相类,它们形成了宋元时代一种改编和出版的思路与氛围,这是建阳书坊编辑出版讲史平话的背景。

元刊平话体制上有一个重要特点——插入诗词,这当然可能源于说话艺术的底本,但是,作为出版物必然有文人编辑润色之功,这与建阳书坊大量刊刻的诗集有很大关系。特别是讲史平话大量引用咏史诗,其中尤其是胡曾的咏史诗最为讲史平话所喜爱。建阳曾刊刻过胡曾《咏史诗》、周昙《咏史诗》等作品,讲史平话大量插入的咏史诗,应该就是以此为参考的。

虽然不能按照现存刊本情况判断当时只有建阳刊刻讲史平话,也不能判断讲史平话首先由建阳书坊创造性刊刻,但是,显然,目前所见最早的讲

---

① 〔宋〕吕祖谦编纂《十七史详节》,《东莱先生东汉书详节》卷八《列传·蔡茂》,上海古籍出版社2008年版,第1392页。

② 〔宋〕吕祖谦编纂《十七史详节》,《东莱先生东汉书详节》卷九《列传·郎𫖮》,第1412—1414页。

史平话刊本出自建阳,是有建阳书坊多方面的积累和准备的,其中最为重要的条件就是为小说编撰提供参考文献的便利。

因为建阳书坊刻书之繁盛,宋代以来福建多出著名藏书家,闽北有不少私人藏书家,私家藏书数量可观。如《闽书》卷九十八记载元代崇安县一位缙绅詹景仁,其先世藏书甚富,清江杜本去官回乡,詹景仁请他入武夷山,"筑万卷楼居之,相与剖析疑奥。宇内名流有过闽者,皆造庐请益"。① 崇安蓝仁、蓝智即师从杜本,成为著名诗人。

刻书而有藏书,文献资料的积累,对于相对偏僻的闽北山区之建阳书坊来说,是小说以及各类图书编刊的重要条件。

第三节 元代建刻小说与福建教育文化

元代建阳刊刻小说之文体类型和题材内容发生的变化,一方面是宋元文学发展潮流的表现,特别进入元代,文学发展呈现出更为明显的由雅入俗的趋势;另一方面,跟建阳刻书业的发展条件密切相关,而刻书业的发展形态,跟一个时代一个地域的教育、文化状况密切相关。元代建阳书坊成为全国小说刊刻的重镇,跟建阳以及周边福建、江西、浙江之人文渊薮有很大关系,这里教育普及,拥有人数巨大的读书士子和识字阶层,为小说编撰和刊刻准备了作者、编辑和读者,无论是文言小说还是通俗小说,第一生产力都是读书识字的文化人。元代建阳乃至福建刊刻的著作,其作者主要是福建、浙江、江西人,其中福建本地文人最多。可见建阳作为宋元明三代刻书中心,特别在元代特殊的政治文化环境下刻书业还能持续发展,与福建本地和闽北所邻浙江、江西的人文资源关系密切。在此主要谈谈福建本地的教育文化发展概况。

一、元代福建科举不盛与学校兴盛

宋代建阳乃至福建刻书的兴盛跟科举、教育密切相关,元代由于少数民族入主中原,对于选拔任用儒学人才的重要性和选拔人才的科举考试方式,统治阶层在开国很长时间后才有所认识或取得共识,但即使采用科举考试

---

① 〔明〕何乔远《闽书》卷九十八《英旧志(缙绅)·建宁府(崇安县二)》,第2946页。

的方式选拔人才,仍然存在比较多问题,对此,当世和后世讨论很多。明代何乔远《闽书》"英旧志"著录历代科举英名,卷七十二论"元选举"谓:"按元世仕进多歧,铨衡无制,往往刀笔吏得蹴儒绅之上,君子耻之。混一之后,奕世议科举法,未行,皇庆甲寅始举宾兴科,分蒙古、色目为一榜,曰龙榜;汉人、南人为一榜,曰左榜,而试目各殊。行省乡试,以八月二十一、六日各照地方额数选合格者三百人,每色七十五人,礼部依前例会试,以次年二月初一、三、五日取。中选者百人,每色二十五人,以三月初七日御前亲试,进士不满百人,其试目:初场试经疑二,问经义一道;第二场古赋、诏、诰、表、章内科一道;第三场试策一道。闽士则皆赴试于浙江行省。元统间,名额稍增。凡恩典、注选大较内胡外华,优北人而抑中国。"①

福建元代科举中获得功名的人数跟宋代不能相比,在全国的位置也不显。据《闽书》,举宋代科举极盛的福州府和建宁府为例。福州府元代进士总共 27 人,即闽县 3 人,侯官县 2 人,古田县 1 人,闽清县 1 人,长乐县 6 人,连江县 1 人,罗源县 1 人,永福县 7 人,福清县 5 人。福州府的乡试中举情况,《闽书》中唯见闽县乡试四科上榜 10 人之记载。而建宁府则是:建安县乡试中举 19 人(其中雷燦再举),进士 8 人,瓯宁县无记录,建阳县进士 1 人,崇安县乡举 2 人,政和县乡贡进士 1 人,其他县无记载。由此可见福建元代科举之微。这是上述元代福建刻书、特别是建阳书坊刻书中少有正经正史大部头著作的重要原因。但是,建阳书坊刊刻大量教学用书和普及读物,稿源大多来自闽北或周边地区文人,则是当时重视各级学校教育、建阳及周边人才繁盛、文教沿袭宋代持续繁盛的体现。

元代虽然科举较迟恢复,即使恢复之后,南人取士也很不容易,但是,元代对学校教育的重视却不亚于宋代,前人甚至认为历代无与伦比。元朝广兴学校,至元初年就设置了国子监,同时,非常重视地方各级儒学的建制和生徒的培养,建立了较为完善的官学体系,特别是地方官学中的小学教育得到很大普及。根据至元二十三年(1286)大司农司的统计,元朝建元不到二十年,各路学校已经达到 20168 所,储义粮 90530 石,植桑枣杂果诸树 23904672 株。由此可见元朝学校之盛。至元二十八年(1291)则有 21300 余所,当年全国有 1343 万户,5984 万人,平均每 2800 人就有一所地方学

---

① 〔明〕何乔远《闽书》卷七十二《英旧志(缙绅)·福州府(闽县一)》,第 2147 页。

校。元代明确要求学官需选择有德行学问者,而元代教师地位和待遇跟宋代相比提高不少,如国子监祭酒从三品,比宋代祭酒品位高两级。这样,有不少德才兼备之人进入教官的队伍,如著名学者吴澄,至大元年(1308)以布衣身份被保举为国子监丞,后又升为国子司业。

福建的学校在战火中多被毁坏,但入元之后很快就修复,各地州县学在南宋原有56所的基础上还增设了两所,即新设南靖县学和福宁州学。

元代私学也因统治者的鼓励而得到很大发展。《元史·选举志一》记载,至元二十八年(1291),元世祖诏令"江南诸路学及各县学内,设立小学,选老成之士教之,或自愿招师,或自受家学于父兄者,亦从其便。①元代私学有家学、家塾、私塾、书院等形式,教学内容都是以经史为主。白新良《中国古代书院发展史》统计,"元代共有书院406所,其中新建书院282所,修复前代书院124所"。在全部400余所书院中,只有80余所由政府兴办,其余均是由名儒学者、地方士绅或致仕官吏兴建。②元代把书院也纳入了官学体系,元代书院都以朱熹及其弟子所注《四书》《五经》作为教科书,并且,以朱子再传弟子程端礼在"朱子读书六法"基础上拟定的《读书分年日程》为教学指导。

除了在全国各路、州、府、县普遍设立儒学之外,至元二十八年(1291)又命在"其他先儒过化之地,名贤经行之所,与好事之家出钱粟赡学者,并立为书院"③,这些书院也纳入官学管理体系,设立山长,给予书院学生廪饩支持。元朝平定江南之后,很多宋儒不愿意出仕元朝,也不愿意到元朝所设官学去讲学,只想隐居乡间著书立说,但也自然吸引学生形成书院,元朝政府对此采取宽容鼓励的开明态度,为之提供研究学术和讲学的场所,缓和了民族矛盾,也促进了文教的发展。福建因为理学的影响,这样的遗民儒者比较多,因此,福建不仅宋代的书院多数延续到元代,而且在入元之后还新建书院20所以上。④所以,虽然由于客观原因,元代福建科举跟北方地区相比,跟其他地区南人相比未见特别的优势,但是,福建文化的发展却并没有

---

① 〔明〕宋濂《元史》卷八十一《志》第三十一《选举一·学校》,中华书局1976年版,第2032页。
② 白新良《中国古代书院发展史》,天津大学出版社1995年版,第30—39页。
③ 〔明〕宋濂《元史》卷八十一《志》第三十一《选举一·学校》,第2032页。
④ 刘海峰、庄明水著《福建教育史》,第89—90页。

中断,甚至没有中落,因此,进入明代,福建文教的优势马上又表现出来。

元代官方还积极倡导社学,大力普及社会教育。至元二十三年(1286),元世祖诏令各地创办社学,要求"诸县所属村庄,五十家为一社,择高年晓农事者立为社长……每社立学校一,择通晓经书者为学师,农隙使子弟入学",遂使社学在广大基层地区普遍得以开设。① 大德四年(1300)再次令每社设立一所学校,"择通晓经书者为学师,于农隙时分各令子弟入学,先读《孝经》《小学》,次及《大学》《论》《孟》、经、史,务要各知孝悌忠信,敦本抑末。依乡原例出办束脩。自愿立长学者,听。若积久学问有成者,申覆上司照验。"② 可见,对于社学的教学活动也是有比较明确的要求的。所以《元史纪事本末》卷八称:"元世学校之盛,远被遐荒,亦自昔所未有。"③ 福建因为宋代的教育基础好,入元之后又有大量遗民不愿出仕,因此,社学以及各地家塾非常普遍,小学教育的普及在全国应该属于最好的一类地区。

元代科举不常,但教育却更为普及,在刻书业繁荣兴盛的福建,宋代以来高水平教育产生的士人和普及教育产生的大量识字阶层,成为了书坊赖以生存的作者(编辑)和读者群体。所以,元代建阳刻书继续发展,明显形成以书坊刻书为主、刊刻通俗读物普及教化的特点,显然跟元代福建的教育普及和朱子理学的深远影响密切相关。

南宋以来的学校和书院,受到朱子影响非常普遍。朱子在福建的影响特别广泛而深入。广大学人服膺闽学,再加上元代官方以朱子四书集注为科举教材,元代虽然因客观原因科举不盛,但文人隐居读书,传承朱子思想,钻研朱子学说。

二、文化根脉从宋至元之延展

元代建阳刻书繁盛的文化根源还在宋代,因为宋代教育普及、科举繁盛、理学发展臻至巅峰,人文的根脉自然延续至于元代,因而即使元代科举不常,即使元代建阳乃至全闽科举人数不多,但是,理学的探讨和研究、文化

---

① 参见李良玉《中国古代历史教育研究》,合肥工业大学出版社2007年版,第137页。
② 陈高华等点校《元典章》卷二三《户部九·农桑·立社》,天津古籍出版社、中华书局2011年版,第920页。
③ 〔明〕陈邦瞻《元史纪事本末》卷八《科举学校之制》,中华书局2015年版,第62页。

的教育和普及始终在继续,甚至因为少了科举和仕宦的干扰,更为单纯和专注,成为建阳乃至全闽的日常生活方式。

对于宋代以来福建文教之盛,学术界关注多的是科举盛况,特别是在全国位居前列的进士和显达仕宦之人数。显然,科举和仕宦是非常能体现一个地方的文化水平的,但是,还必须同时看到,在进士和显达仕宦人数名列前茅的基底,有着更为巨大更为广泛的受教育人群,和庞大的具有较高文化修养的知识阶层。这个深厚博大的教育普及和知识阶层基底,事实上在元代以来的地方志、族谱、文人文集之中有着广泛的表现。我们通过福建历史资料的记载,可以还原元代文人生活的文化日常。

在此,且以明代何乔远《闽书》之记载为例作个粗略的鸟瞰。何乔远《闽书》总共一百五十四卷,从七十二卷开始即为当地人物志,卷七十二至一百二十三为《英旧志·缙绅》,特别值得一提的是兴化府莆田县独占八卷,从中可见莆田人文之盛。限于篇幅,我们暂且以建宁府建安、建阳、崇安、浦城四县为例,看看文化根脉从宋至元的延展。

建宁府宋代科举之繁盛自不必说,在此且说《英旧志·缙绅》有传的人物,子弟亦单独计算:建安县宋代52人,元代8人。瓯宁县宋代33人,元代无记录。建阳县人才极盛,传分两卷,卷九十五为宋代36人,其中不乏名家大族,如游醇游酢游氏一门5人;卷九十六录宋代40人,以朱熹为中心,大多为朱子门人或再传之理学中人,其中刘氏一门最盛,13人有传,其次朱熹祖孙四代6人,又录元代4人(一人重见于崇安县)。崇安县也人才极盛,传分两卷,卷九十七录宋代39人,其中亦刘氏一门最盛,11人入传,其次翁仲通家族6人;卷九十八录宋代60人,其中胡氏家族10人,其次江灏家族8人,又录元代6人。浦城县亦分两卷,卷九十九录宋代78人,其中章频家族13人,杨徽之家族8人;卷一百录宋代34人,元代3人。

其中卷九十六传载建阳以理学家为主的40人:朱熹及其子塾、埜、在,塾子鉴,曾孙浚;蔡谅及其玄孙模、杭;熊克;陈焕;魏掞之及其子应仲;刘领及其弟崇之,崇之子纯,族人懋,懋子燫、炳、炯,燫子垕、孙鑑,垕子钦,炳子填,炳孙应李、铨;周明仲;熊以宁;陈总龟;余翼;熊节;宋巩;熊刚大;宋慈;刘子寰;叶味道及其子采;游义肃;宋秉孙;吴居仁;熊禾。通过这卷人物小传,尤其能看到通过师门传承、父子兄弟家族传承的方式,把宋代理学文化带入元代的代际传承过程,当然,理学文化的传播远远不限于此,这只是建阳一县的理学家和理学家族与师承,朱子门人把理学传至全国各地,乃至域外各国。这里朱熹、蔡谅、刘颌以及熊氏家族都是世代名望之族,其中刘应李、熊禾由宋入元,是元代理学传播、文化教育的著名文人。刘应李兄弟刘铨,也"博通《诗》《礼》,学宗考亭。尉临川,有声"。①

《闽书》之刘应李小传曰:

> 应李,字希泌,初名榮。谨厚庄重,博习修洁。举进士,调建阳簿。入元不仕,与熊禾、胡廷芳讲道洪源山,居十有二年。后建化龙书院于莒潭,聚徒讲授,厚给、课试,悉仿州县法。②

《闽书》之熊禾小传曰:

> 熊禾,字去非,号勿轩,一号退斋。总角能属文。志濂洛关闽之学。访文公门人辅氏而从游焉。既博通《五经》,遍览诸子百家之论。举进士,授汀州司户参军。入元,不仕。筑室云门,从学累百。一时名士若胡庭芳、颜君履皆从之游,州县咸尊以师礼。谢枋得闻禾名,自江右来访。及会,共诉宋亡之恨,抱持而哭曰:"今天下皆贼也。所不为贼,足下与我耳。"道义契合,不能卒别,相与讲论夫子之道,益明旧闻,通彻新知。而胡庭芳素明《易》学,亦自江西挟道相访,相与讲切者十有七年。禾与庭芳论学,谓:"秦汉以下,天下所以无善治儒者,无正学也。儒者所以无正学,《六经》无完书也。考亭夫子集正大成,平生精力在《易》、《四书》、《诗》、《书》、《仪礼》仅完书开端,而未及竟。虽九峰蔡氏,犹未大畅厥旨。《三礼》虽有通解,缺而未补尚多,至勉斋黄氏、信斋杨氏粗完丧祭二书,而授受损益精意竟无能续,若《春秋》,则不过发其大义而已。兵难之余,学徒解散,文集毁亡,蚕岁成《春秋通解》一书,又厄于火,兼以齿发向衰,抗我滋甚,余虽与君讲切十有七年,《易》、《诗》、《书》仅尔就绪,《春秋》更加重纂,则皇帝王霸之道亦或粗备。惟《三礼》乃文公与门人三世未了之书,庭芳当分任此责,以毕吾

---

① 〔明〕何乔远《闽书》卷九十六《英旧志(缙绅)·建宁府(建阳县二)》,第2887页。
② 〔明〕何乔远《闽书》卷九十六《英旧志(缙绅)·建宁府(建阳县二)》,第2887页。

志。"其后竟修《仪礼》,未及成书,卒。福宁陈益方足而成之,以为《礼编》。所著有《四书标题》、《三礼考异》、《春秋论考》、《经序学解》。①

乾隆《福建通志》卷六十八《艺文》著录熊禾著作《易讲义》、《春秋通解》、《大学广义》、《四书标题》、《大学尚书口义》、《三礼考异》、《春秋论考》。②

刘应李、熊禾皆为宋代进士,入元不仕,隐居著述,聚徒讲学,以普及教育、传承理学自任。今见刘应李为蔡模之《蔡氏论语集疏》所作之序,亦可见其兢兢于光大朱子之学、研究和传播理学之心。刘应李《合语孟集疏序》曰:

> 《论孟集疏》者,皆至理之所寓,至言之所在也。理无往而不存,言无微而可略。孔子与门人问答而成《论语》二十篇,孟子与门人问答而成《孟子》七篇,文公朱先生竭其精力而集注之,其中有疑而未晓者,后学不得不考究而详释之也。觉轩先生,讳模,字仲觉,为《论孟集疏》,无非补文公之未完,以成二书之大义……则夫《集疏》之作,所以有益于文公也,有功于后学也。先生之子公湛挈以示予,拜而言曰:"先君作此《集疏》,望子序诸首以指南学者,不亦美且大乎!"予遍读之,见其旨远,其义彰,其立言富而赡,其持论中而当,其微显阐幽,合文体之宜,非精深于学者莫能作也!顾予小子弗克揄扬先生著述之盛,而使四方有志为学之士得以共讲明焉,是亦不失作书之意也。③

刘应李和熊禾不仅从事学术研究,撰写学术著作,而且亲自参与了普及读物的编撰。

刘应李,《福建通志》卷六十八《艺文》著录其《易经精义》。《续文献通考》著录其《翰墨大全》一百二十五卷,此书《千顷堂书目》则作《翰墨全书》一百三十三卷或一百四十五卷。《千顷堂书目》又著录其《事文类聚翰墨全书》九十八卷,此书亦见于《钦定天禄琳琅书目》阙补后集卷三著录。多种

---

① 〔明〕何乔远《闽书》卷九十六《英旧志(缙绅·建宁府(建阳县二)》,第 2890—2891 页。
② 〔清〕郝玉麟等修《(乾隆)福建通志》卷六十八《艺文》,第五十叶。
③ 〔清〕朱彝尊撰,林庆彰等主编《经义考新校》卷二百十九《论语九》,上海古籍出版社 2010 年版,第 3983 页。

著录可见此书传播颇广。现存泰定元年(1324)麻沙吴氏友于堂刻本《新编事文类聚翰墨全书》甲集十卷、乙集十二卷、丙集十九卷、丁集九卷、戊集十卷、己集十二卷、庚集十卷、辛集二十四卷、壬集十一卷、癸集十七卷,元刘应李辑,元詹友谅编,仿祝穆《事文类聚》编撰,为民间交际应用类书,篇幅颇为宏钜。熊禾为之作序说:"书坊之书,遍行天下。凡平日交际应用之书,例以启札之名,其亦文体之变乎?省轩刘君应李为此编,命曰《翰墨全书》,凡儒者操翰行墨之文皆具,非但启札而已也。其所选之文,大略变俗归雅,返浇从厚,去浮华,尚质实,多是先哲大家数。"① 所谓"变俗归雅,返浇从厚",正是刘应李、熊禾等人元之后从事教育、普及文化的行为写照。

《闽书》卷九十六宋儒之传后是元代建阳县游应祥、朱沂、朱彬、张昇等四人小传。游应祥重出于崇安县,见下文。此抄录朱沂等三人小传如下:

> 朱沂,字泳道,文公三世孙。累荐遗逸,不赴。与谢枋得游,枋得称其"论古今人物高下、国家兴废、善类仕止久速之故,扫尽华叶,独存根株。文公之后世,济其美者,泳道一人耳"。晚岁授考亭书院山长。②
>
> 朱彬,文公四世孙。读书有文,克绍家学,士子从游者甚众。至正间,为延平路知事。③
>
> 张昇,字伯起。以神童举入胄监,官至江西儒学提举。至正戊戌,陈友谅据豫章,迫取诸司印,昇曰:"谁能苟生辱名?"投印井中,不食死。④

《闽书》卷九十八宋儒之传后是元代崇安县李文、詹景仁、虞光祖、游应祥、游钦、蓝山等六人小传。亦抄录如下:

---

① 〔元〕刘应李编《新编事文类聚翰墨全书》卷首熊禾序,第一叶,日本内阁文库藏明正统十一年翠岩精舍新刊本。
② 〔明〕何乔远《闽书》卷九十六《英旧志(缙绅)·建宁府(建阳县二)》,第2891页。按:朱沂又见于《闽书》卷一百二十八《英旧志·韦布》,作:朱沂,字泳道,文公曾孙。累荐遗逸,不起。与谢枋得游,枋得称其"论古今人物高下、国家兴废、善类仕止久速之故,脱尽华叶,独存根株。使其老为太平民,正所谓胡瑗嘉祐真讲官也,生不逢时,可为浩叹。"参见《闽书》第3818页。
③ 〔明〕何乔远《闽书》卷九十六《英旧志(缙绅)·建宁府(建阳县二)》,第2892页。
④ 〔明〕何乔远《闽书》卷九十六《英旧志(缙绅)·建宁府(建阳县二)》,第2892页。

李文，字士则。聪敏笃学，游熊禾之门，与杜本友善，谈议间，一以讲学为事。声闻四驰，学者群然取正。皇庆初，举为苏州学教授。

詹景仁，字天麟。先世藏书甚富。景仁以文学辟为三公掾。延祐中，出贰浙江宪幕，迁江西抚州总管。清江杜本以徵辟至京，景仁与善，因谈及其先世藏书之富。本以怀时相归，景仁请入武夷山，即平川之上筑万卷楼居之，相与剖析疑奥。宇内名流有过闽者，皆造庐请益。

虞光祖，字善继。幼受学于熊禾。博综经史。为文有跌宕气。官邵武学教授。

游应祥，字子善，酢七世孙。天资淳厚，博通经史。结屋澄川之上，隐迹自晦。后由武夷直学升学正，卒。子钦。①

（游）钦，字敬仲。幼受家学，研精覃思，求续前人。至元间，用荐省授邵武簿，迁建阳知县。抗行厉廉，宽严迭济，勤抚字，缓催科，邑人久而怀之。卒之日，士民奔哭其家。

蓝山，字静之。世居武夷山南，恬退不仕。与弟智学诗于清江杜本。慕林逋仙之为人，杖屦武夷，遍迹诸峰，至其会心，放饮酣歌，徘徊累日。后辟为武夷山长。迁邵武尉，不赴。有《蓝山集》四卷。②

这些元代缙绅，或为宋代名儒之后，或为熊禾等理学家门人，或家学渊源富于藏书，从这些人物事迹可见，宋代儒学名家对元代文人和文化的影响，也可见儒学家族在地方文化从宋入元发展过程中的影响。建阳以及闽北各地之儒者，入元后多未出仕，而耕隐自晦，假如出仕，则多任学官，从事文化教育和传承的工作，多以道学自任。又因为此地宋代以来的学术积累，本地的文献资源和师资力量，基本能满足学者的学习、研究和著述。但闽北士人与外地的交流仍然是畅通的，如清江杜本来武夷山讲学居住，如熊禾游历南北各地，如闽北士人到江西、江浙等各地任职。不过，元代闽北乃至福建在全国知名的缙绅人数极少，既有元代政治文化形态和格局的独特性，又有福建地域文化的因素，福建因为理学影响，士人隐居不仕的主观愿望比较强，又

---

① 〔明〕何乔远《闽书》卷九十六《英旧志（缙绅）·建阳府（建阳县二）》作：游应翔，字子善，酢七世孙也。值宋元兵革未靖，结屋武夷澄川之上，耕隐自晦。人称其操履端方，无愧先世。后由武夷直学迁学正。参见《闽书》第2891页。

② 〔明〕何乔远《闽书》卷九十八《英旧志（缙绅）·建宁府（崇安县二）》，第2946页。

因为地理条件的限制——这种限制在某些特定的历史时期或有其优越之处,在元代这样汉族士子很难以读书出仕立身的时代,闽北读书人有田可耕有书可读,耕读于闽山之中倒也安然。当然,从现有文献来看,很多读书人所谓耕隐,其实还主要是靠文化知识谋生,比如写书编书教书。

《闽书》卷一百二十六至三十为英旧志"韦布"类,韦布即未仕之士。卷一百二十八建阳县宋之韦布传24人,其中包括名儒蔡元定家族5人。这些都是博学擅文之士,比如熊庆胄,"少受业于蔡渊,后游真德秀、刘垕之门,潜心问学,不求闻达。所著有《三礼通议》、《春秋约说》、《中兴三朝通略》,又有《学庸绪言》、《心经集传》、《采诗小纪》、《史学提纲》、《敬思斋》、《直方斋》等编"①。

但《闽书》著录偶有错误,卷一百二十八建阳县南宋魏庆之被列于元代,谓:"魏庆之,字醇甫。师于王晟,得考亭学……手编《诗人玉屑》若干卷……"②魏庆之《诗人玉屑》是宋代诗话中规模较大的一种,跟北宋胡仔《苕溪渔隐丛话》齐名。很有意思的是,通过魏庆之《诗人玉屑》,粗粗浏览,就可约略看到魏庆之编撰《诗人玉屑》时本地的文化氛围与文学积淀。《诗人玉屑》卷首有宋淳祐甲辰(1244)建安黄昇序,谓魏庆之"有才而不屑科第,惟种菊千丛,日与骚人佚士,觞咏其间。阁学游公受斋先生,尝赋诗嘉之"③。此阁学游公受斋先生即游九功,为默斋先生游九言之弟,游醇、游酢族人。游氏一门见《闽书》卷九十五宋代建阳缙绅传。黄昇,字叔旸,号玉林,又号花庵词客,有《花庵词选》传世,《花庵词选》为宋人词选之善本,黄昇淳祐己酉(1249)自序曰:"亲友刘诚甫,谋刊诸梓,传之好事者。"④刘氏乃建刻名族,可见此书最早亦建刻。《四库全书总目提要》谓黄昇之词"上逼少游,近摹白石,九功赠诗所云'晴空见冰柱'者,庶几似之"⑤。《诗人玉屑》卷一《诗辨》,首列严羽诗论"沧浪谓当学古人之诗"⑥。严羽,邵武人,《沧浪诗话》(题为《沧浪吟卷》)行世最早本子为"咸淳四年(1268)进士同

---

① 〔明〕何乔远《闽书》卷一百二十八《英旧志(韦布)·建宁府(建阳县)》,第3818页。
② 〔明〕何乔远《闽书》卷一百二十八《英旧志(韦布)·建宁府(建阳县)》,第3818页。
③ 〔宋〕黄昇《序》,〔宋〕魏庆之编《诗人玉屑》卷首,中华书局2007年版,第1—2页。
④ 〔宋〕黄昇《绝妙词选序》,黄昇《花庵词选》,中华书局1958年版,第156页。
⑤ 〔清〕永瑢等《四库全书总目》卷一九九《集部·词曲类二》,第1821页。
⑥ 〔宋〕魏庆之编《诗人玉屑》卷之一《诗辨第一》,第1页。

郡后学黄公绍序"本,现存最早刊本则为元刻本《沧浪严先生吟卷》,现存于台湾"中央图书馆"。① 郭绍虞校勘《沧浪诗话》时注意到:"魏庆之《诗人玉屑》于《沧浪诗话》一书,几乎全部收入,仅少《答吴景仙书》,所以最有校勘价值。"②《闽书》卷一百三十《英旧志·韦布》邵武府邵武县录严羽传,对严羽诗论作了颇为详细的介绍,且论及严羽之诗及其宗派影响:"羽诗虽太祖唐人,然其体裁匀密,词调清壮,无一语轶绳尺之外。同时台人戴石屏深加奖重。其子凤山。凤山子子野、半山,邑人上官阆风、吴潜夫、朱力庵、吴半山、黄则山,盛传宗派,殆与黄山谷江西诗派无异。"③为《沧浪吟卷》作序的同郡进士黄公绍,入元不仕,著《古今韵会》、《在轩集》等。

以上为笔者读《闽书》偶见魏庆之,由其《诗人玉屑》串起魏庆之同时和前后之闽北文脉之一隅,宋元闽北文坛之盛,由此可见一斑。当然,进入史书记载的其实只是当时缙绅、韦布的一部分,还有更多的韦布甚至缙绅未为史书记载,比如《花庵词选》的选编者黄昇就未见史传记载,宋代编撰了《事林广记》等著作的崇安陈元靓,也未见于《闽书》及历代方志记载。元代,为史书所传的文人极少,可以推想,史书之外曾经有过远多于宋代的"韦布"人群。

《闽书》"英旧志"传载的这个缙绅和韦布群体,正是建阳书坊刊刻的四部图书最为重要的编辑群体,也是其中很多著作的读者群体,他们的学术活动和文化生活,是建阳书坊刻书最为重要的文化场域。从刘应李编《翰墨全书》、熊禾为之作序可见,以刘应李、熊禾为代表的缙绅阶层在元代介入了书坊出版通俗读物的工作。当然,对于类书这样传播和普及知识的著作,宋代就已有精英文人编撰,比如祝穆编撰《事文类聚》。包括类书在内的建阳书坊刻书,其泛文学色彩实际上已有大众文学的意味,这也是建阳刊刻小说的文学文化背景。就建阳刊刻的小说来说,元代的缙绅和韦布,显然是文言小说可能的作者、编辑和读者群体。而更为大量未能载入史传的"韦布",则可能是通俗小说的作者、编辑。至于小说的读者群体则应该包括更

---

① 洪树华《〈沧浪诗话〉的版本及其文字差异》,《黄海学术论坛》第16辑,上海三联书店2011年。

② 郭绍虞《校释说明》,见严羽著,郭绍虞校释《沧浪诗话校释》,人民文学出版社1983年第2版,第1页。

③ 〔明〕何乔远《闽书》卷一百三十《英旧志(韦布)·邵武府(邵武县)》,第3863页。

为广泛的识字阶层。

三、元代建刻小说作者与文人普及教育之时代氛围

闽北为宋代理学中心,入元之后不仕隐居的文人最多,邻近的江西和浙江也是理学中心,因此隐居的文人也非常多。这些隐居的文人把全部精力用于教书著述,著作丰富,元代建阳刻书之盛最重要的稿源即源于此。

元代建阳刊刻的文言小说的整理和编撰者,主要就是这些隐居著述的文人,比如《世说新语》的校注整理者刘应登、《辍耕录》的作者陶宗仪都是。

《(雍正)江西通志》记载:"刘应登,字尧咨,安福人。景定间漕贡进士,宋社将危,隐居不仕。其为文出入经史,刘须溪、赵青山交推许之。所著有《耘庐集》、《诗经训注》、《杜诗句解》行于世。"①据此可知,刘应登是个学养较好的学者,但他不仕元朝,以文谋生,因此,所编辑之著作很重视普通读者的通俗需求。他整理的《世说新语》大幅度删削刘孝标之注,就是因为刘孝标之注征引繁博,穿插于正文之中,对于普通读者来说嫌其繁琐。在删削刘孝标原注的同时,刘应登加上了自己的注释和评点,他的注释和评点主要在于疏通文义、考释语词、对故事真实性作出判断、对人物事件作道德评价,可见他对《世说新语》的整理有着明确的读者定位,针对的是文化水平不高的普通读者。据潘建国研究,刘应登编撰之《杜诗句解》也大幅度删减前人之注。"出版简单注释的名著普及读本,乃刘应登平生编纂及出版兴趣之所在"。②

陶宗仪编撰《辍耕录》,与宋人读书考据分门别类编次材料,兼记叙、议论、考证的历史琐闻类笔记的方式大致相同,但其"历史琐闻"的范围扩大到"稗官小史之谈",因而,在记叙议论考证之外,尤其有类似于优孟谈笑的特点。《辍耕录》正是记载了宋元时代大量的小说戏曲史料,因此特别为今天的小说戏曲研究所重视。从"稗官小史之谈",可见陶宗仪的关注对象和叙述趣味与前代有很大差异,《辍耕录》的叙事因此而具有通俗色彩。

此外,如《新编湖海新闻夷坚续志》的作者,黄虞稷《千顷堂书目》著录

---

① 〔清〕谢旻等纂修《(雍正)江西通志》卷七六《人物·吉安府》,《景印文渊阁四库全书》第515册,台北商务印书馆1983年版,第610页。

② 潘建国《〈世说新语〉元刻本考——兼论"刘辰翁"评点实系元代坊肆伪托》,《文学遗产》2009年第6期。

为吴元复,宋代末年进士,入元不仕,从《新编湖海新闻夷坚续志》可见其入元之后以编撰小说自娱的书斋生活。

从刘应登评点、整理《世说新语》,陶宗仪编撰《辍耕录》等,可见文人笔记与文言小说向通俗化发展的过程。由雅入俗,是宋元时期的文学主潮。元代大众文学发展兴盛的背景影响了文人笔记与文言小说的编撰。建阳刊刻的小说清晰呈现出这一思潮的变化轨迹。

文言小说和通俗小说虽然关系密切,可能互相取材和借鉴,从叙事性文体的角度也有其共性特征,但是,就其作者群体、受众群体、小说语体风格和故事趣味来说,差异大于共性。

建阳刊刻的文言小说作者基本有署名,虽然其中一些作者的身份信息不详,但是,估计这些作者都是与刘应李、吴元复等身份、修养相似的文人,因为书坊刊刻小说一般会从销售出发而有作者知名度的考虑,因此,文言小说作者大体是文化水平比较高的文人,甚至是缙绅阶层的精英文人。

而建阳刊刻的白话通俗小说则未见作者署名。这些小说都是说话艺术之话本,应该有书会才人或说话艺人之底本,但书坊出版肯定在底本的基础上聘请了文人作编辑工作,这些文人应该是建阳及周边地区的文士。以下着重讨论这些白话通俗小说的编刊。事实上书会才人乃至说书艺人与小说刊本编辑的情况有很大的相似性,一方面是他们的身份和修养相似,另一方面是他们所处的时代相同,处于同一文化场域之中。

正如元代戏剧的繁荣非常重要得力于大批优秀文人参与戏剧创作,元代通俗小说的大量刊刻也必然得力于文人的参与。

在宋末元初就已有文人参与建阳书坊小说编刊的工作。比如罗烨编撰的《醉翁谈录》。这还不是话本小说,但是一部跟说话艺术关系极为密切的传奇杂俎集,其中大部分的作品是文言传奇的改编,可以看到文言传奇到话本小说发展的俗化过程,其他的故事杂俎,应该是跟俗化传奇一起供说书艺人参考的说话素材,但作为出版物当然也供读者阅读,可见宋末元初已有阅读需求。《醉翁谈录》的编撰者罗烨,仅知他为庐陵人,方志文献中找不到关于这个人的记载,是一个名不见经传的无名文人。

元代刊刻的通俗白话小说都未见署名,一方面可能有底本而未为完全创作,因此不署名,另一方面也可能在于书坊聘请的是无名文人。还有一个原因,源于说话艺术的这些小说,在当时的地位更低于文言小说,文人参与编辑显然是为稻粱谋,因此,或许文人也未必愿意署名。

从现存刊本来看,元代建阳书坊刊刻的小说以讲史话本为主。我们虽然无法知道编辑者是谁,但是,从当时建阳及周边地区文人的著述,可见与通俗讲史相同的普及历史知识和义理教化之思维和意趣。

比如跟建阳文人交往密切、曾主讲建阳云庄书院和鳌峰书院的宁德人陈普,《闽书》卷一百三十《英旧志·韦布》载其传,传后录其《天象赋》长文。陈普传并赋占了很大篇幅,为英旧志中少见,可见何乔远对陈普之推重。抄录陈普小传如下:

> 陈普,字尚德,别号惧斋。邑之石塘人,所居有石堂山,学者称石堂先生。初,淳熙间,朱文公过石塘,异其风土曰:"后数十年,此中当出儒者,能读天下书十八九。"普生,当理宗淳祐甲辰,鹁鸪百数绕屋。稍长,入乡塾,有大人志,闻韩翼甫倡道浙东,负笈从游。韩之学出庆源辅氏。辅,朱门高弟也。宋鼎既移,决意卷藏,朝廷三使辟为本省教授,不起。开门授徒,岿然以斯道自任。四方及门,岁数百人,馆里之仁峰僧舍,至不能容。建州刘纯父聘主云庄书院。熊勿轩留讲鳌峰。丞相刘文简属修黄、杨二家丧祭礼,因并晦庵所纂,为三十卷。寻讲饶、广,在德兴初庵书院尤久。尝与游翁山、范天碧、谢子祥极论太极之旨。晚在莆中十有八年,造就益众,出其门者如韩信同、杨琬、余载、黄裳辈并以正学为时所宗。尝曰:"性命、道德、五常、诚敬等字在四书六经中如斗极列宿之在天,五岳四渎之在地,舍此不求,更学何事?"少壮时,锐然有经世志,谓三代之治,莫善井田,作书数千言欲上于朝,属不仕而止。著《字义》一卷,凡百五十三字,出授门人。识者谓比之程正思、陈安卿,详略适中,而立义指辞为尤精。又有《四书句解铃键》、《学庸旨要》、《孟子纂图》、《周易解》、《尚书补微》、《四书六经讲义》、《浑天仪论》、《天象赋》、《咏史诗断》凡数百卷。元延祐乙卯卒于家,年七十二。①

陈普跟建阳熊禾诸人关系密切,相与推求义理,继承和发扬闽学,观其《考

---

① 〔明〕何乔远《闽书》卷一百三十《英旧志(韦布)·福宁州(宁德县)》,第3890页。

亭记》等文赋可知,陈普亦颇受熊禾等闽学士人之敬重。其《鳌峰求仁课会题目序》:"学礼所以为仁也。武夷熊去非(按:熊禾一字去非),旧有辅仁课会,近复创鳌峰以为之所,丁酉来兹,见其所谓会者,不止于文词而已也。晦翁、黄、杨'三礼'之书,士无习者,而去非独能以此为先务而游息其间,所以为仁,孰要于此?六经、四书可讲明者何限?而仁者万殊之总会,礼者万理之节文。事事穷其节文,则其统会处可以渐而融贯。故礼明则无不明矣,礼得则无不得矣。道丧之后,安石之余,宇宙内事,此尤为急。余谓去非今后题目,仍宜撮'三礼'中切要及凡圣贤言礼处,使四方朋友因而讲明肄业,其于世教关系,岂轻易辅为求者?鳌峰鼎新,抑又伐木首章之意也。"①《石堂先生遗集》中陈普与友人之书信只有两札,但可见陈普跟当时福建、江西文士之交游切磋,其《答上饶游翁山书》主要内容为探讨学术,但也言及友朋交游,曰:"己亥秋附拜,一书不意期年,始彻左右。寄书诚难,然非贫当不至此。仲秋初,亲友杨白圭在建阳平山递至赐书,千里三秋,如奉拱璧。湖山得师,可为铅士贺,又可为王有后不坠先志贺……湖山明年尚借寇,普虽或不在建,而知友多在平山,附书与下教,不患不达。勿轩日来与稍隔远,亦当以尊旨附平山友以达之。赵此心普最亲旧,去年得其书,未能答,或相会乞道,其急中不及作书之意。普年来为家贫,往往有所縶,不然,大安岭仅咫尺所耳。然区区求教之心,无一日不在君子之侧也。"②宁德之陈普与闽北建阳、上饶铅山等地的文士相交游,从中可见武夷山麓南北两边士人学术交流密切的情形,亦可见陈普等士人经济状况之窘迫。一方面对道学和学术满怀热情,另一方面,经济窘迫,这是陈普讲学著述之生平背景。

陈普以朱子闽学为骄傲,以继承发扬道学自任,并以此激励同志诸生。《石堂先生遗集》卷十六录其《劝学》诗,以闽地自蛮荒不知书发展至接续洙泗的历程劝学,此诗有序,曰:"数百年来,斯文气运自北方渐入吾闽,以至于今,'四书'遂出于闽,流布天下,日月所照,莫不盥手读之,以洙泗、伊洛视吾土也。后生英俊,当有以接续永久之,不可以渐而陵迟之也。感兴片言,呈诸同志。"末章谓"吾言喋喋徒费辞,自昭拱看扶桑浴",又自注"自昭"

---

① 〔元〕陈普《石堂先生遗集》卷十三《鳌峰求仁课会题目序》,明万历三年薛孔洵刻本。
② 〔元〕陈普《石堂先生遗集》卷十二《答上饶游翁山书》。

之义，为《周易》晋卦所言："明出地上，晋，君子以自昭明德。"①教育激励后学之心可鉴。

陈普长期教授各地，著述多为讲义，数量极多，但多已散佚，今传世者惟后人整理的《石堂先生遗集》二十二卷。从现存遗集来看，其著述中相当部分是对历史知识和理学思想的讲解，与讲史话本之旨趣异质同构，都是旨在普及文化教育、传承理学道义。

比较典型的比如陈普《字义》。他认为，"性命"、"道德"、"五常"、"诚敬"等字，是六经、四书的关键，"明于性命、道德、五常、诚敬等字之义，则六经、四书之全体可得而言矣。世之知书而或不明于道，不得于圣贤之心者，未明于此等字义故也。"②其《字义》共解释一百五十三字：天、太极、乾、坤、元、亨、利、贞、无极、太和、皇极、阴、阳、刚、柔……宋代以来儒者作"字义"、"字说"者非常多，陈普在其《字义序》中就说到自己曾作《韩伯循字说》，又把自己这篇《字义》跟程正思、陈安卿之作相比，"盖多于程正思而少于陈安卿者"③。陈普之《字义》是当时诸多释字之作中的一种，也代表了当时通过字词阐释儒家义理的通常观点，以下摘录几条以见其义。

> 五常：仁义礼智信五者，人道之常，天下万世之常，行不可易也。
>
> 三纲：君为臣纲，父为子纲，夫为妻纲。纲者，网之大绳，众目之所附，纲举而后目张，纲正而后目齐，国家天下必君、父、夫先正而后臣、子、妇随之而正也。人伦凡五等，而君臣、父子、夫妇三者为最重，三者正，则无不正矣。以人道而言，六者当各自尽而不相待，以家国天下之责而言，则君正而后臣正，父正而后子正，夫正而后妇正，自古及今，盖无不然。以教之所起为重，居其位者必先尽其道也。忠臣、孝子、贞妇未尝计君、父、夫之善恶，子之事父，尤当自尽，父之是非，为子者初不知也。《大学》之教，先子而后父，父之责常轻，子之责常重，然以治道而论，则君、父、夫皆有君道，必先正其身，而后可以求臣、子、妇之正，三纲为此而立也。

---

① 〔元〕陈普《石堂先生遗集》卷十六《〈劝学〉序》。
② 〔元〕陈普《石堂先生遗集》卷九《〈字义〉序》。
③ 〔元〕陈普《石堂先生遗集》卷九《〈字义〉序》。

智、仁、勇:三者实二。智知也仁,勇行也仁;周遍流通而无不到、无障碍、无欠缺,勇果决而无留难也。智为先者,先知其善恶是非、当为不当为,与其分数之多寡、节度之所止,而后可以行也。行之必无不到,故仁次之。然不能自强果决,则二者将皆废,故勇以成之。大概仁在中,主行如身,智者辨其途辙,而勇者遂其工夫也。

时中:一事各有一时,当其时则尽其道而无过与不及,所谓时中也。坐如尸,立如齐,时中之小也。为君尽君道,为臣尽臣道,二者皆法尧舜,时中之大也。举一事而天下之事莫不皆然,在天则昼夜长短之分数,四时寒暑生物成物之节度是也。

时:其义最大,只是时中之时。《书》所谓"钦哉惟时亮天工",所谓"动惟厥时",所谓"时雨"、"时旸"、"时燠"、"时寒"、"时风"。《易》所谓"与时偕行,欲及时也","随时之义,大矣哉",所谓"时止则止,时行则行,动静不失其时"。《孟子》所谓"孔子圣之时",皆与天同行之道也。五经《易》最大,《易》之义,时最大,六十四卦是六十四个时,三百八十四爻是三百八十四个时。人能去其私心,进退动止惟其时之当然,则万事无不善而吉之所集矣。①

试看建阳刊刻的诸平话,比如《新刊全相平话武王伐纣书》,叙纣王无道,武王与群臣讨伐之,不正是以"三纲"、"五常"和"时中"作为衡量君臣之道的标准,以"智、仁、勇"作为塑造英雄的标准吗?此外,《新刊全相平话乐毅图齐七国春秋后集》、《新刊全相秦并六国平话》、《新刊全相平话前汉书续集》、《至治新刊全相平话三国志》、《新编五代史平话》、《宣和遗事》等,通过一朝一代的历史兴亡,表现王政得失,探讨图王争霸的历史规律,表现的也正是六经、四书的儒家义理,正与陈普《字义》所表达的思想是一致的。

又比如陈普《咏史诗》,显然是在胡曾、周昙等咏史诗影响下的创作。或许都是用于历史普及教育的原因,唐代以来咏史诗多有历史故实之讲解,陈普《咏史诗》也大多都有注释②。这样咏史诗加上历史知识解释的模式,跟讲史平话历史故事的叙述中插入咏史诗的形式有其相似之处,而表达的

---

① 〔元〕陈普《石堂先生遗集》卷九《字义》。
② 其中标注"洵惟"者,为明代万历年间邑人薛孔洵注释,其余则可能是陈普原注。

历史评价和思想感情更是非常接近。陈普的《咏史诗》是元代普及历史教育的典范之一，是当时大量精英文人普及历史教育的教学活动和教育思想留存至今的范例之一，从中我们可以看到讲史平话的艺术形式和思想内容产生的文化背景和文化氛围。

《石堂先生遗集》中卷二十和二十一为咏史诗，题咏的绝大多数是历史人物。

卷二十"咏史（上）"共114题，191首：有虞氏，夔垂，夏后氏，伊尹，泰伯，周公，尚父，伯夷，齐桓公（二首），老子，季札，孔子，宋共姬、齐孝公夫人，荀息，屈原，豫让（三首），石奋，廉颇、蔺相如，子思，即墨大夫，战国，太史敫，赧王，商鞅，秦皇（二首），李斯（三首），蒙恬，邹衍，汉高帝（八首），吕后，项羽（五首），太公，田横，萧、张（二首）①，张良（四首），萧何，韩信（三首），曹参，四皓，两生②，叔孙通，楚元王交，伏生（二首），文帝（五首），周亚夫，李广，李陵（二首），景帝（二首），贾生（二首），贾、董③，晁错，张释之（三首），武帝（十首），汲黯，夏侯胜，董仲舒（二首），申公（二首），霍光（二首），张汤、公孙弘（四首），主父偃，倪宽，张骞，张敞（二首），卫青，金日磾（二首），东方朔，申屠嘉，苏武，黄霸，王褒，赵充国，河间献王，中山靖王胜，宣帝（五首），丙吉，魏相（三首），元帝，萧望之，匡衡，贡禹，王昭君（五首），成帝，刘向，辛庆忌，彭宣，刘歆，扬雄（二首），光武（五首），祭遵（二首），明帝（二首），桓荣，班超，贾逵，李膺、范滂，郭林宗，卢植，皇甫嵩（二首），何进，王允，蔡邕（三首），管宁，华歆，邴原，孔融，左承祖，祢衡，刘虞（二首），刘表（四首），袁绍（三首），田畴，臧洪，审配（二首），沮授，金祎，陈珪，陈宫。

卷二十一"咏史（下）"共93题，182首：蜀先主（十二首），诸葛孔明（八首），关羽（四首），庞士元，赵云，法正，诸葛瞻，司马宣王（五首），曹操（七首），荀彧（四首），孙权，周瑜，鲁肃，吕蒙，枣祗，贾诩，曹丕（四首），费祎（二首），姜维（二首），北地王谌，邓艾（二首），钟会（二首），中山王衮，明帝（四首），杨修，高堂隆，曹爽（二首），何晏，桓范，夏侯玄（二首），毌丘俭，诸葛诞，夏侯令女，嵇康，嵇绍，王衷，阮籍（二首），范粲，司马孚，何曾（二首），

---

① 即萧何、张良。
② 贾生、申公，即贾谊、申培。
③ 贾生、董子，即贾谊、董仲舒。

王祥(二首),晋武帝(三首),杨太后,杨珧,司马攸,羊祜(三首),杜预(二首),卫瓘(二首),张华(四首),裴頠,山涛,江统,周处,张翰,陆机(二首),顾荣,刘弘,王导(四首),谢安(十首),刘琨(二首),祖逖,陶侃,殷浩,顾和,王羲之,徐邈,慕容恪(四首),慕容垂,苻坚,王猛(二首),苻登,何无忌,刘裕(四首),刘道规,陶潜,梁武帝(二首),高欢,侯景,唐太宗,魏徵,房玄龄,五王(三首),卢怀慎,卢奕,窦氏二女,元紫芝,颜杲卿,宪宗,韩愈,柳家婢,苏东坡,王荆公(二首),司马温公(三首),朱文公。

这些咏史诗,主要是对历史人物和历史事件的评论,陈普原题为"诗断"。明代整理者闵文振在卷二十一"咏史下"卷末记曰:"先生咏史之作题曰'诗断',信乎!推心穷迹,昭道比义,绳以《春秋》之法,归诸天理之公。其词严,其论正,其指深,其意远,视古今诸家咏史大有间矣……"[①]所谓"绳以《春秋》之法,归诸天理之公",也正是讲史小说通俗演绎历史的基本原则,只是讲史作者书会才人未能有精英文人的史学素养,因此对历史的演述难免多想象、夸张之辞。而对比现存讲史平话,从《秦并六国平话》的秦皇、李斯、蒙恬,《前汉书续集》的汉高帝、吕后、张良、萧何、韩信,以及此书开头提到的项羽,到《至治新刊全相平话三国志》的刘蜀、曹魏、孙吴诸英雄,陈普题咏的历史人物,多为说话艺术钟情的人物故事。比如对东汉末年至三国时期人物的题咏,从"咏史上"卢植开始,到"咏史下"范粲,共58人,大约占全部咏史诗的四分之一。众所周知,"说三分"在说话艺术中成为专门一家,在讲史平话中也是占着很重要的位置。陈普对三国这段历史的咏叹,所关注的人物也基本是讲史平话着力表现的人物。特别是用十二首诗咏叹刘备,用八首诗咏叹诸葛亮,用七首诗咏叹曹操,着墨最多的历史人物也与平话略为相似。其他人物,如泰伯,周公,伯夷,豫让,廉颇、蔺相如,李广、李陵,贾谊,张敞,东方朔,王昭君,夏侯令女,乃至宋代的苏东坡,王安石,司马光等,都是雅俗文学共同关注的历史人物,特别是通俗历史读物和小说戏曲津津乐道的人物。比如张敞,《汉书》有传,是个多有政绩的能臣,陈普题咏两首,其一关注的是画眉之轶闻。

对比前代的咏史诗,元代陈普的咏史诗之选择,似有更多与通俗文学同声共气的兴趣和倾向。这是讲史平话和通俗叙事文学产生的时代语境,未

[①] 〔元〕陈普《石堂先生遗集》卷二十一《咏史(下)》。

能直接看到元代文人参与讲史平话和其他通俗叙事文学编撰、编辑的工作，但显然，文人咏史与之同一语境。

元刊讲史平话大量插入咏史诗，比如《秦并六国平话》大量引用咏史诗，其中不少为胡曾咏史诗，陈普咏史诗着眼点与之未必完全相同，但是风格相似，观念相通。

比如平话卷下插入的咏史诗涉及李斯者不少，其中三首为：

竹帛烟销帝业虚，关河空锁祖龙居。坑灰未冷山东乱，刘项原来不读书。①

举国贤良尽泪垂，扶苏屈死树边时。至今谷口泉呜咽，犹似秦人恨李斯。②

上蔡东门狡兔肥，李斯何事望南归。功臣不解谋身退，直待云阳血染衣。③

陈普咏李斯三首，皆有释讲：

太华终南只么青，渭流一日肯为泾。豺狼不食茅焦肉，水火安能熄六经。(六经者，人心也，天理也。始皇不杀茅焦而李斯欲灭六经，得乎？)

抛却韩卢把虎骑，诸生莫讶正忙时。鱼龙不隔蓬莱路，方有东门逐兔期。(坑焚之祸，患失之心也。神仙蓬莱，斯亦有志焉。盖其为古今未尝有之事，故亦欲为古今未尝有之人，幸其万一得免于祸尔。)

李斯何敢妄坑儒，但作逢君固位图。造物欲为儒报德，故教草草杀胡苏。(坑焚之事，李斯本求以免祸，而祸不可免也。扶苏得位，李斯当不死，李斯亦岂有杀扶苏之心。天欲灭之，故使之杀扶苏〔《石堂先生遗集》原刻为"胡苏"〕于迷茫仓卒之中。盖恶不可为而罪不可逃，必杀扶苏而始皇、李斯得族灭矣。)④

---

① 《秦并六国平话》卷下，古典文学出版社1955年版，第91页。
② 《秦并六国平话》卷下，第95页。
③ 《秦并六国平话》卷下，第100页。
④ 〔元〕陈普《石堂先生遗集》卷二十《李斯三首》。

陈普咏叹多聚焦于焚书坑儒之事,对诗的释讲则进一步评论和感慨历史。平话则据情节需要插入咏史诗,咏史诗起到配合情节的评论和抒情感慨作用。

对于秦朝灭亡,平话和陈普咏史诗表达的思想和感情是相似的,甚至诗歌意象都颇为相似。

平话卷下:"义帝南迁路入郴,国亡身死乱山深。不知埋骨穷泉后,几度西陵片月沉。"①

平话卷末结尾诗:"始皇诈力独称雄,六国皆归掌握中。北塞长城泥未燥,咸阳宫殿火先红。痴愚强作千年调,兴感还如一梦通。断草荒芜斜照外,长江万古水流东。"②

陈普《秦皇》二首:

　　阆道飞翚拂若枝,东门看日浴咸池。生前有力移天地,死后无人予席帷。(若木,日落处也。始皇立石东海朐界中,以为秦东关。)③

　　江神返璧事何新,海若湘君亦伐秦。一炬东来烧不了,更劳墓上牧羊人。(牧羊,即宫殿成墟。沉璧而江神不受,梦与海神战而遇风,是以见鬼神之怒矣。地上宫室焚于项羽,地下百司官观尽于牧羊者,是造物欲灭其迹,不使留于天地间也。)④

义帝"国亡身死乱山深",埋骨穷泉,始皇"死后无人予席帷",意思相近;且前者用月沉的意象,与后者用日落的意象相似;"咸阳宫殿火先红"、"断草荒芜斜照外",与"一炬东来烧不了,更劳墓上牧羊人"意思和意象相近。当然,中国历史上绝大部分咏叹国亡身死的诗歌在思想感情和意象意境上都是相近的,平话引用的咏史诗和陈普的咏史诗,体现了唐宋以来历史反思和历史评价的普遍共识。

陈普不仅有咏史诗,还曾有几百首诗歌题咏四书五经,现在仅存题咏

---

① 《秦并六国平话》卷下,第105页。
② 《秦并六国平话》卷下,第107页。
③ 此诗有明代整理者薛孔洵注释:"洵惟,始皇不道,兴木工于极西,动石工于极东,伤天地之财,劳万姓之力。故死于沙丘,天不为钦也。"〔元〕陈普《石堂先生遗集》卷二十《秦皇二首》。
④ 〔元〕陈普《石堂先生遗集》卷二十《秦皇二首》。

《大学》、《中庸》、《论语》、《孟子》、《毛诗》的 128 首，这些诗都是他教学中有感而发、题咏成句以教授生徒之作。

陈普负笈学成于浙中，一生讲学于宁德、建州、上饶、莆田，从学弟子众多，为福建、江西、浙江一带著名学者，他的著述在当时应该很有代表性，从中可见元代普及历史教育的具体情形，正是在这样普及历史教育的氛围中产生了大量讲史平话的编刊。

而建阳刊刻的通俗小说以讲史为主，普及历史知识，一方面是说话艺术的影响，另一方面，正是建阳及周边地区浓厚的普及教育的文化氛围，推进了历史教育进一步下移，以更为通俗、普及的形式把历史知识传播给广大民众。

第四节 福建说话艺术传统及建刻话本的小说史意义

从现存刊本来看，元代建阳成为了全国的通俗小说刊刻中心。这是为什么呢？

元代建阳刊刻的白话通俗小说与说话艺术关系密切，这些小说刊本，在中国古代小说史上具有划时代意义，古代小说文本形态从此由文言小说为主转变为白话小说为主，至少是白话小说与文言小说可以分庭抗礼了。从文学文体小说发展的角度，宋代就已经具备了小说语体转变、或者说白话小说与文言小说并行传播的可能，宋代也确实出现了白话小说文本比如《唐三藏取经诗话》，但是，《唐三藏取经诗话》的刊行，或许是因了佛教题材的优势，在小说刊刻中占了先机。从现存文献来推测，当时白话小说的刊刻应该是不多的。白话小说刊本的大量出现是在元代，这是元代政治经济文化各方面共同作用而产生的文学现象。在这个过程中，建阳书坊刻书业态、闽北及周边地区文化教育普及和发展的基础、闽北及周边地区文人的文学和学术、普及教育活动，是建阳书坊刊刻小说的文化场域，同时，福建与杭州等地密切的文化交流、福建自宋代以来颇为兴盛的说话艺术也是小说在元代由建阳书坊大量刊刻的直接因缘。

一、福建说话艺术：建阳书坊刊刻小说的文化场域之一

福建宋元时期的说话艺术应该是建阳书坊大量刊刻话本的文化场域

之一。

　　关于宋元时代说话艺术兴盛的记载,广泛见于孟元老《东京梦华录》、耐得翁《都城纪胜》、西湖老人《西湖老人繁胜录》、吴自牧《梦粱录》、周密《武林旧事》等,东京、临安等地的瓦舍勾栏给我们留下了深刻印象。因此,当我们言及"元刊平话五种"等小说"刻于建阳"时,潜意识中大概都理解为:说话艺术在汴京、临安等地盛行,而建阳只是话本的刊刻之地,相当于代刊地。这样的认识是片面的,事实上,由于京城和中心城市的影响与辐射,说话艺术在全国很多地方盛行。宋代有一首诗广为人知:"斜阳古柳赵家庄,负鼓盲翁正作场。身后是非谁管得,满村听说蔡中郎。"这首诗一般认为是陆游所作,但也有人认为是刘克庄所作。但无论是陆游所作,还是刘克庄所作,正好都反映了说话艺术在东南地区传播的情形。

　　闽地说话艺术之盛行,见于时人之记载。"斜阳古柳赵家庄"之诗未必出自刘克庄,但刘克庄确实有不少诗歌涉及"市优"、"社戏"等内容,笔者翻阅他的作品集粗略统计,大约有三十余首诗涉及这一类生活题材。

　　刘克庄,福建莆田人,一生中大部分时间在家乡莆田度过,写诗相当于日记,其《后村先生大全集》存诗五千多首,大量作品记录他在家乡的所见所闻。如卷十《田舍即事十首》之九:"儿女相携看市优,纵谈楚汉割鸿沟。山河不暇为渠惜,听到虞姬直是愁。"①从"纵谈"、"听"可见,此"市优"表演形式以"说"为主,说的是"楚汉相争"、"霸王别姬"的故事,也就是相当于讲史。此诗写于端平三年(1236),刘克庄五十岁,主玉局观村居。② 又如卷四十三《观社行,用实之韵》之《再和》:

　　　　陌头侠少行歌呼,方演东晋谈西都。哇淫奇响荡众志,澜翻辨吻秒群愚。狙公加之章甫饰,鸠盘谬以脂粉涂。荒唐夸父走弃杖,恍惚象罔行索珠。效牵酷肖渥洼马,献宝远致昆仑奴。岂无蘋藻可羞荐,亦有黍稷堪春揄。臞翁伤今援古谊,通国争笑翁守株。孔门高弟浴沂水,尧时童子谣康衢。扬觯姑欲退观者,鸣鼓本非攻吾徒。亦如曼倩负逸气,呵斥佞幸惊侏儒。于时后村茅柴熟,先生滑稽腹如壶。虽无谢郎玉帖镫,

---

①〔宋〕刘克庄《后村先生大全集》卷十,四部丛刊集部,上海涵芬楼影印旧钞本。
② 参见程章灿《刘克庄年谱》,贵州人民出版社1993年版,第155页。

第二章　元代建阳刊刻小说及其地域文化背景

幸有幼安布裙襦。未妨优场开口笑,亦恐药市逢方瞳。更阑漫与通德语,醉倒聊遣宗武扶。幽冥茫昧莫致诘,石言神降果有无。翁云天公施罪福,亦如王者行赏诛。巫咸可使诅楚否,泰山曾不如放乎。况今民脂积消铄,洋洋如在宁助虐。贫妇鲜能具複褌,贵人何必夸重较。九重深喜农扈丰,五等超加社公爵。更宜速飞腊前白,仍为潜驱山中驳。除人大患挥大灾,与民同忧可同乐。翁之用心极惓惓,余于致福未数数。因思挥金犹粪土,奚异弃物捐溪壑。神听聪明靡僭滥,诏书温厚戒椎剥。重华渔稼茅茨俭,大禹疏凿衣服恶。谁歌此诗送且迎,共挽浇风还太朴。①

此诗言及"东晋"、"西都"、"狙公"、"鸠盘荼"、"夸父"、"昆仑奴"等极为丰富的表演内容。

刘克庄诗歌中大量记载当地"优戏"、傀儡戏演出的情况,其内容丰富,包括了历史故事、宗教故事、世情故事等。闽地自古以来戏剧活动繁盛,《西湖老人繁盛录》记载:"福建鲍老一社,有三百余人。"②"鲍老"是古剧角色名称③,与傀儡戏关系密切,但后来泛指以滑稽为主的演出,"三百余人"的"鲍老社",可见规模之大。而傀儡演出与说话艺术关系极为密切。耐得翁《都城纪胜》"瓦舍众伎"条记载:"凡傀儡,敷演烟粉灵怪故事、铁骑公案之类,其话本或如杂剧,或如崖词,大抵多虚少实,如巨灵神、朱姬大仙之类是也。"④《梦粱录》卷二十"百戏伎艺"有相似的记载。傀儡演故事,一般没

---

① 此诗大约写于淳祐五年(1245),刘克庄在江东提刑任上,借信州一年,与同乡好友王实之唱和,应为乡里观社所见。参见程章灿《刘克庄年谱》,第208页。
② 〔宋〕孟元老等撰,周峰点校《东京梦华录(外四种)》,文化艺术出版社1998年版,第96页。
③ 《张协状元》第五十三出:"好似傀儡棚前,一个鲍老。"钱南扬校注:鲍老,古剧脚色名。《后山诗话》载杨大年《傀儡诗》云:"鲍老当筵笑郭郎,笑他舞袖太郎当。若教鲍老当筵舞,转更郎当舞袖长。"郭郎也是脚色名,盖即引戏,见《乐府杂录》"傀儡"条。《武林旧事》卷二"舞队·大小全棚傀儡"有《大小砑刀鲍老》、《交衮鲍老》。鲍老似乎与傀儡戏关系特别密切,故上句云云。见《钱南扬文集·永乐大典戏文三种校注》,中华书局2009年第2版,第217页。王国维《古剧脚色考》认为"鲍老"为唐大中初之"弄婆罗",至宋初转为"鲍老",至南宋,或作"抱锣",至金元之际分化而为三:邦老、孛老、卜儿。见《王国维戏曲论文集》,中国戏剧出版社1957年版,第238—239页。
④ 不仅傀儡,影戏亦如此,"其话本与讲史书者颇同,大抵真假相半,公忠者雕以正貌,奸邪者与之丑貌,盖亦寓褒贬于市俗之眼戏也"。《都城纪胜(外八种)》,上海古籍出版社1993年版,第9页。

有剧本,用的就是话本。在大量保留傀儡戏原始形态的福建,有一出民间影响很大的戏《由天记》至今活跃,为闽东、闽北、四平、大腔、平讲及幔帐等各种傀儡戏最常演的剧目之一,此剧无戏曲文本,只有小说话本手抄本,艺人据话本敷衍演出。① 在刘克庄的家乡,至今"兴化傀儡戏之科诨表演形式,尚保留一些民间早期傀儡的'说话体'形式。在其演出本中,常可见'云云'之注语,此为兴化傀儡戏演出中,为艺人用方言俚语、插科打诨所留的空间……这种科诨表演形式应来自承传古代傀儡'说话'之传统"。② 所以,刘克庄诗歌中记载的"市优"、"优戏"、"傀儡",彼此间关系密切,都基于说话艺术而在表演形式上有差异。

刘克庄记载的主要是活动于村社、寺庙、"陌头"的乡村"市优",而城市中的说话活动应该更为兴盛。

隋唐以后闽地发展迅速,宋代以来福建福州、泉州、建宁等城市都是国内知名城市,也都相当繁华。如福州,东南都会,宋人之诗如"百货随潮船入市,万家沽酒户垂帘"(龙昌期),"故国楼台千佛寺,新城歌舞万人家"(程师孟),"七闽天东南,群山号殊绝。其中长乐郡,佳丽比吴越"(钱公辅)③,都可见其繁华。特别是闽北,人口剧增,农业和制茶、造纸、酿酒等手工业,银、铜、铁、铅等矿冶业,建盏等窑业,以及建本书籍,都在全国占有重要地位,经济文化全面兴盛,成为理学中心,书院遍布,吸引全国各地读书人前来闽北学习,科举考试进士数量最多,朝中显贵、名公满天下。政治经济文化的发展,必然伴随城市的兴盛。闽北城市之繁华多见之于文献记载。宋初杨亿《建安郡斋三亭记》道:"建安大邦,保界闽粤。绵地八百里,生齿十万室。"④华岳《新市杂咏十首》小序记载建宁府:"建安人物风流,市井华丽,红纱翠盖,常无异于花朝灯夕。"⑤其《新市杂咏十首》题咏的是建安的市井风流,如其二:"翠翘伴醉倩人扶,约我文君卖酒垆。解珮向人陪笑问,一杯容妾佐樽无?"⑥罗烨《醉翁谈录》记载翁元广为55位建安烟花女子题诗

---

① 参见叶明生《福建傀儡戏史论》,中国戏剧出版社2004年版,第911页。
② 叶明生《福建傀儡戏史论》,第147页。
③ 〔宋〕王象之《舆地纪胜》卷一百二十八《福建路·福州府》,第四册,第3676—3679页。
④ 〔宋〕杨亿《武夷新集》卷六,第108页。
⑤ 〔宋〕华岳撰,马君骅点校《翠微南征录北征录合集》卷十,黄山书社1993年版,第120页。
⑥ 〔宋〕华岳撰,马君骅点校《翠微南征录北征录合集》卷十,第120页。

品藻,为我们保留了宋代建宁府繁华的城市生活面貌之一斑。歌妓,是城市繁华的见证,也往往是说话艺术的酵素。由于官妓一般都司教坊之职,因而往往跟说话艺术关系密切。历史繁华已然消失,但是,历史文献中尚能寻找到一些遗踪。如《嘉靖建宁府志》卷十"坊巷"记载"勾阑巷:南通北新街,北抵西门街"。① 此勾阑巷应该就是表演说唱伎艺的"瓦舍勾栏"之地,作为相对稳定的地名从宋元延续至于明代。

元代少数民族政权对社会经济文化产生了巨大影响,民族文化融合给汉族文化为主的中华文化带来新的特点。由于朝廷重视商业经营,工商业发展程度超越前代,也由于寰区一统,交通顺畅,扩大了国内各地区经济相互调剂的范围,又由于海运、漕运发展,进一步促进了城市经济的繁荣。福建经济繁荣,商业发达,泉州港发展成为世界第一大港,促进了福建跟全国各地的经济文化交流。元代福建人口比之宋代又有很大增长,就建宁府来说,据《建宁府志》记载,宋代户 197137,口 439677;元代户 127254,口 506926。② 户的统计方式可能有差别,但人口数增长明显。元代福建山区的制茶业和银矿开采这两大支柱产业衰微,但建宁府的工商业、农业、陶瓷业等在元代持续发展,这也正是建阳刻书业持续发展的条件之一。

意大利威尼斯人马可·波罗在十三世纪晚期旅行来到福建,经过建宁府、福州城、刺桐城(泉州),对这些城市有简单的描述。建宁府自然是比不上福州和泉州,但是工商业也较为发达。他所记载的建宁府:"……格里府(Quelifu,按:建宁府),城甚广大……城中有三石桥,世界最美之桥也。每桥长一哩,宽二十尺,皆用大理石建造,有柱甚美丽。居民恃工商为活。产丝多,而有姜及高良姜甚饶。其妇女甚美。"③福州城:"此城为工商辐辏之所……有一大河宽一哩,穿行此城。此城制糖甚多,而珍珠、宝石之交易甚大,盖有印度船舶数艘,常载不少贵重货物而来也。此城附近有刺桐港在海

---

① 〔明〕夏玉麟、郝维岳等修,汪佃等纂《(嘉靖)建宁府志》卷十《坊巷》,第十叶,《天一阁藏明代方志选刊》第 27 册。
② 〔明〕夏玉麟、郝维岳等修,汪佃等纂《(嘉靖)建宁府志》卷十二《户口》,第一叶,《天一阁藏明代方志选刊》第 27 册。
③ 此段剌木学本之异文为:"……行此国六日至格陵府(Quelinfu,按:建宁府),城甚广大。有三桥甚美,各长百余步,宽八步,用石建造,有大理石柱。此城妇女甚美,生活颇精究。其地产生丝甚多,用以织造种种绸绢,并纺棉作线,染后织为布,运销蛮子全境。"〔法〕沙海昂校注,冯承钧译《马可波罗行纪》,上海古籍出版社 2014 年版,第 316—317 页。

上,该河流至此港。在此(福州)见有足供娱乐之美丽园囿甚多。此城美丽,布置既佳,凡生活必需之物皆饶,而价甚贱。"①刺桐城:"城甚广大,隶属福州……印度一切船舶运载香料及其他一切贵重货物咸莅此港。是亦为一切蛮子商人常至之港,由是商货宝石珍珠输入之多竟至不可思议,然后由此港转贩蛮子境内。我敢言亚历山大或他港运载胡椒一船赴诸基督教国,乃至此刺桐港者,则有船舶百余,所以大汗在此港征收税课,为额极巨。凡输入之商货,包括宝石、珍珠及细货在内,大汗课额十分取一,胡椒值百取四十四,沉香、檀香及其他粗货值百取五十。此处一切生活必需之食粮皆甚丰饶。"②

由此记载可见闽北以及福州、泉州之商业发达。当然,马可·波罗记载的杭州更为繁华,杭州城当时共有一百六十万户人家,是当时世界上最美丽、富饶、文明而令人向往的大都市。③《马可波罗行纪》用了三章很长的篇幅来介绍杭州。马可·波罗从杭州经过绍兴、衢州到达建宁府。绍兴和衢州也同样工商业发达。由此可见,建阳周边地区皆商业发达。事实上,从泉州、福州经闽北往浙江,从衢州、绍兴、杭州往苏州、扬州、镇江,经由运河往北,这一条路线正是当时帝国经济交通的主干线,或许也是当时全国乃至全世界经济贸易最为繁盛的一条交通要道,建阳及其所属的建宁府,正在这条要道上,且与繁华都市杭州相距不远,交流频繁密切。

关于建阳及周边城市说话艺术的记载极少,但是,宋末元初庐陵罗烨编撰的《醉翁谈录》为我们留下了闽北和福建说话艺术的旁证。

二、罗烨《醉翁谈录》:宋元福建地区说话之旁证

罗烨《醉翁谈录》现存"观澜阁藏海内孤本",上文已述,从这本书中大

---

① [法]沙海昂校注,冯承钧译《马可波罗行纪》,第318—319页。
② 关于刺桐港的记载,刺木学本之异文为:"……所卸胡椒甚多,若以亚历山大运赴西方诸国者衡之,则彼数实微乎其微,盖其不及此港百分之一也。此城为世界最大良港之一,商人、商货聚积之多,几难信有其事。大汗征收税课为额甚巨,凡商货皆值百抽十。顾商人细货须付船舶运费值货价百分之三十,胡椒百分之四十四,沉香、檀香同其他香料或商品百分之四十,则商人所缴副王之税课连同运费,合计值抵港货物之半价,然其余半价尚可获大利,致使商人仍欲载新货而重来。居民是偶像教徒,而有食粮甚饶。其地堪娱乐,居民颇和善,乐于安逸。在此城中见有来自印度之旅客甚众,特为刺青而来,盖此处有人精于文身之术也。"[法]沙海昂校注,冯承钧译《马可波罗行纪》,第320—323页。
③ [法]沙海昂校注,冯承钧译《马可波罗行纪》,第310页。

量的福建故事、跟建刻《事林广记》之间密切的关系、刊本的版式字体特征，基本可确定为宋末元初建阳刊本。

对于这本书的性质，胡士莹认为是专门摘录前代或当代传奇的故事梗概，分门别类，以供说话人参考之用的。① 罗烨《醉翁谈录》甲集卷一相当于本书之叙引，标题为《舌耕叙引》，包括两篇：《小说引子》和《小说开辟》。这一卷内容长期以来广受学界关注，因为这是目前所见最早对说话艺术作说话名目综录和理论概述的文献资料，非常宝贵。而从"舌耕叙引"以及"小说引子"、"小说开辟"等标题、标题下对说话艺术的学养准备、艺术功能和效果的描述，可见罗烨对这本书编撰目的的定位应该是与说话艺术相关的。甲集卷二开始的十九卷则为本书正文，学术界一般认为是为说话艺术提供的参考资料，也供读者阅读。《醉翁谈录》不仅闽地故事占比很大，而且这些故事有着明显的立足于闽地的叙事角度，应该跟闽地说话艺术关系密切。

比如乙集卷一"烟粉欢合"类之《静女私通陈彦臣》，此篇与《绿窗新话》中的《杨生私通孙玉娘》故事情节相同，语言表达相似，但人物姓氏与故事发生地不同。《杨生私通孙玉娘》故事主人公为杨曼卿和孙玉娘，故事发生地为姑苏。《静女私通陈彦臣》故事主人公为连静女和陈彦臣，故事发生地为延平（今福建南平）。《醉翁谈录》甲集卷一"小说开辟"中说到"引倬、底倬，须还《绿窗新话》"②，因此，《醉翁谈录》晚于《绿窗新话》。《绿窗新话》中的《杨生私通孙玉娘》出于《闻见录》。③ 未能确定《醉翁谈录》此篇所源，或许延平确实发生过这样的故事，但故事的书写显然受到孙玉娘杨生故事的影响，从文本的相似性来看，显然是对孙玉娘杨生故事的改编或仿写。

《醉翁谈录》此篇故事改写中最重要的笔墨，在于地域和人名姓氏的改变。这样的改写对于故事情节和人物性格来说基本没有意义，但是，对于受众的接受却可能有重要意义，假如故事就发生在自己身边，受众在熟悉生活中感受陌生故事的趣味与需求更能得到满足。从姑苏故事改为延平故事，即使不是因为满足受众的需要而改编，至少可见改编者对闽地特别的关注。

---

① 胡士莹《话本小说概论》上册，第150页。
② 〔宋〕罗烨《醉翁谈录》甲集卷一，第3页。
③ 〔宋〕皇都风月主人《绿窗新话》，古典文学出版社1957年版，第49页。

而姓氏的改变也可能与地域相关。连氏,在百家姓中是小姓,但在延平却是大姓、显姓。据连氏族谱,连氏于唐代入闽,金紫光禄大夫连总、其子连仲英迁居延平尤溪魁城,魁城连氏成为八闽连氏最古老的支系,从魁城迁出的连氏世系繁多,而连氏在延平府最为昌盛,唐宋时期历代多出进士①。所以,小说称"静女者,乃延平连氏簪缨之后"②,艺术改造却有生活真实作为厚实的基础。

断案官员是此故事中又一重要人物,《杨生私通孙玉娘》中是"王提刑",《静女私通陈彦臣》则为"福建宪台王刚中",也明显可见附会之痕。宋末德祐二年(即至元十三年,1276)五月赵昰于福州登基,改元景炎,升福州为福安府,王刚中知福安府事。景炎元年十一月,王刚中以福州城降元。③至元十八年(1281),王刚中任宣慰使,但"以土人饶赟,颇擅作威福,忙兀台虑其有变,奏移之他道"④。可见,在宋末元初的福建,"王刚中"是个知名度颇高的名字,这或许就是"王提刑"衍变成"福建宪台王刚中"的原因。未能确定《醉翁谈录》之《静女私通陈彦臣》的改编时间,此备一说。当然,所谓"福建宪台王刚中"乃小说家言,《宪台王刚中花判》谓:"王刚中,探花郎及第。不数年,出为福建宪台。"⑤"探花郎",指的应该是南宋绍兴十五年(1145)乙丑科进士第二名(榜眼)的王刚中,《宋史》卷三八六有传,未见其任"福建宪台"的记载,但或因其为饶州乐平人而为邻近的庐陵罗烨所熟知乐道,这大概就是小说信手拈来、随意生发的叙事技巧。

由此可见,《静女私通陈彦臣》是立足于闽地受众而改编的。

柳永的故事更透露出叙事视角明确的地域定位。丙集卷之二《花衢实录》全是柳永的故事。柳永是宋元俗文学所青睐的风流才子,但是,宋元俗文学对柳永的介绍很少关注其闽人身份。如《清平山堂话本·柳耆卿诗酒玩江楼记》这样介绍柳永:"当时是宋神宗朝间,东京有一才子,天下闻名,姓柳,双名耆卿,排行第七,人皆称为'柳七官人'。"⑥

---

① 参见《大田县魁城合德祠三房六举人公房连氏族谱》(2010 年)、《马崎连氏族谱》(2006 年),福建省图书馆藏本。
② 〔宋〕罗烨《醉翁谈录》乙集卷一,第 14 页。
③ 〔元〕佚名《宋季三朝政要》卷六,四部丛刊影印本,中国书店 2016 年版。
④ 〔明〕宋濂等撰《元史》卷一三一《列传第十八·忙兀台传》,第十一册,第 3188 页。
⑤ 〔宋〕罗烨《醉翁谈录》乙集卷一,第 16 页。
⑥ 〔明〕洪楩编《清平山堂话本》,上海古籍出版社 1992 年版,第 1 页。

而《醉翁谈录》是这样介绍柳永的：

> 柳耆卿,名永,建州崇安人也。居近武夷洞天,故其为人有仙风道骨,倜傥(傥)不羁,傲睨王侯,意尚豪放。花前月下,随意遣词,移宫换羽,词名由是盛传天下,不朽惟是①,且世显荣贵,官至屯田员外郎。柳自是厌薄宦情,遁于武夷九曲之东。至今柳陌花衢,歌姬舞女,凡吟咏讴唱,莫不以柳七官人为美谈。

柳永确实是建州崇安籍,但对于柳永是否出生于崇安,在崇安生活过多长时间,由于文献记载阙如,学术界有不同的看法。柳永很可能出生在山东,但幼年曾有一段时间居住在崇安。而可以肯定的是,柳永成年后主要生活在汴京,也游历过很多地方,但很少回到崇安。因为家于汴京,柳永词中所谓"故里"、"乡关"都指的是汴京。② 正因如此,宋元时代市井中少有人知道柳永是崇安人,而《清平山堂话本·柳耆卿诗酒玩江楼记》说"东京有一才子",也未为错。

而《醉翁谈录》强调柳永是"建州崇安人",并且把柳永"仙风道骨,倜傥不羁,傲睨王侯,意尚豪放"的性格归之于武夷洞天的影响,所谓地灵人杰、钟灵毓秀之意,显然是引乡贤以自豪。《醉翁谈录》此段叙述其实对柳永坎坷的人生经历不甚了了,言其"遁于武夷九曲之东"更可能是捕风捉影之说;但对崇安地理环境却很熟悉,说起崇安、武夷山口吻亲切,且对武夷山多溢美之词。其中,《柳耆卿以词答妓名朱玉》叙"耆卿初登仕路日,因谒福之宪司,买舟经南剑",③俨然以崇安为柳永的居家出发点。

《醉翁谈录》对福建地名的称谓也耐人寻味。如丙集卷一《僧行因祸致福》"建之崇邑之东隅"④,卷二《柳耆卿以词答妓名朱玉》:"耆卿初登仕路日,因谒福之宪司,买舟经南剑……"用"建"(建州)、"崇"(崇安)、"福"(福州)这样的简称,往往限于本地区交流,一般情况下也仅适合本地区交

---

① 原文如此,或有缺字衍字。古典文学出版社整理本断句为:"词名由是盛传,天下不朽,惟是且世显荣贵……"〔宋〕罗烨《醉翁谈录》丙集卷二《柳屯田耆卿》,第30页。
② 参见薛瑞生《乐章集校注》,中华书局2012年版,第12页。
③ 〔宋〕罗烨《醉翁谈录》丙集卷二,第34页。
④ 〔宋〕罗烨《醉翁谈录》丙集卷一,第28页。

流。《醉翁谈录》中其他各地地名都无此类简称,而皆用地名全称,如"会稽"、"成都"、"潭州"等等。乙集卷二之《韩玉父寻夫题漠口铺》言及具体而微的小地名"漠口铺"显然也是因为面对本地受众叙事。在传统诗文和叙事文学中,有一些地名承载了集体记忆,比如"灞桥",由于处于帝都驿站,频繁见证行人颜色,"年年伤别,灞桥风雪",文人笔下常见。但是像"灞桥"这样天下人耳熟能详的地名基本都出于京城帝都,而"漠口铺"对于没有到过邵武的受众却是个完全陌生、难以唤起想象和情感的地名。对于这么一个小地名,外地的受众不知所以然,而若闽北的受众则对于韩玉父题壁之诗必感同身受,一位弱女子,站在漠口铺,面对漫漫远程,凄楚可怜。

从以上分析可见,《醉翁谈录》中的闽地故事,多立足于闽地叙事,对闽地人情地理非常了解,若作为说话资料,最初很可能主要面向本地受众。

当然,《醉翁谈录》中有一些闽人闽事的篇章,显然是在外地讲述闽人故事。如乙集卷一《林叔茂私挈楚娘》,男主人公林叔茂为三山人。从"三山林叔茂,初来赴省",叙事出于临安人之视角,则可见此故事最初编于临安。故事叙述涉及临安及周边地域的地理方位、道路里程:"经营数日,其计已就。林君佯言'过平江',越四日,遣人取楚娘,切负而逃。后经半月余日,林又言'自平江归',至其家,言'楚娘已失',相与懊恨者弥日。林曰:'陈状捕之。'厥姬曰:'何处捕也?'林君私自喜曰:'谅无后患。'遂与厥姬辞别以归。至衢城,与楚娘并车以载。及到家……"①这样的叙述很明显是立足于临安的地理位置,面对的首先是临安受众,所以对平江的道路里程、衢城的地理方位、临安至三山的途经之道等烂熟于心,故事据此生发,读者会心交流。此亦可为上述闽地故事读者定位之旁证。

而从说话资料的角度,罗烨《醉翁谈录》戊集卷一卷二特别值得关注。

戊集《烟花品藻》卷一、卷二全部是关于建安妓女的记载:"丘郎中守建安日,招置翁元广于门馆,凡有宴会,翁必预焉;其诸妓佐樽,翁得熟谙其姿貌妍丑,技艺高下,因各指一花以寓品藻之意,其词轻重,各当其实,人竞传之。"②《(嘉靖)建宁府志》卷五《官师》记载绍兴年间郡守丘砺,所谓"丘郎中"即此人,因而此二卷所记乃绍兴年间事。丘郎中招置的门馆先生翁元

---

① 〔宋〕罗烨《醉翁谈录》乙集卷一,第13页。
② 〔宋〕罗烨《醉翁谈录》戊集卷一,第45页。

广品题了五十五位建安妓女。

今天的学者对于《醉翁谈录》之为说话资料或有犹豫,很重要的一点就在于《醉翁谈录》中这二卷烟花品藻之诗,因为它不是叙事体。但其实,这二卷烟花品藻,很可能是说话艺术之"合生"。

所谓"合生",洪迈《夷坚志支乙》卷六《合生诗词》谓:"江浙间路岐伶女,有慧黠知文墨能于席上指物题咏应命辄成者,谓之合生;其滑稽含玩讽者,谓之乔合生。盖京都遗风也。"①

胡士莹《话本小说概论》谓宋代的"合生",似乎渊源于古代的"杂嘲"。如"刘黑闼"、"安陵佐史"及"杨叟"等故事,都含有杂嘲性质。张齐贤《洛阳缙绅旧闻记》卷一《少师佯狂》条云:"有谈歌妇人杨苎萝,善合生杂嘲,辩慧有才思,当时罕与比者……时僧云辨,能俗讲,有文章……歌者嘲蜘蛛云:'吃得肚礨撑,寻丝绕寺行。空中设罗网,只待杀众生。'盖云辨体肥而肚大故也。"②

而《醉翁谈录》之《烟花品藻》,把五十五位妓女比作五十五种花,花名各有隐喻,且以花名吟咏品题此妓,纯粹杂嘲玩讽之意。此选二首以见:

李楚　黄菊(喻其颜貌黄)

摇风浥露殢秋光,寂寞疏篱独自芳。十日已无陶令服,不知颜色为谁黄?③

吴嫱　芭蕉(喻粗大)

窗外亭亭耸翠茎,雨中声韵不堪听。花粗叶大谁攀折?难向窗前插胆瓶。④

值得注意的还在于,戊集之前的丁集卷二为《嘲戏绮语》。所谓"嘲戏绮语"其实与"烟花品藻"有共同之处,都在于以慧黠之言杂嘲取乐,不过所谓"绮

---

① 〔宋〕洪迈《夷坚支乙》卷第六,洪迈撰,何卓点校《夷坚志》,第二册,第841页。
② 参见胡士莹《话本小说概论》上册,第123—124页。并参见刘晓明《"合生"与唐宋伎艺》,《文学遗产》2006年第2期;宋常立《"合生"的原貌、渊源与得名——兼论"说话"之"合生"》,《中国文化研究》2014年第3期。
③ 〔宋〕罗烨《醉翁谈录》戊集卷一,第46页。
④ 〔宋〕罗烨《醉翁谈录》戊集卷二,第52页。

语"非韵文,而"品藻"则为诗体。

《醉翁谈录》的"烟花品藻"独特之处还在于以杂嘲的形式"评花榜"。"评花榜"多见于京城等繁华城市,关于宋代闽地"评花榜"的资料仅见于此,对建安这样一个边远城市的妓女作集中记载,在中国文化史上也是少见的。而这五十五位"烟花",显然绝无苏小小、李师师一类盛名远播的人物,对于受众来说,若非居住行走于建安而对这些妓女有所风闻,则想来兴趣不大。但在建安的"风月"场中,于酒筵中"品藻",可以想见宾主们会心之欢愉。

《醉翁谈录》之《嘲戏绮语》和《烟花品藻》,还特别提醒我们在想象宋代说话艺术的时候,不要以为所有说话艺术都是勾栏中面向广大听众的形式,说话艺术存在的另一重要形式是在宴席上——《醉翁谈录》之《小说开辟》所谓"自然使席上风生,不枉教坐间星拱"[①]。"席上风生"主要就是指宴席上,宴席上的说话艺术同样有主要表演者,不过表演者与听众具有更多互动。而杂嘲、合生,就是说话艺术的形式之一二,不能以今人的小说观念来规范当时说话艺术所包容的形式。

因此,戊集《烟花品藻》二卷对五十五位建安妓女的题咏更直接表明这些闽地之事为闽地说话艺术资料的性质。

《醉翁谈录》并非全部篇章都来自闽地,也并非面向闽地而编,从《舌耕叙引》之《小说引子》和《小说开辟》来看,编者视野开阔,他讨论的是说话艺术而非某地说话艺术,他所面向的是全国的说话艺术、说话艺人和普通读者。但是,从其中大量的闽地故事可见,他的取材有意无意地偏向闽地题材。《醉翁谈录》编者罗烨是庐陵人,从其取材看来,此书应该编于闽地,很可能吸收了当地的说话艺术题材。

以罗烨《醉翁谈录》作为旁证,结合上文所述刘克庄诗歌记载的闽中"市优"等说话艺术活动,以及建宁府和周边城市的商业繁荣、经济发达,大体可以推想宋元时期建阳书坊所处地域的文化氛围和说话艺术之情形,这应该是从罗烨《醉翁谈录》到元代《红白蜘蛛小说》以及大量讲史平话刊刻的背景和条件之一。

结合元代整体的文学史背景可知,由于政治经济形势的变化,元代思想

---

① 〔宋〕罗烨《醉翁谈录》甲集卷一,第3页。

领域颇为活跃松动,工商业发达,市民文化蓬勃发展,说话、说唱、戏剧等艺术在唐宋以来发展的基础上更为繁荣,大批以文谋生的读书人参与通俗文艺创作成为书会才人,推进了说话、说唱、戏剧艺术的底本以话本形式的编撰、出版和传播。而元代通俗小说的出版,从现存小说刊本来看,基本出于建阳书坊,其间有三个方面直接的原因:一是建阳所在的闽北、福建本地宋代以来说话艺术繁盛,元代继续发展;二是建阳、闽北、福建与杭州等地密切的交流,元代建阳书坊刊刻的通俗小说是杭州等地说话艺术繁盛的辐射,中心城市往往引领周边区域的文化发展,但建阳书坊在宋代已有通俗小说刊刻,所以,元代的通俗小说刊刻同时也是前代刻书传统的延续和发展;三是元代建阳及其周边地区大批文人参与书坊编书活动。

三、元代建刻话本的小说史意义

元代建阳书坊刊刻的白话通俗小说最受关注,因为这些通俗小说刊本在小说发展史上具有重要地位。

小说发展至于宋代,已经历了魏晋志人志怪的粗陈梗概,唐传奇的婉妙多姿,又经唐代俗讲与变文的纵深发展,在宋代蓬勃兴起的城市生活与市民文化中,小说文体与瓦舍众伎一同发展,宋元说话发展了小说中通俗一脉,小说刊刻则推进了白话小说从口传到文本的发展,此后通俗小说逐渐成为小说的主流。

宋元说话艺术分成小说、说经、讲史、合生等家门,其话本之刊刻情形很少有文献记载,流传至今的本子也不多,而现存之宋元刊本几乎都出自建阳书坊刊刻,可见建阳书坊刻书在宋元小说发展过程中的重要意义。

说经话本《大唐三藏取经诗话》,或认为宋刊本,或认为元刊本,但当前学术界多据其卷末"中瓦子张家印"款而定为宋代杭州刊本,此书另一版本《大唐三藏取经记》多认为是宋代建阳刊本。另外,有一些学者认为,《朴通事谚解》中提到的《西游记平话》也有可能出于建阳书坊。

1979年西安发现的《新编红白蜘蛛小说》残叶被认为是元刻小说话本,学术界据其字体版式认为出自建阳书坊刊刻。[①]《红白蜘蛛》叙述的是郑信发迹变泰的故事,元明间戏曲、小说多有演述。钱南扬《宋元戏文辑佚》著

---

① 黄永年《记元刻〈新编红白蜘蛛小说〉残页》,《中华文史论丛》1982年第1辑。

录《郑将军红白蜘蛛记》,《续录鬼簿》著录元明间杨景贤《红白蜘蛛》杂剧,明嘉靖晁瑮《宝文堂书目》卷中子杂类著录《红白蜘蛛记》,明末冯梦龙《醒世恒言》第三十一卷《郑节使立功神臂弓》,皆是演述这一故事。宋元小说话本的刊刻极为少见,因此,《新编红白蜘蛛小说》虽然仅存一纸残叶,但是在学术界备受关注。

宋元讲史平话中,现存刊本基本出自建阳书坊,包括《五代史平话》、《宣和遗事》、"全相平话五种"、《三分事略》等。① 从这些刊本可见,建阳书坊集中刊刻了一批讲史平话,或可称之为讲史平话刊刻中心。

"全相平话五种"是当时刊刻的讲史连续故事中的五种,包括《全相平话武王伐纣书》、《全相平话乐毅图齐七国春秋后集》、《全相秦并六国平话》、《全相平话前汉书续集》、《新全相三国志平话》。从"全相平话五种"各自的书名看来,当时刊刻的平话显然不只这五种。孙楷第在《日本东京所见小说书目》中认为,"以书题测之,至少亦有八种"②。郑振铎则认为,"所谓《十七史演义》之类,在那时恐怕是的确曾出版过"③。如《吴越春秋连像平话》,胡士莹就认为是"建安虞氏所刻的一种"④。根据清道光年间杨尚文所刊《永乐大典目录》记载,"话"字部"评话"凡二十六卷,可惜未列出作品名目。这二十六卷应该就是元代讲史平话。从《东京梦华录》、《梦粱录》、《醉翁谈录》等记载可见宋元讲史之盛,因此,元代的讲史平话或许还不只这些,但是,由此可推见当时平话刊刻之繁盛。

在中国小说发展史上,平话是极为重要的一环,正是在平话的基础上产生了中国古代最重要的小说文体章回体。就现存平话来看,后来明代的历史演义小说和神魔小说与之有着明显的传承关系,对此,学术界已有深入研究。

比如,《三国志演义》跟《三国志平话》关系密切,《三国志演义》是在"说三分"的基础上演化而来的。正如郑振铎所说,罗贯中的《三国志演义》

---

① 此外,《梁公九谏》被认为宋人所编,现存士礼居刻本,源出赐书楼藏旧钞本。又有《薛仁贵征辽事略》,保存于《永乐大典》之中,原书或为元人编刊。
② 孙楷第《日本东京所见小说书目》卷一《宋元部》,《中国通俗小说书目(外二种)》,中华书局2018年版,第227页。
③ 郑振铎《中国古代木刻画史略》,上海书店出版社2006年版,第23页。
④ 胡士莹《话本小说概论》下册,第729页。

"还在保存了一部分《平话》的旧事而大加增饰"。①《三国志平话》相当于宋元"说三分"的现存文本梗概,从这个文本梗概可见,"说三分"在叙事结构、叙事意向、人物形象等多方面都为《三国志演义》奠定了良好的基础。《三国志通俗演义》与《三国志平话》文本关系密切。明嘉靖壬午序本《三国志通俗演义》题署"晋平阳侯陈寿史传,后学罗本贯中编次",标榜此书是按《三国志》编著的。确实,《三国志通俗演义》充分运用了陈寿志与裴松之注的内容,但《三国志通俗演义》的结构,却是以《三国志平话》的框架为基本构架的。《三国志通俗演义》是把《三国志》与裴注纳入基于《三国志平话》结构的小说结构中,以史实改造《三国志平话》荒诞虚谬的民间艺术作风。《三国志平话》的主体部分基本上为《三国志通俗演义》所吸收,只是有的情节在叙述三国的历史情境中显得过于悖谬,如张飞摔袁襄、张飞杀庞统却杀一犬、庞统说四郡皆反等等,为《三国志通俗演义》所不取,或被改变细节,使之与历史情境、叙事风格相和谐;更多的情节则是以扩充、改写的形式为《三国志通俗演义》所吸收,平话中原有的情节成为事件轮廓,或其中语不成句的粗略叙述成为故事引子,《三国志通俗演义》在此基础上加以想象和嫁接,生发出细致的情节,平话原有的叙述因而成为演义情节的有机成分,融合在演义叙述之中。

又比如《封神演义》与《武王伐纣平话》关系密切,赵景深《〈武王伐纣平话〉与〈封神演义〉》指出:《封神演义》前三十回,"除哪吒出世的第十二、三、四回外,几乎完全根据《平话》来扩大改编"。②

《两汉开国中兴传志》则与现存的《武王伐纣平话》、《秦并六国平话》、《前汉书续集》关系密切,《两汉开国中兴传志》卷一第一则《帝业承传统绪》,从文王梦飞熊开始叙述,到张子房受黄石老人授书,冗长的叙事主要来自《武王伐纣平话》和《秦并六国平话》。其第三卷、第四卷则与《前汉书续集》情节相同。王古鲁曾说:"此书(《两汉开国中兴传志》)第三卷自项羽自刎于乌江之后,以迄第四卷卷尾文帝即位止,情节与元刊本《前汉书续集》相同(文字和插图,稍有相异之处),说明此书是继承虞氏所刊平话的系

---

① 郑振铎《中国文学研究》,人民文学出版社2000年版,第182页。
② 赵景深《中国小说丛考》,齐鲁书社1980年版,第99页。

统的。"①程毅中也说:"明人黄化宇所校正的《两汉开国中兴传志》,从《楚王独奔乌江自刎》到《三王诛吕立文帝》的十一回,基本上就是承袭《前汉书平话》续集而来的。前面汉楚争锋的部分,很可能就是《前汉书平话》正集的内容。后面讲东汉故事的部分,也可能有《后汉书平话》的遗响。"②

另外,《两汉开国中兴传志》现存刊本晚于《全汉志传》(万历十六年余氏克勤斋刊本,后集书末尾页有牌记"清白堂杨氏梓行"),但从小说内容来看,《两汉开国中兴传志》可能早于《全汉志传》。《两汉开国中兴传志》跟《全汉志传》两者版本内容关系较为复杂,日本桥本尧比勘两书后认为,两者都是由《前汉书平话续集》发展而来的。大塚秀高认为,杨氏清白堂刊熊大木编《全汉志传》,嘉靖年间成书的可能性比较大,那么,《两汉开国中兴传志》反映的应是嘉靖以前的平话系统两汉故事,西汉卷三项羽自刎于乌江以前部分也有《前汉书平话正集》后裔的可能性,东汉二卷也不失《后汉书平话》后裔的资格。③《全汉志传》为继承全相平话和《两汉开国中兴传志》而成书的平话系统两汉故事小说,比之《两汉开国中兴传志》具有更多小说演义因素。后来明谢诏重编《东汉十二帝通俗演义》,由明代金陵周氏大业堂刊行,卷首陈继儒《序》曰:"有好事者为之演义,名曰《东汉志传》,颇为世赏鉴。奈岁久字漫,不便览阅。唐贞予复梓而新之……"④谢诏《东汉十二帝通俗演义》在《东汉志传》的基础上写成,全书情节框架格局显然是沿袭《全汉志传》和《两汉开国中兴传志》。所以明代汉书系统的历史演义小说都源于宋元讲史平话,与元刊全相平话关系密切。

此外,戴不凡《小说闻见录·五代史平话的阙文》将《五代史平话》与明刊《南宋志传》对勘,发现后者是在前者的基础上,自《晋史平话》处开始略加改写,最后宋灭南唐的部分才跟平话不同,他还在相应的位置找到了《五代史平话》的部分佚文。孙楷第《日本东京所见小说书目》卷三"明清部二"著录明刊《孙庞斗志演义》,便论断"其作风实与今存元刊诸平话为近,与《春秋后集》亦沆瀣一气,疑即出于元人《七国春秋前集》。即以一书视之,

---

① 参见王古鲁《王古鲁日本访书记》,海峡文艺出版社1986年版,第19页。
② 程毅中《宋元小说研究》,江苏古籍出版社1999年版,第273页。
③ 石昌渝主编《中国古代小说总目(白话卷)》,第204页。
④ 〔明〕谢诏《东汉十二帝通俗演义》卷首陈继儒序,日本宫内厅书陵部藏明代金陵周氏大业堂刊本。

亦不至大谬。"①明代的历史演义小说大都是就宋元讲史平话改编而来,袁世硕先生据此还推论明代嘉靖年间建阳文人熊大木所编撰的几部小说都有所依据的元刊平话,如《北宋志传》、《北宋中兴英烈传》、《唐书志传》等,"因为它们编刊的时代早,地点为刊印平话的建阳书坊,有刻印通俗读物的传统、工艺条件,也存有原刊平话的木板和文本。熊大木短短几年便刻印几种小说,便说明了这个问题。"②

元明讲史小说绝大部分出自建阳书坊,明代讲史小说又与元刊小说关系如此密切,因此,建阳书坊之小说刊刻颇受学界关注。

---

① 孙楷第《日本东京所见小说书目》卷二《明清部二(长篇)》,《中国通俗小说书目(外二种)》,第278页。
② 袁世硕《〈永乐大典〉平话探佚》,《袁世硕文集》第4册《文学史学的明清小说研究》,人民文学出版社2021年版,第447页。

第三章 明代建阳刊刻小说及其地域文化特征

福建建阳刊刻小说历经宋元明三代,至于清代尚有零星雕刻,所以,建阳刻书几乎见证了中国小说从雅致书斋走向社会大众的全过程。中国通俗小说之繁荣在明代,明代嘉靖、万历年间小说得到很大的发展,而福建建阳是当时最主要的刻书中心,流传至今的小说刊本以建阳刻本为最多,占现存刊本的百分之四十多,在明代小说史上占有重要地位。由于朱子闽学在明代特殊地位的影响,也受限于建阳经济文化条件,深受闽学浸润的建阳书坊刊刻之小说打上了明显的地域文化烙印。

第一节 明代建阳刊刻小说概况

明代是中国古代小说的繁盛期,大量小说编撰和出版于此时。刻书中心之一福建建阳地区刊刻的小说以其数量众多而引人注目。王清源、牟仁隆、韩锡铎编纂的《小说书坊录》共录明代小说225种,其中明确为建阳刊刻者66种,占明代小说的29.3%。而我们根据现存所见小说刻本,包括上世纪80年代以来陆续出版的一些影印资料如台湾天一出版社《明清善本小说丛刊》、中华书局《古本小说丛刊》、上海古籍出版社《古本小说集成》等,并结合江苏社会科学院文学研究所明清小说研究中心编撰《中国通俗小说总目提要》、石昌渝主编《中国古代小说总目》、朱一玄等编撰《中国古代小说总目提要》等书目文献,以及近年各大藏书机构的开放资源和学界相关研究资料,粗略统计明代建阳书坊刊刻的小说数量大概要两倍于此,在130种以上[①]。

---

① 此就目前所见所知统计,包括现存一些上图下文版式的残本(残叶),学界一般归为建阳刊本。同一种小说若存不同版本,以不同版本数计。

第三章　明代建阳刊刻小说及其地域文化特征

明代文学的发展前期相对沉寂,从明代中期开始,随着政治文化发展变化,城市商业经济繁荣,农业文明向工商文明转变,近代化思潮如狂飙突进,文艺创作和传播日益繁盛,文学朝世俗化、趣味化、个性化方向发展。而空前繁荣的出版业更进一步推动了通俗文学的发展,小说戏曲与说唱文学大量出版,传播及于社会各阶层,其兴盛之势足以跟诗文雅文学分庭抗礼。明代建阳书坊刊刻小说,正是明代文学发展潮流的反映,建阳书坊也是助推这一潮流发展的重要力量。

一、明代建阳刊刻小说的发展过程

建阳书坊有着悠久的小说刊刻传统,但是,明代早期刊刻的小说目前所知甚少。大约从宣德八年(1433)开始,建阳知县张光启校刊李昌祺《剪灯余话》[①]。弘治以后,通俗文学的刊刻渐多,现存建刻小说如弘治九年(1496)余氏双桂堂刊刻周礼《湖海奇闻集》六卷,弘治十七年(1504)江氏宗德堂刻印雷燮撰《新刊奇见异闻笔坡丛脞》一卷,正德六年(1511)杨氏清江堂刻《新增补相剪灯新话大全》四卷、《新增全相湖海新奇剪灯余话大全》四卷等。

与明代小说的发展过程相一致,嘉靖年间,建阳书坊刊刻了不少小说,现存可见的比如嘉靖二十七年(1548)书林叶逢春刊刻《新刊通俗演义三国志史传》十卷,嘉靖三十一年(1552)杨氏清江堂、清白堂刊刻《新刊大宋演义中兴英烈传》八卷、附录《会纂宋岳鄂武穆王精忠录后集》,嘉靖三十二年(1553)杨氏清江堂刊《新刊参采史鉴唐书志传通俗演义》八卷等。

另外,弘治十七年袁铿《建阳续志》记载建刻典籍《山海经》和《世说新

---

① 学界根据日本天理图书馆藏本一般认为张光启宣德八年(1433)至正统二年(1437)刊刻《剪灯新话》与《剪灯余话》,但从天理图书馆藏本卷首张光启序之残叶,结合双桂堂本卷首完整的张光启序,目前可确定张光启刊刻了《剪灯余话》,张光启刊刻《剪灯新话》则似还需更为确凿的文献依据。日本天理图书馆藏本《剪灯余话》,应该是明代晚期刊本,版本面貌比较粗陋。关于张光启任职时间,据《(嘉靖)汀州府志》卷十一,张光启于永乐十五年任上杭知县。〔明〕邵有道修,何云、伍晏纂,涂秀虹、涂明谦点校《(嘉靖)汀州府志》,第294页。又据《(康熙)建阳县志》卷二《建置志》记载:"宣德四年知县张光启市地以广学基,重建大成殿。"卷四《官师志·知县·明》记载:"张光启,建昌人,进士,宣德己酉任。"宣德己酉即宣德四年(1429)。张光启后一任是何景春:"南康人,以本县县丞升令。正统丁巳任。"正统丁巳即正统二年。可见,张光启任建阳知县八年。〔清〕柳正芳等修撰《(康熙)建阳县志》,《福建师范大学图书馆藏稀见方志丛刊》第14册,北京图书馆出版社2008年,第219页、第455—456页。

语》、《类说》等。嘉靖年间周弘祖《古今书刻》录建阳书坊刻本367种,但不录小说戏曲,其中杂书类记载《搜神记》和《列女传》①。

建阳书坊刊刻小说大繁荣于嘉靖以后,目前所知见建阳小说刊本大多数刻于万历年间。现存刊刻年代比较明确的刊本,如:

万历十四年(1586),余碧泉刊明王世贞批点《世说新语》八卷。

万历十六年(1588),余氏克勤斋刊《京本通俗演义按鉴全汉志传》十二卷。

万历十九年(1591),书林杨明峰刊《新镌龙兴名世录皇明开运英武传》八卷六十则。

万历二十年(1592),余氏双峰堂刊《音释补遗按鉴演义全像批评三国志传》二十卷。

万历二十二年(1594),余象斗"补梓"《京本增补校正全像忠义水浒志传评林》二十五卷;朱氏与耕堂刊明钱塘散人安遇时编集《新刊京本通俗演义全像百家公案全传》十卷一百回。

万历二十三年(1595),熊体忠宏远堂刊明庄镗实辑《新刊列仙降凡征应全编》二卷。

万历二十四年(1596),熊清波诚德堂刊《新刻京本补遗通俗演义三国全传》二十卷。

万历二十六年(1598),余象斗辑《新刊皇明诸司廉明奇判公案》,现存余氏建泉堂刊本等;双峰堂刊余象斗编《新刻芸窗汇爽万锦情林》六卷。

万历三十年(1602),书林熊仰台刊余象斗编《北方真武祖师玄天上帝出身志传》四卷;余泗泉刊明王同轨撰《新刻耳谈》十五卷。

万历三十一年(1603),杨闽斋刊华阳洞天主人校《鼎镌京本全像西游记》二十卷一百回;萃庆堂余氏刊邓志谟编《新镌晋代许旌阳得道擒蛟铁树记》、《镌唐代吕纯阳得道飞剑记》、《镌五代萨真人得道咒枣记》各二卷;忠正堂熊佛贵刊《新镌音释评林演义合相三国志史传》二十卷。

万历三十二年(1604),杨氏清白堂刊朱星祚撰《新刻全相二十四尊得道罗汉传》六卷,现存万历乙巳(三十三年,1605)聚奎斋挖改题署本。

---

① 《列女传》,《四库全书》归于"史部·传记类",但前人多称其为"小说"。关于小说观念,本书第一章已述及。

万历三十三年，余氏双峰堂刊余象斗辑《新刊皇明诸司廉明奇判公案》四卷；书林余成章永庆堂刻《新刻郭青螺六省听讼录新民公案》四卷；郑少垣联辉堂刊《新锲京本校正通俗演义按鉴三国志传》二十卷；詹氏西清堂刊《京板全像按鉴音释两汉开国中兴传志》六卷；书林萃庆堂刊鸠兹洛源子编集《新镌全像一见赏心编》十四卷。

万历三十四年（1606），三台馆刊余邵鱼纂集《新刊京本春秋五霸七雄全像列国志传》八卷。

万历三十八年（1610），杨闽斋（春元）刊《重刊京本通俗演义按鉴三国志传》二十卷。

万历三十九年（1611），郑世容刊《新锲京本校正通俗演义按鉴三国志传》二十卷。

万历四十二年（1612），乐纯刻印自撰《雪庵清史》五卷，为建阳余氏承刻。

万历四十六年（1618），余象斗三台馆重刊余邵鱼纂集《新刊京本春秋五霸七雄全像列国志传》八卷。

万历四十八年（1620）费守斋与耕堂刊《新刻京本全像演义三国志传》二十卷。

万历新春之岁，忠正堂熊龙峰刊明吴还初撰《新刊出像天妃济世出身传》二卷。

还有不少未署刊刻年代，但大体可确定为万历年间（1573—1619）刊本，如：书林仙源余成章刊明朱名世撰《新刻全像牛郎织女传》四卷；书林清白堂杨丽泉刊明朱开泰撰《新刻全像达摩出身传灯传》四卷；书林景生杨文高刊《新刊京本通俗演义全像百家公案全传》十卷，残存卷一至卷五；潭城泰斋杨春荣刊南州西大午辰走人订著、羊城冲怀朱鼎臣编辑《新锲全相南海观世音菩萨出身修行传》四卷；书林余文台刊明吴元泰撰《新刊八仙出处东游记》二卷；余象斗刊《新刊京本校正演义全像三国志传评林》二十卷；双峰堂重印《新刊大宋中兴通俗演义》八卷八十则，后附《精忠录》，此本卷二和卷七题"书林万卷楼刊行"，版心题"仁寿堂"；潭阳书林三台馆刊《新刊按鉴演义全像大宋中兴岳王传》八卷；三台馆刊明熊大木撰《新刻全像按鉴演义南北两宋志传》二十卷；三台馆刊余象斗编述《新刊皇明诸司廉明奇判公案》六卷；三台馆刊余象斗编集《刻按鉴通俗演义列国前编十二朝传》四卷；

书林余君召刊《新刻皇明开运辑略武功名世英烈传》六卷;三台馆刊明杨尔曾编《新镌全像东西两晋演义志传》十二卷,今存嘉庆四年(1799)敬书堂藏板、覆明三台馆刊本;双峰堂、三台馆刊《新刊按鉴演义全像唐国志传》八卷;余文台刊《新刊京本编集二十四帝通俗演义西东汉志传》二十卷;潭阳三台馆元素刊《新刻按鉴编集二十四帝通俗演义全汉志传》十五卷;萃庆堂刊明林近阳增编《新刻增补全相燕居笔记》上下两栏各十卷;熊龙峰刊《张生彩鸾灯传》、《冯伯玉风月相思小说》、《孔淑芳双鱼扇坠传》、《苏长公章台柳传》各一卷;海北游人无根子集《新刻全集显法白蛇海游记传》,现存清乾隆十八年文元堂据建邑书林忠正堂本重刊本;书林文萃堂刊吴还初编《新刻全像五鼠闹东京》,残存卷一、卷二,原书当为四卷;种德堂熊成冶(冲宇)刊《新锲京本校正按鉴演义全像三国志传》二十卷,现残存八卷;种德堂刊《图像绣榻野史》上下两卷;书林熊云滨补修重印金陵世德堂本《新刻出像官板大字西游记》二十卷;书林莲台刘永茂刊朱鼎臣编辑《鼎锲全相唐三藏西游释厄传》十卷;芝潭朱苍岭刊齐云阳至和编《新锲三藏出身全传》;书林刘氏安正堂刊《鼎锲全相按鉴唐钟馗全传》四卷;书林刘龙田乔山堂刊《新锓全像大字通俗演义三国志传》二十卷;潭阳书林刘太华刊京南归正宁静子辑《新镌国朝名公神断详刑公案》八卷;书林陈怀轩存仁堂刊浙江夔衷张应俞撰《鼎刻江湖历览杜骗新书》四卷;萧氏师俭堂刊金陵陈玉秀选校《新刻海若汤先生汇集古今律条公案》八卷;郑以祯刊《新镌校正京本大字音释圈点三国志演义》十二卷;闽建书林笈邮斋刊《新锓全像大字通俗演义三国志传》二十卷;闽书林杨美生刊刻《新刻按鉴演义全像三国英雄志传》二十卷;吴观明刊《李卓吾先生批评三国志》一百二十回等。现存"三国"、"水浒"小说残卷、残叶颇多,可能多出于万历年间建阳书坊。另外,大约万历末到崇祯六年(1633)之前,书林陈怀轩存仁堂刊《新镌国朝名公神断详情公案》。

又有一些不知书坊名的刊本或残本,据其版式内容,一般认为可能出于万历间建阳书坊,如:不题撰人《新镌国朝承运传》四卷;不题撰人《新镌图像潜龙马再兴七姑传》二卷;穆氏编辑《关帝历代显圣志传》四卷;《新镌孔圣宗师出身全传》四卷,首佚七叶;《京镌皇明通俗演义全像戚南塘剿平倭寇志传》,残存卷一至三,阙卷首十余叶。

万历时期是明代建阳书坊刊刻小说的黄金时代,至天启崇祯年间,建阳

书坊渐趋衰微,但刊刻小说数量仍然颇为可观。目前知见如:

天启元年(1621),闽建书林高阳生刊湖海山人清虚子编辑《合刻名公案断法林灼见》四卷。

癸亥(天启三年,1623)书林黄正甫刊《新刻考订按鉴通俗演义全像三国志传》二十卷。

天启间(1621—1627),杨氏四知馆刊《钟伯敬先生批评水浒忠义传》一百卷一百回,积庆堂藏板。

建邑书林郑氏宗文堂刻余象斗辑《皇明诸司廉明奇判公案传》,今存天启年间萃英堂重刊本,上下二卷。

三槐堂王崑源刻葛天民吴沛泉汇编《新刻名公神断明镜公案》七卷。

天启崇祯间,余季岳刊《按鉴演义帝王御世盘古至唐虞传》二卷七则、《按鉴演义帝王御世有夏志传》四卷十九则,这一系列还有第三种《有商志传》,现存与《有夏志传》合刊的嘉庆十九年(1814)稽古堂本、光绪三十二年(1906)宏道堂本。

崇祯四年(1631),杨居谦闽斋堂刊《新刻增补批评全像西游记》二十卷;富沙郑尚玄人瑞堂刊明齐东野人撰《新镌全像通俗演义隋炀帝艳史》八卷;书林李仕弘昌远堂刻印余象斗撰《刻全像五显灵官大帝华光天王传》四卷。

崇祯间(1628—1644),富沙刘兴我刊《新刻全像水浒传》二十五卷一百十五回;富沙忠贤堂刘兴我刊《新刻按鉴演义全像三国志传》二十卷二百四十则;刘氏藜光堂(阁)刊《精镌按鉴全像鼎峙三国志传》二十卷;刘荣吾藜光堂刊刻《新刻全像忠义水浒志传》二十五卷一百十五回;熊飞雄飞馆刻印《英雄谱》,分上下两栏,为《水浒传》、《三国志》两种小说合刻本,各二十卷,此书有初刻、二刻;熊飞雄飞馆刊刻《小说选言》十八卷;《封神演义》十卷,崇祯年间周之标序本;《神武传》四卷,崇祯年间建阳余氏刊本。

此外,还有一些无刊刻年号的小说刊本,可能出于明刊,如书林陈恭敬刻印福唐陈伯全校正《新刊增补全像音释古今列女全传》三卷,书林松溪陈应翔刻印唐牛僧孺撰《幽怪录》四卷、附李复言撰《续幽怪录》一卷等。

现存小说刊本中,有些保留了建阳书坊编刊的痕迹,如《片璧列国志》,内封题"李卓吾先生评阅","金阊五雅堂梓行"。此书卷首《列国志叙》署"三台山人仰止子撰",可见可能原为余象斗编撰刊行。

明代小说前期较为沉寂,在嘉靖以后才兴盛,这一小说史过程固然主要因于小说发展的自身规律,但可能也跟建阳书坊的发展情况有很大关系。因为明代前期建阳书坊刻书占市场份额很大,建阳书坊的刻书与经营状况对于图书的市场流通具有重要的决定作用,明代小说的传播也受此影响。建阳书坊在明代末期已开始衰微,入清以后刻书较少,所刻小说屈指可数。

二、建阳刊刻小说的题材类型

建阳被称为"闽邦邹鲁"、"道南理窟",独特的地域文化决定了建阳刊刻小说明显的地域特征。这一地域特征充分体现在建阳刊通俗小说的题材选择上,现存建阳小说刊本以讲史、神魔、公案三种类型为主,而少有人情小说。以下略为分类介绍,小说版本具体情况见本书下编各章。

(一)讲史小说

讲史小说以《三国志演义》和《水浒传》为典范,是中国古代最早成熟的长篇小说类型。在《三国志演义》、《水浒传》影响下,建阳编刊了大量讲史小说。

根据目前所见刊本,结合当前研究资料,可知现存《三国志演义》明刻本三十余种,其中只有嘉靖壬午本和周曰校本、夷白堂本等不多的几种非建阳坊刻,其他大多刊本出于建阳书坊。目前所知建阳刊本如叶逢春本,余象斗刊本,余象斗刊评林本,熊清波诚德堂本,忠正堂熊佛贵本,联辉堂郑少垣本,杨闽斋本,郑世容本,郑以祯本,费守斋与耕堂本,勤有堂罗端源本(与原称天理藏本同版),刘龙田本,笈邮斋重印本,朱鼎臣本,汤宾尹本,种德堂熊成冶本,吴观明本,黄正甫本,藜光堂刘荣吾本,熊飞雄飞馆《英雄谱》初刻本、二刻本,北京藏本,忠贤堂刊本,杨美生本,美玉堂本,书林魏某本,上海图书馆藏二十卷残本,《古本演义三国志》,三建书林本,积庆堂藏板、四知馆补刻钟伯敬评本等。建阳刊《三国志演义》覆盖了除毛宗岗本外的诸版本系统。《水浒传》现存版本中大体被认为建阳刊者:《京本忠义传》(现存两纸残叶),种德书堂刊本《全相忠义水浒传》,插增本《京本全像插增田虎王庆忠义水浒全传》,余象斗双峰堂刊刻《京本增补校正全像忠义水浒志传评林》,刘兴我刊《新刻全像水浒传》,藜光堂刘荣吾刊《新刻全像水浒忠义志传》,慕尼黑本《新刻绘像忠义水浒全传》,《英雄谱》本(初刻、二刻),积庆堂藏板、四知馆梓行《钟伯敬先生批评忠义水浒传》等。在现存建阳刊小说中,《三国志演义》、《水浒传》各种本子大约占三分之一。

在《三国志演义》、《水浒传》影响下产生了大量讲史小说,建阳书坊几乎编刊了演义全史,目前所知如:《刻按鉴通俗演义列国前编十二朝》、《按鉴演义帝王御世盘古至唐虞传》、《按鉴演义帝王御世有夏志传》、《按鉴演义帝王御世有商志传》、《新刊京本春秋五霸七雄全像列国志传》、《新刻汇正十八国斗宝传》、《孔圣宗师出身全传》、《京本通俗演义按鉴全汉志传》、《二十四帝通俗演义西东汉志传》、《两汉开国中兴传志》、《新刊京本大字按鉴汉书故事大全》、《新镌全像东西两晋演义志传》、《新镌全像通俗演义隋炀帝艳史》、《新刊参采史鉴唐书志传通俗演义》、《新刊按鉴演义全像唐国志传》、《新刊薛仁贵征辽传》、《新刻全像按鉴演义南北两宋志传》、《新刊大宋演义中兴英烈传》、《新刊大宋中兴通俗演义》、《新刊按鉴演义全像大宋中兴岳王传》、《新镌龙兴名世录皇明开运英武传》、《皇明开运辑略武功名世英烈传》、《全像演义皇明英烈志传》、《神武传》、《新镌国朝承运传》、《戚南塘剿平倭寇志传》等。这些小说多有多种版本。现存讲史小说刊本数量大约占明代建阳刊小说的一半。

(二)神魔小说

明代神魔小说以《西游记》为典范作品,《西游记》成书和传播之后,推动了神魔小说的编刊。

从现存刊本来看,万历二十年(1592)金陵世德堂刊刻《新刻出像官板大字西游记》之后不久,建阳书坊就介入了《西游记》繁本的刊印。现藏于台湾故宫博物院、日本天理图书馆的世德堂本《西游记》卷十六署"华阳洞天主人校"、"书林熊云滨重锲",此本系建阳书坊主熊云滨以金陵世德堂版片补修重印而成。现存《西游记》刊本中,杨闽斋刊本、杨闽斋之子杨居谦刊刻的闽斋堂本、朱鼎臣、阳至和本可确定为建阳书坊刊本。此外,《唐僧西游记》日本藏三种本子即日本国会图书馆存残卷《唐僧西游记》、日本慈眼堂存足本《二刻官板唐三藏西游记》(书林朱继源梓行)、叡山文库本《唐僧西游记》(全像书林蔡敬吾刻),可能是建阳书坊刊本,但未能确定。

在《西游记》影响下,建阳书坊编刊了大量神魔小说,如《北方真武祖师玄天上帝出身志传》、《新刊八仙出处东游记》、《全像五显灵官大帝华光天王传》、《新镌晋代许旌阳得道擒蛟铁树记》、《镌唐代吕纯阳得道飞剑记》、《镌五代萨真人得道咒枣记》、《新刻达摩出身传灯传》、《新镌全相南海观世音菩萨出身修行传》、《新刻全像牛郎织女传》、《新刊出像天妃济世出身传》、《显法白蛇海游记传》、《新刻全像五鼠闹东京》、《唐钟馗全传》、《封神演义》、《关帝历代显圣志传》、《潜龙马再兴七姑传》等。

（三）公案小说

建阳书坊在正德年间就刊刻了包公故事《包待制》（发现者李开升拟题），这是近年在天一阁藏正德十六年（1521）慎独斋重修本《文献通考》封面衬纸中发现的残叶，五个残片拼成的两纸残叶，为卷上第七叶（末缺半行），第八叶（前半叶缺上半、后半叶缺四个半行），包括了四个故事，分别为《劾儿子》（发现者拟题）、《待制出为定州守》、《瓦盆子叫屈》、《老犬变作夫主》。发现者判断《包待制》乃正德末年建阳书坊刘洪慎独斋或刘氏安正堂刻本。①

公案小说的大量编刊则在万历至崇祯年间，现存《新刊京本通俗演义全像百家公案全传》、《新刊皇明诸司廉明奇判公案》、《新刻皇明诸司公案》、《新刻郭青螺六省听讼录新民公案》、《海刚峰居官公案》、《新镌国朝名公神断详刑公案》、《鼎刻江湖历览杜骗新书》、《新刻海若汤先生汇集古今律条公案》、《新刻名公神断明镜公案》、《新镌国朝名公神断详情公案》、《合刻名公案断法林灼见》等公案小说刊本大多出于建阳书坊。

（四）世情小说及其他小说

明代中后期大为繁荣的世情小说和话本小说，现存刊本中较少建阳刊本。

世情小说从万历开始大量创作和传播，现存刊本多出于江南地区。建阳书坊刊刻世情小说目前仅见一种，即种德堂刊《绣榻野史》，卷首序署"戊申秋日五陵豪长书"，此戊申应该是万历三十六年（1608）。但万历年间建阳书坊刊刻了一些话本小说，现存如熊龙峰刊行四种小说。这是四种分册单行话本：《冯伯玉风月相思小说》、《孔淑芳双鱼扇坠传》、《苏长公章台柳传》、《张生彩鸾灯传》。明末，雄飞馆刊《小说选言》，为"三言""二拍"故事之选编。此外，书林徐梁成刊《锲张子房小儿论学士诗》残存上卷，书林郑象文刊《汇纂较正解学士选》一卷，亦可归为话本一类，但非世情题材小说话本，大概可归于诗话小说一类。

---

① 李开升《正德刻本公案小说〈包待制〉残叶考》，《文献》2018 年第 5 期。

建阳也刊刻了一些文言小说,今见较早信息为宣德八年(1433)建阳知县张光启刊刻李昌祺《剪灯余话》,现存正德六年(1511)清江堂刊本、上海图书馆藏明末刊本、日本天理图书馆藏本(上图下文,半叶十六行),皆为《剪灯新话》、《剪灯余话》合刊。《剪灯余话》又有明正统七年(1442)黄氏集义精舍刊本、成化二十三年(1487)余氏双桂堂刊本等。此外,目前所见建阳书坊刊文言小说信息:弘治九年(1496),余氏双桂堂刊明周礼撰《湖海奇闻集》五卷附录一卷,原藏大连满铁图书馆,已佚;弘治十七年(1504),江氏宗德堂刊明雷燮撰《新刊奇见异闻笔坡丛脞》,现存一卷,卷端署"建安雷燮撰"、"书林梅轩刊";万历十二年(1584),仁实堂刊宋罗大经撰《鹤林玉露》十六卷;万历十四年(1586),余碧泉刊王世贞批点《世说新语》八卷,《世说新语》又有书林余圮儒刻本,题为"李卓吾批点世说新语补",二十卷;万历二十三年(1595),熊氏宏远堂熊体忠刊明庄镗实校《新刊列仙降凡征应全编》二卷;万历二十九年(1601),宗文书舍刊明李默集著《孤树裒谈》十卷;万历三十年(1602),书林萃庆堂刊明王同轨撰《新刻耳谈》十五卷;万历年间书林郑云竹宗文书堂刊《新锲校正评释申王奇遘拥炉娇红记》二卷;乐纯刻印自撰之《雪庵清史》五卷,卷首有万历甲寅(四十二年,1612)余应虬序,此书可能由书林余氏承刻;书林松溪陈应翔刊唐牛僧孺《幽怪录》四卷、唐李复言《续幽怪录》一卷。

在江南刊刻通俗类书《国色天香》之后不久,建阳也迅速跟进编刊了多种通俗类书:万历二十五年(1597)之前,萃庆堂刊《新刻增补全相燕居笔记》,此书卷三卷端署"闽芝士林近阳增补"、"萃庆堂余泗泉梓行";万历二十六年(1598),双峰堂文台余氏刊余象斗纂《新刻芸窗汇爽万锦情林》六卷;万历三十三年(1605),萃庆堂刊鸠兹洛源子编集《新镌全像一见赏心编》十四卷。此外,现存又有"明叟冯犹龙增编,书林余公仁批补"《增补批点图像燕居笔记》二十二卷,从称冯犹龙为"明叟"可见,此书应该刊于清代。

建阳刊本中还有一类争奇小说,现存七种,其中《花鸟争奇》、《山水争奇》、《风月争奇》、《童婉争奇》、《蔬果争奇》五种为邓志谟编撰,《梅雪争奇》编撰者为"武夷蝶庵主"魏邦达,《茶酒争奇》编撰者为"天马主人"朱永昌。① 七种争奇小说都有萃庆堂刊本,刊刻于万历至天启崇祯年间。后来

---

① 潘建国《晚明七种争奇小说的作者与版本》,《文学遗产》2007年第4期。

有春语堂等书坊翻刻。

值得一提的还有邓志谟《洒洒篇》六卷,这是一部小型类书,其中卷一"情传"收录多篇小说。此书卷端题署"啸竹主人编"、"邓百拙生较"。插图或署"素明刻"。大约刊刻于天启崇祯年间,应该出于建阳书坊。

综上可见,明代建阳刊小说以通俗小说为主,其中尤以讲史类题材居多。文言小说相对较少,即使有,也多为文学文体的叙事性小说,而且趋于通俗趣味。

第二节 明代建刻小说的刻书与文教背景

明代是刻书业大繁荣的时代。明初采取与民休养生息、扶持工商业的政策,经济很快得到复苏并迅速发展。同时,一系列兴文重教的措施使得社会文化迅速繁荣。洪武元年(1368)八月,朱元璋诏令免除书籍税,又由于元明战后书籍书版缺乏,多次下令礼部或国子监购书、委托书坊印书,多次给学校颁发"四书五经"等经典书籍。在这样的背景下,官、私刻书兴盛,坊刻尤为繁盛。但就发展时段来说,正德之前全国刻书最为兴盛的是建阳坊刻。这是因为建阳书坊继宋代之后在元代持续发展,元明之际的战争虽然对建阳书坊也有损毁,但是得益于本地藏书、文人编辑、竹木资源及刻书各方面条件都有很好的基础,所以书坊很快就恢复了元气。事实上,明代正德以前全国各地书版都很少,很多著作惟建阳书坊存有书版。又因为明代开国后立程朱理学为官方哲学,以朱子四书为科举考试基本教材,考亭学派所在地建阳盛名满天下。因此,不仅礼部、国子监依托建阳书坊刻书,全国各地州县级机构也都往往依托建阳书坊刻书。万历以后,全国各地刻书业发展,但福建建阳在全国仍处领先地位,建阳刻书业在万历时期发展鼎盛。正是在这样的背景下,明代建阳书坊成为了全国的小说刊刻中心。

明代建阳之所以成为全国的小说刊刻中心,从建阳本地条件来说,一方面固然是宋元刻书传统的延续,另一方面,仍然要把它放在明代建阳书坊乃至全省刻书的整体背景上,才能更好地观照小说刊刻何以鼎盛的问题,才能理解建阳刊小说何以形成文体及语体类型、题材类型、版本版式等各方面明显的地域特色。

本节在学界研究基础上,参考近年所见文献资料,略述明代建阳书坊、福建刻书及其文教发展之背景，以见明代建阳刊刻小说所处之刻书条件和文化氛围，以及小说编刊之文献资源便利。

一、明代建阳坊刻概况

明朝统治阶层极为重视文化教育。朱睦㮮《圣典》卷二十二记载："上（朱元璋）尝命有司访求古今书籍，藏之秘府，以资览阅。因谓侍臣詹同等曰：'三皇五帝之书不尽传于世，故后世鲜知其行事。汉武帝购求遗书而六经始出，唐虞三代之治始可得而见。武帝雄才大略，后世莫及。至表章六经，开阐圣贤之学，又有功于后世。吾每于宫中无事辄取孔子之言观之，如节用而爱人，使民以时，真治国之良规。孔子之言，诚万世之师也。'"朱元璋经常跟侍臣谈论史书中的事情，比如《圣典》同一卷记载，"十八年三月癸亥，上与侍臣论汉之诸帝"，"六月庚戌，上阅《汉书》谓侍臣曰"，"十九年八月乙酉，上览《宋史》见太宗改封桩库为内藏库顾谓侍臣曰"，"二十三年三月，上与侍臣观史因谕"，"二十四年二月丙寅，上阅《汉书》赐民爵之令谓侍臣曰"。《圣典》记载朱元璋对史事的议论，皆可见其见识。如"上曰，昔楚庄王谋事，而当群臣莫能逮朝而有忧色，魏武侯谋事，而当群臣莫能逮朝而有喜色。夫一喜一忧，得失判焉。以此见武侯之不如楚庄也。喜者矜其所长，忧者忧其不足……"由此可见朱元璋治国用材之胸怀见识。读书益其智慧，这是朱元璋重视文化教育因而重视书籍刊布流传的根本原因。

元明战后书籍书版遭焚毁，全国惟有福建书坊因宋元持续刻书、且受战争损害比较小，因而保存了书版和刻书力量，所以，朱元璋多次下令福建书坊印书，或令礼部、国子监往福建购书。《圣典》记载："洪武元年，天下甫定，上即遣使求遗书藏之文华堂……洪武二十三年十月甲戌，福建布政使司进《南唐书》、《金史》、苏辙《古史》。初，上命礼部遣使购天下遗书，令书坊刊行。至是，三书先成，进之。"①洪武二十四年（1391）六月甲戌，朱元璋"命礼部印《通鉴》、《史记》、《元史》以赐诸王"，"命礼部颁书籍于北方学校。上谕之曰：农夫舍耒耜则无以为耕，匠氏舍斤斧则无以为业，士子舍经籍则

---

① 〔明〕朱睦㮮《圣典》卷二十二，《四库全书存目丛书》史部第52册，齐鲁书社1996年版，第475—477页。

无以为学。朕常念北方学校缺少书籍,士子有志于学者,往往病无书读。向尝颁与五经四书,其他子史诸书未曾赐予。宜于国子监印颁,有未备者,遣人往福建购与之。"①到成化年间,中央机构刻书仍然主要依赖福建书坊。《宪宗成化实录》卷五十四记载,成化四年(1468)五月乙丑:"山西按察司提调学校佥事胡谧请颁《大明一统志》于天下,礼部乞于司礼监关领原本,付福建布政司下书坊翻劾(刻)印行,从之。"②《明孝宗实录》记载,成化二十三年(1487)十一月丙辰:"升国子监掌监事礼部右侍郎丘濬为本部尚书,掌詹事府事……濬尝撰《大学衍义补》,以为宋儒真德秀所撰《大学衍义》四十三卷,于《大学》八条目中,有格物致知、诚意正心、修身齐家之要,而无治国平天下之要,乃仿德秀凡例,采辑五经诸史、百氏之言补之……至是具表上进。上曰:'览卿所纂书,考据精详,论述该博,有补政治,朕甚嘉之。已升职尚书,仍赏银二十两、纻丝二表里。其誊副本,下福建书坊刊行。'"③这是在宪宗去世之后,文渊阁学士丘濬进呈《大学衍义补》一书,孝宗命抄写副本,令建阳书坊印行。从中可见当时建阳书坊在全国的重要地位。

(一)明代弘治之前刻书

明代正德(1506—1521)之前,建阳书坊刻书多因袭前代,以传统的经、史、类书、医书为主。这一时期,全国的教育基本用书和科举应试之书多出于建阳书坊,书坊承接了不少官方委托刻书的任务,包括国子监一些用书也出自建阳书坊。事实上,不仅朝廷刻书发给建阳书坊,大量官员刻书也由建阳书坊承担。建阳书坊曾因此受到侵扰。弘治甲子(十七年,1504)袁铦编《建阳县志续集》,其中《典籍》谓:"天下书籍备于建阳之书坊,书目俱在,可考也。然近时学者自一经四书外皆庋阁不用,故板刻日就脱落。况书坊之人,苟图财利,而官府之征索偿不酬劳,往往阴毁之以便己私,殊不可慨叹。故今具纪其所有者,而不全者止录其目。好古而有力者,能搜访订正而重刻

---

① 《明太祖实录》卷二〇九,《明实录》,台湾"中央研究院"历史语言研究所据国立北平图书馆红格钞本显微影卷放大校印,第四册,第3121—3122页。按:据此书卷首黄彰健1961年4月28日《校印国立北平图书馆藏红格本明实录序》,校印工作始于抗战前,中经战乱停顿,迁南港后继续,至1961年完成。此《序》后有《后记》,作于1962年5月18日。

② 《明宪宗实录》卷五十四,《明实录》,台湾"中央研究院"历史语言研究所据国立北平图书馆红格钞本显微影卷放大校印,第二册,第1094页。

③ 《明孝宗实录》卷七,《明实录》,台湾"中央研究院"历史语言研究所据国立北平图书馆红格钞本显微影卷放大校印,第一册,第134—135页。

第三章 明代建阳刊刻小说及其地域文化特征

之以惠后学,亦一幸也。"①袁铏《续建阳志序》也说到了此前几年建阳此地由官吏不力或不法而生弊端:"弘治癸亥,东广番禺区公以名进士来宰是邑。适邑多事,盖缘近年数易长官,奸弊百出,财赋之违纳,狱讼之淹滞,不可胜计。兼值重编图籍,讼谍无虚日,邑称难治。此其时乎,区公牛刀小试,剸繁治剧,日渐就绪,未几一岁,赋足讼平,化洽民安。始得雅重斯文,垂情典籍,书林古典缺板悉令重刊,嘉惠四方学者。"所谓东广番禺区公是区玉,弘治正德年间建阳知县。朝廷和官员刻书分派给书坊的任务不可能减少,但是,在区玉任上,官府征索影响书坊无法生存的问题可能得到比较妥善的处理。叶德辉《书林清话》说到书户刘洪慎独斋刻《山堂群书考索》,此书前集六十六卷,后集六十五卷,续集五十六卷,别集二十五卷,每卷有"建阳知县区玉刊行,木石山人刘宏毅刊,正德十六年十一月书户刘洪改刊"。卷首正德戊辰(1508)莆田守郑京序称:"佥宪院宾出是书示区玉,玉以义士刘洪校雠督工,复刘徭役一年以偿其劳。"②区玉对刘洪非常客气,委托刘洪校雠刻书,减免了刘洪一年徭役,但是此书二百一十二卷的大篇幅,显然一年没能完成,区玉离任之后,新上任的知府费愚及建宁府一些官员捐俸出资刻成此书。

明代前期的建阳书坊以刘姓居首,刘氏慎独斋正是明代前期最为有名的书坊之一,刊刻图书至少三十多种,从数量来说在当时不算最多,但是刻书精良,且多为大部头史书、类书,动辄一百多卷的篇幅,由此可见其刻书规模之大,人力财力之雄厚,而且书坊主刘弘毅还是一位有着编辑能力的文人,如正德元年(1506)刊《资治通鉴纲目外纪》就署刘弘毅音释,正德十一年(1516)刊刻的《十七史详节》则是刘弘毅领着家中子侄们抄誊成书。尽管如此,刘弘毅接受官员委托刻书仍然是不得已的,《十七史详节》卷首正德十一年刘弘毅序言说县尹戚雄委托刊刻时,他"固辞不获",前后耗时四年完成,"其工程之大,费用之广,固不俟言可知矣"。从现存刊本可见,刘氏慎独斋承担了官府不少刻书任务,区玉委托《群书考索》和戚雄委托《十七史详节》之外还有不少,如正德八年(1513),建阳知县佘以能委托刊刻《资治通鉴纲目》,正德十三年(1518),巡按侍御程时言和建宁府知府张瑞

---

① 〔明〕袁铏《(弘治)建阳续志》,《四库全书存目丛书》据明弘治刻本影印,第87—88页。
② 参见叶德辉《书林清话》卷五,第102页。

请长汀李坚校订《十七史详节》、《史记》后,委托慎独斋重刊,正德十六年(1521),建宁府知府张瑞和邵武府同知邹武又重新校订《礼记集说》、《群书考索》、《史记》、《文献通考》等,再次委托慎独斋重刊。① 刘氏慎独斋刻书素以质量精良而享誉书林,《十七史详节》刘弘毅序后有"慎独"、"五忠后裔"、"精力史学"三枚木记,可以想见,刘氏慎独斋既因为编刻实力雄厚、刻书质量好而获得官方认可,也因为官方认可而带来更多美誉,刘氏慎独斋应该是在书户劳役和书坊经营之间处理得比较成功的书坊。

明代前期的建阳刘姓书坊的刻书名家还有刘剡、刘文寿翠岩精舍,刘氏日新堂,刘宗器安正堂等。与此同时,刻书较多的书坊还有熊宗立种德堂、叶氏广勤堂、杨氏清江堂、魏氏仁实堂、詹氏进德堂等。此外,根据方彦寿统计,明前期建阳书坊还有35家,其中余姓书坊5家,刘姓书坊7家,熊姓、陈姓、朱姓书坊各3家,虞、魏、郑、江、蔡、詹、黄、罗、张诸姓书坊各1家。

袁铚《建阳县志续集》"典籍"著录了一百五十多种书目,较少见学界引用,抄录如下,以见正德之前书坊刻书种类。

制书

太祖皇帝:《大诰》三篇,《武臣大诰》一卷,《洪武礼制》一卷,《礼仪定式》一卷,《大明律》三十卷,《大明令》一卷,《诸司职掌》九卷,《孝慈录》一卷,《洪武正韵》十六卷,《教民榜》;

太宗皇帝:《易经大全》二十四卷,《书经大全》一十卷,《诗经大全》二十卷,《春秋大全》三十七卷,《礼记大全》三十卷,《大学大全》一卷,《论语大全》二十卷,《孟子大全》一十四卷,《中庸大全》一卷,《性理大全》七十卷,《为善阴骘》十卷,《孝顺事实》十卷;

仁孝皇后:《劝善书》二十卷;

宣宗皇帝:《五伦书》六十二卷;

宪宗皇帝:《续资治通鉴纲目》二十七卷。

经书

《周易本义》二十四卷,《周易启蒙》一卷,《周易参义》(临江梁寅

---

① 参见张丽娟《明代建阳书坊慎独斋刻书考述》,北京大学信息管理系编《王重民先生百年诞辰纪念文集》,北京图书馆出版社2003年版,第340—351页。

撰),《书传纂疏》四卷,《书经童子问》十二卷,《春秋左氏传》七十卷(林尧叟注),《春秋公羊传》二十八卷,《春秋穀梁传》二十卷,《春秋胡氏传》三十卷,《春秋纂疏》三十卷(元新安汪克宽纂),《春秋会通》二十四卷(元庐陵李廉辑),《春秋王霸列国世纪》三卷(宋吴郡李琪撰),《东莱左氏传义》十六卷(宋吕祖谦),《周礼集说》十二卷(元吴兴陈友仁集),《四书通义》共三十八卷,《四书章图》共二十三卷,《四书集注》共二十九卷,《大学衍义》四十三卷(宋真德秀著),《大学要略》一卷。

史书

《史记》一百三十卷,《南史》八十卷(今板毁),《北史》一百卷(今板毁),《南唐书》三十卷,《宋史全文》三十六卷,《辽史》一百一十六卷(板毁),《金史》一百三十五卷(板毁),《资治通鉴》一百二十卷(陆唐老注),《资治通鉴纲目》五十九卷,《资治通鉴节要》三十卷,《十七史详节》二百七十三卷,《十九史略》一十卷,《古史》六十卷,《世史正纲》三十二卷,《贞观政要》十卷,《古今通略》五卷,《小学史断》一卷,《百将传》十卷,《名臣言行录》共六十二卷。

子

《老子道德经互注》二卷,《庄子南华经》十卷(晋郭象注),《列子冲虚经》八卷(张湛注),《荀子》二十卷(唐杨倞注),《扬子法言》十卷(晋李轨等互注),《黄石公素书》一卷(宋张商英注),《尔雅》十一卷,《山海经》十八卷,《世说新语》八卷,《杜氏通典》四十二卷(杜佑撰),《埤雅》二十卷(宋陆佃撰),《朱子成书》,《小学集解》六卷,《近思录》十四卷,《家礼仪节》八卷(国朝大学士琼台丘濬辑),《黄氏日抄》九十七卷、《纪要》十九卷(黄震撰),《南村辍耕录》三十卷(元天台陶宗仪撰),《雪航肤见》(国朝南平赵弼撰)。

集

《楚辞》八卷《后语》六卷、文公朱熹又撰《辩证》二卷,《文章正宗》二十四卷(宋真德秀选),《古文苑》二十一卷,《古文真宝》二十卷,《翰墨大全》二百七卷(宋刘应李编),《文章正印》八十卷(宋刘震孙编,缺),《崇古文诀》三十五卷,《续文章正宗》四十卷(郑栢选),《选诗补注》八卷《补遗》一卷《续编》四卷(刘履注),《万宝诗山》三十五卷(缺),《诗宗群玉府》三十卷(毛直方编,缺),《唐宋分类千家诗选》二十二卷(宋刘克庄选),《唐宋诗林万选》十五卷(宋何新之编选,缺),《唐宋千家诗选》十卷(元詹子清选),《诗林广记》二十卷(宋蔡正孙编),《诗人玉屑》二十卷(宋黄昇集),《唐文粹》一百卷(宋姚铉集),《唐音》十五卷(元杨士弘选、国朝张震辑注),《唐诗粹》十二卷(刘斌编注,板不存),《雅音会编》十二卷(康麟编),《唐三体诗》二十一卷(元周弼编),《唐诗鼓吹》十卷(元郝天挺注),《中州诗集》十卷《乐府》一卷(元元好问辑,板不存),《诗学大成》三十卷(毛直方集),《元朝风雅》三十卷(蒋易编辑,缺多),《鸣盛诗选》十二卷(晏铎选),《鼓吹续编》十卷(朱绍选),《草堂诗余》二卷,《陶渊明诗》二卷,《杜工部诗集》二十五卷《文集》二卷《附录》一卷(徐居仁编次),《杜诗七言律》一卷(元虞集注),《杜诗选》六卷(范德机批点、郑鼐编次),《李太白诗集》二十六卷(薛仲邕编次),《李太白诗选》四卷(范德机批点、郑鼐编次),《丁卯集》二卷(唐许浑撰),《王右丞诗》六卷(唐王维撰),《李长吉诗》四卷(唐李贺撰),《孟浩然诗》三卷(缺),《韩昌黎文集》五十卷《附录》一卷(唐韩愈撰),《柳柳州文集》四十八卷(唐柳宗元撰),《陆宣公奏议》二十二卷(唐陆贽撰),《三苏文集》七十卷(苏洵十一卷、苏轼三十二卷、苏辙二十七卷),《东坡诗集》二十五卷(旧毁,同知周时中新刊),《元丰类稿》五十卷(宋曾巩撰),《朱子大全》一百卷《续集》十卷《别集》十卷,《云庄文集》二十卷(宋刘爚撰),《后村文集》五十卷(宋刘克庄撰),《屏山文集》二十卷(宋刘子翚撰),《程雪楼文集》二十卷(元程钜夫撰),《俟庵文集》三十卷(元李仲公撰),《范德机诗集》七卷(元范梈撰),《刘静修文集》二十二卷(元刘因撰,缺多),《勿轩文集》八卷(元熊禾撰),《翠屏文集》四卷(国朝张以宁撰),《两京类稿》三十卷(国朝杨荣撰),《于公奏议》十卷(国朝于谦撰)。

杂书

《事文类聚》共二百二十卷(原板缺,弘治十七年知县区玉重刊),《类说》五十卷(宋曾慥编,板不存),《事林广记》共四十卷,《山堂考索》二百十二卷(章如愚编),《群书一览》十卷,《氏族大全》十卷,《事物纪原》十卷,《居家必用》十二卷,《方舆胜览》七十卷(宋祝穆编辑),《玉篇》三十卷(梁顾野王撰),《韵府群玉》二十卷(阴时夫编辑),《押韵渊海》二十卷(元严毅编辑),《群书备数》十二卷(国朝张美和编次),《日记故事》十卷(元虞韶编),《书言故事》十卷(胡继宗编),《对类大全》二十卷(徐骏编),《皇帝内经·素问》十二卷《内经·灵枢》十二卷《运气论奥》二卷,《八十一难经》五卷,《脉诀》一卷(王叔和撰),《图经衍义本草》四十二卷,《巢氏病源》五十卷(隋巢元方撰),《食疗本草》一卷(唐孟诜撰),《济生方》十卷《续方》二卷(宋严用和编),《南阳活人书》二十卷(宋朱肱撰),《铜人针灸经》三卷(宋王惟德撰),《和剂局方》十卷,《三因方》六卷(宋陈言撰),《伤寒活人指掌图》一卷(元吴恕撰),《得效方》二十卷(元危亦林编集),《全婴方》十卷(冯道玄编集),《医方大成》十卷(元孙允贤集),《妇人良方》二十四卷(陈自明撰),《救急易方》一卷(赵季敷集),《原医图药性赋》八卷(熊宗立撰),《金精鳌极》六卷(熊宗立注),《地理雪心赋》一卷(熊宗立注),《人相编》十二卷。①

(二)明代正德以后刻书

明代正德以后,建阳书坊更为鼎盛,书坊数量和刻书数量都大为增长。宋元以来的刻书大族如余、刘、黄、陈、郑、叶在明代后期书坊中仍然保持家族优势,同姓书坊成批涌现,刻书作坊皆达10家以上。后起的熊、杨、詹诸姓,刻书作坊也多达十几、二十家不等。参考方彦寿统计,列举明后期建阳书坊如下:

1. 书林余氏刻书。从明嘉靖至崇祯120多年中,先后出现了33家书坊,是明后期建阳书坊中书堂最多、刻本数量最多的刻书大族。书林余氏刻书最多的是余氏新安堂、书林余氏自新斋、余象斗双峰堂和三台馆、余彰德(余泗泉)萃庆堂、书林余成章永庆堂等书坊。此外还有余氏敬贤堂、书林余氏兴文堂等二十多家。

2. 书林熊氏刻书。明代后期刻书较多的是熊冲宇,刊刻民间日常用书、童蒙读物、科举应试之书、医学书籍和通俗文学作品等。从嘉靖到明末,熊姓书坊至少有22家,知名书坊主23位,以书林熊氏种德堂、书林熊氏忠正堂、书林熊体忠宏远堂最为有名。此外还有书林熊氏东轩,书林熊清波诚德堂,书林雨钱世家,书林熊仰台,闽建书林熊稔寰燕石居,建邑书林熊秉

---

① 〔明〕袁铦《(弘治)建阳续志》,《四库全书存目丛书》据明弘治刻本影印,第88—92页。

懋,熊飞雄飞馆等十几家。

3. 书林刘氏刻书。从明前期延续下来2家,新涌现15家。其中刻本较多的是刘氏明德堂、刘氏安正堂、刘氏乔山堂等。此外还有建邑书林刘亨屏山堂,南闽潭邑刘太华,刘氏藜光堂,富沙刘兴我(又作潭邑书坊刘兴我等),忠贤堂(又称忠贤世家),建安京兆刘宽裕,潭城书林刘希信等。

4. 书林杨氏刻书。前期名肆清江堂延续之外,还出现了书林杨氏清白堂、书林杨氏归仁斋、书林杨氏四知馆等著名书坊。此外还有建安杨氏遂初书房,潭阳杨居寀素卿等十几家。

5. 书林郑氏刻书。书林郑氏刻书历史最悠久的是郑氏宗文堂,是元明间建阳名肆。书林郑氏光裕堂也刻书较多。此外,还有闽中郑炯霞,闽建书林郑少垣(郑纯镐)联辉堂,郑世容,郑以祯,书林郑名相,富沙郑尚玄人瑞堂等十数家。

6. 书林詹氏刻书。名肆有书林詹氏进贤堂,书林詹氏西清堂,书林詹圣泽等。此外还有书林詹长卿就正斋,闽建书林詹国正,闽书林勉斋詹圣学,闽建书林詹彦洪等十数家。

7. 书林黄氏刻书有黄氏集义书堂,宝善堂黄希贤,建邑书林黄秀宇兴正堂,书林黄正甫,建邑书林黄灿宇等十几家。

8. 书林陈氏刻书。明前期的积善堂、余庆堂等仍然延续,明后期,书林陈氏刻书家辈出,刻本众多,以子部为主,其中刻书较多的是书林陈氏积善堂、书林陈氏存德书堂、书林陈怀轩存仁堂等。此外还有建阳陈所学,潭阳书林陈国晋,书林陈应翔等十余家。

9. 书林叶氏刻书。明后期以书林叶氏作德堂、叶贵近山堂刻本最多。此外还有叶氏翠轩,书林叶逢春,书林南阳堂叶文桥等十余家。

10. 书林萧氏刻书。萧氏书坊和刻本数量都远不及其他刻书大姓,但万历间名肆萧氏师俭堂刊刻的戏曲很有特色,数量多,质量高。

以上十姓之外,明后期建阳书坊至少还有三四十家,如书林精舍,建阳张明(又作张安明),书林张氏新贤堂(又称张闽岳新贤堂),麻沙蔡氏道义堂,书林蔡正河爱日堂,建阳书林王兴泉善敬堂,书林三槐堂(王祐、王敬乔、王泰源、王崑源、王介爵均称三槐堂),建邑书林敬堂王泗源,麻沙江甫,闽建方瑞泉,潭邑书林罗端源勤有堂,书林游敬泉,闽建书林笈邮斋,书林朱仁斋(又作朱仁斋与耕堂),书林朱桃源(名釜,朱熹十二世孙)、朱明吾紫阳馆,建阳书林朱美初,闽建书林拱唐金魁,闽建书林德聚堂,潭邑书林岁寒友,闽潭天瑞堂,闽建书林高阳生,书林李仕弘昌远堂,闽建州书林瑞芝堂等。

明代建阳书坊的数量至少两百多家,明代建阳刻书之盛由此可见。嘉靖三十八年(1559)进士、曾任福建提学副使的周弘祖,曾编纂一部全国性书目《古今书刻》,记载了嘉靖以前中央机关和各省出版发行的书目2412种,其中福建省479种,居全国第一位。在福建刻书中,建阳书坊刻本367种,在全国刻书业中处于领先地位。而建阳书坊刻书实际远远不止这个数量。如《(嘉靖)建阳县志》中记载"书坊书目"382种,除去与《古今书刻》相同部分,尚有190多种书目为《古今书刻》所无。两个目录相加,则嘉靖以前建阳书坊的刻本数量达557种。这个统计数字未包括小说、戏曲等通俗读物。另有很多畅销书被不同书坊反复刊印,但在这两种书目中只列书名而未列版本版次。而嘉靖时期建阳书坊其实还不算高峰,万历时期建阳书坊发展至于鼎盛,刻书数量估计数倍于此前。尽管跟其他地区相比,建本的佚失率可能更大,但建阳刻本现存量仍然非常大,学界统计现存于海内外藏书机构的建本两千多种五千多部。

(三)建阳书坊部分刻本列举

明代建阳书坊刻书繁盛,在继承宋元刻书题材和形式的基础上不断创新,经史典籍和教育类图书占比很大,并适应读者需求发展出多种编刊形式,经史子集名著往往都有多家书坊以多种方式编刊,适应明代社会发展的通俗类读物也非常多。

以六经之首《易经》来说,几十家书坊编刊了不同形式的易学读物。如:《周易经传集程朱解附录纂注》十四卷,《朱子易图附录纂注》一卷,《朱子启蒙五赞附录纂注》一卷,《朱子筮仪附录纂注》一卷,元董真卿撰,洪武二十一年(1388)建安务本堂刻本。宋朱熹撰《周易本义》四卷,此书有嘉靖三十三年(1554)书林余氏勤有堂刻本,万历元年(1573)书林新贤堂张闽岳刻本,万历二十九年(1601)存德堂刻本等;此书又有朱熹撰《周易本义》四卷图说一卷,附明李廷机撰《新锲尊朱易经讲意举业便读》四卷,熊冲宇刻本。明胡广等辑《周易传义大全》二十四卷纲领一卷朱子图说一卷,此书有弘治九年(1496)余氏双桂书堂刻本,正德十二年(1517)杨氏清江堂刻嘉靖四年重修本,嘉靖十五年(1536)刘氏安正堂刻本,嘉靖十五年作德堂刻本。

明胡广等辑、周士显校正《周会魁校正易经大全》二十卷首一卷,此书有明清白堂刻本、万历三十三年(1605)书林余氏刻本。元吴澄撰《新刊周易纂言集注》四卷首一卷,嘉靖元年(1522)宗文书堂刻本。明熊过撰《周易象旨决录》七卷,《读周易象旨私识》一卷,明嘉靖四十一年(1562)熊迥刻本。《新刻金陵原板易经开心正解》六卷,万历年间书林熊冲宇刻本。明诸大圭撰《新刊精备讲意易经鲸音本义》二卷,附宋朱熹撰《周易本义》四卷,万历五年(1577)宏远书堂刻本。明伊在庭等撰《易经直解》二十卷,万历七年(1579)詹氏易斋刻本。明方应祥撰《新刻方会魁周易初谈讲意》六卷,有万历十年(1582)余氏双峰堂刻本,万历四十六年(1618)余应孔刻本;此书又有三台馆刻本方应祥撰《新刊会魁孟旋方先生精著易经旨便》四卷首一卷;潭阳余氏三台馆又有《镌方孟旋先生辑订易经狐白解》八卷,方应祥辑订,赵鸣阳校阅。明李廷机撰《锲会元纂著句意句训易经翰林家说》十二卷,万历十三年(1585)闽建书林余氏克勤斋刻本。明李京撰《鼎锲李先生易经火传新讲》七卷,万历二十五年(1597)书林熊体忠刻本。明黄国鼎撰《新刻翰林九石黄先生家传周易初进说解》六卷,万历二十七年(1599)三台馆刻本。明邵芝南等撰《易经讲意评林》十卷,万历二十九年(1601)书林静观室詹圣泽刻本。明陈继儒撰《陈眉公先生六经选注易经》二卷,书林余象斗刻本。明蔡清撰,葛寅亮校《蔡虚斋先生易经蒙引》二十四卷,明建阳敦古斋刻本。明缪昌期撰《新镌缪当时先生周易九鼎》十六卷首一卷,明崇祯年间(1628—1644)长庚馆刻本。等等。建阳书坊以不同的解读方式编刊易学读物,同一本书往往有多家书坊刊刻,还往往同一家书坊就有多种编刊方式。建阳书坊明代刻书状况从中可见一斑。

因为篇幅所限,本书未能一一列举明代建阳刊本。在此主要根据《国家珍贵古籍名录》,参考其他各地藏书信息,选列很少的一部分刻本,以见其丰富且珍贵,并为小说刊刻之背景。

1.《少微家塾点校附音通鉴节要》三十卷,宋江贽撰,洪武二十八年(1395)西清书堂刻本,日本京都府立综合资料馆存;宣德三年(1428)翠岩精舍刻本,日本内阁文库、御茶之水图书馆存。此书又有与张光启《四明先生续资治通鉴节要》合刊的方式,明刘剡编辑,有明嘉靖十六年(1537)至二十四年(1545)刘弘毅慎独斋刻本、书林克勤斋余近泉刻本。又有《新刊高明大字少微先生资治通鉴节要》二十卷外纪五卷首一卷,宋江贽撰,《四明先生续资治通鉴节要》二十卷,明张光启撰,明刘剡编辑,有万历九年(1581)黄氏兴正书堂刻本、明书林张氏新贤堂刻本。又有《新刊翰林考正纲目批点音释少微节要通鉴大全》二十卷外纪二卷,宋江贽撰,明唐顺之删定,有万历十六年(1588)张氏新贤堂刻本、万历三十七年(1609)书林张裔轩刻本、闽建邑书林杨璧卿刻本,万历三年(1575)书林宗文堂郑望云刻本则与《宋元通鉴全编》二十一卷合刊。

2.《新笺决科古今源流至论》前集十卷后集十卷续集十卷,宋林駉撰,别集十卷,宋黄履翁撰,宣德二年(1427)建阳书林刘克常刻本,湖南图书馆存;弘治二年(1489)梅隐书堂刻本,河南省图书馆存残本。

3.《联新事备诗学大成》三十卷,元林桢辑,正统九年(1444)刘氏翠岩精舍刻景泰三年(1452)重修本,浙江图书馆存。

4.《增广注释音辩唐柳先生集》四十三卷别集二卷外集二卷,唐柳宗元撰,宋童宗说注释,宋张敦颐音辩,宋潘玮音义,附录一卷,正统十三年(1448)善敬堂刻本,甘肃省图书馆、浙江图书馆等多处存。

5.《五伦书》六十二卷,明宣宗朱瞻基撰,景泰五年(1454)刘氏翠岩精舍刻本,重庆图书馆、扬州市图书馆存。

6.《新增说文韵府群玉》二十卷,元阴时夫辑,阴中夫注,天顺六年(1462)叶氏南山书堂刻本,南京图书馆存;弘治六年(1493)刘氏日新书堂刻本,北京师范大学、华东师范大学图书馆存;弘治七年(1494)刘氏安正书堂刻本,郑州市图书馆、郑州大学图书馆、福建师范大学图书馆存。

7.《资治通鉴纲目》五十九卷,宋朱熹撰,宋尹起莘发明,元刘友益书法,元汪克宽考异,元徐昭文考证,元王幼学集览,明陈济正误,明冯智舒质实,弘治十一年(1498)书林慎独斋刻本,河南省图书馆、云南省社会科学院图书馆存;弘治十一年书林慎独斋刻正德十六年刘洪重修本,重庆图书馆存;弘治十四年(1501)日新堂刻本,内蒙古自治区图书馆、吉林省图书馆、天津图书馆存;嘉靖十年(1531)书林杨氏清江书堂刻本,浙江图书馆、重庆图书馆、山东省博物馆存。此书有多种版本,如《资治通鉴纲目发明》五十九卷,宋尹起莘撰,洪武二十一年(1388)建安书市刻本;《资治通鉴纲目集览》五十九卷,元王幼学撰,景泰元年(1450)魏氏仁实书堂刻本,中国国家图书馆存;《文公先生资治通鉴纲目》五十九卷,宋朱熹撰,宋尹起莘发明,元汪克宽考异,元王幼学集览,明陈济正误,明建安刘宽裕刻本;《资治通鉴纲目》五十九卷，宋朱熹撰，宋尹起莘发明，元刘友益书法，元汪克宽考异，元徐昭文考证，元王幼学集览，明陈济正误，明刘弘毅质实，嘉靖八年（1529）慎独斋刻本，苏州图书馆存。

8.《续资治通鉴纲目》二十七卷，明商辂等撰，明周礼发明，明张时泰广义，弘治十七年（1504）书林慎独斋刻本，南京图书馆等多处存。

9.《大明一统志》九十卷，明李贤、万安等纂修，弘治十八年（1505）慎独斋刻本，中国国家图书馆、福建师范大学图书馆等多处存；嘉靖三十八年（1559）书林杨氏归仁斋刻本，中国国家图书馆、福建省图书馆等多处存；万历十六年（1588）杨氏归仁斋刻本，北京大学图书馆、湖北省图书馆等多处存。

10.《皇明政要》二十卷，明娄性撰，正德二年（1507）慎独斋刻本，南京图书馆存。

11.《宋儒致堂胡先生读史管见》三十卷，宋胡寅撰，正德七年（1512）刘弘毅慎独斋刻本，无锡市图书馆存。

12.《十七史详节》二百七十三卷，宋吕祖谦辑，正德十一年（1516）刘弘毅慎独斋刻本，青海民族学院图书馆存；正德十三年（1518）刘弘毅慎独斋刻本，山东大学图书馆、南京图书馆等多处存。

13.《历代通鉴纂要》九十二卷，明李东阳、刘机等撰，正德十四年（1519）慎独斋刻本，杭州图书馆、首都图书馆等多处存。

14.《文献通考》三百四十八卷，元马端临撰，正德十一至十四年（1516—1519）刘洪慎独斋刻本，又有十六年（1521）重修本，中国国家图书馆等多处存。

15.《群书考索》前集六十六卷后集六十五卷续集五十六卷别集二十五卷，宋章如愚辑，正德三至十三年（1508—1518）刘洪慎独书斋刻十六年（1521）重修本，大连图书馆等多处存。

16.《续真文忠公文章正宗》四十卷，明郑栢辑，正德十年（1515）建安刘氏日新堂刻本，安徽省图书馆存。

17.《新刊通鉴纲目策论摘题》二十卷，明严时泰辑，嘉靖三年（1524）郑氏宗文堂刻本，安徽省图书馆存。

18.《大学衍义补》一百六十卷首一卷，明丘濬撰，正德元年宗文堂刻本，首都图书馆等多处存；嘉靖十二年（1533）宗文堂刻本，扬州市图书馆存。

19.《新刊校正批点大字欧阳精论》六卷,元欧阳起鸣撰,嘉靖十三年(1534)刘氏安正堂刻本,湖南师范大学图书馆存。

20.《新刊性理大全》七十卷,明胡广等撰,嘉靖三十一年(1552)叶氏广勤堂刻本,湖北省图书馆存;嘉靖三十九年(1560)进贤堂刻本,日本内阁文库存;隆庆二年(1568)张氏静山斋刻本,安徽大学图书馆存。

21.《通鉴纲目全书》一百八卷,嘉靖三十九年(1560)书林杨氏归仁斋刻本,江苏省南通市图书馆残存三十四卷。

22.《新编古今事文类聚》前集六十卷后集五十卷续集二十八卷别集三十二卷,宋祝穆辑,新集三十六卷外集十五卷,元富大用辑,嘉靖四十年(1561)书林杨归仁刻本,江苏省南通市图书馆存。

23.《新锓大明一统舆图广略》十五卷,明沈一贯辑,万历二十五年余秀峰余庆堂刻本,中国社科院历史所、日本内阁文库存。

24.《新锲纂辑皇明一统纪要》十五卷,明顾充纂辑,万历年间书林叶近山广居堂刻本,日本早稻田大学图书馆存。

25.《鼎雕铜人腧穴针灸图经》三卷,宋王惟一辑,明书林宗文堂刻本,中国中医科学院图书馆存。

26.《经国雄略》四十八卷,明郑大郁撰,弘光元年(1645)观社刻本,华东师范大学图书馆存。

以上刊本有一些是由官员委托书坊刊刻的。学界认为,士子常用且必读书,由地方政府出面组织人员校订,而刊刻事宜则由专业的书坊完成。① 现存刊本中还有不少建宁府、建阳县官员刻书或官方刻书,应该都是委托书坊刊刻的,下文将述及。特别值得一提的是宣德正统年间建阳知县张光启,他和时任县丞何景春一起,刊刻了传奇小说集《剪灯余话》等,在明代小说史上具有重要意义。张光启还与刘氏著名刻书家刘剡合作编辑了《文公先生资治通鉴纲目》、《少微先生资治通鉴节要》等书,张光启又有自撰《四明先生续资治通鉴节要》二十卷,今存多种版本。这些著作的编刊,可见建阳当地官员与书坊的合作关系。

---

① 向辉《被铲去的姓名:从书籍循环看〈文公先生资治通鉴纲目〉》,《中国出版史研究》2023年第4期。

此外，有一些外地学者委托建阳书坊刊刻大部总集。如休宁（今安徽歙县）金德玹编纂、苏大订正《新安文粹》，包括三十多种图书；福建龙溪张燮编辑《七十二家集》，包括七十二种文集。据方彦寿考证，这些著作皆委托建阳书坊雕刻。

二、明代福建官刻和家刻

建阳刻书之盛，对福建本省和周边地区都有辐射力，因此，福建各地官刻和私刻在明代也颇为繁荣，邻近建阳的江西、浙江一些地区也逐渐恢复或兴起刻书，比如江西金溪浒湾刻书在明代走向繁盛。建阳周边地区的刻书繁盛，既是建阳刻书的辐射，也成为建阳刻书的区域文化背景。以下仅略述福建刻书。

上文已述，周弘祖《古今书刻》记载嘉靖以前中央机关和各省出版发行的书目2412种，其中福建省479种，居全国第一位。居于第二位的是南直隶（相当于今天的苏皖两省）15府、3州刻书451种，其中最多的苏州府117种。居第三位的江西省共刻书327种。接着是浙江173种，陕西109种，湘广100种，其他各省均不及百种。在当时条件下，周弘祖以私人之力编纂，遗漏在所难免。但周弘祖所录书目，足以说明当时福建刻书业的地位。但福建各地官刻数量实际远不止周弘祖所列举。就比如方志，《古今书刻》只列举几种，而据现今《中国地方志联合目录》著录，明代福建刻地方志有省志2种、府志16种、州志4种、县志51种，其中不少出于弘治、嘉靖年代，当然，这当中也包括一些出于嘉靖之后的方志。

今据各地藏书，并参考学界研究可知，明代福建各地官刻、家刻、坊刻数量相当多。且说福建官刻。福建省级机关及官员刻书延续宋元官刻传统，以经史典籍和儒学名家著作为主，如：

成化十年（1474），巡按张瑄刻元陈友仁辑《周礼集说》十一卷、《纲领》一卷、《春官纲领》一卷、《夏官纲领》一卷、《秋官纲领》一卷，宋俞庭椿《复古编》一卷，南京图书馆存。

成化二十年（1484），陈道（福建镇守太监）刻明郑灵注解《新刊京本孙武子十三篇本义》三卷，中央民族大学图书馆存。

正德十一年（1516），巡按胡文静、邵武知县萧泮刻宋李纲《宋丞相李忠定公奏议》六十九卷、附录九卷，安徽省图书馆存。

嘉靖七年（1528），右布政使吴昂刻湛若水《圣学格物通》一百卷，日本内阁文库等多处存。美国哈佛大学哈佛燕京图书馆藏明资政堂刻本，此本前有嘉靖七年湛若水谢恩进书疏并进书表、序、纂要录，进书表及序后刊"福建布政司右布政使吴昂校刊"一行，可见据吴昂本重刻。

嘉靖十一年（1532），按察司刻《晦庵先生朱文公文集》一百卷续集十一卷别集十卷目录二卷，吉林大学图书馆存。此书又有宋咸淳元年（1265）建宁府建安书院刻宋元明递修本，湖南图书馆存。

嘉靖年间，巡按监察御史李元阳刊刻经史书籍多种，如《十三经注疏》三百三十五卷、杨慎《古音丛目》五卷、《古音猎要》五卷、《古音略例》一卷、《古音余》五卷、《转注古音略》五卷、附录一卷，杨慎、李元阳辑《史记题评》一百三十卷，倪思《班马异同》三十五卷，杜佑《杜氏通典》二百卷等。

嘉靖年间，巡按监察御史吉澄也刊刻经史书籍多种，如《春秋四传》三十八卷、《春秋纲领》一卷、《春秋提要》一卷、《春秋列国东坡图说》一卷、《春秋二十国年表》一卷、《春秋诸国兴废说》一卷，此书又有明嘉靖吉澄刻樊献科、杨一鹗递修本，藏扬州市图书馆、西北师范大学图书馆、日本内阁文库等处。吉澄刻本还有《诗经集传》八卷，《礼记集说》三十卷，《资治通鉴纲目》五十九卷，真德秀《大学衍义》四十三卷，丘濬《大学衍义补》一百六十卷首一卷等。

嘉靖三十八年（1559），巡按监察御史樊献科刻明代胡广等撰《性理大全》七十卷，郑州大学图书馆存。

隆庆元年（1567），福建巡按胡维新、将军戚继光等人刻《文苑英华》一千卷，重庆图书馆等多处存。

万历三年（1575），布政司督粮道徐中行捐俸刻王叔和《脉经》十卷，北京大学图书馆等多处存。万历四年（1576）徐中行捐俸嘱闽县袁表、怀安马荧选辑《闽中十子诗》三十卷，并饬令建阳知县李增校勘承刻，中国国家图书馆存。

万历五年（1577），巡抚庞尚鹏刻自撰《军政事宜》，中国国家图书馆存，《守城事宜》，宁波天一阁存，《福建省城防御火患事宜》，台北故宫博物院存。

万历二十一年（1593），布政司刻戚继光著《纪效新书》十四卷，中央党校图书馆存。

万历二十五年（1597），巡抚金学曾刻真德秀撰《西山先生真文忠公文集》五十五卷，卷末有莲台牌记"万历丁酉岁季冬月重梓于景贤堂"①，美国哈佛大学哈佛燕京图书馆存。

以上这些由省级机构或官员主持刊刻的图书，可能多由建阳书坊承刻。而建阳县、建宁府官刻或官员刻书数量更多，如：洪武三十一年（1398）建宁知府芮麟刻元吴海《闻过斋集》八卷，现存明抄本，藏于中国国家图书馆。正统三年（1438）县令何景春捐俸刻《风雅翼》十四卷，山东大学图书馆等多处存。弘治元年（1488）建宁府刻明丘濬《大学衍义补》一百六十卷首一卷表一卷，山东省图书馆等多处存。正德十五年（1520）至嘉靖元年（1522），建宁知府张文麟等刻宋真德秀《西山先生真文忠公文集》五十一卷、目录二卷，湖北省图书馆、扬州市图书馆存。正德十六年（1521）张文麟刻明何孟春补注《孔子家语》八卷，江苏常熟博物馆、苏州大学图书馆存。嘉靖十一年（1532）建宁府刻元陈澔撰《礼记集说》三十卷，开封市图书馆存，《春秋四传》三十八卷，湖南省社会科学院图书馆、内蒙古图书馆存。嘉靖建宁府知府杨一鹗刻《周易程朱传义》二十四卷，程颐《上下篇义》一卷，朱熹《朱子图说》一卷、《周易五赞》一卷、《筮仪》一卷，安徽省图书馆存。嘉靖十七年（1538）分巡建宁道按察司佥事汪佃与瓯宁县儒学训导朱幸刻唐建州刺史李频《李建州诗》一卷《附录》一卷，中国国家图书馆存。嘉靖十七年（1538）建阳知县李东光刻明李默撰《建宁人物传》四卷，辽宁省图书馆存。嘉靖三十五年（1556）建宁府知府程秀民刻明胡广等撰《性理大全书》七十卷，台湾"国家图书馆"存。嘉靖四十二年（1563），杨一鹗于建宁大儒书院刻朱衡《道南源委录》十二卷，福建省图书馆存。天启年间（1621—1627），建宁府刻丁继嗣、朱东光等纂修《（万历）建宁府志》五十二卷首一卷，福建省图书馆存四十九卷（一至三十四、三十八至五十二）。明代末年，黄国琦等校勘《册府元龟》，得到福建巡按李嗣京等资助，于崇祯十五年（1642）刊刻，黄国琦时为建阳知县，此书一千卷，现存于日本内阁文库。

福建省、建宁府和建阳县的官方或官员刻书与建阳书坊关系密切，多由官员交付书坊刊刻，官员往往还参与编辑、校订。

---

① 参见沈津著《美国哈佛大学哈佛燕京图书馆中文善本书志》，上海辞书出版社1999年版，第651页。

明代福建各地皆刻书，与建宁府毗邻的邵武府和延平府，得地利之便刻书较多，其他如福州府、泉州府、兴化府、福宁州、宁德县、罗源县等，都刊刻了不少图书。限于篇幅，未能一一列举。

由于刻书业兴盛，刻工极廉，明代私家刻书风气也很盛。据说王慎中、唐顺之曾谈论明人刻书："数十年读书人，能中一榜，必有一部刻稿；屠沽小儿，身衣饱暖，殁时必有一篇墓志。此等板籍幸不久即灭。假使尽存，则虽以大地为架子，亦贮不下矣。"①明代福建私家刻书以儒学名家、乡贤遗集较为著名。如洪武二十年（1387）光泽人刘缙刻同乡先贤元代危德华《北溪集》、《观海集》。正统年间，建安人杨恭刻其父亲杨荣《两京类稿》、《玉堂遗稿》。正德八年（1513），莆田黄希英刻其先祖黄滔《唐黄御史集》八卷。嘉靖二年（1523）闽县高应祯刊何孟春注《孔子家语注》八卷。嘉靖三十九年（1560）闽县林朝聘与黄中等校刊宗臣《宗子相集》八卷。万历二十四年（1596）谢肇淛刊明郑善夫《郑诗》。万历二十八年（1600），延平府大田县田元振刊刻其父田一儁《锺台先生文集》十二卷附录一卷，现藏于北京故宫博物院。万历三十三年（1605）曹学佺刊明林光宇《林子真诗》一卷。万历四十一年（1613）闽县林材刊宋梁克家《三山志》四十二卷，并置版法海寺"以便好事者印行"，此书又有崇祯十一年（1638）林材之子弘衍越山草堂刊本。崇祯五年（1632）邵捷春、黄居中刊徐𤊹《徐氏笔精》八卷续二卷。

明代建阳私家刻书则以闽学诸子后裔为主，刻书内容主要是闽学诸人著述。如刘文，朱熹门人刘炳九世孙，永乐二十年（1422）刊刘炳《四书问目》。朱洵，朱熹八世孙，正统十三年（1448）刊《朱文公年谱》。熊斌，熊禾六世孙，成化三年（1467）刊熊禾《熊勿轩先生文集》八卷，成化五年（1469）刊明代黄溥《诗学权舆》二十二卷。

福建全境刻书是建阳书坊刻书的地域文化背景和氛围，建阳书坊刻书的繁盛又促进福建各地刻书的发展。刻书文化是地域文化的重要表现形式，也是地域文化的重要组成部分。福建省的教育普及、深厚的文化积淀、浓郁的读书氛围，以及福建省与周边如浙江、江西、广东等地的文化交流，福建通过海上丝绸之路与海外各地区、东西洋诸国的文化交流，都是建阳书坊刻书的文化背景。

---

① 转引自叶德辉《书林清话》卷七，第139页。

三、明代福建文教之盛况

明代建阳书坊和福建全境官私刻书之盛,显然跟福建作为科举大省和教育强省的文化地位密切相关。明代福建文教之盛与朱子学的深远影响有关。南宋以来的学校和书院普遍受朱子影响,而朱子在福建的影响尤为广泛而深入,广大学人服膺闽学。入明之后重开科举,且推重朱子,仍然以四书考试,对于福建学子来说颇为顺应,福建科举复盛。

朱元璋建国之初,马上着手振兴学校,推行官学制度化。《明史·选举志》谓:"郡县之学,与太学相维,创立自唐始。宋置诸路州学官,元颇因之,其法皆未具。迄明,天下府、州、县、卫所,皆建儒学,教官四千二百余员,弟子无算,教养之法备矣。洪武二年,太祖初建国学,谕中书省臣曰:'学校之教,至元其弊极矣。上下之间,波颓风靡,学校虽设,名存实亡。兵变以来,人习战争,惟知干戈,莫识俎豆。朕惟治国以教化为先,教化以学校为本。京师虽有太学,而天下学校未兴。宜令郡县皆立学校,延师儒,授生徒,讲论圣道,使人日渐月化,以复先王之旧。'于是大建学校,府设教授,州设学正,县设教谕,各一。俱设训导,府四,州三,县二。生员之数,府学四十人,州、县以次减十。师生月廪食米,人六斗,有司给以鱼肉。学官月俸有差。生员专治一经,以礼、乐、射、御、书、数设科分教,务求实才,顽不率者黜之。十五年,颁学规于国子监,又颁禁例十二条于天下,镌立卧碑,置明伦堂之左。其不遵者,以违制论。盖无地而不设之学,无人而不纳之教。庠声序音,重规叠矩,无间于下邑荒徼,山陬海涯。此明代学校之盛,唐、宋以来所不及也。生员虽定数于国初,未几即命增广,不拘额数。宣德中,定增广之额:在京府学六十人,在外府学四十人,州、县以次减十。成化中,定卫学之例:四卫以上军生八十人,三卫以上军生六十人,二卫、一卫军生四十人,有司儒学军生二十人;土官子弟,许入附近儒学,无定额。增广既多,于是初设食廪者谓之廪膳生员,增广者谓之增广生员。及其既久,人才愈多,又于额外增取,附于诸生之末,谓之附学生员。"①

在全国兴学的政策背景下,福建在延续并扩建和发展宋元以来学校的

---

① 〔清〕张廷玉等《明史》卷六十九《选举志》,第六册,中华书局 1974 年版,第 1686—1687 页。

基础上,又新建了不少县学,如永安、大田、寿宁、归化、永定、漳平、平和、诏安、海澄、宁洋等,福建所属58县皆有县学。明代实行贡监制度,即贡举推荐地方府州县学生员进入国子监肄业,据《八闽通志》列举岁贡名单统计,明代弘治之前福建岁贡人数为3854名①。福建的岁贡升学率相当不错。明朝乡试中举就可以出仕选官,因此,报名参加乡试的人数非常多,乡试的竞争就非常激烈,录取的比例不到4%。明朝从洪熙元年(1425)后定乡试之额,江、浙、闽、楚是科举四大省,人口相对较少的福建,因为读书士子多,参加乡试人数多,其乡试取士名额一般与浙江相同,仅次于江西,比全国其他地区都多。景泰四年(1453)各省举额相对稳定下来,据《续文献通考》记载,当时的乡试名额分配是:南北直隶各135,江西95,浙江、福建各90,湖广、广东各85,河南80,山东75,四川70,陕西、山西各65,广西55,云南30。从中可见福建在全国科举竞争中的地位,也可见福建的文教水平。明代福建省乡试产生的举人一共是8325人,参加会试产生的进士则是2116人。福建明代进士数位居全国第四,但若按人口比例则位居全国第一,福建每百万人口产生的进士数是428人,远高于第二位的浙江(307人)。② 所以,福建是当时无可争议的科举大省和教育强省。

清代福建仍然保持了这样的优势,根据何炳棣统计,清代福建共产生1399名进士,在全国各省中排名第8,但若从人口比例统计,每百万人口产生的进士数是117人,与河北并列为全国第二,而排名第一的是比较特殊的旗籍(130人)。③ 所以,清代虽然建阳刻书衰退了,但是,福建仍然是重要的刻书地区,只是,刻书地点从建阳转移到了福州和汀州四堡。这里有科举地区流变的原因,也有其他因素的影响。但科举仍然是重要的参考值。

在以科举考试为教育重心的时代,科举无疑是一个地区教育和文化发展的重要标志。近年文学地理学对文学家地理分布的分省统计数据,与科举考试进士分省数据的排序非常相似。比如宋代,著名文学家人数排前几

---

① 刘海峰、庄明水《福建教育史》,第121页。
② 参见刘海峰、庄明水《福建教育史》,第144—157页。按:何炳棣《明清社会史论》表27"明代进士的地理分布"所列数据:福建进士2116人,排名第四。见何炳棣《明清社会史论》,中华书局2019年版,第289页。梅新林《中国文学地理形态与演变》表4—4"明清进士地域分布表"所列数据:福建2374人,排名第四。见梅新林《中国文学地理形态与演变》,第469页。
③ 何炳棣《明清社会史论》表28《清代进士的地理分布》,第290页。

名的两浙路、江南西路、福建、江南东路、成都府路,同时也正是进士人数最多的地区,排序也大体相似,稍有差别的只是江南西路著名文学家比福建多,而福建进士比江南西路多。明代著名文学家人数前几名的地区依次为南直隶、浙江、江西、福建、湖广,南直隶之外的四省正是明代的科举四大省。清代福建著名文学家人数排名第六,进士人数排名第八。① 清代情况比前代复杂,但其中七个省同时进入这个排序之中,而且江苏浙江在两组之中都名列前茅,可见,文学地域与科举地域的相关性还是非常明显的。

福建刻书与学校教育、科举考试关系极为密切。无论官刻还是私刻,数量最多的是正经正史和教育教学辅助读物。而且,科举对教育文化、社会生活各方面都产生巨大的影响,不直接以科举为教育目标的书院和小学事实上也与科举有着千丝万缕的关联,对人们日常生活中阅读行为的影响也是显而易见的。所以,科举是刻书重要的文化背景。

《福建教育史》根据《福建通志》、《八闽通志》、《闽书》等记载统计,明代福建新建书院88所②,而且,嘉靖以后四次全国性的禁毁书院对福建书院影响不大,这很重要在于福建书院基本延续宋元传统,主要是程朱理学学派的书院,以程朱理学作为主要的教学内容,与四次禁毁书院的思潮相对关联不大。这一方面可见福建书院相对独立和稳定的办学传统,另一方面,其实也可见福建书院的正统思想,相对保守。福建书院办学宗旨坚守程朱理学,根本的原因是,此地作为理学大本营,有着宋元以来长久而深厚的理学文化积淀,当地士人服膺理学,以朱子闽学为骄傲,继续学习、解释、发展理学,跟明代官方主流意识形态和科举考试的指向非常合拍,因此,他们的坚守和稳定基本是自然而然的选择。而明代中期以后福建之外兴盛的各种流派和思想,无论王阳明、湛若水,还是东林党人,置之于更为广阔的历史时空,从今天的学界研究可见,对他们的历史评价和学术思考,或有着更为深广的讨论空间。

明朝非常重视基础教育和社会教化。洪武八年(1375),朱元璋谕旨中书省:"昔成周之世,家有塾,党有庠,故民无不知学,是以教化行而风俗美。

---

① 清代著名文学家人数前十名依次为:江苏、浙江、江西、安徽、山东、福建、直隶、广东、湖南、湖北,进士人数排序则为:江苏、浙江、河北、山东、江西、河南、山西、福建、湖北、安徽。参考梅新林《中国文学地理形态与演变》表1—14/表1—15/表1—18/表1—19/表4—4。

② 刘海峰、庄明水《福建教育史》,第128页。

今京师及郡县皆有学,而乡社之民未睹教化。宜令有司更置社学,延师儒以教民间子弟,庶可导民善俗也。"①

《明史·选举志》记载:"自儒学外,又有宗学、社学、武学……社学,自洪武八年,延师以教民间子弟,兼读《御制大诰》及本朝律令。正统时,许补儒学生员。弘治十七年,令各府、州、县建立社学,选择明师,民间幼童十五以下者送入读书,讲习冠、婚、丧、祭之礼。然其法久废,寝不举行。"②

明前期在全国普遍设立社学,而且要求官员严加督促办学。至正统、弘治,朝廷仍令各地提学官及司府州县官严督社学,不许废弛,对此,不少地方志皆有记载。据《八闽通志》记载各地社学统计,福建在弘治之前设置了374所社学。明朝后期,全国范围内有的地方社学有所衰落,但是,福建的情况在全国应该算是比较好的,据《福建教育史》分析,社学总数应该还比前期多一些。另外,明代福建还有不少义学,如怀安的瓜山义学,莆田的忠门义学,漳州的龙瀛义学,龙岩的王氏义学等等。社学和义学的普遍设立,推动了基础教育和民众教化。就以地方志中记载全省社学最少的汀州府来说,《(嘉靖)汀州府志》谓此地风俗:

> 士夫知读书进取,间有魁元。民庶安稼穑,勤劳,少营商贾。岁时燕享不废,亦鲜竞于汰奢。少长服饰尚新,未尝流乎侈僭。富家专守禾税,贫夫力治山畲。廛市无行货之妇人,街衢少伏地之丐者。室家不致终于旷怨,子女不忍鬻于他乡。官府教唆刁泼之风罕闻,村落朋凶斗狠之事稀见(旧志)。教子读书比屋皆是,挟赀生殖间处有人。学校少高年之生徒,家庭多笃孝之嗣续。由贡途居胄监者,每精问学选美官;从科第列津要者,恒持节操安遗逸。婚姻渐遵乎古礼,疾病亦用夫名医。仆隶下人,彼此各安生理;深山穷谷,远近丕从王化。此汀人俗美之概,又与昔日不同也。③

汀州在闽西山区,《(弘治)八闽通志》记载其社学二所,明末何乔远《闽书》

---

① 《明太祖实录》卷九十六,第二册,第1655页。
② 〔清〕张廷玉等《明史》卷六十九《选举志一》,第六册,第1689—1690页。
③ 〔明〕邵有道修,何云、伍晏纂,涂秀虹、涂明谦点校《(嘉靖)汀州府志》卷一《地理》,第42页。

应该是按照《(嘉靖)汀州府志》所记,社学九所。但其实此地读书风气颇盛,"教子读书比屋皆是",风清俗美,实现了民众教化的目的。窥一斑可知全豹,在宋代以来大力普及教育的福建,民众安于生业,读书者奋进学业,农工商各行业则精于技巧,风俗淳良,这是福建基本的地域文化特点。

学界曾有不少关于民众识字率问题的讨论。从社学之普及可以想见识字率。不仅福建,至少在建阳周边区域,包括福建和江西、浙江,宋代以来民众教育发达,教育的普及使得具有初步阅读能力的人群非常广泛。教育的普及和文学读物及印刷品的普及是相通一体的,它们互为基础,相辅相成。自宋代以来越来越普及的基础教育,是小说发展兴盛至于繁荣的重要条件。

四、明代建阳刻书大众化而又专业化特征

从否定元代少数民族统治而来的明代,从某个角度可说,在政治经济、社会文化各方面都向宋代以前的传统回归,社会阶层构成和社会生活方式也一定程度向宋代回归,最为重要的表现是恢复和重视科举考试,科举考试、选官制度、文官文化皆重新接续宋代而来。但是,元代思想领域的宽松或解放、文化下移和娱乐业发达,又必然递衍至于明代。两相结合,明代文化呈现出自宋元而来的否定之否定特征,儒学平民化、普及教化成为具有时代特征的社会思潮。刻书是政治文化的直接体现,明代建阳坊刻充分体现了政治文化的时代特征。

明代建阳刻书经史子集各部皆备,史部尤多,而史部中又以史评、史抄等解读、评释类为主,主要面向科举和蒙学,属于教学用书或学习辅导用书。此外,尤多医书、类书、小说、戏曲以及其他日用通俗读物,比之于宋代和元代,明代建阳刻书中通俗化、大众化读物数量更多,种类更为丰富。明代建阳刻书以科举教学用书、大众化通俗读物最为大宗,大量经史普及读物也具有通俗化的特点,正与明代政治文化的时代特征相呼应。

建阳刻书通俗化、大众化的特点不仅表现在刻书内容上,也表现在刻本版式上。如建阳刻本的插图方式以上图下文为多,也有上评中图下文、文中嵌图、半叶全幅、合页连式等形式。为经史典籍加上插图,以帮助学习者理解艰深的典籍内容,显然是很有必要的。通俗读物如小说最多上图下文版式,一方面是重视插图的阅读效果,另一方面,显然考虑到了文

化水平不那么高的读者群体需求。建阳刻书还常见上下双栏的版式,如法律类专业书籍上栏附法律常识歌诀,以帮助学习者记忆。明后期的法律类书籍还与公案小说搭配成上下栏,这样的方式可见书坊刻书通俗化的努力。

建阳刻书通俗化、大众化的特点还体现在它的书价低廉。由于刻书业的发达、印刷术的进步等原因,明代书价本来就比之宋代大为降低。而闽本在明代各地刻本中又是最便宜的。胡应麟《少室山房笔丛》甲部"经籍会通四"说:"凡刻,闽中十不当越中七,越中七不当吴中五,吴中五不当燕中三,燕中三不当内府一。"①这一方面是因为建阳山区有着造纸、制墨、木板等条件的便利,并且由于产业单一、经济不发达,因而劳工价格也便宜,所以能够较低成本地从事刻书业。另一方面很重要的也在于建阳书坊主明确自己的读者阶层和销售定位,因而有意走价格低廉的销售路线,从刻书内容的通俗化、大众化,到版式、字体、装帧等各方面都体现大众化的定位。

对建阳刻书,有些文人学者评价较低。比如常为学界所引述的明代郎瑛《七修类稿》卷四十五《书册》之言:"我朝太平日久,旧书多出,此大幸也。亦惜为福建书坊所坏。盖闽专以货利为计,但遇各省所刻好书,闻价高即便翻刊,卷数、目录相同而于篇中多所减去,使人不知,故一部止货半部之价,人争购之,近如徽州刻《山海经》亦效闽之书坊,只为省工本耳。"②

在古代版权观念淡薄、缺乏法制约束的情况下,为了追求利益,畅销书翻刻现象确实比较普遍。早在宋代建阳就常翻刻畅销书,但不仅建阳,各地书坊都有这样的情况,江南等地书坊也翻刻建阳书版。在建阳,刻书业繁荣,书坊竞争激烈,为了占领市场,而又节约成本、争取利益,往往一种编纂精美或销售良好的图书出版,马上有其他书坊争相摹刻,因此今见建阳刻书往往版本众多,而刊刻质量则良莠不齐。但是,同时还必须看到,建阳书坊低廉的书价使图书不再成为部分阶层的专利,而扩大了图书的传播面,极大普及了思想文化,对于普及国民教育,显然具有重要意义。

刻书趋向专业化,是明代建阳刻书的又一重要特征。如刘弘毅慎独斋以刊行史部、集部为主;熊氏种德堂、刘龙田乔山堂以刻印医书为主;熊冲宇

---

① 〔明〕胡应麟《少室山房笔丛》卷四,第43页。
② 〔明〕郎瑛《七修类稿》卷四十五,第478页。

以刊刻童蒙教育和民间日用书为主。有的书坊大量刊行小说、戏曲,如余氏双峰堂和三台馆以刊刻小说为主,萧氏师俭堂以雕印戏曲为主。专业化的刻书与书坊主专业化的修养密切相关。

建阳人文深厚,刻书世家往往有其家学渊源。比如刻书世家麻沙刘氏乃"忠贤世家"。清代道光甲午(1834)王利宾为《建州刘氏三族忠贤传》写跋,谓"五忠四文,后先彪炳,而理学名臣较他族为尤盛"[①],诚不虚言。刘氏有着强烈的家族自豪感,世代读书,以忠贤自居,刘氏刻书因此带着明显的家族特色。刘氏刻书约始自北宋,宋代家刻知名者如刘麟、刘仲吉、刘仲立、刘将仕、刘元起、刘叔刚等。刘麟于北宋宣和六年(1124)刻《元氏长庆集》六十卷。此书由刘麟之父刘僎辑成,由刘麟刊行。这是元稹文集早期刻本,据说宋浙本、蜀本均据刘麟本翻雕。刘麟刻《元氏长庆集》有序云:"仆之先子尤爱其文,尝手自抄写,晓夕玩味,称叹不已。盖惜其文之工而传之不久且远也……谨募工刊行,庶几元氏之文因先子复传于世。"[②]由此可见,刘麟之父是读书人,刘麟刻书渊源有自。又如刘仲吉,也是一位嗜读书善著述的文人。刘仲吉是文忠公刘崇之的父亲,父因子贵,死后赠吏部员外郎太中大夫,周必大为其撰写墓志铭,朱熹为其书写像赞。《建州刘氏三族忠贤传》卷一载《太中公大成传》曰:"(刘仲吉)天姿爽迈,赋诗有警句,已乃不利场屋,闭门教子……性嗜书,手不释卷。前辈文集,昼夜编集。或质疑义,应答如流……善著述,诗文夷雅似其为人。"至于明代刻书家刘龙田,仍是读书人:"初业儒,弗售,携策游洞庭、瞿塘诸胜,喟然曰:名教中自有乐地,吾何求。遄归侍养。发藏书读之,纂《五经绪论》、《昌后录》、《古今箴鉴》诸编。"[③]自宋至明,刘氏刻书以正经正史类为多,追求品质,如刘弘毅慎独斋刻本,刊刻精良,卓然名家,都与家族良好的经史修养和传承斯文的定位有关。

建阳书坊多几百年世代经营的刻书世家,悠久的刻书历史、无书不备的读书便利,和本地浓厚的教育氛围,使得建阳刻书家多为文化修养较高的文人,他们中的一些翘楚刻书而兼编书。这个传统自宋代至于明代,是建阳书

---

① 〔清〕刘秉钧编辑,刘维新等修撰《刘氏忠贤传》卷首,福建省图书馆1990年据清光绪六年木活字本复印,藏于福建省图书馆。
② 〔唐〕元稹《元氏长庆集》卷首,日本内阁文库藏明嘉靖三十一年东吴董氏荎门别墅刊本。
③ 〔清〕刘秉钧编辑,刘维新等修撰《刘氏忠贤传》卷一。

坊重要的特点之一。如宋代的蔡梦弼、余仁仲等诸家刻,不少为自编自刻。这些自编自刻的刻书家,多从儒学出身,如余仁仲,据说为国学士。又如黄善夫,也是宋代建阳家塾型私家刻书的代表,亦可能进士出身,其生平与身份虽无法确知,但从他所刻《史记集解索隐正义》、《百家注分类东坡先生诗》看来,前者方便读者阅读而兼采诸家之说,后者在苏诗"五注"、"八注"、"十注"基础上,搜索诸家之释,铲繁剔冗而编成,若不是有着切身的阅读体会,并有一定的学识判断,是不可能有如此创意的。《汉书》一百卷、《后汉书》一百二十卷,均有宋代学者评注。《史记》卷首序后有"建安黄善夫刊于家塾之敬室"牌记,从闽北家族重视家塾教育看来,黄善夫刻书很可能是在满足家塾教育的同时兼顾商业销售,黄善夫显然是黄氏家族一位学者型的刻书家,是个文化修养相当深厚的读书人。

至于明代,建阳书坊主一身而兼编校、刻印的现象更为普遍。比如刘剡自编自刻《通鉴续编》等。比如熊宗立,学界多认为他自编自刻医书。他的《名方类证医书大全》在《南北经验医方大成》的基础上扩充、分类编撰而成,被誉为"医家至宝",据说是第一部被日本翻刻的中医典籍,对日本医学产生了重要影响。万历时期著名刻书家余象斗,科举考试不第,转而从事刻书家业,因为有着良好的文化修养,自编自刻多种图书,在当时影响很大,今人王重民称他为书坊主中的草莽英雄。至于余象斗后代,多有功名,如余应虬、余应科等,以生员身份从事刻书,多参与图书组稿、选编、纂辑、校订、评点等环节。

自编自刻的现象说明,建阳书坊的文化积淀使之储备了较高文化修养的人才。同时,书坊自编自刻解决了一部分稿源问题,特别是通俗读物的编辑与刊刻,由于对市场需求的了解,书坊的自编自刻适应市场,并能快速投放市场。

明代建阳书坊品种繁富、数量巨大的刻书是小说刊刻的背景,建阳刊刻小说之编撰素材、刊刻形式之插图、注释、评点乃至版本特征,都源于建阳书坊刻书内容丰富、读者定位明确的历史积淀。

第三节　明代建刻小说地域特征及其形成原因

建阳书坊刊刻小说的历史很长,但就现存刊本来看,宋元时代刊刻的小说还不多,大量刊行小说是在明代。与明代小说发展潮流相一致,建阳书坊刊刻小说兴盛于嘉靖以后。现存明代建阳刊小说版本绝大多数出于万历和万历以后。

建阳刊小说有其明显的地域特征:从语体来说,以白话通俗小说为主,而较少刊刻文言小说;从题材来说,多集中于讲史、神魔、公案三类题材,而极少艳情小说的刊刻。如此特征的形成,与明朝的封建统治能力与官方的政策导向、闽北地区的理学氛围与区域性文化特征密切相关。

建阳刊小说现存版本以经典小说数量最多,《三国志演义》、《水浒传》、《西游记》三大名著的刊刻与改编几乎占了一半,且以简本为多。此外则多为书坊组织文人编撰小说,受典范作品影响,大多艺术成就不高。从版式上看,现存三分之二的刊本为上图下文版式,相当部分图像雕刻比较朴拙。很显然,建阳刊小说在作品类型、小说版本、插图版式上也有明显的地域特征,这不仅源于区域文化,而且与建阳的经济文化水平,以及与此相关的书坊经营策略等密切相关。

一、书坊定位与官方政策

从文本流传来看,文言小说是明代前期小说编撰和传播的主流。

明代初年,瞿佑的《剪灯新话》和李昌祺的《剪灯余话》掀起了一波小说阅读的热潮。《剪灯新话》四卷二十一篇,成书于洪武十一年(1378),洪武十四年(1381)梓行于世,在文人圈中影响极大,当时很多名士为之作序,不少文人著述中提到《剪灯新话》。如洪武十四年(1381)严州吴植、洪武二十三年(1390)仁和桂衡、洪武三十年(1397)钱塘凌云翰都曾有序。永乐年间曾任四川蒲江知县的胡子昂作《剪灯新话后记》,曾任江西瑞州知府的唐岳作《剪灯新话卷后志》,曾为徐州判官、累迁至山东按察司佥事的庐陵人晏璧作《秋香亭记跋》。永乐之前《剪灯新话》已传写四方,且"有镂版者",永乐年间瞿佑校订所依据的本子来自四川,几经传抄,已很多讹误。经瞿佑重新校订的本子后来于永乐末年或宣德初年刊出,宣德八年(1433)建阳知县张光启亦可能曾经刊刻。但此后不久的正统七年(1442),《剪灯新话》遭到禁毁。

大约永乐十七年(1419),由于《剪灯新话》的影响,李昌祺编撰成《剪灯余话》四卷二十篇。《剪灯余话》同样受到文人圈的欢迎和盛赞,从作序之人看来,《剪灯余话》似乎还享受了比《剪灯新话》更高的"待遇"。李昌祺是永乐二年(1414)进士,为之作序的都是同年进士,如王英、罗汝敬等,状元曾棨序称其"秾丽丰蔚,文采烂然"①。《剪灯新话》和《剪灯余话》这两部小说仿作很多,对明代文言小说产生了很大影响。

明代前期广为流传的另一类文言小说是以元代《娇红记》为发端的中篇传奇。中篇传奇除《娇红记》外,其他的基本都出现在明代,而且万历中期以后基本上不再有新作问世。② 中篇传奇的具体创作时间很难确定,多有争议。陈国军把中篇传奇的发展分为四个时期:第一个时期,从元代至顺元年到明永乐十一年(1330—1413),宋远《娇红记》二卷、佚名《龙会兰池录》一卷、明代洪武年间桂衡《柔柔传》(已佚),以及永乐十一年李昌祺《贾云华还魂记》。第二个时期,成化至嘉靖十九年前(1465—1540),其间中篇传奇现存者五部,它们是成化末、弘治初的《钟情丽集》,约成书于正德、嘉靖间的《丽史》,成书于弘治末、嘉靖初的《荔镜传》,成书于弘治、正德的《双卿笔记》,以及成书于正德末年之前的三山凤池卢民表著《怀春雅集》二卷。另外,还有见于著录,但已经散佚的郴阳南谷静斋雷世清编著《艳情集》八卷、赵元晖编辑《李娇玉香罗记》三卷。第三个时期,嘉靖二十年至嘉靖四十五年(1541—1566),这一时期,共产生三部中篇传奇小说,即《寻芳雅集》、《花神三妙传》、《天缘奇遇》。第四个时期,隆庆、万历时期(1567—1620),这一时期有五部中篇传奇。它们是创作于嘉靖末至万历的《李生六一天缘》,成书于万历时期的《刘生觅莲记》,成书于万历二十年(1592)前的《双双传》,成书于万历时期的《五金鱼传》、《传奇雅集》。③ 这些小说艺术成就有限,但是广受文人欢迎,很多文人玩味而称羡。当时多有单行本流传,又常被各种通俗类书转录,影响广泛。然而明代万历以后就少有新作,清代以后逐渐退出了传播领域。

此外,继承前代文人编撰文言小说和文言小说集的传统,明代前期就有大量的传奇集、志怪小说集、志人小说集、杂俎集,以及各种文言小说选集、文言小说丛钞等,事实上,作为文人读书、编书的习惯,这类文言小说集的选

---

① 〔明〕李昌祺《剪灯余话》卷首,日本国立公文书馆藏明代成化二十三年余氏双桂堂刊本。
② 陈大康《明代小说史》,上海文艺出版社 2000 年版,第 316 页。
③ 陈国军《元明中篇传奇小说的发展历程及其特征》,《中国小说论丛(韩国)》第 21 辑,2005 年 3 月。

编一直持续到清代。从宁稼雨撰《中国文言小说总目提要》、石昌渝主编《中国古代小说总目》（文言卷）等，可见其洋洋大观。另外，文言小说还有一类存在方式，就是收录于文人编撰文集中。这些文集往往内容驳杂，有前代作品，也有当代传说，还有作者自创，文体则有残丛小语，也有篇幅较长的传奇，还有大量非小说性质的文字，其实是小说比较传统的一种存在方式，编撰者往往没有自觉的小说文体意识，多为读书生活的副产品，甚至只是一种抄书的习惯，有的可能是为了证明自己的"博洽"。这些作品无以数计，大概无论层次高低，大多文人都或多或少有所编撰。同时，可称之为小说的文字还更广泛地存在于家谱、方志等各种文献当中。

参考宁稼雨撰《中国文言小说总目提要》、石昌渝主编《中国古代小说总目》（文言卷），以及陈大康《明代小说史》附录的《明代小说编年史》等，可见明代前期各类文言小说多有刊刻。特别是"剪灯"系列小说和中篇传奇，坊间多有刻本，传播相当广泛。但是，从现存刊本来看，这些文言小说少有建阳书坊刊本。

由宋至元，建阳刻书由官刻、家刻、坊刻并重，逐渐发展为坊刻为主、甚至一枝独秀。在这个发展过程中，建阳小说刊刻逐渐完成了从雅致书斋到市井勾栏、大众文学的转变。宋元以来建阳刊刻的文言小说多有官员参与，如《夷坚志》、《容斋随笔》、《类说》等刊刻都与当地任职官员的推进有关。元代陶宗仪之《辍耕录》可能委托建阳书坊刊刻。明代文言小说的刊刻也与官员之雅趣密切相关，宣德正统年间建阳知县张光启刊刻《剪灯余话》，此后建阳书坊多次翻刻《剪灯新话》和《剪灯余话》，但是，"剪灯系列"后来出现的一系列新作，尚未见建阳书坊刊本。此外，明代前期建阳坊刻文言小说极少，目前所见者，如弘治九年（1496）余氏双桂堂刊明周礼撰《湖海奇闻集》五卷附录一卷，弘治十七年（1504）书林梅轩和江氏宗德堂刻印雷燮《新刊奇见异闻笔坡丛脞》，寥寥可数。

事实上，不仅明代前期，就是到了小说刊刻最为繁盛的万历年间，建阳刊刻白话小说数量极大，但文言小说仍然很少，目前所见者，如万历十二年（1584）仁实堂刊宋罗大经撰《鹤林玉露》十六卷；万历十四年（1586）余碧泉刊王世贞批点《世说新语》八卷；书林余圮儒刊《李卓吾批点世说新语补》二十卷；万历二十三年（1595）熊氏宏远堂熊体忠刊明庄镗实校《新刊列仙降凡征应全编》二卷；万历二十九年（1601）宗文书舍刊明李默集著《孤树裒谈》十卷;万历三十年(1602)书林萃庆堂刊明王同轨撰《新刻耳谈》十五卷;万历年间书林郑云竹宗文书堂刊《新锲校正评释申王奇遘拥炉娇红记》二卷;万历四十二年(1612)乐纯刻印自撰之《雪庵清史》五卷,此书可能由书林余氏承刻;书林松溪陈应翔刊唐牛僧孺《幽怪录》四卷、唐李复言《续幽怪录》一卷。元代开始至于明代万历年间,中篇传奇畅销,各地书坊争相刻印,留存至今的建阳坊刻也不多见。虽然现存刻本并不是当时刻书的全部,但与白话小说等其他类型刻书相比,就刻书的存佚概率来说,现存各类型刻书的比例基本体现当时刻书的大致情况。建阳刊文言小说总体数量不多。

建阳书坊较少涉足文言小说的刊刻,与书坊的读者定位有关。建阳书坊刻书就内容来说以普及为主,偏重于正经正史,特别多经史类普及读物,包括启蒙、科举辅助书,同时多刻与百姓日用密切相关的医书、通俗类书等。元代以后开始刊刻白话通俗小说,面向下层民众这一普通读者阶层。文言小说使用文言叙事,大量插入诗词文赋,表现文人生活和文人的观念世界,充满文人情趣,与识字量少、关心自己市井经验的下层民众距离较远,因而,面向市井大众的建阳刻书也就较少留意这类小说。

但语体的选择只是建阳书坊小说刊刻状况的一个方面。就明代前期来说,影响建阳书坊小说刊刻的原因不止于此。因为明代前期也存在通俗小说的编撰和传播,由宋元而来的说话和说唱继续发展,全国各地出现了数量众多的说书先生,他们以讲唱小说故事为谋生手段,广泛地活跃在城镇乡村,上至帝王宫廷、官府人家,下至村居里巷、路边门前。从叶盛(1420—1474)《水东日记》的记载来看,当时书坊刊刻不少"小说杂书"。《水东日记》卷二十一《小说戏文》谓:"今书坊相传射利之徒伪为小说杂书,南人喜谈如汉小王(光武)、蔡伯喈(邕)、杨六使(文广);北方人喜谈如继母大贤等事甚多。农工商贩,抄写绘画,家蓄而人有之。痴騃女妇,尤所酷好,好事者因目为《女通鉴》,有以也。"①但是,建阳书坊同样少有这些"小说杂书"刊本。

那么,为什么明代前期建阳书坊很少刊刻小说呢?有人认为是刻书业不够发达的原因。事实上,元明之际的战火虽然烧毁了建阳书坊的一些板

---

① 〔明〕叶盛《水东日记》,《元明史料笔记丛刊》,中华书局1980年版,第213—214页。

片,但并没有造成毁灭性的打击。据顾炎武《钞书自序》,至明代正统年间(1436—1449),"其时天下惟王府官司及建宁书坊乃有刻板"①。前引《明实录》记载,明代洪武二十四年(1391)六月,太祖命礼部颁书籍于北方学校,有未备者遣人往福建购买;至成化年间(1465—1487),朝廷用书仍然依赖建阳书坊。又清代施鸿保《闽杂记》称:"麻沙书板,自宋著称。明宣德四年(1429),衍圣公孔彦缙以请市福建麻沙板书籍咨礼部尚书胡濙,奏闻许之,并令有司依时值买纸雇工摹印。"②前文述及,明代嘉靖年间(1522—1566)周弘祖《古今书刻》统计各地刻书,以福建最多,而福建又以建阳书坊最多,达367种,比南京国子监和各省都多。以私人之力统计必然不完全,但由此可见明代前期建阳书坊刻书之盛。

在如此繁盛的刻书中少有小说,当然有着多方面的内外因。影响建阳书坊明代前期刻书状况的因素很重要的是官方的政策导向。

一方面,明初建阳书坊的地位很高,明代前期全国的科举应试之书多出于建阳书坊,书坊承接了官方委托的许多刻书任务。如前引《孝宗弘治实录》卷七记载,成化二十三年(1487),礼部尚书丘濬进呈《大学衍义补》一书,孝宗命誊写副本下发福建书坊刊行,今见丘濬《大学衍义补》最早的刊本即为弘治元年(1488)建宁府刊本。此后,福州府等官方机构和民间书坊多次刊刻此书,现存还可见嘉靖年间建阳书坊宗文堂刻本、监察御史福建巡抚吉澄刻本等。成化十六年(1480),福建按察司佥事余谅请建阳书坊刻印丘濬辑《文公家礼仪节》八卷。当时福建巡抚、巡按以及建宁府、建阳县的官员、书院大量刻书,刻书地点多为建阳书坊。

建阳书坊的地位很重要源于程朱理学的官学地位。元代仁宗延祐年间(1314—1320)恢复科举,就诏定以朱熹《四书集注》试士子。明朝朱元璋推崇朱子学,洪武二年(1369)诏令天下立学,规定:"国家明经取士,说书者以宋儒传注为宗,行文者以典实纯正为尚。今后务将颁降'四书五经'、《性理大全》、《资治通鉴纲目》、《大学衍义》、《历代名臣奏议》、《文章正宗》及当代诰律典制等书,课令生徒诵习讲解,俾其通晓古今,适于世用。其有剽窃

---

① 〔清〕顾炎武《亭林文集》卷二,《续修四库全书》第1402册,据清刻本影印,上海古籍出版社1995年版,第82页。
② 〔清〕施鸿保《闽杂记》卷八《麻沙书板》,来新夏校点《闽小记 闽杂记》,《八闽文献丛刊》,福建人民出版社1985年版,第116页。

异端邪说,炫奇立异者,文虽工,弗录。"①这一政策对建阳书坊的发展非常有利,因为建阳是闽学中心、理学渊薮,是朱子讲学终老之地,而且建阳书坊刻书向来以儒家经典为主,自宋代以来就特别用力于科举考试用书,在读书士子中拥有广泛的市场,这一刻书传统至元代而未中断,且持续发展。明代官方还规定理学诸子后裔可优免徭役,《(万历)建阳县志》卷三"籍产志"之"赋役"载:"本县昔为先贤所萃之乡,故各家子孙俱得优免。朱文公伍拾丁石,而蔡西山壹拾玖丁石,游鹰山、张横渠各壹拾陆丁石,刘云庄壹拾肆丁石,刘瑞樟、熊勿轩各捌丁石,黄勉斋伍丁石。盖士夫举监生员吏承之优免,各县所同,而先贤子孙之优免,则本县所独也。"②为了取得这种优惠待遇,建阳刻书世家往往以名贤后裔自居,如刘弘毅慎独斋刻印《十七史详节》,就标明"五忠后裔"、"精力史学"。在这样浓郁的文化氛围中,当时无论官刻、家刻、坊刻都以理学名著为主,多刻宋元理学诸子著作。悠久的刻书历史、理学名家的良好声誉和有利于建阳刻书发展的政治文化氛围,吸引了国子监乃至各地名士把经典著作和理学新作寄发建阳书坊刊刻。所以,建阳书坊稿源相当充足,销量也大。

另一方面,当时官方对文艺的管理也使得书坊不敢轻易刊刻违禁书籍。关于明代前期戏曲、说唱传播的禁令为学界所熟悉,如洪武六年(1373)诏令禁限戏曲装扮历代帝王后妃忠臣烈士先圣先贤神像,这条禁令被写进了洪武三十年(1397)正式颁布的《御制大明律》,永乐九年(1411)又再次出榜禁同类词曲的演出、收藏、传诵、印卖③。这样的规定对说书同样有效,据褚人获《坚瓠集》辛集卷二记载,就是在后来通俗文艺已经颇为繁荣的嘉靖、隆庆年间,王世贞的儿子王士骕还因为奴仆说平话而致罪④。

而关于小说传播的禁令,现在所见似乎与建阳刻书关系较为密切。建阳书坊发展繁盛,必然也会产生一些非经史有益之书,由于建阳和建阳书坊引人注目的地位,道所从出,文章萃聚,官方对建阳刻书业的管理也较为重视。如宣德正统间建阳知县张光启校刊《剪灯余话》后不久,明正统七年(1442),"国子监祭酒李时勉言五事……近年有俗儒假托怪异之事,饰以无

---

① 《大明会典》卷七十八,中国国家图书馆藏明万历内府刻本。
② 〔明〕魏时应等修《(万历)建阳县志》卷三《籍产志》,第350页。
③ 参见程华平《明清传奇编年史稿》,齐鲁书社2008年版,第2、4页。
④ 参见陈大康《明代小说史》,第144页。

根之言,如《剪灯新话》之类,不惟市井轻浮之徒争相诵习,至于经生儒士多舍正学不讲,日夜记意以资谈论,若不严禁,恐邪说异端日新月盛,惑乱人心,实非细故,乞敕礼部行文内外衙门及提调学校签事御史并按察司官巡历去处,凡遇此等书籍,即令焚毁,有印卖及藏习者问罪如律,庶俾人知正道,不为邪妄所惑。诏下礼部议,尚书胡濙等以其言多切理可行……上是其议。"①李时勉的奏疏有可能是针对张光启刊刻《剪灯余话》而发的。李时勉的奏书中虽言"《剪灯新话》之类",而没有直接提《剪灯余话》,但可能更为直接导致李时勉上书的是《剪灯余话》。《剪灯新话》自洪武十一年成书,至此四海流传四十余年,且已多有刊本。《剪灯余话》大约成书于永乐十七年,张光启刊本是《剪灯余话》的第一个刻本。《剪灯余话》作者李昌祺与李时勉同乡且为同年进士,曾经是好朋友,李时勉为李昌祺诗集作过序,永乐十八年还为李昌祺的《至正妓人行》作过跋,从现存刊本可见,张光启校刊本《剪灯余话》附《至正妓人行》及诸名公跋,李时勉之跋也在其中。收入李时勉等名公之跋显然是为了提高《剪灯余话》的身价,但是否正因为如此而更引起李时勉的注意乃至反感呢? 历史细节无法还原,但从李时勉为《至正妓人行》所作之跋可以知道,李时勉不赞成李昌祺撰写这类作品,认为"公为方面大臣,固当以功名事业自期"。对比《剪灯余话》诸篇,《至正妓人行》已属雅正。对于《至正妓人行》李时勉尚且认为不当用力于此,更不必说《剪灯余话》诸篇的"怪异之事"、"无根之言";而且比之《剪灯新话》,《剪灯余话》对于男女之情更多露骨描写,触犯时忌的内容也更多,多处讥刺永乐朝"失节"大臣,"同时诸老,多面交而心恶之"②。李时勉是明代著名的理学名臣,《明史》有传,为了维护礼教,甚至曾经"廷辱"洪熙皇帝。可以想见,李时勉若读到《剪灯余话》,必然如鲠在喉。正统六年(1441),李时勉任国子监祭酒,兢兢业业教诲国子监学生,终于因为"经生儒士多舍正学不讲"、沉迷于《剪灯新话》一类的小说而慨然上书建议禁毁。而从"上是其议"看来,李时勉禁书的建议必然被采纳了,因为此后二十多年不仅《剪灯新话》、《剪灯余话》未见传本,其他小说也少有流传,从现存刊本来看,成化以后才

---

① 《明英宗实录》卷九十,《明实录》,台湾"中央研究院"历史语言研究所据国立北平图书馆红格钞本显微影卷放大校印,第三册,第 1811—1813 页。
② 〔明〕祝允明《野记》卷三,1936 年商务印书馆影印。

逐渐开禁。

又据施鸿保《闽杂记》记载:"弘治十二年,给事中许天锡言,今年阙里孔庙灾,福建建阳县书坊亦被火,古今书板尽毁,上天示警,必于道所从出,文所会萃之处,请禁伪学,以崇实用。下礼部议。遂敕福建巡按御史厘正麻沙书板。又嘉靖五年,福建巡按御史杨瑞、提督学校副使邵诜,请于建阳设立官署,派翰林春坊官一员监校麻沙书板。寻命侍读汪佃领其事。此皆载礼部奏稿者。是明时麻沙书板且有官监校矣。"①在建阳这么一个偏僻的小地方设置一名专任官员,可见中央政府对建阳书坊的重视,也可见建阳书坊之繁盛。嘉靖十一年(1532),福建提刑按察司还专门就建阳书坊刊刻的"四书五经"出了一道牒文,明文规范刻书的文字差讹和版式问题。可见政府的监管是有力的。

所以,明代前期建阳书坊少有小说刊刻虽决定于当时小说创作情况,但也与书坊的读者定位和官方的政策导向与文化管理有关。

二、题材选择与理学影响

建阳书坊的经史类典籍和理学著作的刊刻自明代中叶以后有所衰退,一方面是因为统治阶层日益腐败,无力倡导和维护理学,另一方面是心学的兴起使理学热潮弱减。心学的兴起对于建阳的文化思想影响不大,但客观上影响了建阳书坊刻书的稿源和销售。又,前引《建阳县志续集·典籍》谓:"天下书籍备于建阳之书坊,书目俱在,可考也。然近时学者自一经四书外皆庋阁不用,故板刻日就脱落。况书坊之人苟图财利,而官府之征索偿不酬劳,往往阴毁之以便己私。殊不可慨叹。"②由此可见,明代中期建阳书坊刊刻经史类典籍乃至科举参考书的衰退有着诸多具体的原因,其中,明代会试以专经取士的制度对建阳刻书有很大影响。建阳刻书的巨大支柱是辅助科举考试和童蒙教育的经史类普及读物,但专经取士的制度要求读书士子从五经中选考一经,这就改变了从前士子遍读经史的学习方式,客观上对经史类图书的编刊产生了很大影响,以经史类图书为支柱的建阳书坊,显然此类经营萎缩。而官府的征索又加重了书坊的负担,加剧了书

---

① 〔清〕施鸿保《闽杂记》卷八《麻沙书板》,第116页。
② 〔明〕袁铦《(弘治)建阳续志》,《四库全书存目丛书》据明弘治刻本影印本,第87—88页。

坊的衰落。

正是在这样的背景下,又由于此时全国小说图书市场逐渐兴盛,建阳书坊因为本来就有着良好的通俗图书刊刻传统,所以,通俗小说很快成为书坊刻书的支柱品种。明代建阳小说刊本现在所知130种以上,从万历年间余象斗刊刻《三国志传评林》之《三国辩》、《水浒志传评林》之《水浒辨》[①]看来,现存的刊本只是当时刻书中的一部分,佚失的版本数量可能比现存的还多。

但是,建阳刊刻的通俗小说仍然有着建阳这个"闽邦邹鲁"、"道南理窟"明显的地域特色。这一地域特色充分体现在建阳刊小说的题材选择上。检视目前所知建阳书坊刊刻小说,可见其明显的题材特征,即以讲史、神魔、公案三种类型为主。

从现存刊本来看,建阳书坊少有人情小说。人情小说在明代后期的主要类型是"艳情小说",这类小说在嘉靖后期开始出现,到万历后期形成高潮,像《如意君传》、《痴婆子传》、《浪史》等作品大量出现,但是,现存刊本多出于江浙一带,而建阳刻本今见惟有种德堂刊《绣榻野史》。"种德堂"是建阳熊氏书坊之一,但此《绣榻野史》不一定刊刻于建阳,因为明代后期熊氏种德堂在金陵开设分店,其刊本有一部分刻于金陵。[②] 而此本《绣榻野史》不是建阳刊小说常见的上图下文版式,而是图版散插于正文中间,双面合页连式,上下卷各十二幅,是江南刊小说常见的版式。当然并不排除此刻印于建阳,由此可见明代后期建阳刻书与江南刻书的交流与融合。

我们不能以现存小说刊本情况断言建阳书坊不刊艳情小说,但从存本在题材类型上的比例可以推断建阳书坊有着较为明显的题材取向。以《三国志演义》、《水浒传》为典范的讲史小说无不是以纲常义理为旨归,宣扬忠孝节义、惩恶扬善。建阳书坊组织编撰和刊刻的神魔小说虽然是在《西游记》影响下产生的,但实际上融合了讲史小说的影响,是讲史小说发展的一个支流。这些神魔小说显然不同于传统的志怪小说以鬼神为表现对象、追

[①] 余象斗刊本《三国志传》有"三国辩",《水浒传评林》有"水浒辨",此"辩""辨"二字按原文,特此说明。

[②] 刘世德《〈三国志演义〉熊成冶刊本试论》,《文献》2004年第2期。

求怪异的叙事趣味,而是通过神仙佛道的修行故事,达到教人向善的目的,所以与讲史小说实异途同归,为儒教之补。而公案小说向来被视为广义的讲史类小说,建阳书坊刊刻的公案小说还经常与法律文书上下栏刊刻,是普及司法知识的一种手段,也是法律文书的派生物,当然既有益于教育,又符合理学的精神。事实上,结合建阳书坊对通俗小说题材的选择来观照文言小说,我们会发现建阳书坊刊刻小说的语体倾向也主要取决于题材的选择。文言小说中的剪灯系列和中篇传奇在题材上属于人情一类,特别是中篇传奇,其题材与通俗小说之艳情一类相近。也正因为题材的原因,建阳书坊较少刊刻文言小说。

建阳书坊刊刻小说就是通过讲述故事通俗演绎儒家义理,令人自然想到被称为"考亭学派"的朱子理学。理学是以研究儒家经典的义理为宗旨的学说,所谓"义理之学"。朱子理学代表了宋代儒学的最高成就,因为朱熹生长、师承、讲学基本都在闽地,所以,又被称为闽学。朱子理学与建阳刻书是闽地文化两大瑰宝,建阳刻书深受朱子理学影响。朱熹主张,人人可以成为圣人,必要的途径就是格物致知。格物致知的重要内容是"穷天理,明人伦",其中"天理"主要是指仁义礼智等道德原则,明确要求以天理节制私欲邪念,要求君臣上下讲求道德,重民生,安社稷,鼓励每个普通人以圣贤自任。朱子学说反映了人的理性自觉,表达的是理学家崇高的人生理想:追求理想人格和完善道德原则,在"天地人""三才"之中努力与天地并立、实现"以道自任"的理想境界,正如张载所谓"为天地立心,为生民立命,为往圣继绝学,为万世开太平"。这种诗性哲学所具有的超拔尘俗的人性光辉,是闽学成为官学、并为文人士大夫普遍认同的重要原因。在建阳刊小说中,我们能真切感受到朱子精神的深刻影响。

理学思想成为影响建阳书坊刊刻小说题材选择的重要原因。尽管建阳刊小说题材类型上的特点有着文学发展内、外多种因素的作用,与当时文化政策有关,还与书坊长期大量刊刻史部图书以及讲史平话的积淀有关,但是最主要的生成动力是建阳地域文化形成的道德基准和书坊主的自觉选择。

在福建乃至全国,闽北地区是一个独特的区域,它分布于武夷山脉建溪一线,包括了建宁、邵武、南剑州三州府,建阳则处于这一地域网络的中心。这一地区被称为"道南理窟"确实非常形象,因为理学家在这里扎堆出现。至少从南唐时代开始,建安江文蔚、朱弼都是名重天下的儒学名家。宋代闽学的著名理学家从"南剑三先生"的杨时、罗从彦、李侗以下,武夷"胡氏五贤":胡安国、胡寅、胡宁、胡宏、胡宪,以及游酢、刘勉之、刘子翚,到朱熹,其生活地域基本上集中于以建阳为中心的闽北走廊。由于理学家如此密集,所以,闽学在闽北的影响非常深入,地位极其稳固,宋代"庆元党禁"中,闽北地区无一人充当反闽学的干将。① 朱熹去世正当党禁最烈之时,庆元六年(1200)十一月,朱熹葬于建阳九峰山大林谷,参加葬礼的有六千人,其中不乏远道而来的朱子门人,但如此多的人数,必然更多的是本地人。刘树勋《闽学源流》根据历代文献统计,列出朱熹门人有姓名记载的511人,其中占比例最多的还是闽北三州府,有84人。通过门人弟子的递相承传,朱子思想源远流长。尤其在建阳,由于政府的扶持与嘉奖,从宋末到明清,大量立祠堂、建书院、修复闽学学者创办的书院,弘扬闽学精神。

元代、明代,朱子著作遍行天下,元代虞集谓"天下之学皆朱子之书"②。宋以来的刻书中心建阳得天时地利,大量印行朱子等理学家著作。同时,建州由于得天独厚的地理优势,是唐以来世族汇集之地,早期移民从中原地区带来崇儒重教的传统,教育极为普及,是宋以来福建地区教育最发达的州府,而福建又是全国教育最发达的地区。所以,建阳刻书家很多都有着良好的教育背景和较高的文化修养,宋以来不少书坊主都能亲自编书,他们很多都是幼读诗书、参加科举考试未能成功而重操父辈祖业的文人,如明代余象斗即如此。朱熹等理学名贤使建阳山川为之生色,建阳人引以为豪。根据《(嘉靖)建阳县志》记载,小小一个建阳建有48座坊表,这些坊表以弘扬理学道统为主,题名多如"南州阙里"、"道学渊源"、"世家先哲,力扶道统"、"道学传心,斯文缵绪"等。最值得注意的是书坊所在崇化里的"书坊"坊表,"内八坊,曰崇孝,曰崇弟,曰崇忠,曰崇信,曰崇礼,曰崇义,曰崇廉,曰崇耻"③。由此可见建阳刻书所处的浓厚的理学氛围。理学对建阳的影响至为深远,教育的普及更使理学深入普通民众,理学成为建阳书坊主自觉的

---

① 林拓《文化的地理过程分析:福建文化的地域性考察》,上海书店出版社2004年版,第74页。
② 〔元〕虞集《考亭书院重建朱文公祠堂记》,王颋点校《虞集全集》上册,天津古籍出版社2007年版,第658页。
③ 〔明〕冯继科等修《(嘉靖)建阳县志》卷四《治署志》附坊表,《天一阁藏明代方志选刊》,上海古籍书店1982年版。

思想意识,由他们编撰和刊刻的小说必然受到理学强调文学社会政治功能的影响,故建阳刊刻的小说在内容上重视社会性,在风格上则骨力刚健,以"天理"为旨归,着力于教化人心。就是到了天启、崇祯年间,建阳书坊已逐渐走向衰落,对市场极为敏感的建阳书坊也仍然没有改变道德尺度以挽救自己的衰势。

三、编刻类型与稿源

建阳书坊刊刻小说大致可分为两类,一类是《剪灯新话》、《三国志演义》、《水浒传》、《西游记》等典范作品,一类是这些典范作品影响下产生的作品。典范作品大体都是江南刊本的重新编刻,如《三国志演义》、《水浒传》、《西游记》三大奇书的各种版本占现存建阳小说刊本将近一半,其中多数为简本。典范影响下产生的作品也有一些版本来自江南,如三台馆刊杨尔曾编订《新镌全像东西两晋演义志传》等,但是绝大多数出于建阳书坊组织文人自编。这些作品因袭摹仿,其叙事水平与元刊平话比较接近,艺术成就无法与典范作品相比,因此,时至今日,不少小说已被市场流通所遗忘,这是传播史上优胜劣汰的必然规律。

建阳刊小说的编刻类型有其深层的生成原因,最直接的原因在于稿源,特别是小说作者的构成。

对于建阳书坊来说,稿源的问题其实是书坊发展的瓶颈。当闽学发展走过了它的黄金时代,闽北文化复归于山林的偏远和沉寂时,稿源问题特别突出表现出来,并最终限制了建阳刻书业的持续发展。随着明代弘治、正德以后封建统治能力的下滑,理学在民众生活中的核心地位也逐渐减退,建阳书坊理学著作和经史类著作稿源不足,这是明代正德、嘉靖以后建阳书坊向小说刊刻转型的重要原因。但是,建阳刊刻小说若要持续发展,小说稿源同样是最为关键的因素。而此时的建阳书坊不容易获得高质量稿源。

从文言小说和白话小说全部作品和作者来看,典范作品的作者都不出于建阳,如"剪灯"系列的瞿佑《剪灯新话》和李昌祺《剪灯余话》,中篇传奇之元代宋梅洞《娇红记》,白话长篇小说罗贯中《三国志演义》、施耐庵《水浒传》、吴承恩《西游记》等。《三国志演义》、《水浒传》、《西游记》的作者研究至今存在争议,但这些作者与福建地区无涉。典范影响下的作品,其作者或者是建阳文人,包括建阳书坊主,更多的则是建阳书坊聘请的文人,多来自江西。笔者对《三国》、《水浒》、《剪灯新话》、《剪灯余话》之外的90种刊本进行统计，除34种不明作者或不明作者籍贯之外，32种出自福建文人，其中以建阳刻书世家之熊大木、余邵鱼、余象斗之作最多；11种出自江西文人如邓志谟、朱星祚、黄化宇、吴还初等；其他籍贯或郡望署浙江、金陵、湖北、河南、安徽、甘肃等地者各有少量，其中如冯梦龙等可能系伪托。

从已知情况来看，建阳书坊组织编撰小说的作者都是名不见经传的下层文人，文学修养不高。但他们中有的阅读面很广，所谓"博洽士"，善于做编辑的工作。如熊大木，《大宋中兴通俗演义》等数种小说之外，还编校、集成《日记故事》、《新刊类纂天下利用通俗集成锦绣万花谷文林广记》、《新刊明解音释校正书言故事大全》等，就是《全汉志传》、《唐书志传通俗演义》、《大宋中兴通俗演义》、《南北宋志传》等小说，严格说来也具编辑性质，因为都有所据旧本，结合史料及其他传说资料编写而成，所以，我们往往称之为"编撰"，而不称之为"创作"。又如邓志谟，其编辑情况与熊大木非常相似，《铁树记》、《飞剑记》、《咒枣记》等小说之外，还有《山水争奇》等"争奇"小说，以及《故事白眉》、《故事黄眉》、《锲旁注事类捷录》、《古事镜》等等，编了很多书，大多属于类书。利用旧本，大量抄录史料及其他资料，拼凑痕迹比较明显，这是建阳书坊编撰小说的基本特征；甚至如公案小说，后出者多转录、拼凑而更换书名。显然，由建阳书坊编撰和刊行的很多小说都具有开拓新题材的意义，如列国志系统的《列国志传》，说唐系统的《唐书志传通俗演义》，杨家将故事中的《南北宋志传》，说岳系统中的《大宋演义中兴英烈传》，包公案乃至公案小说集类型中《包龙图判百家公案》等，在同一题材系列中都具有开创意义；大量同类型小说的刊刻从小说史发展的角度、从小说文体与小说类型形成的角度、从普及小说接受从而推进小说发展的角度来说有其重要意义，但若每一部小说单独分析，其叙事艺术成就不高。

明代小说的典范之作多已在嘉靖之前产生，但是，为数很少的几部作品远远无法满足读者的需求，而此时通俗小说的创作尚处于不自觉的状态，因此建阳书坊主以其商业敏感率先组织文人编撰小说，对于小说的发展显然有其重要意义。可惜的是，建阳书坊未能与高水平小说作家合作，未能获得高质量稿源，这是与建阳当地的经济文化发展水平密切相关的。

宋代闽北地区曾为全国文化最发达地区，这有着天时地利人和多方面的原因，但其中一个不容忽视的因素是带动闽北地区文化发展的理学属于山林文化,它不依赖于城市的发展,甚至它必须逃避城市发展的喧嚣,它要求学者远离城市归于山林,读书思考,涵泳性情,正如李侗传于朱熹的指诀:"默坐澄心,体认天理。"闽北由于武夷山的阻隔,有深山大川之静僻,非常适合理学家体认天理的默坐澄心,同时离南宋的政治文化中心临安不太远,若以当时的半壁江山而论,建阳甚至正好处于全国中心的位置,因此又很方便于以天下为己任的理学家感触国家民族命脉,适时干预时事。这是闽学能建立集大成的思想体系,而又能成为主流意识的客观原因之一。

然而,时至明代中叶,山林文化衰微,城市文化成为主流,而通俗小说是商品经济发展的产物,与城市化的文明程度密切相关。从宋元话本、元刊杂剧来看,很多小说戏曲都出自"古杭新编",苏杭一带由于城市规模大,经济发达,是小说戏曲之渊薮。而且江南地区当时事实上已初步形成以苏、杭为中心城市的经济区,包括镇江、应天(南京)、松江、常州、嘉兴、湖州等地在内,类似于今日的长江三角洲经济区,构成了都会、府县城、乡镇、村市等多层级的市场网络。江南地区人口密集,明代,苏州、杭州与北京、南京是全国人口最多的城市,比如苏州,据《明史》记载,洪武二十六年(1393)编户491514,口23550301。弘治四年(1491),户535409,口2048097。万历六年(1578)户60075,口2011985。① 可以想见,在江南地区这个庞大、密集的人群中,有多少艺术人才,有多少热衷小说戏曲的读者,每天演绎着多少小说戏曲取之不尽的市井故事素材。

而闽北,历来以山林文化著称,它培育出了唐宋以来大量的诗人和学者,武夷名山曾吸引众多道、释修行者。兴于宋代的建阳刻书正源于此深厚的文化意蕴。但是,它处于深山,刻书兴盛的麻沙和书坊更是两个远离尘嚣的秀美山村,明代的建阳经济文化都不发达,就城市化的发展程度来说与杭州、苏州、金陵等地相比更是望尘莫及。由于计产育子、溺婴等习俗,建阳乃至福建人口长期增长不大。根据《(万历)建阳县志》卷三"籍产志"记载,万历二十年建阳人口为"户二万五千四十六,内寄庄户二百二十三,口八万三千三百七十一"。② 又由于福建山水阻隔的地理特征,福建从来未能形成

---

① 〔清〕张廷玉等《明史》卷四十《志第十六·地理一》,中华书局1974年版,第4册,第918页。
② 〔明〕魏时应等修《(万历)建阳县志》卷三《籍产志》,第341页。

调控全局的文化中心,闽人善于经商,但是,福建的商业贸易也始终未形成统一的区域性市场网络。闽南地区商业贸易发达,宋代泉州刺桐港、明代漳州月港都曾经非常兴盛,一度甚至成为全省的经济中心,但以闽南一带为中心主要向海外辐射,与闽北、闽西内地的交流由于交通不便相对较少。明代景泰年间至于天启,是漳州月港最为兴盛的时期,这个时期也是建阳刊刻小说的兴盛时期,但是,两者应该没有必然联系。闽南对外贸易的商品中也有"建本文字",但是,建阳书坊刻书是以江南地区为向心的,其版本翻刻、编撰取材、图书集散都主要与江南地区交流,从图书销售的角度说,通过江南地区流向全国的市场绝对要比通过闽南流向海外的市场大。所以,一定程度上可以说,建阳书坊相当于当时全国图书行业的小商品生产地,小作坊密集,生产成本较低,生产水平也较低,但生产量很大。城市文明和市民文化的发展先天不足,没有喧嚣城市那家长里短的丰厚积累,天马行空的空旷想象也受阻于触目的群山,缺乏叙事文学丰厚的土壤,必然,建阳的小说编撰和小说刊刻缺乏原创性大手笔的精品。

建阳经济不发达,在宋元时期尚有银矿和建茶产业,至于明代,则惟以书坊书籍为当地最大产业。《(万历)建阳县志》卷三"赋役"说:"今潭产至单微。"①卷一记各乡市集:"在乡一十六里乡市各有日期。如崇化里书坊街、洛田里崇洛街、崇文里将口街,每月俱以一六日集……是日里人并诸商会聚,各以货物交易,至晡乃散,俗谓之墟。而惟书坊书籍,比屋为之,天下诸商皆集。次则崇洛绵花纱布二集为大,余若崇泰里马伏、石街、后山街……则聚无常期,亦不过鱼盐米布而已。"②明代建阳产业单一,商业不盛,经济相对落后。

明代,似乎福建文化的辉煌已成过去,特别闽北地区区域文化呈明显弱化趋势。从一些数据统计看来,明代福建进入政府中枢的官员已经很少,远远无法跟宋代相比,跟邻近的江西相比也大为逊色。明代闽北乃至福建已经较少产生著名文人,像明初杨荣那样的名人极少。以科举及第情况来说,明代与宋代远远无法相比,而嘉靖以后闽北地区更明显衰落,明前期该地区进士总数 119 人,而嘉靖往后只有 66 人,仅占明代该地区进士总数的

---

① 〔明〕魏时应等修《(万历)建阳县志》卷三《籍产志》,第 343 页。
② 〔明〕魏时应等修《(万历)建阳县志》卷一《舆地志》,第 265 页。

35%;从各科平均及第人数来看,嘉靖以前每科及第近3人,嘉靖以后则为一人左右。① 根据《(万历)建阳县志》卷二"书院"之"同文书院"条下小字记载,"其地方业儒者少"②,建阳县学生员也不多。

显然,由于地处偏僻,文化衰退,闽北本地较少产生人才,也留不住人才,更不能吸引外来人才。这是建阳刊小说作者构成的根本原因。建阳经济文化不发达,民间资金积累薄弱,使得建阳书坊主未能有大手笔、大魄力向外地组织高水平的作者和稿源。而建阳之外经济文化发达地区,也许已经具备了创作较高水平小说的力量,但是,又缺乏像建阳书坊这样的组织推动力,很遗憾,同时期同样未能产生高水平小说。于此可观明代嘉靖、万历时期小说面貌生成之一斑。

四、版式特征与刻工及读者

假如说稿源问题还主要决定于客观条件的话,小说的版本面貌、版式特征则不能不说是建阳书坊的自觉选择了,建阳书坊有其明确的读者定位和销售策略。

建阳刻书集中于崇化书坊和麻沙两个乡镇,熊、刘、余、杨等几大刻书家族之外,还有很多书户,几乎家家刻书。建阳书坊刊小说现存版本都很复杂,版本复杂的原因之一是当时每一部小说行世之后,都有好几家书坊竞相翻刻,现存版本有的可能是好几家书坊刻本拼凑而成的,或者书版为别家书坊获得后挖改题署。书坊以家庭为单位,各书坊之间虽有合作;但从同一姓氏有好几家书坊,而且版面题署常见挖改看来,可能合作的同时也有竞争。这样的民间商业经营形式一方面具有优长,小作坊运作,经营方式比较灵活,为求销售、竞争市场,在刻书内容和版式上力求创新。另一方面也有严重局限,那就是资金薄弱,资本积累与文化积累层次低,小本经营,尽量压低成本。甚至因恶性竞争而导致盗版、偷工减料等,最终彻底毁坏了建阳刊本的声誉。

与建阳刊小说作者少名家相比,刻工水平更为直观地表现出来。建阳刊本大部分给人这样的印象:图像简陋,多错字、俗字、字句脱漏,版面较为

---

① 林拓《文化的地理过程分析:福建文化的地域性考察》,第125页。
② 〔明〕魏时应等修《(万历)建阳县志》卷二《建置志》,第300页。

拥挤，小型开本等。因此，历代文人对建阳刊本多无好评。

即以版式而言，建阳刊小说有其明显的特征，即上图下文的版式。据笔者统计，在现存一百三十多种建阳刊小说版本中，至少有三分之二是上图下文的版式。上图下文的版式，几乎是建阳刊小说的标志性版式，人们往往以此作为判断是否出自建阳书坊的重要标准。建阳刊本小说上图下文的版式有其悠远的历史和深厚的传统，是建阳书坊刻书在其发展过程中逐渐形成的特有的版刻风格。从版画艺术的角度，对于宋元建阳本上图下文的版式及其版画艺术成就，历来评价很高。诚然，在版画艺术发展史上，建阳刊本有其重要的地位。但是，插图版画发展至于万历时期，金陵、新安等地版画精美佳作如林，相比之下，建阳刊不少小说插图比之宋元似乎更为简率了。若以建阳刊本上图下文小说中的一幅图与江南本同题材小说插图中的一幅进行对比，建阳刊本实远为粗朴稚拙。建阳刊小说大量的图像都是略具形似而已，不少图像构图雷同，相似的图像在一本书中、乃至在好几本书中重复出现，但用以表现不同的时间地点人物事件。房屋无论家居还是酒肆、旅馆、寺庙道观，造型一律，只以门上"店"、"庙"等字区别。插图背景简略，往往只有很简略的人物动作，人物造型也没有大的区别，更没有人物表情等细致的刻画，雕刻确实粗糙，客观地说不少插图艺术价值不高。

那么，是否由于建阳缺乏优秀的刻工呢？建阳不乏技术精良的刻工，根据方彦寿统计，嘉靖《邵武府志》、《建宁府志》、《建阳县志》至少有84名刻工多次参加雕刻；而崇祯年间何乔远《闽书》的刊刻，征集了福州、泉州、漳州、兴化、建宁五府近120名刻工，其中将近50名来自建宁府。① 官府主持刊刻的这些方志都质量很好，雕刻精美。现存宋、元、明建本无数，绝大多数的正经正史和子集部名家著作都是刻印精美的善本。这一方面在于这类经史子集往往由官方或个人委托书坊刊刻，书坊必须按照委托要求刊刻，同时资金也较为充足；另一方面是由于这类图书的读者定位在于较高文化层次的人群，这个人群同时也是经济能力较好的人群，消费能力较强。

建阳书坊刊小说少量版式是卷首冠图、单面全幅的形式，如人瑞堂刊《隋炀帝艳史》、熊飞雄飞馆刊本《英雄谱》等，图像精美，多出于明代后期，明显受江南刊本影响，学界有人因此怀疑其刻书地不在建阳本地。《英雄

---

① 方彦寿《建阳刻书史》，第378—390页。

谱》插图刻绘者刘玉明,据方彦寿考证,是著名刻工刘素明的弟弟。刘素明长期生活于外地,经常与金陵、杭州、徽州等地的版画家合作,故学界对刘素明籍贯有多种说法,方彦寿根据建阳书坊《贞房刘氏宗谱》记载,认定刘素明是明代建阳刻书家刘弘毅的五世孙。《三国志演义》版本中有一种吴观明本,刻工吴观明为建阳人,但学界认为刻书地也未必在建阳。此虽不能确定,但不可否认的是,建阳刻工中的一些翘楚确实主要活动于江南一带。这不是偶然的,福建的书画界从来不乏才俊,如宋代蔡襄、蔡京的影响及于全国,著名画僧惠崇便是建阳僧人,至于明代,书画界亦颇多闽人,但他们多供职于朝廷,或主要活动于福建之外的地区。这种情况正是由当地的经济状况所决定的。

明代建阳刊小说少量标署了刻工名字。这些小说多上图下文,刻工名字往往标于图像上,可能是专门刊刻图像的刻工。如正德六年(1511)杨氏清江书堂刻印《剪灯新话》,署"书林正己詹吾孟简图相"。嘉靖二十七年(1548)叶逢春刊本序言中说明图像刻工是叶苍溪。建阳刊多种《三国志传》版本都题"次泉刻",万历间乔山堂刘龙田刊本题"三泉刻像"。李仕弘昌远堂刻本《全像华光天王南游志传》末叶插图题"刘次泉刻像"。芝潭朱苍岭梓《唐三藏出身全传》题"书林彭氏□图像秋月刻"。这些刻本中有些图像质量较好,如叶逢春刊《新刊通俗演义三国志史传》,但大多数刻本图像较为简陋。

从建阳刊小说的整体情况来看,建阳刊小说的刻工绝大多数不是名家,而且往往连名字也没有留下。跟金陵、新安等地刻工多署名的情况对比,建阳刊小说不署名不是偶然的,它说明一个非常重要的问题:一部分建阳刻工没有专业意识,有些建阳书坊不重视刻工素质。曾有论者以前人所谓"建阳故书肆,妇人女子咸工剞劂"①为据,说明建阳刻书业是多么发达。妇人女子都能刻书固然说明建阳刻书业刻工需求之大,但也恰恰说明建阳刻书业刻工素质不高,不一定是专业刻工,很可能是妇人女子闲时兼作。这是符合建阳地区的经济文化状况的。闽北是福建粮仓,所以本地生业结构向来以农为本,农闲之时帮点工贴补日用,至今如此。由于偏僻闭塞,信息流通

---

① 〔明〕李维桢《韵会小补再叙》,方日升《古今韵会举要小补》卷首,《四库全书存目丛书》经部第212册,齐鲁书社1997年版。

少,如《邵武府志》所称,"奇技淫巧,不接于目,故工安其拙,舟车不通,故商贾不集"。有学者认为,闽北"长期作为物资输出地的社会经济特征,却使其安于本土,勤务农、力稼穑,导致商品经济的萎缩及民风的变化"。① 建阳并不发达的经济状况和建阳书坊的小本经营,使之无力聘请书画名家和著名刻工。以农为本的生业结构使书坊的商业经营成本很低,衣食无忧的小农经济形态使其缺乏发愤商贾的奋斗精神,又由于相对的闭塞,因此书坊和刻工安于现状,只求微利,不思进取,没有强烈的创新意识,不像新安人那样,书坊主有意刊刻传世之作,刻工则立志成为名刻工。

事实上,建阳刻书的地理条件、经济文化状况在其发展之初就已经存在,但宋元时期因为理学的兴盛等各方面的天时地利,建阳刻书先天的营养不足没有暴露出来。而书坊主们显然斟酌过自己的实力,经济的实力,文化的实力,选择了基层读书士子为对象,在版本、版面、字体、用纸、刻工等方面都没有太高的要求,唯有实用与普及。对比宋代建阳坊刻(家刻)与官刻,以及其他地区的坊刻,就可见出这样的特点。明代建阳书坊的小说刊刻也正是如此,把自己的销售定位于文化层次较低、消费能力较弱的普通民众。如上图下文的版本形式,就体现了书坊主以图释文、以图补文的刻书理念,正是其普及通俗经营策略的直观体现,也是有着强烈商品意识的出版手段。事实证明他们的策略在很长时间内是有效的,从元代到明代万历的小说图书市场中,建阳书坊占了很大的份额。不可低估建阳书坊商品意识与出版手段的重要意义,他们在竞争市场、拓宽销路的同时也普及了文化。

当然,对于书价,目前未见能直接说明建阳刊小说价格的资料。结合沈津等学者所列举的一些书价,我们可作些推论。

建阳刊本中有些书价格不菲,如《大明一统志》,九十卷,十六册,万历十六年(1588)杨氏归仁斋刻本,刘双松重梓,每部实价纹银叁两。《新刻李袁二先生精选唐诗训解》七卷,明李攀龙辑。明万历四十六年(1618)居仁堂余献可刻本。藏美国哈佛大学图书馆,计四册,内封刻"唐诗训解。二刻。李于麟先生选。书林三台馆梓"。钤有"每部纹银壹两"木记。《新编古今事文类聚》,前集六十卷后集五十卷续集二十八卷别集三十二卷(170

---

① 林拓《文化的地理过程分析:福建文化的地域性考察》,第127页。

卷),宋祝穆辑。新集三十六卷外集十五卷,元富大用辑。明万历三十五年(1607)书林刘双松安正堂刻本,共三十七册。每部实价纹银叁两。① 这些著作的读者定位较高,应该是经济能力较好的读书士子。同时期有的书价格略低,如叶德辉《书林清话》记载,万历三十九年(1611)刘氏安正堂又刻有《新编事文类聚翰墨大全》一百二十五卷,价银壹两。此书未注明册数,沈津怀疑有误,认为没有理由会这么便宜。但若以卷数来比较的话,《新编古今事文类聚》221卷售价三两,此125卷售价一两,则似乎相差也不是特别大;更重要的是从选编内容和卷数可见,《新编事文类聚翰墨大全》应该更为普及,未知版式与《新编古今事文类聚》是否有差异,但可能定位是购买力略差的读者群。又根据方彦寿记载,崇祯元年(1628)陈怀轩刊刻明艾南英编《新刻艾先生天禄阁汇编采精便览万宝全书》三十七卷,有"每部价银一钱"字样。这部书与《新编事文类聚翰墨大全》读者定位相似,都是普及性读物。所以,这么便宜的价格是可能的。建阳刊小说所定位的读者群与此相似或略低,价格应该也相接近或略低。

还有另一个参照系,即曲词刊本的价格。据沈津介绍,《新调万曲长春》,六卷,明程万里撰,三册,明万历年间书林拱塘金氏所刻。每部价银一钱二分。同类著作,杭本价高。如《月露音》四卷,八册,写刻精美,图尤雅致,万历杭城丰东桥三官巷口李衙刊发,每部纹银捌钱。可见,建阳刊本价格不及杭本一半。

综合起来考虑与推测,比如二十卷的《三国志传》,大概是四钱左右的价格。对比《列国志传》姑苏龚绍山刊十二卷本每部纹银壹两的价格,和《封神演义》舒文渊刻二十卷本每部纹银贰两的定价,则建阳本的价格优势很明显。明代文人对各地图书质量与价格多所议论,此推论或许相去不远。

以上从明朝的社会政治与政策导向、从建阳的经济文化以及作者、刻工等各方面分析了建阳刊小说地域特色之所以形成的诸多原因,对建阳刊小说的艺术价值作了相对客观的评价。然而,建阳刊小说在小说创作和传播史上的重要意义是不容置疑的。建阳丰富的林木资源使刻书具有优越的物

---

① 沈津《明代坊刻图书之流通与价格》,《书韵悠悠一脉香——沈津书目文献论集》,广西师范大学出版社2006年版,第94—112页。

质条件，其悠久的刻书传统足以在读者心中树立无形的品牌，它拥有当时全国数量最多的书坊，由于低成本运作，它能让江南精雕细刻的书坊难以实现的大批量快速刻书成为现实，这对于通俗小说的传播来说，甚至与高质量的稿源同样重要。《三国志演义》和《水浒传》可能成书于元末明初，但由于没有刊刻，当时知道的人很少，流传相当有限。嘉靖元年到万历中期，《三国志演义》和《水浒传》在江南等地的刊刻还不是太多，可是，建阳的版本已经有几十种，有的书坊板片因刷印太多模糊了而新雕。嘉靖开始建阳书坊大量刊行通俗小说，这些小说以其刊刻迅速、价格低廉而把通俗小说向最广大的民众普及。从熊大木开始出现的通俗小说新编虽然今天看来艺术粗糙，但当时一再翻印，也为江浙等各地书坊大量翻刻，最大限度地普及了通俗小说。通俗小说的繁荣造成了小说传播的巨大声势，也更扩大了《三国志演义》、《水浒传》等名著的影响。可以想象，若没有通俗小说繁荣的局面，没有大量通俗小说培养大量的读者，那么《三国志演义》、《水浒传》两部名著独秀于空林，恐怕像一些文言小说那样逐渐被遗忘并不是不可能的。以嘉靖之后通俗小说刊刻的盛况反观明代初年通俗小说的刊刻，我们不能不肯定建阳书坊对于小说创作与传播所起的巨大推动作用。

下 编

殿下

第四章　建阳刊刻讲史小说与史部图书编刊传统

通俗小说是明代文学中令人瞩目的新兴文体,其中,由宋元讲史平话发展而来的讲史小说成熟早,作品多,对社会生活和小说发展产生重要影响。

关于讲史小说,本书沿用鲁迅《中国小说史略》的概念,既包含以《三国志演义》为代表演绎朝代更替总结历史经验的一类小说,也包含以《水浒传》为代表,"叙一时故事而特置重于一人或数人者"[①]。也就是现在学界多析为"历史演义"和"英雄传奇"的两类著作,我们仍然总归为"讲史小说"。

为什么本书沿袭使用"讲史小说"这个概念,而不析之为"历史演义"和"英雄传奇"呢?主要原因是,明代建阳书坊刊刻小说中虽然有一部分作品是着重塑造"一人或数人"的,如《孔圣宗师出身全传》、《薛仁贵征辽传》、《戚南塘剿平倭寇志传》,但很重要的一些作品如岳飞题材小说《大宋演义中兴英烈传》,在"一时故事"之中,对于"一人或数人"的置重,尚未及此后之《说岳全传》。杨家将题材小说《南北两宋志传》也不及《杨家将演义》之置重于杨家将英雄形象。从"大宋演义中兴英烈传"、"南北两宋志传"等标题就可看出,虽然已初具塑造英雄形象的意识,但还是更偏向表现历史之全貌。建阳刊刻的这部分"英雄传奇"实际上呈现了英雄传奇小说类型特点逐渐发展的过程。岳飞、杨家将等题材小说早期的面貌之所以如此,跟福建的文教兴盛、史官文化影响深远、历史教育普及等背景密切相关,这个背景也正是元代以来大量讲史平话和历史演义编刊的条件。而明代建阳编刊之讲史小说,直承元代讲史平话而来,呈现了宋元明讲史一脉相承的发展过程。故而在此我们仍把"历史演义"和"英雄传奇"总归为"讲史小说"进行

---

① 鲁迅《中国小说史略》第十五篇《元明传来之讲史(下)》,《鲁迅全集》第九卷,人民文学出版社1981年版,第148页。

分析。当然,在适当的语境中,我们也同时使用"历史演义"的概念,本书使用的"历史演义"概念在外延上大体与"讲史小说"相当。

另外,关于小说题材类型的划分在此也略作说明。小说分类往往意见纷纭。讲史小说中的一部分作品,也有学者把它们归于其他的小说类型。孙楷第《中国通俗小说书目》说到讲史小说分类:"通俗小说中讲史一派,流品至杂。自宋元以至于清,作者如林。以体例言之,有演一代史事而近于断代为史者;有以一人一家事为主而近于外传别传及家人传者;有以一事为主而近于纪事本末者;亦有通演古今事与通史同者。其作者有文人,有闾里塾师,瓦舍伎艺。大抵虚实各半,不以记诵见长。亦有过实而直同史钞,凭虚而全无根据者,而亦自托于讲史。如斯纷纷,欲以一定标准絜其短长,殆非易事。"①小说分类是研究者人为设定的标准,而小说编撰是自由的,它不需要也不可能适应于文学理论或文学研究的标准。这就是为什么很多小说很难归类的原因。任何分类都有其理论与标准,因而有其合理性,但对于小说作品来说,都可能会有或多或少的不合适。比如天启崇祯年间余季岳刊刻的"按鉴演义帝王御世系列"之《盘古至唐虞传》、《有夏志传》、《有商志传》,这些小说是按照通鉴类续书编写的,但上古之史,本来就多神话传说,是历史神话化的源头,内容自然多神奇色彩。因此,如欧阳健《中国神怪小说通史》把这些作品归于神怪小说。而我们认为这些作品根据史部著作编写,归于讲史小说。又比如《孔圣宗师出身全传》,基本按照孔子年谱演绎孔子事迹,但此书之编撰,很可能是在三教同源的背景下把孔子作为儒教之圣来演述的,与神魔小说诸作同出于《新编连相搜神广记》所列神仙谱系。但因为它多据《孔子家语》和相关史传编撰,我们在此把它列于讲史小说部分。

关于讲史小说的研究,鲁迅、郑振铎以来,众多学者用力其间,近三十年更是出版了不少新的研究著作。讲史小说的成熟有其文体内外多方面的原因,对此,学界也多有论述。以学界已有研究为基础,本章主要讨论的是明代讲史小说的编刊盛况和建阳书坊的关系。

由于讲史小说对历史著作较强的依赖性,也由于学校教育和科举考试使用教材的统一性——这也正是国家政治统一思想的表现,讲史小说编撰

---

① 孙楷第《中国通俗小说书目(外二种)》,第16页。

第四章　建阳刊刻讲史小说与史部图书编刊传统

者的知识结构和历史观念并没有太明显的地域差异,因此,产生于不同地域的讲史小说,从认知体系和思想观念的角度来说,共性必然大于地域独特性。但是,讲史小说以"演义"为主,所谓"演义",实为儒学义理之通俗演绎。以通俗演绎儒学义理为主旨的讲史小说大量出自建阳书坊,仍然跟建阳及周边地区长期积累的教育之普及、历史著述之繁盛、理学影响之深远、以及建阳书坊宋代以来大量刊刻史部图书的传统密切相关。

明代讲史小说基本以"按鉴"为重要特点,所按之"鉴"主要是朱熹《资治通鉴纲目》、以及在朱子纲目影响下产生的前后纲目,而纲目体著作也正是建阳书坊史部图书刊刻之大宗,因此,讲史小说形成"按鉴"的特点不能不说跟建阳书坊所处教育环境、理学传统所形成的文化合力有关。而建阳书坊编刊之讲史小说的广泛传播,则又可见建阳书坊应和了全国历史通俗教育的普及需求,也可见朱子理学被确定为官方哲学后儒学义理的普遍接受。

第一节　建阳刊刻讲史小说

在明代讲史小说繁盛之中,建阳书坊的主要作用一方面是大量刊刻《三国志演义》与《水浒传》,产生了众多的版本;另一方面是组织文人模仿《三国志演义》和《水浒传》编撰讲史小说,实有讲史小说繁盛主导之力。

明代讲史小说以《三国志演义》和《水浒传》为典范。一般认为,《三国志演义》和《水浒传》成书于元末明初,但至今未见元末明初的本子传世。今见最早的明刊三国小说版本是嘉靖本《三国志通俗演义》。与此本源自同一祖本却具有不同版本特点的建阳叶逢春刊本,刊于嘉靖二十七年(1548)。叶逢春本元峰子序后有"新刊按鉴汉谱三国志传绘象足本大全目录",正文卷一题"新刊通俗演义三国志史传",卷六题"重刊三国志通俗演义",称为"新刊"、"重刊",则此前应该已有刊本。有些学者根据两种嘉靖本的比较,认为叶逢春本可能更接近小说原本。可以肯定的是,叶逢春本是现存《三国志演义》最早刊本之一,它通俗化的倾向,上图下文的版式,对后出的《三国志演义》版本乃至明清时期其他小说有着重要影响。《水浒传》版本繁多,有繁本、简本不同系统,繁本和简本之间的关系较为复杂,关于繁本简本的先后等问题,学界至今有争议。《水浒传》简本大多出于建阳书坊,其中有些版本在书名中标榜"插增",因为插增的田王故事涉及繁简本关系,所以,颇受关注。又如余象斗双峰堂刊本《京本增补校正全像忠义水浒志传评林》书前有"万历甲午岁腊月吉旦"《题水浒传叙》,涉及刊刻时间的信息相对比较早,在《水浒传》版本研究中也比较受关注。

在《三国志演义》、《水浒传》典范影响下,大约从嘉靖开始,产生了大量的讲史小说。讲史成为明代数量最多、传播最广的一类小说。现存明代讲史小说之版本,出于建阳编刊者在一半以上,占了很大比重。明代讲史小说繁盛与建阳书坊关系密切。以下略为列举明代建刻讲史小说之版本。

一、《三国志演义》的刊刻

根据目前所见刊本,结合当前研究资料,可知现存《三国志演义》明刻本三十余种,其中只有嘉靖壬午本和周曰校本、夷白堂本等不多的几种非建阳坊刻,其他大多数刊本出于建阳书坊,建阳刊本覆盖了除毛宗岗本外的诸版本系统:叶逢春刊十卷本属于没有花关索/关索故事的嘉靖刊本系统;有花关索故事的七种刊本和有关索故事、为《三国志传》系的九种刊本均为建阳刊本;有关索故事的《三国英雄志传》系的刊本也多属建阳刊本;雄飞馆刊《英雄谱》和《二刻英雄谱》本则兼有花关索和关索故事。

1. 嘉靖二十七年(1548)叶逢春本《新刊通俗演义三国志史传》十卷,现存八卷,缺卷三、卷十。卷首为《三国志传加像序》,末署"嘉靖二十七年岁次戊申春正月下浣之吉锺陵元峰子书"。正文各卷题名略有不同。卷一卷端题"新刊通俗演义三国志史传卷之一",署"东原罗本贯中编次","书林苍溪叶逢春绘像",卷末题"通俗演义三国志史传卷之一"。从各卷题名看,此叶逢春本前有刊本,此为重刊。上图下文版式,半叶十六行,行二十字。此本为建阳书坊之《三国志演义》现存最早刊本,此后建阳书坊刊本在版本体例上多与之相似。藏于西班牙埃斯科里亚尔修道院图书馆。①

2. 万历二十年(1592)余象斗刊《音释补遗按鉴演义全像批评三国志传》二十卷。现分藏于日本京都建仁寺两足院、英国剑桥大学、牛津大学、

---

① 另据周文业介绍,瑞士日内瓦马丁博德默基金图书馆(La Bibliothèque de la Fondation Martin Bodmer)藏叶逢春本第四卷第81—87则中的44个散页。参见微信公众号"古代小说网"2020年6月11日推文。从公开书影看,其图像清晰且无断板痕迹,印刷时间或早于西班牙藏本。

英国国家图书馆、德国斯图加特市符腾堡州立图书馆等处,去其重复,合之可得十四卷,缺卷十三至十八。正文卷一题"音释补遗按鉴演义全像批评三国志传卷之一后汉",署"东原贯中罗道本编次"、"书坊仰止余象乌批评"、"书林文台余象斗绣梓",卷七、卷八又称"书坊仰止余世腾批评"。上评中图下文版式,半叶十六行,行二十七字。卷二十最后一叶图左题"书林忠怀叶义刻",后有莲台牌记"万历壬辰仲夏月书林余氏双峰堂"。

3. 万历年间余象斗刊《新刊京本校正演义全像三国志传评林》二十卷。现存卷一至八、十三至十八。封面、总目均已佚失。正文卷端题"新刊京本校正演义全像三国志传评林",署"晋平阳陈寿史传"、"闽文台余象斗校梓"。但各卷题署略有不同,如卷八题"京本通俗演义按鉴三国志传"。上评中图下文版式,半叶十五行,行二十二字。两卷一册,每册前有半叶全幅绣像一幅。藏于日本早稻田大学图书馆。

4. 万历二十四年(1596)书林熊清波诚德堂刊《新刻京本补遗通俗演义三国全传》二十卷。卷前无封面、总目录及君臣姓氏表,有《重刊杭州考正三国志传序》,正文卷端题"新刻京本补遗通俗演义三国全传",署"东原罗本贯中编次"、"书林诚德堂熊清波锲行"。书后有莲台牌记:"万历岁次丙申冬月诚德堂熊清波锲行"。大约每隔四五叶有上图下文的半叶,其他都是全叶文字。有图的半叶十四行,行十九字;无图的半叶十四行,行二十八字。藏于台湾故宫博物院、日本东京御茶之水图书馆成篑堂文库,日本东北大学图书馆藏残本。

5. 万历三十一年(1603),忠正堂熊佛贵刊《新锲音释评林演义合相三国志史传》二十卷,现存卷一至五、卷十一至二十。上评中图下文版式,半叶十四行,前叶后半叶的最后七行和次叶前半叶的前面七行上层为一图(书题所谓"合相"当指此),所以每半叶有图的七行为行二十字,无图的七行则行三十字。现藏于日本叡山文库。据长泽规矩也记载,此书另有日本水户彰考馆藏本,缺二卷①。

6. 万历三十三年(1605)联辉堂郑少垣刊《新锲京本校正通俗演义按鉴三国志传》二十卷。内封题"刻三国志赤帝余编","三垣馆郑氏少垣刻行",

---

① 《长泽规矩也著作集》第5卷,汲古书院1985年版,第224页。参看[英]魏安《三国演义版本考》,上海古籍出版社1996年版,第55页注㊳。

"联辉堂"之堂号横刻置于书题上端。卷首有顾充《新刻三国志赤帝子余编序》。目录后有《镌全相演义按鉴三国志君臣姓氏附录》。第一卷卷端题"新锲京本校正通俗演义按鉴三国志传卷之一后汉",署"东原贯中罗本编次"、"书林少垣联辉堂梓行"。各卷题目略有不同,或为"新锲京本校正通俗演义按鉴全像三国志传"等。上图下文版式,半叶十五行,行二十七字。卷二十末有莲台牌记"万历乙巳岁孟秋月闽建书林郑少垣梓"。藏于日本内阁文库、蓬左文库、尊经阁文库、御茶之水图书馆成篑堂文库。

7. 万历三十八年(1610)杨闽斋刊《重刻京本通俗演义按鉴三国志传》二十卷。正文卷端署"晋平阳陈寿史传"、"明闽斋杨春元校梓"。上图下文版式,半叶十五行,行二十八字。卷二十末插图题"次泉刻",有莲台牌记"万历庚戌岁孟秋月闽建书林杨闽斋梓"。藏于日本内阁文库、京都大学文学部、天理图书馆、大谷大学。

8. 万历三十八年(1610)勤有堂罗端源刊《新刻京本按鉴演义合像三国志传》二十卷。此书常见简称为"天理藏本",因为藏于日本天理图书馆的版本原缺卷首序和卷一首叶,不知刊行者。近因日本中川谕《立正大学图书馆所藏〈三国志传〉》①介绍,得知日本立正大学图书馆藏有一部与天理藏本同版后印的《三国志传》,此藏本卷首序文末署"万历庚戌岁孟秋穀旦白鹿洞逸士欧阳滨书于罗氏勤有堂",卷一卷端题署"闽勤有堂罗端源梓",因此可知此本刊刻者,序文所署时间大体也就是刊刻时间。罗端源勤有堂为明代建阳书坊,万历年间刊刻过《新锓增补大明官制天下舆地水陆程限备览》、《元亨疗马集》等。

9. 万历三十九年(1611)郑世容刊《新锲京本校正通俗演义按鉴三国志传》二十卷。此为郑少垣本之翻印,版式完全相同,唯挖改卷端刊行者和书末牌记。卷端署"书林云林郑世容梓行",书末牌记为"万历辛亥岁孟秋月闽建书林郑云林梓"。略有残缺。藏于日本京都大学、日本高冈市立中央图书馆。

10. 万历间(1573—1619)郑以祯刊《新锲校正京本大字音释圈点三国志演义》十二卷。内封题"李卓吾先生评释圈点三国志"、"金陵国学原板"、"宝善堂梓",卷一首题"新锲校正京本大字音释圈点三国志演义",署"晋平

---

① 《首届中国古代小说海外传播国际学术研讨会论文集》(2023年暨南大学),第9—16页。

阳侯陈寿史传"、"明卓吾李贽评注"、"闽瑞我郑以祯绣梓"。原藏于商务印书馆,目前下落不明。《小说月报》二十卷十号有卷首"桃园结义"图及正文首半叶书影,插图为半叶全幅版式,行款为半叶十四行,行三十字。郑以祯为郑世容之子。

按:郑世容兄弟郑世魁曾以宝善堂号刻书。2017 年,某拍卖公司网站公布一件标为郑世魁刊本《三国志演义》的拍品,并有三张书影图,为卷二首半叶和"孙策大战严白虎"、"袁术七路下徐州"插图。行款与郑以祯本相同。其卷二卷首题署"新镌校正京本大字音释圈点三国志演义卷之二"、"晋平阳侯陈寿史传"、"明翰林院焦竑校注"、"闽建书林郑世魁绣梓"。两幅插图为半叶全幅,图像上方有小标题。

11. 万历四十八年(1620)费守斋与耕堂刊《新刻京本全像演义三国志传》二十卷。现存十六卷,缺卷七至十。现存本内封蓝印题"新刻全像李卓吾先生订三国志"、"古吴德聚／文枢堂仝梓",或为苏州的德聚堂和文枢堂用费守斋与耕堂的板片在万历四十八年以后重印的版本。正文卷首题"新刻京本全像演义三国志传",署"云间木天馆张瀛海阅","书林与耕堂费守斋梓"。上图下文版式,各卷第一页上栏全为图,第二页以下皆为合像式,有图的七行,行二十三字,无图的七行,行三十三字。卷二十最后一幅插图上题"次泉刻",末叶有莲台木记"万历庚申岁仲秋月与耕堂费守斋梓行"。① 原为日本东京神田神保町的山本书店旧藏,现藏日本东北大学东北亚洲研究中心。

12. 万历年间刘龙田刊《新镌全像大字通俗演义三国志传》二十卷。存卷一至六、卷十八至二十。正文卷首题"新镌全像大字通俗演义三国志传",署"书林乔山堂梓行"。上图下文版式,每半叶有嵌图式插图一幅,正文半叶十五行,两端各一行无图,行三十五字,图下十三行,行二十五字。卷末最后一幅插图上题"三泉刻像",三泉或与建阳刻工刘次泉有关。卷末有牌记:"闽书林刘龙田梓行"。此书卷首李祥《序三国志传》曰"余故重订其传",此本经过李祥"重订",与其他明刻本略有小异。② 现藏日本天理图书馆。又有日本日光轮王寺慈眼堂藏本,原系天海大僧正等旧藏。

---

① 参见金文京撰写词条"三国志演义",石昌渝主编《中国古代小说总目(白话卷)》,第 302 页。
② 参见陈翔华《刘龙田及其乔山堂本三国志传记略》,刘燕远《乔山堂本三国志传影印后记》,《三国志演义古版丛刊五种》之三,中华全国图书馆文献缩微复制中心 1995 年。

13. 笈邮斋重印《新锓全像大字通俗演义三国志传》二十卷。书为刘龙田本的翻印本，只是改了内封，挖改了卷末之书坊牌记。正文卷端连"书林乔山堂梓"的题署都没有改。书末牌记题"闽书林笈邮斋梓行"。现藏英国牛津大学。此外，美国柏克莱加州大学东亚图书馆、英国国家图书馆、德国国立图书馆、福建省图书馆等收藏此书残卷。

14. 万历年间建阳书坊刊《新刻音释旁训评林演义三国志史传》二十卷，朱鼎臣辑。此书卷前残缺，仅存《三国志姓氏》后半以下。《三国志姓氏》末叶有"鼎足三分"字样，下有鼎图。次为半叶全幅桃园结义图。第一卷卷端题"新刻音释旁训评林演义三国志史传卷之一"，第二行为"建邑梓"，中间堂名已被挖去。卷十三、十四卷端分别题"古临冲怀朱鼎臣辑"和"羊城冲怀朱鼎臣编辑"。上图下文，每半叶十四行，除首叶上栏全为图以外，第二叶以下皆为嵌图式，即两端各一行无图，每行三十二字；图下十二行，每行二十四字。图上小标题六七字不等。全书末尾有半叶全幅晋朝一统图，左侧有"次泉刻像"四字。现藏美国哈佛大学哈佛燕京图书馆。英国国家图书馆藏王泗源补刻本。

15. 万历年间刊《新刻汤学士校正古本按鉴演义全像通俗三国志传》二十卷。此书卷前残缺，现仅残存一叶序文的几个字。序后为《汤先生校正三国志传姓氏》、《新刻汤先生校正三国志传目录》、《全汉总歌》。卷一首题"新刻汤学士校正古本按鉴演义全像通俗三国志传"，署"平阳陈寿史传"、"东原罗贯中编次"、"江夏汤宾尹校正"。版式为上图下文，图像两旁有四字小标题。正文半叶十五行，行二十五字。周兆新认为，从版式风格来看此本应该是明代建阳书坊刻本，出版时间当在公元1611年以后。① 此本藏中国国家图书馆。

中国国家图书馆又藏此书另一版本残卷，残存卷一卷二，与全二十卷本相比，此残卷简体字用得较多，文字错讹略多。此残卷原为安徽屯溪私人收藏，2006年由周文业与日本学者金文京、中川谕、上田望、井上泰山等共同出资购买，无偿捐赠给中国国家图书馆。

---

① 周兆新《三国志传略说》（代前言），《三国志演义古版丛刊五种》之二《汤宾尹校本三国志传》，中华全国图书馆文献缩微复制中心1995年。金文京则认为，汤宾尹本出版时间应是万历二十三年到三十八年之间。参见石昌渝主编《中国古代小说总目（白话卷）》，第300页。

16. 万历年间种德堂熊成冶（冲宇）刊《新锲京本校正按鉴演义全像三国志传》二十卷。中国国家图书馆存卷一卷二，中国社科院文学所藏卷三至卷六、卷十九、卷二十。内封下半叶中间镌小字"金陵万卷书楼藏板"。正文卷一首题"新锲京本校正按鉴演义全像三国志传卷之一后汉"，署"东原贯中罗本编次"、"书林冲宇熊成冶梓行"。卷二首题"新锲京本校正演义全像三国志传卷之二后汉"，署"书林种德堂熊冲宇梓行"。上图下文版式，嵌图式插图，半叶十五行，两端两行各三十四字，图下十三行，每行十六字。①

17. 大约天启前后建阳吴观明刊《李卓吾先生批评三国志》一百二十回。前有图像一百二十叶为一册，其中第二叶版心下面题"书林刘素明全刻像"，"云长策马刺颜良"插图中图目下方署"次泉刻像"。第二册有封面，题"三国志演义评"。正文卷首题"李卓吾先生批评三国志"。正文半叶十行，行二十二字。行款、眉批、总评均与目前藏于台北的刘君裕刻图本《李卓吾先生批评三国志》同。金文京认为此书刊刻地未必在建阳，而可能是杭州或苏州。此书存本较多，现藏日本蓬左文库、天理图书馆、静嘉堂文库、米泽市立图书馆。北京大学图书馆存残本，存第一至四十六回、第六十二至九十六回、第一百一十四至一百二十回，共八十八回。另有唐拓私人藏本，存第一百〇六回至一百一十三回。

18. 天启年间黄正甫刊《新刻考订按鉴通俗演义全像三国志传》二十卷。前有《三国志叙》，署"癸亥春正月山人博古生题"，癸亥为天启三年（1623）。次为《全像三国全编目录》、《镌全像演义三国志君臣姓氏附录》。正文卷首题"新刻考订按鉴通俗演义全像三国志传卷之一"，署"书林黄正甫梓行"。上图下文，嵌图式，半叶十五行，两端各两行每行三十四字，图下十一行，行二十六字。此本藏于中国国家图书馆。

19. 大约崇祯年间②藜光堂刘荣吾刊《精镌按鉴全像鼎峙三国志传》二

---

① 刘世德认为现存种德堂刊本残本（八卷）是在万历四十二年左右由熊成冶的兄弟辈熊成应（字振宇）在熊成冶原刊本（即余象斗双峰堂刊本卷首《三国辩》中提到的种德堂刊本）的基础上删、增、改而成的，其刊刻地点在南京。参见刘世德《〈三国志演义〉熊成冶刊本考论》，刘世德《〈三国志演义〉作者与版本考论》，中华书局 2010 年版，第 164—176 页。魏安则根据嵌图式的版式推测"此本应为天启崇祯间的刊本"。参见［英］魏安《三国演义版本考》，上海古籍出版社 1996 年版，第 41 页。

② 参考藜光堂刊刻《水浒传》时间，藜光堂刊刻《三国志传》大概在此前后。

十卷。现存卷一至十一、十六至二十。正文前有一幅桃园结义图,半叶全幅。正文卷首题"精镌按鉴全像鼎峙三国志传",署"晋平阳陈寿志传"、"元东原罗贯中演义"、"明富沙刘荣吾梓行"。版心题"三国志传",下端偶题"藜光堂"或"藜光阁"。上图下文,嵌图式,每半叶十五行,两端各三行每行三十四字,图下九行,每行二十七字。此书现藏于英国国家图书馆。

20. 崇祯年间熊飞雄飞馆刊《英雄谱》,即《新镌合刻三国水浒全传》,为《三国志演义》与《水浒传》合刻本,《三国》、《水浒》各二十卷,分为十集。首有《英雄谱弁言》,署"熊飞赤玉甫书于雄飞馆",《叙英雄谱》,署"晋江杨明琅穆生甫题"。次为《按晋平阳侯陈寿史传总歌》、《三国志目次》、《水浒传目录》、《三国英雄谱帝后臣僚姓氏》、《水浒传英雄姓氏》。

英雄谱本分为初刻本与二刻本,初刻本版心为"合刻英雄谱"或"英雄谱",二刻本版心为"二刻英雄谱"。初刻和二刻时间在明崇祯十五年(1642)之后,清顺治三年(1646)之前。《英雄谱弁言》中有"东望而三经略之魄尚震,西望而两开府之魂未招"之句,可知具体的刊刻时间,"三经略"中最后一个孙承宗死于崇祯十一年;"两开府"或指傅宗龙、汪乔年,或指傅宗龙、杨文岳,傅宗龙死于崇祯十四年,而汪乔年、杨文岳二人均死于崇祯十五年,所以英雄谱本当刻于崇祯十五年(1642)之后。《二刻英雄谱》在顺治三年(1646)已经传到日本,所以刊刻时间当在顺治三年(1646)之前。[①]

初刻和二刻文字基本相同,卷一首题"精镌合刻三国水浒全传卷之一甲集"。正文分上下两栏,上栏为《水浒传》,署"钱塘施耐庵编辑",目录为一百六回,实则一百十回。下栏为《三国志演义》,初刻本题"晋平阳陈寿史传"、"元东原罗贯中演义",二刻本则多了一行"明温陵李载贽批点",共二百四十回。初刻本现藏于日本筑波大学,有所残缺。此外现存可能还有一些残本,如香港中文大学藏十六叶图赞。二刻本藏于日本内阁文库、京都大学、尊经阁文库。中国国家图书馆藏两种残本。内阁文库藏二刻本有图赞100叶,前图后赞,其中《三国》62幅、《水浒》38幅。

关于《英雄谱》的刊刻者熊飞,马蹄疾《水浒书录》以及此后大量书目与著述都称其广东人。熊飞实为福建建阳人。方彦寿通过《潭阳熊氏宗谱》

---

① 参见邓雷《〈水浒传〉版本知见录》,凤凰出版社2017年版,第268页。

考察,认为熊飞出身于建阳刻书世家,是熊宗立的六世孙,熊成冶的儿子[1],《潭阳熊氏宗谱》谓熊飞"成冶公长子,行宁一,字希梦,号在渭,文庠生,享寿七十六岁"[2]。

21. 中国国家图书馆藏《新刻全像演义三国志传》二十卷之残本,存卷五、卷六、卷七。此本多简称为"北京藏本"。上图下文,嵌图式,半叶十五行,两端各三行每行三十六字,图下九行,每行二十九字。卷五首题"新刻全像演义三国志传五卷"。金文京谓此书删节情况跟杨美生本基本相同。[3]

22. 忠贤堂刊《新刻按鉴演义全像三国志传》二十卷。此书内封题"忠贤堂校梓",正文卷端题"新刻按鉴演义全像三国志传卷之一",署"晋平阳陈寿志传"、"元东原罗贯中演义"、"明富沙刘兴我梓行"。现藏于日本名古屋大学图书馆。

23. 闽书林杨美生刊《新刻按鉴演义全像三国英雄志传》二十卷。此本内封题"新镌全像三国演义"、"书林杨美生梓",书前有吴翼登《叙三国志传》及《全像三国志传目录》。正文卷首题"新刻按鉴演义全像三国英雄志传",署"晋平阳陈寿志传"、"元东原罗贯中演义"、"闽书林杨美生梓行"。上图下文,嵌图式,半叶十六行,两端各三行每行三十六字,图下十行,每行二十九字。此书现藏于日本京都大谷大学。[4]

24. 美玉堂刊《二刻按鉴演义全像三国英雄志传》二十卷。卷一卷端题"闽书林杨美生梓行",版心下端题"美玉堂"。上图下文,嵌图式。半叶十七行。图像左右两侧文字行数不等,每叶上半叶右边和下半叶左边各四行,上半叶左边和下半叶右边(即靠版心位置)各三行,行三十七字;图下十行,行三十字。卷一首题"二刻按鉴演义全像三国英雄志传",版心书名为"二刻三国志传"。此本应该与杨美生刊本关系密切。藏于德国魏玛的安娜·阿玛利亚公爵夫人图书馆,也简称"魏玛藏本"。上海图书馆藏《四刻按鉴演义全像三国英雄志传》残本,为美玉堂本翻刻本,残存卷一至十。

25. 书林魏某刊《二刻按鉴演义全像三国英雄志传》二十卷。残存卷

---

[1] 方彦寿《明代刻书家熊宗立述考》,《文献》1987年第1期。
[2] 按:熊成冶,宗谱写作"熊成治"。〔清〕熊日新修《潭阳熊氏重修宗谱(不分卷)》,福建省图书馆1994年据光绪元年(1875)活字本复印。
[3] 参见金文京撰写词条"三国志演义",石昌渝主编《中国古代小说总目(白话卷)》,第303页。
[4] 参见金文京撰写词条"三国志演义",石昌渝主编《中国古代小说总目(白话卷)》,第303页。

一、卷二、卷三。现藏于中国国家图书馆。

26. 上海图书馆藏《三国志》二十卷。残存卷五、卷十七第四叶下半叶至卷十九第十叶。卷五、十八和十九卷端书名题为"三国志"。上图下文，嵌图式。半叶十七行。图像左右两侧文字行数不等，每叶上半叶右边和下半叶左边各四行，上半叶左边和下半叶右边（即靠版心位置）各三行，行三十七字；图下十行，行三十字。版心上端题"三国志"。

27. 《古本演义三国志》，此本镌图刻工与《二刻英雄谱》同为建阳刻工刘玉明，因此，也有可能出于建阳书坊，刊刻时间在明末清初。现存残本，为卷前三册，小说正文已佚。第一册包括序言、目录和人物姓氏表。第二、三册为插图。学苑出版社2014年影印出版此书。

28. 日本九州大学藏《考订按鉴通俗演义三国志传》，残本，存卷一、卷六至十。① 卷一卷端残损，可见题"考订按鉴通俗通俗演义三国志传卷□□"，署"东原……""古临冲……""三建书……"，卷末题"……订通俗演义三国志传卷之乙终"。卷端"三建书……"或为"三建书林"，"古临冲……"则或为"古临冲怀朱鼎臣"。目前所见题署"三建书林"者有万历乔山堂几种刊本，郑氏书坊宗文书舍郑云竹刻本亦称"三建书林"。结合此九州藏本版式，及版本内容与建阳志传本系统的关系，基本可以确定此本为建刻。此外，中国社科院文学所藏此书残卷，为卷十一至十五，有缺叶；安徽芜湖市图书馆藏此书卷十七至二十。

29. 《钟伯敬先生批评三国志》二十卷一百二十回二百四十则。正文卷首题署"钟伯敬先生批评三国志卷之一"、"景陵钟惺伯敬父批评"、"长洲陈仁锡明卿父较阅"。有眉批、行间夹注和回末总评。藏于日本东京大学东洋文化研究所、天理图书馆、爱知大学图书馆简斋文库。此书版式与建阳杨氏四知馆利用积庆堂刊本旧板重印的《钟伯敬先生批评水浒传》相同，补刻情况与钟批《水浒传》也极其相似，② 应该都是四知馆以积庆堂旧版补刻印行。

---

① 参见［日］中川谕《关于九州岛大学所藏〈三国志演义〉两种》，《第十二届中国古代小说、戏曲文献暨数字化国际研讨会论文集》（2013年复旦大学）；程国赋、郑子成《日本九州大学藏〈考订按鉴通俗演义三国志传〉考》，《文献》2019年第3期。
② 参见王长友《〈钟伯敬先生批评三国志〉探考》，谭洛非主编《〈三国演义〉与中国文化》，巴蜀书社1992年版，第131—148页。

另外,夏振宇刊本《新刊校正古本大字音释三国志传通俗演义》十二卷,或认为可能也出于建阳。

建阳刊刻《三国志演义》延续至于清代,清初的一些刊本,有的袭用明代的雕版所刻。目前所见清代刊本如康熙二十三年(1684)郑乔林刊《新刻全像演义三国志传》二十卷,此本部分板片系用美玉堂本板片拼凑。朱鼎臣辑《新刻音释旁训评林演义三国志史传》二十卷,由"敬堂王泗源刊行",此书正文行款、插图基本上与万历间刊朱鼎臣本相同,只有部分补版,而补版部分删去《旁训》,可知此书为朱鼎臣本的补刻本,其时间大约为清初。① 雍正甲寅(十二年,1734)书林继志堂刊《鼎镌按鉴演义古本全像三国英雄志传》二十卷。此本属于有关索故事系统英雄志传,评点和插图更为简化。清嘉庆七年(1802)刊《新刻按鉴演义三国英雄志传》二十卷,内封题"金圣叹先生批定",此本与杨美生刊本同属于"英雄志传"系统二十卷本,也有闽西桃溪吴翼登序,虽版式、行款不同,但两者关系密切。

以上列举肯定未能完备。随着文献的发掘和研究的深入,还会有建阳刊本新发现。但从以上梳理可见,建阳刊刻三国故事的历史很长,明代以来刊刻《三国志演义》的历史就持续将近两百年,其间刊刻而流传至今的《三国志演义》版本三十余种,而佚失的版本可能比现存的还多,比如万历二十年(1592)余象斗刊刻《音释补遗按鉴演义全像批评三国志传》时有《三国辩》,谓"坊间所梓三国何止数十家矣",而这数十家刻本,应该多已不存。

二、《水浒传》的刊刻

《水浒传》当时也是版本繁多,正如余象斗在《京本增补校正全像忠义水浒志传评林》的《水浒辨》当中所说:"《水浒》一书,坊间梓者纷纷。"现存版本中大体被认为建阳刊本的有这些:

1.《京本忠义传》,现存两纸残叶,一为第十卷第十七叶上半叶三行与下半叶,一为第十卷第三十六叶上半叶三行与下半叶。此残叶每半叶上端皆刻标题,相当于小说正文分上下两栏:上栏为标题,占一字格;下栏为正

---

① 参见金文京撰写词条"三国志演义",石昌渝主编《中国古代小说总目(白话卷)》,第303页。

文,半叶十三行,行二十八字。两纸残叶版心上端均题"京本忠义传"。存于上海图书馆,因此在《水浒传》版本中也被简称为"上海残叶"。

2. 种德书堂刊本《全相忠义水浒传》。残本分藏于德国德莱斯顿邦立萨克森图书馆和梵蒂冈教廷图书馆。德国德莱斯顿邦立萨克森图书馆藏四卷,共十八回。梵蒂冈教廷图书馆藏五卷,共二十一回。两种共得九卷,三十九回,而且是不间断的三十九回,内容包括征辽、破田虎、擒王庆、平方腊。其中梵蒂冈藏本为此书的最末段,有牌记"万历仲冬之吉种德书堂重刊"。此书卷端题名繁多,现存九卷题名七种:新刊通俗增演忠义出像水浒传、新刻京本全像忠义水浒传、新刊全相忠义水浒传、新刊全相增淮西王庆出身水浒传、新刻全本插增田虎王庆忠义水浒志传、新刻京本全像忠义水浒传、新刻全本忠义水浒传。上图下文版式,但是每叶仅有半叶插图,有图的半叶十四行,行二十二字,无图的半叶十四行,行三十字。

3. 插增本《京本全像插增田虎王庆忠义水浒全传》。学界简称之为插增本,现存残本,分藏五处,以书的内容先后顺序分别为:一、德国斯图加特邦立瓦敦堡图书馆藏本,残本六卷,卷二至卷七,约二十回;二、艾俊川先生藏本,残叶,二十三个半叶;三、哥本哈根丹麦皇家图书馆藏本,残本五卷,卷十五至十九;四、巴黎法国国家图书馆藏本,残存五回半,三十三叶,卷二十与卷二十一四叶,即一卷又四叶;五、牛津残叶,卷二十二叶十四。四种共约存四十四回。上图下文版式,半叶十三行,行二十三字。

4. 余象斗双峰堂刊刻《京本增补校正全像忠义水浒志传评林》二十五卷一百零三回。首为《题水浒传叙》,署"万历甲午岁腊月吉旦",万历甲午即二十二年(1594)。"叙"之上层为《水浒辨》。正文为上中下三栏的版式,上栏评语,中栏插图,下栏正文。半叶十四行,行二十一字。见于国内外多处收藏,其中日本日光轮王寺藏本为全本,其他多为残本、残叶。

5. 刘兴我刊《新刻全像水浒传》二十五卷一百十五回。卷四第十六叶以下付阙。首为《叙水浒忠义志传》,署"戊辰长至日清源汪子深书于巢云山房"。"戊辰"指的是崇祯元年(1628),书当刻于此前后。正文卷首题"新刻全像水浒传卷之一",署"钱塘施耐庵编辑""富沙刘兴我梓行"。版心题"全像水浒传"。上图下文版式,半叶一图,嵌图式。图像占中间十一行上栏位置,图像上方、版框之外横题八言图目。半叶十五行,图像下方每行二十七字,图像两侧每行三十五字。此本现藏日本东京大学东洋文化研究所,非全帙,卷四仅存前十五叶,第十六叶以下残缺。

6. 黎光堂刘荣吾刊刻《新刻全像水浒忠义志传》二十五卷一百十五回。此本应该是以刘兴我本为底本翻刻,版式、内容和图像与刘兴我本大体相同,但也有些差异。现藏日本东京大学图书馆。又,德国柏林国立普鲁士文化基金会图书馆藏郑大郁序本,为黎光堂本之翻印本,只是把内封"黎光堂藏板"改为"亲贤堂藏板"。

7. 慕尼黑藏本《新刻绘像忠义水浒全传》。残存二十一叶半,自卷四叶八上至卷五叶十四上,即自第十七回后半至第二十四回前半。卷五题"新刻绘像忠义水浒全传"。版心题"新刻水浒全传"。藏于德国慕尼黑巴威略国家图书馆。慕尼黑藏本与刘兴我本、黎光堂本一样属于嵌图本,图像与刘兴我本、黎光堂本不同,而文字与此二本相似,属同一系统,刊刻时间晚于刘兴我本。

8.《英雄谱》。《水浒传》与《三国志》的合刊本,上层为《水浒》,下层为《三国》。已见上文"三国"版本介绍。

9. 积庆堂藏板、四知馆梓行《钟伯敬先生批评忠义水浒传》一百卷一百回。首有序,署"楚景陵伯敬钟惺题",有《水浒传人品评》九则,图赞三十八叶。卷二十二第三叶版心下端有"积庆堂藏板"五字。正文半叶十二行,行二十六字。正文与批语基本同于容与堂刊本文字,可知据容与堂本翻刻而成。现存于日本京都大学图书馆、日本东京大学总合图书馆、巴黎法国国立图书馆。其中法国巴黎藏本有内封,内封左下角刻"四知馆梓行"。学界认为钟伯敬本乃是四知馆利用积庆堂旧版重印,刊行时间当在明代天启四年至五年(1624—1625)之间。①

此外,清代初年还有闽书林郑乔林刊刻李渔序本《新刻全像忠义水浒传》二十五卷一百十五回。此本亦为嵌图本,现藏德国柏林国立普鲁士文化基金会图书馆。

建阳书坊刊刻《水浒传》的历史比较长,数量较多,现存版本估计只是其中一部分,但从中可见建阳书坊刊刻《水浒传》以简本为主,也涉及繁本的梓行。

---

① 刘世德《钟批本〈水浒传〉的刊行年代和版本问题》,《文献》1989年底2期。

《三国志演义》、《水浒传》的大量刊行，既推进了这两部小说的传播，又培养了读者对于讲史小说的阅读兴趣，换个角度也可以说培育了讲史小说的销售市场。

三、《三国志演义》、《水浒传》影响下的讲史小说编刊

由于《三国志演义》、《水浒传》的传播培养了广大读者对讲史小说的阅读兴趣，嘉靖以后逐渐出现新的讲史小说，至万历年间讲史小说大量出现，这些小说大部分由建阳书坊编刊。

嘉靖年间，出身于建阳刻书世家的熊大木编撰了一系列讲史小说，对明代讲史小说文体的兴盛产生了深远影响，并且形成了规模效应，对万历以后的小说创作产生了重要影响。

嘉靖三十一年(1552)，熊大木模仿《三国志演义》及《水浒传》编撰了《大宋演义中兴英烈传》，演述民族英雄岳飞的故事。这部书在明代广受欢迎，在建阳杨氏清江堂清白堂刊行之后，至少七家书坊曾经翻刻过。[①] 现存版本中有一种嘉靖年间的内府精抄本，题《大宋中兴通俗演义》(仅存卷四、五、六、八、九)，可见它的传播与影响及于宫廷读者。接着，熊大木基本上用同样的编撰方式编撰了至少三本讲史小说：《唐书志传》、《全汉志传》、《南北宋志传》。

此后，在"熊大木模式"的影响下，出现了大批讲史小说，如余邵鱼《列国志传》，栖真斋名衢逸狂《征播奏捷传通俗演义》，佚名《两汉开国中兴志传》，秦淮墨客(纪振伦)《杨家府演义》，酉阳野史《三国志后传》，佚名《承运传》，余象斗《列国前编十二朝传》，署名周游编集《开辟衍绎通俗志传》，署名钟惺编辑《盘古志传》、《有夏志传》、《有商志传》，甄伟《西汉通俗演义》，雉衡山人(杨尔曾)《东西晋演义》，署名罗贯中编辑《隋唐两朝史传》和《残唐五代史演义传》，孙高亮《于少保萃忠全传》，佚名《皇明开运英武传》，空谷老人(纪振伦)《续英烈传》，谢诏《东汉十二帝通俗演义》，佚名《戚南塘剿平倭寇志传》，钱塘渔隐叟《胡少保平倭记》，佚名重修《东西两晋志传》，以及熊大木《大宋演义中兴英烈传》的邹元标编订本、于华玉删改本等。此外，还有近十种时事小说亦可归之于讲史小说。这些小说大半由建

---

① 陈大康《明代小说史》，第274页。

阳书坊编刊,或者最早的版本出自建阳书坊之编刊。

《三国志演义》《水浒传》之外,明代建阳刊刻的讲史小说多为书坊组织文人新编,小说题材在时代上前后衔接,基本构成了"全史演义"。兹按照小说表现内容的朝代顺序略述如下。需要说明的是,其中有些作品书坊信息不明,按照其叙事特征和版式特征,并结合建阳书坊刻书的背景,大体可归于建阳书坊刊刻小说系统。

1. "闽双峰堂　西一　三台馆"梓行余象斗编集《列国前编十二朝》四卷五十四则。内封题"列国前编十二朝传","三台馆梓行"。书前有"十二朝列国前编目录"。正文卷一题"刻按鉴通俗演义列国前编十二朝",署"三台山人仰止余象斗编集"、"闽双峰堂　西一　三台馆梓行"。卷三署"三台山人余象斗编集"、"闽双峰堂三台馆梓行"。各卷正文前有插图若干叶,或半叶全幅,或双面合式。正文版式上图下文,半叶九行,行十七字。藏于日本天理大学天理图书馆、神宫文库。

2. 天启崇祯间余季岳刊《按鉴演义帝王御世盘古至唐虞传》二卷七则。内封上图下文,上栏图像两侧分别书"自盘古分天地起"、"至唐虞交会时止",下栏题"钟伯敬先生演义"、"盘古志传"、"金陵原梓"。书前有《盘古至唐虞传序》,署"景陵钟惺题"。次《历代统系图》,次《历代帝王歌》,并附《历数歌》。次目录,分上下两卷,上卷三则,下卷四则。正文上卷题"按鉴演义帝王御世盘古至唐虞传卷之上",署"景陵钟惺伯敬父编辑"、"古吴冯梦龙犹龙父鉴定"。上图下文版式,插图为月光型。藏于日本东京大学东洋文化研究所双红堂文库、内阁文库。

此书下卷卷末有一则识语:"迩来传志之书,自正史外,稗官小说虽辄极俚谬,不堪目睹。是集出自钟、冯二先生著辑,自盘古以迄我朝,悉遵鉴史通纪为之演义,一代编为一传,以通俗谕人,总名之曰'帝王御世志传'。不比世之纪传小说无补世道人心者也。四方君子以是传而置之座右,诚古今来一大帐(账)簿也哉。书林余季岳谨识。"[①]由此可见,余季岳计划刊刻自盘古至于当朝明代的一套全史演义,一代编为一本志传。现在无法确定这套全史演义是否完整出版,但是,从现存版本可见,这套书至少出了前三本,

---

① 署〔明〕钟惺编辑《按鉴演义帝王御世盘古至唐虞传》下卷卷末,日本东京大学东洋文化研究所双红堂文库藏明代天启崇祯年间刊本。

即此《盘古至唐虞传》和《有夏志传》、《有商志传》。

3. 天启崇祯间余季岳刊《按鉴演义帝王御世有夏志传》四卷十九则。此书版式与《按鉴演义帝王御世盘古至唐虞传》相同，即为余季岳刊刻全史演义系列第二本。内封上图下文，上栏图像两侧分别书"大禹受命治水起"、"成汤放桀南巢止"。下栏题"钟伯敬先生演义"、"有夏志传"、"金陵原板"。首为《有夏传叙》，署"景陵钟惺题"。次《有夏传目录》。卷一题"按鉴演义帝王御世有夏志传卷之一"，署"景陵钟惺伯敬父编辑"、"古吴冯梦龙犹龙父鉴定"。日本内阁文库藏有二本。

4. 余季岳刊刻的全史演义第三部是《按鉴演义帝王御世有商志传》四卷十二则，原刊本已佚，现存与《有夏志传》合刊的清嘉庆十九年（1814）稽古堂本和光绪三十二年（1906）宏道堂本。

5. 万历三十四年（1606）余象斗三台馆重刊余邵鱼《新刊京本春秋五霸七雄全像列国志传》八卷。正文卷首题"新刊京本春秋五霸七雄全像列国志传"，署"后学畏斋余邵鱼编集"、"书林文台余象斗评梓"。版心题"全像列国评林"。此书全本藏于日本蓬左文库，中国国家图书馆藏残本存卷五、卷六、卷八，大连图书馆藏残本存卷二至卷六。

万历四十六年（1618）余象斗三台馆再次重刊余邵鱼《新刊京本春秋五霸七雄全像列国志传》八卷。此本藏于上海图书馆。

又，山东省蓬莱市慕湘藏书馆藏此书一残本，为"书林余文台梓行"，可见余氏曾多次刊行此书。

书林杨氏四知馆亦多次刊行此书，现存一为杨美生翻刻三台馆刊本，八卷，首卷卷端署"书林美生杨瑜梓"；另一版本亦八卷，卷首有陈继儒序，首卷卷端署"四知馆美生杨瑜校刊羽生杨鸿编集"。杨美生刊本后来有不少翻刻本，见于中国国家图书馆、英国国家图书馆等多处收藏。

6. 佚名《新刻汇正十八国斗宝传》，存卷中六十叶。卷端题"新刻汇正十八国斗宝传卷之中"，版心题"全像十八国斗宝传"。上图下文版式，插图两边有八字图目，正文半叶十行，行十七字。藏于东京大学东洋文化研究所。

7.《孔圣宗师出身全传》四卷，首佚七叶，因而不详编撰人姓氏与书坊堂号。现存十八则标题，卷首缺叶大约有一则标题，估计原书为四卷十九则。卷二首题"新锲孔圣宗师出身全传卷之一"，本应题"卷之二"，误刊为

"卷之一"。卷四最后一则故事标题"晋人兵纳䑛睫"。"杏坛铭"以下为附录，包括历代诗赋铭文选及《圣代源流》。此书藏于中国国家图书馆。另有一部影抄本，藏浙江图书馆。

按：《孔子家语》是《孔圣宗师出身全传》编撰的文献基础之一，建阳多家书坊刊刻《孔子家语》，有的书坊主还刊刻了不止一种。目前所见建阳书坊《孔子家语》刊本如：《孔圣家语图》十一卷，明吴嘉谟辑，明书林余碧泉刻本；《评释孔圣家语圣贤类语》四卷，明冀洪宪评注，万历二十四年（1596）自新斋余怀宇刻本；《鼎刻杨先生注释孔圣家语》五卷，魏王肃伪作，明杨守勤注释，万历二十五年（1597）建阳书林存德堂陈耀吾刻本；《新锲台阁清讹补注孔子家语》五卷首一卷，明邹德溥补注，刘元卿校正，万历年间乔山堂刘龙田刻本；《新刻注释孔子家语衡》二卷首一卷，明周宗建注释，明书林刘大易龙田刻本；《新锲侗初张先生注释孔子家语隽》五卷，明张鼐撰，万历年间书林萧世熙刻本；《新锲侗初张先生注释孔子家语隽》五卷首一卷，明张鼐注释，李光缙校阅，明书林熊秉宏刻本；《鼎刻杨先生注释孔圣家语》五卷首一卷，明杨守勤撰，天启六年（1626）书林种德堂熊建山刻本；《新刻注释孔子家语》二卷，明夏允彝注释，明书林郑以祺刻本；《新刻注释孔子家语宪》四卷，明陈际泰注释，明末潭阳刘舜臣弼虞刻本等。同时不少书坊刊刻《孔圣全书》，万历二十六年（1598）刘双松安正堂还刊刻过《孔孟像图赞》（先圣小像一卷、孟子全图一卷），再加上当时"三教"神圣谱系诸故事编撰的氛围，《孔圣宗师出身全传》的产生水到渠成。这也是判断《孔圣宗师出身全传》出于建阳的背景条件。

8. 万历十六年（1588），余氏克勤斋刊刻熊大木《全汉志传》十二卷一百一十八则，包括西汉六卷六十一则，东汉六卷五十七则。西汉卷前有《叙西汉志传首》，署"万历十六年秋月书林余氏克勤斋梓"。次《全相演义西汉乙卷目录》，目录后题"全相演义西汉大全志传目录终"。卷一题"京本通俗演义按鉴全汉志传"，署"鳌峰后人熊锺谷编次"、"书林文台余世腾梓行"。东汉卷前有《题东汉志传序》，亦署"万历十六年秋月书林余氏克勤斋梓"。次《全相演义东汉乙卷目录》，目录后题"全相演义西汉大全志传目录终"。卷一题"京本通俗演义按鉴全汉志传"，卷二至卷五题"新刻（或刊）京本通俗演义按鉴全汉志传"。卷一署"爱日堂继葵刘世忠梓行"，卷二署"克勤斋文台余世腾梓行"，卷三、卷四、卷五、卷六署"余氏克勤斋校正刊行"，尾叶童子牌记署"清白堂杨氏梓行"。此本书坊题署情况混杂,但从熊大木《大宋中兴英烈传》、《唐书志传通俗演义》由杨氏书坊刊刻的情况来看,此本《全汉志传》可能先由杨氏清白堂刊刻,后来板片先后归于余氏克勤斋、爱日堂继葵刘世忠。

熊大木编撰的《全汉志传》后来被改编为《二十四帝通俗演义两汉志传》。

9.《二十四帝通俗演义两汉志传》现存二十卷本,署"书林仰止山人编集"、"余氏文台重梓",藏于中国国家图书馆。此书第六卷和第十一卷又题作"金川西湖谢诏编集",程毅中先生认为应该是仰止山人沿用了谢诏改编本的旧版①。也就是在余文台重梓《二十四帝通俗演义两汉志传》之前先有谢诏的改编本。

《二十四帝通俗演义两汉志传》还有三台馆元素刊本,十五卷,现存于美国哥伦比亚大学东亚图书馆,北京大学图书馆存西汉九卷。现存还有清代宝华楼覆三台馆刊本,十四卷,与十五卷本相比少了最后一卷,小说文本中还有一些文字差异。②

10. 汉代故事题材的小说还有黄化宇校正《两汉开国中兴传志》六卷,詹秀闽西清堂刊于万历三十三年(1605)。内封上图下文,题"按鉴增补全像两汉志传","西清堂詹秀闽藏板"。首卷卷端题"京板全像按鉴音释两汉开国中兴传志",署"抚宜黄化宇校正"、"书林詹秀闽绣梓"。卷六末牌记署"万历乙巳冬月詹氏秀闽梓行"。藏于日本蓬左文库。

此本虽然刊刻时间晚于万历十六年(1588)余氏克勤斋《全汉志传》,但更接近元刊《前汉书平话》的形态。所以,学界多认为:"很可能《全汉志传》倒是根据《两汉开国中兴传志》增改而来的,至少后者是直接从《前汉书平话》承袭下来的较早的改本,只是现存的刻本晚于《全汉志传》而已。"③

11. 佚名《新刊京本大字按鉴汉书故事大全》。此书目前仅见梵蒂冈图书馆藏残本,残存卷四、卷五,这两卷也有缺叶。此书约在1623年(明天启

---

① 程毅中《明代小说丛稿》,人民文学出版社2006年版,第68页。
② 石旻《美国哥伦比亚大学东亚图书馆所藏〈全汉志传〉》,《古典文献研究》第十一辑,凤凰出版社2008年4月版。
③ 程毅中《明代小说丛稿》,人民文学出版社2006年版,第63页。

三年)入藏梵蒂冈图书馆①,则其刊刻时间当不晚于天启初年。残本未见编撰者、刊行者题署。卷五卷端题"新刊京本大字按鉴汉书故事大全五卷"。正文每叶有一幅上图下文"偏像式"插图,有图目。此书卷四之前应该有西汉故事。残存部分为东汉初年故事,自严子陵引众人观星开始,至光武帝封二十八将结束。其文本与《全汉志传》、《两汉开国中兴传志》等有所关联,但或非直接源出现存的两汉题材小说。

12. 大约万历年间,余氏三台馆曾刊刻《东西两晋演义志传》十二卷五十回,现存嘉庆四年(1799)敬书堂覆明三台馆本。首卷卷端题"新镌全像东西两晋演义志传",署"双峰堂吉人鉴定"、"三台馆余氏梓行"。"双峰堂吉人"当为"双峰堂主人"之误。上图下文版式。藏中国国家图书馆、上海图书馆、北京大学图书馆、辽宁图书馆等处。

13. 崇祯四年(1631),人瑞堂刊刻齐东野人编演《新镌全像通俗演义隋炀帝艳史》八卷四十回。内封题"绣像批评"、"艳史"、"人瑞堂梓"。首有《隋炀帝艳史叙》,署"笑痴子书于咄咄居"。次《艳史序》,署"崇祯辛未岁清和月野史主人漫书于虚白堂"。次《艳史题辞》,署"时崇祯辛未朱明既望樵李友人委蛇居士识于陶陶馆中"。次《艳史凡例》,共十三条。次《隋艳史爵里姓氏》。次图八十叶,正面图像、背面题咏。次目录。卷一题"新镌全像通俗演义隋炀帝艳史",署"齐东野人编演"、"不经先生批评"。按:人瑞堂崇祯十四年(1641)刊刻《新刻人瑞堂订补全书备考》,署"富沙郑尚玄幼白氏订梓",富沙为建州别称。藏于中国国家图书馆、首都图书馆、北京大学图书馆等海内外诸多藏书机构。

14. 嘉靖三十二年(1553),杨氏清江堂刊刻熊大木《唐书志传通俗演义》八卷九十节(实为八十九节,其中第三十六节误刊为三十七节)。首为李大年《唐书演义序》,署"时龙飞癸丑年仲秋朔旦,江南散人李大年识,书林杨氏清江堂刊"。次为"新刊唐书志传目录卷之首",目录叶题"新刊秦王演义"。正文卷端题"新刊参采史鉴唐书志传通俗演义",署"金陵薛居士的本"、"鳌峰熊锺谷编集"。卷末有牌记:"嘉靖癸丑孟秋杨氏清江堂刊"。藏于中国国家图书馆、日本内阁文库。

---

① 参见谢辉撰写《提要》,张西平等主编、谢辉本辑主编《梵蒂冈图书馆藏明清中西文化交流史文献丛刊》第三辑第59册,大象出版社2023年版,第293页。

15. 万历年间,潭阳书林三台馆刊熊大木《新刻按鉴演义全像唐国志传》八卷八十九节。内封署"三台馆刊行"。首有序,末署"三台馆主人言"。序文不同于杨氏清江堂刊本《唐书志传通俗演义》之李大年序,而同于金陵唐氏世德堂本《唐书志传题评》卷首之《唐书演义序》。目录叶题"唐书志传"。正文卷端题"新刻按鉴演义全像唐国志传",署"红雪山人余应鳌编次"、"潭阳书林三台馆梓行"。上图下文版式。藏于日本宫内厅书陵部。中国社科院文学所存残卷,为卷五第十叶下半叶至卷六第三十四叶。

16. 大约万历年间,书林杨景生刊刻《新刊薛仁贵征辽传》,卷首部分残缺,存正文四卷十五则。首卷卷端题"新刊薛仁贵征辽传□□□",署"太末全吾子□□"、"书林杨景生□□"。上图下文版式。此书此前未见著录,为孔夫子旧书网拍卖品,现为私人收藏。书林杨景生曾刊刻《百家公案》、《列女传》等。

17. 大约万历年间,余氏三台馆刊熊大木《新刻全像按鉴演义南北两宋志传》,二十卷。前十卷为"南宋志传",叙五代后唐至宋代开国事,自石敬瑭出身叙至曹彬平定江南;后十卷为"北宋志传",叙宋初之事,以杨家将故事为主。其所谓"南宋""北宋"与通常的历史名词内涵不同,故孙楷第谓此书"命名至为不通"。内封题"全像两宋南北志传"、"三台馆梓行"。书首有三台馆主人《序》,《序》中称:"昔大本先生,建邑之博洽士也,遍览群书,涉猎诸史,乃综核宋事,汇为一书,名曰《南北宋两传演义》。"明确指出此书的作者是建邑"大本先生"。因熊大木编撰了《大宋中兴英烈传》、《唐书志传通俗演义》、《全汉志传》,学界普遍认为此"大本先生"即指熊大木。次目录,题"全像按鉴演义南北两宋志传"。卷一题"新刻全像按鉴演义南宋志传",署"云间眉公陈继儒编次"、"潭阳书林三台馆梓行"。此"陈继儒编次"显然与序言所称熊大本编撰相矛盾。托名陈继儒,则此本非原书初刊。此书传本较多,三台馆本是现存最早的刊本。

北京大学图书馆藏明代金陵唐氏世德堂刊本之《南宋志传》的卷五、七、九卷,题"文台余氏双峰堂校梓",《北宋志传》第二十卷之底叶正中有牌记署"书林双峰堂,文台余氏梓"。则余象斗又有另一种《南北宋志传》刊本。

又,中国国家图书馆藏《新刻全像按鉴演义南北宋传题评》残本,与三台馆本非常相似,上图下文版式,应该也是建阳刻本。

18. 嘉靖三十一年(1552),杨氏书坊刊刻熊大木编撰《大宋演义中兴英烈传》八卷七十四则。书前有《序武穆王演义》,末署"时嘉靖三十一年岁在壬子冬十一月望日建邑书林熊大木锺谷识"。次《凡例七条》。次插图二十四叶。卷一题"新刊大宋演义中兴英烈传",署"鳌峰熊大木编辑"、"书林清白堂刊行"。卷二至卷八题"新刊大宋中兴通俗演义"。版心题"中兴演义"。卷八末牌记署"嘉靖壬子孟冬杨氏清江堂刊"。书后附《会纂宋岳鄂武穆王精忠录后集》,署"赐进士巡按浙江监察御史海阳李春芳编辑"、"书林杨氏清白堂梓行",末叶牌记署"嘉靖壬子年秋清白堂新梓行"。藏于日本内阁文库。

19. 万历年间余氏双峰堂刊刻熊大木《新刊大宋中兴通俗演义》八卷八十则。书前有熊大木序。正文卷端题"新刊大宋中兴通俗演义",署"鳌峰熊大木编辑"、"书林双峰堂刊行"。卷二、卷七则署"书林万卷楼刊行"。版心题"全像大宋演义"。版心下偶题"仁寿堂刊"。图像散插于正文中,半叶全幅,偶见记写刻工云"王少淮写"。王少淮上元人。从"万卷楼"、"王少淮"等题署,以及此书插图版式,可见此本应该是建阳余氏双峰堂用万卷楼本重印。附录《精忠录》两卷,与杨氏清白堂本相比,内容略有差异。此本藏日本内阁文库、日本日光轮王寺慈眼堂。

20. 万历年间余氏三台馆刊刻《新刻按鉴演义全像大宋中兴岳王传》八卷八十则。书前有《叙岳王传演义序》,实为熊大木原序,但署"三台馆山人言"。正文卷端题"新刻按鉴演义全像大宋中兴岳王传",署"红雪山人余应鳌编次"、"潭阳书林三台馆梓行"。版心题"全像岳王志传"。上图下文版式。此本与余氏双峰堂用万卷楼本重印者文字内容相同,更改了编撰人熊大木的名字。此本不附《精忠录》。日本内阁文库、日本国会图书馆均有藏本。

21. 万历十九年(1591),书林明峰杨氏重梓佚名《新锲龙兴名世录皇明开运英武传》八卷六十则。书前有《皇明英武传序》,仅存一叶。次《新锲龙兴名世录皇明开运英武传目录》。全书分为金、石、丝、竹、匏、土、革、木八集。卷一题"新锲龙兴名世录皇明开运英武传",署"原板南京齐府刊行"、"书林明峰杨氏重梓"。版心题"皇明英武传"。卷八末莲牌木记署"皇明万历辛卯年岁次孟夏月吉旦重刻"。藏于日本内阁文库,有缺叶。

20. 书林余君召梓行佚名《皇明开运辑略武功名世英烈传》六卷。内封题"官板皇明全像英烈志传","三台馆梓行"。书前有《皇明英烈传序》,未署名。次《新刻皇明开运辑略武功名世英烈传首录》。各卷卷端题"新刻皇明开运辑略武功名世英烈传";卷一、四、六末题"刻全像增补皇明英烈传卷之×终",卷三末题"新刻全像英烈演义三卷终";版心题"全像英烈传"。中国国家图书馆、日本内阁文库、日本御茶之水图书馆成篑堂文库、日本日光轮王寺慈眼堂等都有藏本。此本实与杨明峰刊本《新锲龙兴名世录皇明开运英武传》内容大体相同,但并八卷为六卷,小说文字有些增删。对比二本文字,比较大的可能是杨明峰刊本在前。

又,英国国家图书馆藏《全像演义皇明英烈志传》残本,上图下文版式。山东蓬莱慕湘图书馆藏《皇明英烈志传》残本,上图下文版式,行款与英国藏本不同。两者残存内容不重合。这两个残本的小说内容比上述版本更为简略。

21.《神武传》,版本情况不详。据路工《古本小说新见》著录:"《神武传》,四卷,明崇祯年间建阳余氏刊本,上图下文,演刘伯温助朱元璋打天下的故事。此书突出地描写了刘伯温的神机妙算。"①潘建国先生虞虞斋藏八个半叶。

23.《新锲国朝承运传》四卷,不题撰人。卷一题"新锲国朝承运传"。版心题"承运传"。上图下文版式。开篇《古风短篇》云:"南都开基英烈书,北甸中兴承运传。"则此书成书时间在《英烈传》之后。藏于日本内阁文库,有缺叶。

24.《戚南塘剿平倭寇志传》,卷数不详,残存卷一至卷三。卷首残缺,因而不详编撰人姓氏与书坊堂号、刊刻年代。卷二、卷三题"京锲皇明通俗演义全像戚南塘剿平倭寇志传"。上图下文版式。藏中国国家图书馆。

此外,在现存小说刊本中还能发现不少关于建阳书坊编刊小说的信息。

比如,署名"五岳山人周游仰止"编集的《开辟衍绎通俗志传》六卷八十回,现存崇祯间麟瑞堂刊本。此本首为《开辟衍绎叙》,署"崇祯岁在旃蒙大渊献春王正月人日靖竹居士王黉子承父书于柳浪轩"。次为《附录乩仙天地判说》。次为"新刻按鉴编纂开辟衍绎通俗志传目录"。次为46幅半叶整版全幅插图。正文卷端题"新刻按鉴编纂开辟衍绎通俗志传",署"五岳山人周游仰止集"、"靖竹居士王黉子承释"。此书内容大体与余季岳《盘古

---

① 路工《访书见闻录》,上海古籍出版社1985年版,第158页。

至唐虞传》、《有夏志传》、《有商志传》重合,文字与余象斗编撰之《列国前编十二朝》大体相同,特别是此书开篇小序透露了余象斗编撰此书的信息:"余仰止曰:若云天开于子,地辟于丑……愚按天皇生在寅,地皇生在卯,人皇生在辰……"《列国前编十二朝》开篇亦有此小序,文字内容大体相同,"余仰止曰"作"仰止子曰"。由此可见,《开辟衍绎通俗志传》应该出于余象斗编撰,疑原有余氏刊本。

又比如,佚名《片璧列国志》,亦疑为余象斗编撰、原有余氏刊本。

以上只是就目前知见版本粗略列举,未能穷尽各地收藏。小说阅读往往随读随扔,不重视收藏,再加上时代久远,纸质书籍保存不易,因而现存版本未必能体现当时小说刊刻繁盛面貌之一二。值得注意的是这些小说版本不少是重刊本,往往是因为版片刷印次数太多而变得模糊了,书坊才重新雕版,从中可见当时这些小说相当畅销。

建阳书坊入清以后刻书很少,今见清代康熙年间永庆堂余郁生刊刻《梁武帝西来演义》为讲史小说,附录于此略为介绍。

天花藏主人新编《梁武帝西来演义》十卷四十回,内封识语署"绍裕堂主人识",首有《梁武帝西来演义序》,署"时康熙癸丑花朝天花藏主人题于素政堂",首卷卷端题"精绣通俗全像梁武帝西来演义卷之一",署"天花藏主人新编"、"永庆堂余郁生梓"。一般认为余郁生是建阳余氏族人,永庆堂为建阳余氏书坊。[①] 但未知绍裕堂主人与永庆堂余郁生是否同一人。天花藏主人为明末清初秀水(今浙江嘉兴)人张匀,《梁武帝西来演义》之外,还有《人间乐》、《济颠大师醉菩提全传》、《玉支矶小传》等作品,《中国古代小说总目》石昌渝撰写的《玉娇梨》词条列举与天花藏主人相关的小说著作十六部。[②] 康熙癸丑即康熙十二年(1673)。从《梁武帝西来演义》可见入清以后建阳籍书坊主与江浙文人的合作。

第二节 编刊讲史小说的书坊与文人及闽地史学氛围

建阳书坊编刊大量的讲史小说,有着多方面的前提和准备。首先是

---

① 参见方彦寿《建阳刻书史》,第 465 页。
② 石昌渝主编《中国古代小说总目(白话卷)》,第 506—508 页。

《三国志演义》、《水浒传》等经典作品传播的影响。从《三国志演义》、《水浒传》最早的传播信息来看,它们的传播区域首先是在江南和江南以北的政治文化中心,但大约至嘉靖年间才出现刊本。也就是在嘉靖时期,建阳刊刻《三国志演义》,并且开始了讲史小说编刊,接着成为讲史小说编刊最为重要的地区。建阳书坊大量编刊讲史小说,必然有着此地特别的地域文化支持。就建阳本地编刊讲史小说的条件来说,当然首先在于建阳刻书长期兴盛所积累的基本条件,包括宋元以来小说刊刻的传统,以及明代发展鼎盛的书坊业。建阳书坊介入讲史小说的编刊,既要及时了解当时的出版潮流和小说传播情况,又需要具备编刊实力。因为讲史小说篇幅较大,书坊需要具备一定的资金投入,还因为讲史小说编刊并非简单翻刻,因此需要具备编辑条件,需要拥有一定编辑水平的书坊文人。在此,略为介绍刊刻讲史小说的书坊和编辑讲史小说的书坊文人。

一、刊刻讲史小说的书坊

明代讲史小说大多出于建阳书坊编刊,跟建阳书坊世代经营而具备较好的编刊条件有很大关系。在出版界兴起讲史小说的嘉靖年间,建阳书坊迅速跟进,因于此地书坊众多,经营书业者人才济济,能及时关注出版动态,敏锐回应出版需求。以下主要根据《中国古籍善本书目》、《国家珍贵古籍名录》(1—6批)等文献,并参考海内外藏书机构公开信息,略为梳理建阳叶氏、熊氏、杨氏等书坊刻书情况,以为讲史小说编刊之背景。

(一)叶氏书坊

建阳最早刊刻《三国志演义》的叶氏,是建阳著名的刻书家族。嘉靖二十七年(1548)叶逢春本《新刊通俗演义三国志史传》卷首《三国志传加像序》云:"书林叶静轩子又虑阅者之厌怠,鲜于首末之尽详,而加以图像。又得乃中郎翁叶苍溪者,聪明巧思,镌而成之。"[①]卷一卷端署"书林苍溪叶逢春绘像",可知此本插图的刻工、画工即为叶逢春、叶静轩父子。

建阳叶氏在元代即已经营书业,目前所见,元代著名书肆叶氏广勤堂最早留下书坊主姓名的是叶日增,现藏于中国国家图书馆的元天历庚午

---

① 《西班牙藏叶逢春刊本三国志史传》卷首,陈翔华主编《三国志演义古版丛刊续辑》,全国图书馆文献缩微复制中心2005年影印,第4—5页。

(1330)刊本《新刊王氏脉经》十卷,卷首序后牌记:"天历庚午仲夏建安叶日增志于广勤书堂"。叶氏刻书现存元刊本不少,比如:元何若愚著、阎明广注《新刊子午流注针经》三卷,元叶氏广勤堂窦氏活济堂刻本,藏于日本宫内厅书陵部;唐许浑撰、元祝德子订正《增广音注唐郢州刺史丁卯诗集》二卷续集一卷,元建安叶氏刻本,藏于中国国家图书馆。

叶氏广勤堂、广勤书堂由元入明,世代经营。叶氏广勤堂后人叶景达,建三峰书舍,在当地非常有名,《(嘉靖)建阳县志》有一幅《建阳县书坊图》,其中标示书坊名仅两家,一为万卷书堂,一为三峰书舍。民国初年,胡君复题上海商务印书馆之长联,所谓"昔晚唐建安余氏肇启书林,世界阅千余岁矣,其后三峰万卷,同时梅溪秀岩,文采风流",三峰、万卷即书坊图所示两家,梅溪、秀岩也是元代以来建阳名肆。

叶氏刻书之影响和地位,从叶景达请大学士杨荣作《三峰书舍赋》可见,杨荣赋并序曰:

> 建阳书林叶添德景达氏,自其大父荣轩、父彦龄,世以诗书为业。尝作室以贮古今书版,日积月增,栋宇充牣,凡四方有所购求者,皆乐然应之。由是缙绅大夫莫不称誉其贤。其室之外有三峰,秀出霄汉,望之巉然,挺拔千仞。岚光翠黛,浮动乎几席之间,甚可爱也,因名其室曰"三峰书舍"。盖景达之意,其于群书不惟锓梓以广其传,而将欲俾其子孙耳濡目染无非道德之懿,口诵心惟莫匪仁义之说。然则书舍亦岂泛然而作也哉。闲来征言于予,予于景达素相知,不可以辞,乃为赋其事,以彰厥美云。其词曰:
>
> 繄建阳之为邑,实南纪之奥区。仰紫阳之遗泽,沐道德之膏腴。俗媲美乎邹鲁,家讽诵乎诗书。况山川之形势,郁磅礴而扶舆。矗三峰其突兀,伟奕奕兮华居。匪燕息之是安,乃版籍之攸储……①

从杨荣《三峰书舍赋》可见,叶景达继承了父祖之刻书业。叶景达现存刻本如《诗经疏义》二十卷,元朱公迁撰,明王逢辑,明何英增释,卷首署"书林三

---

① 〔明〕杨荣《三峰书舍赋》,《杨文敏公集》,沈乃文主编《明别集丛刊》第1辑第29册,黄山书社2013年版,第393—394页。

峰叶添德景达刊校",上海图书馆存残本,有康有为跋。叶景达不仅刻书,也编书,明宣德四年(1429)编刊《选编省监新奇万宝诗山》三十八卷,此书现存日本静嘉堂文库、米泽市立图书馆等处,叶德辉《书林清话》卷四介绍广勤堂刻《万宝诗山》即此,这也应该是杨荣所谓"世以诗书为业"指称之一。叶氏世代以诗书为业,俨然斯文人家。杨荣赋描述了建阳此地的儒学传统、理学遗泽,这正是叶氏等建阳书坊刻书的文化背景。

叶氏广勤(书)堂现存明刻本不少,如：

《丹墀独对》二十卷,元吴黼辑,洪武十九年(1386)广勤书堂刻本,北京大学图书馆存残本。

《春秋胡氏传》三十卷,宋胡安国撰,宋林尧叟音注,《春秋名号归一图》一卷,蜀冯继先撰,《诸国兴废说》一卷,《春秋二十国年表》一卷,永乐四年(1406)广勤书堂刻本,中国国家图书馆、台北故宫博物院存残本。

《唐音辑注》十四卷,元杨士弘辑,明张震注,明初建安叶氏广勤堂刻本,北京大学图书馆、台湾"国家图书馆"存;此书又有明正统四年(1439)序建安叶氏刻本,日本内阁文库存。

《重刊埤雅》二十卷,宋陆佃撰,明毕效钦校,成化九年(1473)叶氏广勤书堂刻本,日本东洋文库、静嘉堂文库存。

《新刊性理大全》七十卷,明胡广等撰,嘉靖三十一年(1552)叶氏广勤堂刻本。

《新刻历考纲目训解通鉴全编》正集二十卷续集□□卷,明魏时亨辑,明书林叶材广勤堂刻本,中国国家图书馆存残本。

明代前期叶氏书坊还有南山书堂,现存《新增说文韵府群玉》二十卷,元阴时夫辑,元阴中夫注,天顺六年(1462)书林叶氏南山书堂刻本,存于南京图书馆、日本天理图书馆。

嘉靖万历年间叶氏书坊更为兴盛,目前所见刻本题署作德堂、叶近山、叶贵等较多。如：

《玉机微义》五十卷,明徐彦纯辑,明刘纯续,嘉靖十八年(1539)作德堂刻本,宁波天一阁博物馆、美国柏克莱加州大学东亚图书馆、日本内阁文库、龙谷大学大宫图书馆存。此书卷一卷端首行下署"书林静斋叶秀校刊",未知"静斋"跟绘刻《三国志史传》的"静轩"是否有关联。

《锲御制新颁大明律例注释招拟折狱指南》十八卷附卷一卷附图一卷,

《重修问刑条例题稿》一卷，万历十七年（1589）叶氏作德堂刻本，日本蓬左文库、阳明文库、东京大学文学部汉籍中心存。

《晦庵先生家礼集说》十二卷，明冯善编，明叶氏作德堂刻本，日本内阁文库存。

《淮南鸿烈解》二十八卷，汉刘安撰，许慎辑，明茅一桂等校，万历九年（1581）叶近山刻本，日本内阁文库存。

《新刻七十二朝四书人物考注释》四十卷，明薛应旂撰，明朱焯注，万历年间书林叶近山刻本，日本内阁文库存。

《新锲纂辑皇明一统纪要》十五卷，明顾充纂辑，万历年间书林叶近山广居堂刻本，日本早稻田大学图书馆存。

《吴梅坡医经会元保命奇方》十卷，明吴嘉言著，万历八年（1580）序书林叶贵刻本，台湾"国家图书馆"存。

《群书考索古今事文玉屑》二十四卷，明杨淙编，万历二十五年（1597）叶贵刻本，首都图书馆、重庆图书馆、南开大学图书馆、日本国会图书馆、内阁文库、蓬左文库存。

《新刊名儒举业分类注释百子粹言》六卷，明李廷机辑，吴龙徵注，明叶贵刊本，南京图书馆存。

叶贵在金陵开分肆，现存明蔡复赏撰《孔圣全书》三十五卷，为万历金陵书坊叶贵刻本。

此外，现存叶氏刻本还很多，如：

《书经大全》十卷书序一卷，明胡广等辑，嘉靖十五年（1536）书户叶氏重刻本，宁波天一阁博物馆存。

《翰林笔削字义韵律鳌头海篇心镜》二十卷，明萧良有撰，余应奎订，万历十年（1582）序书林涧泉叶如琳刻本，日本国会图书馆存残本。

《翰林重考字义韵律大板海篇心镜》二十卷，明萧良有撰，刘孔当校，万历二十四年（1596）书林会廷叶天熹刻本，日本国会图书馆、内阁文库、东京大学总合图书馆、早稻田大学图书馆、龙谷大学大宫图书馆存。

《游艺塾文规》十卷，明袁黄撰，明书林叶仰山刻本，清华大学图书馆存，中国国家图书馆存万历三十年（1602）余文台覆刻本。

《广文字会宝》不分卷，明朱文治辑，万历三十六年（1608）序建阳书林叶见远刻本，日本内阁文库、东京大学总合图书馆存。

以上可见叶氏刻书之盛,嘉靖年间,在《三国志通俗演义》刊刻不久,叶逢春就接受了刊刻信息,迅速跟进《三国志史传》的编刊,并且父子具备绘图之创意和才华,正因于家族刻书深厚的文化底蕴。

叶氏还较早涉入戏曲刊刻,比如现藏于奥地利维也纳国立博物馆的《新刻增补全像乡谈荔枝记》四卷,明潮州东月李氏编辑,为明南阳堂叶文桥刻、万历九年(1581)朱氏与耕堂印本。

(二)熊氏书坊

熊氏书坊现存《三国志演义》版本有万历二十四年(1596)书林熊清波诚德堂刊本,万历三十一年(1603)忠正堂熊佛贵刊本,万历年间熊冲宇种德堂刊本,崇祯年间熊飞雄飞馆刊《英雄谱》初刻本、二刻本。《水浒传》有种德书堂刊本。此外,熊氏书坊编刊了不少小说戏曲。

熊氏乃建安大族,自唐末熊延祕卜居建阳,即兴办家塾,重视教育,至宋代,熊知至改称家塾为鳌峰书院,元代,熊禾修复鳌峰书院,在此著书、教书、刻书。熊禾曾孙熊坑至正十三年(1353)刊刻熊禾《勿轩易学启蒙图传通义》七卷。熊氏坊刻自元代以来刻本现存不少,元刊本如:《新编西方子明堂灸经》八卷,元熊氏卫生堂刻本,现存于中国国家图书馆;《王状元集百家注分类东坡先生诗》二十五卷,题宋王十朋纂集,宋刘辰翁批点,《东坡纪年录》一卷,宋傅藻撰,元建安熊氏刻本,现存于中国国家图书馆;《山谷外集诗注》十四卷首一卷,宋黄庭坚撰,史容注,元至元二十二年(1285)建安熊氏万卷书堂刻本,现存于日本宫内厅书陵部。

明代熊氏书坊延续了元代卫生堂医书刊刻的传统,熊氏中和堂、种德堂等刊刻了大量医书。生活于永乐至成化年间的熊宗立(1409—1481)继承父祖名医之业,编辑、补遗、校正医书。如:天顺八年(1464)熊氏种德堂刊《新编妇人良方补遗大全》二十四卷首一卷,宋陈自明撰,熊宗立补遗;成化元年(1465)熊氏种德堂刊《图经节要增补本草歌括》八卷,元胡仕可编撰,熊宗立补;成化三年(1467)熊氏种德堂刊《名方类证医书大全》二十四卷、《医学源流》一卷、目录一卷,熊宗立辑;成化八年(1472)熊氏中和堂刊《新刊勿听子俗解八十一难经》六卷图一卷,熊宗立解;成化十年(1474)熊氏种德堂刊《京本校正解注释文黄帝内经素问》十二卷、《新刊黄帝素问灵枢集注》十二卷、《新刊素问入式运气论奥》三卷,熊宗立校。熊宗立编刊《新编名方类证医书大全》等传入日本,对日本医学产生很大影响。熊宗立受业

第四章　建阳刊刻讲史小说与史部图书编刊传统

于编刻名家刘剡,学界一般认为熊宗立自编自刊医书。

嘉靖年间最重要的讲史小说编撰者熊大木为熊宗立后人。万历以后,熊氏刻书发展迅速,刻书种类丰富,刻书数量繁多,包括不少小说戏曲。

万历年间,种德堂熊成冶(冲宇)成为熊氏最活跃的书坊主。熊成冶,字冲宇,是熊宗立的五世孙、熊瑗的曾孙、熊大木的侄孙、雄飞馆主人熊飞之父,刻书活动长达四十年,至今留存四十多种刊本,遍涉经史子集,是建阳熊氏书坊中刻本最多的一家。如:

万历二十四年(1596)刊《新锲评林注释列朝捷录》四卷,明顾充等撰,南京市博物馆存。

万历二十九年(1601)刊《新镌翰府素翁云翰精华》六卷,中国国家图书馆存。

万历三十五年(1607)序潭阳熊冲宇种德堂刻《新刊翰苑广记补订四民捷用学海群玉》二十三卷,明武纬子撰,日本东京大学东洋文化研究所仁井田文库存,陕西师范大学图书馆存残本。

万历三十九年(1611)《书经便蒙讲意》二卷,明夏长庚校,日本内阁文库存。

万历年间刊《新刻金陵原板易经开心正解》六卷,中国国家图书馆、重庆市图书馆存;《新刻金陵原板书经开心正解》六卷首一卷,明胡素酐撰,日本内阁文库存;《新刻金陵原板诗经开心正解》七卷首一卷,明邵芝南撰,日本内阁文库存;《新刻杨会元真传诗经讲意悬鉴》二十卷,明杨守勤撰,复旦大学图书馆存;《书经集注》十卷,宋蔡沈撰,中国国家图书馆存;《颜字四书》二十八卷,宋朱熹撰,清王云锦校并跋,山东省图书馆存;《鼎锲叶太史汇纂玉堂鉴纲》七十二卷,明叶向高撰,中国国家图书馆、日本蓬左文库、尊经阁文库、小滨市立图书馆存;《镌重订补注历朝捷录史鉴提衡》四卷首一卷《靖难纪略》一卷,明顾充撰,李廷机重订,美国哈佛大学哈佛燕京图书馆存残本;《新刻校订附音句解大字文公小学正蒙》十卷首一卷,明余兴国注释,此本扉页署"仁和堂",首卷卷端题"闽建书林祯宇黄应祥刊行",日本内阁文库存;《鼎镌洪武元韵勘正补订经书切字海篇玉鉴》二十卷,明武纬子补订,王衡勘正,中国国家图书馆、日本内阁文库、东京大学总合图书馆存;《杜律选注》六卷,唐杜甫撰,明范濂注,辽宁省图书馆、日本内阁文库存;《新刊太医院校正图注指南王叔和脉诀》四卷,晋王叔和撰,明熊宗立注解,中国国家图书馆存;《新刊太医院校正图注指南八十一难经》四卷,明张世贤图注,吴文炳校正,日本内阁文库存;《新刊明医考订丹溪心法大全》八卷,元朱震亨撰,杭州图书馆存;《新锲太医院校正删补医方捷径指南全书》四卷,明王宗显撰,吴文炳编,日本内阁文库存;《新刊十八大家参并名医方考医家赤帜益辨全书》十二卷,明吴文炳编,日本内阁文库存;《新刊吴氏家传神医秘诀遵经奥旨针灸大成》四卷,明吴文炳编,日本内阁文库存;《新刻杨救贫秘传阴阳二宅便用统宗》二卷,明邵磻溪撰,中国国家图书馆存;《新刊指南台司袁天罡先生五星三命大全》四卷,中国国家图书馆存;《新锲台监历法增补应福通书》三十七卷首三卷,明熊秉懋编纂,日本内阁文库存;《新刻时尚华筵趣乐谈笑酒令》五卷,中国国家图书馆存;《雅尚斋遵生八牋笺》十九卷,明高濂撰,中国人民大学图书馆、吴县图书馆、天津图书馆、台湾"国家图书馆"存。

　　熊冲宇刊刻的《三国志传》原本,应该就是余象斗双峰堂刊本《三国志传》卷首《三国辩》中提到的种德堂刊本,比余象斗等刊本早。熊冲宇刊本现存残本,学界研究认为可能是万历后期由其他书坊主删改增补而成的。① 也有学者根据此书嵌图式版式推测,认为"此本应为天启崇祯间的刊本"。②

　　种德堂熊振宇是熊冲宇的兄弟辈,熊振宇名成应,字振宇,万历三十七年(1609)刊刻《新锲屠先生编选依韵萃璧故事》五卷,明屠隆撰,俞启相辑,日本国会图书馆存。现存还有万历年间刘龙田刻熊振宇种德堂印本《新锲台阁校正注释补遗古文大全》八卷,明张瑞图校释,何乔远详阅,美国哈佛大学哈佛燕京图书馆存。

　　熊氏种德堂刻书持续至明末,现存很多刻本,如:

　　隆庆四年(1570)熊氏种德堂刻《新刊莆进士林二泉先生家传书经精说》十二卷,明林澄源撰,日本内阁文库存。

　　万历十六年(1588)熊氏种德堂刻《新刊明解音释校正书言故事大全》

---

① 刘世德认为现存种德堂刊本残本(八卷)是在万历四十二年左右由熊成冶的兄弟辈熊成应(字振宇)在熊成冶原刊本(即余象斗双峰堂刊本卷首《三国辩》中提到的种德堂刊本)的基础上删、增、改而成的,其刊刻地点在南京。参见《〈三国志演义〉熊成冶刊本考论》,刘世德《〈三国志演义〉作者与版本考论》,中华书局2010年版,第164—176页。

② [英]魏安《三国演义版本考》,上海古籍出版社1996年版,第41页。

十卷,宋胡继宗辑,明陈玩直注,熊大木校,日本茨城大学附属图书馆菅文库存。

万历年间熊氏种德堂刻《新镌王稚登先生摘纂悬壶故事》,明王衡编,张以诚校订,日本内阁文库存。

万历年间潭邑书林种德堂熊秉宸刻《新镌皇明司台历法立福通书大全》十四卷,明熊宗立辑,日本国会图书馆存。

万历年间建阳熊玉屏种德堂刻本书林余鹤鸣后印本《新镌京板全补源流引蒙发明附凤对类》二十四卷,不题撰人,日本东京大学总合图书馆存。

书林熊玉屏刻《新刻东坡禅喜集》九卷,宋苏轼撰,吉林省图书馆、日本内阁文库、大阪府立图书馆存。

熊氏种德堂刻《史记评林》一百三十卷、首一卷,明凌稚隆辑,明李光缙增补,广东省立中山图书馆存。此书又有万历年间熊氏宏远堂刻本,藏于中国人民大学图书馆。

熊氏种德堂刻《注解伤寒论》十卷,汉张仲景撰,金成无己注解,日本宫内厅书陵部、足利学校遗迹图书馆存。

熊氏种德堂刻《鼎镌六科奏准御制新颁分类注释刑台法律》十八卷、附录一卷、副卷一卷、首一卷,明萧近高注释,中国国家图书馆存。

明末种德堂熊伟山刻《新三元品汇庄子南华全经句解》,明李廷机撰,台湾"国家图书馆"存。

种德堂还刊刻了艳情小说《绣榻野史》。

崇祯年间,种德堂熊氏后人熊飞以雄飞馆堂号刊刻《英雄谱》。

熊氏书坊还有宏远书堂、建阳龙峰熊珊忠正堂、书林熊云滨(熊体忠)、书林熊心舜、熊心禹、书林熊稔寰、建阳熊安本(熊咸初)、熊台南、雨钱山房、熊秉宏、潭邑书林前溪熊氏、潭邑书林熊对山、熊建山、熊伟山、熊鹿台忠信堂等。入清以后,熊氏家族还有熊志学、熊启灿、熊世庆等刻书。限于篇幅,未能一一列举。以此,足以见熊氏刻书之繁盛,此为熊氏书坊编刊讲史小说之背景。

熊氏刻书中还有不少小说戏曲,比如熊龙峰忠正堂编刊了《天妃济世出身传》、《海游记》、《西厢记》以及《张生彩鸾灯传》等四种话本小说,熊云滨补版世德堂本《西游记》,熊仰台刊《北方真武祖师玄天上帝出身志传》,熊稔寰刻《新锓天下时尚南北新调》等。

（三）杨氏书坊

杨氏书坊在明代小说刊刻中颇为引人注目，很重要因于刊刻文言小说《剪灯新话》、《剪灯余话》和熊大木小说《大宋演义中兴英烈传》、《唐书志传通俗演义》等。《剪灯新话》自正统七年（1442）被禁之后，现存最早的是杨氏清江堂正德六年（1511）刊本。而《三国志演义》、《水浒传》之后建阳最早的自编讲史小说出自杨氏书坊刊刻，书坊主杨涌泉邀请熊大木把《精忠录》编为小说，于是才有了嘉靖三十一年（1552）清江堂刊本《大宋演义中兴英烈传》。杨氏书坊刊刻了《三国志演义》、《水浒传》以及熊大木《大宋演义中兴英烈传》、《唐书志传通俗演义》、《全汉志传》、余邵鱼《列国志传》、佚名《薛仁贵征辽传》、《皇明开运英武传》等多种讲史小说。

杨氏以先祖汉代杨震清白传家为训，"清白"、"四知"堂号遍布四海，建阳杨氏书坊亦以"清白堂"、"四知馆"等堂号刻书。

明代杨氏刊刻了多种讲史小说的清江书堂、清白堂经营时间很长，是明代建阳著名坊肆，现存刊本如：

《新刊袖珍方》四卷，明李恒撰，弘治五年（1492）杨氏清江书堂刻本，日本内阁文库、龙谷大学大宫图书馆存，重庆图书馆存三至四卷。

《增修附注资治通鉴节要续编大全》三十卷，明张光启订正，刘剡编辑，明刘弘毅释义，弘治十年（1497）杨氏清江书堂刻本，北京大学图书馆、华东师大图书馆存。

《续资治通鉴纲目》二十七卷，明商辂等撰，明周礼发明，明张时泰广义，正德元年（1506）清江堂刻本，复旦大学图书馆存。

《魁本袖珍方大全》四卷，明李恒撰，正德二年（1507）杨氏清江书堂刻本，四川省图书馆存。

《周易传义大全》二十四卷纲领一卷朱子图说一卷，明胡广等辑，正德十二年（1517）杨氏清江堂刻嘉靖四年（1525）重修本。

《书经大全》十卷纲领一卷图一卷，明胡广等辑，嘉靖七年（1528）书林杨氏清江书堂刻本。

《新刊紫阳朱子纲目》五十九卷首一卷，宋朱熹撰，宋尹起莘发明，元刘友益书法，元汪克宽考异，元徐昭文考证，元王幼学集览，明陈济正误，明冯智舒质实，嘉靖十年（1531）书林杨氏清江书堂刻本，浙江图书馆、重庆图书馆、山东省博物馆、台湾"国家图书馆"存。

《续编资治宋元纲目大全》二十七卷,明商辂等撰,嘉靖十年(1531)书林杨氏清江书堂刻本,云南省图书馆、台湾"国家图书馆"存,湖南图书馆存残本缺卷五。

《新刊图像人相编》十二卷,明陆位崇编,万历十三年(1585)清江书堂刻本,日本内阁文库存。

《评林新锲甄甄洞稿文类》二十卷《诗集》六卷,明吴国伦撰,明王世贞评,万历十六年(1588)清白堂杨新泉刻本,日本静嘉堂文库、蓬左文库存。

《重刻四书续补便蒙解注》六卷,明徐奋鹏撰,万历十七年(1589)书林杨钦斋刻本,日本内阁文库存。

《新锓万轴楼选删补天下捷用诸书博览》三十七卷,明承明甫编,万历三十二年(1604)杨钦斋刻本,日本内阁文库存残本。

《新刻全补士民备览便用文林汇锦万书渊海》三十七卷,明广寒子编次,万历三十八年(1610)清白堂杨钦斋刻本,日本尊经阁文库存。

《四书趋庭讲义会编》十七卷,明申绍芳撰,万历四十五年(1617)书林清白堂杨日际刻本,日本蓬左文库存。

《重刻翰林校正少微通鉴大全》二十卷首二卷,宋江贽撰,明唐顺之删定,崇祯三年(1630)清白堂杨璧卿刻本,哈佛大学哈佛燕京图书馆存。

《春秋集传大全》三十七卷首一卷,明胡广等辑,刘孔敬校正,清白堂刻本,日本东京大学东洋文化研究所大木文库、大垣市立图书馆存。

《全补司台历数袖里璇玑》十一卷首一卷,明夏青山编,书林清白堂杨帝卿刻本,日本内阁文库存。

清白堂还刊刻了不少小说,比如神魔小说《新刻全相二十四尊得道罗汉传》、《新刻达摩出身传灯传》等。《西游记》杨闽斋(杨春元)刊本亦称清白堂本,署"清白堂杨闽斋梓"。杨闽斋刊刻过《重刻京本通俗演义按鉴三国志传》,署"明闽斋杨春元校梓"。

杨氏四知馆现存刊本不少,如:

《丹溪心法附余》二十四卷首一卷,元朱震亨撰,明方广类集,嘉靖十五年(1536)序杨氏四知馆刻本,安徽省图书馆、辽宁省图书馆、山东省图书馆、天津中医药大学第一附属医院图书馆、美国国会图书馆、哈佛大学哈佛燕京图书馆存。

《婴童百问》十卷，明鲁伯嗣撰，艺林四知馆杨丽泉刻本，南京图书馆存。

《太医院增补捷法医林统要外科方论大全》四卷，明李竹轩编撰，万历三十七年（1609）四知馆杨丽泉刻本，日本内阁文库存。

《新刊京本策论品题武经通鉴》七卷，明郑灵撰，万历三十九年（1611）杨氏四知书堂刻本，日本内阁文库、尊经阁文库存。

《三刻太医院补注妇人良方大全》二十四卷，宋陈自明撰，明薛己注，明万历年间杨轸飞四知馆刻本，浙江图书馆存。

《新镌神峰张先生通考辟谬命理正宗大全》六卷，明张楠撰，万历年间艺林杨氏四知馆刻本，中国国家图书馆存。

《三教源流圣帝佛师搜神大全》七卷，不题撰人，四知馆杨丽泉刻本，日本东京大学东洋文化研究所、京都大学文学部存。

《新镌京板工师雕斫正式鲁班经匠家镜》三卷，明午荣汇编，四知馆杨丽泉刻本，日本尊经阁文库、御茶之水图书馆存。

《增补评林西天竺藏板佛教源流高僧传宗》八卷，明许一德撰，崇祯年间艺林四知馆居士丽泉杨金刻本，香港中文大学图书馆、日本静嘉堂文库、京都大学人文科学研究所东洋学文献中心存。

杨氏四知馆利用积庆堂刊本旧板重印了《钟伯敬先生批评水浒传》，《钟伯敬先生批评三国志》应该也是四知馆用积庆堂本重印的。四知馆杨美生刊刻了《新刻京本春秋五霸七雄全像列国志传》。杨美生还刊刻了《三国英雄志传》，《三国英雄志传》又有杨美生美玉堂本。

杨氏归仁斋也是刻书较多的书坊，现存刊本如：

《新编事文类聚翰墨大全》十五集一百三十四卷，元刘应李辑，嘉靖三十六年（1557）杨氏归仁斋刻万历三十九年（1611）安正堂重修本，日本宫内厅书陵部、蓬左文库、神户大学附属图书馆文学部分馆存。

《大明一统志》九十卷，明李贤、万安等纂修，嘉靖三十八年（1559）书林杨氏归仁斋刻本，中国国家图书馆、上海图书馆、山东省图书馆、福建省图书馆、四川省图书馆、温州市图书馆、武汉大学图书馆存。此书又有万历十六年（1588）杨氏归仁斋刊本，存于北京大学图书馆等多处。

《通鉴纲目全书》一百八卷，嘉靖三十九年（1560）书林杨氏归仁斋刻本,南京图书馆、江苏省南通市图书馆存。

《新编古今事文类聚》前集六十卷后集五十卷续集二十八卷别集三十二卷,宋祝穆辑,新集三十六卷外集十五卷,元富大用辑,嘉靖四十年(1561)书林杨归仁刻本,上海图书馆、江苏省南通市图书馆存。

《新刊古本大字合并纲鉴大成》四十六卷,明唐顺之辑,隆庆年间书林归仁斋杨员寿刻本,山西省图书馆存。

《重修政和经史证类备用本草》三十卷,宋唐慎微撰,曹孝忠校,万历七年(1579)杨先春归仁斋刻本,福建省图书馆、日本国会图书馆、东京大学总合图书馆存。

杨氏书坊主的名字似可看出辈分,比如杨涌泉、杨新泉、杨丽泉可能为兄弟辈。归仁斋杨先春可能跟杨应春同一辈分,杨应春有万历二年(1574)序刊本《精选举业切要百子粹言分类注释文海波澜》二卷,明李廷机编,吴龙徵注,现存于日本内阁文库。

杨春元(闽斋)跟杨春荣(泰斋)可能是兄弟辈。闽斋堂杨懋卿(杨居谦)是杨闽斋(杨春元)之子。杨闽斋、闽斋堂杨居谦刊刻了两种《西游记》版本,杨春荣(泰斋)刊刻小说《新锲全相南海观世音菩萨出身修行传》,杨闽斋父子以及杨春荣刻书情况见后文神魔小说部分介绍。

杨懋卿(闽斋堂杨居谦)跟书林杨居寀素卿、四知馆杨璧卿、书林杨居广帝卿、友花居杨居理道卿等可能是兄弟辈,杨素卿现存刊本如:《春秋左传纲目定注》三十卷,明李廷机撰,崇祯五年(1632)书林杨素卿刻本,日本内阁文库、尊经阁文库、静嘉堂文库、龙谷大学大宫图书馆存;《天工开物》,明宋应星撰,明书林杨素卿刻本,中国国家图书馆、台湾"中央"研究院历史语言研究所傅斯年图书馆存。杨素卿还刊刻过戏曲,如书林素卿杨居寀刻本史槃《新刻宋璟鹣钗记》二卷,又有书林杨居寀刻本佚名《红梨花记》二卷。

杨氏书坊还有杨文高、杨大谟、杨初虹、杨颖吾、杨发吾等留下不少刻本,其中也有小说,如杨文高刊《薛仁贵征辽传》、《百家公案》等。

(四)郑氏书坊

郑氏也是刊刻讲史小说的重要书坊。万历二十年(1592)余象斗双峰堂刊本《三国志传》书前《三国辩》提到:"坊间所梓《三国》,何止数十家矣。全像者止刘、郑、熊、黄四姓。"并列举书坊宗文堂等,宗文堂就是郑氏书坊。

《三国志演义》现存版本中目前可见联辉堂郑少垣刊本、郑世容刊本、郑以祯刊本,还有近来拍卖品郑世魁刊本,以及清康熙二十三年(1684)郑乔林刊《新刻全像演义三国志传》等。明末人瑞堂刊刻了齐东野人编演《新镌全像通俗演义隋炀帝艳史》。清代初年,闽书林郑乔林还刊刻了《新刻全像忠义水浒传》。

郑氏从元代就开始经营书坊,现存元刊本如:《礼记集说》十六卷,元陈澔撰,元天历元年(1328)建安郑明德宅刻本,中国国家图书馆、上海图书馆、北京大学图书馆存残本;《纂图增新群书类要事林广记》十集二十卷,宋陈元靓辑,元后至元六年(1340)郑氏积诚堂刻本,日本宫内厅书陵部存,北京大学图书馆存抄配本,日本佐贺县武雄市教育委员会存残本;《太平惠民和剂局方》十卷,宋陈师文等撰,《指南总论》三卷,宋许洪撰,元建安宗文书堂郑天泽刻本,中国国家图书馆、日本宫内厅书陵部存。

郑氏宗文书堂或称"宗文堂",从元代至明末持续经营,今见明代嘉靖以前的刊本如:

《新编医方大成》十卷,元孙允贤辑,明初郑氏宗文书堂刻本,台北故宫博物院存。

《春秋左传》三十卷,晋杜预注,宋林尧叟音注,弘治年间宗文堂刻本,辽宁省图书馆存。此书又有嘉靖二十四年(1545)书林宗文堂郑希善刻本,吉林省图书馆、浙江图书馆存。

《新刊通鉴纲目策论摘题》二十卷,明严时泰辑,嘉靖三年(1524)郑氏宗文堂刻本,安徽省图书馆存。

《新刊蔡中郎文集》十卷《独断文集》二卷《诗集》二卷《外传》一卷,汉蔡邕撰,嘉靖三年宗文堂郑氏刻本,上海图书馆存。

《篁墩程先生文粹》二十五卷,明程敏政撰,嘉靖十一年(1532)郑氏宗文堂刻本,山东省文登市图书馆存残本。

《百川学海》,宋左圭编,嘉靖十五年(1536)郑氏宗文堂刻本,中国国家图书馆存两部。

《新刊唐荆川先生汇编我朝殿阁名公文选》,明唐顺之编,嘉靖三十八年(1559)郑氏宗文堂刻本,日本内阁文库存。

至万历年间,郑氏刻书更为兴盛,宗文堂出现了郑继华、郑世豪、郑世魁、郑以厚等多位书坊主。

从现存刊本来看，郑继华万历初年就开始刻书了，有万历三年（1575）郑继华宗文堂刻本《命理正宗》四卷，明张楠撰，现藏于日本蓬左文库。又有万历年间书林郑继华宗文堂刻本《鼎雕太医院校正徐氏针灸大全》六卷，明徐凤编撰，徐三友校，现藏于日本内阁文库。

万历年间刻书最多的是郑世豪（号云竹），现存刻本不少于三十种，涉及经史子集各部，品种丰富。如：

《翰林考正杜律七言虞注大成》二卷，唐杜甫撰，元虞集注，万历十六年（1588）书林郑云竹刻本，日本东洋文库存。

《翰林考正杜律五言赵注句解》三卷，唐杜甫撰，元赵汸注，万历十六年书林郑云竹刻本，中国国家图书馆、日本东洋文库存。

《新锲六进士参订刘先生四书博约说钞》十六卷，明刘前辑著，明万历十六年书林郑世豪刻本，日本龙谷大学大宫图书馆存。

《新刻翰林考正京本李诗评选》四卷、《杜诗评选》四卷，明何焻辑，李廷机考正，万历十九年（1591）宗文书舍刻本。

《镌翰林考正国朝七子诗集注解》七卷，明李攀龙、王世贞等撰，明李廷机考正，万历二十二年（1594）郑云竹宗文书舍刻本，中国国家图书馆、日本内阁文库、早稻田大学图书馆、御茶之水图书馆存。

《重校全补海篇直音》十二卷首三卷，附《新集背篇列部之字补添印行一卷》，明蔡燏辑，万历二十三年（1595）郑云竹刻本，北京大学图书馆、浙江图书馆、日本国会图书馆存。

《镌历朝列女诗选名媛玑囊》四卷，题明池上客辑，《女论语》一卷，万历二十三年书林郑云竹刻本，中国国家图书馆、日本内阁文库存。

《元声韵学大成》四卷，明濮阳涞撰，万历二十六年（1598）书林郑云竹刻本，日本内阁文库存。

《刻孔圣全书》十四卷首一卷，明安梦松辑，明万历二十六年书林郑世豪刻本，日本蓬左文库、东京大学东洋文化研究所存，中国国家图书馆存残本。

《考正古本注释书言故事》十卷，宋胡继宗辑，明陈玩直注，万历二十六年郑云竹刻本，日本内阁文库存。

《镌校释唐四杰文集》四卷，唐王勃、杨炯、卢照邻、骆宾王撰，明彭滨校释，万历二十六年郑云竹宗文书舍刻本。

《新镌周礼旁训》六卷,明杨九经撰,万历二十八年(1600)书林郑云竹刻本,日本茨城大学附属图书馆菅文库存。

《京本音释注解书言故事大全》十二卷,宋胡继宗辑,明陈玩直注,李廷机校,明万历二十八年书林郑云竹宗文书舍刻本,中国国家图书馆、日本东京大学东洋文化研究所仓石文库存。

《翰林考正杜律五言赵注句解》三卷,唐杜甫撰,元赵汸注;《翰林考正杜律七言虞注大成》二卷,元虞集注,明苏濬校,万历三十年(1602)书林宗文堂郑云竹刻本,日本内阁文库存。

《事类通考》十卷,明刘叶编撰,万历三十一年(1603)郑云竹刻本,日本尊经阁文库、东京大学东洋文化研究所、京都阳明文库存。

郑世魁(字维元,又字文林,号云斋居士)是郑世豪的兄弟辈,刻书署宗文堂、宝善堂、郑云斋等名号,刊本也很多。署宗文堂刊本如:《五代史阙文》,宋王禹偁撰,万历十八年(1590)郑世魁宗文堂刻本,藏于美国柏克莱加州大学东亚图书馆;《新刊笺注决科古今源流至论》前集十卷后集十卷续集十卷,宋林駉撰,别集十卷,宋黄履翁撰,万历十八年书林郑世魁宗文堂刻本,美国柏克莱加州大学东亚图书馆、日本宫内厅书陵部、内阁文库、蓬左文库、大东急记念文库、东京大学总合图书馆、京都大学人文科学研究所东洋学文献中心、早稻田大学图书馆存。署宝善堂刊本如:万历十四年(1586),叶时用增补《大明一统文武诸司衙门官制》五卷;万历二十四年(1596),明吕坤辑《闺范》四卷,书末牌记题"书林宝善堂郑云斋梓行",日本内阁文库存;明末刻马师问辑《新刻针医参补马经大全》春、夏、秋、冬四集,又有《新刻京陵原板校正参补针医牛经大全》二卷,皆题"书林宝善堂梓行",哈佛大学燕京图书馆存。署郑云斋刊本如:《新刊唐诗鼓吹注解大全》八卷,明廖文炳注,万历二十年(1592)郑云斋刻本,日本内阁文库、东洋文库、尊经阁文库存;《新锲全补天下四民利用便观五车拔锦》三十三卷,明徐三友校,万历二十五年(1597)闽建云斋郑世魁刻本,日本东京大学东洋文化研究所仁井田文库存;《新锲纂集诸家全书大成断易天机》六卷图一卷,明刘世杰撰,徐绍锦校正,万历二十五年(1597)闽书林郑氏云斋宝善堂刻本,日本蓬左文库、东京大学东洋文化研究所、京都大学文学部中国语学文学哲学研究室存;《刻周先生口授一变契旨》三十卷,明周召臣撰,周应明校拟,万历二十六年(1598)书林郑云斋刻本,日本蓬左文库、内阁文库、尊经阁文库存;《新锲中书科删订字义辨疑正韵海篇》二卷，明李乔岳编撰，万历三十四年（1606）郑云斋刻本，日本宫城教育大学附属图书馆存。可见郑世魁刻书种类也非常丰富。

翻印联辉堂郑少垣刊本《三国志传》的郑世容（字公度，号云林），是郑世魁的兄弟。① 郑世容现存刊本如：《京板新增注释古文大全》前集十卷后集十卷，明叶向高校，万历三十六年（1608）郑世容刻本，日本内阁文库存；《新锲类编明解正音京板书言故事》十卷，宋胡继宗编集，明陈玩直明解，吴良谟参阅，万历三十六年郑世容刻本，浙江图书馆存；《翰林重考字义韵律大板海篇》二十卷目录一卷，明陈五昌重订，万历三十九年（1611）书林郑世容刻本，福建省图书馆存；《新锲注释旁训和韵千家诗选》二卷，宋谢叠山辑，万历四十年（1612）书林郑云林刻本，日本京都大学谷村文库存。

而联辉堂郑少垣，名纯镐，是联辉堂郑应奎（号聚垣）的长子。联辉堂郑应奎父子的刻本，现存者如：《四书崇熹注解》十九卷，卷首题"会元许獬亲著"、"太学士李廷机校正"、"书林郑应奎梓行"，书末牌记题"万历壬寅年孟春月联辉堂郑聚垣刊行"，万历壬寅即万历三十年（1602），此书有日本内阁文库藏本；《新锲重订补遗音释大字日记故事大成》七卷首一卷，万历郑氏聚垣书舍刊本，英国牛津大学博德利图书馆存；《鼎锲纂补标题论策表纲鉴正要精钞》二十卷，明冯琦补纂、王衡编次，万历三十四年（1606）书林联辉堂郑纯镐刻本，北京大学图书馆存。

刊刻《新镌校正京本大字音释圈点三国志演义》的郑以祯，是郑世容之子。郑以祯刊本内封题"宝善堂"梓，正文卷端题"郑以祯绣梓"，"宝善堂"是郑世魁堂号，或此本为郑世魁原刊，或是宝善堂曾由郑以祯经营。2017年在某拍卖公司的网站上公布一件标为郑世魁刊本《三国志演义》的拍品，行款与郑以祯本完全相同。应该是郑以祯继承了郑世魁宝善堂刊本。

郑以祯兄弟辈的刻书者有郑以厚、郑以祺等，这一辈分的郑氏子弟中郑以厚刻书较多。郑以厚，又称郑望云，以宗文堂、光裕堂坊号刻书，"书林郑

---

① 参见刘世德《〈三国志演义〉四郑刊本考论》，《〈三国志演义〉作者与版本考论》，中华书局2010年版，第196—198页。

氏望云楼"也可能跟他有关。现存郑以厚刊本如:《新刊宪台考正少微通鉴全编》二十卷外纪二卷,宋江贽撰,《宋元通鉴全编》二十一卷,明吉澄校,万历三年(1575)书林宗文堂郑望云刻本,厦门市图书馆存;《陆宣公奏议》二十二卷,唐陆贽编,万历九年(1581)郑氏光裕堂刻本,故宫博物院存;《春秋左传评苑》三十卷,明穆文熙辑,万历二十年(1592)郑以厚刻本;《战国策评苑》十卷,宋鲍彪校注,元吴师道补正,明穆文熙辑评,万历二十年书林郑以厚刻本;《老子通》二卷、《庄子通》十卷,明沈一贯编撰,万历二十四年(1596)闽书林郑氏光裕堂刻本,日本内阁文库存;《新锲翰林李九我先生左传评林选要》三卷首一卷,明李廷机撰,明书林望云郑以厚刻本,日本内阁文库存;《新刻注释四书人物备考》四十卷,明薛应旂撰,朱焯注,明书林光裕堂郑以厚刻本,日本蓬左文库存;《编辑名家评林史学指南纲鉴新钞》二十卷总论一卷,明翁正春撰,明书林郑以厚刻本,中山大学图书馆存;《古史海楼》七卷,明韩敬撰,明书林望云郑以厚刻本,日本国会图书馆存;《新刊全补通鉴标题摘要》二十八卷,明归有光辑,明吴腾奎补,万历六年(1578)书林郑氏望云楼刻本。

署宗文堂、宗文书舍的刊本还有不少,如:

《重刊仪礼考注》十七卷,元吴澄撰,嘉靖元年(1522)宗文书堂刻本,辽宁省图书馆存。

《春秋集传大全》三十七卷、《序论》一卷、《春秋二十国年表》一卷、《诸国兴废说》一卷,明胡广等辑,明隆庆三年(1569)郑氏宗文书堂刻本,中国人民大学图书馆、日本东京大学总合图书馆存。

《孤树裒谈》十卷,题芝城古冲主人集著,万历二十九年(1601)宗文书舍刻本,日本内阁文库存。

《新刻朱文公先生考正家礼通行》八卷,明罗万化编,万历年间郑氏宗文堂刻本,日本内阁文库存。

隆庆万历间郑氏书坊还有郑立斋、郑少斋、郑子明、郑素吾等。

明末刊刻《隋炀帝艳史》的郑氏人瑞堂也留下了不少刊本,如:

《医便》五卷、《提纲》一卷,明王三才辑,张受孔、姚学颜校,明末人瑞堂郑襟白刻本,日本早稻田大学图书馆、龙谷大学大宫图书馆。

《新刻黄石斋先生汇辑辩疑正韵海篇犀照》十五卷首一卷,明黄道周撰,明崇祯十七年(1644)序富沙郑尚玄刻本,日本国会图书馆存。

《新刻人瑞堂订补全书备考》三十四卷，不题撰人，崇祯十四年（1641）郑尚玄人瑞堂刻本，美国国会图书馆、日本蓬左文库、京都大学人文科学研究所东洋学文献中心存。

刊刻讲史小说的书坊在当时大多是非常活跃的，其中如刘氏、余氏也是建阳刻书名族，学界研究相对较多，在此不赘述。

以上仅选取几家书坊略为梳理其刻书概况，限于篇幅，未能完全列举，也未能一一列举刊刻讲史小说的其他各家书坊。但从以上有限的介绍，就足以见明代建阳书坊刻书之盛。书坊具有相当不错的编刊力量，刊刻书籍种类丰富，特别是历史类著作和通俗读物非常多，这是建阳书坊介入讲史小说编刊的重要基础。建阳书坊编刊《三国志演义》、《水浒传》，跟书坊主对历史著作和通俗读物出版情况的了解和兴趣有关，建阳书坊新编讲史小说，需要历史知识的积累，也需要通俗读物的知识视野，书坊大量编刊的历史著作和通俗读物提供了必要的文献支持。

同时，由于家族刻书，父子兄弟之间关系极为密切，坊号共用或继承，版本继承或翻刻，或改编新刻，不同家族之间也可能因为姻亲或亲友关系而有交流合作，当然这当中也有竞争，从余象斗刊刻《三国志传》、《水浒传》而有《三国辩》、《水浒辨》可见。所以我们看到，一部著作刊刻后，会有同一家族书坊多次刊印，或多家多种翻刻、多种版本。这也正是建阳编刊讲史小说及其他小说往往多种版本的原因，而且，建阳书坊还在小说名著的影响下编撰同类型小说，从而形成了讲史、神魔、公案等多种小说类型。

二、建阳刊刻讲史小说的编撰者

建阳刊刻的讲史小说以《三国志演义》、《水浒传》为大宗，在此二者影响下产生的新编讲史小说也有很多版本，书坊之间互相影响，互相借鉴，很可能也互相翻刻而有竞争关系，形成了讲史小说刊刻极为繁盛的面貌。

在新编讲史小说的编刊中，有两个现象特别值得关注，一是小说编撰者以书坊文人为主，二是小说为普及历史知识而作，知识性的特点强于小说艺术性特点。这两者互相关联。以下略为介绍讲史小说编撰者情况，并且联系建阳周边地区史学著述的背景略作观照。

建阳书坊新编讲史小说编撰者的署名情况如下：

署名	讲史小说
余象斗、三台山人 仰止山人	列国前编十二朝
	二十四帝通俗演义西东汉志传
双峰堂吉(主)人	东西两晋演义志传
钟惺编辑,冯梦龙鉴定	盘古至唐虞传
	有夏志传
	有商志传
余邵鱼	新刊京本春秋五霸七雄全像列国志传
杨瑜校刊,杨鸿编集	新刻京本春秋五霸七雄全像列国志传
熊大木	全汉志传
	唐书志传通俗演义
	南北两宋志传
	大宋演义中兴英烈传
红雪山人余应鳌编次	新刊按鉴演义全像唐国志传
	新刊按鉴演义全像大宋中兴岳王传
陈继儒编次	南北两宋志传
黄化宇校正	两汉开国中兴传志
齐东野人	隋炀帝艳史
太末全吾子	新刊薛仁贵征辽传
佚名	孔圣宗师出身全传
	新锲龙兴名世录皇明开运英武传
	皇明开运辑略武功名世英烈传
	神武传
	新锲国朝承运传
	戚南塘剿平倭寇志传

建阳刊讲史小说已知的编撰者大部分为建阳本地文人,但其中有一些刊本署钟惺、冯梦龙、陈继儒等名字,这些是在当时各地书坊极负盛名的文人,有些可能是托名,有些则未必是假托。比如"按鉴演义帝王御世"系列

的三部小说《盘古至唐虞传》《有夏志传》《有商志传》,署名为"景陵钟惺伯敬父编辑"、"古吴冯梦龙犹龙父鉴定",学界多认为伪托,但也有学者提出这三部小说跟题署"钟惺订正"的《资治纲鉴正史大全》关系密切,未可完全认为伪托。① 从《盘古至唐虞传》等刊本风格、尤其是插图风格来看,余季岳刊刻这一系列的小说比较多接受了江南刻书的风格,无论刻书地点是在建阳还是江南,都可见余季岳跟江南地区刻书文化之间的关联,钟惺和冯梦龙都是当时与通俗读物关系较为密切、受到书坊青睐的文人,所以,未必完全伪托。余氏三台馆刊《新刻全像按鉴演义南北两宋志传》署"陈继儒编次"则显然是托名,这部小说应该是熊大木之作。另外,《隋炀帝艳史》的编撰者"齐东野人"不知其谁,但这部小说的题材、叙事风格、刊刻风格都更近江南刊本小说,编撰者可能也不是建阳本地文人。从小说的刊刻时间来说,时至明末,建阳书坊更多地寻求与著名文人合作,这些文人文名较盛而广受江南书坊青睐。当然,建阳书坊不仅在小说编撰者中寻求合作,其插图版画也跟江南一带比较有名的画工和刻工合作,万历以后建阳刻工中的佼佼者如刘素明等,也在江南一带相当有名而与多家书坊合作。晚明的建阳和江南,在小说编刊和传播的多个层面上都有了更多的交流和融合。

但是,在讲史小说初兴和鼎盛的嘉靖万历时期,建阳书坊依赖的编撰者主要是本地文人和一部分来自江西的文人。

建阳本地文人中,最为重要的编撰者是熊大木、余邵鱼和余象斗。

熊大木是嘉靖时期讲史小说编撰者。熊大木名福镇,号钟谷,据《潭阳熊氏族谱》,为熊宗立曾孙,出生时间大约为弘治(1487—1504)后期②。

三台馆刊本《南北宋志传》三台馆主人《序》曰:"昔大本(木)先生,建邑之博洽士也,遍览群书,涉猎诸史。"熊大木出身刻书世家,这个家世背景显然是他遍览群书、涉猎诸史、知识广博、成为当地知名文人的重要条件。熊大木很可能科举无成,而以"馆蒙"为生,私塾教学之余,受书坊主邀请而编撰或校勘了不少书籍。③

熊大木《日记故事序》曰:

---

① 参见纪德君《明末五部上古史演义小说的史料来源》,《文献》2007年第2期。
② 〔清〕熊日新修撰《潭阳熊氏宗谱》,福建省图书馆1994年据清光绪元年活字本复印。参见陈大康《关于熊大木字、名的辨正及其他》,《明清小说研究》1991年第3期。
③ 参见陈旭东《熊大木身份新考》,《福建论坛》2012年第7期。

《日记故事》一书,乃童稚之学,诚质往行实前言,以孝弟忠信、礼义廉耻之事,悉举而备,使资幼学者讲习有所阶梯也。升堂入室,易以及难,要之至理,亦不外于是矣,岂可以其小学而忽之耶。余因馆蒙,以此进讲者错落愈盛,至于句读不可以分。故暇日立意检点,疑者解之,紊者去之。日积月累,孟秋是书告成焉。邻居刘者恳求与之锓梓,余不敢以私为己有,欣然付之刊行。后学君子知有妄处,冀改而证之,非余之幸,实天下之幸也。是为序。时嘉靖二十一年秋七月穀旦,后学书林熊大木识。①

熊大木校注的《日记故事》九卷、《书言故事大全》十卷,都与他作为私塾先生的职业相关。熊大木还与唐士登合编了《新刊类纂天下利用通俗集成锦绣万花谷文林广记》十四卷,这是日用类书。《日记故事》、《书言故事》虽为启蒙读物,实际上也主要是历史故事,广义上属于史部的范畴。日用类书中也有大量的历史知识。这些编纂属于通俗性普及教育,主要面向文化水平不高的读者大众。他的小说编撰也是如此。这些图书编撰都能体现他"遍览群书,涉猎诸史"的修养。

熊大木是个乡间博学之士,就其编撰小说的叙事艺术来说并不很成熟,但他的小说编撰满足了《三国志演义》、《水浒传》之后读者对于讲史小说的阅读需求,并且进一步推动了讲史小说文体的繁荣,因而在小说发展史上颇受关注。万历年间,讲史小说的编撰与刊刻进入繁盛阶段,熊大木系列小说的影响不可忽视。

也许正是受到熊大木编撰讲史小说的影响,同样出身于建阳刻书世家的文人余邵鱼,在嘉靖、隆庆间编撰了《春秋列国志传》,这也是一部具开创意义的编撰,它开启了列国志题材的小说创作。

对于余邵鱼,我们所知甚少,只知道他是余象斗的族叔翁。《春秋列国志传》卷首有余邵鱼《题全像列国志传引》:

士林之有野史,其来久矣。盖自《春秋》作而后王法明,自《纲目》作而后人心正。要之,皆以维持世道,激扬民俗也。故董、丘以下,作者

---

① 熊大木校注《日记故事》卷首,中国国家图书馆藏明嘉靖二十一年刻本。

叠出。是故三国有志,水浒有传,原非假设一种孟浪议论以惑世诬民也。盖骚人墨客,沉郁草莽,故对酒长歌,逸兴每飞云汉;而扪虱谈古,壮心动涉江湖。是以往往有所托而作焉。凡以写其胸中蕴蓄之奇,庶几不至湮没焉耳。奈历代沿革无穷,而杂记笔札有限。故自《三国》、《水浒传》外,奇书不复多见。抱朴子性敏强学,故继诸史而作《列国传》。起自武王伐纣,迄今秦并六国,编年取法《麟经》,记事一据实录。凡英君良将,七雄五霸,平生履历,莫不谨按五经并《左传》、《十七史》、《纲目》、《通鉴》、《战国策》、《吴越春秋》等书而逐类分纪。且又惧齐民不能悉达经传微辞奥旨,复又改为演义,以便人观览。庶几后生小子,开卷批阅,虽千百年往事,莫不炳若丹青,善则知劝,恶则知戒,其视徒凿为空言以炫人听闻者,信天渊相隔矣。继群史之遐纵者,舍兹传,其谁归? 时大明万历岁次丙午孟春重刊,后学畏斋余邵鱼谨序。

从这一序言来看,余邵鱼应该是跟熊大木相似的读书士子,乡村博洽士,熟读经史,且熟悉《三国志演义》《水浒传》,以"士林之野史"自任,把经史知识改为演义,普及历史文化,以使"齐民""悉达经传微辞奥旨"。他的《春秋列国志传》在史传基础上注意吸收前代文艺演绎的历史故事,颇为可读。

在现存明代小说刊本中,以万历时期的刊本为最多,而万历时期的小说刊本,又以建阳刊本所占比例最大。虽然现存小说版本的状况并非就是当时小说刊刻和传播的原状,但是,从中至少可见当时小说刊刻和小说传播之大概。万历年间,建阳刻书繁盛空前,刻本如流水般销往全国各地乃至邻近国家。建阳书坊刊刻的小说以其品种繁多、量大而价廉,为小说传播与发展作出了重要贡献。在建阳小说行销天下、影响巨大的过程中,建阳众多的书坊形成了巨大的合力,而其中余象斗的经营是不容忽视的一支小说刊刻劲旅。

余象斗(1560? —1637?)是余邵鱼的后辈,以刻书兼编撰的盛名傲视书林,为研究者所常道。

余氏是建阳最早的刻书世家之一,书林名家辈出。宋代就有东阳崇川余四十三郎宅、建安余恭礼宅、建安余仁仲万卷堂、建安余氏、崇川余氏、建安余腾夫、建安余唐卿明经堂等;元代有建安余氏双桂堂、建安余彦国励贤堂、余氏勤德堂、西园余氏(西园精舍)、建安余卓等。明代有西园精舍、双桂书堂、余氏克勤堂、余氏新安堂、余彰德萃庆堂、余成章永庆堂等等。明代后期,余象斗是建阳书坊最负盛名的刻书家兼编撰者。在题署双峰堂、三台馆等刊本中多见文台、仰止子、仰止山人、三台山人、三台馆主人,学界认为这些都是余象斗的别号。此外,余氏刻书中署名为刻书者、编撰者、评点者、作序者的诸多名号,比如余世腾、余象乌、余季岳、余君召、子高父、元素等,学界多认为可能与余象斗相关。实际上由于相关书籍的刊刻时间跨度比较大,并非都出于余象斗,其中比如余季岳、余君召、元素都是余象斗的子侄后辈,余象斗兄弟余象箕也以三台馆主人身份刻书,余象奎以双峰堂坊号刻书。《新刊按鉴演义全像唐国志传》、《新刊按鉴演义全像大宋中兴岳王传》中所署"红雪山人余应鳌编次",从余应鳌的名字来看,也是余象斗的子侄应字辈,但这些小说都是双峰堂和三台馆刊刻,都有"三台馆主人"序言,其原著皆为熊大木,这些编刊应该跟余象斗关系密切。

　　对于余象斗及其刻书事业,从余氏刻书中一些序文和附录可以略知其概。余象斗出身儒业,屡试不第,于万历辛卯(十九年,1591)弃举子业,继承祖业从事刻书。肖东发《建阳余氏刻书考略》引万历十九年余象斗刻《新锓朱状元芸窗汇辑百大家评注史记品粹》卷首之"书目",转录如下:"辛卯(1591)之秋,不佞斗始辍儒家业,家世书坊,锓笈为事。遂广聘缙绅诸先生,凡讲说、文笈之裨业举者,悉付之梓。因具书目于后:'讲说类'计开《四书拙学素言》(配五经)、《四书披云新说》(配五经)、《四书梦关醒意》(配五经)、《四书萃谈正发》(配五经)、《四书兜要妙解》(配五经)。以上书且俱系梓行,乃者又弊得晋江二解元编辑《十二讲官四书天台御览》,及乙未会元霍林汤先生考订《四书目录定意》,又指日刻出矣。'文笈类'计开《诸文品粹》(系申汪钱三方家注释)、《历子品粹》(系汤会元选集)、《史记品粹》(正此部也,系朱殿元补注)。以上书目俱系梓行,近又弊得:《皇明国朝群英品粹》(字字句句注释分明)、《二续诸文品粹》(凡名家文笈已载在前部者,不复再录,俱系精选,一字不同)、《再广历子品粹》(前历子姓氏:老子、庄子、列子、子华子、鹖冠子、管子、晏子、墨子、孔丛子、尹文子、屈子、高子、韩子、鬼谷子、孙武子、吕子、荀子、陆子、贾谊子、淮南子、杨子、刘子、相如子、文中子。后再广历子姓氏:尚父子、吴起子、尉缭子、韩婴子、王符子、马融子、鹿门子、关尹子、亢仓子、孔昭子、抱朴子、天隐子、玄真子、济丘子、无能子、邓析子、公孙子、鹖熊子、王充子、仲长子、孔明子、宣公子、宾王之、郁离子)、《汉书评林品粹》(依史记汇编)。一切各色书样,业已次第命锓,以为寓内名士公矣,因备揭之于此。余重刻金陵等板及诸书杂传,无关于举业者,不敢赘录。双峰堂余象斗谨识。"①余象斗说明其中所列书目只是有关于举业者,其他无关举业诸书杂传未列于此。

根据现存刊本,学界认为余象斗于万历十六年(1588)就已介入刻书业。万历十六年,"书林文台余世腾梓"熊大木撰《京本通俗演义按鉴全汉志传》十二卷;同年,余文台刊刻万育水撰《新刊万天官四世孙家传平学洞微宝镜》五卷。现存刻书多见余象斗"文台"之称,万历十六年刊行的这两部著作被认为可能是余象斗所刊。②

而从上述《新锲朱状元芸窗汇辑百大家评注史记品粹》卷首之"书目",可确定余象斗万历十九年已进入书坊业从事刻书。目前所见余象斗刻书最晚的一部是题署"崇祯丁丑岁仲春月三台余仰止重梓"的《五刻理气纂要详辩三台便览通书正宗》十八卷,崇祯丁丑即崇祯十年(1637)。余象斗从业四十多年间刻书至少大几十种。由于出身举业,余象斗对经史著作以及科举用书最为熟悉,所以,他的刻书以经部、史部、子部为主,多科举用书、民间日用类书和通俗读物,其中不少著作还是余象斗自己编撰的。比如《三台馆仰止子考古详订遵韵海篇正宗》,这是一部韵书;《新刻天下四民便览三台万用正宗》,这是一部日用类书;还有《新锲猎古词章释字训解三台对类正宗》、《仰止子详考古今名家润色诗林正宗》、《仰止子详考古今名家润色韵林正宗》等,是为诗词韵文提供参考的类书;《仰止子参定正传地理统一全书》、《仰止子精纂名公地理全抄雪心赋补》则是地理堪舆著作。余象斗还自编多种小说,上述讲史小说之外,还有公案、神魔等各类小说,比如《新刊皇明诸司廉明奇判公案》、《新刻皇明诸司公案传》、《新刻芸窗汇爽万锦情林》、《北方真武祖师玄天上帝出身志传》、《五显灵官大帝华光天王传》等。

---

① 转引自肖东发《建阳余氏刻书考略(中)》,《文献》1984年第4期。
② 由于现存余象斗刻书多署"文台",如万历间余象斗刊本《八仙出处东游记》,内封题"书林余文台梓",卷首余象斗《八仙传引》称"不佞斗自刊《华光》等传",据此,学界多认为余文台即余象斗。又,官桂铨据《书林余氏重修宗谱》所载余象斗胞弟余象篯"讳怡台,字象篯",认为"文台"为余象斗之名,以字行。参见官桂铨《明小说家余象斗及余氏刻小说戏曲》,《文学遗产》增刊第15辑,中华书局1983年版。

余象斗刻书已有相当明确的品牌广告意识。如小说集《万锦情林》的内封就很有意思,内封的中心是一幅图,图中一位士子正在读《万锦情林》,后边屏风上有"三台馆"三个小字,表示读书者为三台馆主人,图左下角有个门楼,上书"崇化门",表明三台馆所属地域。图的上方大字横书"双峰堂余文台梓行",左方大字竖写"锲三台山人芸窗汇爽万锦情林"。图的下方是小字竖题此书主要内容:"一汇钟情丽集,一汇三妙全传,一汇刘生觅莲,一汇三奇传,一汇情义表节,一汇天缘奇遇,一汇传奇全集。更有汇集诗词歌赋诸家小说甚多,难以全录于票上,海内士子买者一展而知之。"①这是一幅版面活泼、内容丰富的广告。可见三台馆在当时已形成品牌,或者说三台馆有着很自觉的树立品牌的意识。余象斗刊刻的不少著作中都附刻了他自己的身像,如《五刻理气纂要详辨三台便览通书正宗》卷首之"三台余仰止先生历法图",卷十一"余仰止先生仰观天象"图,《新刊理气详辩纂要三台便览通书正宗》卷十一"三台山人余仰止影图",万历二十六年(1598)《三台馆仰止子考古详订遵韵海篇正宗》书前《三台山人余仰止影图》等。② 这种独特的刻书行为引起不少学者关注。王重民曾分析说:"图绘仰止高坐三台馆中,文婢捧砚,婉童烹茶,凭几论文,榜云'一轮红日展依际,万里青云指顾间'。固一世之雄也。四百年来,余氏短书遍天下,家传而户诵,诚一草莽英雄。今观此图,仰止固以王者自居矣。"③这些"仰止先生图"既是余象斗刻书自信和霸气的表现,同时也是他树立品牌的标志。

不仅刻书,而且编书,以其编书刻书的思路和气魄,余象斗确实有书林霸主之气势。他所编撰与刊刻的小说类型涵括了讲史、公案、神魔与人情,对于万历时期小说刊刻的繁荣与小说艺术的发展,有着无可置疑的作用。

以上熊大木、余邵鱼、余象斗是建阳本地文人参与书坊编书的代表。此外,建阳书坊还聘请了不少外地文人从事编书工作,这些文人大多来自邻近的江西,"抚宜黄化宇"即为其中之一。由詹秀闽西清堂刊于万历三十三年(1605)的《两汉开国中兴传志》,首卷卷端题"京板全像按鉴音释两汉开国中兴传志",署"抚宜黄化宇校正"。从这个题署可知,此书此前有"京板",

---

① 〔明〕余象斗纂《万锦情林》,《古本小说集成》,上海古籍出版社1990—1994年版。
② 肖东发《建阳余氏刻书考略(中)》,《文献》1984年第4期。
③ 王重民《美国国会图书馆藏中国善本书录》,第69页。参见肖东发《建阳余氏刻书考略(中)》。

经黄化宇校正,而由詹秀闽西清堂刊行。黄化宇抚州府宜黄县人,但生平事迹不详。不过,当时有不少江西文人为建阳书坊供稿,其中一些文人如朱鼎臣、邓志谟、吴还初等,经过学界众多学者多年的爬梳,相对已有更多的生平事迹为人们所知。大体可以推测,黄化宇也是跟朱鼎臣、邓志谟等相似的下层文人,未能科举出身,只能为书坊编书,以文谋生。

熊大木等文人的讲史小说编撰,是历史教育的普及方式,实与福建、江西、浙江等教育发达地区浓厚史学氛围的影响密切相关,是史学撰著向中下层文人和读者下移的一种普及教育方式。

三、福建史学撰著之盛

中国史官文化影响深远,传统教育的核心内容就是经史,六经皆史,所以,传统教育实以历史教育为根基,科举不仅一般设史科,而且史学实际上渗透于科举考试各科。由于各级各类教育皆以史学为重,因此,历史教育普及于社会各个阶层,对社会生活各领域的影响几乎可称为无微不至。而建阳所在的福建和邻近的江西、浙江,是宋代以来全国教育最为普及、科举文化最为发达的区域,宋代以来产生了大量的史学家和历史著作,这是建阳书坊元代编刊讲史平话的重要背景,明代讲史小说在宋元讲史平话通俗讲说历史的基础上追求史实,向正史的叙事方式靠拢,更可见史学之影响。

从现存刊本可见,建阳刊讲史小说的编撰者虽然也有江西文人,有的还挂名陈继儒序或钟惺编集等,但是主要力量还是以熊大木、余邵鱼、余象斗等为代表的建阳本地文人,因此,我们略为介绍福建本地的史官文化和史学积累,实际上由于福建、江西、浙江地缘关系,家族姓氏迁徙频繁,文化交流密切,文脉相通,相辅相成,福建史学亦可为邻近地区之代表。

闽人的史学著述在全国处于相当显著的位置。比如《四库全书》史部,就收录了很多闽人著作,如朱熹《资治通鉴纲目》,袁枢《资治通鉴本末》,熊克《中兴小纪》,陈均《宋九朝编年备要》,胡宏《皇王大纪》,江贽《少微通鉴节要》,吴朴《龙飞纪略》,黄光升《昭代典则》等,闽人在四库所录史部作者中所占比例很大。但《四库全书》存书相对有限,我们参考宋代陈振孙《直斋书录解题》、清代乾隆《福建通志》等,略为介绍闽人史学著述。

宋代以来闽人通过科举考试进入仕途的多,其中不少闽人任职史官,参与了官方史书编撰,就宋代来说,如温陵吕夏卿参修《新唐书》,浦城杨亿参修《三朝国史》、《太宗实录》，苏颂参修《两朝国史》，浦城吴充参与修撰《英宗实录》，建安袁说友参修《高宗实录》，蔡攸奉敕参与重修《政和重修国朝会要》百十卷，监修晋江梁克家参与续修《中兴会要》二百卷，提举常平三山郑湜与洪迈集《会稽和买事宜录》七卷，曾公亮参编《太常新礼》四十卷，等等。当然，其中也有以恶名传世者，如蔡卞、林希重修《神宗实录》朱墨本二百卷。

闽人史学著作之富，见于历代书目文献著录。陈振孙《直斋书录解题》之史部就记载了很多闽人著述，其中包括不少私人撰著，撰著者或任职馆阁位居高官，或为州府县邑各级官员，也有闲居乡野而名重天下的文人。比如：温陵吕夏卿撰《唐书直笔新例》四卷，集贤院学士建安章衡撰《编年通载》十五卷，胡寅撰《读史管见》三十卷，胡宏撰《皇王大纪》八十卷，工部侍郎袁枢撰《通鉴纪事本末》四十二卷，朱熹撰《通鉴纲目》五十九卷，起居郎建安熊克撰《九朝通略》一百六十八卷、《中兴小历》四十一卷，左修职郎昭武李丙撰《丁未录》二百卷，太学生莆田陈均撰《皇朝编年举要》三十卷《备要》二十卷、《中兴编年举要》十四卷《备要》十四卷，左司郎中莆田郑寅编《中兴纶言集》二十八卷，工部郎郑文宝撰《南唐近事》二卷、《江表志》三卷，秘书监晋江陈致雍撰《闽王列传》一卷，同知枢密院长乐林希撰《林氏野史》八卷，蔡絛撰《国史后补》五卷、《北征纪实》二卷，丞相李纲撰《靖康传信录》一卷，礼部郎中长乐林希编《两朝宝训》二十卷，屯田郎中宋咸撰《朝制要览》五十卷，司谏延平陈瓘撰《四明尊尧集》一卷，延平罗从彦撰《尊尧录》八卷，知漳州长乐何万撰《长乐财赋志》十六卷，黄琮撰《国朝官制沿革》一卷，熊克撰《官制新典》十卷、《圣朝职略》二十卷，北京留守温陵吕惠卿撰《县法》一卷，张栻、朱熹集《四家礼范》五卷（此书乃建安刘珙刻于金陵），朱熹集《古今家祭礼》二十卷，朱熹撰《朱氏家礼》一卷，长乐王回整理本《古列女传》九卷，郑俨撰《奉使执礼录》一卷（记莆田郑侨使金事，"郑俨"疑为"郑侨"），李纶（李纲之弟）撰《李忠定行状》一卷，莆田林成季撰《艾轩家传》（林光朝）一卷，莆田郑翁归撰《夹漈家传》一卷（所著书目附），昭武黄适、永嘉陈谦撰《谢修撰行状墓志》一卷（谢修撰为昭武谢师稷，黄适撰行状，陈谦撰墓志），奉议郎三山黄榦撰《朱侍讲行状》一卷，朱熹门人通判辰州昭武李方子撰《紫阳年谱》三卷，杨方与刘允济撰《赵忠定谥议》一卷，朱熹撰《八朝名臣言行录》二十四卷，三山周士贵撰《上庠后录》十二卷，武夷吴逵撰《帝王系谱》一卷，永福黄邦先撰《群史姓纂韵谱》六卷，秘书郎邵武黄伯思撰《博古图说》十一卷，郑樵撰《群书会记》二十六卷、《夹漈书目》一卷、《图书志》一卷，莆田李氏《藏六堂书目》一卷，奉议郎漳浦吴与《吴氏书目》一卷，莆田郑寅（侨之子）撰《郑氏书目》七卷，郑樵撰《集古系时录》十卷、《系地录》十一卷，教授三山邹补之撰《毗陵志》十二卷，教授长乐林楣撰《姑孰志》五卷，三山王伯大修《秋浦新志》十六卷，郡守长乐朱端章撰《南康志》八卷，郡守三山陈岐修《盱江续志》十卷，太守方崧卿、教授许开修《南安志》二十卷、《补遗》一卷，教授三山郑少魏等撰《广陵志》十二卷，郡守三山孙德舆撰《衡州图经》三卷，建安马子严修《岳阳志》甲集二卷，宣德郎监商税务建安危致明撰《岳阳风土记》一卷，府帅清源梁克家撰《长乐志》四十卷，唐林谞撰、宋林世程重修《闽中记》十卷，删定官郡人林光撰《建安志》二十四卷、《续志》一卷，郡守新安胡舜举与郡人廖拱、廖挺裒集《延平志》十卷，昭武李皋撰《鄞江志》八卷，郡守赵彦励集郡士撰《莆阳志》十五卷，葛元鹗撰《武阳志》十卷，秘书监莆田陈致雍撰《晋江海物异名记》三卷，教授莆田刘棠撰《高凉志》七卷，左侍禁知兴化军辛怡显撰《至道云南录》三卷（陈振孙谓：或云此书妄也），福建提举市舶赵汝适撰《诸蕃志》二卷。①

另外，《直斋书录解题》所载以闽人或闽地为对象的史部著作，有的作者未必是闽人，但显然也是形成此地浓厚史学氛围的重要因素。如扬州永贞县令蒋文恽撰《闽中实录》十卷，佚名《闽王事迹》一卷，佚名《五国故事》二卷，右正言知制诰祁阳路振撰《九国志》十一卷，刘恕撰《十国纪年》四十卷，毗陵钱绅撰《同安志》十卷，通判州事永嘉戴溪撰《清源志》七卷，司理参军方杰撰《清漳新志》十卷，知连江县豫章陶武撰《连川志》十卷，杜光庭撰《武夷山记》一卷，阁学庐陵杨万里撰《叶丞相行状》（叶丞相为莆田叶颙）一卷，知兴化军永嘉林纮撰《莆阳人物志》三卷。

此仅据《直斋书录解题》粗略整理选录，无论宋代史部著作，还是其中闽人闽地之作，都是很难完全列举的。但窥一斑而见全豹，从中可见宋代史学之发达，以及此中闽人之贡献。

《（乾隆）福建通志》卷六十八《艺文》记录唐代以来闽人著述，宋代部

---

① 此据陈振孙《直斋书录解题》，其中也有宋代之前的著作，如唐崇文馆校书郎黄璞撰《闽川名士传》一卷，唐昭宗天祐六年永泰县令钱栖业述《太虚潮论》一卷。

分跟《直斋书录解题》也互有补充。篇幅所限，此略选录福州、兴化、建宁三府之史类著作以见，其中包括《春秋》类著作。

福州府自唐代以来史类著述如下：

唐代林谞《闽中记》十卷，黄璞《闽川名士传》。

宋代林概《史论》百篇、《辨国语》四十篇，黄祖舜《历代史议》十五卷，林之奇《春秋讲义》十卷，林希逸《林氏野史》八卷，陈嘉言《六朝史通》六十卷，张洽《地理沿革表》，朱金发《史论》三卷，林璟《通鉴纪纂》二十卷，林囿《汉书汇识》，郑性之《宋编年讲要》十卷，林文之《通鉴纲目朱墨》二十卷，黄谔《玉融志》，李琪《春秋王霸世纪》二十二卷，林环《通鉴记纂》。

明代廖世昭《一统志略》八卷，陈学麟《史怀》四卷，袁表《福州府志》二十四卷，王应山《全闽大记》五十卷、《闽都记》三十三卷，谢肇淛《晋安艺文志》三十卷、《鼓山志》八卷、《方广岩志》五卷、《史觿》二十一卷，郭造卿《燕史》一百二十卷、《卢龙塞略》、《玉融古史》，谢杰《使琉球录》六卷，林世程《重修闽中记》十卷，曹学佺《名胜志》，林茂槐《四书经史决疑》。①

兴化府自五代以来史类著述如下：

五代陈致雍《王审知传》一卷。

宋代林瑀《唐书纯粹》一百卷，方龟年《经史解题》四十五卷，宋藻《中兴十君论》，郑樵《历代通志二十略》，陈宓《唐史赘疣》，刘夙《史记正误》、《注汉书》、《续博古篇》，刘朔《唐书注》，刘弥邵《汉考》，林虙《西汉发微》、《西汉诏令》十二卷、《元丰圣训》二十卷，黄钟《历代史要》二十五卷，苏权《春秋解》，郑寅《通志考误》、《通志大旨》，余崇龟《州郡风土记》，黄艾春《通鉴论断》五卷、《圣政史断》五卷，李俊甫《莆阳比事》七卷，吴铨《括舆志》二卷，郑可学《三朝举要》十卷，陈珙《西汉比事录》，陈均《宋编年举要》三十卷、《中兴编年举要》十四卷、《备要》十四卷，方汝一《两汉史赞评》、《范史新评》、《中兴将相论》十篇，王英《历代皇王宝鉴》，方澄孙《通鉴表微》，方宜孙《史说》，郑铖《孔子年谱》。

元代陈绍叔《历代记年》，顾长卿《宋辽金三史稿》。

明代方朴《莆阳人物志》一卷，陈迁《仙溪新志》，彭韶明《莆阳志》十卷，周瑛、黄仲昭《兴化志》，黄仲昭《八闽通志》八十七卷，黄体勤、林若乾

---

① 参见〔清〕郝玉麟等修《（乾隆）福建通志》卷六十八《艺文》，第一叶至第十四叶。

《莆阳志》二十卷，彭大治《仙游县志》，方时举《莆阳人物志》二卷，宋端宜《莆阳人物备志》、《乡贤考证》、《莆阳旧事偶录》，郑岳《莆阳志略》，林有年《仙游县志》，周华《游洋志》，林有孚《林坡志》，柯维骐《史记考要》、《宋史新编》，康太和《兴化府志》二十六卷，黄天全《九鲤湖志》，林尧俞《兴化府志》五十九卷，余飏《史论》、《识小集》，郑郊《史统》一百卷。①

　　福州和兴化自宋代以来可谓人文渊薮，而闽北三府延平、建宁、邵武也毫不逊色。闽北三府应该是建阳书坊更切近的文化依托，但书目繁多，限于篇幅无法一一引录，且引《(乾隆)福建通志》卷六十八《艺文》所录建宁府宋代经史著述。六经皆史，建宁府作为宋代理学之渊薮，经史著述对于宋元明建阳书坊编书刻书具有重要意义，故以经史为主选录建宁府宋代著作如下：

　　黄黉《易传》，詹庠《君臣龟鉴》六十卷，刘夔《春秋褒贬志》、《晋书指掌》，阮逸《锺律制义并图》三卷、《易筌》、《王制井田图》、《乐论》，吴秘《周易通神》五卷、《春秋集解》，徐九思《性理字训》，章望之《救性》七篇、《明统》三篇、《礼论》一篇，练末《大易发微》、《二礼释疑》，游酢《易说》、《诗二南义》、《中庸义》、《论孟杂解》，杨训《礼解》二十卷，何去非《备论》四卷、《讲义》三卷、《三略讲义》三卷，何述《礼记解》二十卷、《事类领要》，余允文《尊孟辨》，宋咸《易训》、《毛诗正纪外义》、《论语增注》、《杨子法言注》、《朝制要览》，胡安国《春秋胡传》、《资治通鉴举要补遗》一百卷，翁彦深《皇朝昭信录》十卷、《唐史评》一卷、《忠义列传》二卷，吴棫《论语十说》、《考异语解》、《补韵》，黄瑗《论语类观》、《唐史笃论》，江贽《通鉴详节》，江镐《春秋经解》三十卷、《辨疑》、《语孟说》十卷，胡寅《论语详说》、《读史管见》，胡宁《春秋通旨》，吴逵《帝王系谱》，叶梦鼒《经史指要》，胡宏《皇王大纪》，胡宪《论语会议》，刘懋《礼记集说》、《语孟训解》，朱熹《周易本义》、《启蒙》、《蓍卦考误》、《太极图解》、《诗经集注》、《孝经刊误》、《学庸章句或问》、《论孟集注》、《小学》、《家礼》、《参同契解》、《通书西铭解》、《通鉴纲目》、《宋名臣言行录》、《楚辞集注辨证》、《韩文考异》、《近思录》、《程氏遗书》、《伊洛渊源录》，陈总龟《大学儒行编》，魏挨之《易筌》，丘义《易说》，林光《建安志》二十卷，吴骏《诗解》二十卷，熊克《中兴小历》、《九朝通略》、《官

---

① 参见〔清〕郝玉麟等修《(乾隆)福建通志》卷六十八《艺文》，第十五叶至第三十三叶。

制新典》、《帝王经谱》,袁枢《易传解义辨异》、《通鉴纪事本末》、《童子问》,刘爚《礼记解》、《易经说》、《奏议》、《史稿》、《东宫诗解》、《经筵故事》、《讲堂故事》、《续稿》,刘炳《四书问目》、《纲目要略》,蔡元定《大衍详说》、《律吕新书》、《燕乐言辨》、《皇极经世解》、《太玄潜虚指要》、《洪范解》、《八阵图说》、《阴符经》、《运气节略》、《脉书》、《杂说》,江默《易训解》、《四书训诂》,熊以宁《大学释义》、《中庸续说》,周明作《壬子问答录》,杨与立《朱子语略》二十卷,祝穆《事文类聚》、《方舆胜览》,张谅《经史事类书》,祝洙《四书集注附录》,熊庆胄《三礼通议》、《春秋约说》、《中兴三朝通略》、《学庸绪言》,刘翔《周易通神》、《经筵易解》,徐宗庆《皇王大训》、《经世明道书》,蔡渊《周易训解》,蔡沈《书经集注》,刘垕《毛诗解》、《家礼集注》,刘钦《书经衍义》,詹师文《通典编要》,童伯羽《四书集成》,真德秀《大学衍义》、《经筵讲义》、《清源杂志》,熊节《中庸解》三卷、《性理群书》,熊刚大《诗经注解》、《性理小学集注》,徐荣叟《缉熙讲义》,翁甫《蜀汉书》、《英雄录》,丘富国《周易辑解》、《易学纪约》、《经世补遗》,叶味道《四书说》、《大学讲义》、《易会通》、《祭法》、《宗庙朝享郊社外传》、《经筵口奏》、《故事讲义》,蔡谟《续近思录》,叶采《近思录》、《西铭性理集解》,杨畿《礼记口义》,黄三阳《礼易讲义》,郑仪孙《书易图解详说》、《大学中庸章句》、《史学蒙求笺注》,徐几《易义》,刘应李《易经精义》,熊禾《易讲义》、《春秋通解》、《大学广义》、《四书标题》、《大学尚书口义》、《三礼考异》、《春秋论考》,赵若檝《日行辨》、《明德辨》。①

　　建宁府之经史研究,至元代尤以普及教育的形式持续发展,但《福建通志》著录不多,主要有毛直方《诗学大成》,雷杭《周易训解》,刘边《读史撮言》,虞韶《日记故事》,张复《性理遗书》等。②

　　建宁府之教育至明代更加普及,但经史研究著作见于著录者非常少,而文人诗文集的数量比较多,从中可见建宁府之学术在明代发生了很大变化,这一变化实际上与科举文化相辅相成,明代建宁府科举相对衰退,但是当地的文学水平和普遍的文化水平仍然比较高,这也是明代书坊编刊通俗读物的文学和文化背景。且录《福建通志》卷六十八"艺文"著录之建宁府明代

---

① 参见〔清〕郝玉麟等修《(乾隆)福建通志》卷六十八《艺文》,第四十五叶至第五十叶。
② 参见〔清〕郝玉麟等修《(乾隆)福建通志》卷六十八《艺文》,第五十叶。

著作如下：

杨恭叔《文集》，蓝智《蓝涧集》，蓝山《蓝山集》，王相云《兰庵稿》、《秦淮稿》、《停云稿》、《懒庵集》、《穷愁稿》、《省风稿》，张昌龄《诗集》一卷、《饭牛庵漫录》一卷，苏伯厚《素履集》，苏仲简《敬所小稿》四卷，苏鑑（或作"镒"）《金台寓稿》，苏钲《竹坡稿》，赵友士《文集》，杨荣《北征记》、《两京类稿》、《玉堂遗稿》、《训子篇》、《退思集》，黄仲芳《澹庵集》，雷填《原中类稿》，雷镜《闲居丛稿》，潘赐《容斋集》，童文贞《玉溪集》，丁同《鲁钝集》，杜琮《锦江集》，龚锜《蒙斋稿》，熊熙《四书周易管天》，苏洹《贻拙集》、《燕游唱和集》，江沂《虚舟集》，杨旦《纪行录》、《南都录》、《文献内集》、《陶园录》、《鸣鹤余音》，滕霄《九川文集》，范嵩《衢村稿》，杨茂《湛庐山人集》，杨易《嘉会诗稿》，石云《困学集》，李默《群玉楼稿》、《孤树裒谈》、《建安人物考》、《朱子年谱》、《舆地图》，赵秉忠《畏垒冰言》，杨应诏《道学渊源录》、《天游集》、《困学录》，李有则《东阳闻记》、《壁文考正》，郑赐《闻一斋集》，谢璠《东岩篇》、《冰玉轩诗帙》，林命《正气录》、《春秋订疑》、《阳溪堂集》，陈纪《玉溪文集》，滕伯轮《羲经要旨》、《日晖楼稿》，黄嘉宾《史记解》、《经济策略》，徐浦《谏垣奏议》，杨成名《少虚山房诗》，田赋《黄华胜览》、《巡漕集》、《管鸣集》、《困衡集》、《野樵杂言》，谢丰《六虚楼诗》，程实《诗林广记》、《说剑集》，杨肇《云松谷稿》，徐骥《洪范解订正》、《皇华诗》一卷，吴中立《易诠古本》、《河上遗言》、《奇鉴》、《奇藏》、《里抄》，朱东光《玉林摘粹》、《小史摘编》，邹希贤《续麟稿》、《春秋正解》、《淑舆别集》，吴从周《史辨》、《书疑》、《谈艺录》、《石匏集》，谢桂芳《泰宕编》、《蠡测》，魏濬《易义古象通》、《峡云阁前后草》、《世略》、《太乙括元》、《方言据》，刘挨（刾）《宋元资治通鉴节要》、《真宪时百将传标旨》、《爱书》，张瀛《木鸡诗话》、《蜉蝣羽》、《九牛毛》，谢孔教《东山小草》，张竣《经正录》、《尊闻就正录》，杨朝绾《正修语要》、《范俗格言》，张素养《孔学宗传》，杨畿《公余漫集》。①

以上仅就福建地区列举宋代以来主要的史学著作，并列举建宁府经史子集诸作以见其学术和艺文之盛。福建经史和艺文兴盛的根本原因在于，福建为唐代以后中原文化精华之传承积淀地区，崇儒重教，教育发达且普及，又由于特别的天时地利，宋代闽北成为天下儒学中心，出现了一批理学

---

① 参见〔清〕郝玉麟等修《（乾隆）福建通志》卷六十八《艺文》，第五十叶至第五十二叶。

家和学者,宋代理学和学术对福建文化的影响至元明清长盛不衰。对此,学界已有充分研究,此不赘述。

很显然,建阳书坊之所以能够成为元明讲史小说最为重要的编刊中心,正是以这样浓厚的史学氛围作为背景,以繁盛的经史著述为基础。讲史小说之编撰是普及历史教育的重要方式,是经史著述向下层民众和粗识文墨阶层延伸的方式,实为文化教育下移的有效手段。而建阳文人熊大木、余邵鱼、余象斗等能够成为讲史小说主要的编撰者,就是因为身处于建阳这个理学中心,且出身于著名的刻书世家,有着濡染百家的藏书条件和家学渊源,又受到以经史儒学为中心的学校教育,其中如熊大木还以坐馆为主业,长期从事教育工作。因此,在精英文人的经史著述和民众历史知识的普及教化之间,以熊大木、余邵鱼、余象斗等为代表的书坊文人是重要的中间力量,是经史研究向民众普及下移的重要桥梁。

第三节　史部刊刻与讲史小说按鉴演义

建阳书坊所处地域为宋代以来理学中心,教育发达,史学著述繁盛,与此密切相关,建阳书坊的刻书以经史为主,其中史部图书最为大宗。说部之讲史繁盛,又以经史为基础;元代以来建阳书坊编刊讲史小说之盛,则与书坊刊刻经史、尤其是史部图书之普及本关系至为密切。

教育兴盛,受教育者人数众多,这是宋代以来建阳刻书兴盛的重要原因。从宋代以来,因为建阳人文鼎盛而吸引各地读书士子前来游学。宋代闽学的著名理学家主要集中于武夷山南面的闽北走廊。宋代以来,武夷山脉一线学院林立。明代教育比之宋元更为普及,在全国教育发展的大背景下,宋代以来基础较好的闽北地区教育更是深入遍布每一村社。教育的普及使得粗识文墨者非常普遍,为通俗小说的发展准备了读者。

另一方面,宋代以来兴盛的建阳刻书有自己独特的刻书特点和经营策略。建阳历宋元明三代都是全国的刻书中心之一,其麻沙、崇化二坊号称"图书之府",吸引天下四方客商前来批量购买图书,史载"书市在崇化里,比屋皆鬻书籍。天下客商贩者如织,每月以一六日集"[①]。建阳交通便利,

---

① 〔明〕冯继科等修《(嘉靖)建阳县志》卷四《户赋志》。

陆路往北通过浙江、江西辐射内地乃至全国,水路则往南通过福州、泉州入海辐射琉球、日本、高丽、东南亚各国,建立了稳定的销售传播渠道。宋代建阳在全国率先大批量刊刻经史类图书建立了稳定的图书市场,元明时期顺应读者市场的变化而发展了通俗小说的编刊。

书坊经营的商业性和教育的发达、普及相结合,图书之编刊必然在内容和形式上形成普及性的特点。这个特点在史部图书的编刊上表现非常明显,建阳刊刻的史部图书具有明确的读者定位,适应读者的需求。讲史小说可说是史部图书的普及性衍生,有着更为明确的读者定位和读者培养意识。这样的读者定位和读者培养至少从元代刊刻平话就开始了,明代通俗小说的刊行与之一脉相承。

一、建阳书坊之史部图书刊刻

建阳在宋代率先雕刻经史著作,至于今日尚存的刻本中,仍以史部为其大宗,建阳刊史部著作现存善本数百种。建阳大量编撰与刊刻讲史小说,与建阳刻书多史部图书有很大关系。大量的史部图书刊刻为建阳书坊编撰和刊刻讲史小说提供了蓝本。

由于宋代以来学校的普及与兴盛,广读诗书者很普遍,民间多饱学之士。这些饱学之士无法跻身于正史写作之列,往往以"补史"自任,通过"稗史"来寄托自己的史学理想,彰显撰史才能。中国古代小说与史官文化有着深厚的渊源,被称为"稗史"、"稗官"。它从正史中衍生出来,往往取材于正史;或者自觉补充记载正史之阙,观念受正史影响;或者补充正史观念之不足,人物从正史记载中选取,在正史记载基础上生发。小说写作方法基本上模仿正史,像正史一样真实、像正史的记事方式,是对小说很高的评价。在这样的传统之下,建阳书坊文人就地取材,把史部书籍编成通俗读物,在历史演义发展的早期是很自然的事情。而且,建阳文人之编撰讲史小说还有书坊的推动力。比如熊大木最早编撰《大宋演义中兴英烈传》,就是由于姻亲、书坊主杨涌泉之请,杨涌泉为之提供了浙本《精忠录》,以此为蓝本,熊大木又结合参考了《资治通鉴纲目续编》等历史著作,很快完成了《大宋演义中兴英烈传》的编撰。

从现存版本来看,刊刻讲史小说的书坊往往也刊刻过不少史部著作。由于经史关系密切,且建刻讲史小说包含春秋列国题材,以下列举包括经部之《春秋》类著作。

比如书林杨氏清江堂,邀请熊大木编撰《大宋演义中兴英烈传》并于嘉靖三十一年(1552)付梓,第二年又刊刻了熊大木编撰《唐书志传通俗演义》。熊大木编撰的其他几部讲史小说,有可能最早也是由清江堂刊刻的。清江堂率先组织编刊讲史小说并非出自偶然,而有其长久的积淀和准备。从小说刊刻来说,正德六年(1511)清江堂刊刻《剪灯新话》和《剪灯余话》,即可见其刊刻小说的传统,亦可见其商业敏感。清江堂刊刻历史演义更有它长期刊刻史部图书的优势,现今尚存不少史部刊本,如:明弘治十年(1497)刊张光启订正、刘剡编辑《增修附注资治通鉴节要续编》;正德至嘉靖年间刊《新刊紫阳朱子纲目》五十九卷首一卷,宋金履祥撰《资治通鉴纲目前编》十八卷,明商辂等撰《续编资治通鉴纲目大全》二十七卷,明陈桱撰《外纪》一卷;嘉靖十五年(1536)刊明戴璟撰《新刊资治通鉴汉唐纲目经史品藻》十二卷、《宋元纲目经史品藻》五卷等。清江堂刊刻的历史演义与其所刻史部图书关系密切。比如熊大木编撰的《大宋演义中兴英烈传》,各则题目来自商辂《续资治通鉴纲目》,其中的纲目段云直接摘抄自商辂《续资治通鉴纲目》,内容大意也同于此纲目。

而余氏自宋代以来刊刻了大量经史图书,著名宋本如《春秋公羊经传解诂》十二卷,汉何休撰,唐陆德明音义,宋绍熙二年(1191)余仁仲万卷堂刻本;《春秋穀梁传集解》十二卷,晋范宁集解,宋余仁仲万卷堂刻本。至明代,余氏书坊史类图书编刊更为繁盛,数不胜数。如万历十六年(1588)刊刻《全汉志传》十二卷的余氏克勤斋,有《克勤斋新刊古本少微先生资治通鉴节要》五十卷《外纪节要》五卷首一卷,宋江贽撰,《克勤斋新刊四明先生续资治通鉴节要》三十卷,明张光启撰,明刘剡编,书林克勤斋余近泉刻本;《新刻顾会元精选左传奇珍纂注评苑》二十四卷,此书署明顾起元评注,叶向高参注,李廷机校阅,李鹏元选辑,克勤斋余祥我刻本。又如余象斗,万历年间刊刻朱之蕃辑评《新锲朱状元芸窗汇辑百大家评注史记品粹》十卷、李廷机辑《新刻九我李太史编纂古本历史大方纲鉴》三十九卷首一卷、袁黄撰《鼎锲赵田了凡袁先生编纂古本历史大方纲鉴》三十九卷首一卷、周廷儒辑《周玉绳先生家藏二十三史绮编》十七卷等。余象斗编撰《十二朝前编》,其素材很多来自《资治通鉴纲目前编》,主要是把《资治通鉴纲目前编》的文言转化为通俗白话。讲史小说的成书,与书坊刊刻的史类书籍有很大关系,余氏的讲史小说刊刻和编撰有其深厚的家学渊源,有其刻书传统和藏书积累。

既刊刻史类图书又刊刻讲史小说的书坊还很多,比如最早刊刻《三国志演义》插图本的书坊之一郑氏宗文堂,以及曾以宗文堂号刻书的郑氏书坊,刊刻了大量史类图书,如:明弘治年间刊晋杜预注、宋林尧叟音注《春秋左传》三十卷,此书又有嘉靖二十四年(1545)书林宗文堂郑希善刻本;嘉靖三年(1524)刊明严时泰辑《新刊通鉴纲目策论摘题》二十卷;嘉靖七年(1528)刊明商辂等撰《续资治通鉴纲目》二十七卷;隆庆三年(1569)刊明胡广等辑《春秋集传大全》三十七卷《序论》一卷《春秋二十国年表》一卷《诸国兴废说》一卷。万历三年(1575)书林宗文堂郑望云刊宋江贽撰《新刊宪台考正少微通鉴全编》二十卷《外纪》二卷,明吉澄校《宋元通鉴全编》二十一卷。万历六年(1578)书林郑氏望云楼刻明归有光辑、明吴腾奎补《新刊全补通鉴标题摘要》二十八卷。万历十七年(1589)书林郑云竹刻明张崇仁辑《新锲鳌头历朝实录音释引蒙鉴钞》八卷。万历十八年(1590)郑世魁宗文堂刻宋王禹偁撰《五代史阙文》。万历二十年(1592)郑以厚刻明穆文熙辑《春秋左传评苑》三十卷,宋鲍彪校注、元吴师道补正、明穆文熙辑评《战国策评苑》十卷。郑以厚还刊刻了明李廷机撰《新锲翰林李九我先生左传评林选要》三卷首一卷,明翁正春撰《编辑名家评林史学指南纲鉴新钞》二十卷总论一卷,明韩敬撰《古史海楼》七卷等。此外,万历三十三年(1605)刻印《新锲京本校正通俗演义按鉴三国志传》二十卷的书林联辉堂郑纯镐,万历三十四年(1606)刊刻明冯琦补纂、王衡编次《鼎锲纂补标题论策表纲鉴正要精钞》二十卷。

书林熊氏种德堂,也是最早刊刻插图本《三国志演义》的建阳书坊之一,现存种德堂主人熊成冶(冲宇)刊《新锲京本校正按鉴演义全像三国志传》二十卷。熊氏种德堂在明代万历年间刊刻了明凌稚隆辑、李光缙增补《史记评林》一百三十卷首一卷,明叶向高撰《鼎锲叶太史汇纂玉堂鉴纲》七十二卷,吴韦昭注、明焦竑集评《新镌百家评林国语天梯》二十一卷,杨九经辑《精摘古史粹语举业前茅》五卷,明顾起元辑《锓顾太史续选诸子史汉国策举业玄珠》三卷等,这些书还多有熊氏宏远堂熊云滨刻本。此外,熊氏刊刻史部著作还不少,如《标题详注十九史音义明解》十卷,元曾先之撰,成化七年(1471)熊氏中和堂刻本,中国国家图书馆存明成化十一年(1475)刘氏日新书堂重修本;《通鉴纲目纂要便览》二十六卷,嘉靖二十六年(1547)书林熊氏东轩刻本等。

万历三十三年(1605)刻印《京板全像按鉴音释两汉开国中兴传志》六卷的詹氏西清书堂,洪武二十八年(1395)刊刻《少微家塾点校附音通鉴节要》五十卷,弘治十一年(1498)刊刻明张光启订正、刘剡编辑《增修附注资治通鉴节要续编》三十卷。此外,詹氏书坊还刊刻了不少史类图书,如:《新刊古本少微先生资治通鉴节要》五十卷《外纪节要》五卷首一卷,宋江贽撰,嘉靖三十二年(1553)詹长卿就正斋刻本;《两汉隽言》十六卷,宋林越辑,明凌迪知增辑,万历十五年(1587)詹易斋刻本;《战国策谭㮣》十卷,宋鲍彪校注,元吴师道补正,明张文爟集评,附录一卷,明张文爟辑,万历十七年(1589)书林詹易斋刻本;《新刻精纂注释历史标题通鉴捷旨》六卷,万历书林詹氏进贤堂刻本;《新刻李太史选释国策三注旁训评林》四卷,明沈一贯编,李廷机注,叶向高评林,明詹霖宇刻本;《春秋胡传》三十卷首一卷,宋胡安国撰,宋林尧叟音注,明书林詹霖宇刻本;《新锲名家纂定注解两汉评林》三卷,明吴默辑,明詹圣泽刻本;《精刻李太史释注左传三注旁训评林》七卷首一卷,明赵志皋撰,李廷机注,叶向高评,明詹圣泽刻本;《新刻李太史释注史记三注评林》六卷,明李廷机注释,叶向高评,赵志皋辑,明书林詹圣泽刻本;《静观室增补史记纂》六卷,明李廷机增补,苏濬评,明闽建书林詹彦洪刻本。

以上举例只是就同一书坊或同姓书坊刊刻的图书而言,同姓氏书坊间关系往往极为密切。事实上,建阳书坊之间版本交流非常频繁,从现存版本来看,一部著作各卷题署不同书坊的现象也非常普遍,这可能有多方面的原因,但可见书坊间的版片流动很大。

二、建阳刊刻史部尤重通鉴类著作

建阳刊刻的史部图书以通鉴类著作为多,而建阳刊刻的通鉴类图书在体例形式各方面又有其特点,这些特点对讲史小说的编刊产生了重要影响。

宋代司马光编修的《资治通鉴》成为上至帝王、下及黎民百姓共同欣赏、长期学习的历史教科书,《资治通鉴》还以改编、节选、注解、导读等多种形式传播,以适应文化层次不同的广大读者阅读。《资治通鉴》前编、续编、再续编也不断出现。正是在通鉴类图书广为普及和接受的盛况中,对图书市场极为敏感的建阳书坊刊刻了大量的通鉴类图书,其中有朱熹《资治通鉴纲目》,有《资治通鉴》及其续编的各种改编本,有发蒙、科举用书,形式有注释、节要、标题摘要等,种类繁多。由于藏书分散等原因,目前尚未能准确统计建阳刻书中的通鉴类图书,就目前所见,仅仅明代刊刻的通鉴类图书就有上百种。

建阳书坊刊刻通鉴类图书有其明显的特点。

首先是以具有普及意义的节本为主,这个特点是适应普通读者阅读市场而产生的。司马光《资治通鉴》自宋代以来有很多刻本,其中也有建阳书坊刻本。如宋刻百衲本七种之第六种,半叶十一行,行二十一字,一般认为是建本。① 但《资治通鉴》内容艰深、卷帙浩繁,很难普及。以普及为主的建阳刻书在宋代就刊刻了《资治通鉴》节本,如宋庆元三年(1197)梅山蔡建侯行甫蔡氏家塾刻《陆状元集百家注资治通鉴详节》。宋乾道八年(1172),朱熹撰成《资治通鉴纲目》五十九卷,此为《资治通鉴》的节本,实际上就是一种普及本。建阳书坊大量刊刻朱子纲目,一方面是因为建阳作为闽学中心,既具备刊刻便利,又具备闽学声誉带来的广泛影响;另一方面则是因为朱子纲目作为《资治通鉴》的普及本拥有巨大的市场。纲目体简明扼要,符合封建时代强调正统和教化的统治思想,且适合读者对历史著作由繁趋简的阅读需求,所以《资治通鉴纲目》备受历代统治者赞赏,学者也极为推崇。朱熹《资治通鉴纲目》对史学撰著影响很大,宋以来为纲目作注、采用纲目体著书或为纲目续编的很多,这一类著作,建阳书坊也多有刊刻。从现存刊本来看,建阳是最早刊刻《资治通鉴》节本的地区之一,建阳刊本中大宗的通鉴类图书多为通鉴普及本,因而也可见,在《资治通鉴》以及历史文化的普及中,建阳书坊起了很重要的作用。

当然,建阳刻书中不仅通鉴类著作以节本为主,建阳刊史部图书都以普及性著作为主,通鉴类之外史部其他著作也多节本,这一现象显然跟建阳及周边地区教育普及率极高有很大的关系。

关于节本,今天的学术语境中或许未必很认可,但实际上节本在历史教

---

① 参见《胡刻通鉴正文校宋记述略》,〔宋〕司马光等撰《资治通鉴》卷前,中华书局1956年版,第14—16页。

育和文化普及过程中起过"全本"所不能的作用,值得客观看待。建阳书坊刊刻的史部图书多为节本,它们把由于卷帙浩繁而令人生畏的历史巨著从可能"束之高阁"的书橱中释放出来,以简洁精练的形式普及到千千万万读书人和普通民众中,功劳莫大焉。这些节本在大量减省篇幅的同时,在选材、表述方式、语言风格等方面,都具有了可读易懂的特点,这是从"然史之文,理微义奥",走向"文不甚深,言不甚俗,事纪其实,亦庶几乎史"[①]的小说家言,所必由的中间过程。事实上,由于书坊所藏书版的便利,嘉靖万历时期书坊所编的小说都和史部图书有着密切关系。而且,这种关系不仅在于某一部小说和一部史书之间的关系,建阳书坊刊刻的史部图书整体为正史通向小说的发展架起了一座过渡的桥梁。

其次,建阳刊通鉴类图书多为针对科举考试和蒙馆学童而编撰的学习辅助用书,且多标榜为科举名士编纂。现在可知建阳最早的一种通鉴类图书刊本即宋庆元三年梅山蔡建侯行甫蔡氏家塾刊刻的《陆状元集百家注资治通鉴详节》,这是科举考试辅助用书,抄录《资治通鉴》可备科举策略之用的内容而成书。蔡氏家塾刊本打出陆状元的旗号,陆状元指的是宋代会稽人陆唐老,淳熙中(1174—1189)进士第一。明代,似此以状元、进士、翰林等科举名人标榜的通鉴类图书不少,如:

万历十四年(1586)余氏自新斋刻本《新刻补遗标题论策指南纲鉴纂要》二十卷首一卷,明余有丁辑,申时行补遗,申时行和余有丁是嘉靖四十年(1562)进士第一和第三名,俗称状元和探花。

万历十六年(1588)张氏新贤堂刻本《新刊翰林考正纲目批点音释少微节要通鉴大全》二十卷外纪二卷,此"翰林"为唐顺之,嘉靖八年(1529)会试第一。

万历十八年(1590)萃庆堂余泗泉刻本《镌王凤洲先生会纂纲鉴历朝正史全编》二十三卷,此王凤洲先生即为王世贞,嘉靖二十六年(1547)进士,文坛盟主。

万历四十年(1612)黄氏集义堂刻本《新刻紫溪苏先生删补纲鉴论策题旨纪要》二十卷,紫溪苏先生即晋江人苏濬,此书题"文宗紫溪苏濬删补"、

---

① 〔明〕庸愚子《三国志通俗演义序》,罗贯中《三国志通俗演义》卷首,上海古籍出版社1980年版,第1页。

"太史九我李廷机校正"。苏濬,万历元年(1573)解元,万历五年(1577)举会魁。李廷机也是晋江人,贡太学,顺天府乡试第一,万历十一年(1583)会试第一,进士第二。又有万历四十年熊氏种德堂熊成冶刊《镌紫溪苏先生会纂历朝纪要旨南纲鉴》二十卷首一卷,署苏濬编、李廷机纂、叶向高校,叶向高是福清人,万历十一年进士,选翰林庶吉士,授编修,官至礼部尚书,曾任首辅。署名苏濬、李廷机的通鉴类著作还有好几种,如万历二十六年(1598)集义堂黄氏乐吾书轩刻本《新锲国朝三元品节标题纲鉴大观纂要》二十卷,署明焦竑辑、明苏濬删补、明李廷机校正,焦竑是万历十七年(1589)状元。又有万历二十年(1592)余秀峰刻本《新刊补遗标题论策纲鉴全备精要》二十卷,明郭子章校、苏濬选,郭子章也是进士、名臣。

又如《鼎锲叶太史汇纂玉堂鉴纲》七十二卷,叶太史指的是叶向高,此书有书林种德堂熊成冶、麻沙植云所等多家刊本。

明书林郑以厚刻本《编辑名家评林史学指南纲鉴新钞》二十卷总论一卷,翁正春撰,翁正春是福建侯官人,万历二十年(1592)状元。

明书林宝善堂刻本《新锲陈明卿先生增定鉴要纲目》二十卷首一卷总论一卷,陈明卿先生即陈仁锡,天启二年(1622)殿试第三名进士,俗称"探花"。

很显然,这些通鉴类图书以科举名士和仕宦名人相标榜,为的是招徕科考士子的阅读兴趣,从中可见这些图书编撰的科考实用性特点。书坊编刊花样百出,以各种编纂方式指向科举考试,并竭力在书名标题中体现助学助考功能。如《新刻补遗标题论策指南纲鉴纂要》,围绕"纲鉴"列举"补遗"、"标题"、"论策"、"指南"、"纂要"等要素;《新刊翰林考正纲目批点音释少微节要通鉴大全》,则对"少微节要通鉴"列举了"考正"、"纲目"、"批点"、"音释"、"大全"等要素;《新刻紫溪苏先生删补纲鉴论策题旨纪要》,则列举"删补"、"纲鉴"、"论策"、"题旨"、"纪要"等要素。

中国古代学科体系中最为成熟的就是史学,在学校教育和科举考试中史学占了极大的比重。有的学官还将《资治通鉴纲目》定为学子的必读书,如明代弘治九年(1495),黄仲昭提督江西学政,就要求学子熟读《资治通鉴纲目》。甚至就连私塾蒙学,亦学"纲鉴",比如万历十七年(1589)书林郑云竹刻本张崇仁辑《新锲鳌头历朝实录音释引蒙鉴钞》八卷,就是"引蒙"的纲鉴类读物,还有很多"便蒙通鉴"、"课儿鉴略"一类著作,从书名就可看出是为蒙学所作的①。福建自宋以来就是科举大省,全省从沿海到山区内地都非常重视教育,宋元明坊刻中类书及括帖经义之类的书籍很多,其中用于科举考试和蒙学学习的通鉴类辅助读物占了很大比重,这些书行销全国各地。

　　建阳书坊刊刻通鉴类著作还有一个特点是稿源就近。建阳作为闽学渊源、朱子讲学与终老之地,《资治通鉴纲目》的刊刻自然有其便利。朱子纲目而外,现存通鉴类刊本多为闽人和入闽任职官员的著作,还有一些是邻近地区士人著作。其中宋代江贽所撰《古本少微先生资治通鉴节要》至少有9种刊本,江贽是崇安人。明张光启撰、刘剡编辑《四明先生续资治通鉴节要》至少10种刊本,题为《增修附注资治通鉴节要续编》的刊本至少7种,四明先生张光启是宣德年间建阳知县,万历《建阳县志》卷四"名宦传"中有传。此外,钟惺、郭子章曾任职福建,苏濬、李廷机、叶向高、翁正春等都是闽人。从稿源亦可见,建阳大量刊刻通鉴类图书跟建阳及周边地区文教兴盛、人才辈出关系密切。

　　通鉴类图书的这些刊刻特点对明代讲史小说产生了重要影响,讲史小说通俗与普及的特点皆与此相关。

三、在普及性历史著作基础上更为普及的"按鉴"小说

　　尽管书坊刊刻的通鉴类及史部其他著作多为普及本,多有句读、注释和评点,但是对于很多读者来说还是存在阅读困难。最直接的困难来自文言语体。大量的官职制度与历史典故,以简练雅洁的文言叙述,对于很多读者来说,都只能是"不求甚解"的阅读。因此,通鉴类及史部其他著作需要进一步通俗化,才能适应与满足广大读者的需求。

　　其实按照"通鉴"来演义历史由来已久。吴自牧《梦粱录》卷二十"小说讲经史"记载宋元时代的讲史艺术,就是"讲说《通鉴》汉唐历代书史文传兴废争战之事"。② 而从"元刊平话五种"等宋元讲史话本看来,说话艺人毕竟史部修养有限,其演说历史揣摩之意多于据史之辞。元代以后,因为文化水平较高的文人参与历史小说编撰,编撰者的历史知识修养比较高,另一方面

---

① 参见纪德君《明代"通鉴"类史书之普及与"按鉴"通俗演义之兴起》,《扬州大学学报》2003年第5期。
② 〔宋〕吴自牧《梦粱录》卷二十《小说讲经史》,第196页。

也因为教育的普及，人们对于历史知识的需求和鉴赏水平有了很大的提高，所以，由讲史话本发展而来的历史演义，改变了讲史话本与史实相距甚远的叙事风格。

从现存刊本来看，最早"按鉴"编撰历史小说者乃罗贯中，但现存最早的嘉靖壬午序本《三国志通俗演义》未标识"按鉴"。在现存小说刊本中，最早以"按鉴"相标榜的是嘉靖二十七年（1548）叶逢春本《新刊通俗演义三国志史传》，目录题为"新刊按鉴汉谱三国志传绘象足本大全目录"，而且按照《资治通鉴纲目》的记事方式，每卷卷首记起止年代。按照《资治通鉴纲目》标明年代记事方式，而且把"按鉴"两字标识于题目之中，很可能正是因为通鉴类图书盛行而受启发所为，显然，"按鉴"是书坊面向仰慕"通鉴"但文化水平不高的读者群而设计的标志，体现了建阳书坊颇为自觉的读者意识。

叶逢春本与嘉靖壬午本同属于嘉靖本系列，两者内容、文字基本一致，应该来源自同一祖本，却具有各自不同的特色，这是由于读者定位或销售对象的定位不同。和嘉靖壬午本大量引用史书资料的史化倾向不同，叶逢春本的特点是更为通俗化、娱乐化。① 叶逢春本文字较为粗糙，脱文或讹误较多，则目不如嘉靖壬午序本整齐，以七言为主，也有六言、八言。叶逢春本在版式和文本上还有着更多通俗化、娱乐化特点，比如，叶逢春本第一次为《三国志演义》小说刊本插图。加入图像是为了助于读者理解小说内容。元峰子嘉靖二十七年《三国志传加像序》中称："书林叶静轩子又虑阅者之厌怠，鲜于首末之尽详，而加以图像。""而天下之人，因像以详传，因传以通志，而以劝以戒。"②可见，刊刻者对接受群有一个基本定位，就是面向文化程度不高的读者。

与插图普及用意相同的，还有叶逢春本大量引用周静轩诗。周静轩是明代中期的民间学者，当时很多小说都喜欢引用他的诗，可能跟它较为通俗有关。其中也可能有伪托，但正可见周静轩诗在当时广受普通读者欢迎，从而形成了一种通俗的"名牌"效应。

另外，叶逢春本卷首有一首"一从混沌分天地"的历代诗，后来的建阳

---

① 参见金文京撰写词条"三国志演义"，石昌渝主编《中国古代小说总目（白话卷）》，第298页。
② 《西班牙藏叶逢春刊本三国志史传》卷首，陈翔华主编《三国志演义古版丛刊续辑》，第4—5页。

刊本多转引此诗,称之为"全汉歌"或"全汉总歌"。这种从天地开辟为始历叙各代的歌词,应该来自宋元以来的通俗类书,在成化本说唱词话等说唱文学中也常见,建阳编刊小说以"全汉歌"或历代诗开篇,显示其通俗而近于民间文学的特点。

考察《三国志演义》现存诸本,江南本系统的版本多不标"按鉴",而建阳刊本系统多接受叶逢春本影响而在书名上标榜"按鉴",且因普及定位而呈现出更为通俗的版本和文本特点。

建阳刊《三国志传》系统版本在建阳刊小说中是很有代表性的,建阳刊小说往往文字较为简略,讲故事而不重细节的精深,但却适合"士大夫以下遽尔未明乎理者"①的阅读需求。"士大夫以下遽尔未明乎理者",我们或许可称之为广大下层民众,或称之为普通读者。普通读者文化水平不高,甚至认字不多,对于文字的简陋以及俗写同音别字不具敏感性,喜欢听故事,但未必深思故事内涵,未必理解深刻独特的思想,也很难领会婉转蕴藉的文学韵味。再加上建阳刻本售价便宜,所以,建阳刻本走通俗、娱乐的出版路线,拥有自己的读者群。

叶逢春本《三国志史传》不仅影响了后来大批《三国志演义》版本的面貌,而且启发了明代其他历史演义的"按鉴"编撰,这些小说大多都是建阳刊本。完成于嘉靖三十一年(1552)的《大宋演义中兴英烈传》,作者熊大木在序言中说明自己的编撰是"按《通鉴纲目》而取义"。次年,仍由杨氏清江堂刊行的《唐书志传通俗演义》,更明确地以"按鉴"相标榜,正文卷端题"新刊参采史鉴唐书志传通俗演义",每卷卷首标明叙事起止时间,并注"按唐书实史节目"。可以说,熊大木已具备"按鉴"编撰的自觉,讲史小说编撰已具备明确的读者意识和通俗普及的理论认识。

《大宋演义中兴英烈传》熊大木序说明了通俗历史演义适应读者阅读而编撰的由来:"武穆王《精忠录》,原有小说,未及于全文。今得浙之刊本,著述王之事实,甚得其悉。然而意寓文墨,纲由大纪,士大夫以下遽尔未明乎理者,或有之矣。近因眷连杨子素号涌泉者,挟是书谒于愚曰:'敢劳代吾演出辞话,庶使愚夫愚妇亦识其意思之一二。'"于是熊大木"以王本传行

---

① 〔明〕熊大木《序武穆王演义》,熊大木《新镌大宋中兴通俗演义》卷首,《明清善本小说丛刊初编》第十四辑"岳武穆精忠演义专辑"之一,台湾天一出版社1985年版。

状之实迹,按《通鉴纲目》而取义"①,以浅近语言铺叙故事,编撰成《大宋演义中兴英烈传》。

紧随熊大木之后,余邵鱼《题全像列国志传引》更直接说明其"按鉴"而又"通俗"的良苦用心:"(《列国传》),起自武王伐纣,迄今秦并六国,编年取法《麟经》,记事一据实录。凡英君良将,七雄五霸,平生履历,莫不谨按五经并《左传》、《十七史》、《纲目》、《通鉴》、《战国策》、《吴越春秋》等书而逐类分纪。且又惧齐民不能悉达经传微辞奥旨,复又改为演义,以便人观览。"②

万历年间三台馆刊刻《全像按鉴演义南北两宋志传》,卷首之序便是抓住人们对历史教育普及求"真"求"明"的需求所做文章:"昔大本先生,建邑之博洽士也。遍览群书,涉猎诸史,乃综核宋事,汇为一书,名曰'南北宋两传演义'。事取其真,辞取明,以便士民观览,其用力亦勤矣。"③"事真"而"辞明"的"按鉴",成为书坊炫耀其历史知识可靠性的招牌。

明代的讲史小说卷首序引多称本书参采史鉴,不同于一般野史。还有很多演义直接题名为"按鉴",醒目地标榜于内封或卷首。例如:

熊大木《大宋演义中兴英烈传》,万历年间余氏三台馆刊本题名为《新刊按鉴演义全像大宋中兴岳王传》。

熊大木《唐书志传通俗演义》,万历二十一年(1593)金陵唐氏世德堂刻本沿袭清江堂本"参采史鉴"之名,而改题为"新刊出像补订参采史鉴唐书志传通俗演义题评"。此书又有余氏三台馆刊本,题为"新刊按鉴演义全像唐国志传"。

万历间三台馆刊刻熊大木撰《南北宋志传》,目录叶题"全像按鉴演义南北两宋志传",正文卷端题"新刻全像按鉴演义南宋志传"。此书又有金陵世德堂本,题为"新刊出像补订参采史鉴南(北)宋志传通俗演义题评"。

万历十六年(1588),余氏克勤斋刊刻熊大木撰《京本通俗演义按鉴全

---

① 〔明〕熊大木《序武穆王演义》,熊大木《新镌大宋中兴通俗演义》卷首。
② 〔明〕余邵鱼《春秋五霸七雄列国志传》,《古本小说集成》,上海古籍出版社1990—1994年版。
③ 署〔明〕陈继儒编次《南北宋志传》,《古本小说集成》据三台馆刊本影印,上海古籍出版社1990—1994年版。

汉志传》。

万历三十三年（1605）西清堂詹秀闽刊刻《京板全像按鉴音释两汉开国中兴传志》。

万历三十四年（1606）余象斗三台馆刊余邵鱼撰《列国志传》。内封大字题"按鉴演义全像列国评林"。

三台馆刊刻余象斗编集《列国前编十二朝》。正文卷端题"刻按鉴通俗演义列国前编十二朝"。

署"五岳山人周游仰止集"、"靖竹居士王黌子承释"的《开辟衍绎通俗志传》，正文卷首题"新刻按鉴编纂开辟衍绎通俗志传"。

大约天启崇祯年间余季岳刊刻"帝王御世志传"系列小说，第一部《盘古至唐虞传》下卷卷末刻余季岳识语，谓："是集出自钟、冯二先生著辑，自盘古以讫我朝，悉遵鉴史通纪为之演义，一代编为一传，以通俗谕人，总名之曰'帝王御世志传'。"①"悉遵鉴史通纪为之演义"，也表现于这套志传卷首所题书名："按鉴演义帝王御世盘古至唐虞传"、"按鉴演义帝王御世有夏志传"。书名标榜"按鉴"，同时刊刻的《有商志传》题名估计也如此。

把这些小说放置于建阳刊刻史部图书的背景之上可见，应该是建阳刊通鉴类图书直接启发和催生了小说编撰的"按鉴"自觉。这些小说所谓"按鉴"，并不一定按《资治通鉴》，而更多按《资治通鉴纲目》及其前编与后编。当然，"按鉴"也只是一种代表性名称，当时的历史演义都按史书材料编撰，有的并不是按照通鉴类图书，而按照其他史书，如各断代史、《十七史详节》等。建阳书坊刊刻大量通鉴类图书和其他史部著作，为"按鉴"小说的编撰提供了充沛的素材，所以，大量讲史小说出于建阳书坊实有其取材的便利。而"按鉴"通俗演义的大量编刊，无疑比史部普及类著作更进一步展现了建阳及周边地区教育的普及，从建阳刊小说的传播，也可见当时社会有着普遍的历史知识、文化教育之需求。

嘉靖时期建阳名士熊大木之讲史小说编撰，还体现出培养小说读者的自觉。熊大木对《大宋演义中兴英烈传》的读者定位就是"士大夫以下遽尔未明乎理者"。出身于刻书世家的熊大木对于这一读者群是非常了解的，

---

① 署〔明〕钟惺编辑《按鉴演义帝王御世盘古至唐虞传》下卷卷末，日本东京大学东洋文化研究所双红堂文库藏本。

又由于熟知经史书籍中加注解与评点的方法,于是,熊大木煞费苦心地为小说加了一百五十多条注解和评点,以帮助那些识字能力和理解能力有限的读者保持阅读兴趣。此书采用双行夹批的形式,注音释意、注解人名地名、注释名称或典故、为作品叙及的事件作注。① 这些注解多为常识性的内容,但对于文化水平较低的读者来说,恰能在阅读进程中及时解决疑难。这种良苦用心对于提高读者的历史知识和文化水平是有效的。

为小说加上注释并不是熊大木的首创,此前已有嘉靖壬午序本《三国志通俗演义》插入注释的做法。但是,对通俗小说内容进行评点则似以熊大木为开端,熊大木之后,建阳刊刻的不少小说都加入了评点。万历年间余象斗刊刻的《三国志演义》、《水浒传》等多种小说都有评点,为今天的研究者所关注,学界认为,这些评点很可能就出自余象斗本人,评点者"余象乌"等很可能就是余象斗的化名。建阳刊小说的评点虽然还较为简陋,但开李卓吾、金圣叹、毛宗岗等评点之先河,在中国古代小说评点史上有其重要意义。

建阳书坊刊刻的讲史小说通俗、普及的特点,显然跟建阳书坊所处地域发达的教育条件、浓厚的史学氛围密切相关。编撰讲史小说的熊大木、余邵鱼、余象斗等人,既是此地教育文化培养的历史知识接受者,又是向中下层读者传播历史文化的授予者。

还需要特别指出的是,建阳刊刻的讲史小说总体呈现为"通俗而不媚俗"的特点,这也正是建阳刻书的整体特点。建阳成为明代讲史小说的刊刻中心,有其地域文化的必然性。作为书坊主的商人不同于其他商人,他们销售的是精神产品,具有文化传播的意义。建阳作为理学渊薮、被称为"小邹鲁"的文化名镇,建阳的书坊主无不在浓厚的理学氛围中成长和生存,因此,赢利的同时,普及历史知识、提高文化修养是建阳书坊主刊刻小说自觉的责任意识,这样的职业道德和道德自觉很大程度上决定了明代讲史小说文体的面貌,乃至万历以前小说史的面貌。因为万历以后全国刻书中心逐渐转移,建阳刻书逐渐走向衰微。

---

① 参见陈大康《明代小说史》第三编第八章第二节。

第五章　建阳书坊编刊神魔小说的宗教文化背景

关于神魔小说,或称之为神怪小说,本书沿用鲁迅《中国小说史略》提出的概念。齐裕焜先生谓:"在鲁迅论述的启发下,根据这类小说所呈现的基本特征,我们认为神魔小说是指明清时代在儒道释'三教同源'的思想影响下所产生的、以神魔怪异为题材的白话章回小说。这类小说除了鲁迅在《中国小说史略》中提到的《平妖传》、《四游记》、《西游记》、《后西游记》、《续西游记》、《封神传》、《三宝太监西洋记》、《西游补》八种外,据孙楷第的《中国通俗小说书目》、谭正璧的《古本稀见小说汇考》等书所录,尚有三十种左右。"①现存明代神魔小说如《钱塘湖隐济颠禅师语录》、《铁树记》、《咒枣记》、《飞剑记》、《二十四尊得道罗汉传》、《南海观世音菩萨出身修行传》、《达摩出身传灯录》、《天妃济世出身传》、《唐钟馗全传》、《牛郎织女传》、《五鼠闹东京包公收妖传》、《三教开迷归正演义》、《三遂平妖传》、《韩湘子全传》、《关帝历代显圣志传》、《扫魅敦伦东度记》(即《续证道书东游记》)等,数量可观,可与历史演义分庭抗礼。

明代神魔小说有一半以上出自建阳书坊编撰或刊刻,这些作品基本成书于万历时期。学界关于神魔小说的研究已经取得了很大的成绩。在学界研究的基础上,本章着重讨论建刻神魔小说与福建刻书及建阳周边地区宗教文化关系切近的一些问题。

第一节　建阳刊刻神魔小说

明代神魔小说以《西游记》为典范作品,《西游记》成书和传播之后,推

---

① 齐裕焜《中国古代小说演变史》,敦煌文艺出版社2008年版,第215页。

动了大量神魔小说的编刊。建阳书坊在神魔小说兴盛中的作用,一方面是不少书坊介入了《西游记》的刊刻,这些刊本多有改编,产生了多种版本;另一方面是在《西游记》之外编刊了大量神魔小说。

一、《西游记》的刊行

从现存刊本来看,万历二十年(1592)金陵世德堂刊刻《新刻出像官板大字西游记》之后不久,建阳书坊就介入了《西游记》繁本的刊印。现藏于台湾故宫博物院、日本天理图书馆的世德堂本《西游记》卷十六署"华阳洞天主人校"、"书林熊云滨重锲",可见此本系建阳书坊主熊云滨以金陵世德堂版片补修重印而成。

熊云滨出身建阳刻书世家,名体忠,字尔报,号云滨。他的刻书现存或可考的有十多种,其中刊刻时间最早的是万历五年(1577)刻印的明诸大圭撰《新刊精备讲意易经鲸音本义》二卷,附刻宋朱熹撰《周易本义》四卷,现存上海图书馆。标明刊刻时间最迟的一部,是万历三十年(1602)刻印的明叶向高撰《鼎锲叶太史汇纂玉堂鉴纲》七十二卷。他在万历二十三年(1595)还刻印了一部神魔性质的笔记体小说,明庄镗实辑《新刊列仙降凡征应全编》二卷。熊云滨重刻或修补《西游记》版刻大概也就在这个时期。

熊云滨刻书现存还不少,比如:万历十五年(1587)刊明张鸣凤编、吕元等评选、万国隆校正《地理参赞玄机仙婆集》十三卷;万历二十一年(1593)刊吴韦昭注、明焦竑集评《新镌百家评林国语全编》二十一卷;万历二十二年(1594)刊明陈懿典撰、焦竑订正《玉堂校传如岗陈先生二经精解全编》九卷;万历二十五年(1597)刊明李京撰《鼎锲李先生易经火传新讲》七卷;万历二十七年(1599)刊明李邦祥撰《精刻编集阳宅真传秘诀》六卷;万历年间刊明王穉登撰、明屠隆评释《屠先生评释谋野集》四卷等。熊云滨的刻书兴趣以史书、易学和风水地理为主,这些著作的作者多为当世名家,如诸大圭、焦竑、陈懿典、王穉登、叶向高等,从中可见熊云滨的刻书定位,也可见熊氏刻书在当时的地位和影响,这也正是熊云滨跟江南书坊合作、获得世德堂版片、补刻《西游记》版本的背景和条件。

现存《西游记》刊本中,杨闽斋刊本(清白堂本)、杨闽斋之子杨居谦刊刻的闽斋堂本、阳至和本、朱鼎臣本可确定为建阳书坊刊本。

万历中后期书林杨闽斋刊刻华阳洞天主人校《西游记》二十卷一百回,

此本一般简称为杨闽斋刊本或清白堂本,为了跟杨居谦刊刻的闽斋堂本相区别,我们称之为清白堂本。内封上图下文,下栏分三行,两侧大字题"新镌全像西游记传",中间小字署"书林杨闽斋梓行"。书首有"秣陵陈元之撰"《全像西游记序》,序末题"时癸卯夏念一日",一般认为"癸卯"是万历三十一年(1603),这应该也就是杨闽斋刊本时间。次《新镌京板全像西游记目录》,目录每五回回目上端,以宋代邵雍《清夜吟》"月到天心处,风来水面时。一般清意味,料得少人知"一诗为卷目,如"月字一卷"、"到字二卷",以此类推。卷一题"鼎镌京本全像西游记",署"华阳洞天主人校"、"闽书林杨闽斋梓"。其他各卷书坊题署方式不一,有"清白堂杨闽斋梓"、"建书林杨闽斋梓"、"闽建书林杨氏梓"等。版心题"全像西游记"。版式上图下文,下栏文字半叶十五行,行二十七字。最后半叶为全幅图像,标题"四众皈依正果"。藏于日本内阁文库。

  杨闽斋在万历庚戌(三十八年,1610)刊刻过《重刻京本通俗演义按鉴三国志传》,此本正文卷端题"明闽斋杨春元校梓"。杨春元是建阳刻书世家杨氏的知名刻书家,现存刊本如:万历二十二年(1594)刊明郭伟辑《新刻四书十方家考订新说评》十卷,郭伟是当时著名文士,《泉州府志》卷五十四《文苑·明文苑二》有传,为晋江石湖人,少年知名,曾与李廷机等人结紫云会,二十四岁受聘于书坊主余泗泉,编纂《鳌头龙翔集注》和集注发明、衍义、真诠、珠玑、归正、抄评、正宗等八种,由余泗泉出版,海内家传户诵,后流寓金陵,著作三十七种,吴中各书坊梓行①。万历三十三年(1605)刊明毛调元著《新刻毛先生家学的传礼记会通集注》七卷,查阅《湖广通志》、《歙县志》、《湘乡县志》、《寿宁县志》、《传是楼书目》等,知毛调元为湖广黄州府麻城人,万历三十一年(1603)癸卯乡试举人,曾任歙县、湘乡县教谕,万历四十六年(1618)任寿宁知县,有《镜古录》等著作。万历年间刊《春秋左传杜林合注》五十卷,晋杜预注,宋林尧叟音注,唐陆德明音义,明闵梦得、闵光德编,日本内阁文库藏本内封题"湖州原板"、"潭城书林杨闽斋重梓",显然此本来自著名的湖州闵氏。万历间刊《重锓合并评注我朝元朝捷录》二十二卷,包括《新编屠仪部编纂皇明捷录》十四卷,明屠隆撰,《新刻校正纂

---

① 〔清〕怀荫布修《(乾隆)泉州府志》卷五十四,上海书店出版社编《中国地方志集成·福建府县志辑》第24册《乾隆泉州府志》3,上海书店出版社2000年版,第84页。

辑评林元朝捷录》八卷,明张四知撰,此书内封题"金陵官板"、"潭城书林杨闽斋梓"。从这些刊本,可见杨闽斋与各地名士之交往,杨氏书坊与江南地区书坊的交流。这也正是杨闽斋刊行《西游记》的背景。

与世德堂本相比,清白堂本文字有所删减,闽斋堂本删减更多,开本也比清白堂本略小。

崇祯四年(1631)杨闽斋之子杨居谦闽斋堂刊刻《新刻增补批评全像西游记》二十卷一百回。书前有《批点西游记序》,末钤方形阳文印章"秃老批评"和阴文印章"闽斋堂杨氏居谦校梓"各一枚。次《新刻增补批评全像西游记叙言标题目次》,分"叙言"和"标题"两部分。各卷卷端题"新刻增补批评全像西游记"或"新刻批评原本全像西游记",署"仿李秃老批评"、"闽斋堂杨氏居谦校梓",或"仿李秃老批评"、"闽斋堂杨懋卿校梓"。第二十卷卷末莲牌木记署"崇祯辛未岁闽斋堂杨居谦校梓",可知此本刊于崇祯四年(1631)。版心题"全像西游记"。版式为上图下文式,下栏文字半叶十五行,行二十六字。此本原由日本奥野信太郎收藏,现藏于日本庆应图书馆。① 矶部彰曾影印此本。

闽斋堂本并非完全以清白堂本为底本删减而来,此本插图参考了清白堂本,评语则由《李卓吾先生批评西游记》而来,作了删减,亦有所发展,文字上则与清白堂本、李卓吾评本、世德堂本皆有同有异,相对来说跟世德堂本更多相同之处。②

杨居谦(懋卿)刊刻过《东垣十书》三十二卷,元李杲撰,明王肯堂等校,万历年间书林杨懋卿刻本,现存于日本龙谷大学大宫图书馆。杨懋卿还以复古斋坊号刻书,如《澹宁居家传幼学四书片璧连城解》,明马士奇撰,崇祯十二年(1639)复古斋杨懋卿刻本,现存于日本龙谷大学大宫图书馆。

而阳至和本、朱鼎臣本是文简事繁的简本,阳至和本7万多字,朱鼎臣本大约13万字,跟世德堂本大约70万字的篇幅相比差距非常大,但这两本跟其他各本相比多了唐僧出身故事,因此在《西游记》版本研究中备受关注。

阳至和本即芝潭朱苍岭刊刻《新锲唐三藏出身全传》,四卷四十回,卷

---

① [日]矶部彰《关于闽斋堂刊西游记的版本》,刘世德、石昌渝、竺青主编《中国古代小说研究》第二辑,人民文学出版社2006年版,第94页。
② 胡胜《闽斋堂本〈西游记〉渊源初探》,《文学遗产》2008年第2期。

末有缺叶。无封面、序、目等。卷一题"新锲三藏出身全传卷之一",署"齐云阳至和(编)"、"天水赵毓真校"、"芝潭朱苍岭梓"。其他各卷卷端题"新锲唐三藏出身全传"。版心题"唐三藏"。第一叶上半叶图像左侧有"书林彭氏□图像秋月刻"小字两行。版式上图下文,下栏文字半叶十行,行十九字。藏英国牛津大学博德林图书馆。阳至和本的编校和刊刻者,目前未能找到生平信息。

此书清代有嘉庆《四游合传》本和道光《四游全传》本等。道光十年(1830)锦盛堂本卷一卷端题"绣像西游记卷之一",署"齐云杨致和编"、"天水赵毓真校"、"绣谷锦盛堂梓"。

朱鼎臣本即书林刘氏安正堂刘莲台刊《鼎锲全像唐三藏西游释厄传》,十卷六十七则。内封分上下两栏。上栏图像。下栏分三行,两侧大字题"全像唐僧出身西游记传",中间小字署"书林刘莲台梓"。卷一题"鼎锲全相唐三藏西游传",署"羊城冲怀朱鼎臣编辑"、"书林莲台刘永茂绣梓"。卷尾牌记署"书林刘莲台梓"。版式上图下文,正文半叶十行,行十七字。有台湾故宫博物院藏本和日本日光轮王寺慈眼堂藏本,台湾藏本缺内封。

此书编辑朱鼎臣,字冲怀,江西抚州临川人,"羊城"是临川的民间俗称,因为境内有羊角山和羊角石而得名。朱鼎臣的编辑活动主要在万历年间,目前所见明确刊刻时间的朱鼎臣编辑图书,如王氏三槐堂万历十二年(1584)刊本《新锓鳌头金丝万应膏徐氏针灸全书》一卷、《新锲鳌头加减十三方铜人针灸全书》二卷、《海上仙方徐氏针灸全书》一卷,万历十九年(1591)刊本《新锲鳌头复明眼方外科神验全书》六卷等。朱鼎臣编辑《鼎锲全相唐三藏西游传》卷一卷端署"书林莲台刘永茂绣梓"。刘永茂是建阳书林老铺刘氏安正堂的传人。刘氏安正堂是刻书世家刘氏书坊老铺,现存刊本六十种以上。今见刘永茂之父刘双松在万历年间刊行过《唐钟馗全传》等多种书籍,则刘永茂的刊行活动当在万历后半期。① 目前可见安正堂较晚期的刻本万历三十五年(1607)刊宋祝穆辑《新编古今事文类聚》前集六十卷后集五十卷续集二十八卷别集三十二卷、元富大用辑新集三十六卷外集十五卷,万历四十年(1612)刘双松安正堂重刻本刘双松编辑《新板全补天下便用文林妙锦万宝全书》三十八卷,以及万历三十六年(1608)安正堂

---

① 石昌渝主编《中国古代小说总目(白话卷)》,第422页。

刘莲台刊胡广等撰《新刊性理大全》七十卷首一卷,万历三十六年刘莲台刊李廷机撰《新锲李阁老评注左胡纂要》四卷,则万历三十六年(1608)至万历四十年(1612)大概是他们父子交接的时间。如此,则莲台刘永茂刊刻朱鼎臣本《唐三藏西游传》或不早于万历三十六年。

围绕阳至和本、朱鼎臣本向来有很多争议。早年或认为简本早于繁本,现在学界多倾向简本编刊在繁本之后。阳至和本、朱鼎臣本是否为世德堂本或其祖本之简本,阳至和本、朱鼎臣本跟清白堂本之间的先后顺序如何,近年亦颇多研究,学界通过版本文字校勘和插图对比,目前比较多认为简本晚于清白堂本。而以上我们对刘永茂刻书时间的推测,也可作为朱鼎臣本晚于清白堂本的旁证。对于两种简本的关系,或认为阳至和本早于朱鼎臣本,但是,阳至和本题为"新锲唐三藏出身全传",如此突出"唐三藏出身"的分量,但实际上其中唐僧出身故事只有简短的一段话介绍,这个介绍更像是来源于朱鼎臣本唐僧出身故事的概括。但是,版本之间的关系错综复杂,因为现存版本并非历史上出现过的全部版本,因此,很难根据现有版本就认定某一版本是另一版本的删改底本。

此外,据《中国古代小说总目》矶部彰撰写的《西游记》词条,日本藏三种《唐僧西游记》,是删减文字相对较少的版本:

日本国会图书馆存《唐僧西游记》残本,二十卷百回本,缺卷一及卷十二,因此封面、序目、卷首题署皆不详。半叶十二行,行二十四字。二十卷末莲牌木记题"全像唐三藏西游记卷终"。

日本日光轮王寺慈眼堂存足本《唐三藏西游记》,二十卷一百回。内封题"二刻官板唐三藏西游记",署"书林朱继源梓行"。书前有秣陵陈元之《刊西游记序》。书末木记题"全像唐三藏西游记卷终"。据日本学者长泽规矩也研究,该本每卷有图像二叶,正文半叶十二行,行二十四字。

日本叡山文库存《唐僧西游记》,二十卷一百回。前有序、目录、图像两叶四幅。卷首题"唐僧西游记",署"华阳洞天主人校"。卷十八第一幅图有小字"全像书林蔡敬吾刻"。书末木记题"全像唐三藏西游记卷终"。版心题"西游记卷×"。据日本学者太辰田夫的调查,该本每卷卷首有图两叶、四幅。正文半叶十二行,行二十四字。[①]

---

① 石昌渝主编《中国古代小说总目(白话卷)》,第417页。

《唐僧西游记》这三种本子,或以其题署所谓"书林"猜测是否出于建阳,但其插图、版式、字体等并非常见的建刻风格。建阳朱氏、蔡氏都是刻书世家,朱氏自元代至明代,蔡氏自宋代至明代,皆世代经营,但目前未能判断书林朱继源、书林蔡敬吾是否建阳书坊。

二、《西游记》之外的神魔小说编刊

《西游记》的盛行,激发了神魔小说的大量编刊。《西游记》之外,明代建阳书坊刊刻的神魔小说版本如下:

1. 万历三十年(1602)书林熊仰台刊《北方真武祖师玄天上帝出身志传》四卷二十四回。内封上栏刻玄天上帝的图像,下栏题"全像北游记玄帝出身志传","书林熊仰台梓"。正文卷端题"刊北方真武祖师玄天上帝出身志传",署"三台山人仰止余象斗编"、"建邑书林余氏双峰堂梓"。版式上图下文,下栏文字半叶十行,行十七字。卷末附录"设供"、"忌食"、"圣养之要"、"御讳"、"圣降之辰"、"玄帝圣号劝文"等。卷终有莲牌木记:"壬寅岁季春月书林熊仰台梓"。从题署可见,此书原有余氏双峰堂本,此本乃熊氏重刊或重印本。此本藏于英国国家图书馆、北京大学图书馆、大连图书馆等处。清代多种刊本,与此本略有差异。

2. 万历间书林余文台刊明吴元泰撰《新刊八仙出处东游记》二卷五十六回。内封分上下两栏,上栏八仙图,下栏分三行,两侧大字题"全像东游记上洞八仙传",中间小字署"书林余文台梓"。正文上卷题"新刊八仙出处东游记卷之一",署"兰江吴元泰著"、"社友凌云龙校"。下卷题"新刻八仙出处东游记卷之下",署"兰江吴元泰著"、"书林余氏梓"。版心题"八仙传"。版式上图下文,半叶十行,行十七字。卷末有《桂溪升仙楼阁序》等数篇文字,与全书内容无涉,版式、字体亦不同。此本藏于日本内阁文库。

书前有《八仙传引》:"不佞斗自刊《华光》等传,皆出予心胸之编集,其劳鞅掌矣,其费弘钜矣。乃多为射利者刊,甚诸传照本堂样式,践人辙迹而逐人尘后也。今本坊亦有自立者固多,而亦有逐利之无耻,与异方之浪棍,迁徙之逃奴,专欲翻人已成之刻者,袭人唾余,得无垂首而汗颜,无耻之甚乎!故说。"署"三台山人仰止余象斗言"。从中可见,此本出于余象斗双峰堂刊本《五显灵官大帝华光天王传》之后,很可能也是在《北方真武祖师玄天上帝出身志传》之后。

英国国家博物馆存□□氏刊本，上图下文，正文半叶十一行，行二十字，疑为明刊。

此书又存道光十年(1830)致和堂《四游全传》本，上图下文，正文半叶十行，行十七字。中国国家图书馆、大连图书馆、北京大学图书馆、中国社会科学院文学研究所存。

3. 万历三十一年(1603)余氏萃庆堂刊邓志谟编撰《新锲晋代许旌阳得道擒蛟铁树记》二卷十五回。内封题"许仙铁树记"，署"萃庆堂梓"。书前有《豫章铁树记引》，末署"时皇明万历癸卯春榖旦竹溪散人题"。次《铁树记目录》。上卷题"新锲晋代许旌阳得道擒蛟铁树记卷之上"，署"云锦竹溪散人邓氏编"、"书林萃庆堂余泗泉梓"。半叶十一行，行二十四字。插图为双面合页连式。此书藏日本内阁文库。另有万历刊本，与日本内阁文库藏萃庆堂刊本行款相同，唯封面及卷上所题书坊名号已剜去，《豫章铁树记引》中的"癸卯"改为"甲辰"，原藏于北平图书馆，现藏于台湾"国家图书馆"。此书自万历至清代有多种刊本。

4. 万历三十一年(1603)余氏萃庆堂刊邓志谟编撰《锲五代萨真人得道咒枣记》二卷十四回。内封题"萨仙咒枣记"，署"萃庆堂梓"。书前有《萨真人咒枣记引》，末署"竹溪散人题时万历癸卯季秋之吉"。次《咒枣记目录》。次"萨真人像"一幅。上卷题"锲五代萨真人得道咒枣记卷之上"，署"安邑竹溪散人邓氏编"、"闽书林萃庆堂余氏梓"。半叶十一行，行二十四字。正文插图为双面合页连式。此书藏日本内阁文库。

5. 余氏萃庆堂刊邓志谟编撰《锲唐代吕纯阳得道飞剑记》二卷十三回。内封题"吕仙飞剑记"，署"萃庆堂梓"。书前有《吕祖飞剑记引》。次《飞剑记目录》。上卷题"锲唐代吕纯阳得道飞剑记卷之上"，署"安邑竹溪散人邓氏编"、"闽书林萃庆堂余氏梓"。半叶十一行，行二十四字。插图为双面合页连式。此书刊刻应与《铁树记》、《咒枣记》同时。此书藏日本内阁文库。

以上三篇小说编撰者邓志谟，字景南，别字明甫、鼎所，号百拙生、竹溪散人、啸竹主人等，豫章饶州府安仁县邓埠村（今江西省鹰潭市余江县邓埠镇）人。生卒年不详，生平活动大致在明嘉靖三十八年(1559)到明天启四年(1624)间。邓志谟编撰繁富，此三篇小说之外，还有"争奇"系列小说《花鸟争奇》、《山水争奇》、《风月争奇》等，又有《精选故事黄眉》、《重刻增补故事白眉》、《丰韵情书》、《锲注释得愚书》、《新刻洒洒篇》、《新刻一札三奇》、《百拙生传奇》等,其中《新刻洒洒篇》并录小说。邓志谟著作多由余氏书坊刊刻。①

萃庆堂是建阳余氏著名书坊,余泗泉即余彰德,为余象斗堂兄,卒于万历四十六年(1618)至泰昌元年(1620)之间。② 余彰德以潭阳书林余泗泉萃庆堂、书林萃庆堂余彰德、泗泉余彰德、建邑书林克勤斋余彰德等名号刊刻了大量图书,现存刊本60种以上。其中有不少小说,如明王同轨撰《新刻耳谈》十五卷,明林近阳增补《新刻增补全相燕居笔记》十卷,鸠兹洛源子编集《新镌全像一见赏心编》十四卷等。

6. 万历三十二年(1604)杨氏清白堂刊朱星祚撰《新刻全相二十四尊得道罗汉传》六卷二十三则。内封分三栏。上栏横书"全像十八尊";中栏署十八尊罗汉名称;下栏约占三分之二,中间大字题"罗汉传",两侧署"万历乙巳年夏书林聚奎斋梓"。无序目。卷一题"新刻全像廿四尊得道罗汉传卷之一",署"书林清白堂梓";卷三题"抚临朱星祚编","书林梓"一行"书林"后书坊名被剜。书末莲台牌记署"万历甲辰冬书林杨氏梓"。由此可知此本原为杨氏清白堂刊刻,现存乃万历乙巳(三十三年,1605)聚奎斋获得版片后重印本。版式上图下文,下栏半叶十行,行十七字。书名称廿四尊罗汉,正文实际只有二十三尊罗汉传,缺第二十尊。此本藏日本内阁文库。

7. 万历间杨氏清白堂杨丽泉刊明朱开泰撰《新刻达摩出身传灯传》四卷七十则。各卷题署略有不同。卷一题"新刻全像达摩出身传灯传",署"书林丽泉杨氏梓行";卷三署"逸士朱开泰修选"、"书林清白堂杨丽泉梓行"。版式上图下文,下栏半叶十行,行十七字。此书原为盛宣怀旧藏,现藏于日本天理图书馆。

杨丽泉还以四知馆坊号刻书,现存刊本《三教源流圣帝佛师搜神大全》七卷、《纯阳吕真人文集》八卷等。

8. 潭城泰斋杨春荣刊《南海观世音菩萨出身修行传》四卷二十五则。各卷卷端题署不一。卷一题"新锲全相南海观世音菩萨出身修行传",署"南州西大午辰走人订著"、"羊城冲怀朱鼎臣编辑"、"潭城泰斋杨春荣绣

---

① 陈旭东《邓志谟著述知见录》,《福建师范大学学报(哲学社会科学版)》2012年第4期。
② 陈旭东《明代建阳刻书家余彰德、余泗泉即同一人考》,《明清小说研究》2007年第3期。

梓";卷二题"新锲南海观音菩萨出身修行全传";卷三题"新锲观音菩萨南海出身全相";卷四题"新刊南海观音菩萨出身修行全传"。上图下文,下栏半叶十行,行十七字。此本藏英国国家博物馆。

此书订著者南州西大午辰走人,学界考证为豫章吴还初。① 吴还初与本书编辑朱鼎臣同为服务于书坊的江西文人,为建阳书坊编撰了多种通俗读物。吴还初编撰的神魔小说还有《天妃济世出身传》、《五鼠闹东京》,公案小说《新民公案》应该也出于吴还初之手。

此书卷首所署书坊,学界一般判断为"浑城泰斋杨春荣",但原书中"浑"字刻得不甚清楚,应该原为"潭"字。潭城,则正是建阳别称。如熊氏、刘氏等各家刻书多署"潭城"、"潭邑"、"潭阳"。这是因为崇阳溪和麻阳溪二水交汇,于建阳城南形成大潭,汉代闽越王馀善曾在此筑大潭城。结合此本版式行款与字体等,此书应该出于建阳书坊,这也是判断"潭城"而非"浑城"的依据之一。

杨春荣,号泰斋,现存刊本如:《新刊应验天机易卦通神》四卷,明凌霄凤述,明潭城书林泰斋甫杨春荣刻本,日本内阁文库存;《新刻秘传眼科七十二证全书》六卷,明袁学渊编撰,万历三十二年(1604)杨泰斋刻本,日本内阁文库、龙谷大学大宫图书馆存。从名号来看,杨春荣(杨泰斋)应该是杨春元(杨闽斋)兄弟辈。

9. 书林余成章永庆堂刊刻明朱名世撰《新刻全像牛郎织女传》四卷五十七则。卷端题"新刻全像牛郎织女传"。卷一署"儒林太仪朱名世编",卷二、四署"儒林太仪朱名世编"、"书林仙源余成章梓",卷三署"书林仙源余成章梓"。上图下文,下栏半叶十行,行十七字。此本原藏于日本文求堂田中庆太郎处,1932年由周越然重价购回。现藏中国国家图书馆。

余成章为余象斗的堂侄,"仙源"为其字或号,生于嘉靖三十九年(1561),卒于崇祯四年(1631)。余成章是万历时期较为活跃的书坊主,刊刻了不少图书,如万历十八年(1590)刊明朱儒撰《新刻太医院纂集医教立命元龟》七卷,万历三十三年(1605)刊明叶向高辑《新镌编类古今史鉴故事大全》十卷等。

以上四本编撰者皆朱姓,朱星祚是抚州临川人,朱鼎臣也是抚州临川

---

① 程国赋、李阳阳《〈南海观音菩萨出身修行传〉作者探考》,《明清小说研究》2010年第3期。

人，这些朱姓文人或有关联，有可能同姓同宗而互相引荐，结伴至建阳书坊从事编书活动。

10. 万历间书林熊氏忠正堂熊龙峰刻印明吴还初撰《新刻出像天妃济世出身传》二卷三十二回。内封分上下两栏。上栏图像。下栏大字题"锲天妃娘妈传"。目录题"新刻宣封护国天妃林娘娘出身济世正传"。卷一题"新刊出像天妃济世出身传"，署"南州散人吴还初编"、"昌江逸士涂德孚校潭邑书林熊龙峰梓"。版心题"出像天妃出身传"或"全像天妃出身传"。下卷卷尾有双行牌记："万历新春之岁忠正堂熊氏龙峰行"。版式上图下文，下栏半叶十行，行十六字。此本藏日本东京大学东洋文化研究所双红堂文库。

11. 海北游人无根子集《显法白蛇海游记传》①，近年由叶明生先生发现，为清乾隆十八年（1753）文元堂据建邑书林忠正堂刻本重刊，未知建邑书林忠正堂刊刻此书之时间，但从忠正堂刻书活动时间以及此书题材来看，估计与《新刊出像天妃济世出身传》时间相近。《新刊出像天妃济世出身传》演述天妃妈祖的故事，《显法白蛇海游记传》主要演述临水夫人陈靖姑的故事，妈祖和临水夫人是福建民间信仰中影响最大的二位本土女神，此二书实为福建民间信仰故事的姐妹篇。

忠正堂为熊氏著名书坊，现存不少刊本。熊龙峰刊行过话本小说《张生彩鸾灯传》、《冯伯玉风月相思小说》、《孔淑芳双鱼扇坠传》、《苏长公章台柳传》、戏曲《重刻元本题评音释西厢记》等。河北大学图书馆藏明杨慎撰《新锲杨状元汇选艺林伐山》四卷，为万历年间建阳龙峰熊珊忠正堂刻本，可知熊龙峰名熊珊。

12. 文萃堂刊刻《新刻全像五鼠闹东京》，残存卷一、卷二，第一卷卷端题"新刻全像五鼠闹东京一卷"，署"豫章还初吴迁编"、"昌江崙樵徐万里校"、"书林文萃堂梓"。其中"徐万里"很可能是"涂万里"。②此书跟《天妃济世出身传》编校者应该同为吴还初（吴迁）和涂德孚（涂万里）。此本乃潘

---

① 现存清乾隆十八年文元堂重刊本，2000年台湾施合郑民俗文化基金会出版《民俗曲艺丛书》，收录叶明生发现整理的《海游记校注》。

② "昌江崙樵徐万里"，据潘建国考证和分析，很可能"徐"乃"涂"字之误刊，此"昌江崙樵徐万里"很可能与《新刻出像天妃济世出身传》作者为同一人，即"昌江逸士涂德孚"。参见潘建国《海内孤本明刊〈新刻全像五鼠闹东京〉小说考》，《文学遗产》2008年第5期。

建国虞虞斋收藏。

另外，现藏于英国伦敦博物馆的《五鼠闹东京包公收妖传》一百二十七则，李梦生认为此书可能也是明代闽刊①。

13. 万历间书林刘氏安正堂（刘双松）刊刻《唐钟馗全传》四卷三十四回。第一卷卷端题"鼎锲全像按鉴唐钟馗全传"，署"书林安正堂补正"、"后街刘双松梓行"；卷末则题"鼎锲全像按鉴唐书钟馗斩妖传"。卷二、三、四题"鼎锲全像按鉴唐书钟馗降妖传"，卷二末题"鼎锲唐钟馗斩妖传卷之二终"，卷三末题"钟馗传三卷终"。版式上图下文，下栏半叶十行，行十七字。此本藏于日本内阁文库。

14. 穆氏编辑《关帝历代显圣志传》四卷三十三则。刊刻信息不详，以其内容和版式、字体、插图风格等，判断为建阳刻本。现存残卷最后一则《两朝加敕赐封号》言及崇祯三年（1630）十二月之事，可见此书成书时间在崇祯三年之后。书前附《商状元庙碑祠》、《焦状元庙碑铭》、《匾联》、《正阳门帝像》、《帝燕居巾帻像》、《胡琦编帝像》、《都城敕建庙图》、《留都敕建庙图》、《敕修解州英烈祠》、《当阳墓祠图》、《解州常平启圣冢图》、《雒阳帝冢图》、《帝竹之图》，今仅存《商状元庙碑祠》残篇、《焦状元庙碑铭》、《匾联》，其他缺。卷一题"关帝历代显圣志传"，署"穆氏编辑"。版心题名不一，有"关帝神武志传"、"关帝志传"、"关帝神武传"、"关帝英烈神武传"等。版式上图下文，下栏半叶九行，行十七字。存本藏中国国家图书馆。

15. 《潜龙马再兴七姑传》二卷三十九则。刊刻信息不详，从其版式判断，可能为万历至崇祯年间建阳刊本。内封分上下两栏，已有部分漫漶。上栏图像。下栏分三行，两侧大字题"潜□□□兴七姑传"，中间小字署"□□□行"应是刊刻书坊信息。卷一题"新锲图像潜龙马再兴七姑传"。版式上图下文，下栏文字半叶十行，行十九字。但下卷自第三十叶至第四十叶上半叶无图，半叶十行，行二十六字。原为郑振铎旧藏，今存于中国国家图书馆。

16. 崇祯四年（1631）书林李仕弘昌远堂刊余象斗撰《全像五显灵官大帝华光天王传》四卷十八则。卷一题"刻全像五显灵官大帝华光天王传"，

---

① 参见李梦生为《五鼠闹东京传》影印本所撰《前言》第1页。不署撰人《五鼠闹东京》，《古本小说集成》，上海古籍出版社1990—1994年版。

署"三台馆山人仰止余象斗编"、"书林昌远堂仕弘李氏梓"。版心题"华光天王传"。书末牌记署"辛未岁孟冬月书林昌远堂梓"。末叶图像有"刘次泉刻像"小字提示刻工姓名。版式上图下文,下栏半叶十行,行十七字。此本现藏英国国家博物馆。此书应有余象斗原刊本,编刊在《新刊八仙出处东游记》之前,但原刊本不存。

  17. 崇祯间周之标序本《封神演义》十卷一百回,首有《封神演义序》,末署"长洲周之标君建甫题于一线天小兰若",钤有"周之标印"阴文印。目录叶题"新刻钟伯敬先生批评封神演义"。版心题"全像封神传"。正文无评语。上图下文,正文半叶十三行,行二十四字,或半叶十四行,行二十五字。系福建建阳刻本,藏日本无穷会织田文库。① 清代金陵德聚堂据此翻刻,卷首《封神演义序》,末署"康熙乙亥午月望日长洲褚人获学稼于四雪草堂",康熙乙亥为三十四年(1695),德聚堂本藏美国哈佛燕京大学图书馆、北京大学图书馆;中国社会科学院文学研究所藏一本,或为德聚堂本之翻刻。此书在清代有多家书坊翻刻,多上图下文版式。

  又据路工《访书见闻录》著录《封神演义》残本一种:"1957年初春,我到安徽访书,在歙县新华书店古旧书门市部,看到明崇祯年间刊明残本《出像封神演义》一册,是第八卷,八十一回至九十回,上图下文,福建建阳书林余氏刻本,半叶十三行,每行二十四字。此书有清代乾嘉时翻刻本。"② 路工所见残本与日本无穷会藏本卷数有出入,但版式行款相同,似为同一书。

  明代建阳书坊编刊神魔小说应该不止这些,今存一些清代刊本可见建刻痕迹。如美国加利福尼亚州克莱蒙特·麦肯纳学院、加拿大多伦多何志辉收藏的《目连救母出身全传》一卷,清乾隆间书林德秀堂刊本,板框高17厘米,宽11.4厘米,四周单边。上图下文版式,每半叶十二行,行二十字。白口,单鱼尾,板心上镌书名,中镌卷次,下镌叶码。内封题"目连救母出身全传,书林德秀堂梓行"。卷端题"新镌王舍城目连尊者西天救母出身一卷,南浦延陵守贞主人选,古临凤阳冲怀散人题,书林禅山"。③ "书林禅山"

---

① 参见石昌渝主编《中国古代小说总目(白话卷)》,第78页。
② 路工《访书见闻录》,上海古籍出版社1985年版,第155页。
③ 此据第二届建本文化学术研讨会李国庆先生主题报告《海外中小图书馆所藏中文古籍暨建本经眼录》,2019年12月17日福建省建阳市。据李国庆先生在此研讨会上展示的PPT,书林德秀堂乾隆十八年(1753)还刻过《包公全传》。

第五章　建阳书坊编刊神魔小说的宗教文化背景　311

后可能原有书坊名。"书林禅山"应该是广东佛山书坊。书林德秀堂可能是用其他书坊的版片重印,或者根据其他书坊的版本重刻。"古临凤阳冲怀散人"应该跟朱鼎臣相关,则此书原刊本很可能出自明代万历年间建阳书坊。

以上为明代白话章回的神魔小说,基本为上图下文版式,行款以半叶十行、行十七字为主。这些小说刊本中有的不明刊刻者,但因其版式行款大体可以推断为建阳刊本。

在此特别还要再次说到《孔圣宗师出身全传》。此书现存刊本刊刻信息不详,从其版式判断,可能为建阳刊本,版本情况已见前一章介绍。此书版式亦为上图下文、半叶十行、行十七字,跟上述诸多神魔小说版式行款相同,应该是同一时期的出版物。此书演绎孔子事迹,大概按照孔子年谱,杂取《孔子家语》、相关史传编撰而成,显然不同于演述魔幻的神魔小说,就连小说的性质都很弱,所以,《西谛书目》和《北京图书馆善本书目》都把它列入史部传记类。我们也把它归于讲史小说。但元代《新编连相搜神广记》首列孔子儒教,把孔子列入神仙谱系,而《孔圣宗师出身全传》的编刊显然与三教合一的神魔小说编撰氛围密切相关,是在神魔小说影响下产生的。

建阳书坊还刊刻了文言笔记体神怪小说,如明代万历以后的刊本有万历二十三年(1595)书林熊体忠宏远堂刊明庄镗实辑《新刊列仙降凡征应全编》二卷,插图精美,现藏于上海博物馆。又有书林松溪陈应翔刊唐牛僧孺撰《幽怪录》四卷、附李复言撰《续幽怪录》一卷,现藏于中国国家图书馆。此外,还有一些杂俎类小说包含神怪故事,比如万历三十年(1602)余泗泉刊王同轨撰《新刻耳谈》等。这些文言笔记之编刊,实与神魔小说有着相同或相关的出版文化背景。

建阳编刊神魔小说的作者多为建阳及其周边地区的文人,其中江西文人数量最多,这些文人大体都是科举考试的失败者,但是,往往文史知识涉猎广博,同时为建阳书坊编辑经史类普及读物和一些通俗读物。所以,建阳书坊成为神魔小说的编刊中心,很重要也源于建阳及周边地区文教之发达。由于读书士子众多,而科举考试的成功率非常小,大量的读书人走向以文谋生的道路,在建阳,由于书坊的组织,当时已形成职业性小说作家群,在小说发展史上值得关注。

正是因为文教发达,且宗教文化和民间信仰文化丰富,在《西游记》等经典小说的诱发下,文人学养和宗教文化、民间信仰文化相遇合,大量的神魔小说由此产生。

下文着重以福建为中心,略为介绍大量神魔小说产生的这片土地上历史悠久、氛围浓厚的宗教文化和民间信仰。

第二节 民间信仰:神魔小说编撰的地域文化背景

神魔小说的大量编刊有其深远的文化渊源,神话与原始宗教、仙话与道教思维是其重要来源,又经历了叙事艺术长久的积淀,直承明以前"志怪"、"灵怪"、"烟粉"、"神仙"、"妖术"等题材类型的文学传统。对此发展脉络,学界已作颇为详尽的描述。

明代神魔小说的作者基本为长江以南人氏,也就是自古以来巫风盛行、笃信神鬼的楚越地区。这除了经济文化中心南移、东南地区经济文化发展迅速的时代大环境,以及福建、江南书坊兴盛的刻书背景,非常重要的还在于特定的地域文化氛围。建阳书坊大量编刊的神魔小说与闽北及其周边福建、江西、浙江地区的世俗宗教关系密切。福建与江西、浙江共处于武夷山脉连绵的群山之中,亦共生出独特的地理文化。因为武夷山的天然屏障和历代行政区域的稳定划分,福建又在其中独立发展出具有亚文化特征的"闽"文化。关于福建及周边地区民间信仰,学界已有专门研究,本书在学界研究基础上略述福建民间信仰的发展情形,以观照神魔小说编撰之民间信仰和宗教文化背景。

一、好鬼尚巫的文化传统

福建的民间信仰渊源久远,早在四千多年前就产生了原始宗教,好鬼尚巫成为区域性文化的重要特征。原始宗教的产生跟自然环境密切相关。福建三面环山,一面向海,境内多大山,河流大多自成体系。彼此交流困难、相对封闭的山地文化加上潮湿多瘴的山地气候,滋生了"信巫鬼,重淫祀"[1]的闽地文化。福建地区自古巫术与宗教文化兴盛,外来信仰与本地造神不断累积,民间信仰之神灵粗略统计有一千种以上。

---

[1] 〔汉〕班固《汉书》卷二十八下《地理志第八下》,第六册,中华书局1962年版,第1666页。

在福建，每一条河、每一座山，甚至一棵树、一块大石头，都被认为是神灵所在，闽人生活中遇到的大小事情都求助或问卜于这些神灵，或有不顺皆归于得罪神灵。这样的自然崇拜起于秦汉以前，当时的闽越族相信万物有灵，蛇、龟等许多动物以及植物，乃至山川河流，都成为崇拜对象。这些崇拜后来与外来民间信仰相结合，源远流长。

比如福建最为引人瞩目的蛇信仰，历史悠久，其实并非闽地独有，伏羲氏即以蛇为图腾，传说远古时期黄河流域以蛇为图腾的华夏族战胜了其他氏族，吸收多氏族图腾而成龙图腾，而蛇形仍是龙图腾的主元素。但南方东越多蛇，蛇信仰最为繁盛，历来认为闽越族之"闽"字即为蛇图腾的象征。《淮南子》卷二十《泰族训》有言："夫刻肌肤，镵皮革，被创流血，至难也，然越为之，以求荣也。"对此许慎的注释是："越人以箴刺皮为龙文，所以为尊荣之也。"① 越人断发纹身，龙文实为蛇图腾之形纹。又由于山遥水远，与外界隔绝，在自成体系的闽地文化中蛇崇拜长期盛行，干宝《搜神记》之《李寄》篇，就反映了东越闽中庸岭的蛇崇拜。至唐代《开元录》记载："闽州，越地，即古东瓯，今建州亦其地。皆蛇种，有五姓，谓林、黄是其裔。"② 这样的记载一方面反映的是当时中原人对闽地的想象，可见闽地跟外界交流之不易，另一方面仍可见闽地蛇信仰之存在。福建蛇信仰长期延续和发展，至今犹存。

闽越族的祖先崇拜也持久流传，与后世福建民众聚族而居的习惯一同发展。根据宋代梁克家《三山志·祠庙》记载，在唐中叶以前，福州城内有四种神庙得到通城民众的祭祀，除城隍庙之外，其他三种都与闽越国有关：西湖旁祀闽越王郢之庙（至宋累封明德赞福王），善溪祀闽越王郢第三子白马三郎之庙（宋熙宁八年封冲济广应灵显孚祐王），南台祀闽越王无诸之庙。③ 这些崇拜流传至今。

汉代以后，随着中原民众大批迁徙入闽，不但带来了先进的生产工具和技术，也带来了包括宗教信仰在内的文化传统。一方面，汉人固有的自然崇拜传入闽地，如日月星辰、风雨雷电、山川河流等，各地建立坛庙。另一方面，道教和佛教也传入闽地。东汉末年，道教与闽中原有的原始崇拜汇合，

---

① 〔汉〕刘安著，陈广忠译注《淮南子》，中华书局2012年版，第1204—1205页。
② 〔宋〕乐史著，王文楚等点校《太平寰宇记》，中华书局2003年版，第1991页。
③ 〔宋〕梁克家修纂《（淳熙）三山志》卷之八《公廨类二·祠庙》，第96—97页。

产生了董奉等著名道士,福建、江西多地有董奉祠庙,还有以董奉命名的山。三国以后,一些著名道士相继入闽修炼和传道,如三国左慈、葛玄、介琰,两晋南北朝郑隐、邓伯元、王玄甫、褚伯玉、葛洪等,隐居闽地名山修真。在早期道教文献中,不少道教圣地位于福建,如三十六小洞天之首的霍童山,第十六洞天武夷山;在七十二福地中,第十三福地焦源山,第二十七福地洞宫山,第三十一福地勒溪,第七十一福地卢山,都名列道教洞天福地之列。道教的神仙思想与福建原始宗教、巫术相结合,创造出不少道教俗神,如武夷君、太姥、控鹤仙人、十三仙、何九仙、徐登等。《抱朴子》还记载了三国时期闽越人以巫术对抗吴国军队的故事。

唐五代,福建佛教和道教得到了空前的发展。唐代在福建各地建立了十七座道观,五代时期又建了五座。道教为王潮兄弟创立和巩固政权立下了汗马功劳,王氏统治集团基本上为道士和巫觋所左右。而佛教更盛,唐五代以来,福建境内大盖寺院,超度僧人,掀起了崇佛热潮。梁克家《三山志》卷三十三言及福州寺庙之发展:

三山鼎秀,州临其间。极目四远,皆巍峦杰嶂,环布缭绕,峻接云汉。居人过客,莫辨向背。回顾莲峰,凸锐捷出;面直方山,突兀正立。左瞻石鼓,如憩如植,镇塞不动;右觑双髻,若赴若骤,追跳相蹑。以为险峭,四面尽此矣。穷幽逐胜,乃北逾复岭,支提、太姥;南越重江,白鹿、黄蘗;东航海邑,福山、灵鹫;西道雪峰,凤林、大目。绵亘四境,皆数百里,千岩万壑,不可以形状名计,何其富也。始州户籍衰少,耕锄所至,甫迩城邑。穹林巨涧,茂木深翳,小离人迹,皆虎豹猿猱之墟。自非捐俗割爱,童发毁服,无所顾慕,谁肯奋足于单危寂绝之境?是以重峦叠巘,顿失成市;诛茅穴石,仅可容榻。往往尘喧不到,苦节坐忘,似得道者,遂以惊动世俗。自晋太康始寺绍因于州北,既而终晋,才益二寺。越二百载,齐之寺一,梁之寺十七,陈之寺十三,隋之寺三。唐自高祖至于文宗,二百二十二年,寺止三十九,至宣宗乃四十一(时郡人林作记,存寺七十八,废寺三十六),懿宗一百二,僖宗五十六,昭宗十八。穷殚土木,宪写官省,极天下之侈矣。而王氏入闽,更加营缮,又增寺二百六十七,费耗过之。自属吴越,首尾才三十二年,建寺亦二百二十一。(自前至此,共为寺七百八十一,特以会到有起置年月者计之,余或更名,或重建,不可知矣。)虽归朝化,颓风弊习,浸入骨髓。富民翁妪,倾施赀产,以立院宇者亡限。庆历中,通至一千六百二十五所。绍兴以来,止一千五百二十三。今州籍县申犹有一千五百四。祠庐塔庙,雕绘藻饰,真侯王居,而日与市人交臂接席,回视曩昔,异乎吾所闻者。惟是烟霞绝顶,泉石清趣,异时接崖谷,挽藤萝,可望而不可到者,今奔蹄走毂,所至精舍,访古者便之,故附山于寺。①

从中可见福州佛教发展历程,及佛道文化产生的地理因缘,亦可见唐五代以来佛教发展之盛,至于宋代,佛教已广为民众接受,深入影响民众生活。

五代闽国前后,福州的寺院有781所,闽北和闽南沿海地区寺庙也多,莆田一县即有500余所,再加上建州、剑州、泉州、漳州、汀州诸州县,福建寺庙总数可能有三四千所。五代闽国多次大规模剃度僧人。光化元年(898)王审知于福州乾元寺开戒坛,度僧2000人;天复二年(902)又于开元寺度僧3000人。天成三年(928)王延钧于太平寺度民2万为僧。永隆二年(940)王延羲度僧11000人。闽国统治者还很注意缮写经典,使得福建佛教文献大备。五代以后,福建一直以佛经收藏著称于世。同时,唐五代时期僧人著作也数量可观。福建佛教的发展在国内是罕见的。②

宋代,福建成为全国最发达地区之一,随着经济文化的繁荣,福建佛教和道教发展迅速。福建僧人之多据说天下为最,《三山志》录"旧记"福州府系帐僧32795人,童行18548人,应该是北宋庆历年间(1041—1048)的数据,至淳熙僧人数减少,系帐僧11530人,童行2915人,道士170人。③ 庆历间福州府寺院多达1625座,绍兴以来减少,至淳熙仍有1540座。建州亦不相让,江少虞《宋朝事实类苑》卷十引《杨文公谈苑》,言及当时建州所属六县佛寺:"建安佛寺三百五十一,建阳二百五十七,浦城一百七十八,崇安八十五,松溪四十一,关隶五十二,仅千区。而杜牧江南绝句云'南朝四百八十寺',六朝帝州之地,何足为多也。"④

---

① 〔宋〕梁克家修纂《(淳熙)三山志》卷之三十三《寺观类一·僧寺(山附)》,第512—513页。
② 参见徐晓望《福建通史》第二卷隋唐五代,福建人民出版社2006年版,第322—324页。
③ 〔宋〕梁克家修纂《(淳熙)三山志》卷之十《版籍类一·僧道》,第127页。
④ 〔宋〕江少虞《宋朝事实类苑》卷第六十一《建州多佛刹》,上海古籍出版社1981年版,第816页。

福建道观的数量虽然远远不如佛教寺庙,但实际上福建道教是非常兴盛的。梁克家《三山志·寺观类》"道观"小序介绍了福州地区道教悠久的历史,并且说明道观数量为何很少的原因:

> 山川胜概,神仙之所栖宅,餐霞饮水,与世迥隔,故耳目不至者,率常以为荒诞。吾州东郭外榴洞,南山间甘果,与城东南突兀号九仙者,此固杳漠亡所追据。至升山、怡山、福山、霍童、高盖、洞宫、石竹,则悉有遗迹可验。自后汉徐登,吴董奉,梁王霸、林玄光,唐法曜、法群,皆家世吾郡,踵相继见记传者。岩岫深秀,泉石清古,是以任敦自临海,邓伯元自吴郡,王玄甫自沛国,褚伯玉自盐官,咸不远数千里而至。学成名著,后人间即其地慕求之,于是有道观焉。惟道家以清净求不死为术,彼安分委命来乡者寡矣。非若释氏,以死后祸福恐动惊怖。故寺院无数,而道观至今才有其九。自非时代好尚,祠宫斋宇,亦庳陋亡足言者……①

此地不仅产生过诸多道教名家,而且因为"岩岫深秀,泉石清古",吸引了全国不少道士远道而来修行。梁克家认为释道理念和修行方式不同,道家清净无为,不像释家以死后祸福惊恐信徒,这是道观数量远远不如寺院数量的原因。

但宋代以后福建道观数量也增长较快,宋元时期兴建道观161座。福建流行天师道、外丹派、内丹派、灵宝派、茅山宗、闾山三奶派、神霄派、清微派等众多道派,出现了谭峭、白玉蟾、林辕、董思靖、彭耜等诸多著名的闽籍道士。②

唐宋时期福建社会相对稳定,经济发展快,民间信仰也随之迅速兴起,掀起了声势浩大的造神运动。特别是宋代官方对民间信仰采取"唯灵是取"的宽容态度,《宋史》载:"自开宝、皇祐以来,凡天下名在地志,功及民生,宫观陵庙,名山大川能兴云雨者,并加崇饰,增入祀典。"③这一时期福建

---

① 〔宋〕梁克家修纂《(淳熙)三山志》卷之三十八《寺观类六·道观(山附)》,第624页。
② 参见林国平、彭文宇《福建民间信仰》,福建人民出版社1993年版,第9页。
③ 〔元〕脱脱等《宋史》卷一百五《志第五十八·礼八》,第八册,第2561页。

的巫觋文化持续发展,民间信仰形态极为丰富,有原始宗教持续发展的龙、蛇、青蛙等动物神崇拜,榕树、樟树等植物神崇拜,祖先崇拜,更有唐末以来声势浩大的造神运动形成的英雄崇拜、乡贤崇拜、清官崇拜、仙灵崇拜、法师崇拜、医神崇拜、母亲崇拜、行业神崇拜等等。其中有一些移民带来的北方民间信仰,如东岳神等,但更多的是地方神,几乎每一个村庄都有自己的神明,神灵崇拜贴近现实生活,呈现本土化倾向,体现了社会生活的发展和民众的理想愿望。正如《福建通史》所说:"闽人对宗教的热忱是空前的,他们似乎时时注目着大自然和人的社会,只要有任何异迹出现,便把它渲染为新的神,而一个新神灵的创造,很快会被大家认可,迅速传遍各地。"①

比如妈祖崇拜,就产生于沿海地区民众出海平安的诉求。靠山吃山靠海吃海,沿海地区以海为田,不仅依靠海上捕捞,而且通过海上运输从事贸易。五代以来福建海运贸易得到较大发展,至北宋中期泉州已成为"有蕃舶之饶,杂货山积"②的繁华港口,祝穆《方舆胜览》记载,"泉州土产蕃货:诸蕃有黑白二种,皆居泉州,号'蕃人巷',每岁以大舶浮海往来,致象犀、玳瑁、珠玑、琉璃、异香、胡椒之属"③。可见当时泉州舶来品种类之丰富。海外贸易虽然获利颇丰,但海上航行风险很大,由此产生了妈祖崇拜,祈求妈祖保驾护航,护佑平安。绍兴二十年(1150)廖鹏飞撰《圣墩祖庙重建顺济庙记》,谓妈祖"姓林氏,湄洲屿人。初以巫祝为事,能预知人祸福。既殁,众为立庙于本屿"。④ 此记见于莆田《白塘李氏族谱》。传说妈祖原名林默,又称林默娘,生于宋建隆元年(960),卒于雍熙四年(987),最早的妈祖庙立于湄洲岛,后逐渐在平海(今莆田市秀屿区平海镇)、宁海(今属莆田市涵江区)等地建分庙。宣和四年(1122),给事中路允迪奉旨出使高丽,遇海上狂涛怒浪,谓女神显灵护航。宣和五年(1123),宋徽宗下诏,赐宁海圣墩庙号为"顺济"。此后历代加封,从宋代到清代获得36次褒封,封号从"夫人"、"妃"、"天妃"直至"天后"、"圣母",至清代嘉庆七年(1802)敕封"天上圣母无极元君",到咸丰七年(1857),妈祖封号已长达68字。妈祖从最初预言祸福的巫女,后被奉为掌管海上航运的保护神,又逐渐扩大而兼掌祈雨、治

---

① 徐晓望《福建通史》第二卷隋唐五代,第297页。
② 〔元〕脱脱等《宋史》卷三三〇《列传第八十九》,第三十册,第10632页。
③ 〔宋〕祝穆编,祝洙补订《宋本方舆胜览》,上海古籍出版社1991年版,第141页。
④ 转引自林国平、彭文宇《福建民间信仰》,第146页。

病、御寇弥盗等职能。妈祖信仰也从兴化传播至全国,乃至全世界,至今四海信奉。

而临水夫人陈靖姑信仰的形成可能早于妈祖,古田县临水庙据说建于唐代。宋代,陈靖姑受到朝廷封赐,敕赐庙额和顺懿夫人封号。

不仅妈祖、临水夫人,至今仍有较大影响的神灵如马仙、二徐真人、保生大帝、三平祖师、清水祖师、定光古佛、扣冰古佛等,都是这个时期涌现的地方神。《八闽通志·祠庙》收录的119位民间俗神中,建庙时间在唐宋时期的有86个,占比72.2%。

明代以后,福建佛教和道教由于官方政策打压而有衰退之势,大批僧尼道士为了生存而到民间诵经拜忏、祈福禳灾,佛教道教进一步世俗化,佛教道教融入民间信仰,又进一步促进了福建民间信仰的兴盛。

林国平、彭文宇《福建民间信仰》把福建民间信仰的产生和发展过程分为四个阶段:秦汉以前原始宗教和巫术盛行,三国至唐中期北方民间信仰传入并初步发展,唐末至宋元时期民间信仰迅速发展和本土化,明清至民国民间信仰的兴盛且对外辐射。①

在福建民间信仰发展过程中,由于信巫好鬼的文化传统,原始宗教始终存在,同时,后起的各种宗教和信仰进入福建都被热情接受,在产生高层次的高僧和文人的同时,在民间更以万分的热情通俗传播,往往因此在福建得以保持和发展,甚至形成新的繁荣面貌。因此,在福建这块高山阻隔、河道分离、潮湿瘴疠的滨海山地,原始宗教与民间信仰、道教、佛教一同和谐共存,道教与民间信仰、佛教与民间信仰、道教与佛教之间互相渗透,互相把"异教"的信仰纳入自己的神灵体系,从而得到发展。不仅佛教和道教互相融合,儒家学者也多出入于佛道之间。特别值得注意的是,佛教和道教与民间信仰相融合,产生了如观音、泗州佛、城隍、财神等俗神信仰,达摩、罗汉的故事也与俗神信仰、巫术乃至儒家教义相结合,衍生出热闹奇异的佛教故事,佛道神魔往往还兼具孝悌信勇的美德。而土生土长的本地民间信仰如妈祖信仰、临水夫人信仰等,也融合了儒释道的精神。正是在这样的文化背景下,莆田人林兆恩在明代嘉靖年间创立了"三一教",主张儒道释三教合一,融汇儒、道、释三教之思想。事实上,在老百姓的观念世界里,并不重视

---

① 林国平、彭文宇《福建民间信仰》,第1—15页。

各种信仰之间的差异,他们对于祖先、灵异的崇拜和对于道教神仙的崇拜、对于佛教菩萨的崇拜出于相同的信仰心理,不关心宗教思想或哲学理论,感兴趣的只是神灵能保佑自己,能保佑平安幸福的神灵越多越好,不管它们是外来的,还是本土的。所以,有人说中国老百姓没有宗教精神,有的只是实用主义,这是事实。

在文学史上,民间信仰跟民间文艺相结合,创造出了大量的神话传说故事。原始宗教与道教、佛教相依共存的情况不仅存在于文化层次较低的民众思想观念中,其实也深深烙印在文人的观念意识中,不仅像服务于书坊的那些下层文人,而且很多文化修养很高、身份地位很高的士人阶层也都如此。士人深受浸淫的儒家思想,也和这些原始宗教、道教、佛教相依共存。这也是神魔小说思想成分复杂的根本原因。

而明代神魔小说多出于建阳书坊编刊,在文学传统的背景上还受到建阳书坊所在地域的文化影响。

二、从《建宁府志》、《建阳县志》看神魔小说编刊的信仰氛围

明代大量的神魔小说出于建阳书坊之编刊,跟建阳书坊所在的闽北和周边地区的文学与文化语境密切相关。从同一时期的《建宁府志》、《建阳县志》,我们可以看到建阳书坊编刊神魔小说的信仰文化氛围和历史文化语境。

(一)一山一水皆有灵

或许因于闽北山高林深的自然环境,源于原始社会、与茂密山林和农业文明息息相关的自然崇拜在闽北地区尤为繁盛,在这里,一山一水皆有灵,一草一木都有神奇传说。如《建宁府志》卷三"山川"记载:

> 白鹤山:在府城东二里。《寰宇记》云:东晋时望气者言山有异气,命工凿之。朝凿暮合,已而有双白鹤翔其上,因名。山之麓有东岳行宫,之中有灵涌泉,俗传泉初涌时,有疾者饮之即愈。又其泉涌涸不常,或遇其涌,乡人以为丰年之瑞。右有圣母池,山下有国朝赠少傅杨达卿之墓,其孙荣筑室读书于此山之侧,扁曰"白鹤山房"。①

---

① 〔明〕夏玉麟、郝维岳等修,汪佃等纂《(嘉靖)建宁府志》卷三《山川·气候附》,第二叶下至第三叶上,《天一阁藏明代方志选刊》第27册。

这一条记载后边附录杨荣《白鹤山房记》,极言此地山水绝佳。杨荣淳和秀雅的文笔中蕴含着积善之家有福报的朴素观念。府志中山川卷所记载的山水,多有神奇传说,也大多承载了民众的朴素愿望。仅选择一部分抄录如下:

滚坑山:在府城南铁狮峰下,相传伪闽王延政据建时,有蛟滚山成坑,洪水暴作。是年延政卒。因以名其此山。

龙池山:相传有龙居山顶池中,遇旱以物触之即雨。(卷三第四叶)

百丈峰:在登仙里。上有百丈岩,世传马仙所居。岩畔有双龙泉,岁旱祷雨辄应。岩二十余里有宝盖洞,即马仙飞升之处也。

獬豸峰:在房村下里。以形似名。俗传里中仕宦者多至风宪。

灵地岩:相传梅福修炼于此,丹成上升,地多灵,故名。

曹岩岭:相传曹圣者尝栖息于此,地产杨梅,俗谓红色者为圣者杨梅。(卷三第七叶)

真武岭:在登仙里。岭极高峻,上有亭,祀真武,故名。

定心岩:在詹墩。旧有道人结屋于岩前,修行终日,禅定。人以名岩。

威礼岩:相传尝有道者建庵于此,以奉佛氏。因名。

灵仙岩:中有马仙庵,祈祷辄应。

宝历岩:旧有庵,奉魏仙。今废。

古云岩:在南才里。宋侍郎袁枢于此立庵,祀龚、刘、杨三圣者,乡民有祷必应。

鹤峰岩:其状似鹤,故名。岩之前两山并立,俗呼为韩山、施得。山上有庵,以祀魏王、钱铿二仙。旁有水一泓,里人病眼者,汲而洗之即愈。

浮石洞:在响山之前,盖溪中小屿,水泛未尝见其没,人以为与之俱浮。相传汉梅福炼丹响山,其徒陈先生者每窃食焉。福怒,拔剑逐之,遂逃入此洞。福曰:此吾丹之功也。乃释之。故又名逃奴洞。风月之夕,舟泊其滨者,或闻水中笛声。(卷三第八叶至第九叶)

这样的山水传说在府志县志中俯拾皆是。这样的传说不止是民间信仰,往往官民皆信,历代官员、官府往往顺应传说而有不少作为。比如《建宁府志》所载"铁狮山"的传说。

> 铁狮山:在府城南三里许。府治之对山也。山巅有庵,庵之傍有铁铸文殊狮子像。术家谓府治来山若猛虎出林,溪西诸山若队羊然,欲其不为伤也,乃于对山置铁狮以镇之。宋宣和间,移置开元寺。未几,叶范二寇继作,且有虎渡河之异。绍兴间,郡守刘子翼复还故处。或云恐铁狮下视城中,乃即旧治厅事及建安堂柱下埋小狮二十四,以明子母相应之义。弘治间,庵毁于火,铁狮因遗无存。又云,此山对郡学,号文笔峰,昔有僧庵其上,铸铁塔于山巅,郡人以其不利于科举,移置光孝寺,次年遂有卢觉者中第。故谚云:"城外打铁塔,城里得卢觉。"自是科不乏人。(卷三第十五叶)

铁狮山的传说跟风水有关,宋代明代官方民间为此多次移置庵塔。梅仙山则是官员雅慕仙风,文人亦多有题咏,形成富于历史人文内涵的景观。

> 梅仙山:在府城南二里。旧志汉南昌尉梅福炼丹于此,丹成,骖鸾而去。是日有甘露降,又所乘马及鞭自空而坠。今山有甘露原,前有坠马洲、骖鸾渡,又有遗鞭者,皆因是得名。山巅丹井坛灶遗迹俱存,每秋阴虹光时现。旧有亭,曰招隐。宋淳熙中,太守韩元吉建堂其上,榜曰"梅仙山",后废。嘉定间,太守李讹复建,扁曰"梅仙"。又于山半创二亭,曰骖鸾,曰虹光。岁久亦废。永乐间都指挥侯镛徐信建丹成阁,彭氏舍田十余亩,后亦就废。正德间,邑人少卿杨亘复加修葺。杨亿诗:"寒潭吞别派,孤屿屹中流。昔日骖鸾客,因名坠马洲。洪波长赴海,碧树几经秋。城郭依然在,修真事已幽。"元毛直方诗:"莫问神仙事有无,扮风萝月自关渠。山名偶得先生姓,国史偏留外戚书。汉鼎与丹俱已矣,吴门何地盍归欤。读书堂下生春草,只有斜阳识故居。"刘边诗:"已是吴门变姓名,后来谁更识先生。一抔汉土丹炉在,万古闽山剑气横。步入白云秋石瘦,坐分黄叶午风清。逃奴不返松门静,隔水寒烟起暮城。"山麓有丹井,遗碑尚存,云"大汉甲子梅福立"。(卷三第十六叶)

山水神仙传说同样多见于《建阳县志》，比如《（万历）建阳县志》卷一所载：

> 龙潭，在县东北洛田里，相传昔有二龙潜其中，忽一夕见梦于里人丘姓者，曰此处人众，当辞去。翌日阴云四合，有二龙飞升而去。
> 开福寺井，在开福寺内，地势最高，大旱不竭。旧志云：宋建炎井水涌溢，民遭范汝为之乱。乾道丁亥又溢，而岁荒。永乐丙申又溢，而阖县大水。故老以为验。
> 铁栏井，在县治北街御史坊。旧传萨真人投铁符于井中，病者五更时汲饮即愈。乡人铸铁为栏护之，因名。①

铁栏井萨真人的传说，即为邓志谟小说《咒枣记》所取。山水传说颇多，限于篇幅，仅列此数则。

（二）寺观和祠庙

闽北宗教和民间信仰的盛行也表现在寺观数量和规模上。

《（嘉靖）建宁府志》卷之十九寺观，卷首小序曰："自佛老之教行，而琳宫绀宇遍于海内。闽固东南一隅，而建又八郡之一耳。缁黄所处，金碧辉映，曾不知其几千万落。顾诵法孔氏者，往往栖迟于绳枢瓮牖间。噫，其来非一日矣。可胜慨邪。"府志记载寺观787处。

《（万历）建阳县志》卷二记载寺观67处，其中如福山寺规模很大，元至正时分为十八寺，明万历时十三寺废只存五寺。神庙十六座，神庙所祀多为英雄，有的就是护佑本地的英雄，几乎每座神庙都有其神异的传说。此书凡例已经说明重修县志删除了旧志中的很多"淫寺淫观"，但所存者仍有这么多，这对于一个人口不多的县来说不能不令人瞩目。此《寺观》按语也很有意思："夫使如来有室，谷神有门，奚以延袤而宇为。潭故儒域，而白马青牛列刹焉。今存者十之三，籍租税其中耳。岂能与宫墙争丹口哉。太史公曰：'学者多言无鬼神，然言有物。'"②

寺观和僧道之多，成为建宁府严重的社会问题。所以《建宁府志》卷十九卷末附建宁道佥事张俭义《处寺田议》，呼吁按照朝廷规定遏制僧道规

---

① 〔明〕魏时应等修《（万历）建阳县志》卷一，第278—279页。
② 〔明〕魏时应等修《（万历）建阳县志》卷二，第330页。

模。但建宁府长期以来崇尚僧道的习俗未能改变。

建宁府的民间信仰中有很大部分是本地历史上产生的英雄和乡贤崇拜。《建宁府志》卷之十一祀典记载了建宁府和各县122座官方祭祀的祠庙。明代对官方祭祀管理颇严，故此卷"祀典"之序说："国之大事在祀，故以秩宗掌之而有令式以颁郡邑。其他淫祠弗预焉。我朝之祭法严矣，建宁坛壝祠庙固皆载在令甲，然亦有礼虽当祀而未经奏请者，兹固有司从民俗以举行者欤，因亦附次。"①这122座祠庙中，大部分是进入国家祀典的，比如府城的21座祠庙，其中社稷坛、风云雷雨山川坛、郡厉坛、文庙、启圣祠、乡贤祠、名宦祠、城隍庙、旗纛庙是全国各地大体都有的祀典，唐建州刺史李公庙、唐建州刺史叶公庙、唐京畿令谢公庙、五代越国夫人练氏祠、宋韦斋朱先生祠、宋三先生祠、宋徽国朱文公祠、国朝赠太师杨文敏公祠、赠按察使张公祠、旧屏山祠、胡文定公祠、游御史祠则是祭祀本地名宦、乡贤、有功于本地者，且经过申奏，获得朝廷认可的祀典。此外，建宁府大约还有40座祠庙，应该是没有向朝廷申奏，或者没有获得朝廷认可，但是当地官方尊重民俗予以祭祀，如唐显祐公庙、唐广武王庙、唐广烈庙、五代雷押衙徐将军祠、宋徐义卒祠等。但无论是否经过朝廷认可，这些英雄、名宦、乡贤等崇拜，多有神迹，比如护佑当地、祷雨灵验等。

（三）《建宁府志》记载的小说

《（嘉靖）建宁府志》卷二十一"杂纪"不仅记载了各种天象物象，而且记载了数十个人物故事。从"杂纪"卷首小序来看，这些故事在当时看来就是小说。此小序谓："夫稗官小说家者流，以记里巷猥琐之谈，自昔然矣。余读旧志杂纪，纪其人与事，皆磊瑰奇特，如此谈之足使人耸听。遂因而传之，毋令没没也。"②

"杂纪"卷记载的异象如：

> 建阳县时山有双松连理，又有双竹产于兴下里威怀庙外树柯中。邑人因呼其地曰"盖竹"。建人方言盖与怪同音，疑所谓盖竹，当为怪

---

① 〔明〕夏玉麟、郝维岳等修，汪佃等纂《（嘉靖）建宁府志》卷十一《祀典》，第一叶，《天一阁藏明代方志选刊》第27册。

② 〔明〕夏玉麟、郝维岳等修，汪佃等纂《（嘉靖）建宁府志》卷二十一《杂纪》，第一叶，《天一阁藏明代方志选刊》第28册。

竹也。（卷二十一第一叶）

熙宁元年八月大雷雨，州民杨纬所居之西有黄龙见，下有一木如龙而形未具。七月大雷雨，复有龙飞其下，及霁，木龙尾翼足皆具，归合旧木，宛然一体。明年绘图像以进。（卷二十一第二叶）

"杂纪"卷记载的人物故事64则：章仔钧（实为练氏夫人故事），童参，杨让，苏森，王窗，欧阳凯士，游中孚，苏镛，陈诲，林仁肇，童猛，黄昭武，魏胜，童僧，叶景仁，黄昌元，彭九万，冯宣，罗佛童，连镛，夙道遥，童文贞，游简言，彭珰，王延政，梅福，华子期，扣冰和尚，哀公禅师，张陈二将者，萧袁二禅师，周霞隐，王法昌，姚有安，净空大士，白玉蟾，海珠禅师，马氏大罗真仙，郭绩，潘植，江侧，章圻，练亨甫，黄觉，陈升之，章惇，胡寅夫人，熊博，杨亿，蔡元定，刘珙，刘崇之，徐清叟，熊衮，刘滋，建阳王氏，刘夔侍郎，叶尧蓂，缪文龙，陈轩，杨万大，许穆，蒋粹翁，零香姐。这些大多是神异故事。

如《陈升之》：

陈升之，建阳三桂里人，将生，母荆国夫人尝闻排榻有声者累日，索之，无所见。既产升之，其声遂，辄得大蛇蜕于蓐下，鳞甲首尾俱备，惟腹下脱一鳞。升之既长，腹亦有广鳞，可磨指甲。后封秀国公。（卷二十一第十八叶）

又如《零香姐》：

建阳同由里，地名大歧头，邑民李氏先墓所在。林木深茂，外临孔道，近年来凡人家少俊子弟，过此辄遇一女子，年可十七八，姿貌秾粹，子弟为其所迷惑，与之交接，数年必死，死者已十余。邑人传言，李氏于正统间尝有处女名善娘，年十八岁而卒，以其生时爱零陵香，父母钟爱此女，多以零陵香实其柩，葬于先墓之傍。今过此者，闻其香则此女见矣。人皆呼为零香姐。弘治初元，广东张津来为知县，邑人具其事告于津，津令李氏发其墓，尽伐其林木，此怪始息。（卷三第二十三叶）

这些小说在民间流传久远，大多亦见于建宁各地县志或各类传志，比如陈升之出生异象的传说,见于景泰以来多部《建阳县志》;《章仔钧》记载的练夫人事迹,亦见于三台馆翻刻富春堂本《新镌增补全像评林古今列女传》。有的则见于文人笔记,如《徐清叟》见于《湖海新闻夷坚续志》神明门,题为"神救产蛇";《零香姐》见于雷燮《笔坡丛脞》,题为"零陵香怪录",等等。

(四)《建阳县志》"丛谈志"之杂记

《(万历)建阳县志》卷之八"丛谈志",分"祥异"、"古迹"、"仙释"、"方伎"、"佚事",几乎都是神异之事,与《建宁府志》"杂纪"性质相同。篇幅所限,只能略举一二。

祥异
唐　崇泰里孝子熊衮父丧不能葬,天忽雨钱三日。①

这就是建阳书坊"雨钱世家"的来历,这个地方也称为"钱塘"。

仙释
汉　钱郁霄刘永志李氏三女同在白塔山修炼成仙。贞观辛丑,猎者吕师逐兽入山中,遇三女于石上围棋,因坐而观之。女授桃半颗与食,俄顷猎具朽烂,归家几十年。乡人因挽师引至原处,忽睹圆光百丈,三女升天。遂号三皇元君,立龙济道院以奉之。雨旸祈祷即应。②

方伎
国朝　程伯昌三桂里人,授雷霆秘诀,祈祷驱除,大著灵验。尤妙催生符法。好象戏对局,终日不释。间有急叩之者,则随以一棋子与之,持去,其胎即下。一日于郡城遇一乞者,貌甚恶。昌教市童呼之曰"千年不死鬼"。乞者指昌骂曰:"饶舌哉,雷部判官精。"盖昌其降世云。③

---

① 〔明〕魏时应等修《(万历)建阳县志》卷八,第446页。
② 〔明〕魏时应等修《(万历)建阳县志》卷八,第451页。
③ 〔明〕魏时应等修《(万历)建阳县志》卷八,第454页。

最有意思的是"附录拾遗",按目录所列应为卷末附录,但在正文中附于卷首"县纪"之后,以其内容来看,似乎附于"县纪"也有其道理,因其所记多本地世家大族之事,其中不乏神异传说。如:

> 范丞相致虚家居东田朝山,有石尖甚耸,夜每发光,名曰照天烛。时范族仕达满朝。后为堪舆所卖,凿去其顶,曾不逾时,悉褫职以归。
> 朱文公与吕东莱同读书云谷,日夜锐志著述。文公精神百倍,无少怠倦。东莱竭力从事,每至夜分辄觉疲困,必息而后兴。尝自愧力之不及,爰询文公。夜坐时书几下若有物抵其足,据踏良久,精神倍增。数岁后,一夕,文公忽见神人,头有目光百余,云多目星现已。嗣是后,几下之物不至,而文公夜分亦必就寝焉。(见《笔谈》)
> 妙高峰下有横山王庙,甚灵验。递岁乡人祭赛必用童男女,否则疫疠随起。宋绍兴间萨守坚入闽至建阳。是夜横山王托梦朱文公曰:庙久为蟒蛇所踞,递年祭祀,渠实享之。今萨法官欲罪我而重谴之。徽惠先生一言为救。文公梦间问之曰:法官安在? 曰:寓同由关王庙施药。次日往庙中,果有一道士,诘其姓名,曰:萨某也。文公具白其事。萨曰:先生说关节耶? 姑免究。比归,则庙已烬矣。惟有一大圆石镇其中,今人呼为飞来石。是夜,文公又梦曰:业蒙救矣,亡以为谢。此去护国寺风气甚聚,可为宅兆,君其世世获福耶。宜急图之。后文公议建学其间,即今学基是已。
> 绍兴辛巳,蔡元定在显庆堂推演后世子孙休咎,赋云:显庆堂将后世推,子孙绍复承吾书。四传学业家还在,五世因贪人产除。缵续流风六七代,继兴遗迹八九渠。数终轮奂犹有代,御史尹仁为吹嘘。厥后子沈集《书经》传注盛行于世,而孙模、杭辈□继表扬,曾孙希仁以贪酷藉没。成化丙申,巡按御史尹仁入关,夜梦一老人嘱求栖身之地,叩其姓名,曰蔡某也。及至建阳访蔡氏子孙,得其所传家谱,阅之见西山推演后世之诗中预有姓名,不觉悚然,即捐俸为建传心堂。盖其赋毫不爽云。①

---

① 〔明〕魏时应等修《(万历)建阳县志》卷首附录"拾遗",第236—237页。

府志和县志皆为官修史志,如万历《建阳县志》主修者署:福建等处承宣布政使司左参政杨德政,整饬兵备分巡建南道按察司佥事邓美政,建宁府知府朱汝器,同知梅守极,通判张日昇,推官许时谦。掌修署:建阳县知县魏时应。协修者是儒学主簿、教谕、训导等人。分纂者还有各地著名文人,如"三山徐㶿"等。此"修志姓氏"阵容可观。如此而不避神怪之谈,可见神怪之谈乃当时主流意识,实"见怪不怪"。当然,语怪力乱神,不仅是《建宁府志》《建阳县志》的特点,也是全国各地绝大多数地方志共同的特点。事实上,方术神仙等自古以来亦见于正史记载,如《史记》为方术列传;《汉书·艺文志》把医经、经方、房中、神仙等列为"方技",把天文、历谱、五行、蓍龟、杂占、形法等归为"数术";《后汉书》亦设"方术列传"。

方志史志中的这些神怪内容,实与神魔小说出于同一思维方式。建阳书坊编刊神魔小说所演绎的神魔故事,有的直接来自福建本地民间信仰,但大多数民间信仰广泛流传于南方地区乃至全国。不过,明代神魔小说如此集中地出自建阳书坊之编刊,福建和邻近地区民间信仰特别兴盛应该是原因之一,这一区域为神魔小说准备了丰富的素材,神仙道化思维启发了文人活跃的想象。

第三节 宗教民俗与神怪类图书编刊传统

福建自宋代以来堪称繁盛的宗教图书是神魔小说编刊的重要资源,建阳书坊编刊的神怪类故事以及与宗教神魔相关的大量类书、通俗读物也是神魔小说编刊的素材和背景。

一、宗教民俗类图书刊刻传统

由于宗教文化的繁盛,福建早在宋代就已有卷帙浩繁的佛教道教大藏刊刻,最负盛名的是福州三大藏,即福州东禅寺募化开雕的《崇宁万寿大藏》,福州开元寺雕版《毗卢大藏》,以及由福州知州黄裳监雕、在福州闽县万寿观招工镂板的《政和万寿道藏》。福州三大藏在中国雕版印刷史和福建刻书史上占有重要地位。其中《崇宁万寿大藏》是中国佛教大藏经南方系统的第一部,现存最早题记是元丰三年(1080),至崇宁三年(1104)竣工。虽然今存残缺大半,很不完整,但这部大藏经深刻地影响了后世佛教大藏的发展。宋代以后，福建各地多有宗教图书刊刻，如《重雕补注禅苑清规》十卷，宋释宗赜编，嘉泰二年（1202）武夷虞知府宅书局刻本，现存于日本东洋文库。如明崇祯十二年（1639）泉州开元寺释道昉刊刻明释智旭撰《大佛顶如来密因修证了义诸菩萨万行首楞严经玄义》二卷等。由于三一教兴起于莆仙地区，三一教的相关著作如《林子三教正宗统论》、《三一教主夏午尼林子本行实录》等，从明代嘉靖万历到清代晚期，在福建莆田等地多次刊行。在福州，鼓山涌泉寺保存大量雕版，至今仍有印制，西禅寺、开元寺等刻本亦不少，道观如元帅庙也曾刻书。

作为宋元明三代刻书中心的建阳，刊刻了大量宗教类著作，还有大量通俗读物涉及宗教、民俗和民间信仰。

现存元代刻本如：《毗卢大藏》，延祐二年（1315）建阳后山报恩万寿堂刻本，湖北省图书馆存；不题撰人《阴阳备用选择成书》十二卷，至正十七年（1357）建安玉融书堂刻本，日本广岛市立中央图书馆存；宋葛长庚撰《琼琯白玉蟾上清集》八卷，元建安余氏静庵刻本，此书有上海图书馆藏本，中国国家图书馆藏元刻本和明修本；宋葛长庚撰《白先生杂著指玄篇》八卷《白先生金丹图》二卷，元勤有堂刻本，日本内阁文库存；晋郭象注、唐陆德明音义《纂图互注南华真经》十卷，元建阳书坊刻本，此书陕西师范大学图书馆存残本。

明代的释道类书籍刊刻更多，现存刊本不少，比如：《十斋素念佛式》一卷，洪武二十九年（1396）建阳县刻本；明陈懿典撰《锲南华真经三注大全》二十一卷，万历二十一年（1593）闽书林余氏自新斋刻本；《许真君净明宗教录》，附《净明归一内经》，万历三十二年（1604）书林詹易斋西清堂刻本；明韩敬撰《新刻韩会状注释庄子南华真经狐白》四卷，万历四十二年（1614）书林余氏自新斋刻本；宋俞琰撰《周易参同契发挥》三卷、《释疑》一卷，明刘氏安正堂刻本；明陆西星撰《南华真经副墨》八卷、《读南华真经杂说》一卷，明书林詹氏刻本；明陈继儒辑《镌眉公陈先生评选庄子南华经隽》四卷，明萧少衢师俭堂刻本等。

建阳书坊还刊刻了大量风水地理、解梦相术、阴阳五行、择日通书、易学象数及其衍生的各类图书，数量非常多，试列举一部分以见。如：《新刊禽遁大全》四卷，明池本理编撰，弘治九年（1496）进贤书舍刻本；《台司妙纂选择元龟》四卷，上官震编，弘治十三年（1500）文峰书堂刻本；《新刊千金风水杀法妙诀》一卷，弘治十四年（1501）书林文峰堂刻本；《新刊地理天机会元》

三十五卷,唐卜应天撰,嘉靖三十二年(1553)书林陈氏积善堂刻本,此书又有万历书林陈孙贤刻本《重镌官板地理天机会元》三十五卷;《新刊地理雪心赋句解》四卷,唐卜应天撰,明谢志道注,《新增阴阳地理消砂断法总例大全》一卷,明曾万棠辑,嘉靖四十五年(1566)刘氏闽山书堂刻本;《命理正宗》四卷,明张楠撰,万历三年(1575)郑继华宗文堂刻本;《新刊锄云杨先生地理心法》内篇一卷外篇一卷,明杨芸撰,万历十一年(1583)建阳书林善敬堂王兴泉刻本;《新刊图像人相编》十二卷,明陆位崇编,万历十三年(1585)清江书堂刻本;《地理参赞玄机仙婆集》十三卷,明张鸣凤编,吕元等评选,万国隆校正,万历十五年(1587)熊云滨宏远堂刊本;《新刻万天官四世孙家传平学洞微宝镜》五卷,明万育水撰,万历十六年(1588)余文台刻本;《新刊汉诸葛武侯秘演禽书》十二卷,明何勋辑,万历十六年(1588)叶贵文林阁刻本;《新锲纂集诸家全书大成断易天机》六卷图一卷,明刘世捷撰,徐绍锦校正,万历二十五年(1597)闽书郑氏云斋宝善堂刻本;《新刻三台馆仰止子会并诸命辩玄评注三台命书正宗》十二卷,明余象斗撰,周可知增校,万历二十六年(1598)余象斗双峰堂刻本;《精刻编集阳宅真传秘诀》六卷,明李邦祥撰,万历二十七年(1599)宏远堂熊云滨刻本;《卜居秘髓》二卷,明熊瓓撰,明书林叶贵刻本;《锲王氏秘传知人风鉴源理相法全书》十卷,万历二十七年(1599)闽建刘朝瑄安正堂刻本;《新锓星平会海台历正讹命学全书》一卷首一卷,题水中龙撰,明建阳刘氏安正堂刻本;《刻京台增补渊海子平大全》六卷,明李钦撰,万历二十八年(1600)闽书林刘龙田乔山堂刻本;《新刊地理纲目荣亲入眼福地先知》四卷,明王崇德撰,万历二十九年(1601)乔山书堂刘玉田刻本;《新刻元龟会解断易神书》三卷,明汪之显编撰,万历年间乔山堂刘龙田刻本;《新锲图像麻衣相法》四卷,明书林刘龙田刻本;《重订校正魁板句解消砂经节图地理诀要雪心赋》四卷,唐卜应天撰,明谢志道注,《增补秘传地理寻龙经诀法》一卷,万历三十年(1602)书林陈德宗刻本;《重订校正魁板句解消砂经节图地理诀要雪心赋》五卷,唐卜应天撰,明谢志道注,万历三十年(1602)书林怡庆堂余苍泉刻本;《鼎镌燕台校板发微五星大全》二卷,万历三十四年(1606)闽建书林杨氏刻本;《新刻筮林总括断易心镜大成》三卷,明夏青山撰,万历三十五年(1607)积善堂陈奇泉刻本;《新刻官板地理造福玄机体用全书》十九卷,明徐华盛辑,万历四十三年(1615)书林余继泉、余祥我刻本;《新编分类当代名公文武星案》六卷首一卷,明陆位撰,万历四十四年(1616)书林余应虬刻本;《新镌柳庄麻衣相法》四卷,万历四十五年(1617)书林余云波刻本;《大明天元玉历祥异图说》七卷,万历四十七年(1619)余文龙刻本;《新刻杨救贫秘传阴阳二宅便用统宗》二卷,明邵磻溪撰,明种德堂熊冲宇刻本;《新刊指南台司袁天罡先生五星三命大全》四卷,明书林种德堂熊冲宇刻本;《镌地理参补评林图诀全备平沙玉尺经》二卷,题元刘秉忠撰,明刘基注,赖从谦增释,明徐之镆参补,附录一卷,明建邑书林陈贤刻本;《重镌官板天机会元增补地学剖秘万金琢玉斧》三卷,明徐之镆撰,明万历书林陈氏积善堂刻本;《新刻官板禽奇盘例定局造化神枢》五卷,明徐之镆撰,李挺秀校,万历年间建邑书林积善堂陈孙贤刻本;《重校刊官板地理玉髓真经》二十八卷,宋张洞玄撰,宋刘允中注,后卷一卷,宋房正撰,明书林陈孙贤刻本;《鼎镌地理太极玄诠集神经总括》四卷,明翁梦祥撰,万历书林萧世熙刻本;《新著地理独启玄关罗经秘旨》四卷,明徐世彦撰,明书林熊秉宸熊安本刻本、崇祯闽建书林刻本;《新镌神峰张先生通考辟谬命理正宗大全》六卷,明张楠撰,万历年间艺林杨氏四知馆刻本;《新镌徐氏家藏罗经顶门针》二卷,明徐之镆撰,天启三年(1623)序书林积善堂陈孙贤刻潭阳书林继善堂陈瞻日重刻本;《刻仰止子参定正传地理统一全书》十二卷首一卷,明余象斗辑,崇祯元年(1628)余应虬、余应科刻本;《重订相宅造福全书》二卷,明黄一凤撰,崇祯二年(1629)建阳刘孔敦刻本;《新刻统会诸家风鉴补图心传相法》十二卷,明葆和子撰,崇祯十七年(1644)潭阳积善堂陈玉我刻本;《新刊一行禅师演禽命书》六卷,明喻冕辑,明书林熊辅刻本;《新锲徽郡原板梦学全书》三卷、首一卷,明书林熊建山刻本;《新刊增补出像解梦》三卷,明云间子撰,云杨子增补,明末书林五云子刻本;《新刊应验天机易卦通神》四卷,明凌霄凤述,明潭城书林泰斋甫杨春荣刻本;《重较司台历数命理璇玑》五卷《视掌图》一卷、首一卷,明胡凤鸣编,明余氏三台馆刻本;《全补司台历数袖里璇玑》十一卷、首一卷,明李翀编,明书林清白堂杨帝卿刻本;等等。

  这类图书太多,不胜枚举。而如此不避繁琐罗列,是为了以视觉震撼的形式略为呈现其编刊盛况。事实上,以上列举仅为现存刊本的一部分,而佚失的刊本应当更多。这些图书稿源来自历代累积和发展,编撰者以闽北及周边文人为主,而遍及南北各地,销售定位面向全国读者需求,从中可见当时社会民俗文化,亦可想象彼时普遍信"巫"的社会文化心理。所谓俗文化的"小传统",实不分阶层渗透于民众日常生活,影响并形成民众个体和公共社会诸多泛巫仪式。这样的文化环境,正是神魔小说孳衍和传播的土壤。

这些面向全国读者需求的刻书,可见当时社会民俗文化。但是建阳书坊如此繁盛的宗教与民俗图书刊刻,跟建宁府此地山水有灵的神异巫风一起,无疑构成了同一文化场域互为关联的文化基因。这些图书既为神魔小说编撰提供了文献资料,又形成了神魔小说生发的叙事传统,既是神魔小说编刊的宗教文化和刻书文化背景,也是神魔小说编创重要的知识背景。

在宋元建阳刻书中,《新编连相搜神广记》一书对明代神魔小说产生了最为直接的影响,后文将着重介绍明代建阳编刊神魔小说与《搜神广记》的关联。

二、宋元刊刻小说神怪题材的积累

作为神魔小说来源之一的志怪小说和宋元说话,其中神仙怪诞之事既印证了宗教和民间信仰的发展历史,又作为文学传统影响了后世神魔小说的编撰。

神怪类小说的刊刻在闽北也有长久而丰厚的积累,本书上编所述宋元建阳刊刻小说中多有神仙志怪类。宋代如《括异志》、《夷坚志》皆为志怪小说,曾慥《类说》所选小说也有不少志怪。元代建阳刊刻小说中也有志怪题材,比如《江湖纪闻》,从现存残卷来看是志怪小说;《新编湖海新闻夷坚续志》主要是神仙怪异之事;《红白蜘蛛》,从其残叶来看,也属于小说中的灵怪一类。此外,《新雕大唐三藏法师取经记》被认为是建阳刻本,学界认为已佚的《西游记平话》也可能出于建阳书坊刊刻。

在宋元刊刻小说中,洪迈《夷坚志》取材繁杂,包罗万象,内容丰富,凡仙鬼神怪、医卜妖巫、释道淫祀、风俗习尚等无不收录,可谓展现宋代社会生活的巨幅画卷。而大量的民间神怪传说,跟地域文化关系密切,据学界统计,其中湖北故事154则[1],四川故事130余则[2],皖江地区故事约百则[3],湖

---

[1] 杨宗红《〈夷坚志〉所见宋代湖北的民间信仰》,《区域文学与文化研究集刊》2019年第2期,第205页。
[2] 杨宗红《南宋时期四川的民间信仰与地域社会——以〈夷坚志〉为中心》,《宗教学研究》2017年第2期。
[3] 陈思瑞、李梦圆《从〈夷坚志〉看南宋皖江地区民间信仰》,《安庆师范学院学报》2015年第4期。

州故事超过 50 则①，徽州故事 30 余则②，这些故事，客观上呈现了以长江流域为主的南方地区的民间信仰。《夷坚志》中的福建故事多达 167 则，与洪迈的生平经历有关，洪迈为江西鄱阳人，曾任职闽地，谙熟福建风俗民情、历史掌故、逸闻琐事。以下略为介绍《夷坚志》记载的福建民间信仰，从中亦见建刻神怪题材小说的积累和发展过程。

《夷坚志》记载了南方地区大量动物神信仰，其中最具福建地域特色的是蛇信仰，如《葵山大蛇》、《闽清异境》、《蒋山蛇》等。《莆田处子》记叙政和县民往莆田买一处子，对外宣称是做妾，实际上用来祭祀大蛇。

山魈也是具南方特色的传说。《山海经》记载："南方有赣巨人，人面长唇，黑身有毛，反踵，见人则笑，唇蔽其面，因可逃也。"③"赣巨人"应该就是山魈。三国吴之韦昭注《国语》云："夔，一足，越人谓之山缲。"④《夷坚志·江南木客》记载：

> 大江以南地多山，而俗機鬼，其神怪甚诡异，多依岩石树木为丛祠，村村有之。二浙江东曰"五通"，江西闽中曰"木下三郎"，又曰"木客"，一足者曰"独脚五通"，名虽不同，其实则一……或能使人乍富，故小人好迎致奉事，以祈无妄之福……尤喜淫，或为士大夫美男子，或随人心所喜慕而化形，或止见本形，至者如猴猱、如龙、如虾蟆，体相不一，皆矫捷劲健，冷若冰铁。⑤

可见山魈崇拜具有祸福双行的特点：一方面，山魈变幻多样、神通广大，能给人带来横财，民众因利益驱使而供奉；另一方面，山魈作恶多端，令人恐惧，不得不通过供奉来祈求平安。但《夷坚志》记载的多是山魈为害的传说。如《汀州山魈》记载"汀州多山魈，其居郡治者为七姑子"⑥，陈通判之女夜间睡觉时，受到化为黑长大汉的山魈侵扰。《汀州通判》亦记叙了汀州推官

---

① 蔡圣昌《〈夷坚志〉里的湖州故事》，《书屋》2019 年第 1 期。
② 程诚《从〈夷坚志〉看南宋徽州民间信仰》，《许昌学院学报》2014 年第 4 期。
③ 方韬译注《山海经》卷十八《海内经》，中华书局 2009 年版，第 276 页。
④ 〔吴〕韦昭注，明洁辑评《国语》，上海古籍出版社 2008 年版，第 92 页。
⑤ 〔宋〕洪迈撰，何卓点校《夷坚志》第二册，《夷坚丁志》卷第十九《江南木客》，第 695 页。
⑥ 〔宋〕洪迈撰，何卓点校《夷坚志》第一册，《夷坚乙志》卷第七《汀州山魈》，第 240 页。

厅有"七姑子"之扰。《漳民娶山鬼》谓漳州一村民上山砍柴时遇见一女子，便娶之为妻，结婚当日村民妹妹发现新娘只有一足，吓得不敢吱声，婚后第二天家人发现新郎只剩白骨在床，这才知道新娘原来是山魈所化。

《夷坚志》记载了大量自然神信仰。如《杉洋龙潭》记载淳熙甲辰岁福州盛夏不雨，古田县杉洋山中的龙潭内有龙，邑丞陈某对其祈雨有验，郡中将此事上奏朝廷，龙潭被加封立庙。《黄蘖龙》记载福州黄蘖寺山中有龙潭，寺僧曰："此福德龙也。常时行雨归，多闻音乐迎导之声，或云云雾中隐隐见盘花对引其前者。"①《龙溪巨蟹》还记载了一只具有降雨功能的螃蟹，说福州长溪县之东二百里的龙溪内有一只巨蟹，对其祈雨必应。这些记载，跟方志中山水灵异的记载相类似，正是神魔小说产生的环境，也往往作为环境背景和情节因素融入了神魔小说的书写中。

福建自古信鬼崇巫，往往信巫而不信医。蔡襄《圣惠方后序》谓："闽俗左医右巫，疾家依巫索祟，而过医之门十才二三，故医之传益少。"②《夷坚志》记载了不少巫师作法为民除祟治病之事。如《李氏红蛇》，长溪李氏因蛇祟行止错乱，巫医作法治愈。《福州大悲巫》，福州有巫师能以秽迹咒作法为人除祟治蛊，异常灵验。当地有一未婚少女忽然怀孕，巫师通过作法，发现是池塘中鲤鱼精作祟，除去鲤鱼精后祟乃止。秽迹金刚最初是佛教信仰，阿质达霰汉译佛经《秽迹金刚法禁百变法》在唐代传播后极为盛行，到了宋代，秽迹金刚法已成为巫师作法除祟的主要手段，从中可见佛教传播中与道教及民间信仰相融合的过程，及其世俗化、本土化的特点。

巫术崇拜多具恶神色彩，令人恐惧。《夷坚志》中《汀民咒诅狱》篇，记载汀州民聂氏与某氏运用巫术互相诅咒，久而久之，竟导致两个家族相继死亡几十人。《夷坚志》中好几篇记载"蛊"，一种神秘害人的巫术。如《漳士食蛊蟆》，漳州一士人在路上拾到用金帛包裹的蛊虾，当晚两个大如周岁儿的青蟆寻到家中，士人杀之而煮食，最终逃过一劫。《林巡检》，泉州官吏林巡检在回家路上拾到价值二百余两的银酒器，回家后才得知这是他人转嫁的金蚕蛊，当晚果然有一丈多长的大蛇找上门来，林巡检既不愿养蛊害人又

---

① 〔宋〕洪迈撰，何卓点校《夷坚志》第一册，《夷坚乙志》卷第十三《黄蘖龙》，第296—297页。
② 〔宋〕蔡襄《圣惠方后序》，蔡襄著，〔明〕徐𤊹等编，吴以宁点校《蔡襄集》，上海古籍出版社1996年版，第519页。

不想被蛇所害,于是生吃了蛇,竟也安然无恙,众服其勇。《黄谷蛊毒》还介绍了福建蛊毒的分布、种类、制作和施蛊过程、危害程度、解蛊方法。

《夷坚志》中涉及佛道信仰的篇目较多,包括佛道护佑、降妖除怪、游历地狱、预言、占卜、炼金术、治病除祟等多种题材。如《林翁要》,福州南台寺塑新佛像后想将旧观音像销毁,渔民林翁要及时将旧观音像请回家中供奉,后林翁要遭遇危难时急呼观音求救,最终幸免于难。《李氏乳媪》,建州丰国监官员李元佐之女的乳母陈氏生前性格悍戾,常与人争吵,口业深重,死后骨灰中却有舍利子,皆因生前几十年如一日诵读《莲花经》。《泰宁狱囚》,泰宁狱囚邓关五殴杀一桶匠后拒不认罪,死者家属长期信奉广祐王,于是赴光泽请广祐王携神吏击打邓关五,邓关五认罪伏法。《福僧法信》,福州僧人法信为西隐寺长老寿正转世投胎,他一出生就不嗅荤味,十五岁出家落发,四十七岁圆寂后众僧忽见他从白光中站起,穿入云霞,往西方而去。《鼠坏经报》,鼠母把《金刚经》咬碎用来做窝,结果新生鼠皆无足。《范砺无佛论》,建阳人范砺因著书宣扬无佛论,不久后病死,转世投胎后通身生疮,三岁即夭亡。《黄十一娘》、《司命真君》、《细类轻故狱》等篇目记叙了地府中各种炼狱受难情景。《道人相施遂》,有道士擅长看相,分别为邵武人吴淑、黄铸、施遂看相算命,几十年后,三人的命运皆如道人所言。《任道元》,福州人任道元,少年慕道,师从欧阳文彬练习天心法,效果异常显著,他在黄箓大醮上作法时观者云集。《张抚幹》,延平人张抚幹既善治病,又能作法驱使神祠中的黄衣小吏为己所用。《孙士道》,福州海口巡检孙士道,曾经遇见异人传授治病符法。《李秀才》,福州人李纶的门客李秀才会炼金术。《朱氏乳媪》,建宁陈天与侍郎之女的乳媪梦中被白衣人带走,后被道士作法召回。这些皆为佛道俗化故事。

《夷坚志》的一些佛道故事体现了佛教发展过程中与道教的融合,其实也是佛道俗化的表现。如《宗本遇异人》,邵武僧人宗本原先只是一个普通农民,因偶然吃了道人所赠三颗红药,就不复归家,出家为僧,游历四方,成为有预知能力的名僧。《张圣者》,福州僧圆觉本是水西双峰下居民,入山砍柴时偶遇钟离子,予之笋,食后能预言人之福祸死生,并出家为僧。佛道之间互相竞争与排斥,在《夷坚志》也有不少体现。最能反映佛道二教竞争的篇目是《王侍晨》,讲述道士王侍晨初入闽时不受人敬重,居住在福州庆城寺时还被寺僧捉弄,王侍晨一怒之下作法整死了寺僧们。当时福州僧人圆觉正以法术出名，郡中有人请求圆觉作法祈雨，王侍晨决定"当作哄这秃一场"①，便与圆觉互相斗法，最终战胜圆觉成功祈雨，自此声名大噪，道教在福州城中也信徒剧增。《夷坚志》所呈现的佛教、道教既融合又竞争的关系，印证了历史文献中关于佛教、道教发展情况的记载。佛道不分或佛道相争，亦多见于后世《西游记》及其他神魔小说。值得一提的是，道教故事中的道士多使用五雷法、天心法等法术与符咒，属于符箓派，显然与福建临近江西道教区有关，也跟洪迈江西人对此较为熟悉有关。明代建阳刊神魔小说作者多为江西人，道教故事中也多为符箓派道士。

《夷坚志》记载了大量英雄崇拜、名宦贤人崇拜而产生的人格神，这些人格神来源于社会各阶层，有官吏，也有普通百姓。《黄师宪祷梨山》中的建安梨山李侯庙，祭祀的是唐代建州刺史李频。当时正值黄巢起义军过建州，盗贼四起，县政不治，建州局势相当混乱。李频到任后，严肃官规、惩办盗贼、倡礼循法相提并行，使建州社会安定，民生安宁。后李频病死于任内，建州百姓建梨岳李侯庙以祀之。《白石大王》，福州人陈祖安之父，在待缺兖州通判时，梦见黄衣人持符至，任命他为白石大王。《杨母事真武》中的真武神，又称玄武大帝、祐圣真君、玄天上帝等，是汉族民间信仰神祇之一，流行于南北各地。《义夫节妇》，顺昌县军校范旺在范汝为起兵叛乱时宁死不投降，牺牲后乡人立祠纪念他。《画眉山土地》，侯官县以卖扇为业的市井小民杨文昌，因为朴实安分又孝顺母亲，死后成为西川嘉州的画眉山土地。有意思的是，有些人格神并非从始至终由一人担任，而是可以轮岗。《画眉山土地》，杨文昌上一任的画眉山土地公是郑大良。《新广祐王》中，邵武军大乾山的广祐王庙，原本祭祀唐末欧阳使君之神，但到南宋乾道四年（1168）时，已由浦城县临江丞陈公接任广祐王，陈公以进士登第，平生廉正，为乡人所称。《夷坚志》中各类人格神虽然来源广泛，但生前无不是忠臣、良将、义士或造福乡里的积德行善之人。

妈祖崇拜也是人格神信仰。《夷坚志》有两则关于妈祖崇拜的记载，一是支景卷九《林夫人庙》："兴化军境内地名海口，旧有林夫人庙，莫知何年所立，室宇不甚广大，而灵异素著。凡贾客入海，必致祷祠下，求杯珓，

---

① 〔宋〕洪迈撰，何卓点校《夷坚志》第三册，《夷坚支丁》卷第十《王侍晨》，第1049页。

祈阴护,乃敢行,盖尝有至大洋遇恶风而遥望百拜乞怜,见神出现于樯竿者……"①二是支戊卷一《浮曦妃祠》,福州人郑立之从广东番禺泛海还乡时,在莆田浮曦湾遭遇海盗,危在旦夕之际,获得崇福夫人庇佑,得以脱困还乡。林夫人与崇福夫人均指妈祖。这两篇被认为是最早描写妈祖的小说。

《夷坚志》还有大量梦兆故事。梦兆信仰早在春秋时期就已盛行,《左传》中有不少关于预示梦的记载。《夷坚志》有30则福建题材的梦兆故事,其中23则士子科举考试之事,有向神祈梦、术士看相、诗谶、因果报应、命定论等多种类型。如《威怀庙神》、《邵武秋试》、《邹状元书梦》、《大乾庙》都记叙了士子们在应试前向神祈梦的故事。宋代福建科举极盛于邵武和莆田,由此形成了大乾庙和九鲤湖两大科举祈梦中心。大乾庙位于邵武市大乾村,供奉的是隋代欧阳祐,传说异常灵验,在《夷坚志》中被反复提及。《卢熊母梦》、《郑侨登云梯》、《鬼呼学士》、《冯尚书》、《林子元》、《张注梦》等篇目,或通过梦境,或通过鬼物之口,证明登科与否是命中注定,非人力所能及。《叶丞相祖宅》、《黄戴二士》、《俞翁相人》等篇目,则是术士通过看相,精准预言士子们的科举结果和仕途前程。《天宝石移》、《金溪渡谶》、《许氏诗谶》通过诗谶的方式,预告当地出状元,有的士子为了应谶特意改名,却无济于事。而《不葬父落第》、《陈元舆》等篇目,则讲述了因不孝、枉害他人性命而落第或仕途不顺的故事。这么多的科举梦兆,正是宋代福建文教兴盛的反映,颇有地域特色。

《夷坚志》中的福建题材,印证了福建民间信仰的历史形态,其中既有起源古老的动物神信仰、巫术信仰,也有在北方文化南迁过程中逐步发展起来的佛道信仰和人格神信仰、梦兆信仰等。

元代建阳刊小说也反映了当时的民间信仰,特别是福建江西及邻近地区的民间信仰。从书名就可见受到《夷坚志》影响的《新编湖海新闻夷坚续志》,分门别类编录当时各种奇闻,从门类标题可见此书以神异之事为主,如前集卷一人事门有一类"分定";符谶门包括留谶、贵谶、乱谶、兵谶、祸谶等五类。前集卷二珍宝门异宝类有《蜈蚣孕珠》、《巨蛇吐珠》等;拾遗门多为骇人听闻之怪事,如《骷髅神怪》、《人肉馄饨》等;艺术门包括相、画、地理、妖术、幻术等五类;警戒门包括天谴、神谴、戒杀、警世、诱化、咒咀等六

---

① 〔宋〕洪迈撰,何卓点校《夷坚志》第二册,《夷坚支景》卷第九《林夫人庙》,第950页。

类;报应门包括善报、恩报、冤报等三类。后集卷一神仙门包括仙真、仙异、遇仙、得仙等四类;道教门包括斋醮、道法、道术、道经、箓等五类。后集卷二佛教门包括佛像、佛化、佛僧、佛遣、水陆、佛经、证悟等七类;神明门包括死后为神、神灵、神异、神医等。此外还有怪异门、精怪门、灵异门、物异门,书后补遗一卷还有报应门等。洪迈《夷坚志》在后世往往以分类编辑的方式传播,这部"夷坚续志",其实也是以分类方式编排的"夷坚"新编。

《湖海新闻夷坚续志》也有着大量的福建题材,比如前集卷一人事门分定类《得银分定》叙建宁府大参徐清叟得银事,《财各有主》叙福州阮教授之事,生育类《判官为嗣》叙浦城李景韩事,《禅僧托生》叙建阳县河源庵禅僧宗元事,神仙门得仙类《顿悟成仙》叙许真君之事,后集卷一道教门道法类《法救产母》叙建安人翁道应救产之事,与临水夫人救产事类似,箓类《授箓感应》叙邵武军妇人诣龙虎山参授九真妙戒箓之事,后集卷二佛教门佛经类《金刚经免死》叙建阳崇政南窟华家山老叟华友诵《金刚经》灵验之事,后集卷二神明门神灵类《神救产蛇》叙徐清叟子妇得陈靖姑助产之事,等等,皆为福建地区事情。

当然,志怪小说多为民间信仰所衍生,我国各地民间信仰既具有共性,又多有地域个性,民间信仰所衍生的志怪小说也如此,无论题材类型还是思想观念,既体现共性,也具有各地不同信仰所带来的地域特性。《夷坚志》以及此后的志怪小说、神魔小说皆如此。

小说是隐形史料,文言小说尤其如此。从《夷坚志》《湖海新闻夷坚续志》等表现的民间信仰和民俗文化,我们可以理解建阳书坊为何刊刻那么多宗教民俗、风水地理、玄学解梦等著作。同时,这些小说对后世神魔小说的编刊有着重要意义,其中不少题材为明代神魔小说所袭用。比如妈祖的故事,从《夷坚志》中的《林夫人庙》等,发展为明代《天妃济世出身传》,题材规模和故事地域的扩展,也正是妈祖信仰发展壮大的表征。又比如《夷坚甲志》卷六之《宗演去猴妖》记载的猿猴崇拜,以及其中宗演说偈:"猴王久受幽沉苦,法力冥资得上天。须信自心元是佛,灵光洞耀没中边。"从中似可见《西游记》孙悟空形象塑造的文化基因之一。《湖海新闻夷坚续志》记载的崇福夫人、陈靖姑、许真君、张天师、玄天、吕仙、观音、钟馗等等,也都成为后世神魔小说的主角。宋元小说中的志怪故事,作为文学因素和文学传统,融入了后世小说发展之中,明代神魔小说编撰者或以之为素材,编入神魔小说的故事构架之中，或从中得到启发，生发出新的神魔故事想象。宋元志怪小说保存了神魔小说衍生的过程。

第四节 民间信仰视域中的神魔小说编刊

现存《西游记》明代刊本多出于建阳，或跟建阳书坊关系密切，近年关于《西游记》题材发展和传播源流的南北系统说也颇受关注。在《西游记》传播之后，建阳书坊受启发而编撰了大量神魔小说，这些小说受到《西游记》影响，但同时接受了宗教民俗、民间信仰和前代志怪小说等文学、文化传统的影响，吸收了大量民间传说，尤其跟元明刊本《搜神广记》关系密切。这些文学、文化传统往往具有南方地区乃至全国之共性，但由于大量神魔小说出自建阳书坊，作者多为长期服务于建阳书坊的文人，以福建、江西人为主，其小说编撰从素材来源到叙事方式都可能呈现地域文化的一些影响。

一、《西游记》编刊和传播的福建语境

《西游记》现存刊本中，世德堂本第十六回为建阳书坊熊云滨补刻，清白堂本和闽斋堂本为删改本，阳至和本和朱鼎臣本为简本，这么多不同类型的刊本，可见建阳书坊对《西游记》刊刻的重视和喜好。其中朱鼎臣本和阳至和本的唐僧出身故事为其他明刊本所无，因此颇受研究者关注，尤其是其中较为完整叙述唐僧出身故事的朱鼎臣本。关于《西游记》繁本和简本的关系也因此而备受关注，与此相关，《西游记》成书的南北系统说也在近二三十年得到关注。在学界研究基础上，我们着重从猿猴传说和大圣崇拜角度介绍建阳书坊编刊《西游记》的文化背景，略及《西游记》简本文简事繁的特点。

（一）猿猴传说和大圣崇拜：《西游记》改编和刊行的文化背景

《西游记》现存多种版本的改编和刊行，首先因于这部小说高超的艺术成就而广为大众所喜好。而建阳书坊多次刊行和改编《西游记》，除了名著效应带来的书商逐利因素，应该还与福建乃至南方地区的猿猴传说和大圣崇拜相关，改编者和接受者对猴精、大圣故事有着浓厚兴趣。

关于猿猴成精作乱的记载，较早见于汉代《焦氏易林》，其卷一"坤"之

"剥"："南山大玃，盗我媚妾。怯不敢逐，退而独宿。"①大玃就是大猿猴，这是关于猿猴抢女人的传说。唐代以后，南方的岭南、四川、福建等地流传着猿猴精偷仙桃、抢女人、占山为王、战天兵等故事，它的称号往往是"某某大圣"，比如通天大圣、齐天大圣、丹霞大圣，民众对这些大圣由恐惧发展成为崇拜，大圣信仰在南方地区分布颇为广泛。

就福建地区来说，山多林密的自然条件适合猿猴生存，因此自古以来多有猿猴传说。宋代祝穆《方舆胜览》"武夷山"条谓："武夷山，在崇安南三十里。山多猕猴。"上引梁克家《（淳熙）三山志》亦言："始州户籍衰少，耒锄所至，甫迩城邑。穹林巨涧，茂木深翳，小离人迹，皆虎豹猿猱之墟。"②《三山志》卷四二《土俗·畜扰》还记载了闽地猿猴多、猴患重的情形："猴，《诗》谓之猱。大历中，有数百集古田杉林中，里人欲伐木杀之，有一老者飞下，纵火爇树傍家，于是，人走救火，遂得脱去。"③说法虽近传奇，但猴子之多，可见一斑。清代郭柏苍《闽产录异》记载多种猿猴，其中"猴，性淫而躁。山县多产之。汀属尤多……诏安乌山多大猴……"④猴多成患，百姓祈求平安，从而衍生了福建民间信仰中的猿猴崇拜。

洪迈《夷坚甲志》卷六《宗演去猴妖》，是见之文献较早的福建地区猴神崇拜传说：

> 永福县能仁寺护山林神，乃生缚猕猴，以泥裹塑，谓之猴王。岁月滋久，遂为居民妖祟。寺当福泉南剑兴化四郡界，村俗怖闻其名。遭之者初作大寒热，渐病狂不食，缘篱升木，自投于地，往往致死，小儿被害尤甚。于是祠者益众，祭血未尝一日干也。祭之不痊，则召巫觋，乘夜至寺前，鸣锣吹角，目曰取摄。寺众闻之，亦撞钟击鼓与相应，言助神战，邪习日甚，莫之或改。长老宗演闻而叹曰："汝可谓至苦，其杀汝者，既受报，而汝横淫及平人，积业转深，何时可脱！"为诵梵语大悲咒资度之。是夜独坐，见妇人人身猴足，血污左腋，下旁一小猴，腰间铁索絷两手，抱稚女再拜于前曰："弟子猴王也，久抱沉冤之痛，今赖法力，

---

① 〔汉〕焦延寿著，〔清〕尚秉和注《焦氏易林注》，九州出版社2010年版，第12页。
② 〔宋〕梁克家修纂《（淳熙）三山志》卷之三十三《寺观类一·僧寺（山附）》，第512页。
③ 〔宋〕梁克家修纂《（淳熙）三山志》卷之四十二《土俗类四·畜扰》，第664页。
④ 〔清〕郭柏苍著，胡枫泽校点《闽产录异》卷五《毛属·猿》，岳麓书社1986年版，第212页。

得解脱生天,故来致谢。"复乞解小猴索,演从之,且说偈曰:"猴王久受幽沉苦,法力冥资得上天。须信自心元是佛,灵光洞耀没中边。"听偈已,又拜而隐。明日,启其堂,施锁三重,盖顷年曾为巫者射中左腋,以是常深闭。猴负小女如所睹,乃碎之。并部从三十余躯,亦皆乌鸢枭鸱之类所为也。投之溪流,其怪遂绝。①

洪迈记载的是福州永福县能仁寺供奉的护山林神,原为生缚猕猴裹泥塑成,猕猴怀怨,作祟于民,民众不得已,只好供奉它。

又据《(淳熙)三山志》记载,乌石山三十六奇之一宿猿洞:"怪石森耸,藤萝蓊翳。昔隐者畜一猿,宿因以名之。"②后来隐士身殁,百姓立庙祭祀,其随身之猿亦得同祀,此后香火不断,猿反客为主,成为主要祭祀对象。郭白阳《竹间续话》记载:"乡人祀猴王其中。洞外石壁三面,俱有题刻。南面宋程师孟篆'宿猿洞'三大字……"③

唐宋以来,福州地区猴王故事演化日益复杂,且与陈靖姑传说合流。清代里人何求《闽都别记》讲述了陈靖姑收丹霞的故事,丹霞大圣原是一只大红毛猴,在扬州淫人妻女,被陈靖姑收而陶之,带回福州,安放在宿猿洞以听调遣。《闽都别记》第一百三十八回道:"再说临水陈夫人所安顿乌石山宿猿洞之丹霞大圣,自归正法后,受过敕封,又在洞修炼,法术无边,显圣佑民。城市乡村皆有齐天府,俗称猴王庙。有人来祈祷,信者得显应,慢者即降祸,故远近之人莫不敬畏,不敢轻慢。"④齐天府供奉的正是宿猿洞猴精,号称"丹霞大圣"。《闽都别记》虽然是清代文本,但是,保留的民间故事形态却是历代长期形成的。伴随陈靖姑信仰的传播,传说中作祟作恶的猴精演变成了护佑民众的大圣,至今,丹霞大圣多见于临水夫人庙之陪祀。齐天府在福州很常见,在福建各地,乃至东南沿海、台湾、东南亚一带也极为普遍。明代《西游记》传播以后齐天府供奉的大圣常被认为是齐天大圣。

猴王崇拜在闽北亦有悠久历史。大约 2002 年前后,顺昌县文物工作者

---

① 〔宋〕洪迈撰,何卓点校《夷坚志》第一册,《夷坚甲志》卷第六《宗演去猴妖》,第 47—48 页。
② 〔宋〕梁克家修纂《(淳熙)三山志》卷之三十三《寺观类一·僧寺(山附)》,第 516 页。
③ 〔清〕郭白阳《竹间续话》,参见林枫、郭柏苍、郭白阳辑撰,福州市地方志编纂委员会整理《榕城考古略 竹间十日话 竹间续话》,海风出版社 2001 年版,第 26 页。
④ 〔清〕里人何求《闽都别记》上册,福建人民出版社 2008 年版,第 472 页。

在顺昌宝山最高峰宝峰顶的南天门后发现供奉"通天大圣"、"齐天大圣"牌位的双圣庙,考证认为是明初之物。随后福州大学王枝忠教授带领学生对顺昌及邻县作田野调查,另外发现了十七通"通天大圣"石碑。① 另据顺昌本地人所言,顺昌县内有大圣神位碑或祭坛五十多处,大圣寺庙二十多座。② 也有学者说顺昌县保留元明清以来通天大圣和齐天大圣信仰遗存多达百处。③ 闽北的大圣崇拜以通天大圣为主,明代以后由于《西游记》的影响,多齐天大圣信仰。

从大圣信仰的发展过程可见,猴神崇拜在福建具有久远的历史,《西游记》在建阳和周边地区的传播,就有民间信仰为基础的文化认同因素在内。而闽北大圣崇拜从通天大圣为主变为齐天大圣为主,齐王府的丹霞大圣被误以为齐天大圣,则又可见《西游记》的广泛传播和深远影响。

当然,建阳书坊还可能在宋元时期刊刻过《大唐三藏法师取经记》和《西游记平话》,这些作为《西游记》编刊的文学传统自不必说。

关于《西游记》的成书,学界已有深厚研究。唐代贞观十九年(645),西行取经的玄奘法师归国,戈壁古道上可能就开始流传有关玄奘传说,以及他带回的异域故事,这是后来唐僧取经神魔故事的基础。取经故事在西域和中国北方的传播过程中,产生了"猴行者"形象,他一路打妖伏怪护送唐僧取经,逐渐成为了取经故事的主角。《西游记》成书的北方系统说最早成为学界共识。近几十年,学界逐渐注意到福建猴文化崇拜的传说,以及福建传统戏曲中"陈光蕊故事"等"前《西游记》"的故事传说,因而讨论《西游记》传播源流中"南方系统"的贡献。

学界研究认为,从张世南《游宦纪闻》所记永福僧张圣者诗、刘克庄《释老六言》十首之四,可证明猴行者故事在南宋已流传到福建④。张圣者诗曰:"无上雄文贝叶鲜,几生三藏往西天。行行字字为珍宝,句句言言是福田。苦海波中猴行复,沉毛江上马驰前。长沙过了金沙滩,望岸还知到岸

---

① 王枝忠、苗健青、王益民《顺昌大圣信仰与〈西游记〉》,《福州大学学报》2006年第3期。
② 潘棋兴《顺昌民间故事中通天大圣形象分析》,宝山大圣文化丛书编委会编《众说宝山》,海峡文艺出版社2008年版,第122页。
③ 赖婷《从山林到海洋——福建齐天大圣信俗的跨海传播》,《集美大学学报》2021年第1期。
④ 徐晓望《论〈西游记〉传播源流的南北系统》,《东南学术》2007年第5期。

缘……"①刘克庄六言诗谓:"一笔受楞严义,三书赠大颠衣。取经烦猴行者,吟诗输鹤阿师。"②可见此时流传至福建地区的猴行者辅助唐僧取经的故事形态。

  取经故事中的猴行者大概可称为佛教猴,民间信仰中的大圣或可称为道教猴,本来是各自独立的两个传说系统,却因主角都是猿猴,虽然其来源和秉性大为不同,但两套故事逐渐被捏合在一起而形成了西游故事。元末明初钱塘杨景贤的《西游记》杂剧已将二猴合为一猴,塑造了神猴"通天大圣孙行者"的形象。而同时或更早的《西游记平话》则称玄奘法师收齐天大圣为徒,赐法名"吾空",改号"孙行者"。可惜《西游记平话》原书已佚,只能从朝鲜《朴通事谚解》中见其大概,可知情节规模已近于明代万历年间出版的神魔小说《西游记》。值得一提的是,现存元代平话均出于建阳书坊刊刻,所以,学界认为《西游记平话》也有可能出于建阳书坊。当然,《西游记平话》即使刊刻于建阳,也不能得出平话由建阳书坊编撰的结论。从说三分等讲史艺术的传播情况来看,更大的可能还是由杭州等中心城市的书会才人编写,至书坊出版的时候经过了书坊文人的编辑。不过,在西游故事的发展和神魔小说《西游记》的成书过程中,接受了南方系统猴精和大圣的传说,这是可能的。南北系统的神猴—大圣—行者形象相互渗透与融合,还可能吸收了外来文化的影响,最终形成了神魔小说《西游记》中"齐天大圣孙悟空"的形象。

(二)事繁而文简:《西游记》简本特征

  明代小说所谓简本,重要特征就是事繁而文简,《西游记》简本,"事繁"就是跟繁本相比多了陈光蕊江流儿故事,"文简"就是文学描写非常简陋,小说文字大幅度删减。

  世德堂本的书名是"西游记",阳至和本跟朱鼎臣本的书名,都增加了"西游"主导者唐僧的名字,阳至和本称为"新锲三藏出身全传",朱鼎臣本称为"鼎锲全像唐三藏西游释厄传"。阳至和本虽然题为"新锲三藏出身全传",其实只有卷二第一则《刘全进瓜还魂》末尾有一段言及"三藏出身":

---

① 〔宋〕张世南《游宦纪闻》卷四,《唐宋史料笔记丛刊》,中华书局1981年版,第31页。
② 〔宋〕刘克庄《后村先生大全集》卷四十三。

> 此人是谁？讳号金蝉。只为无心听佛讲法，押归阴山，后得观音保救，送归东土。当朝总管殷开山小姐，投胎未生之前，先遭恶党刘洪惊散父亲陈先(光)蕊，欲犯小姐。正值金蝉降生，洪欲除根，急令淹死。小姐再三哀告，将儿入匣抛江，流至金山寺，大石挡住，僧人听见匣内有声，收来开匣，抱入寺去，迁安和尚养成。自幼持斋把素，因此号为江流儿，法名唤做陈玄奘。他母幸得刘洪母贤，脱身修行不题。①

而真正可称为"三藏出身全传"的《西游记》版本目前所见惟有朱鼎臣本。朱鼎臣本卷四以八则篇幅叙述陈光蕊被害和江流儿出身故事。阳至和本卷二第一则这段叙述相当于朱鼎臣本卷四的梗概。阳至和本江流儿出身故事当然也可来源于南戏等其他文本，但是，书名为"三藏出身全传"，却无对应的主体故事，可见其袭自三藏出身故事文本。且阳至和本书名题作"新锲"，所谓"新锲"，则"三藏出身全传"很可能已经刊行过。当然，这个新锲对应的不一定是朱鼎臣本，因为现存版本并非历史上曾出现过的全部版本。

学界从现存世德堂本文本中残留的叙事痕迹推测，陈光蕊江流儿故事应该是前世本原来就有的故事。比如世德堂本第十一回一首诗介绍唐僧来历："……父是海州陈状元，外公总管当朝长。出身命犯落江星，顺水随波逐浪泱。海岛金山有大缘，迁安和尚将他养……"这就是陈光蕊江流儿故事，这个故事在小说叙事中并无对应的情节，只是文本中留下一些痕迹，比如第二十九回回目"脱难江流来国土，承恩八戒转山林"，这一回的插图标题为"波月洞江流僧脱难，宝象国八戒骋变化"。从中可见，《西游记》原本是有唐僧出身故事的，只是这个故事在现存世德堂本中被删除了，为何删除这个故事，一般认为应该是出于洁化圣僧形象的目的。现存《西游记》刊本只有简本保存了唐僧出身故事，则删除唐僧出身故事应为当时《西游记》编刊之主流。

追求故事之全之多，以此为新刊销售之噱头，是建阳刊小说简本常见的手段，比如《三国志演义》增加花关索故事，《水浒传》插增田虎王庆故事，且《水浒传》在书名中标榜"插增"和"全传"，现在分藏于德国斯图加特市邦立瓦敦堡图书馆等处的插增本，题为"京本全像插增田虎王庆忠义水浒全

---

① 《新锲三藏出身全传》卷二第四叶，芝潭朱苍岭梓，英国牛津大学博德林图书馆藏本。

传"。《西游记》增补陈光蕊江流儿故事与此同出一辙,比朱鼎臣本更简的阳至和本也以"全传"相标榜,题为"新锲三藏出身全传"。

《西游记》繁本与简本之间的关系颇为复杂,学界已有不少研究,我们在此不作讨论。但建阳刊《西游记》之有陈光蕊江流儿故事,应该跟本地的文学资源有关。陈光蕊江流儿故事原有南戏《陈光蕊江流和尚》,但全本今已佚失,钱南扬和王季思辑得佚曲40支,而福建地方戏保留了这一剧目。福建的莆仙戏被称为宋元南戏活化石,保留了数十个早期南戏剧目,其中《陈光蕊》跟南戏《陈光蕊江流和尚》佚曲关系颇为密切,应该保留了大量南戏遗存。① 莆仙戏《陈光蕊》与《西游记》简本中的唐僧出身故事大体相同。尽管很难判断朱鼎臣编入唐僧故事有多大程度的创造性,但显然,朱鼎臣之所以编入唐僧故事,至少有着本地文学传统的背景。

《西游记》简本跟世德堂本相比字数差距悬殊,朱鼎臣本大约13万字,阳至和本大约7万字,而世德堂本则大约70万字。所以,《西游记》简本跟繁本的文本差异非常大。《西游记》简本文学描写简单,主要是内涵相对单纯的志怪故事。

《西游记》繁本依托唐僧取经故事,着力于孙悟空等神魔形象的塑造,虽然吸收了来自历史文献的高僧故事和来自民间的猿猴传说,但经过艺术变形,故事形态和艺术形象都呈现出文人独立创作的色彩,作者借以书写世态人情,折射社会历史,抒发感慨和批评,内涵极为丰富,是神魔小说之杰构。鲁迅《中国小说史略》曾对比《四游记》之《西游记》与吴承恩《西游记》而有详细论述。虽然当时因为文献所限,鲁迅以为《四游记》之《西游记》早于吴承恩《西游记》,但对两者文学性描写的差异作了准确描述。《中国小说史略》谓:

> 惟杨志和(阳至和)本虽大体已立,而文词荒率,仅能成书。吴(承恩)则通才,敏慧淹雅,其所取材,颇极广泛……于西游故事亦采《西游记杂剧》及《三藏取经诗话》,翻案挪移则用唐人传奇(如《异闻集》、《酉阳杂俎》等),讽刺揶揄则取当时世态,加以铺张描写,几乎改观,如

---

① 郑尚宪《宋元南戏的珍贵遗存——莆仙戏〈王魁〉〈刘锡〉〈陈光蕊〉考述》,《厦门大学学报》2006年第3期。

第五章　建阳书坊编刊神魔小说的宗教文化背景

灌口二郎之战孙悟空,杨本仅有三百余言,而此十倍之,先记二人各现"法象",次则大圣化雀,化"大鹚老",化鱼,化水蛇,真君化雀鹰,化大海鹤,化鱼鹰,化灰鹤,大圣复化为鸨,真君以其贱鸟,不屑相比,即现原身,用弹丸击下之……

　　然作者构思之幻,则大率在八十一难中,如金㬎山之战(五十至五二回),二心之争(五七及五八回),火焰山之战(五九至六一回),变化施为,皆极奇恣,前二事杨书已有,后一事则取杂剧《西游记》及《华光传》中之铁扇公主以配《西游记传》中仅见其名之牛魔王,俾益增其神怪艳异者也。其述牛魔王既为群神所服,令罗刹女献芭蕉扇,灭火焰山火,俾玄奘等西行情状云……

　　又作者禀性,"复善谐剧",故虽述变幻恍忽之事,亦每杂解颐之言,使神魔皆有人情。精魅亦通世故,而玩世不恭之意寓焉(详见胡适《西游记考证》)……①

《西游记》简本无论是朱鼎臣本还是阳至和本,都删去了大量世态人情的摹写和丰富的历史人文意蕴,留下的就基本是内涵相对单纯的志怪故事了。以我们今天对小说艺术的评价标准来看,简本的艺术成就是很低的。但是,从清代不少《四游记》刊本即可见,这样的简本仍有其受众群体。为何这样的简本仍有其受众呢?应该有着小说传播多方面的因缘,但是,因缘之一,应该仍然是受众对志怪传说的兴趣,加上民间信仰的影响。

从现存刊本来看,《西游记》简本很可能刊于余象斗等人编刊神魔小说之后。目前所见标明出版时间的神魔小说,如万历三十年(1602)书林熊仰台刊三台山人仰止余象斗编《北方真武祖师玄天上帝出身志传》,万历三十一年(1603)余氏萃庆堂刊邓志谟编撰《新镌晋代许旌阳得道擒蛟铁树记》、《锲唐代吕纯阳得道飞剑记》、《锲五代萨真人得道咒枣记》,万历三十二年(1604)杨氏清白堂刊朱星祚撰《新刻全相二十四尊得道罗汉传》等,这些小说的编刊应该都在朱鼎臣本和阳至和本《西游记》之前。余象斗、邓志谟等人的神魔小说,显然是在《西游记》启发下编刊的,准确地

---

① 鲁迅《中国小说史略》第十七篇《明之神魔小说(中)》,《鲁迅全集》第九卷,第168—171页。

说，应该是在以世德堂本为代表的《西游记》繁本启发下编刊的，但是，建阳编刊的这些神魔小说跟《西游记》繁本的文人小说面貌差别很大，《西游记》繁本跟明代社会生活关系密切，往往借神魔故事影射现实，跟宗教信仰之间关系相对疏离，而建阳编刊的神魔小说更多依靠和附着于民间传说，跟民间信仰活动和相关的宗教类图书、神怪故事素材关系更为密切，其中不少小说的主旨在于宣教。《西游记》简本，其实是在余象斗等人编刊神魔小说的背景下产生的，因而《西游记》简本跟《北方真武祖师玄天上帝出身志传》、《八仙出处东游记》这些小说性质相似，即为较单纯的志怪故事。

二、建阳编刊神魔小说与《搜神广记》的题材关联

受到《西游记》畅销的激发，建阳书坊组织文人编撰神魔小说。但是，书坊文人不善凭空结撰，而习惯于在前代文献中寻找素材，显然，前代志怪小说以及建阳书坊所具备的前代刻书为文人编撰提供了便利。在志怪小说之外，宋元建阳刻书中的《新编连相搜神广记》对明代神魔小说产生了最为直接的影响。明代建阳书坊编刊神魔小说按照《搜神广记》的神仙谱系，几乎是按图索骥地编织出小说化的神魔世界。以下介绍明代建阳编刊神魔小说与《搜神广记》的关联。

元代建阳刊淮海秦子晋编《新编连相搜神广记》，是现存较早以儒家孔子、佛教释迦牟尼、道家老子为三尊，组成三教合一的神仙谱系，是研究古代宗教发展的重要资料。现存中国国家图书馆藏本曾经郑振铎收藏，郑振铎断为元代建安版。① 贾二强根据此书称元为圣朝，且有至元、大德、延祐年号，判断成书不早于元代中期，又根据字体与版式认为刊刻于元代中后期建阳书坊。② 此为神仙传记类作品，傅增湘《藏园群书经眼录》列为子部小说家类，但著录为"明刊本"。③ 宁稼雨《中国文言小说总目提要》、石昌渝《中国古代小说总目》、朱一玄等《中国古代小说总目提要》等皆未著录此书。石昌渝《中国古代小说总目》之"搜神记"词条在后世影响部分提到此书。

---

① 郑振铎《中国古代木刻画史略》，上海书店出版社2006年版，第23页。
② 贾二强《叶覆明刻〈三教源流搜神大全〉探源》，参见黄永年《古代文献研究集林》第二集，陕西师范大学出版社1992年版，第223—240页。
③ 〔清〕傅增湘《藏园群书经眼录》卷九《子部三》，中华书局2009年版，第668页。

此书前后两集,前集录 27 位神,后集录 32 位神,总计 59 位神,抄录如下。

前集:儒教源流(正文标题:儒氏源流) 释教源流(正文标题:释氏源流) 道教源流 圣母尊号 玉皇上帝 圣祖尊号 圣母尊号 东华帝君 西王母 后土皇地祇 玄天上帝 梓潼帝君 三元大帝 东岳 至圣炳灵王 佑圣真君 南岳 西岳 北岳 中岳 四渎 泗州大圣 五圣始末 万回虢国公 许真君 宝誌禅师

后集:卢六祖 三茅真君 萨真人 袁千里 傅大士 崔府君 普庵禅师 吴客三真君 昭灵侯 义勇武安王 清源妙道真君 威惠显圣王 祠山张大帝 掠刷使 沿江游奕神 常州武烈帝 扬州五司徒 蒋庄武帝 蚕女 威济李侯 赵元帅 杭州蒋相公 增福相公 蒿里相公 灵派侯 钟馗 神荼郁垒 五瘟使者 司命灶神 福神 五盗将军 紫姑神

《搜神广记》在元明多次刊行,其中"闽刻间有之,而存什一"①。现存明刊本主要有六卷本和七卷本,七卷本有建阳书坊四知馆杨丽泉刊本。② 明刊本在元刊本基础上又增入了大量神仙,虽为书坊编刊所增,亦可见神仙谱系在元代以后的发展。此据叶德辉宣统元年影写明刊七卷本《三教源流搜神大全》,抄录增补 75 位神仙名录如下:

五方之神 南华庄生 观音菩萨 王元帅 谢天君 大奶夫人 天妃娘娘 混气庞元帅 李元帅 刘天君 王高二元帅 田华毕元帅 田吕元帅 党元帅 石元帅 副应元帅 槃瓠 杨元帅 高元帅 灵官马元帅 孚祐温元帅 朱元帅 张元帅 辛兴苟元帅 铁元帅 太岁殷元帅 斩鬼张真君 康元帅 风火院田元帅 孟元帅 慧远禅师 鸠摩罗什禅师 佛陀耶舍禅师 昙无竭禅师 佛驮跋陀罗禅师 杯渡禅师 宝公禅师 智璪禅师 大志禅师 玄奘禅师 元珪禅师 通玄禅师 一行禅师 无畏禅师 金刚智禅师 鉴源禅师 懒残禅师 西域僧禅师 本净禅师 地藏王菩萨 嵩岳伏僧禅师 知玄禅师 青衣神 九鲤湖仙 张天师 王侍宸 庐山匡阜先生 黄仙师 北极驱邪院 那吒太子 五雷神 电母神 风伯神 雨

---

① 〔明〕罗懋登《引搜神记首》,明万历间金陵三山唐富春刊六卷本《新刻出像增补搜神记》卷首,中国国家图书馆藏本。《引搜神记首》提及"岁万历纪元志癸巳,来止陪京,为披阅书记,得《搜神记》于三山富春堂",可知罗懋登于万历癸巳(二十一年,1593)在金陵富春堂见过此本并为之作序。

② 《三教源流圣帝佛师搜神大全》,内封题"四知馆杨丽泉梓行"、"西岳天竺国藏板"。

师神　海神　潮神　水神　波神　洋子江三水府　萧公爷爷　晏公爷爷
开路神君　法术呼律令　门神二将军　天王

这些神仙故事，大多已有悠久的流传历史，对此，学界多已有研究，叶德辉在刻本《后序》中所言简略，亦可资参考：

> ……尝考诸神始末，有流传极古而终属无稽者，如东华帝君、西灵王母，即东王公、西王母，见《集仙录》（宋李昉《太平广记》五十六引王母事，又见《山海经》、《穆天子传》、《列子》诸书）。玄天上帝，即玄武神，见唐段成式《酉阳杂俎》。梓潼帝君即张恶子，见崔鸿《十六国春秋·后秦录》，唐时有庙，见《李商隐诗集》（集有《题张恶子庙诗》）、《孙樵文集》（集有《祭梓潼神君文》）。三元大帝即三官，见梁陶弘景《真诰》，唐周昉画三官像，见宋徽宗《宣和画谱》。东岳主人寿命见《后汉书·乌桓传》、《方术·许曼传》；泰山神有子，见《魏书·段承根传》；有女，即嫁为东海妇者，见晋张华《博物志》；宋封其子为炳灵公，立庙建康府城北，见宋张敦颐《六朝事迹》（十二庙字门）。佑圣真君茅盈，即大茅君，见《尚书帝验期》（宋李昉《太平御览》六百六十一引）、《六朝事迹》（十神仙门）。五岳神姓名见东方朔《神异经》。五圣，即五通，见梁陶弘景《云笈七签》（云正月初九日五通仙生）、唐柳宗元《龙城录》（或云宋王铚撰，托宗元名），婺源有庙，宋大观三年赐额，宣和五年加封通贶、通祐、通泽、通惠、通济侯，乾道淳熙累封加八字，见宋王象之《舆地纪胜》（二十《徽州仙释》，注又引加封告命云。江东之地父老相传，谓兄弟之五人振光灵于千禩），临安有庙，见宋潜说友《咸淳临安志》（七十三）。许真君斩蛟，见唐张鷟《朝野佥载》（《太平广记》二百三十一引）；其二龙御舟事，见《许旌阳传》（《舆地纪胜》二十五《南康军仙释》引）。三茅真君，即茅盈及其弟固、弟衷，见《集仙录》（《太平广记》三十一引）、《茅君内传》（《太平御览》四十一引）。崔府君为唐滏阳令，宋淳化中，民于京城北立庙，见宋高承《事物纪原》（府君名瑗，字子玉，宋李心传《朝野杂记》谓即东汉之崔子玉，王象之《舆地纪胜》行在所显应观注、宋楼钥《攻媿集》显应观碑记辨其为唐人），磁州庙尤灵显，世传宋高宗乘庙中泥马渡江，见宋人撰《宣和遗事》；其赍牒拘虎事，见金元好问《遗山集·崔府君庙碑记》……钟馗，见唐人题吴道子

画《钟馗记》(宋沈括《笔谈》补引)……观音菩萨为女身,见《北齐书·徐之才传》,世传其父为妙庄王,生女三,妙清、妙音、妙善,菩萨即妙善,见元赵魏公管夫人所书《观世音菩萨传略》(元大德丙午刊)。天妃,宋临安有庙,事载丁伯桂庙记,见《咸淳临安志》(七十三)……以上所举,或史传不知其人,或有其人而无其事,大都供文人之藻翰,资挥麈之谈锋,前人附会而言之,后人因缘而述之,《虞初》九百列小说一家,斯固并九流而不废者也……①

明代多部神魔小说与此书有题材渊源关系,神魔小说演绎的神仙形象多见于此,比如包括《西游记》在内诸多神魔小说所演玉皇大帝、西王母、道教圣祖等,比如《八仙出处东游记》老君道教源流、东华传道钟离,《北方真武祖师玄天上帝出身志传》中的玄天上帝以及玉帝、如来、三清天尊、紫微帝君、赵元帅等等。这些神仙原本大多并无关联,神魔小说吸收了《搜神广记》以及历代神仙传说,把各类神仙编织在一个庞大的故事体系当中,构成了一个彼此关联的神仙谱系,又混合和发展了《西游记》所塑造的各种妖魔,这些故事既有对神仙的信仰传播,但又远远超出信仰之外,吸纳了明代万历前后世情小说、公案小说等情节类型,形成了一系列想落天外的虚构故事。以下略为列举神魔小说跟《搜神广记》之关系。笔者对勘元代《搜神广记》与叶德辉影刻七卷本《三教源流搜神大全》,前59位神仙事迹内容完全相同,只是偶有刻字错讹之差异。以下《搜神广记》之引文根据叶德辉影刻之《三教源流搜神大全》。

明代一些神魔小说的情节内容来自《搜神广记》。题为竹溪散人的《萨真人咒枣记引》就说:"余暇日考《搜神》一集,慕萨君之油然仁风,摭其遗事,演以《咒枣记》。"邓志谟的《咒枣记》、《铁树记》,以及《唐钟馗全传》等建刻神魔小说皆与《搜神广记》关系密切。

(一)《咒枣记》

邓志谟《咒枣记》故事框架跟《搜神广记》之《萨真人》大体相同。抄录《搜神广记·萨真人》如下:

---

① 〔明〕佚名《绘图三教源流搜神大全(外二种)》,上海古籍出版社2012年版,第351—354页。

萨真人，名守坚，蜀西河人也。少有济人利物心，尝学医，误用药杀人，遂弃医道。闻江南三十代天师虚静先生及林、王二侍宸道法，步往师之。至陕，行囊已尽，见三道人来，问坚何所往。坚告以故，道人曰："天师羽化矣。"复问王侍宸，曰："亦化矣。"再问林灵素，曰："亦化矣。"萨方怅恨，一道人曰："今天师道法亦高，吾与之有旧，当为作字，可往访之。吾有一法相授，日间可以自给。"遂授以咒枣之术，曰咒一枣可取七文，一日但咒十枣，得七十文，则有一日之资矣。一道人曰："吾亦有一法相授，乃雷法也。"真人受辞，用之皆验。一日凡咒百余枣，止授七十文为日用，余者复以济贫。及到信州，见天师投信，举家皆哭，乃虚靖天师亲笔也。信中言，吾与王侍宸林天师遇萨君，各赐一法授之矣，可为参录，奏名真人。后法愈大显。尝经潭州，人闻神语曰："真人提刑来日。"至次日，人伺之，只见真人携瓮笠至，有提点刑狱之牌，人异之。继至湘阴县浮梁，见人用童男童女生祀本处庙神，真人曰："此等邪神，即焚其庙。"言讫，雷火飞空，庙立焚矣，人莫能救，但闻空中有云："愿法力常如今日。"自后庙不复兴。真人至龙兴府江边濯足，见水中有神影方面之巾，金甲左手拽神，右手执鞭。真人曰："尔何神人也？"答曰："吾乃湘阴庙神天善神。真人焚吾庙后，今相随一十二载，只候有过，则复前仇。今真人功行已高，职隶天枢，望保奏以为部将。"真人曰："汝凶恶之神，坐吾法中，必损吾法。"其神即立誓不敢背盟。真人遂奏帝，收系为将，其应如响。后真人至涪州，忽一日，诸将现形，环侍告曰："天诏将临，召真人归天枢领位。"真人方起身而立，即化。后举棺，轻如常木，众异而开视，则已空棺。且知真人得尸解之道也。①

邓志谟《咒枣记》主要故事亦基本如此，试看《咒枣记》标题可见：总叙天地间人品，萨真人前身修缘；萨君入衙门为吏，萨君为医误投药；萨君秉诚心修道，三神仙传授法术；萨君沿途试妙法，萨君收伏恶颠鬼；至上清见张天师，参符箓奏名真人；王恶收摄猴马精，真人灭祭童男女；真人火烧广福庙，城隍命王恶察过；王恶察真人过失，真人还客商明珠；李琼琼不守女节，萨真人远

---

① 〔明〕佚名《绘图三教源流搜神大全（外二种）》，第88—89页。

绝女色;萨真人殓老惜幼,用雷火驱治疫鬼;萨真人往酆都国,真人遍游地府中;阴司立赏善行台,真人游赏善分司;萨真人游遍地狱,关真君引回真人;真人建西河大供,虚靖保真人上升。可见《咒枣记》只是在《萨真人》基础上扩展改编,比如增加了萨真人前世今生后世的三生情节等,对于焚毁湘阴邪神庙等故事,则以《萨真人》为枝干,铺展增衍情节。

(二)《铁树记》

邓志谟另一篇神魔小说《铁树记》,以前代白玉蟾《玉隆集》之《旌阳许真君传》等为基础,但也与《搜神广记》之《许真君》关系密切。如《搜神广记·许真君》开头叙述许逊之出身、师吴猛、任旌阳县令等事迹:"许逊字敬之,南昌人,吴赤乌二年正月念八日降生,母先梦金凤衔珠坠于怀中而有娠。父许肃,祖父世慕至道。真君弱冠师大洞真君吴猛,传三清法,博通经史,举孝廉,拜蜀旌阳县令也。以晋乱弃官,与吴君同游江左。"可视作《铁树记》上卷八回之内容简介。《铁树记》上卷八回标题可见:总叙儒释道源流,群仙庆贺老君寿;孝悌王传授秘诀,汉兰公三生解化;孝明王变化小儿,谌母传孝明王道;许琰许肃布阴德,许逊应泰运降生;吴猛遇真仙得道,真君投吴猛指引;真君访郭璞寻居,朝廷举真君孝廉;真君辞父母赴任,真君任所施德政;许旌阳弃职归回,真君为男女完娶。

又如《搜神广记·许真君》叙斩蛟故事:

> 真君后在豫章,遇一少年,容仪修整,自称慎郎。真君与之话,知非人类。既去,谓门人曰:"适少年乃蛟蜃精。吾念江西累遭洪水为害,若不剪除,恐致逃遁。"遂举道眼一觑,见蜃精化一黄牛于洲北。真君谓弟子施太玉曰:"彼黄牛,我今化黑牛。仍以白巾以斗,汝识之,当以剑截彼。"俄顷,二牛奔逐,太玉以剑中黄牛之左股,因投入城西井中,黑牛亦入井,蜃精径走。蜃精先在潭州化一聪明少年人,多珍宝,娶刺史贾玉女,常旅游江湖,必多获宝货而归,至是空归,且云被盗所伤。须臾,典报云,有道流许敬之见使君。贾出接坐,真君曰:"闻君得佳婿,略请见之。"慎即托疾不出。真君厉声曰:"蛟精老魅,焉敢遁形。"蛟乃化本形至堂下,命空中神杀之。又令将二儿来,真君以水噀之,即成小蜃……后于东晋太康二年八月一日,于洪州西山举家上升。真君自飞

升之后,里人与真君族人就其地立祠……①

《铁树记》下卷第九至十五回的故事梗概即如此,只是《铁树记》把真君斩蛟故事扩展为六次斩蛟。下卷标题如下:玉帝差女童献剑,许旌阳一次斩蛟;许旌阳二次斩蛟,众生徒云集投师;许旌阳三次斩蛟,许旌阳追杀蛟党;许旌阳四次斩蛟,龙王太子辅孽龙;孽龙求观音讲和,真君五次收孽龙;孽龙精人赘长沙,许旌阳六次擒蛟;武昌府郭璞脱凡,许真君拔宅升天。

《铁树记》卷首之竹溪散人题《豫章铁树记引》,简洁地介绍了许真君家世生平和功绩:"许都仙,江南人也。厥祖累世阴德,都仙以西晋初诞,溯其自,盖玉洞仙降世,岂梦熊梦马者说哉!都仙幼颖异,长举孝廉,擢旌阳县令,赫有政声。惟以五胡并乱,遂解簪绅,皭然不染。既归,适蛟螭肆害,将举豫章而汇之。若然,则民而鱼也。都仙乃远投谌母,传以汉兰公玄谱,歼灭殆尽,镇以铁树,俾洪州地脉,奠安若磐石然。厥功懋矣。康宁间,合宅上升,则许氏之阴功有报,而玉洞之仙谱为无失者。我明距晋世虽多历,而都仙屡出护国,是当代之铁树,奕叶且重光矣!予为之作记,匪佞匪佞!"这段介绍,类似《搜神广记·许真君》之梗概。

(三)《唐钟馗全传》

《唐钟馗全传》现存刘双松安正堂刊本,其中卷四"捉获小鬼"一节与《搜神广记·钟馗》基本相同,抄录《钟馗》如下:

明皇开元讲武骊山翠华,还宫,上不悦。因痁疾,作昼梦。一小鬼衣绛犊鼻,跣一足,履一足,腰悬一履,搢一筠扇,盗太真绣香囊及上玉笛,绕殿奔戏上前。上叱问之,小鬼奏曰:"虚者望空虚中盗,人物如戏耗即耗,人家喜事或处。"上怒,欲呼武士,俄见一大鬼顶破帽、衣蓝袍、系角带、鞹朝靴,径捉小鬼,先刳其目,然后擘而啖之。上问大者,尔何人也?奏云:"臣钟南山进士钟馗也。因武德中应举不捷,羞归故里,触殿阶而死。是时奉旨赐绿袍以葬之。感恩祭祀,与我主除天下虚耗妖孽之事。"言讫,梦觉,痁疾顿瘳。乃诏画工吴道子曰:"试与朕如梦

---

① 〔明〕佚名《绘图三教源流搜神大全(外二种)》,第73—75页。

图。"道子奉旨,恍若有睹,立笔成图。①

《唐钟馗全传》"捉获小鬼"一节与此关系密切,连文字表述都一样,只是《唐钟馗全传》这一节多了一段唐皇向群臣复述的情节。钟馗传说流传已久,《唐钟馗全传》捏合了当时流传的包公故事等情节编撰而成,但从"捉获小鬼"一节相同的文字可见,此书之编撰借鉴了《搜神广记》。《唐钟馗全传》也借鉴了建阳刊其他著作,如公案小说《百家公案》等。

以上所述,《搜神广记》之故事见于元刻本,亦见于明刻本。以下观音菩萨、陈靖姑、天妃等故事则未见于元刻本《搜神广记》,而见于明刻本《三教源流搜神大全》。以下述及小说,与明刊本《三教源流搜神大全》基本同时。这些小说的编撰素材未必源于《三教源流搜神大全》,甚至不排除《三教源流搜神大全》某些神迹故事参考小说而编写,但两者密切的关系足以为明代神魔小说编撰背景之参考。

(四)《南海观世音菩萨出身修行传》

南州西大午辰走人订著、羊城冲怀朱鼎臣编辑、潭城泰斋杨春荣绣梓《南海观世音菩萨出身修行传》,跟《三教源流搜神大全·观音菩萨》关系密切。《三教源流搜神大全·观音菩萨》约似《南海观世音菩萨出身修行传》之梗概。《三教源流搜神大全·观音菩萨》篇幅较长,在此抄录片段以见:

> 观音乃鹫岭孤竹国祇树园施勤长者第三子施善化身,来生于比阙国中,父妙庄王,姓婆名伽,母伯牙氏。曩者父母以无嗣,故祝于西岳香山寺,天帝以其父好杀,故夺其嗣,而与之女,长曰妙清,次曰妙音,三曰妙善。惟妙善生时异香满座,霞光遍室。幼而聪达,便欲了人间事。至九岁,力阻父命,誓不成姻。后因长次二女招及二郎俱不当肯,父乃强妙善毕偶,无奈善何,始禁于后园中,善守净弥笃。再舍入汝州龙树县白雀寺为妮,暗命僧头夷优寺化喻,弗从。乃陑以苦行……善坐普陀岩九载,功成,割手目以救父病,持壶甘露以生万民。左善才为之普照,右龙女为之广德。感一家骨肉而为之修行,普升天界……②

---

① 〔明〕佚名《绘图三教源流搜神大全(外二种)》,第153页。
② 〔明〕佚名《绘图三教源流搜神大全(外二种)》,第173—176页。

《三教源流搜神大全·观音菩萨》在观音本生故事的基础上累积而成,而《南海观世音菩萨出身修行传》又在此基础上铺展情节,观《南海观世音菩萨出身修行传》四卷标题可见:庄王往西岳求嗣;岳神奏上帝;妙善宫主降生;朝中招选女婿;妙善不从招赘;妙善后园修行;庄王夫妇园中劝女;彩女承旨劝公主;妙善往白雀寺;寺中神将助力;庄王火烧白雀寺;妙善云阳赴死;妙善魂游地府;妙善还魂逢释迦点化;香山修禅点化善才龙女;妙善化身治病;妙善揭榜入国;妙善入宫视病救活二姐;仙人手目调药;妙善驾云归香山;狮象托身脱去清音;庄王被魔受难;善才领兵收妖;妙善救得君臣反国;妙善一家骨完聚。

《南海观世音菩萨出身修行传》的主要情节在《三教源流搜神大全·观音菩萨》中基本点到,但《南海观世音菩萨出身修行传》在前代观音本生故事和应验故事的基础上,吸纳了《西游记》及同时代小说、宝卷的影响,增衍和铺展情节,而创作目的则仍与此前的观音本生故事相似,以宣扬观音信仰为主。

(五)《显法白蛇海游记传》

演述临水夫人陈靖姑故事的《显法白蛇海游记传》,跟《三教源流搜神大全·大奶夫人》关系密切。抄录《大奶夫人》如下:

> 昔陈四夫人祖居福州府罗源县下渡人也。父谏议拜户部郎中,母葛氏,兄陈二相,义兄陈海清。嘉兴元年,蛇母兴灾吃人,占古田县之灵气穴洞于临水村中,乡人已立庙祀,以安其灵,递年重阳买童男童女二人以赛其私愿耳,遂不为害。时观音菩萨赴会归南海,忽见福州恶气冲天,乃剪一指甲,化作金光一道,直透陈长者葛氏投胎,时生于大历元年甲寅岁,正月十五日寅时诞圣,瑞气祥光,罩体异香,绕闾金鼓声,若有群仙护送而进者,因讳进姑。兄二相曾授异人口术瑜珈大教正法,神通三界,上动天将,下驱阴兵,威力无边,遍敕良民。行至古田临水村,正值轮祭,会首黄三居士供享,心恶其妖,思靖其害,不忍以无辜之稚,啖命于荼毒之口,敬请二相行法破之。奈为海清酒醉填差文券时刻,以致天兵阴兵未应,误及二相为毒气所吸。适得瑜仙显灵,凭空掷下金钟罩覆,仙风所照,邪不能近,兄不能脱耳。进姑年方十七,哭念同气一系,匍往闾山学法。洞王女即法师传度驱雷破庙显法,打破蛇洞取兄。斩

妖为三,殊料蛇裹天宿赤翼之精,金钟生气之灵,与天俱尽,岂能殁得,第杀其毒,不敢肆耳。至今八月十三起,乃蛇宿管度,多兴风雨,霹雹暴至,伤民稼穑,蛇妖出没,此其证也。后唐王皇后分娩,艰难几至危殆,奶乃法到官,以法催下太子,宫娥奏知,唐王大悦,敕封都天镇国显应崇福顺意大奶夫人,建庙于古田,以镇蛇母不得为害也。圣母大造于民,如此法大行于世,专保童男童女、催生护幼,妖不为灾,良以蛇不尽歼,故自誓曰:"女能布恶,吾能行香,普救今人。"遂沿其故事,而宗行之法多验焉。①

此则《大奶夫人》语言不太通顺,可能是书坊文人按照已有故事自编文字。但对照《显法白蛇海游记传》内容,则可见其基本情节同于《大奶夫人》,只是小说增衍情节而已。抄录《显法白蛇海游记传》标题如下:张世魁夫妻遭难;法通破庙被捉;靖姑学法救法通;靖姑破庙救法通;白蛇脱捉王吉祥;法通子妹困白蛇;白蛇与海清各显变化开(斗)法;公主招夫遇妖精;白蛇投告观音。

《显法白蛇海游记传》亦文字粗疏,叙事文笔简陋,应为当时福建本地流传故事之记录。《三教源流搜神大全》中的神仙故事大多流传久远,而有较为成熟的文本来源,而《大奶夫人》一则文字较为粗疏,也不排除编撰者以《显法白蛇海游记传》为参考底本编撰的可能。由于临水夫人信仰在福建传播极盛,《显法白蛇海游记传》似乎体现了一些信仰仪式。后文将以此为例略作文本分析。

(六)《天妃济世出身传》

妈祖天妃信仰产生于北宋元祐年间,收录于《白塘李氏族谱》的绍兴二十年(1150)廖鹏飞《圣墩祖庙重建顺济庙记》,是关于天妃传说较早的记载,《夷坚志》支景卷九《林夫人庙》、支戊卷一《浮曦妃祠》是现存最早的天妃题材小说,从中可见当时天妃信仰之盛。此后,天妃信仰继续扩大影响,传说故事也越来越丰富,《三教源流搜神大全·天妃娘娘》由前代传说积淀而来,抄录如下:

---

① 〔明〕佚名《绘图三教源流搜神大全(外二种)》,第183—184页。

妃林姓,旧在兴化路宁海镇,即莆田县治八十里滨海湄洲地也。母陈氏尝梦南海观音与以优钵花吞之,已而孕,十四月始免身得妃,以唐天宝元年三月二十三日诞。诞之日,异香闻里许,经旬不散。幼而颖异,甫周岁,在襁褓中,见诸神像,叉手作欲拜状。五岁,能诵观音经,十一岁,能婆娑按节乐神,如会稽吴望子、蒋子文事。然以衣冠族不欲得此声于里闾间。即妃亦且韬迹用晦,栉沐自谦而已。兄弟四人业商,往来海岛间,忽一日,妃手足若有所失,瞑目移时,父母以为暴风疾,急呼之,妃醒而悔曰:"何不使我保全兄弟无恙乎?"父母不解其意,亦不之问。暨兄弟赢胜而归,哭言前三日飓风大作,巨浪接天,弟兄各异船,其长兄船漂没水中耳。且各言当风作之时,见一女子牵五两(船篷桅索也)而行,渡波涛若平地,父母始知妃向之瞑目乃出元神救弟兄也。其长兄不得救者,以其呼之疾而神不及护也。懊恨无已。年及笄,誓不适人,即父母亦不敢强其醮。居无何,俨然端坐而逝,芳香闻数里,亦犹诞之日焉。自是,往往见神于先后。人亦多见其舆从侍女,拟西王母云。然尤善司孕嗣,一邑共奉之。邑有某妇,醮于人十年不字,万方高禖,终无有应者。卒祷于妃,即产男子。嗣是,凡有不育者,随祷随应。至宋,路允迪、李富从中贵人使高丽,道湄洲,飓风作,船几覆溺。忽明霞散绮,见有人登樯竿旋舞,持柁甚力,久之获安济。中贵人诘于众,允迪、李富具列,对南面谢拜曰:"夫此金简玉书所不鲸鲵腹,而能宣雨露于殊方重译之地,保君纶不辱命者,圣明力哉,亦妃之灵呵护不浅也。公等誌之。"还朝具奏,诏封灵惠夫人,立庙于湄洲……①

《天妃济世出身传》被认为是明代集大成的天妃故事,吸收了前代丰富的天妃传说,并且接受了《西游记》等小说的影响,但很显然,《天妃济世出身传》仍然跟《天妃娘娘》关系密切。以下抄录《天妃济世出身传》卷首回目以见:鳄猴精碧苑为怪;玄真女叩忾传真;四喉伯经营图伯;黄毛公弃投西番;玄真女别亲下凡;玄真女兴化投胎;鱼虾鳖大战东洋;四喉伯四海为孽;玄真女机上救舟;玄真女湄洲化身;黄毛公西番显圣;弱水国造计献车;弱水国藉妖入寇;汉君臣榜招二郎;林二郎见妹受法;林二郎铁马渡江;林二郎应召赴命;

---

① 〔明〕佚名《绘图三教源流搜神大全(外二种)》,第186—187页。

林真人鄱阳救护；林二郎护军西征；林真人云头大战；黄毛公护番再寇；弱水岩收服毛公；弱水国还臣奉贡；林二郎奏凯回朝；金銮殿传旨宣封；天妃妈上表谢恩；天妃妈子江救护；天妃妈莆田扶产；天妃妈收服白鸡；天妃妈湄洲救护；天妃妈收服鳄精；观音佛默（点）化二郎。

显然，小说吸收了《天妃娘娘》的故事情节，但加入了更多神魔想象，把天妃出身故事改造成融合道教、佛教因素的玄真女下凡故事，把玄真女下凡故事跟斗法故事相结合，创造出打败鳄精故事，"玄真女机上救舟"化用了天妃出元神救兄弟故事的情节模式，既而把天妃救助兄弟故事改造成林默助林二郎弱水国消灭猴精的护国救民故事，小说最后部分是扬子江救护、莆田护产、收服白鸡精、收服鳄精等一系列护民小故事。这些故事很可能原有比较好的民间传说基础，因为妈祖崇拜传播时间长，信仰繁盛，神迹传奇已有丰富积淀。

（七）《五显灵官大帝华光天王传》

《五显灵官大帝华光天王传》与《三教源流搜神大全》之《灵官马元帅》关系极为密切。抄录《灵官马元帅》如下：

> 详老帅之始终，凡三显圣焉。原是至妙吉祥化身，如来以其灭焦火鬼坟，有伤于慈也，而降之凡。遂以五团火光投胎于马氏金母，面露三眼，因讳三眼灵光。生下三日能战，斩东海龙王，以除水孽。继以盗紫微大帝金枪，而寄灵于火魔王公主为儿，手书左"灵"右"耀"，复名灵耀。而受业于太惠尽慈妙乐天尊，训以天书，凡风雷龙蛇、馘鬼安民之术，靡取不精。乃授以金砖三角，变化无边。遂奉玉帝敕，以服风火之神而风轮火轮之使，收百加圣母而五百火鸦为之用，降乌龙大王而羽之翼，斩扬子江龙而福于民，屡历艰险，至忠也。帝授以左印右剑，掌南天事，至显也。锡以琼花之宴，金龙太子为之行酒，至宠也。殊忆太子傲侮怒帅，火烧南天关，遍败天将，下走龙宫，中战离娄、师旷，偕以和合二神，仍答金龙以泄其愤。至不得已，又化为一包胎而五昆玉、二婉兰，共产于鬼子母之遗体。又以母故而入地狱、走海藏、步灵台、过酆都、入鬼洞、战哪吒、窃仙桃、敌齐天大圣，释佛为之解和，至孝也。后复入于菩萨座左，至慧也。玉帝以其功德齐天地，而敕元帅于玄帝部下，宠以西方，领以答下民妻、财、子、禄之祝，百叩百应。虽至巫家冤枉祈祷之宗，

悉入其部,直奏天门,雷厉风行焉。①

这基本可看作《五显灵官大帝华光天王传》的故事简介。抄录《五显灵官大帝华光天王传》四卷标题以见:玉帝起斗宝通明会;灵光在斗摔宫投胎;灵耀分龙会为明辅;灵耀大闹琼花会;华光闹天宫烧南天宝得关;华光来于田国显灵;吉芝陀圣母在萧家庄吃(人);华光在萧家庄投胎;众臣表奏捉华光;华光占青凉山;那叉行兵收华光;华光与铁扇公主成亲;华光闹蜻蜓观;华光闹东岳庙;华光闹阴司;华光火烧东岳庙;华光三下丰都;华光皈依佛道。

华光皈依佛道故事经历了比较长的发展过程,小说《五显灵官大帝华光天王传》吸收了民间传说、文人笔记、戏曲等多方面创造,所刻画的华光形象具有火神、马神、五显神等复杂神格,学界认为应该是在旧有的五显信仰基础上吸收了明代前期王灵官火神崇拜因素改塑而成。②

以上列举几部神魔小说与《三教源流搜神大全》之间的题材关联,意在略为呈现以《搜神广记》、《三教源流搜神大全》为表征的宗教和民俗文化氛围,还原明代万历时期神魔小说编刊的历史文化语境之一。

三、《海游记》:本土题材神魔小说之一

《全像显法白蛇海游记传》简称《海游记》,是明代建阳书坊编刊的一部本土题材神魔小说,描写临水夫人陈靖姑学法闾山、降蛇斗法的故事。这是一部宣教小说,宣扬闾山教派法神陈靖姑的神迹。明代神魔小说固然多受《西游记》影响,但若把《海游记》放在陈靖姑信仰传承的系统中,可见神魔小说编撰背景远远不仅于《西游记》之影响。

建邑忠正堂刊刻《海游记》,现存清代乾隆十八年(1753)文元堂重刊本,上下卷,扉页题"全像显法降蛇海游记传"、"文元堂梓行",上卷题署"新刻全集显法白蛇海游记传"、"海北游人无根子集"、"建邑书林忠正堂刊",下卷题"新刻全像显法降蛇海游记传"。③ 此书上卷和下卷题名不一,但因

---

① 〔明〕佚名《绘图三教源流搜神大全(外二种)》,第220—221页。
② 侯会《华光变身火神考——明代小说〈南游记〉源流初探》,《明清小说研究》2008年第2期。
③ 叶明生校注《海游记》,《民俗曲艺丛书》,台北财团法人施合郑民俗文化基金会2000年出版。

为扉页题"全像显法降蛇海游记传",所以,或以为上卷题中"白蛇"是"降蛇"之误刻。但是,此故事本来就可能另有别名"白蛇传",所以,上下卷不同的题名未必是误刻。现存永安大腔傀儡戏《海游记》可作参考,此剧又名《皇君记》或《白蛇传》。现存永安青水乡黄景山村的王氏万福堂《海游记》戏曲抄本一卷,封面已佚,首页上书"皇君故事",下书"白蛇传",末页落款处题"共计壹拾四张,海游记","光绪癸未(九年)春月立,子桂抄集,皇君记全本。"①一书多名的现象,在俗文学中比较常见。

陈靖姑是福建重要的民间信仰女神,在浙江、江西、广东、湖南、台湾以及东南亚地区有着广泛的信众。福建建阳是陈靖姑信仰最为重要的地区之一,由建阳书林忠正堂刊刻陈靖姑的故事,既是就地取材,也是当地信仰表达和传播的方式。建阳忠正堂万历年间刊行过《天妃娘妈传》,《海游记》和《天妃娘妈传》是明代神魔小说中二部描写福建女神的作品,由题材来看,建阳忠正堂刊行《海游记》大概也在万历年间。

乾隆时期文元堂翻刻本卷首仍然题署原刻书坊名,或可见建邑书林忠正堂至此还是有名的品牌。而从文元堂刊本插图风格来看,与忠正堂刊本《天妃娘妈传》相差甚远,因此,现存本《海游记》应该是翻刻,而不是挖改忠正堂题署重印。未能确定文元堂重刊时是否删改文本,但是,从文元堂刊本的一些特征来看:卷首仍署建邑书林忠正堂,特别是采用上图下文版式,正文每半叶十行、每行十七字的行款——这是明代建阳刊刻神魔小说最常见的行款——如此看来,文元堂应该是按原书款式翻刻的。

此本《海游记》由叶明生发现,只在台湾影印出版过,因此,学界关注相对不多。而《海游记》叙事形式上的一些特征,在神魔小说中颇有代表性,值得关注。

(一)从《海游记》中未展开的故事说起

今日阅读《海游记》的读者对其文学成就评价不会太高,或许不少读者会觉得颇为枯燥。小说涉及不少陌生的人名,不知所云,可能造成阅读障碍。其中很重要的原因是叙事涉及的不少人物及其背景故事未能展开。

比如,卷上第一则《张世魁夫妻遭难》,太白金星建议张世魁"可往闾山学取罡法"。张世魁经过"沉毛江",到了"闾山洞府","九郎法主升座"。

---

① 罗金满《永安大腔傀儡戏〈海游记〉流传探略》,《闽江学院学报》2016年第1期。

对于闾山罡法,沉毛江,闾山法主九郎,这些都没有任何介绍和说明。这则故事末尾,张世魁被闾山法主封为"五郎大将",张世魁之妻郭月英封为"救难夫人",想来在民间也是有影响的崇拜,但未说明,此后也未提起。就文本所表现的内容来看,第一则的作用,主要是把青州乌虎精赶到南方,引出白蛇的故事。

第二则《法通破庙被捉》,白蛇与乌虎精成为夫妻,每年要童男童女祭赛,"张赵二郎知此事,往闾山学法而去",对于"张赵二郎",没有只言片语介绍。陈靖姑的哥哥陈法通,"朝拜雪山法天圣者为师",对这雪山法天圣者是谁,没有任何介绍。接着说法通做法,"请得王龚刘三祖师兰天圣者、飞天圣者、法天圣者到坛",对兰天圣者、飞天圣者也无任何介绍。

第三则《靖姑学法救法通》,张赵二郎成为了闾山法主九郎的女婿,张赵二郎带着撒坛小姐回家,路上夫妻误会分离,妻子把家传三十六道诀法都传给了丈夫,说"若要相逢,符到即来",应该是有后续故事的,但此书未涉及。陈靖姑在往闾山的路上,结拜了她最为重要的二个姐妹,李三娘和林九娘,对这二位姐妹的家世背景略有介绍,但没有展开,没有叙述故事。接引陈靖姑、李三娘、林九娘进入闾山的是"闾山张大夫人",从这则叙事可见,张大夫人是闾山非常重要的法神,但是,没有介绍她是谁,是什么背景,什么出身。这则故事末尾说到陈靖姑等三位女子遇到一老人,自称"吾乃福州纸钱岭人,姓连名公。见汝是同乡之人,特来告汝。明日可再见法主,求起闾山军马并法宝相助,方能救得你兄"。这位连公,有此介绍已属难得,但对于读者来说,其实,最为重要的信息仍然是未获得的。因为从下一则故事《靖姑破庙救法通》可见,连公在闾山是非常重要的人物,他对闾山法主九郎的建议被一一采纳,其派兵遣将如同三国故事中的军师诸葛亮。

未能一一列举小说中这些未介绍的人物和未展开的故事。需要说明的是"张赵二郎"、"连公"都是闾山教派中非常重要的法神,"张大夫人"则可能是张赵二郎之妻,即闾山法主九郎之女撒坛小姐。而"王龚刘三祖师",是闽北、闽西各地信仰的"三佛祖师","王"应是"杨"之误,当时被称为瑜伽教派,其实是释教之一派。我们今天一般的读者对此毫无了解,所以,读来非常费解,在不了解背景的情况下自然也了无趣味。

可是,这样一部粗陈梗概的小说,在当时却颇受欢迎,这从现存清代乾隆文元堂翻刻本就可看出,若是不受欢迎,不可能在一百多年后还被翻刻。

那么，为什么《海游记》如此简略的叙事还能为当时的读者所接受呢？这是因为故事内容对于当时的读者来说是熟悉的。

就《海游记》刊刻书坊所在地建阳以及闽北来说，闾山教派早在宋代就已盛行，建阳闾山教，是道教闾山派的一个重要支派。

上文所述《海游记》中未展开的人物故事，基本是闾山教主要法神的故事。

比如第一则《张世魁夫妻遭难》，张世魁就是闾山教中的"清阳法主"。根据叶明生介绍，在建阳道坛清醮道场中，以往都要挂一套"三坛图"之神图，其"左坛图"之中间特大神像为"清阳法主"，即张世魁，"右坛图"之中间特大女神为"奶娘法主"，即陈靖姑，中间"中坛图"之主神为"九郎法主"，就是许真君，也有的道坛称为"徐甲"。建阳道坛诗唱本《铜马甲》对闾山教主要神祇身世都有介绍，其中"清阳宗祖"演唱张世魁的身世，正与《海游记》基本相同：

  坛前灯火光沉沉，清阳宗祖说分明。温州有个张百万，生下世魁首五郎。后来读书得高中，郭正小姐是他妻。选任山东作知府，同妻赴任到青州。高山岭头遇妖怪，南蛟庙里失了妻。太白星官亲指教，闾山罡法好威灵。救得月英还阳界，好似十五月团圆……①

如此看来，《海游记》开篇说的张世魁故事，就已经是闾山教派中人所皆知的神仙故事了，当时读者读来很亲切的。

而今天的读者多不了解这一宗教信仰背景，一般就把第一则故事看作是一个赴任途中逢灾故事，与《西游记》故事系统中的陈光蕊逢灾故事差不多，或者是《补江总白猿传》一类的故事类型。最多把这个故事看作是小说结构的一个引子，由乌虎精引出白蛇兴妖故事。不了解故事内涵，岂不是误读？

又如第二则《法通破庙被捉》，说到"张赵二郎"，只有一个名字，不需要介绍他是谁，因为当时的读者全都知道他的故事。这是一个很神奇的传说：一个姓张的员外，隔壁住着赵相公。忽然墙上长出一株瓠瓜，并且结了一个

---

① 参见叶明生校注《海游记》，《民俗曲艺丛书》，第22页。

硕大的瓠瓜(葫芦)来,因两家有争议,瓠瓜未被割下。到瓠瓜干时,玉帝差五雷打开,瓜内打出一个孩子来,张赵两家为争孩子而吵闹不休。太白星君劝两家和好,给孩子取名张赵二郎,由两家共同抚养长大。后因二老去世,张赵二郎孤单一人,乌虎、白蛇欲存害之,张赵二郎逃出,遇到乡绅黄念三赠送盘缠往闾山拜师学法。① 这个故事见于建阳道坛诗唱本《奶娘宗祖》。而现存《海游记》中未记载这样精彩的故事,从小说文本来说,相当可惜。

第三则第四则故事中涉及的连公,是宋代古田县西溪乡连墩人,在当地至今仍流传许多关于他与陈靖姑共同收服蛇妖和蜘蛛精的故事。

(二)《海游记》是一部宣教小说

《海游记》其实是一部宣教小说,宣扬的主要是闾山教派中陈靖姑的神迹。

至少在宋代,福建各地已有陈靖姑崇拜。根据元末明初福建古田籍进士张以宁《古田县临水顺懿庙记》,古田临川的顺懿庙,"肇基于唐,赐敕额于宋,封'顺懿夫人'"②。宋代黄岩孙《仙溪志》记载:"慈感庙,在县西一里。神姓陈氏,本汾阳人,生为女巫,殁而祠之。夫人妊娠者必祷焉,神功尤验。端平乙未赠庙额,嘉熙戊戌封灵应夫人,寻加封仁惠灵淑广济夫人。宝祐间封灵惠懿德妃。"③据明代《兴化县志》卷二"庙志",此陈氏神应该即为陈靖姑。另外,各地祠庙往往三夫人并祀,三夫人也就是《海游记》中的陈、林、李三夫人,但在不同地域,三夫人所指可能不完全一致,但陈、林二位是必定不变的。宋代《仙溪志》已记载"三妃庙"。又如乾隆《将乐县志》记载"夫人庙":"登高庵。祀三奶夫人之神。宋绍兴元年建。明洪武间火毁,千户汝志倡建,隆庆间圮,士民重复。"

关于陈靖姑的神迹,上文所述《绘图三教源流搜神大全》之《大奶夫人》基本可视为《海游记》的故事梗概。只是《大奶夫人》中"后唐王皇后分娩"一段催生故事,不见于《海游记》。

从现存清代福州府、福宁府所属的各县地方志记载来看,陈靖姑主要是妇女儿童的保护神,同时还具有祈福禳灾、惩恶扬善的法力。④ 关于陈靖姑

---

① 参见叶明生校注《海游记》,《民俗曲艺丛书》,第68页。
② 〔明〕张以宁著,游友基编《翠屏集》,鹭江出版社2012年版,第202页。
③ 〔宋〕黄岩孙《仙溪志》卷三《仙释·祠庙》,福建人民出版社1989年版,第63页。
④ 蓝焰《畲族巫术文化中的陈靖姑信仰》,《世界宗教研究》2007年第4期。

第五章　建阳书坊编刊神魔小说的宗教文化背景

救产的故事可能早在宋代就已流传,《湖海新闻夷坚续志》神明门有一篇《神救产蛇》,这篇小说被收入《(嘉靖)建宁府志》卷二十一《杂纪》,今据府志《杂纪》"徐清叟"条抄录如下:

> 徐清叟,浦城人。子妇怀孕十有七月,不产,举家忧危。忽一妇踵门,自言姓陈,专医产。徐喜留之,以事告,陈妇曰:"此易耳。"令徐别治有楼之室,楼心凿一穴,置产妇于楼上。乃令备数仆持杖楼下,候有物坠地,即捶死。既而产一小蛇,长丈余,自穴而下,群仆捶杀之。举家相庆,酬之以礼物,俱不受,但需手帕一方,令其亲书"徐某赠救产陈氏"数字,且曰:"某居福州古田县某处,左右邻某人。异日若蒙青眼,万幸。"出门忽不见,心常疑异之。后清叟知福州,忆其事,遣人寻访所居。邻舍云:"此间止有陈夫人庙,常化身救产。"细视之,则徐所题手帕已悬于像前矣。人归以报。徐为请于朝,赠加封号,并宏其庙宇。①

可见,救产催生,是陈靖姑神迹的最早传说之一,应该也是民间最熟悉的传说。或许正因为如此,《海游记》略而不载,就如上文所述民间熟知的张赵二郎故事、连公故事等。

《海游记》突出表现的,是陈靖姑禳灾惩恶、救护民众的神力。正如张以宁《顺懿庙记》所称颂:"今顺懿夫人御灾捍患,应若影响,于民生有德。"②

对于宣教的目的,小说毫无讳言,而且开章明义。

《海游记》开篇云:"自天地开辟之后,人民安乐,以儒释道巫四教传于天下。"我们通常说"三教",而当时的民间称"四教"。儒释道之外的"巫教",《海游记》称即为闾山教,出自九郎。《海游记》显然主要是宣扬闾山教的。但是,很有意思的是,在四教中,佛教地位最高。小说开篇说:

> 至唐敬宗元年,三十三天玉帝大会下界诸神。观音大士赴会回归

---

① 〔明〕夏玉麟、郝维岳修,汪佃纂《(嘉靖)建宁府志》卷二十一《杂纪》,第二十叶,《天一阁藏明代方志选刊》第28册。

② 〔明〕张以宁著,游友基编《翠屏集》,第203页。

南海,于云头法眼见闾山法门久沉不现,欲思扬开其教。思半晌,伸手于头上扯下丝发一根,丢入海中,呼之即变成大蟒蛇一条,长有三丈,于海中游戏。又自剪下指甲一变化人,一道金光,吩咐入善人家投胎,后日往闾山学法,收蛇母以显巫教法门。

由这一情节可见,巫教在佛教的掌握之中。小说结尾,陈靖姑只有靠观音的力量才能制衡白蛇。陈靖姑说:"巫教法门,万不及一……妾愿随鞭镫以助释教。"观音曰:"难矣哉。汝自出门,夫妇恩情不断,手足之谊不弃,母子之念不忘,酒食之心不戒,安能入释。但念汝收蛇之心益切,奏明玉帝,封汝为都天镇国大奶夫人,为民间巫法之主,救民间诸般疾苦,十殇之灾。"这段话特别有同情世俗的内涵,很值得玩味。闾山教,就是这样入世之教,救助民间诸般疾苦,所以为民众所信奉。

正因为是宣教小说,所以,这部《海游记》在结构形式上跟明代其他神魔小说不同,不仅叙事空白点很多,而且没有诗歌插入。对于当时的信众来说,故事非常熟悉,不需要展开,这是大量叙事留白的原因。明代小说大多从说唱传统发展而来,或为文人模仿说唱传统编写小说,因此大多重视诗词歌赋的插入。《海游记》没有诗歌插入,说明这部小说的来源和创作情形特别,在结撰民间传说的基础上,很可能还由道坛法师科仪本改编而来。

(三)陈靖姑信仰传承系统中的《海游记》

《海游记》主要描写的是陈靖姑学法、斗法的过程,表现她不屈不挠、除恶务尽的精神。其中不乏闾山教派和蛇妖变化相斗的情节描写。如下卷《白蛇与海清各显变化斗法》:

> 却说白蛇被赶无路可逃,心中思量驾一朵妖云去食黄三居士。姑等取出额镜一照,见白蛇走入黄三居士家,姑即扯起一座云,去将居士掩住。蛇入宅不见居士,只见鸡母于窠中抱子,便将鸡母食之,变鸡母于窠中。海清看见,即变一狐狸去食鸡母。蛇见海清变狐狸至,亦摇身一变,变成老虎赶食狐狸。海清忙又变子路之彩,去打猛虎。蛇忙又变孔仲尼来打子路。海清一见,忙变老子骂孔丘。白蛇一见便走入后园,变成一柿在树上。清见蛇变柿,即变成一乌鸦啄柿。白蛇见清变鸦,即走入塘中变一鲤鱼。清见之,即变一大鹤去啄鲤鱼。白蛇见清变化无

穷,只得走回本洞,坚闭不出。

一般认为建阳书坊刊刻的大量神魔小说编撰于《西游记》之后。因此,若把《海游记》放在小说史的系统中,《海游记》如此的情节结构和变化描写,一般认为是出于对《西游记》的模仿。但是,若放在陈靖姑信仰传承的系统中,则可能得出的认识不尽如此。

陈靖姑的传说,如张以宁《顺懿庙记》所言,在元末明初时期就是"御灾捍患"的主题。而《海游记》所写,人物都是闾山教派法神,情节动作则多为闾山教派或陈靖姑崇拜的道教科仪。比如上卷第一则《张世魁夫妻遭难》,张世魁到达闾山,引表仙师来迎接:"只见水中涌出一座虹桥,桥上立着一人,头戴一顶红翘巾,额前带一片水星镜,手持一根弯弯龙角。"描写的正是闾山派道师的头饰和法器。至今仍然活跃于宁德畲族地区的"奶娘催罡"仪式,巫师的装扮就是用红色布料包头,头戴"神额",手持龙角。

又如《靖姑破庙救法通》:

……九郎封靖姑为大奶夫人,封李氏为显应李三夫人,封九娘为护应林九夫人,各赐阳冠一顶,红袍一件,金鞭一根,青铜宝剑一口……令铜马三郎为帅,唐玄、葛勇、周斌三帝将军为先锋,沙王去发火烧庙,十五郎下灵符八面傍山把守,铜挡王铁挡王去挡开洞门……汝等此去安军、进军、赏军、退军,皆倚龙角为号。若安军,则用杨花旗,赏军则用梅花,进军则用梨花,退军则用桃花……

这些描写,表现的是闾山道教内涵,多为道坛科仪术语,至今见于建阳道坛,如建阳道坛诗唱本《奶娘宗祖》、道坛科仪本《大招军》等可见与此相对应的科仪描写。

《海游记》结尾说:"今将陈氏靖姑从头出身之事,自始至尾,串成一传矣。""串",就是说故事是现成的。这是可信的。《海游记》是根据当时的传说故事、宗教科仪、包括当时可能已有的宗教戏曲,串成一本"海游记传"。陈靖姑信仰在福建流播最广,因此,福建各地出现了大量陈靖姑题材的戏曲,如闽西北的大腔傀儡戏《海游记》;闽中及福州地区的词明戏《陈真姑》,闽剧《陈靖姑》;闽东四平傀儡戏《奶娘传》;闽北南平的大腔傀儡戏《临水平妖传》;闽西高腔、乱弹傀儡戏《夫人传》;莆仙戏《陈靖姑》、《北斗戏》;闽南高甲戏《陈靖姑》,芗剧《临水平妖》,打城戏《平妖传》等十余种①。此外,陈靖姑信仰还衍生出各地的道坛科仪本和诗唱本,如闽东畲族地区的多种科仪唱本,如建阳道坛诗唱本《奶娘宗祖》等。《海游记》的成书,有利于陈靖姑信仰的宗教科仪的传承,并对陈靖姑题材的小说和曲艺表演产生了很大的影响。福建清中叶以来出现了《闽都别记》、《临水平妖传》等不少以陈靖姑传说为题材的小说作品。陈靖姑信仰流传于浙江、江西、广东、湖南等地,还产生了不少曲艺作品,如湖南邵阳傩戏《海游记》,浙江丽水鼓词《陈十四夫人传》,这些作品多在文本中直接表明其来源为《海游记》故事书。

尤为值得注意的是,在闽东畲族经过二三百年流传下来的巫师科仪唱本中,保留着历代传抄者的名字和传抄时间。

如福宁府福安县灵宝法坛雷姓巫师所藏《旱䰢法书》,此唱本用于恭请临水夫人陈靖姑行罡作法降伏旱魔。唱本落款为:"明天启元年(1621)六月吉旦,林法通原籍抄写,取《仙旱䰢细法》。清嘉庆贰拾禩(1815)六月吉旦,依师传抄——林法真。光绪七年辛巳岁(1881)七月吉旦传抄——吴法飞。飞传男法留同婿钟声远,敬识再抄。"以上文字记录了灵宝法坛200余年传承的过程,其中包括林姓汉族巫师传至吴姓畲族巫师,再传钟姓畲族巫师等。

又如福州府罗源县福佑灵坛蓝姓巫师抄于光绪年间的《招兵科范》,其中描述临水夫人奶娘兵马潜行助战的故事占有一定篇幅。唱本落款云:"闾山福佑灵坛祖传九代,士叶宣能道名法进,亲录传授后学,师徒蓝法尊、(法)明前去代天行化,护国救民。其书切莫忘记,仔细记真,流传后裔。子孙看用其书,不可失落,自然法门兴旺。恐有外人借看抄写,随手就讨,不可轻贱。上传下接,不可乏常。其法书系是侯官县传来看诵,后来子孙切莫忘记。功曹兴发,驿马常行,千兵万将跟随也。读者不可以其近而忽之者。"从福佑灵坛传至光绪年间已历九代,据此推算,巫坛传承的初始时间该是明代,法脉源自侯官,并由汉族巫师叶宣能传至畲族巫师。②

若把《海游记》放在陈靖姑信仰文化系统中,则似乎要考虑《海游记》故

---

① 罗金满《永安大腔傀儡戏〈海游记〉流传探略》,《闽江学院学报》2016年第1期。
② 蓝焰《畲族巫术文化中的陈靖姑信仰》,《世界宗教研究》2007年第4期。

事情节的传承体系,这一体系不拒绝外来影响的吸收,但可能有其相当稳定的自在自足性。

但是,《海游记》大量略写的故事说明,这是以一个宏大的文化场域为背景的叙事,它与当时的各种传说、当时编撰的神魔小说,互为背景,互为补充,或也可称为互文。比如《西游记》,同样是这个文化场域的作品,或者就是其中一环。只是小说作者的身份、修养不同,小说编撰的宗旨命意不同,因此,同一文化场域中的文化因素被赋予不同的符号意义,生成完全不同的意义结构和思想境界。

第六章　建阳书坊与公案小说之兴衰

公案小说渊源久远,《史记》的循吏与酷吏列传就已孕育着公案小说的种子,历代笔记和小说中多记冤案、疑案、名公断案等事,宋元以来的说话、戏曲、说唱中多公案故事。明代万历年间,公案小说以集纂方式大量出现,现存万历至崇祯年间十多种公案小说,如《百家公案》、《廉明公案》、《诸司公案》、《新民公案》、《海刚峰先生居官公案》、《详刑公案》、《律条公案》、《法林灼见》、《明镜公案》、《详情公案》、《杜骗新书》、《神明公案》、《龙图公案》等。这些公案小说大部分出自建阳书坊编刊。

万历时期,全国刊刻小说的书坊很多,为何公案小说会如此集中地出现于建阳呢?显然,在小说发展自身规律、全国普遍存在的司法现象这些社会背景之中,公案小说的大量编刊还隐藏着它特定的生发缘由,我们不妨在建阳地域文化和建阳刻书传统之中找寻和思考。

第一节　建阳刊刻公案小说及其文体特征

建阳书坊早在正德年间就刊刻了包公故事。近年在天一阁藏正德十六年(1521)慎独斋重修本《文献通考》封面衬纸中发现了《包待制》残叶,五个残片拼成两纸残叶,为原书卷上第七叶(末缺半行),第八叶(前半叶缺上半、后半叶缺四个半行),可见四个故事,分别为《劾儿子》(发现者拟题)、《待制出为定州守》、《瓦盆子叫屈》、《老犬变作夫主》。发现者李开升认为乃正德末年建阳书坊刘洪慎独斋或刘氏安正堂刻本。① 可见,建阳书坊刊刻公案小说的历史起于万历之前,但大规模编刊公案小说却是在万历年间。

---

① 李开升《正德刻本公案小说〈包待制〉残叶考》,《文献》2018 年第 5 期。

一、建阳书坊刊刻公案小说

明代万历以后,正当通俗小说刊刻的高峰期,书坊竞争激烈,一种小说刊刻畅销,其他书坊马上翻刻。因此,建阳书坊刊刻的公案小说版本当很多,兹举知见版本如下:

1. 万历二十二年(1594),书林朱仁斋与耕堂刻印明钱塘散人安遇时编集《新刊京本通俗演义全像百家公案全传》十卷一百回。内封上栏为包公判案图,两侧题"日断其阳生民无不沾恩泽 夜判其阴死魂尽得雪冤愆";下栏题"全补包龙图判百家公案"、"书林与耕堂朱仁斋绣梓"。书前有《新刊京本通俗演义增像包龙图判百家公案目录》。卷一题"新刊京本通俗演义全像百家公案全传",署"钱塘散人安遇时编集"、"书林朱氏与耕堂刊行"。首为《国史本传》、《包待制出身源流》,次后"增补第一回公案 判焚永州之野庙"开始,方为"百家公案"故事。卷十末叶双行莲牌木记署"万历甲午岁朱氏与耕堂梓行"。版心题"包公传"。正文版式上图下文。藏日本蓬左文库。此本正文从第一回至第三十回都在回前注明"增补",则此书有前本,此据旧本增补。

此书又存书林景生杨文高刊本《新刊京本通俗演义全像百家公案全传》十卷一百回,残存卷一至卷五,包括《国史本传》、《包待制出身源流》和第一回至第四十九回。残本内容及图像、版式行款等与与耕堂刊本相同,但刊刻更为粗陋。藏于中国社会科学院文学研究所。

2. 余象斗集《新刊皇明诸司廉明奇判公案》①,首有万历二十六年(1598)余象斗自序,此书当成于此时,余象斗的原刊本也当于此时刊刻。现存刊本有四卷本和两卷本之别,四卷本行款为半叶十行、行十七字,二卷本行款为半叶十二行、行二十二字,皆上图下文版式。四卷本有余氏建泉堂刊本和万历三十三年(1605)余氏双峰堂刊本。余氏建泉堂刊本现藏于中国国家图书馆、日本内阁文库,余象斗序后有《新刻皇明诸司廉明奇判公案目录》,卷一卷端题"新刊皇明诸司廉明奇判公案卷之一",署"三台山人仰

---

① 余象斗编撰原书应为 106 则,现存四卷本如建泉堂本、双峰堂本只有 105 则。其中卷三"骗害类"第二篇《王巡道察出匿名》已被抽毁,但从现存明代金陵大业堂本和明末清初映旭斋翻刻本之残本可见其原貌。参见潘建国《明代公案小说的文本抽毁和版本流播——以余象斗〈皇明诸司廉明奇判公案〉为例》,《文学遗产》2020 年第 4 期。

止余象斗集"、"建邑书林余氏建泉堂刊",卷三卷端书坊信息署为"建邑书林余氏双峰堂梓",卷四卷末有莲牌木记,书"万历戊戌岁仲夏月余氏文台堂梓"。万历三十三年余氏双峰堂刊本为日本富冈铁斋旧藏,现藏于日本京都大学法学研究科,文字、插图与余氏建泉堂本大体相同。二卷本有萃英堂宗文堂刊本、三台馆刊本。萃英堂宗文堂本现藏于日本内阁文库,卷首题"皇明诸司廉明奇判公案传",署"建邑书林□氏萃英堂刊"(□原系空白,后人墨笔补填"郑"字),下卷署"建邑书林郑氏宗文堂梓"。大概此书原为郑氏宗文堂刊本,后由萃英堂剜改重印。三台馆本现藏日本蓬左文库,内封题"全像正廉明公案传"、"三台馆梓行",正文版式、行款与萃英堂宗文堂本相同。中国书店2006年春季书刊资料拍卖会拍卖一部《皇明诸司廉明奇判公案传》残本,为建邑书林余氏双峰堂另一刊本,似与蓬左文库藏三台馆本同版。萃英堂宗文堂本又有后印本。

3. 余象斗三台馆刊刻余象斗编述《皇明诸司公案》六卷五十八则。内封上栏为断案图,下栏题"全像续廉明公案",署"三台馆梓行"。书前有"全像类编皇明诸司公案目录"。正文卷端题"新刻皇明诸司公案传",署"山人仰止余象斗编述"、"书林文台余氏梓行"。上图下文版式。藏于中国艺术研究院戏曲研究所、日本国会图书馆。

4. 《新刻郭青螺六省听讼录新民公案》四卷四十三则,现存日本延享元年(1744)抄本,藏于台湾大学,卷二末及卷三第一、二则阙叶,现存四十一则。卷首《新民录引》署"大明万历乙巳孟秋中浣之吉南州延陵还初吴迁拜题"。万历乙巳为三十三年(1605)。次后为"新民公案目录"。正文卷端题"新刻郭青螺六省听讼录新民公案",署"建州震晦杨百明发刊"、"书林仙源金成章绣梓"。一般认为"金成章"乃"余成章"之误。余成章为余象斗堂侄,字仙源,生于嘉靖三十九年(1561),卒于崇祯四年(1631)①。余成章刻本颇多,包括万历二十四年(1596)刊《鼎锲青螺郭先生注释小试论彀评林》、万历年间刊《新刻全像牛郎织女传》等。此书未署作者。吴还初《新民录引》谓:"故纪公六省理人之政,每每概揭其一二于篇什。非贡谀也,欲俾

---

① 又,康熙《建阳县志》卷之一"地舆志·桥梁"中一则史料涉及余成章信息:"万历丙子……又断追余成章等禁葬田贰拾肆箩。"〔清〕柳正芳等修《(康熙)建阳县志》,《福建师范大学图书馆藏稀见方志丛刊》第14册,北京图书馆出版社2008年,第161页。

公今日新民之公案,为万世牧林总者法程也。有志而喜,于是乎乐谭而镂之剖劂。"①据此,吴还初即为本书编撰者。

5. 万历年间(1573—1619),明德堂刘太华刊"京南归正宁静子辑"、"吴中匡直淡薄子订"《新镌国朝名公神断详刑公案》八卷四十则。内封上栏绘断案图像,下栏题"新镌详刑公案"、"明德堂梓"。卷一题"新镌国朝名公神断详刑公案",署"京南归正宁静子辑"、"吴中匡直淡薄子订"、"潭阳书林刘太华梓"。书末双行莲牌木记署"南闽潭邑艺林刘氏太华刊行"。上图下文版式。藏于大连图书馆、日本日光轮王寺慈眼堂。

6. 万历四十五年(1617)居仁堂余献可刊浙江夔衷张应俞撰《鼎刻江湖历览杜骗新书》四卷。原刊本已佚,现存抄本,藏于日本内阁文库。此本卷首有《叙江湖奇闻杜骗新书》,署"万历丁巳年春正月之吉三岭山人熊振骥撰",这应该也是刊刻时间。内封右上题"杜骗新书",中间列举二十三类骗术名目,跟卷首目录列举的二十四类相比少最后一种"引嫖骗",盖因"居仁堂余献可梓"的署名占了位置,故只列二十三类。正文分二十四类,共八十八则,不标次第。卷一卷端题"鼎刻江湖历览杜骗新书",署"浙江夔衷张应俞著"、"书林汉冲张怀耿梓"。

余献可,名应孔,为余象斗的子侄辈。明万历四十六年(1618)居仁堂余献可刻《新刻李袁二先生精选唐诗训解》七卷,此书署"书林献可余应孔梓",内封题"唐诗训解 二刻 李于麟先生选 书林三台馆梓"。可见余献可居仁堂跟三台馆有关,至少是同姓合作关系。张怀耿的书坊为敦睦堂,日本庆应义塾大学图书馆所藏《四书集注》末有牌记"万历孟秋吉旦书林敦睦堂张怀耿梓行"。日本内阁文库存残本《新刊徽板合像滚调乐府官腔摘锦奇音》六卷,明龚正我选辑,万历三十九年(1611)敦睦堂张三怀刊本。张怀耿跟张三怀应为亲族。张氏书坊跟余氏书坊似乎关系也极为密切,元王广谋撰《新刊标题明解圣贤语论》四卷首一卷,此书原有余氏自新斋嘉靖刻本,明万历十四年(1586)书林张氏居仁堂刻本卷二即配明嘉靖十二年(1533)书林余氏自新斋刻本。张氏堂号亦为居仁堂。对于张氏书坊和余氏书坊之间的关系,需要足够的文献支持才能说清楚,但显然,他们之间的

---

① 〔明〕吴还初《新民录引》,佚名《新民公案》卷首,《新民公案 海刚峰公案 神明公案》,刘世德、竺青主编《古代公案小说丛书》,群众出版社1999年版。

关系密切。这正是《杜骗新书》内封署"居仁堂余献可梓"、卷一署"书林汉冲张怀耿梓"的背景。本书编撰者为"浙江夔衷张应俞",但从卷首熊振骥之序称其为"苕潭张子"可见,张应俞应是福建建阳本地人,"苕潭"是建阳一地名。① 浙江或为其祖籍。编撰者和刻书者同姓,也有可能是同宗同族,则此书很可能最早为张怀耿刊刻,余献可居仁堂重梓。

此书又有书林陈怀轩存仁堂刊本,内封右下角署"存仁堂陈怀轩梓"。卷首署"浙江夔衷张应俞著　书林　　梓","梓"字前当有刊者名姓,已被剜去。从删去刻书者名称可见,此本晚出。此书藏于美国哈佛大学燕京图书馆。存仁堂刊本又有后修本,藏于大连图书馆等处。

7. 书林师俭堂刊刻金陵陈玉秀选校《新刻海若汤先生汇集古今律条公案》七卷首一卷。书前有目录,题"新刻海若汤先生汇集古今律条公案目录"。首卷题"新刻海若汤先生汇集古今律条公案首卷",辑录《六律总括》、《五刑定律》、《拟罪问答》、《金科一诫赋》以及《执照类》、《保状类》文书七件。正文卷一卷端题"新刻海若汤先生汇集古今律条公案",署"金陵陈玉秀选校"、"书林师俭堂梓行"。第七卷卷末有木记署"书林萧少衢梓行"。正文分十四类,类下分则,目录列四十六则,正文现存四十二则。上图下文版式。藏日本内阁文库。

本书内容多抄自《廉明公案》、《诸司公案》、《详刑公案》。师俭堂是建阳萧氏有名的书坊,萧少衢在万历至天启年间刊刻了不少书籍。师俭堂刊刻了不少戏曲。《律条公案》为目前所知萧氏师俭堂现存唯一小说刻本。

8. 王崑源三槐堂刻印明葛天民吴沛泉汇编《新刻名公神断明镜公案》七卷,缺卷五、卷六、卷七,今存残本四卷六类二十五则。内封题"精採百家诸名公明镜公案"、"三槐堂梓行"。书前有目录,题"新刻名公汇集神断明镜公案目次"。正文第一卷卷端题"新刻名公神断明镜公案",署"葛天民吴沛泉汇编"、"三槐堂王崑源梓行",卷尾题"新刻诸名公奇判公案一卷终"。现存四卷卷端题名比较统一,但卷尾题名各卷不同,卷二末题"新刻续皇明公案传",卷三末题"精新刻皇明诸司廉明公案",卷四末题"新刻诸名公廉明奇判公案传"。版式上图下文,半叶十行,行十六字或十七字。藏日本内阁文库。

此书有上海古籍出版社《古本小说集成》影印本。袁世硕先生为影印

---

① 刘楷锋《张应俞籍贯建阳考》,《武夷学院学报》2016年第2期。

本所作《前言》指出，此书多采自已有之公案书。现存二十五则中，采自《廉明公案》五篇，即"盗贼类"《董巡城捉盗御宝》、《汪太守捕捉剪镣贼》、《蒋兵马捉盗骠贼》、《金府尊批告强盗》、《邓侯审决强盗》；采自《皇明诸司公案》一篇，即"人命类"《朱太尊察非火死》；采自《详刑公案》一篇，即"奸情类"《陈大巡断强奸杀命》。文字稍有不同。此外，"索骗类"《崔按院搜僧积财》、《李府君遣觇奸妇》，系据《疑狱集》卷五《崔黯搜帑》、卷一《李杰觇奸妇》事写成。"婚姻类"《王御史判奸成婚》，系据《醉翁谈录》乙集《宪台王刚中花判》敷衍而成。还有与《龙图公案》事件相近似而人物、地点不同者。此书既系掇拾旧书而成，故各则写法多样，然又有其特点。即此二十五则之半数以上以诗收束，总括题旨，在"婚姻类"则为判决诗，如《醉翁谈录》乙集所谓"花判公案"。

9. 大约万历末期至天启五年（1625）之前，书林陈怀轩存仁堂刻印《新镌国朝名公神断详情公案》，现存日本蓬左文库藏本六卷首一卷，正文分十五门，凡三十九则。内封及各卷卷端和卷末、版心题署不一。如内封题"眉公陈先生选"、"详情公案"、"存仁堂陈怀轩刊"。首卷题"新镌国朝名公神断陈眉公详情公案卷之首"，署"临川毛伯丘兆麟订"、"建邑怀轩陈梓"。卷一题"新镌国朝名公神断□□□（此三字挖空）详情公案卷之一"，署"临川毛伯丘兆麟订"、"建邑怀轩陈君敬梓"。卷六题"新镌国朝名公神断李卓吾详情公案卷之六"。由此可见，这个本子应该是由不同的本子拼凑而成，但又可能作了补刻，因为各卷大部分故事结尾都有双行小字评语"无怀子曰"。题署所谓陈眉公、丘兆麟、李卓吾，可能都是伪托。

此书另有两种存于日本。一为日本内阁文库藏本，残存三卷（卷之二至卷之四），内题"新镌国朝名公神断□□□详情公案"。此与蓬左文库藏本同版。一为日本东京大学东洋文化研究所藏本，六卷，内封刻"详情公案"、"眉公先生选"、"存仁堂陈怀轩刊"，内题"新镌国朝名公神断李卓吾详情公案"，正文分十一门，凡二十九则。

此外，上海图书馆存一残本，为卷四、卷五、卷六，其中卷四、卷五与蓬左文库藏本同版，卷六与东京大学藏本同版。

四种藏本都是上图下文，版式、行款一致。四本相加，除去重复者，可得四十七则，全部采自晚明其他公案书。采自题名相近的《详刑公案》者最多，三十一则，采自《诸司公案》十则，采自《明镜公案》六则。

10. 天启元年（1621），闽建书林高阳生刻印湖海山人清虚子编辑《合刻名公案断法林灼见》四卷首一卷。上下栏版式。上栏为状词、判语等法律文书，下栏为公案小说，上下栏内容没有直接关系。正文卷一题"合刻名公案断法林灼见卷之一"，上栏为《金科一诚赋》，下栏署"湖海山人清虚子编辑"、"闽建书林高阳生绣梓"。下栏之公案小说为《廉明公案》和《详刑公案》之选编。藏于日本蓬左文库。中国国家图书馆存残本首一卷正文二卷。学术界多把此书归于司法类书籍，但从编撰者、刊刻者题署在下栏看来，此书所谓"名公案断法林灼见"主要指称的是下栏的公案小说。

另外，《全像海刚峰居官公案传》四卷，此书一般著录为李春芳撰，因为金陵万卷楼刊本第一卷卷端署"晋人羲斋李春芳编次"、"金陵万卷楼虚舟生镌"。但此书卷首李春芳《新刻海刚峰先生居官公案传序》言："……然而决狱惟明，口碑载道，人莫不喜谭之。时有好事者以耳目所觐记，即其历官所案，为之传其颠末。余偶过金陵，虚舟生为予道其事若此，欲付诸梓，而乞言于予。余亦建言得罪者，忽有感于中，因喜而为之序。"①似此，则李春芳只是作序者，并非编撰者。李春芳序作于万历丙午（三十四年，1606），金陵万卷楼刊刻应即此时。此书有金陵万卷楼刊、焕文堂重校印本，藏于中国国家博物馆，未见。王清原等《小说书坊录》著录此书有杨春荣焕文堂刻本。②杨春荣为建阳书坊主，刊刻过《南海观世音菩萨出身修行传》，此书内封题署"书林焕文堂"，卷首署"潭城泰斋杨春荣绣梓"，但如此并不能说明焕文堂就是杨春荣的书坊堂号，也有可能是书林焕文堂获得杨春荣版片印书。目前未见杨春荣以"焕文堂"坊号刻书。焕文堂重校印金陵万卷楼刊《海刚峰公案》时间未能确定，无法确定此焕文堂是否为建阳书坊，因为目前所见焕文堂刻书多为清代刻本，清代焕文堂则未必为建阳书坊。

但万历时期的建阳书坊，几乎刊刻过当时流行的所有通俗小说，而海瑞曾任延平府南平教谕，成为名臣之后在闽北必然家喻户晓，因此，建阳书坊不太可能不翻刻《海刚峰居官公案》。今见2018年泰和嘉成春季艺术品拍卖会拍卖一种《海刚峰居官公案》，残本，存卷二，两册。上图下文

---

① 〔明〕李春芳《新刻海刚峰先生居官公案传序》，李春芳《海刚峰公案》卷首，《新民公案　海刚峰公案　神明公案》，刘世德、竺青主编《古代公案小说丛书》，群众出版社1999年版。
② 王清原、牟仁隆、韩锡铎编纂《小说书坊录》，北京图书馆出版社2002年版，第15页。

版式,半叶十行,行二十字,每半叶有插图一幅,插图两边有四字标目,如"海公/审勘"、"公判/两继"、"吴四/引路"等。版心题"海刚峰居官公案"。从版式和字体来看,此本应该是明代建阳书坊刊本。但未能见到全书,暂录于此。

明代公案小说中又有《龙图公案》,即《包龙图神断公案》,也需要在此提及。此书出于《百家公案》、《廉明公案》、《详刑公案》、《律条公案》之后,现存多种版本,有一百则本,又有六十二则本,多为江南刊本,但与建阳书坊刊刻之公案小说关系密切。十卷一百则本,四十八则出自《百家公案》,二十则出自《廉明公案》,十三则出自《详刑公案》和《律条公案》。

当时书坊刊刻的公案小说当不止这些,已经佚失的版本且不说,民间普及法律的通俗读物中还有不少附录公案小说。现存不少法律类图书下栏为司法检验内容或司法普及知识,上栏则是公案小说。也有些法律类图书卷末附录公案小说。

二、公案小说编撰者及公案小说文体类型

建阳刊公案小说的编撰者多为不知名文人,从其署名信息可见仍以建阳及周边江西、浙江文人为主。但可能由于明代后期建阳书坊跟江南地区交流更为密切,且有一些书坊在江南开分肆,加强了与江南文人的合作,因此,公案小说的编撰者中有一些金陵、吴中文人。按照现存刊本题署,公案小说编撰者情况列表如下。

书名	编撰者题署	书坊备注
新刊京本通俗演义全像百家公案全传	钱塘散人安遇时编集	书林朱仁斋与耕堂刊本 书林景生杨文高刊本
新刊皇明诸司廉明奇判公案	三台山人仰止余象斗集	余氏建泉堂刊本 余氏双峰堂刊本 三台馆余氏双峰堂刊本 萃英堂、宗文堂刊本
新刻皇明诸司公案传	山人仰止余象斗编述	书林文台余氏梓行(三台馆刊本)
新刻郭青螺六省听讼录新民公案	《新民录引》署:南州延陵还初吴迁拜题	建州震晦杨百明发刊,书林仙源金(余)成章绣梓

（续表）

书名	编撰者题署	书坊备注
新镌国朝名公神断详刑公案	京南归正宁静子辑 吴中匡直淡薄子订	潭阳书林刘太华梓
新刻名公汇集神断明镜公案	葛天民吴沛泉汇编	三槐堂王崑源梓行
新刻海若汤先生汇集古今律条公案	金陵陈玉秀选校	书林师俭堂梓行
鼎刻江湖历览杜骗新书	浙江夔衷张应俞著	居仁堂余献可梓，书林汉冲张怀耿梓 书林陈怀轩存仁堂刊行
新镌国朝名公神断陈眉公详情公案 （卷六题"新镌国朝名公神断李卓吾详情公案"）	临川毛伯丘兆麟订 内封题"眉公陈先生选" 卷末、版心或题"李卓吾公案"	建邑怀轩陈君敬梓
合刻名公案断法林灼见	湖海山人清虚子编辑	闽建书林高阳生绣梓

在这些编撰者题署中，汤海若、陈眉公、李卓吾等可能是书坊伪托。其他的编撰者，余象斗为建阳书坊主，吴迁即吴还初为服务于书坊的江西文人，其余则很难考证出他们的生平和身份。

其中《明镜公案》编撰者"葛天民吴沛泉"，在此略为说明。或有人认为这是两个编撰者：葛天民、吴沛泉。但此书卷端署"葛天民吴沛泉汇编"、"三槐堂王崑源梓行"，"葛天民吴沛泉"跟"三槐堂王崑源"相对应，则"葛天民"应该是"吴沛泉"的修饰词。虽然现存文献中可以查到明代不少名为"葛天民"的人物，如明初江阴人葛天民，《千顷堂书目》卷二著录其《野樵逸响》一卷，昆山人袁华《耕学斋诗集》有《七月五日送葛天民归湖州》，又如《福建通志》卷三记载了明代福清县丞葛天民，泰州人；但明代大量的诗文中使用"葛天民"这个词，都是用典以比喻。葛天氏是传说中的远古部族。陶渊明《五柳先生传》末章谓："无怀氏之民欤？葛天氏之民欤？"无怀氏和葛天氏都是古史传说中的理想社会，后世以"葛天民""无怀子"比喻闲静淡泊、悠游自在的生活状态。苏轼《陶骥子骏佚老堂》二首其二："我从庐山来,目送孤飞云。路逢陆道士,知是千岁人。试问当时友,虎溪已埃尘。似闻佚老堂,知是几世孙。能为五字诗,仍戴洒酒巾。人呼小靖节,自号葛天民。"南宋有位诗人名为葛天民,山阴人,有《无怀小集》,收录于《南宋六十家小集》。田汝成《西湖游览志余》卷二十三记载:"葛天民字无怀,初为僧,名义铦,号朴翁,后返初服。居西湖上,时所交游皆名胜士。有二侍姬,一名如梦,一曰如幻。"明代诗词用"葛天民"之典尤为多见,多比喻山野自由的生活方式,如朱载堉《重游资公禅院》:"地僻尘氛少,重来景更新。渔樵常作侣,山水自为邻。鸟语闲中趣,花香静里春。此中能遁迹,疑是葛天民。"又如管时敏《人日偶兴》(《蚓窍集》卷六),易震吉《临江仙·田家》、《一痕沙·日午》(《秋佳轩诗余》)等。因此,从《新刻名公汇集神断明镜公案》卷端题署,结合明代诗词用"葛天民"之普遍语境,《明镜公案》作者为吴沛泉,自拟"葛天民"。另外,《详情公案》篇末评点署"无怀子曰","无怀子"应为刊刻者建邑怀轩陈君敬,"怀轩"、"无怀子",则是用无怀氏之典,寓意与"葛天民"相似。

在这些公案小说中,《详刑公案》、《法林灼见》使用的是笔名,但前者所署"京南归正宁静子辑"、"吴中匡直淡薄子订",尚能提供编撰者所属地域,后者"湖海山人清虚子"则基本没有提供确定可考的作者信息。不过从"湖海山人"的"湖海"来看,湖海山人清虚子为江浙人的可能性比较大。这些署名,以及"葛天民"之称呼,皆可见作者的逸民身份。但为书坊服务的明代文人"葛天民",跟诗词意境中闲适自居的"葛天民",语词意蕴实已天壤之别。吴沛泉等"葛天民",编小说不无消遣之意,但主要还是应书坊之约,以此谋生。

从已知信息来看,公案小说的编撰者以江西和江浙人为主,但在公案小说编刊中起重要引导作用的是余象斗,他的身份是建阳书坊主,他对公案小说的编撰起到至关重要的决定性作用,他的编撰形成了公案小说集纂的法家书性质和基本固定的文体类型。

就现存版本来看,明代最早的公案小说集是《百家公案》,是包公判案的故事集。这是符合公案题材的艺术发展规律的,因为宋元说话和戏曲中已出现大量包公故事,明代成化刊词话也大多为包公故事。因此,包公故事已有深厚的积累,明代最早的公案小说是包公故事正所谓水到渠成。演述包公故事的《百家公案》成为公案小说的典范之作,正如《三国》、《水浒》之于讲史小说,《西游记》之于神魔小说,《百家公案》作为典范之作对此后公案小说集的编撰和繁盛起了重要的示范作用。《百家公案》的编撰者署名为"钱塘散人安遇时",可能是浙江钱塘人。书林朱仁斋与耕堂万历二十二年(1594)刊本封面题"全补包龙图判百家公案",目录题为"新刊京本通俗演义增像包龙图判百家公案",卷端题为"新刊京本通俗演义全像百家公案全传","全补"、"新刊"、"京本"、"增像",以及正文从第一回至第三十回回前标注"增补",这些词汇无不说明,书林朱仁斋与耕堂刊刻此本之前,《百家公案》已有刊本,这个刊本应该就是"京本"。与耕堂是在京本的基础上增补故事、增加插图重新刊刻《百家公案》的,正如建阳书坊早期加像刊刻《三国》。但是,在《百家公案》影响下衍生的公案小说集形成了不同于《百家公案》的编撰方式和文本特点,即在全书结构上承袭公案书按照犯罪性质分门别类编排的方式,文本上则形成了插入"三词"的相对固定的结构,三词即告状人的状词、被告的诉状和官吏的判词。① 这样的编撰方式和文本特点成为明代公案小说集的文体特征。

  从现存刊本来看,明代公案小说集形成明显而固定的文体特征,起于余象斗的编创。在万历二十六年(1598),余象斗就编成了《廉明公案》,此书采用按类编排的方式,全书分为十六类,即:人命、奸情、盗贼、争占、罪害、威逼、拐带、坟山、婚姻、债负、户役、斗殴、继立、脱罪、执照、旌表。接着,余象斗又编成《诸司公案》,也是按照犯罪性质分成六类:人命、奸情、盗贼、诈伪、争占、雪冤。

  《百家公案》在前代说话、戏曲、笔记、小说等基础上,把各种公案故事拢归于包公判案。前代比较现成的公案故事已为《百家公案》所用,至余象斗,在继承《百家公案》的基础上只好尽可能另辟蹊径寻找其他素材,因此,《廉明公案》、《诸司公案》多改编历代公案书及其他故事素材称为明代诸司官员判案故事。跟《百家公案》的叙事文本非常不同的是,余象斗在讲故事的过程中插入了"三词"。余象斗对"三词"非常重视,《廉明公案》一百零六篇中只有《武署印判瞒柴刀》、《孙县尹判土地盆》、《李府尹判给拾银》、《孟主簿明断争鹅》、《雷守道辨僧烧人》、《康总兵救出威逼》等几篇没有

---

① 学界的相关表述概称"三词"。所谓"三词",并非状词、诉状、判词都具备,也并非仅限于这三词,有的文本中有街坊呈词,有判案官员向上级的申词,有上级官员批语等。所谓"书判体"公案小说,主要指称的就是这些"书判"公文的插入成为小说重要的结构。

"三词",其他,虽然并非都"三词"具备,但绝大多数都有判词,偶有几篇比较特别,比如:《汪县令烧毁淫寺》,没有状词、诉状和判词,但有汪旦申词和巡按刘批语;《陈按院卖布赚赃》有状词和诉状,没有判词;《滕同知断庶子金》只有状词;《顾知府旌表孝妇》因为是旌表类题材,只有乡坊呈词、顾知府通详、李大巡批申。余象斗对这些公文的重视甚于案情故事,在《廉明公案》中,甚至可以不讲故事,但必须录下状词、判词,或"三词"皆备。《廉明公案》一百零六篇中就有六十四篇只录状词、判词或三词皆备,而没有故事叙述,这六十四篇直接抄录了《萧曹遗笔》。余象斗接着编撰了《诸司公案》,从小说叙事文体的角度就显得更为从容成熟了,此书六卷五十八则,全都是讲故事的形式,同时绝大部分都有状词、诉词、判词等公文。

余象斗按罪分类编撰公案小说集的方式,和每则故事包含状词、诉词、判词等公文的叙事方式,对此后公案小说的编撰产生了很大影响。

万历乙巳(三十三年,1605)吴还初序引之《新民公案》不是"诸司"、诸名公之公案,而是郭子章判案专集,显然是《百家公案》的影响,正文卷首为《郭公出身小传》,也跟《百家公案》以包公传开篇相同;但是,全书内容分为"欺昧"、"人命"、"哄害"等八类,则是公案书以罪分门的编排方式,显然受到余象斗《廉明公案》的影响。万历丙午(三十四年,1606)金陵万卷楼刊本《海刚峰公案》是海瑞判案专集,但在每则故事之后附录"三词",显然也是接受了余象斗《廉明公案》注重司法公文的影响。

值得注意的是,建阳刊公案小说除《百家公案》之外,都采用公案书以罪分门的编排方式,分卷,但不分章回。非建阳刊本,比如金陵万卷楼刊本《海刚峰公案》,虽然也分卷,但并非按罪统刑的分类分卷方式,只是在分章回的同时,把七十一回分成了四卷,所以,更明显继承的是《百家公案》分章回的形式,且首列《海忠介公全传》,亦如《百家公案》以包公传开篇,总体更近于《百家公案》的形式。

分卷和分章回的差异,对于公案小说类型来说有着非常重要的意义。《百家公案》因为承续前代包公故事而来,是文学故事的积累,每篇故事的叙述方式接续的是前代小说戏曲的叙事传统,全书的编排方式,则取法于明代章回小说的形式。而余象斗编《皇明诸司廉明奇判公案》、《皇明诸司公案》,取材虽然也包含了前代的叙事文学,但其按罪分卷的编撰方式、插入三词的文本结构,都更接近法家公案书的传统,可见编撰者的编撰理念更突出法律知识的传播。明代公案小说集基本可以按照分卷或分章回的编撰形式差异而划分为建阳书坊刊本和非建阳书坊刊本两大系统。比如《海刚峰公案》，其分章回的编撰形式是《百家公案》文学传统的接续，此书现存最早刊本为金陵万卷楼刊本，属于非建阳书坊系统。而明代其他公案小说集则分卷编撰，为建阳书坊刊本系统。建阳刊本系统公案小说集的文体和文本特点，跟建阳书坊所在地域文化关系密切。

第二节 明代公案小说编刊的知识语境与叙事传统

公案小说的编刊时间基本集中于万历至崇祯年间，是晚明重要的文学现象。对于这些小说，现代学者大多认为文学价值不高。为什么今人认为文学价值不高的这些小说，当时会受到读者欢迎，甚至成为一再翻刻的畅销书呢？与公案小说编刊的知识语境和叙事传统密切相关。

一、书判体公案小说编刊的知识语境

《百家公案》由宋元说公案和公案戏发展而来，虽然故事梗概式的叙事方式未能跟说话艺术和戏曲相媲美，但在"公案"的理念上主要继承的是宋元说话和戏曲的文学传统，主要以公案故事和破案情节之奇异吸引读者。余象斗编撰《廉明公案》受到《百家公案》的启发，但余象斗对"公案"的理解显然不仅是宋元以来"说公案"的概念，更重要的是基于儒生法律知识的"法家书"概念。他用法家书的编撰方式改造了源自文学传统的公案小说，突出强调了小说的"公案"性质，使得公案小说明显区别于其他类型小说。

余象斗编撰《廉明公案》分卷而不分章回，全书按类编排，分为人命类、奸情类等十六类。这样的编排体例显然是对前代法典和书判集以罪统刑方式的借鉴。不仅编排体例是法家书的形式，在行文方式上，每一篇故事也都是围绕"公案"结构成文：先叙案由，再介绍破案经过，在这个叙事过程中插入状词、诉词、判词等，故事结尾还多有按语，对案情、破案思路作分析。《廉明公案》很少像《百家公案》那样运用神怪因素结构小说，基本是现实世界的公案故事，从每篇结尾的按语来看，编撰者预设的叙事目标是提高官吏判案能力，以此实现吏治廉明的理想。这样的文本结构意义跟作者自序所言编撰用意是一致的："不佞景行廉明之风，而思维世道于万一也……且执

法者鉴往辙之成败,而因此以识彼,察细民之情伪,而推类以尽余,则东海无久旱之冤,燕狱无飞霜之号,其以明见佐圣治宁有量哉!"①因而若说《百家公案》重视叙事趣味的渲染,《廉明公案》则在叙事之中更看重司法知识的传递。

由于"包公"箭垛式清官形象的代表性影响深远,今天的读者和研究者相对更关注《百家公案》。实际上,在晚明的公案小说传播中,余象斗《廉明公案》之影响甚至超过《百家公案》。《百家公案》现存刊本只有万历二十二年(1594)书林朱仁斋与耕堂本、万历二十五年万卷楼本、万历杨文高本等不多的几种,而《廉明公案》现存刊本至少十种,金陵大业堂亦曾翻刻《廉明公案》。正是因为《廉明公案》畅销,余象斗又推出了"续编"《诸司公案》。此后所有公案小说集的编排体例和文本结构皆仿《廉明公案》、《诸司公案》,形成了书判体公案小说这一文学现象。

书判体为何会成为明代公案小说的典型文体?这个问题首先需要把公案小说还原到晚明的出版背景中来考察。

我们今天很可能只是从文学角度来看小说,并以文学成就来解释小说在古代传播的原因和动力。但从古代图书刊印和传播体系我们可以看到学习者对知识体系的认知,小说是古代知识结构的一个构成部分,但所占比例很小,即使在晚明以后小说刊印数量呈几何级增长,但知识体系几乎同步扩大。宋代以来图书刊印推进了教育的发展,知识进一步普及和下移,小说是普及知识最为重要的方式之一,知识性长期是小说发展最为重要的动力。建阳刻书与区域教育的发达密切相关,现存建阳刻书 2000 余种 5000 多部,其中小说 108 部共 190 多种本子,其余则为经史子集四部各类著作,而以教育类、知识性普及读物为多。建阳是最早大规模刊刻小说的地区,也是明代刊刻小说数量最多的地区,但是,小说在建阳刻书中的占比相对也比较小,而且,建阳刊刻小说以普及知识的教化型作品为主,跟经史子集四部中的教育类、知识性普及读物之间关系密切。其实不仅建阳,在江浙地区,乃至于全国,在小说刊刻最为繁盛的嘉靖万历时期,知识性因素仍然是小说传播的重要因素。明代嘉靖以来的小说编刊以历史题材居多。可确定为万历年间

---

① 〔明〕余象斗《廉明公案叙》,余象斗集《廉明公案》卷首第二至第三叶,日本京都大学法学研究科藏明万历三十三年余氏双峰堂刊本。

刊行的大约七十部小说中,历史演义占了将近一半。事实上,这些小说除《金瓶梅》《绣榻野史》《浪史》《僧尼孽海》"熊龙峰刊行四种小说"等之外,其他基本是历史演义、英雄传奇、神魔小说、公案小说,都属于广义的"讲史"类题材,编演的主要目的正在于知识普及和教化。知识性教化型小说长期为小说主要类型,所以,也就不难理解《廉明公案》中一半多的篇目只抄录"三词",而无故事叙述,但是不影响它广为接受——读者主要是从知识性的角度来接受《廉明公案》。以《廉明公案》为代表的书判体公案小说能够广为接受,正是知识性因素的强化提升了公案小说的文化内涵,由包公故事开创的公案小说类型才能够有足够的分量跻身于以讲史题材为主的小说阅读和销售市场,在风起云涌的万历小说传播中分得令人瞩目的一席之地。

因此,我们不能不思考,假如不局限于审美角度,公案小说的价值何在?应该如何认识公案小说的价值,这里涉及小说观念的问题。众所周知,以叙事艺术的审美性作为小说文体的重要特征,是后起的观念。宋元明小说,其实都有必要从社会学和知识学的角度还原其历史语境。宋代文化下移,教育普及,儒学思想已渐趋于平民化。至于明代正德,王阳明心学激发了儒学平民化浪潮,嘉靖万历时期小说兴盛正以此为背景。

儒学平民化在明代初年已见端倪,以儒家文化和宋明理学为基础,朱元璋的立法和普法思想皆以悯生爱民为出发点。书判体公案小说文体的形成正是以明代法律普及为背景。由于元朝近百年礼法纵弛,"天下风移俗变"①。朱元璋力求重建社会秩序,早在洪武登基之前的吴元年就诏令李善长等制定律令,"凡为令一百四十五条,律二百八十五条"②。朱元璋认为制定法律的目的就是造福于民,其《御制大诰序》说:"朕闻曩古历代君臣当天下之大任,闵生民之涂炭,立纲陈纪,昭示天下,为民造福。"③因此,他特别重视对民间百姓普及法律,吴元年(1367)命令颁布《律令直解》,就是为了让田野之民都能知晓律令。朱元璋亲自撰写的《大诰》《大诰续编》《大诰三编》《大诰武臣》多录具体案件,多有较为完整的事件叙述,较为简明的叙事文体使得普通民众亦能理解接受。但他还是担心"民不周知,故命刑

---

① 〔明〕朱元璋《御制大诰·胡元制治第三》,《续修四库全书·史部·政书类》,上海古籍出版社1995年版。
② 《明史刑法志》,〔清〕薛允升《唐明律合编》卷首,怀效锋、李鸣点校,法律出版社1999年版。
③ 〔明〕朱元璋《御制大诰序》,《御制大诰》卷首,《续修四库全书·史部·政书类》。

官取《大诰》条目,撮其要略,附载于律……编次成书,刊布中外,令天下人知所遵守"。他还颁布了不少《教民榜文》,教育百姓遵纪守法。他诏令"官民诸色人等,户户有此一本(《大诰》)",命令民间在举行乡饮酒礼时,在教训子弟时,在秀才赴京考试时,都要讲读《大诰》。而在乡间张挂晓谕、聚众讲读《教民榜文》的方式延续至明代后期,请残疾老人持木铎巡行乡里沿途宣讲的方式也曾持续较长时间。① 朱元璋之后,民间宣讲和传播的力度虽然有所懈怠,但是,常常有大臣进言继续执行洪武旧法。普及法律,向民众宣讲法律知识,是明朝惯例。在法律执行和传播的过程中,由于大部分律令都只有条文,"人不知律,妄意律举大纲,不足以尽情伪之变,于是因律起例,因例生例",虽然时人病其"例愈纷而弊愈无穷"②,但是,显然,法律条文必然也必须跟实际案例相结合。从各级官吏及其幕僚,到普通民众,在讲读律令时都需要参考或列举适当的案例,这既是公案小说产生的社会文化背景,又是公案小说的需求所在。余象斗编撰《廉明公案》,正是在明代儒学平民化、法律普及的时代背景下产生的,应和了时代思想潮流和国家意识形态、文化政策的主流,因而在官方和民间都得到认可。所以,很快就形成了影响,此后出版的公案小说集都接受了余象斗的影响。

  余象斗编撰《廉明公案》预设的叙事目标是提高官吏判案能力,也跟明代对官员的吏治能力要求和严密的监察制度密切相关。《大明律》明确规定百司官吏必须熟读律令,因为初仕官员为官之前没有受过行政与司法的专业训练,一方面"明清时期律例条文愈发繁琐复杂",另一方面"人口的急剧增长、土地资源的相对紧缺与商品经济的持续活跃,所有这些都导致了田土纠纷和命盗案件的绝对数量的攀升,也造成了衙门事务日趋繁重和复杂";"再加上科举落第而又没有其他谋生技能可资'治生'的读书人的增长,他们中的一些人就转而从事讼师业务",加剧了讼事的复杂。③ 因此,法典、法学著作、司法知识普及读物是明代刻书相当繁盛的一类,大量的官箴

---

① 参见徐忠明《明清中国的法律宣传:路径与意图》,徐忠明、杜金《传播与阅读:明清法律知识史》,北京大学出版社2012年版,第169页。

② 《明史刑法志》,〔清〕薛允升《唐明律合编》卷首,怀效锋、李鸣点校,法律出版社1999年版。

③ 杜金《明清民间商业运作下的"官箴书"传播》,徐忠明、杜金《传播与阅读:明清法律知识史》,北京大学出版社2012年版,第42页。

书和日用类书也大篇幅载录司法知识。这类出版物大量出于建阳书坊，这是因为明代建阳刻书本就因其繁盛而占了很大市场份额，而且建阳刻书素以通俗读物普及知识为重，因此，在明代普及法律知识的浪潮中必然成为重要出版力量。

建阳素有编刊法家书的传统。宋代建阳人宋慈曾作《洗冤集录》，被尊为世界法医学鼻祖。《洗冤集录》见于各官私书目著录，最早刊于宋淳祐七年（1247）湖南宪治，现存最早刊本为元代余氏勤有堂刊《宋提刑洗冤集录》五卷。此书自宋至清多有翻刻、增补、集注、考证、释义、仿作等，其中有一些建阳刊本，如明万历三年（1575）陈氏积善堂刊王与编《新刊无冤录》上中下三卷，上下双栏版式，后有"万历乙亥陈氏积善堂重刊"牌记，公安部群众出版社存中、下二卷。① 又如万历三十四年（1606）余文台刊刻《新刻圣朝颁降新例宋提刑无冤录》十三卷，残本现存上海图书馆。

宋人编刊的书判集《名公书判清明集》非常可能最早出于建阳书坊编刊。此书卷前有"清明集名氏"，列举 28 位名公姓氏籍贯：晦庵先生朱氏，字仲晦，新安人；西山先生真氏，德秀，字希元，建安人；履斋先生吴氏，潜，字毅夫，宣城人；抑斋先生陈氏，韡，字子华，三山人；意一先生徐氏，清叟，字直翁，建安人；留耕先生王氏，伯大，字幼学，三山人；久轩先生蔡氏，抗，字仲节，建安人；庸斋先生赵氏，汝腾，字茂实，三山人；昌谷先生曹氏，彦约，字简夫，南康人；沧洲先生史氏，弥坚，字固叔，四明人；西堂先生范氏，应铃，字旂叟，南昌人；苕溪先生章氏，良肱，字翼之，雪川人；裕斋先生马氏，光祖，字华父，婺州人；铁庵先生方氏，大琮，字德润，莆阳人；后村先生刘氏，克庄，字潜夫，莆阳人；自牧先生宋氏，慈，字惠父，建安人；雨岩先生吴氏，势卿，字安道，建安人；丹山先生翁氏，合，字与可，建安人；秋崖先生方氏，岳，字巨山，三衢人；实斋先生王氏，遂，字去非，镇江人；石壁先生胡氏，颖，字叔献，潭州人；文溪先生李氏，昂英，字俊明，番禺人；浩堂先生翁氏，甫，字景山，建安人；庐山先生陈氏，垧，字和仲，南康人；桃巷先生刘氏，希仁，字居厚，莆阳人；立斋先生姚氏，瑶，字贵叔，延平人；息庵先生叶氏，武子，字诚之，邵武人；臞轩先生王氏，迈，字实之，莆阳人。这 28 人中，包括朱熹在内有 17 位福建人：朱熹、真德秀、陈韡、徐清叟、王伯大、蔡抗、赵汝腾、方大琮、刘克庄、

---

① 方彦寿《建阳刻书史》，第 352 页。

宋慈、吴势卿、翁合、翁甫、刘希仁、姚瑶、叶武子、王迈。其他则主要是临近福建的江西、浙江、广东人。这样的作者群体，跟宋代建阳刻书稿源情况相吻合。《四库全书总目》谓之："辑宋元人案牍判语，分类编次，皆署其人之别号。盖用《文选》称字之例。然名不甚显者，其人遂不可知矣。"①其中一些名公"名不甚显"，则更能说明此书可能出于建阳，因为那些名不甚显的士人，却为当地和邻近地区所知，这是建阳刻书常见的选材特点。

元代建阳刻过《元典章》，现存《大元圣政国朝典章》正集六十卷、新集二卷，元建阳坊刻本，现藏于台北故宫博物院。至顺三年（1332），余志安勤有堂刻《故唐律疏义》三十卷，唐长孙无忌等撰，佚名释文，《纂例》十二卷，元王元亮撰，至正十一年（1351）重印时又经重校修补，此书藏于中国国家图书馆、日本宫内厅书陵部等处。现存还有不少未署书坊名的法家书，从版式字体看应为建阳刻本，如宋桂万荣撰《棠阴比事》一卷，元刻本，藏于北京大学图书馆；宋傅霖撰《刑统赋》一卷，元刻本，藏于首都图书馆。

明代建阳刊法律类书籍很多。前引袁铦《建阳续志》记载书目中，列举制书如朱元璋《大诰》三篇，《武臣大诰》一卷，《洪武礼制》一卷，《礼仪定式》一卷，《大明律》三十卷，《大明令》一卷，《诸司职掌》九卷，《教民榜》等。此外，目前所见建阳书坊刊本不少，如：

《锲御制新颁大明律例注释招拟折狱指南》十八卷、附卷一卷、附图一卷，《重修问刑条例题稿》一卷，万历十七年（1589）叶氏作德堂刻本，藏于日本蓬左文库、京都阳明文库、东京大学文学部汉籍中心。

《新锲翰林标律判学详释》二卷，明焦竑编辑，万历二十四年（1596）乔山堂刻本，藏于日本内阁文库。

《新刻御颁新例三台明律招判正宗》十三卷、首一卷，明余员注招、叶伋示判，万历三十四年（1606）双峰堂余象斗刻本，藏于日本内阁文库。

《刻精注大明律例致君奇术》十一卷，明朱敬循撰，附刻《宋提刑洗冤录》一卷，宋宋慈撰，万历年间闽潭城余氏萃庆堂刻本，藏于日本内阁文库、尊经阁文库、东京大学东洋文化研究所。

《镌大明龙头便读傍训律法全书》十一卷、首一卷，明贡举撰，万历年间刘氏安正堂刻本，藏于日本内阁文库、尊经阁文库、东京大学东洋文化研

---

① 〔清〕永瑢等《四库全书总目》卷一〇一《子部·法家类存目》，第850页。

究所。

《新刻官板律例临民宝镜》十三卷、首三卷、末三卷,明贡举撰,万历年间刘朝琯安正书院刻本,藏于日本东京大学东洋文化研究所井田文库。

《鼎镌六科奏准御制新颁分类释注刑台法律》十八卷、附录一卷、副卷一卷、首一卷,明萧近高注释,明熊氏种德堂刻本,藏于中国国家图书馆、山东大学图书馆。

《鼎镌钦颁辨疑律例昭代王章》五卷、首一卷,明熊鸣岐辑,明钱士晋正讹,明师俭堂萧少衢刻本,藏于中国国家图书馆。

以上仅据目前所见信息略为列举,从中可见建阳刊刻法律类图书之概况。这些图书的刊刻一方面是为官府执法提供依据,更重要的作用当是向民众普及法律知识。普及是建阳刻书的第一要义。司法图书的普及有多种方式,最多的是为法典加上注释或判例,也有的把司法知识编成歌谣,有的则是用讲故事的方法来普及法律知识。

这些司法类图书多采用上下双栏或上中下三栏的版式。如万历刘氏安正堂刊本《镌大明龙头便读傍训律法全书》为三栏版式,上栏"为政规模节要总论":读书万卷不读律,致君尧舜终无术。中栏"六律总括"为歌诀。下栏为"名律例"等律法和判例。建邑余氏双峰堂刊本《新刻御颁新例三台明律招判正宗》也是三栏版式,上栏《六律总括》等,是歌诀;中栏音释;下栏为"名律例"等律法与判例。万历闽潭城余氏萃庆堂刊本《刻精注大明律例致君奇术》为上下栏版式,上栏为歌诀如"五服歌",下栏为律例。萃庆堂刊本《刻精注大明律例致君奇术》附录《洗冤录》,上栏题为"附包龙图断案","附"字说明,这部书主要是作为一部司法图书刊刻的,而包公断案故事是作为附录的,之所以附录,有其充分理由,包公断案跟司法关系密切,也有司法案例的意味,但很显然,包公故事对读者有吸引力,为司法图书增加卖点。从这些版式可见,这些版刻都有意于面向文化修养不高的底层民众,也可见民间具有普及法律知识的需求。

二、公案小说编撰与讼师秘本的关联

面向大众普及司法知识的法家书,启发和影响了公案小说的刊刻。特别引人注目的是大量"讼师秘本"的传播,《廉明公案》的编撰直接吸收了畅销的"讼师秘本"。

第六章　建阳书坊与公案小说之兴衰

讼师是一种专门帮诉讼两造打官司的职业，必须熟知法律条文和打官司的程序、技巧，因此自然产生了所谓讼师秘本，比如宋代的讼师秘本《邓思贤》特别有名，在民间广泛流传。明代，随着经济繁荣、司法事务日增、同时刻书业的鼎盛发展，所谓讼师秘本大量编刊，现存比如叶氏撰《鼎刊叶先生精选萧曹遗笔正律刀笔词锋》，嘉靖刻本；徐昌祚辑《新镌订补释注萧曹遗笔》四卷，明癸未序刊本①；佚名《新锲法林金鉴录》三卷，万历二十二年（1594）金陵书室刊本；锦水竹林浪叟辑《新锲萧曹遗笔》四卷，万历二十三年（1595）吴东白雪精舍刊本；西吴空洞主人辑《胜萧曹遗笔》四卷，万历二十七年（1599）潄玉轩刊本；清波逸叟编《新刻摘选增补注释法家要览折狱明珠》四卷，万历壬寅（三十年，1602）序、辛丑年刊本②；闲闲子订注《新刻校正音释词家便览萧曹遗笔》四卷，万历四十二年（1614）瑞云馆重刊本；湘间补相子著《新镌法家透胆寒》十六卷，明代戊午年大观堂刊本③；佚名《鼎锓法丛胜览》四卷，明代金陵世德堂刊本；觉非山人撰《珥笔肯綮》，崇祯年间（1628—1644）钞本；云水乐天子编《鼎锲金陵原板按律便民折狱奇编》四卷，明末翠云馆刊行。此外，还有不少明刊本，如：佚名《萧曹遗笔》四卷，卧龙子汇编《新刻平治馆评释萧曹致君术》六卷、首一卷，江湖逸人编《新镌音释四民要览萧曹明镜》五卷，江湖醉中浪叟辑《法林烛照天》五卷，佚名《新镌订补释注霹雳手笔》四卷，读律斋主人辑《法家秘授智囊书》。

值得关注的是，这些法家书跟公案小说关系密切。比如现存于日本内阁文库的《新刻法家须知》，崇祯六年（1633）序刊本。此书卷末附《方谦先生记余话》，又题为《奇状集》，收录六篇六个故事，分别为《淫妇自献》、《引子诈奸》、《婿毒亲岳》、《供状得遂》、《厚薄待婿》、《作状被访》。这些故事叙述比较简略，但包含了状词、诉词与判词，所谓"奇状"主要指这些词状。而《法家须知》正文是法律知识、词状范本，因其结合案例而包含了叙事因素。正文跟附录中的故事似乎形成文体上的某种"互文"关系。

《新刻法家须知》很可能跟建阳书坊有些渊源，因为《奇状集》三篇故事的主要人物为闽人，《供状得遂》私情男女主人公为建宁府浦城县人，《厚薄

---

① 徐昌祚乃万历年间人，癸未或为万历癸未（十一年，1583）。
② 此书题"辛丑仲秋刊行"，则应为清代重刊。
③ 此戊午或为万历四十六年（1618）。

待婿》按院洛公、推官邓公福建人,《作状被访》京山县主周爷福建汀州府人,新按院蔡正福建人。而《引子诈奸》则为陈继儒故事,陈继儒,晚明著名文人,极负盛名的"陈眉公",书坊刻书多托名于之,建阳书坊刊刻《详情公案》就托名"陈眉公选"。此书故事多有模仿旧篇之迹,而人物命名则多望文生义随意生发。揣其编撰心理,或出于建阳书坊文人之手。建阳书坊编刊小说往往喜欢讲本地故事,所以,此书有可能是建阳书坊编刊。

上下栏版式附公案小说的法家书似乎更为典型体现两者的关联。比如明末清初刻本《新刻法笔惊天雷》,上栏附集中也有《奇状集》。《法笔惊天雷》有二卷本和四卷本两种。二卷本附《奇状集》四篇,包括《淫妇自献》、《引子诈奸》、《供状得遂》、《作状被访》。四卷本附《奇状集》三篇,为《淫妇自献》、《引子诈奸》、《作状被访》。《奇状集》故事情节简单,但包含数篇完整的状词、诉词与判词。下栏列举呈状,但也简单说明案情。当这两种文字以上下栏形式呈现的时候,上下栏内容尽管具体指向并不直接关联,但上栏公案小说和下栏"法笔"形成了广义上注释和印证的关系。由于法家书必然以律例为基础,因此,法家书和公案小说在叙事上有其天然的共性,同时也必然都以司法知识传递为重要宗旨,但法家书偏重知识,公案小说偏重叙事,两者同流而分派。

在所谓"讼师秘本"中,"萧曹"是个高频词。所谓萧曹,指的是汉代开国功臣、汉初位冠群臣的萧何、曹参,《汉书·萧何曹参传》谓"萧何曹参皆起秦刀笔吏"[1],明代复古思潮尤为推重汉代,刑名之中则推重汉代开国勋臣萧、曹为后世典范。如万历乙未(二十三年,1595)江湖散人序《萧曹遗笔》曰:"萧曹二公,赤帝子肱股,以吏胥作宰相,倘非熟律令、洞民情,而刀笔勋业乌能炳然耶?""余遨游金陵,竹林子出珥笔书一帙,请余叙。余阅毕,喟然曰:此帙覆盆月皎,判笔风清,盖宛然汉相国家法者。所称法林之金鉴非欤?故额其序曰'萧曹遗笔'云云。"[2]由于"讼师"的入行门槛不高,所以,所谓"讼师秘本"其实并不高深,主要是通俗化介绍司法知识,尤其是司法文书的书写格式、技巧和注意事项。如江湖散人序、锦水竹林浪叟辑《萧曹遗笔》的内容:做状十段锦玄意、古忌箴规、法家管见、串招式、词稿文锋

---

[1] 〔汉〕班固《汉书》卷三十九《列传第九》,第七册,第2021页。
[2] 〔明〕江湖散人《萧曹遗笔序》,锦水竹林浪叟辑《萧曹遗笔》卷首,日本东京大学东洋文化研究所藏明代万历刊本。

（附审语）、砾语、珥语、呈结诸式、告示例、附判语、明律摘要、纳赎则例歌括等。卷首凡例对编撰旨意有明确说明："一、讼事以识见为先，故有管见，附录平生所得。一、词状乃胜负之机，必要做得如式。故有十段锦附后，不可不究心也。一、法家所忌，犯之有碍，有箴规附录，所宜参考。一、串招乃法家急务，今述古式于后，俾便考究……一、词状资格，自有一定之体，今以生平所集名笔，及尝试屡捷词稿，条万科柝，逐类编附于后，遇某事，先寻某类，于中参考，当自得之……一、审及判语，皆荐绅先生名笔，或稽古证今，或寓词借意，诚振世之木铎者，逐一附录，学者亦可以广识见，开心胸云云。"[①]此本多有眉批和行间夹批，这些批注非常值得关注，比如卷一首页"做状十段锦玄意"开篇："黄公诫曰：未作琴堂稿，先思御史台。不谙刀笔理，反受槛车灾。"眉批解释"琴堂"，夹批注释"谙"字："晓也。"此页还有一条眉批，是对"太阿"的注释："太阿，宝剑之名。"[②]由此可见此书的读者定位，一定包括文化修养比较低的人群。从《萧曹遗笔》至今流传版本众多、且基本为注释本可见，《萧曹遗笔》长期需求量大，且阅读人群比较广。

《廉明公案》中六十四则未展开叙事的"三词"篇目即出自《萧曹遗笔》，而且全书的卷目分类也来自《萧曹遗笔》。万历乙未（二十三年，1595）江湖散人序本《萧曹遗笔》卷一至卷三载录《词稿文锋（附审语）》，分为十三类：盗贼类、坟山类、人命类、争占类、骗害类、婚姻类、债负类、户役类、斗殴类、继立类、奸情类、脱罪类、执照类、呈状类、说帖类。《廉明公案》承袭了前十三类，不取呈状类和说贴类，增加了威逼类、拐带类、旌表类，把人命类、奸情类移到卷首，显然是出于接受的考虑，人命类和奸情类故事相对比较受关注。在人命类、奸情类、盗贼类、争占类、骗害类中增加了叙事性公案故事，每一类在叙事性公案故事后抄录《萧曹遗笔》的词稿。如卷首人命类一共二十篇，首列十一篇叙事性公案故事：《杨评事片言折狱》、《张县尹计吓凶僧》、《郭推官判猴报主》、《蔡知县风吹纱帽》、《乐知府买大西瓜》、《舒推府判风吹"休"字》、《项理刑辨鸟叫好》、《曹察府蜘蛛食卷》、《谭（谈）知县捕以疑杀妻》、《刘县尹判误妻强奸》、《洪大巡究淹死侍婢》；接着抄录《萧曹遗笔》人命类的七则词稿，然后再录两篇展开叙事的公案故事《黄县

---

① 〔明〕锦水竹林浪叟辑《萧曹遗笔》卷首《凡例》。
② 〔明〕锦水竹林浪叟辑《萧曹遗笔》卷一《做状十段锦玄意》。

主义鸦诉冤》、《苏按院词判奸僧》。来自《萧曹遗笔》的七篇词稿,题目按照"杨评事片言折狱"这种主谓宾结构的短语方式作了修改,如《萧曹遗笔》的"告逼死节妇(南城县事)"改为"范侯判逼死节妇"①;另外,《廉明公案》加了极简单的连接词句,把各自独立的"三词"串起来。《廉明公案》第二类奸情类一共八篇,五篇为叙事性故事,三篇抄录《萧曹遗笔》词稿;第三类盗贼类一共九篇,三篇为叙事性故事,六篇抄录《萧曹遗笔》词稿;第四类争占类共十六篇,九篇为叙事性故事,七篇抄录《萧曹遗笔》词稿;第五类骗害类共十一篇,二篇为叙事性故事,九篇抄录《萧曹遗笔》词稿;第六类威逼类四篇,第七类拐带类三篇,皆为叙事性故事;接着坟山类、婚姻类、债负类、户役类、斗殴类、继立类、脱罪类、执照类,全部抄录《萧曹遗笔》相应的词稿类别;最后一类是旌表类,三篇皆为叙事性故事。《廉明公案》与《萧曹遗笔》相同的类别中,基本全部抄用了《萧曹遗笔》的词稿,《萧曹遗笔》相应类别中未被抄录的只有三篇,即《萧曹遗笔》骗害类第十篇《告书手洒粮》、债负类第六篇《告取租银》、脱罪类第四篇《复农民》,皆只有告状而无判词,因此不为《廉明公案》所用。从中亦可见《廉明公案》对判词的重视。《廉明公案》各类篇目多寡不同,但明显前面几类叙事性故事较多,卷末最后一类安排了三篇叙事性故事,余象斗有意把叙事性故事放在比较明显的位置,因此,《廉明公案》抄录《萧曹遗笔》应该是余象斗无奈之举,很可能是因为急着推出《廉明公案》抢占销售市场,所以,抄袭《萧曹遗笔》词稿以凑数。但是,似乎读者对此并不计较,《廉明公案》推出后显然很畅销,故而多次翻刻。

结合《萧曹遗笔》的读者定位,我们可以想象,《萧曹遗笔》已经是司法知识通俗读物,《廉明公案》则是《萧曹遗笔》的"再通俗"。《廉明公案》抄录《萧曹遗笔》无批注,但六十四篇词稿之外的叙事性故事形象演绎告状判案过程,相当于另一种形式的注释。事实上法家书和公案小说结合的方式在明代刻书中很常见,如前文列举的萃庆堂刊本《刻精注大明律例致君奇术》附录《洗冤录》,《洗冤录》上栏是"附包龙图断案",又如《新刻法家须知》及《新刻法笔惊天雷》附《奇状集》等。所以,对于《廉明公案》叙事性公

---

① 学界讨论多以群众出版社"古代公案小说丛刊"本为据,此本以二卷本为底本,"人命类"中未见首尾两篇:"范侯判逼死节妇"、"邓代巡判人命翻招"。但万历三十三年余氏双峰堂刊四卷本有这两篇。可见,《廉明公案》"人命类"完整抄录了《萧曹遗笔》"人命类"的七篇词稿。

案故事中插入《萧曹遗笔》"词稿文锋"的方式,当时读者不觉得奇怪,甚至可能觉得这本书中同时包含《萧曹遗笔》的内容是超值的。

三、《廉明公案》对"私情公案"传统的接续和发展

余象斗编撰《廉明公案》未受小说文体之限,而以书坊主的敏感引入了其他门类畅销书的元素,他的编撰有意借重司法知识强化"公案"的司法性质,多种文化元素融合使得《廉明公案》具有一定的创新意义,满足了读者求新求变、求实用且娱乐的需求。但是,中国古代小说发展至于明代万历,已形成明确的通俗小说文体观念,而余象斗也是直接受《百家公案》影响而编撰《廉明公案》,余象斗的主观意图还在于编撰小说。在《廉明公案》畅销后,余象斗趁热打铁又编撰了《诸司公案》作为《廉明公案》的续篇。《诸司公案》再无仅录"三词"的篇目,全部都是叙事性公案小说。从中可见,余象斗虽然强调"公案"的法家书性质,但是,他的公案小说编撰的文体定位仍然是"小说"。为此,他重视小说叙事的文学性品格,他当然也知道,质而无文则行之不远,因此,他的本意是想追求公案小说的"文质彬彬"的。《廉明公案》中展开叙事的篇目,其插入"三词"的文本形式也是对前代公案小说的继承和模仿,只不过,受《百家公案》启发而编撰的《廉明公案》,却上溯到了更早的小说文本形态,《廉明公案》接续的是宋人罗烨《醉翁谈录》所记录的"私情公案"的传统。①

《醉翁谈录》卷二甲集"私情公案"《张氏夜奔吕星哥》,即先叙案由,最后由制置使判案,文中录男女主人公状词各一篇,末为制置使判词,因原本残缺,判词未完。《醉翁谈录》卷二乙集"烟粉欢合"《静女私通陈彦臣》从题材来看也属于"私情公案",此文以"宪台王刚中花判"作结,其中亦说到男女主人公"供状语言成文",但未引供状原文,而王刚中之判则是诗体花判。《醉翁谈录》庚集卷二又有"花判公案"十五则,其中《子瞻判和尚游娼》为《廉明公案》卷二人命类《苏按院词判奸僧》的素材来源。《醉翁谈录》记录的这些公案很可能来源于宋代说话艺术之说公案,但是,从文本的

---

① 宋代罗烨《醉翁谈录》自宋元以来未见著录,"观澜阁藏孤本宋椠"现存于日本,但是,晚明几部通俗类书,包括与《廉明公案》同一年编刊的余象斗《万锦情林》,皆抄录了《醉翁谈录》不少内容,可见《醉翁谈录》在万历年间的传播与接受。

角度来说未必是宋代说公案的话本形态，而是文人的编写或记录形态，文本形态介于传奇、笔记和话本之间，是传奇俗化、话本文人化的中间形态。从小说文体发展的角度，在宋元说公案基础上发展而来的话本小说已经超越了《醉翁谈录》这种介于传奇和话本之间的文本形态，但是，《廉明公案》并没有沿着宋元说公案和公案戏已经奠定的文学成就继续发展，也没有在《百家公案》的基础上进一步往话本体或章回体的形态发展，而恰恰溯流而上继承了《醉翁谈录》"私情公案"的文本形态。

《醉翁谈录》"私情公案"表现的主要是文人情趣，叙事简略，故事情节展开不多，对人物性格的描写不多，但是，表现男女主人公和判案官员才华的诗文插入篇幅很大。《张氏夜奔吕星哥》引入两篇长篇状词，可见男女主人公星哥和织女的文才和性格，但是，引文之前的事件叙述只字未提星哥和织女的才华，也几乎没有性格描写，因此，前段叙事文本和后段三篇引文各自为阵，缺乏交融，可见《醉翁谈录》编撰者引文主要在于炫才，而对于小说叙事谋篇布局的艺术尚未有自觉意识。

《廉明公案》接续了《醉翁谈录》"私情公案"的传统，叙事水平则高于《醉翁谈录》"私情公案"。《廉明公案》中写得最好的就是涉及男女私情或婚姻家庭的一类故事，一方面，这些故事可能有较好的取材来源，另一方面，也因为这类故事经过宋元以来长期积累已具备较好的叙事基础，比如人命类《张县尹计吓凶僧》、《蔡察院蜘蛛食卷》、《洪大巡究淹死侍婢》，奸情类《陈按院卖布赚赃》、《吴县令辨因奸窃银》，骗害类《林按院赚赃获贼》，旌表类《谢知府旌奖孝子》等，其中故事主人公形象已具备一定的性格特点，故事情境对社会生活有所反映，故事情节较为生动曲折。特别是故事叙述摒弃了游离的诗文插入，叙事中插入的状词、诉词、判词等都与故事情节结合得较为紧密，是叙事的必要组成部分。至于改编自《醉翁谈录》"花判公案"《子瞻判和尚游娼》的"人命类"《苏按院词判奸僧》，则两者旨趣不同。"花判公案"推重的是苏轼"花判"的谐趣，表现文人风流蕴藉之趣。《廉明公案》则利用这一素材，改编成了一个颇为曲折的和尚妓女相恋而反目的故事，对和尚了然和妓女秀奴性格、心理、情绪的表现颇为鲜明，虽然篇幅不长，但是，情节一波三折，改编可称巧妙。

虽然插入"三词"的文本结构形式源自《醉翁谈录》"私情公案"，但《廉明公案》当然更直接受到了《百家公案》的影响，不仅受《百家公案》启发而编撰,而且,不少篇目直接改编自《百家公案》。因为《廉明公案》直接抄录《萧曹遗笔》的六十四篇给现代读者留下很不好的印象,因此,学界长期对《廉明公案》的叙事水平评价不高,但实际上《廉明公案》展开叙事的那些篇章,大多数叙事水平高于《百家公案》。对比《廉明公案》改编自《百家公案》的篇章可见,《廉明公案》的情节更为丰富且合理,人物性格形象更为鲜明。比如《廉明公案》奸情类《吴县令辨因奸窃银》,这个故事的原型实为明代周新之事,《百家公案》改为包公故事,即《百家公案》第九回《判奸夫窃盗银两》,《廉明公案·吴县令辨因奸窃银》显然是在《百家公案》第九回的基础上改编而成,不仅改写了人名地名,且情节差异颇多,姑选其几处对比如下:

其一,《百家公案》以大约四分之一篇幅叙叶广出门行商之后其妻全氏与同村吴应之交往,俨然才子佳人,诗书传情,风流雅韵,实与村夫村妇身份不符。《廉明公案》对此叙述简略:"奄及三年,三娘见夫出外日久,私情颇动。因与左邻一后生名张奴,两人私通,偷来暗去,共枕同眠。恩意既坚,遂不提起本夫矣。"①《廉明公案》叙事得宜,且详略安排得当。

其二,《百家公案》叙叶广外出九年,攒了十六两银子回乡,于三更时候到家,自思"住屋一间,门壁浅薄,恐有人暗算,不敢将银进家,预将其银藏在舍傍通水阴沟之内已毕,方才唤妻开门"。《廉明公案》叙陈德外出三年,攒了三十余两银子回乡。"离家十五里,天色向昏,又阴雨淋漓,心内虚惊。因自思曰:'我身上带银昏夜独走,倘遇打夺,则三年辛苦尽落草中矣。'因到水心桥上,看下面第三桥柱中有个隙儿,约三尺宽,遂左顾右盼,前瞧后点,见四旁僻静,并无人迹,遂将背上行李密藏隙孔中,独身至家。"(卷二第二十七叶)无论外出时间、攒银数额,还是藏银心理、藏银地点,很显然,《廉明公案》都比《百家公案》合理。且《廉明公案》结合环境描写,对人物心理的描写细腻生动而具感染力。

其三,丈夫进家后到发现失银,这一段的描写两者差异很大。《百家公案》叙叶广唤门,吴应惊得魂飞天外,躲在门后潜躲出外。全氏则整备酒饭,食毕上床宿歇才问起丈夫是否带银子回家,听说藏在屋旁阴沟,立刻叫丈夫出门去取。而吴应一直在舍旁窃听,听见藏银立刻偷走了。叶广因此

---

① 〔明〕余象斗集《廉明公案》卷二,第二十七叶,明万历三十三年余氏双峰堂刊本。

立刻就怀疑妻子与人通奸,将其妻子扭送到包公案前陈告。这些描写中多有不合理之处,比如吴应惊吓后还在窃听,叶广说完藏银立刻出门取银,但吴应如此迅速偷走了银子且没有被发现,这些细节都不够合理。《廉明公案》描写夫妻对话,陈德故意哄说没有挣钱回来,妻子三娘怒骂,不瞅不睬,但听说有银藏在水心桥,才颇有笑容。同时,描写张奴躲在重壁中,等陈德夫妻睡着才出门,径走到水心桥搬走了陈德的行李。陈德早起去取已没了行李,自家叹伤,回到家又被妻子数落说装圈套欺骗,陈德忍气不过去县里告状。《廉明公案》对人情的揣测相当细致,生动表现了一个已对丈夫失去感情的妻子的声口,看在银子的份上她才有点笑容,一旦听说没有银子就勃然大怒;同时描写了一个忠厚老实的丈夫,对妻子毫无怀疑,逗着妻子开心,被妻子责骂忍气吞声。《廉明公案》接着还描写陈德不忍心妻子受刑,宁愿不要银子,而且不相信妻子有外遇。这些描写,都使得陈德性格形象颇为鲜明,因此,小说不仅完成了公案说理的叙事目的,人物形象的塑造也颇有感染力,读者对陈德的同情拉近了小说叙事的情感距离,由此带来情感净化和审美愉悦。

《百家公案》和《廉明公案》都叙述了巧计破案的情节,两者不同,各有其长,但《廉明公案》设计更为热闹,吸收了《陈州粜米》等包公戏情节设置的影响。

《百家公案》插入诗词跟叙事文本脱节,《廉明公案》则摒弃了这个缺点,没有插入诗词,这样的处理是跟题材性质、故事主人公身份相吻合的。《廉明公案》插入了陈德的状词和吴县令的判词,这两份插入文书跟叙事文本之间关系密切,是表现人物、推进情节发展和完结的有机组成部分。试看陈德告状:

> ……陈德忍气不住,具一词状去县投告。时泉郡晋邑吴复,以贡出身,除教官署县印,素性简廉,邑中敬慕。陈德抱状赴告,词曰:"告状人陈德,为苦情无伸事:缘其出外经纪,三年思归。带得随身银三十两,未至本家,隔十余里,昏夜孤身,恐逢打夺,暂将行李密藏桥下,清早跟寻,绝无踪影。切思暮夜雨暗,无人来往,自藏机密,有谁窥伺?不是鬼输神运,缘何到底落空?三载辛劳,一朝扫地,苦情万千,叩台恳告。"(卷二第二十九叶)

状词语言朴素诚挚,案情陈述跟故事叙述完全吻合,且恰切表现陈德此时失去银子又被妻子数落而愤懑痛苦、同时百思不得其解的心理。显然,这个状词是小说作者代拟而非抄袭,可见其创造人物、表现人物的能力。文末吴知县的判词也同样跟故事情节完全吻合,"姑拟张奴刑徒三年,三娘官卖。其陈德听将原失银领回,再娶完聚。"(卷二第三十三叶)这一判决既与《大明律》相符合,又有惩处示范的教化意义。《廉明公案》展开叙事的篇章中,叙事文本和插入司法文书之间联系紧密,文脉一气贯通,文本结构完整。

由于公案小说的文学评价不高,也因为明清小说插入诗文的方式大部分比较生硬和游离,因此,很少有人对公案小说中插入的"三词"作文本分析。事实上,相对于法家书来说,以《廉明公案》、《诸司公案》为代表的公案小说是法家书的通俗化,而公案小说中插入的"三词"文本尽管是个性化的代拟,因而贴合故事主人公身份修养和公案故事的判案性质而文辞较朴素,但仍然带着四六骈偶的文风色彩,对于通俗化小说文本来说,实具一定的雅化意义,雅俗交融而提升了公案小说的文化品格,很可能是当时读者接受所青睐的一个因素。

很显然,跟话本小说插入诗词不同,公案小说插入书判强化了小说的司法属性,再加上每篇故事结尾对案情和官员断案技术的分析,完整而协调的叙事结构和叙事方式形成了鲜明理趣,这是公案小说不同于其他类型小说的独特的审美意趣。知识性和叙事性相融合,是余象斗编撰公案小说最为重要的特点和优势,就当时的传播而言,这是《廉明公案》一经问世其风头盖过《百家公案》的根本原因。

集中出现于明代万历至崇祯年间的公案小说,在发展过程中形成了以书判体为主的类型特征,主要因为书判不同于小说的公文素质,学界长期对公案小说评价不高。但假如把公案小说还原到晚明的出版背景和知识语境中来考察,不难发现公案小说在知识体系中的位置。以律例为基础的法家书,与公案小说在叙事性上有其天然共性,并且皆以司法知识传递为重要宗旨,但法家书偏重知识,公案小说偏重叙事,两者同流而分派。以此出发,或能结合小说观念和小说文体的发展过程,更为冷静地思考小说的叙事性特点与相邻文类的关系,能够不囿于审美标准而客观认识公案小说的多元价值。这实际上是研究视野中对于小说文体发展作历史还原和接纳小说异质因素的过程。在接纳的基础上细读文本,能够发现公案小说对前代文学传统的接续和发展、公案小说类型在发展过程中的文体进步和小说史意义,从而客观评价公案小说司法性与叙事性相结合而产生的审美价值和认识价值。

第三节　公案小说编撰所呈现个体经验和地域色彩

在明代公案小说的文体特征中,学界或许更为关注其插入书判而突出的司法属性。司法属性确实是从余象斗开始公案小说编撰最为强调的特点和意义,既体现了余象斗作为书坊主对商业出版的敏感,也体现了余象斗作为知识乡绅自觉普及和传播法律知识的责任感,书判体成为公案小说文体的标志性特征,对《廉明公案》之后的公案小说产生了重要影响。而余象斗编撰公案小说之所以能启后而成类型,很重要还在于故事所呈现的当代社会生活面貌。以当代社会生活为主要题材,同样成为《廉明公案》之后公案小说的重要特征。

宋元说公案曾经以表现当代社会生活直击人心,如《宋四公大闹禁魂张》、《简帖和尚》、《合同文字记》、《曹伯明错勘赃记》、《错认尸》等,以具体明确的时间、地点强调人物故事的真实性,展现社会生活的立体形态。至于明代万历时期的《百家公案》,由于汇集前代故事,且崇尚神怪之趣,从表现当代生活的角度来说,未能满足读者的需求。与此同时的历史演义、英雄传奇、神魔小说等,也未能直接反映当代社会生活。以《廉明公案》为代表,以及紧接着出版的《诸司公案》、《新民公案》等公案小说,虽然也有前代公案书和小说作为素材,但经过改编主要表现的是明代广阔的社会生活面貌,在公案题材中着力表现普通民众的日常生活,跟同为表现世俗生活的世情小说有相通之处,但也明显有差异。世情小说更多关注男女情爱,且以城镇空间特别是江南地区为主,表现对象以有一定经济基础的市民或文化层次较高的知识人为主,而公案小说借形形色色的公案涉猎更为广阔的地域空间和更为广泛的人群阶层,比如穷乡僻壤的乡野、身份地位低微的村夫村妇,所表现的生活层面在万历时期小说中较为独特。同时,就早期几部创造性成就相对较高的公案小说来说,由于作者身份与地域的缘故,小说选材和叙事所呈现的个人经验和地域文化色彩,也使这些作品具有独特的文学和文化价值。又由于公案小说作者中只有余象斗、吴还初身份比较明确,本节讨论主要集中于余象斗、吴还初作品。

一、《廉明公案》的故事发生地和判案清官

《廉明公案》书名以"皇明"和"诸司"相标榜，表明余象斗在《百家公案》之外另辟蹊径的取材来源和编撰目的。余象斗《廉明公案叙》说明本书来源为"近代名公之文卷"，所谓文卷，主要指的是判案司法文卷。余象斗使用这些文卷的编撰方式包括三种：有的基本为司法文书原貌抄录，有的改编为叙事故事，还有的则是已经过前代《百家公案》等改编阶段而再经余象斗改编。所以，所谓"编撰"，实有"编"有"撰"。《廉明公案》中六十四篇只有"三词"的公案基本来自《萧曹遗笔》，这只是"编"。此外四十二篇展开叙事的篇章则有编有撰，基本上按照"先叙事情之由，次及评告之词，末述判断之公"①的结构方式来编撰或改编。其中有宋元以来公案故事的改编，比如卷二人命类《苏按院词判奸僧》，早在《醉翁谈录》中就有花判公案《子瞻判和尚游娼》。奸情类《陈按院卖布赚赃》、骗害类《韩按院赚赃获贼》则以《百家公案》第二十三回《获学吏开国材狱》、第七十八回《判两家指腹为婚》为近源。盗贼类《董巡城捉盗御宝》、《蒋兵马捉盗骡贼》分别为前代《疑狱集》卷三《无名识盗葬》、《行成叱盗驴》之改编。另外有些篇目目前未见来源，可能有的也有参考文本，但是不少篇目应该是余象斗在一些公案原型基础上编写的。而且，所有故事都冠以"皇明"本朝故事，也就是说，即使前代故事也转换成对当代社会生活的表现。跟建阳书坊文人比较擅长的讲史题材小说相比，这样表现当代社会生活的小说类型对作家创作提出了更高的要求，要求作家在具备司法知识的同时具备更多生活经验的积累。就目前所见版本文献来看，余象斗是明代建阳书坊第一个编撰当代生活题材通俗小说的文人，《廉明公案》中很多故事都经过余象斗的编辑改写，余象斗在编撰中融入了自己的生活经验和思想观念。

《廉明公案》因为采自"近代名公文卷"，公案发生地涉及全国各地，其中多少可见儒业出身的余象斗的阅读面和地理知识积累。不过从目前已知的故事原型对比来看，这些公案所对应的地名不一定可靠，特别是展开叙事的那些公案，很可能因各种忌讳而有意改写了地名，当然，公案当事人的姓

---

① 〔明〕余象斗《廉明公案叙》，余象斗集《廉明公案》卷首。

名也多有避讳。但其中福建和邻近地区的故事所涉及的地理人文相对准确,折射了余象斗所处地域的社会生活和历史文化面貌,也体现了余象斗的生活经验。

《廉明公案》中六篇福建公案,真切表现了当时的社会生活和地理人文,应该都是余象斗的手笔。

人命类《郭推府判猴报主》开篇说明案情:"建宁府花子陈野,弄猴抄化,积银四两,在水西徐元店内秤。有轿夫涂起瞧见,跟至水西尾僻处,将陈花子打死,丢尸于山径树丛中。"(卷一第十二叶)公案发生地为建宁府,故而叙述故事发生的地点人物颇为熟稔,人物地点与公案故事的发生发展非常吻合,更增加了故事叙述的真实性。比如叫花子陈野在水西徐元店内秤银子,徐元为花子的四两银子作证。因为出省赴京陆路必经建宁府,所以,猴子告状的这一天是一位军门升官经过建宁之日,城里文武官员往水西去迎军门,郭子章是其中一员,他接到猴子告状之后来到水西尾练氏夫人祠中坐定。故事时间与情节叙述相结合,叙事具有很强的现场感。而且,"水西"就是建宁府城中的地名,至今还有这个地名,在建瓯城西;"练氏夫人"是闽北特有的女神崇拜,《建宁府志·祀典》记载:"五代越国夫人练氏祠,在城西敬客坊。"① 可见,小说所写水西和练氏夫人祠的位置完全跟现实相吻合。水西徐元店,水西尾练氏夫人祠,这样运用准确独特的小地名叙事在《廉明公案》中极少见,就是因为这篇叙述的是建宁本地故事。

争占类三篇福建公案,非常生动地表现了福建当地的生活场景和道德观念。其中《卫县丞打栃辨争》、《秦巡捕明辨攘鸡》皆为寻常小物争论之案,官员断案凭借生活常识。《卫县丞打栃辨争》发生在延平府尤溪县②,两个小民为争一栃打入衙门。这里"栃"并非指喂马的槽栃。从文中叙事和上栏插图可知(见上图),"栃"是竹编器具,圆形平底,或称为"竹匝",也有的地方称为"簸箕",但建瓯(原建宁府治所在地)方言称为"栃"。③ 可见,

---

① 〔明〕夏玉麟、郝维岳等修,汪佃等纂《(嘉靖)建宁府志》卷十一《祀典》,第五叶,《天一阁藏明代方志选刊》第 27 册。按:练夫人原本是五代时期章仔钧之妻,是闽北章氏家族的始祖,因有保全建州城不遭屠城之功,被民众神化,成为闽粤赣交界地区著名的女神信仰。
② 此刊本写作"龙溪县",误,龙溪县属漳州府。
③ 此刻本所用"梩"字,在闽方言书写中有个更通用的替字"簋"。"簋"字是闽方言很早就使用的方言替字,指的就是晾晒物品的竹编器具,闽北、闽东、莆仙、闽南等方言称此物之发音相同或相近。

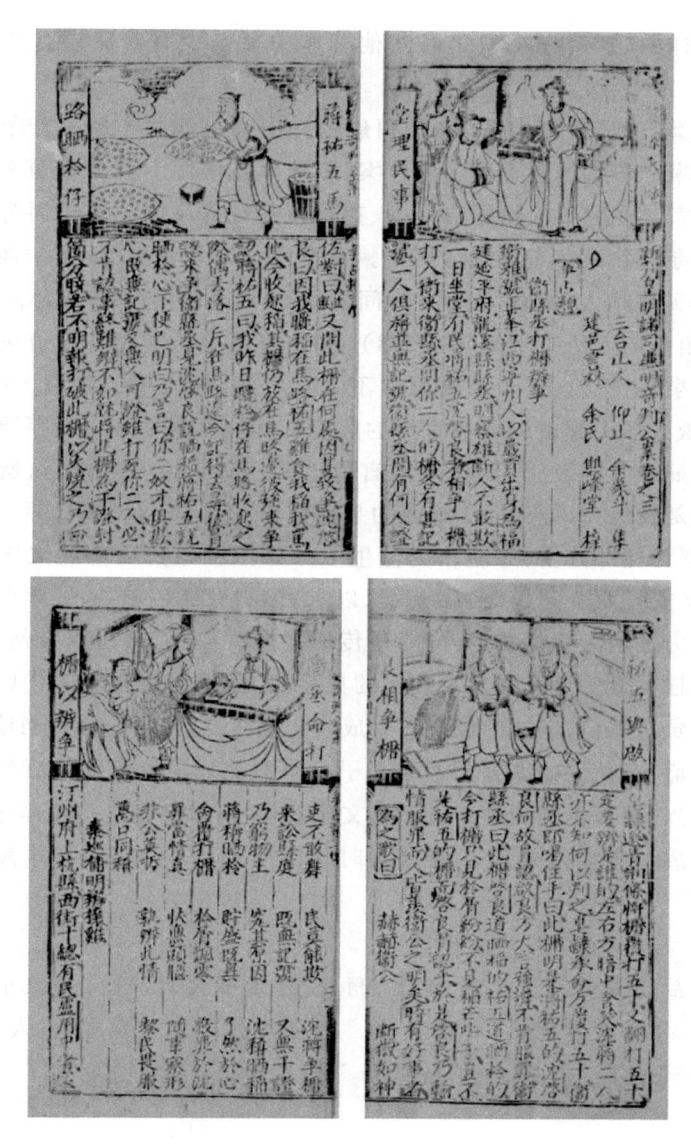

第六章　建阳书坊与公案小说之兴衰 | 399

日本京都大学藏余氏双峰堂本《廉明公案》卷三第一、第二叶书影

这个"枥"是方言词的借音字,即方言替字,从这个方言替字的使用亦可见作者所属地域。《秦巡捕明辨攘鸡》则是两小民争一只母鸡。大概为了表明故事的真实性,故事发生地也写得很具体:汀州府上杭县西街十总。这两篇表现山区日常生活,很琐碎,但也很难得,因为很少能在其他类型的小说

中看到这样的题材,在小说之外其他著作中更是少有对底层日常生活的关注。

骗害类《王巡道察出匿名》是福建题材中唯一涉及丰厚家产争端的公案。起于家产争端的这个匿名诬告案,叙述焦点实际上集中于冤案之形成原因——官员受贿说人情影响判案、吏员挟私诬告乱法。也正因为故事不以财产争夺为叙事焦点,因此归于"骗害类"而非"争占类"。案中涉及的主要官员皆实有其人,案件发生的时间也跟官员任职生平相吻合,《廉明公案》编成出版的万历二十六年(1598),这一故事中的受贿官员黄凤翔还带衔家居于泉州,所以,这个故事假如不是真实的,时人不敢瞎编。《廉明公案》的出版必然引起黄凤翔等官员的震怒,这是《廉明公案》现存建阳刻本中此篇被抽毁的原因。① 因为判案官员丁此吕实为漳州府推官,所以故事原型应该是发生在漳州,但小说改为泉州故事:"泉州府晋江县薛士禹家富巨万,纳粟为礼部儒士,弟应辂为监生",家中巨额家产由薛父之宠婢秋香打理,薛父安排两个儿子"各做前程,以求官职,荣耀门户"。② 地点的改写有可能是为了略为避讳,也有可能是传说之误,但把漳州写成泉州,如此人情物理的描写显然更具有艺术真实的典型意义,因为泉州自宋代以来为东亚重要的贸易港口,发达的经济贸易成为文化教育的强大支持,当地科举仕宦之风极盛,有条件的家庭无不培养子弟争取前程求取官职。漳州在明代因月港之兴,经济也颇为繁荣,但是,文化教育、科举仕宦之盛还是比不上泉州。这篇故事应该是余象斗根据当时传闻所创作,文中有个方言词可增佐证:

  后士禹生二子纯亨、纯显,稍长,能读书矣,因曰:"吾做小可前程极难,不如在家教子,看理家务。"弟应辂见秋香理家有能,人不敢瞒,心料曰:"兄虽在家,必不能兜已。"③

---

① 建泉堂本和双峰堂本卷三骗害类《王巡道察出匿名》已被抽毁,但在明末金陵大业堂本和清初映旭斋翻刻本中仍保留。参见潘建国《明代公案小说的文本抽毁和版本流播》,《文学遗产》2020年第4期。
② 〔明〕余象斗集《廉明公案》卷三,潘建国两靖室藏明末金陵大业堂刊本。感谢潘建国先生提供版本图片。
③ 〔明〕余象斗集《廉明公案》卷三,潘建国两靖室藏明末金陵大业堂刊本。

这个"兜"是闽北方言，本义是"拿、取"，延伸义有"霸占"的意思。正因为余象斗作为闽人对泉州、漳州相当了解，所以，小说细致而合理的描写正与闽南地区的人文风俗相吻合。

在福建题材中，卷四旌表类《曾巡按表扬贞孝》一篇也案情较大。公案地点为福宁州福安县，故事叙述颇为详细，为了宣扬忠孝节义，故事编得非常惨，情节却未必合理，比如僧人一清杀了陈顺娥后割下陈顺娥的头颅，这个情节的设计完全是为了引出下文官府逼迫章达德跟寻陈顺娥头颅，从而引出孝女自杀和章达德妻子不得已进入僧寺的情节。虽然情节不合理，但是僧人不法、兄弟家产继承等背景问题仍然是当时社会生活的客观反映。这篇公案应该有一些生活基础，而从其表彰道德的叙事角度看来，比较像深受理学影响的闽北书商余象斗的风格，应该是余象斗根据某些公案素材和传闻自编故事。而从公案涉及财物的角度，《王巡道察出匿名》、《曾巡按表扬贞孝》两篇涉及财物较大，也跟两篇故事发生地泉州（漳州）、福安的经济情况比较吻合，相对而言，福建沿海地区比山区内地经济条件好。

福建故事之外，建阳邻近地区的一些故事也可能出于余象斗之手笔。比如卷二奸情类首篇《汪县令烧毁淫寺》，叙述的是发生在江西金溪的真实事件，但故事书写把地名改成了广西南宁府永淳县，不过因为保留了判案官员汪旦的真实姓名，我们从相关文献中可见历史原貌。汪旦为福建泉州人，《福建通志》、《姑苏志》等皆有记载。《晋江县志·人物志》载其宦迹："汪旦，字仲昭。嘉靖乙未进士，任江西金溪令。县天竺寺有子孙堂，奸僧藉以欺淫求嗣妇女。旦廉其实，捕治具狱，废其寺，尽得子孙堂地道复壁及诸幽秘为奸状，窖金数万两，皆行剽鄱阳中，解京库帑也。"汪旦因此调任吴江，不久擢任贵州道御史。后来"以言事忤权贵，归卒于家"。① 地方志的这个记载是否可靠呢？《明世宗肃皇帝实录》卷二百三十一明嘉靖十八年记事亦记汪旦先任金溪，次任吴县知县。据此，乾隆《晋江县志》所记汪旦任金溪令之事是可信的，正因为处置天竺寺子孙堂之事立功，汪旦从金溪小县调任吴县，并很快得到擢升。那么小说叙事为什么要更改地名呢？显然因为金溪跟建阳地缘切近，交流密切，比如金溪的刻书业就源于建阳，因此可想而知余象斗有所忌讳，因而改称更为偏远的广西故事。这个故事后来被其

---

① 〔清〕周学曾等纂修《晋江县志》卷四十二，福建人民出版社1990年版，第1177页。

他公案小说集辗转抄录,亦为冯梦龙所用,《醒世恒言·汪大尹火焚宝莲寺》之正话基本沿袭《廉明公案》此文。

此外,从余象斗所编《刻仰止子参定正传地理统一全书》可见,余象斗长于地理风水,足迹曾及广西等地,他至少对邻近的浙江、江西、两广都较为熟悉,《廉明公案》中对这些地方的地名也是顺手拈来,为社会生活写真。如卷三争占类《金州同剖断争伞》是广东泗城州(今广西凌云县)的争伞公案,对流氓光棍丘一所的描写非常生动;《武署印判瞒柴刀》是临江府新淦县争柴刀的公案;《孟主簿明断争鹅》是南昌府进贤县的争鹅公案。

虽然《廉明公案》中不少故事真实性难以判断,但判案官员的姓名大多是真实的,而且这些官员多出于福建或邻近闽北的江西、浙江,一方面应该是余象斗有意突出福建或邻近地区知名仕宦,另一方面,在对诸司官员的描述中,余象斗也融入了自己的经验和认知。

比如人命类《乐知府买大西瓜》,故事发生地是徽州府,故事从判案官员说起:"乐宗禹,浙江处州府龙泉人,登成化丙戌科进士,历官至徽州府知府。公平廉察,远近咸服。"(卷一第二十一叶)对乐宗禹的介绍突出他是浙江处州府龙泉人,其实从故事叙述来看,乐宗禹哪里人对于公案判断没有意义,余象斗很可能就因为乐宗禹是浙江处州府龙泉人,才特别着意编选这个故事,因为龙泉处在闽浙交界地,与建宁府相距很近,两地交流密切。

奸情类《吴县令辨因奸窃银》跟《百家公案》第九回《判奸夫窃盗银两》相似,《吴县令辨因奸窃银》标题后有小字注"吴君玉记",未能判定是《百家公案》第九回的原出处,还是余象斗以此掩饰袭用《百家公案》之痕。《百家公案》中的故事发生地是河南开封府阳武县,余象斗把故事发生地改为南直溧水县,把判案官员由包公改为闽人吴复:"时泉郡晋邑吴复,以贡出身,除教官,署县印。素性简廉,邑中敬慕。"(卷二第二十九叶)这个吴复,见载于《晋江县志》卷三十一"选举志",其中"贡生"记载明代永乐年间吴复任职"训导"[①],与小说叙述正相吻合。

《廉明公案》描述的清官中不少是曾任职福建的官员。比如人命类《张县尹计吓凶僧》,谓判案官员为湖广郧阳府孝感县官张淳:"此时县主张淳,清如水蘖,明比月鉴。精勤任事,剖断如流。凡讼皆有神机妙断,人号曰

---

① 〔清〕周学曾等纂修《晋江县志》卷四十二,第846页。

'张一包'。言告状者只消带一包饭,食讫即讼完可归矣。"(卷一第七叶)张淳,是明代著名清官,字希古,桐城人,隆庆二年进士,《明史》卷二百八十一列传第一百六十九"循吏"有传,其中"张一包"之号也见于此:"乡民裹饭一包即可毕讼,因呼为'张一包',谓其敏断如包拯也。"① 据《明史》,这位张淳中进士后授永康知县,擢礼部主事,历郎中,谢病去,起建宁知府,进浙江副使,终陕西布政。但张淳的履历中未见任孝感知县。因此,大概可以判断,这个案件应该是真实的,但判案官员是否为张淳,则未必。而余象斗把判案官员写成张淳,直接的原因应该是张淳曾任建宁知府。卷二盗贼类《汪太府捕剪镣贼》也如此。故事发生地为陕西平凉府,判案官员为汪澄。汪澄曾于正统年间任福建巡按监察御史。②

《廉明公案》中的判案官员,有的是福建人,如卷三骗害类《韩按院赚赃获贼》,判案清官林按院是福建人林俊;卷四拐带类《余经历辨僧藏妇人》,山西大同宣府开平卫理冤辨枉的余青天是福建人余员。《廉明公案》中的福建故事,判案官员往往真实有据,如卷三争占类《李府尹判给拾银》,判案官员为漳州知府李载阳。其他还有一些是建阳周边地区江西、浙江等地的官员,如《海给事辨诈称奸》,其中清官邹元标为江西吉水人。

《廉明公案》偏重福建及邻近地区官员的书写,可见余象斗编撰小说对读者接受心理的关注。从读者接受来说,明朝当代官员的故事,而且是名扬天下的忠臣清官故事,甚至还是读者所熟悉的本地、邻近地区官员的故事,增加了阅读的亲切感,也增加了小说的真实感。这是余象斗的叙事策略。而从《廉明公案》此后多次刊行,包括金陵书坊大业堂和清初映旭斋翻刻,可见通过具体地域和真实人物所创造的叙事真实性,为读者广泛接受。

二、余象斗融入个体经验的公案小说编撰

《廉明公案》的选材和观念源于余象斗的生活环境和个体经验。

余象斗编撰《廉明公案》所呈现的个体经验,不仅表现在福建和邻近地区的人事,而且表现在以乡村或小市镇平民生活为主的题材上。《廉明公案》极少城市生活题材,而主要表现乡村、小市镇日常生活中出现的公

---

① 〔清〕张廷玉等《明史》卷二百八十一《列传第一百六十九》,第二十四册,第7216页。
② 〔清〕陈寿祺等《(道光)福建通志》,台湾华文书局股份有限公司1968年版,第1882页。

案事件，多为琐碎小物争端，这与余象斗长期处于闽北乡村的生活经验密切相关。建阳乃至闽北的经济形态以农业为主，未能有繁华的都市文化，因此，余象斗所熟悉的主要是以乡村和小市镇为主的平民社会生活图景。

比如卷三争占类故事，展开叙事的六篇都是极为琐碎的小物件之争：《卫县丞打枥辨争》争一具晾晒竹器枥，《秦巡捕明辨攘鸡》争一只鸡，《金州同剖断争伞》争一把雨伞，《武署印判瞒柴刀》争一把柴刀，《孙县尹判土地盆》争一口瓦盆——不过这个瓦盆是土地爷画像中的养猪盆，《孟主簿明断争鹅》争一只鹅。这些故事涉及的争端完全不关国家大事，完全是生活琐事，因此在今天的读者阅读中基本不受关注，但在当时，其实地方基层官吏极少遇到重大违法事件，日常需要处理的主要就是这样的琐碎争端。但家长里短的告状往往被驳回，如此则小民纷争投告无门，琐事累积有时可能酿成大乱。余象斗记载这样的公案，赞赏认真处置这些小争端的官吏，多少表达了他对这类争端和处置的观察和思考。而且，这些故事所表现的社会生活，具有历史普遍性意义。在余象斗的时代，全国绝大部分地区，包括一些小城镇，自给自足的小农经济仍然是最基本的经济形态，从人户的角度来说，农业和手工业、商业乃至儒业的分工并不明显，手工业者、商人、秀才家中一般都有土地，也基本饲养家禽六畜。

若对争占类作整体观照，或能更深入了解余象斗个体生活经验对其编撰故事的影响。争占类共十六篇，在展开叙事的九篇中，有二篇是较大的家产之争。尤其《滕同知断庶子金》，讲的是北京顺天府香河县退休官员倪守谦给儿子分家产的故事，倪乡官家富巨万，他留给小儿子善述的家产是一万两银子、一千两金子。跟争占类其他故事相比，这个公案争执的家产可称巨产，从中正可见建阳周边福建、广东、江西下属的山区府县跟经济发达地区在生产方式、经济水平方面的差距。《滕同知断庶子金》这篇公案只有一篇告状，没有完整的"三词"，但叙事婉转，结构深曲而有悬念，结局出人意外，其中判案官员滕同知不声不响侵吞事主一千两黄金的情节，表达了对清官的讽刺。余象斗编撰此书素材来源很广，从叙事成熟来看，这一篇或许有相对成型的文本来源，但至少可见余象斗选编的眼光和见识。这个故事后来为《喻世明言》袭用，题为"滕太守鬼断家私"。《滕同知断庶子金》故事原型的发生地当然未必就是北京顺天府香河县，但是，这个故事必然发生在经济较发达地区。

《廉明公案》中盗贼类、争占类极少大案要案，特别是建阳邻近地区的这类公案多为生活琐事，只是小偷小盗而已。这样的公案性质跟这一区域地处山区有很大关系。由于交通不便，信息闭塞，经济不发达，相对也比较少受战争和巨盗侵害，生活反而比较稳定。而余象斗所在的建阳人口不多，产业单一，商业不盛。《（万历）建阳县志》卷一记各乡市集："在乡一十六里乡市各有日期。如崇化里书坊街、洛田里崇洛街、崇文里将口街，每月俱以一六日集……是日里人并诸商会聚，各以货物交易，至晡乃散，俗谓之墟。而惟书坊书籍，比屋为之，天下诸商皆集。次则崇洛绵花、纱布二集为大，余若崇泰里马伏、石街、后山街……则聚无常期，亦不过鱼盐米布而已。"从中可见当地产业情形，所以卷三"赋役"曰："今潭产至单微。"①建阳乃至闽北，以及周边山区，经济形式皆以农业为主，民间少有大财主，相对来说巨额家产争占的事件极少。与此相关的是，《廉明公案》中表现的富户，多为种田积累财富，财产也多为田亩之产，与明清时期江南地区及运河流域小说涉及商铺、当铺、织机等经济形态有着明显差异。比如争占类《韩推府判家业归男》，叙贵州富翁翁健之嫡出女儿与妾生儿子争家产，其家业只言"家产田园"。就连《滕同知断庶子金》，倪乡官的家产除了金银硬通货以外，只说到房屋和"田产"、"田园"。此外，卷三骗害类《王巡道察出匿名》，这个在双峰堂和建泉堂等版本中已被抽毁的故事，尚保留在明末金陵大业堂本中，这是工商贸易颇为繁华的泉州故事，言及家产除了银子之外也只有"田园租簿"。这样的描写当然也符合全国大部分地区以农为本的实情，但从余象斗的编撰来说，则正是闽北一带经济形态之经验折射。

余象斗长期生活于闽北乡村，从争占类等草根题材可见其乡村生活和底层社会经验，同时，由于出身书坊世家而又长期业儒，具有颇为开阔的视野和丰富驳杂的知识。特别值得关注的还在于，出身儒业的书坊名肆主人余象斗与官绅阶层多有交往。

余象斗编撰的《地理统一全书》卷首有七篇序，其中第六篇为朱熹第十二代孙朱守键之序，回忆自己年轻时"奉督学檄，较书清修寺，时则余仰止

---

① 〔明〕魏时应等修《（万历）建阳县志》卷一《舆地志》、卷三《籍产志》，第265页、343页。

偕乃兄泗泉过访。而仰止嗜予谭形家言,最为道契……"①朱守键跟余象斗年龄相仿,两人有几十年的友情。他校书的清修寺,在学界关于余氏刻书的研究中多有提及,乃余象斗之祖父余继安购置重修于嘉靖癸巳年(1533),"以为子孙讲学之所,亦可为印书藏版之地",并且买了一百五十余亩良田"以为子孙读书之资,宾舆之费",此见于《书林余氏家谱》之记载②。从朱序可见,作为余氏子弟讲学之所的清修寺,既是印书藏版之地,也是书坊校书场所,余氏子弟因此得以结交前来校书的文人仕宦。

事实上,因为余氏书坊和余象斗刻书的盛名,当地官员在刻书方面跟余象斗多有合作。如方日升编撰、李维桢校《韵会小补》三十卷,乃万历丙午(三十四年,1606)建阳令周士显请余彰德、余象斗刻其师友之作,此本现藏于日本宫内厅书陵部、尊经阁文库等处。又如万历三十四年(1606)双峰堂余象斗刻《新刻御颁新例三台明律招判正宗》,此书撰注者余员为福建人,任大同宣府开平卫经历,余象斗把他写进了公案故事中。

《廉明公案》拐带类《余经历辨僧藏妇人》是山西大同宣府开平卫故事,本是一件已错判的案子,"至次年,福建余员,为下北路经历,理冤辨枉,清廉无私,人号为余青天"(卷四第二十五叶)。③ 由于余员正确判断,派手下吏员谢仁等用心体访,破了这个拐带案。在这个故事中,余员的判断当然重要,但是,正如故事末尾按语所言:"此公案巧处,全在哄贼去觇僧房一节,故能探知藏逃妇所在。虽是谢仁之计,亦由余公一察便知。"(卷四第二十八叶)这么说,正是因为余象斗自己也知道,破案之关键在于谢仁的巧计,其实假如故事中不提及余员,也不影响故事的完整性。但余象斗选编这个故事,最重要就是为了表出余员,因此特别标榜为"福建余员"。为什么呢?显然很重要就是因为这位"福建余员"与余象斗之交情。双峰堂余象斗刊本《新刻御颁新例三台明律招判正宗》卷端署"大同宣府开平卫经历方山余员注招"、"江西赣州府定南县典史鲁斋叶佽示判"、"福建建邑书林双峰堂

---

① 〔明〕朱守键《叙仰止先生地理全书》,余象斗《刻仰止子参订正传地理统一全书》卷首,哈佛大学哈佛燕京图书馆藏余应虬、余应科刊本。
② 参见肖东发《建阳余氏刻书考略(上)》,《文献》1984 年第 3 期。
③ "福建余员,为下北路经历",在现存大业堂本《廉明公案》中作"福建余员,选了开平卫经历"。日本东京大学东洋文化研究所藏《新刻御颁新例三台明律招判正宗》卷一卷端署"大同宣府开平卫经历方山余员注招"。可见余象斗对余员的介绍完全符合其履历。也可见大业堂本保留了《廉明公案》原本的面貌。

文台余象斗梓行"。① 明代卫指挥使司的经历大概是从七品官员。与余员合作的叶仍则是典史,是知县属下掌管缉捕、监狱的吏员,无品级。叶氏、余氏都是建阳著名刻书世家,余员和叶仍可能是建阳本地人,余员还可能是余象斗的同宗。余象斗在小说中夸赞余员不无私交的原因,不过,从撰注《新刻御颁新例三台明律招判正宗》可见,余员至少是个熟悉法律的官员。从余员故事的编撰,可见余象斗跟仕宦名流交往之一斑。

因为与仕宦名流多有交往,所以,余象斗对官场并不陌生,奸情类《汪县令烧毁淫寺》、骗害类《王巡道察出匿名》,以及涉及官员家事的公案如人命类《洪大巡究淹死侍婢》等,很可能都是余象斗跟仕宦名流交往的过程中获得的素材。

《廉明公案》中有一些比较牵强的故事,余象斗选材或改编的目的似乎就是为了表出故事中跟福建有关的清官。比如争占类《李府尹判给拾银》,判案官员为漳州知府李载阳。漳州知府李载阳实有其人,政声颇佳。这个故事公案意味淡薄,似乎主要就是为了表出李载阳之名。

《廉明公案》中有两篇故事标题有误,标题所示判案清官与正文所写不同。这两篇故事留下了余象斗编撰小说的"心路历程"。

其一为奸情类《海给事辨诈称奸》,故事发生地谓广东惠州府河源县,从标题来看,判案清官应该是海瑞,但正文的判案清官为邹元标。故事叙述柳知县错判孙诲妻子官卖,邻居教孙妻曰:"柳爷昏暗不明,现今给事邹元标在此经过,他是朝中公直好人,必辨得光棍情出。你可去投之。"(卷二第二十四叶)于是,孙诲妻拦下邹元标轿子告状。这个故事与《海刚峰公案》第五十八回《白昼强奸》相同,且标题为"海给事辨诈称奸",可见这应该是当时流传的海瑞故事,但余象斗把判案清官从海瑞改成了邹元标。海瑞也很有名,为什么要改称邹元标故事呢?一方面应该是邹元标为邻近地区江西吉水人,另一方面是邹为万历朝令人敬重的君子,敢言敢诤的忠臣。余象斗编成《廉明公案》的万历二十六年,海瑞已去世十一年,而邹元标在世且负盛名,余象斗附会邹元标判案故事,应该一方面是为了掩饰抄录海瑞故事的痕迹,并借邹元标之名引起读者兴趣,另一方面也借公案故事赞颂邹元

---

① 〔明〕余员注招、叶仍示判《新刻御颁新例三台明律招判正宗》十三卷首一卷,日本内阁文库藏明万历三十四年建邑书林双峰堂刊本。

标,篇末余象斗按语曰:"邹公立朝谏诤,抗节致忠。人但知其刚直不屈,而一经过河源,即雪理冤狱,奸刁情状,一讯立辨,又良吏也。盖由立心之正如持衡,明如止水,故物莫逃其鉴。在朝为直臣,在外为良吏,真张、韩以上之人物哉。"(卷二第二十六叶)首先表出邹元标"立朝谏诤,抗节致忠",其实故事并未涉及这方面的事情,从中可见,余象斗正是出于对邹元标气节的崇敬而借改编故事以议论抒情。

其二为卷三骗害类《韩按院赚赃获贼》,此篇以《百家公案》为近源,《韩按院赚赃获贼》把判案清官从包公改为明代官员,但是,标题谓判案清官为"韩按院",正文写的判案清官却是"林按院"。故事叙此案先由昏官顾知府错判,三年后福建兴化府林见素除浙江巡抚改正而明断。林见素即林俊,莆田人,成化十四年(1478)进士,明代名满天下之直臣,《明史》有传,谓其"历事四朝,抗辞敢谏,以礼进退,始终一节……谥贞肃"。① 余象斗很可能是因为林俊之盛名而附会改编这个故事。这篇故事可能有过"韩按院赚赃获贼"的版本。韩按院不可考,但显然,改成"林按院"是因为林俊为闽人,且知名度高,对读者的吸引力更大,所以,余象斗改用林俊之名,但是,改了正文而忘了改标题,因此留下了他编撰过程的痕迹。

这些故事有意改成福建和邻近地区官员明判公案,一方面应该是出于余象斗潜在的读者意识,用熟悉的名人故事激发读者兴趣;另一方面,也体现了余象斗对本地仕宦的了解。余象斗如数家珍地讲述福建和邻近地区官员的断案故事,不无表现自己熟悉官场的意思。王尔敏《明清时代庶民文化生活》谓:"前代至少在明清两代而言,儒者为天下士子通称,无稍疑义。但凡知识较深而以儒者自见者,与官绅为同列,而不下侪于平民。"②《廉明公案》每篇故事之后的按语,或分析案情,或分析破案思路与手段,其中寄托了读书人廉明济世的理想,正可见余象斗以儒者自居、自认与官绅同列的叙事态度,这是《廉明公案》拉家常一般亲切讲述官员破案故事,且特别突出福建官员的创作心理所在。

余象斗编撰的公案小说,虽不少篇目皆有来源可考,但并非简单抄袭,故事的选编和改写融入了余象斗的生活经验和知识积累。余象斗家于建阳

---

① 〔清〕张廷玉等《明史》卷一百九十四,第5140页。
② 王尔敏《明清时代庶民文化生活》,岳麓书社2002年版,第2页。

崇化书坊,长期生活于闽北乡村,具备丰富的底层社会经验。建阳乃至闽北的经济形态以农业为主,未能有繁华的都市文化,因此,余象斗所熟悉的是以乡村和小市镇为主的平民社会生活图景。但余象斗这样的视野恰恰补充了文学景观中极少被关注的一面,包括世情小说在内的明代小说少有对底层民众日常生活的表现。《廉明公案》主要是对山区和城镇家庭妇女、村野平民和市镇小民的日常劳作、人际交往、交通出行、谋生业态、经济形态等各方面的描写,非常琐碎,但难得地保存了底层民众历史生活的集体记忆。余象斗又因其儒业出身和书坊名肆主人身份而与官绅阶层多有交往,因此既能以平视的眼光呈现乡村日常和社会底层生活图景,又能以等视官绅的儒者理想书写官绅廉明传奇,在普及和传播法律知识的同时呈现了少为其他类型小说所关注的社会生活面,若放在明代小说发展的背景上,有其独特的题材特点和小说史意义。

三、公案小说记录当代历史的认识价值

《廉明公案》42篇展开叙事的公案中,故事发生地写作福建的6篇,江西5篇,另有1篇广西故事实亦为江西故事,浙江3篇,广东3篇,湖广2篇,徽州1篇,其他涉及北京、南京、陕西、山西等地的故事中判案官员多为福建及邻近的浙江、江西名宦。这些故事的发生地和判案官员未必都是真实的,余象斗是把个人的知识积累和生活经验融入了故事的编撰或改编之中,特别是福建及周边邻近地域的那些故事,真切表现了当时的社会生活和地理人文,其中不少故事对世态人情的描写生动而深刻。而且,《廉明公案》在公案题材中着力表现平民阶层的社会生活,展现了一幅颇为广阔的普通民众、社会底层日常生活图卷。

比如《廉明公案》人命类故事中,有广东潮州府揭阳县要往南京买布的小商人,作案凶手是船夫(《杨评事片言折狱》);有湖广郧阳府孝感县秀才许献忠,与他相爱的是屠户萧辅汉的女儿淑玉,作案凶手是个和尚(《张县尹计吓凶僧》);有建宁府叫花子陈野,弄猴攒下四两银子,被轿夫涂起谋财害命(《郭推官判猴报主》);有北京大名府资福寺僧海昙,打死租佃人潘存正(《舒推府判风吹休字》);有山东兖州府钜野县富民郑鸣华之子一桂,与对门杜预修之女季兰两情相悦,但因父母阻挠未能成婚,屠户萧声欲得季兰杀了郑一桂(《曹察院蜘蛛食卷》);山西大同府朔州县民尤广廉,残忍猜忌,

怀疑妻子有私情而杀了妻子(《谭知县捕以疑杀妻》);云南临安府通海县民支弘度多疑,为了验证妻子的贞烈,邀请三个朋友调戏妻子,妻子杀死其中一人后自杀(《刘县尹判误妻强奸》);陕西巡按张英为江西人,妻子莫氏在家,与广东珠客丘继修有私情,张英回家发现后杀了知情婢女爱莲,谋害了妻子莫氏,并设计抓捕了丘继修,案件最终为洪巡按所破,张英被劾罢职(《洪巡按究淹死侍婢》)。仅此即可见公案故事涉及的社会面之广,从地域来说,有东西南北各地的城镇和乡村,从社会阶层来说,上至高级官员,下至叫花子、轿夫,士农工商和僧人道士皆有,借公案故事,展开的是一幅晚明世俗生活的全景图。

《诸司公案》继承了《廉明公案》司法性与故事性相结合的特点,而公案小说编辑的理念和技巧更为成熟。

《诸司公案》也有不少建阳周边地区的故事,其中福建故事跟《皇明诸司廉明奇判公案》相比似乎少了一些禁忌约束,比如奸情类《韩大巡判白纸状》是永安故事,《陈巡按准杀奸夫》是崇安故事,《孟院判因奸杀命》是平和故事,这些都是案情不小的奸情案。

《诸司公案》同样表现出余象斗长于写本地故事的特点,其中卷三盗贼类《舒佥事计捉鼠贼》为建宁本地故事,写得最为真切。开篇谓:"嘉靖辛酉间,倭寇乱闽,兴、漳为甚。乡官林命致仕而归,所得宦囊甚厚,不敢复归梓里,寓居于建宁府之临江门。忽一日,雇匠人修盖房屋。内一匠密汲,原江右人,流寓建宁,日为工匠,夜为小偷。因盖屋,见乡官楼上堆积皮箱甚多,疑必是银,遂邀蒋承熙等去偷。盖承熙系建阳之鼠贼渠魁,智巧轻捷,机变风生,夜无虚出,出必满载而归。故市井无籍、衙门人役图饱口腹者,多入其伙,徒弟几以百计。特四处失物者,所或窃盗,俱指是承熙入宅,故屡屡经告,刺字至于再⋯⋯"①蒋承熙等盗了林命六个皮箱,每个皮箱装着五百两银子。林命往建宁道台舒芬投告,舒芬即召本府及建、瓯两县巡捕根究此盗。舒芬利用盗贼心理,跟踪抓获在东岳庙祷祝的四个盗贼和被盗的六箱银子。

余象斗的公案小说编撰启发了吴还初的《新民公案》编撰。吴还初江西人,是长期服务于建阳书坊的底层文人。很显然,吴还初非常敏锐地捕捉

---

① 〔明〕余象斗编述《诸司公案》卷三,《廉明公案　诸司公案　明镜公案》,刘世德、竺青主编《古代公案小说丛书》,群众出版社1999年版,第213页。

到了余象斗《廉明公案》受欢迎的奥秘,不仅是插入三词呈现司法实用价值,而且借助熟悉的地理文化表现当代生活。

跟《廉明公案》叙述故事的地域分布相似,《新民公案》的故事发生地主要设置为福建、浙江、广东。尽管郭子章任职历经闽、粤、晋、川、浙及云贵数省,但是《新民公案》的故事发生地以福建最多,现存本除《郭公出身小传》之外共有公案故事41篇,其中福建故事18篇,浙江8篇,广东7篇,其他四川、山西、云南各有二三篇。《新民公案》全书四卷,前两卷基本为福建故事,细致地展现了福建的地理人文和民众生活方式。

卷一欺昧类《富户重骗私债》,故事发生在闽北浦城,开篇公案缘起涉及明代赋役"解户":

> 浦城县北乡九日街有一乡民刘知几,因郡知府佥他为北京解户,解银五鞘入京。刘知几因缺盘缠,托保立批与本乡富户曾节,借出纹银一百两,前去过京。知几领得银来,遂别家中,到府押鞘,前往京去交纳。来往耽搁一年。旧年八月出门,今年八月始回。且喜平安无事,入府缴了批文。适家中时年大熟,遂将田上稻谷粜银一百三十两,竟到曾宅,完纳前债。曾节喜其老诚,留之酒饭。忽值刘家着人来赶知几回家干场急事,又值曾节被县中催去完粮甚紧,两在忙迫之中,曾亦忘写受数,刘亦忘取借批,两下就此拜别。不想过了数年,曾节在帐簿中寻出刘知几亲笔借批,陡然昧起心来,即时着家人到刘家索前银,说他逋欠多年,怎么不还。①

"解户"涉及赋役之法。明代赋役之法多沿袭前代,但也有自己的特点。据《明史》卷七十八志第五十四《食货》二:

> 凡役民,自里甲正办外,如粮长、解户、马船头、馆夫、祗候、弓兵、皂隶、门禁、厨斗为常役。后又有斫薪、抬柴、修河、修仓、运料、接递、站铺、插浅夫之类,因事编佥,岁有增益。嘉、隆后,行一条鞭法,通计一省丁粮,均派一省徭役。于是均徭、里甲与两税为一,小民得无扰,而事亦

---

① 〔明〕佚名《新民公案》卷一,第7页。

易集。然粮长、里长,名罢实存,诸役卒至,复佥农氓。条鞭法行十余年,规制顿紊,不能尽遵也。天启时,御史李应升疏陈十害,其三条切言马夫、河役、粮甲、修办、白役扰民之弊。崇祯三年,河南巡抚范景文言:"民所患苦,莫如差役。钱粮有收户、解户,驿递有马户,供应有行户,皆佥有力之家充之,名曰大户。究之,所佥非富民,中人之产辄为之倾。自变为条鞭法,以境内之役均于境内之粮,宜少苏矣,乃民间仍岁奔走,罄资津贴,是条鞭行而大户未尝革也。"①

《富户重骗私债》,完整呈现了解户承担押解任务的过程,被知府佥为解户的刘知几非富户,只能借银作为入京押解的盘缠。差役制度是当时社会生活常态,小说保留了真实宝贵的历史情境。

卷一人命类《吴旺磊算打死人命》比较详细地记载了民间放高利贷和借贷倒卖货物牟利的情形:

> 瓯宁县三都项龙街吴旺,三代豪富,钱粮一百五十石。放债取利,每要对本加五,乡中人皆怨恶詈骂。只有一等极穷无聊之人,要银供给衣食,不得不吃亏与他揭借。时有罗滩罗子义,卖米营生,攒得升合供家,有兄子仁亦要买米去卖。一日,托保叶贵立批,借出吴旺银九两一钱,准作十两,本外要加利五两。罗子仁要去买米,只得忍气受去。谁想罗子仁一下有些时运,买米去银七两,载到福州去,适逢州中米缺,不消三日,变出价银一十六两。就在州下买得鱼货,上到浦城去卖。又值货贵,遂得两倍利钱,收银三十六两。除了费用,即在浦城又买米去福州卖,仍是前价,又得本利五十七两。复买鱼货,到建宁府来卖了十日,刚刚算得银一百两。②

这一篇公案的发生在于豪富吴旺不按照借条约定,而要加倍收利,双方争执,吴旺打死了罗子仁。小说对两方争执的描写颇为详细。

卷一人命类《磊骗书客伤命》的故事也起于放高利贷:建宁府大市街滕

---

① 〔清〕张廷玉等撰《明史》卷七十八《志第五十四·食货二》,第七册,第 1905—1906 页。
② 〔明〕佚名《新民公案》卷一,第 32 页。

宠"屡代世宦,家富石崇,生放延、建两府,取利甚重"①。浙江龙游贩书客人龚十三、童八十在太中寺卖书,折了本钱,向滕宠借了二十两银子,未及一年倍息还足。后来龚、童两位客人生意顺遂,在府前开了一家大书铺。这个故事还涉及建宁府书业。建宁府书业发达,但历史文献中极少涉及,这些公案小说中的描写弥足珍贵。

闽北很长时间都是天下粮仓,除了银矿、茶叶外,经济形势较为单一,当地人以农业为主,所以,跟《廉明公案》的题材相似,《新民公案》中的闽北故事,涉及的谋生手段也大多数为种田,就连富户也多以种田致富,公案相争也往往起于田产、田租或农田水利之争。事实上,当时全国经济形态仍以农业为主,所以《新民公案》故事大多跟农业、田产相关,人物谋生手段也大多跟山区经济形态相适应,比如卷二劫盗类《问石拿取劫贼》,邵武人龚一相,从江西永丰七里街贩毛鞭黄册纸到广东潮州去卖,卷三赖骗类《分柴混打害叔命》严州府寿昌县富屯街姚循一生贩卖蜂蜜,堂侄姚忠、姚恕兄弟二人判山做柴为生。

《新民公案》很多篇章对民众日常生活的表现细致而生动。

卷一欺昧类第二篇《断客人失银》,故事主人公一为建安县大州园范达,"以磨豆腐营生。家中一母一妻,勤苦持家";一为客居此地的徽州人汪元,在家将田典得三十两本钱,打漆在建宁府中卖。范达捡到四十两银子,听从母亲拾金不昧之言,回到捡银子的地方等候失主。失主是徽州打漆客汪元,许诺给范达四两银子以表感谢,但失银到手后反悔,被围观街坊谴责后,他反而"喊叫地方,说道范达抢了他的客本八十两,欺凌孤客"。邵廉知府昏聩,认定范达偷了汪元银子,严刑拷打,监禁在监。家中母亲妻子"思量无计,婆媳乃头顶黄钱,双双满街拜天叫屈",拜到大中寺前撞着郭子章。郭子章用计明断此案。② 这一篇涉及建安县小地名大州园、大中寺,平民做豆腐、打漆等谋生方式,以及婆媳头顶黄钱满街拜天叫屈的行为,在呼唤司法公平正义的同时,真实展现了建宁府民居民俗生活图景。

欺昧类第三篇《女婿欺骗妻舅家财》,开篇谓:"崇安县九都石灰街叶毓,种田营生,积有家赀近万。五十无子,其妻张氏单生一女,名玉兰,年方

---

① 〔明〕佚名《新民公案》卷一,第39页。
② 〔明〕佚名《新民公案》卷一,第10—14页。

十八,不忍出嫁,乃央媒人顾宽招赘同都黄土墟游干第三子游吉为婿。择定十月十七日过门成亲。吉虽女婿,叶毓夫妇待之犹如亲子,略无形迹。一日,叶毓有一通房婢女名唤月梅,颇有姿色,毓乃乘酒兴牵之强合。月梅欣然受之,遂觉有孕,迨至十月,生一男子。毓夫妇心中甚喜,三日汤饼会,大开筵宴,宾朋满座,贺礼盈门,因取名叶自芳。只有玉兰夫妇,不喜父养儿子,心中常存妒忌,几欲谋害,每被家人看破,不敢下手。"①这篇也涉及崇安县小地名石灰街、黄土墟,叶姓游姓则是当地大姓,上门女婿、择日成亲、三日汤饼会、请邻居做遗嘱见证人、财产传子不传女等习俗,虽然并非崇安县独有,但也创造了浓郁的生活氛围,故事叙述真实生动。

这些生动细致表现当代生活的故事显然融入了吴还初的生活经验。卷一欺昧类《断妻给还原夫》故事叙述婉转,其中涉及人物行程路线,最能体现吴还初作为江西人来往于福建的路程经验。故事主人公是江西弋阳县的路十九,在福建福宁州做帽子,被店主招为女婿,生了一个儿子一岁了,因父母病重,带着妻子儿子回家。在河下雇了一只快船,到了福州,浙江兰溪一个算命先生徐二十搭他们的船上建宁府。一路上徐二十跟路十九全家混得很熟,了解了路十九家的情况。到了建宁府通都桥下,徐二十突然翻脸,抱着路十九的儿子,要拉路十九的妻子回家,说路十九骗了他的妻子,告到官府。欺昧类《设计断还二妇》涉及的路程也主要是闽北到福州以及福建沿海地区的水路。公案中的被害人是寿宁县五福街毛姓村里两个妯娌姚氏和陈氏,被湖州东乡的两个骗子王际明、赵成让用药饼迷倒后强掳到福州洪塘街接客。一年后姚氏的弟弟姚克廉从书坊贩书到福州发卖,船湾在洪塘,偶然遇到姐姐,第二天船直抵省城,即具状到按察司投告。按察司批给建宁府郭推官问案。王际明听闻风声,把姚氏陈氏寄在漳州海口富户周林家里,另外借了两个娼妇接客,并且用银子买通了邻居干证。

如此逼真表现社会生活情境的公案故事,不仅是编撰者个人生活经验呈现,而且是历史生活的记录,但跟高头讲章的历史著作不同,这些小说表现的不是帝王将相的历史,却比帝王将相的历史更有着集体记忆的社会学意义。由于交通便利,建刻书籍的销售首先在本省和邻近地区,试想,翻开这些公案故事,入眼皆为熟悉的地理人文,浓郁的生活气息扑面而来,这样

---

① 〔明〕佚名《新民公案》卷一,第14—15页。

的小说怎能不吸引当时的读者呢？事实上，这些小说对于今天的读者仍然有其认识价值。

以平民生活和底层社会为主要表现对象的公案小说，文学成就或不及其他题材类型的一些小说作品，但有着其他各体小说以及雅文学不可替代的独特意义，它丰富了文学的视野和层次，假如文学地图考虑社会阶层的维度，公案小说补充了社会底层的图景，从地域空间和社会阶层的角度则拓展了明代文学表现生活的广度和深度，因而在明代小说中有其独特的意义。

第四节　余象斗及余氏书坊之于公案小说类型发展的意义

书坊编刊兴趣和能力是明代公案小说类型发展的重要推动力。公案小说发展成为小说类型，关键在于小说体式中插入"书判"、突出司法属性，从而生成新的结构形式和叙事品质，形成书判体公案小说的类型特征。书判体公案小说的形成以余象斗《廉明公案》为标志，至《龙图公案》而终结。公案小说类型的形成，很重要因于余象斗出身儒业和书坊世家的双重学养与禀赋。公案小说的发展，却因建阳书坊人才匮乏而难以为继，余氏书坊后人或沿袭余象斗而力有不逮，或因阶层跃升而无意于面向底层的通俗小说。公案小说的兴衰，是一个涉及社会经济文化多方面因素的复杂的文学史现象。正是文学内外诸因素交互影响而产生的历史合力，推动了小说文体和小说类型的产生与演进。

一、《廉明公案》与公案小说类型的形成

讨论明代公案小说的发展与兴衰，需要明了狭义的公案小说何以成为一个类型概念，对此学界已形成基本共识。狭义的公案小说之所以成为一个类型概念，是因为明代公案小说在发展过程中形成了明显的类型特征，石昌渝《明代公案小说：类型与源流》概括为三点：一是主题的同一性，即描写决狱判案，赞赏断案官员的精察干练；二是明显的司法诉讼实用性；三是语体和文体，使用接近白话的浅近文言，其文体既不同于话本体和长篇章回体，也不同于文言传奇体。刘世德1999年为"古代公案小说丛书"出版所作《前言》更具体地列举为："它们的书名一无例外地以'公案'二字赘尾。"

"它们都保持着短篇小说专集的形式。全书采用了分类编辑的体例。所分的类别,五花八门,有'人命'、'奸情'、'抢劫'、'婚姻'、'债负'、'诈伪'、'雪冤'……""各篇的故事情节都有一定的独立性。""每篇的内容,一般包括案情、原告人的告状、被告人的诉状、官员的判词四个部分。"①正是明代万历以后公案小说在编纂体例、文本内容和结构形式方面有着如此明显的特征,公案小说才被认为是与当时历史演义、英雄传奇、神魔小说、世情小说及话本小说分庭抗礼的小说类型。

以上述特征为衡量标准,在公案小说类型发展过程中,《百家公案》只在主题的同一性和接近白话的浅近文言这两方面符合公案小说特征,正可谓公案小说类型之"初生"。到了余象斗之《廉明公案》,才真正形成类型。当然,由于《廉明公案》中六十四篇仅抄录《萧曹遗笔》之"三词"而无叙事,未能称之成熟,至《诸司公案》、《新民公案》才算是小说类型的成熟。

余象斗于万历二十六年(1598)编成的《廉明公案》接受了《百家公案》的影响,但长期习儒的余象斗,对"公案"的理解偏重司法性质和法律知识,为此,《廉明公案》真正从"公案"出发做文章,对《百家公案》有着诸多的超越和创新。

首先从描写决狱判案、赞赏断案官员的精察干练这方面来说,《百家公案》虽然题材皆为包公判案,实际上包公判案情节占比很小,往往只是在故事后半段或者故事结局出现包公判案,而且,包公判案主要依靠神断或者异象异梦启示,神异其事以彰显神鬼报应,意在劝诫,很难看出包公"精察干练"的素质。《百家公案》叙事重心在于世情故事,并且着意炫奇,一百回中至少有三十四回以神怪故事为主。而《廉明公案》很少运用神怪因素结构小说,余象斗在《廉明公案》自序中明确说:"大都研究物情,辨雪冤滞,察人之所不能察者,非如《包公案》之捕鬼锁神,幻妄不经之说也。"②可见余象斗虽然接受了"包公案"的影响,但从"公案"的角度不满于"包公案之捕鬼锁神,幻妄不经之说";对于如何编撰公案小说余象斗有着颇为自觉的判断,"研究物情,辨雪冤滞,察人之所不能察"就是他对官员判案的要求。从《廉

---

① 刘世德《古代公案小说丛书》"前言",刘世德、竺青主编《古代公案小说丛书》,群众出版社1999年版,第2页。
② 〔明〕余象斗《廉明公案叙》,余象斗辑《新刊皇明诸司廉明奇判公案》,明万历三十三年(1605)余氏双峰堂刊本,第二、第三叶。

明公案》展开叙事的四十二篇故事来看,虽然有一些仍然难免"幻妄不经之说",官员断案有时还是借助鬼物显灵等神奇外力,但在全书中占比非常小。查检全书,有十五篇涉及神奇异梦或鬼神,但只言片语,并未展开神异情节,叙事仍以官吏的认真调查、深入分析为主,小至争鹅争伞,大如杀人、强奸、盗窃,《廉明公案》中的清官判案可谓"研穷物情,辨雪冤滞",确实表现了官员判案的智慧,所谓"廉"而"明",小说故事是切题的。

其次从司法诉讼实用性来说,《百家公案》几乎完全不具备这个特点。而《廉明公案》直观呈现了"公案"题材的司法属性,全书结构承袭法家书按罪统刑的方式,分门别类编排。而故事文本则是标准的公案叙事模式:先叙案由,再介绍告状和破案经过,其中插入"三词"即告状人的状词、被告的诉状和官吏的判词,故事结尾还多有按语,对案情、破案思路作分析。对此,余象斗也有明确的认识和表达,其《廉明公案》自序曰:"乃取近代名公之文卷,先叙事情之由,次及评告之词,末述判断之公,汇辑成帙,分类编次。"(卷首序第二叶)

正因为对公案小说司法特性的体认,《廉明公案》摒弃《百家公案》神怪故事因素,而主要取材于现实生活。因为公案书必须回应民众现实生活中产生的司法关切,以解决现实生活实际问题为目的,为当代生活提供可借鉴的经验。余象斗的编撰一方面是选取当代故事,另一方面是把前代故事改写成当代故事。特别值得一提的是,《廉明公案》不仅没有神怪故事,而且也没有王公贵族的故事,官员贪赃枉法的故事也很少,主要叙述的是平民阶层的故事,大量故事是日常生活中常见的纠纷,这样的取材方式也成为此后公案小说共同的特点。

第三,语体和文体。在语体上,《廉明公案》跟《百家公案》相似,都使用接近白话的浅近文言,但文体上两者差别很大。

《百家公案》是专叙包公故事的单传体,采用了章回形式,全书一百回,但每回故事基本独立,故事之间绝大部分没有关联,因此,小说章回的形式只是追随当时流行风尚,章回结构徒有其形。《廉明公案》采用分卷分类的形式,切合短篇故事集每篇故事独立的题材特征。

《百家公案》叙事体制上则沿袭话本入话诗、以"话说"开篇、叙事中插入诗词等形式,也有一些篇章以"论曰"结尾。这是因为《百家公案》的题材来源为前代说公案和公案戏,以及一些记录公案故事的文言笔记,不过多为梗概记录,语言韵味和叙事水平大为逊色。因为前代积累,《百家公案》有些故事相对比较成熟,但可能为了保持叙事体制的一致性,导致不少篇章叙事风格不协调。比如有些故事主人公为商人或农夫村妇,生硬地安排他们吟咏诗词,诗词插入跟情节发展的关联性不明显,跟人物性格形象更是格格不入。比如第十七回《伸黄二冤斩白犬》、第十八回《神判八旬通奸事》皆为平民不经之事,插入诗词而不伦不类。

《廉明公案》叙事基本不插入诗词,也不使用话本套话和形式,"三词"等司法文书的插入跟事件叙述密切相关,"三词"的文本皆与案情吻合,没有生搬硬套的情况,从公案故事构成的角度来说,虽然叙事简洁,但结构是合理的。显然,余象斗已明确认识到,公案小说的编撰并非面向书场说书,而是面向案头阅读,因此不套用话本形式,从中可见余象斗对公案小说文体的独立判断。

余象斗的叙事能力也高于《百家公案》的编撰者安遇时。比如改编自《百家公案》第九回的《吴县令辨因奸窃银》,以及故事类型跟《百家公案》第二十三回、第七十八回相似的《陈按院卖布赚赃》,对比可见《廉明公案》在情节设置、叙事风格、人物形象塑造以及判案逻辑等方面,都有很大的改进,情节安排详略得当,删除不伦不类的诗词而使叙事风格协调,环境描写和人物语言动作描写皆符合故事情境和人物身份,故事较为合理,人物心理、性格形象较为真实可信。后来,冯梦龙编辑"三言"参考了明代公案小说集,《喻世明言》之《陈御史巧勘金钗钿》正话即由《廉明公案·陈按院卖布赚赃》发展而来。当然,若跟冯梦龙整理编撰的"三言"相比,余象斗的叙事水平还有一些差距。但不能不说,从万历之《百家公案》到天启之"三言",以余象斗为代表的书判体公案小说是小说艺术发展的阶梯。而余象斗编撰的公案小说能被接受并形成公案小说类型,也在于余象斗的编撰之于《百家公案》在文体形式内外有着诸多颇为自觉的超越。

余象斗《廉明公案》创造了新的公案小说范式,此后的明代公案小说集基本沿袭《廉明公案》的编撰方式和文本形态,取材于现实生活中的公案故事,传递司法知识,表现清官决狱判案的廉明智慧,由此形成以书判体为主要特征的公案小说类型。

二、公案小说书判体与余象斗的学养禀赋

在社会条件、时代发展的必然背景下,文学由渐变而至突变往往因为某一作家作品的偶然出现,此为文学史常见现象。公案小说形成书判体的类型特征,有其时代的必然性,但直接的促成因素则在于编撰者、创作主体的偶然介入,余象斗就是这个偶然介入的因素。

公案小说集的兴盛当然以明代法律普及为背景,然而公案小说对法律普及的回应仍有其不同阶段的特征,《百家公案》和《廉明公案》就各自不同。《百家公案》接续了宋元小说戏曲公案故事的传统,而在通俗小说流行的背景下编撰成书,因而其题名如"新刊京本通俗演义增像包龙图判百家公案"(与耕堂本)、"新锲全像包孝肃公百家公案演义"(万卷楼本),皆近似历史演义的标题形式,其卷前列《国史本传》、以《包待制出身源流》为开篇、全书一百回讲述包公判案故事,这样的结构也近于讲史小说,其世情题材和神异色彩则近于世情小说和神魔小说,可见通俗小说发展至万历时期各种小说类型相互激发和融合的影响。真正回应法律知识普及之社会思潮的是余象斗,惟其《廉明公案》刊出,公案小说才体现出明显的司法知识特性。万历时期的出版,小说和司法类著作,大概是科举教育类图书之外最为繁盛的类别,余象斗的公案小说编撰,无疑是小说和法家书两类畅销书的融合,跳动着时代的脉搏。尽管公案小说的艺术成就有限,也无需回避余象斗商业化运作带来的小说缺陷,但是,公案小说在万历至崇祯年间传播面相当广,确实构成了小说发展的重要环节之一。余象斗对公案小说类型形成和兴盛起了至关重要的决定性作用。

从纯文学的角度来说,"书判"的插入和司法属性的突出,是小说叙事中的异质因素,但若考虑小说观念和小说文体发展的历史阶段性,应该说这种异质因素的介入于传统叙事形式之外创造了新的结构形式和叙事品质,正是公案小说区别于其他类型小说的关键。不可否认余象斗编撰公案小说的创造性。余象斗为何能有这样的创造能力呢?这跟他不同于一般小说作者的学养和禀赋有关。

余象斗是明代万历时期著名的书坊主,不仅出版大量图书,而且长于自编自刊。余象斗之所以能在《百家公案》的影响下萌发编撰公案小说的兴趣,首先在于他对嘉靖以来蔚为大观的小说编刊已经深有了解。在编刊

《廉明公案》的万历二十六年之前,他已出版《新刻按鉴全像三国志传》、《京本增补校正全像忠义水浒志传评林》,这两部小说的评点都出自"仰止"先生,一般认为就是余象斗;万历二十六年,余象斗还同时刊出了《新刻芸窗汇爽万锦情林》,署"三台馆山人仰止余象斗纂"。《廉明公案》是余象斗自编的第一部小说,此后余象斗编刊了更多小说,现存题署余象斗编刊的公案、讲史、神魔等各类小说十几种,可见余象斗对万历时期出版潮流的敏锐反应。

但若仅有小说编刊经验,余象斗或许只能在《百家公案》影响下编撰一部相似的公案故事集,而未必能在文体上有所突破。余象斗之所以能实现书判体公案小说的文体创新,跟他出身书坊世家而又多年习儒的学养准备有关。

前文已述,建阳余氏是宋代以来的刻书世家,余象斗之祖父余继安买山重修清修寺作为子孙讲学、藏书、印书之所。因为耳濡目染,余象斗一边习举业,一边参与了刻书业,现存万历十六年(1588)《京本通俗演义按鉴全汉志传》之《西汉志传》署"书林余文台余世腾梓",《新刊万天官四世孙家传平学洞微宝镜》署"书林逸士余文台镌行",或认为即余象斗早期刻书。余象斗于万历十九年(1591)辍学继承家业从事刻书,广聘缙绅,编撰科举类"讲说"、"文笈",在这一年刊刻的《新锓朱状元芸窗汇辑百大家评注史记品粹十卷》卷首开列了四书讲说类七种,文笈类有"历子品粹"、"诸文品粹"等多种系列丛书,以及《史记品粹》等大部头著作,而这些仅仅是科举类图书,此外还有重刻金陵书版及诸书杂传,因无关举业而未列书目。在《廉明公案》成书的万历二十六年,余象斗还刊出了《新锓汉丞相诸葛孔明异传奇论注解评林》、《考古详订遵韵海编正宗》、《新刊理气详辩纂要三台便览通书正宗》等图书;余象斗接着刊出的大部头著作如万历二十七年(1599)《新刻天下四民便览三台万用正宗》四十三卷、万历三十四年(1606)《新刻御颁新例三台明律招判正宗》十三卷首一卷、《新刻圣朝颁降新例宋提刑无冤录》十三卷等,都可能需要经过较长时间的编刊,可能跟《廉明公案》的编刊同时或先后。科举、小说、类书、法家书,是万历时期最为兴盛的刻书种类,其中类书也了包含大量的法律知识。从这些刻本可见余象斗作为出版商的开阔视野和对出版动态的敏锐判断,亦可见其接受刻书业和儒业双重浸染的学养。

余象斗编撰的公案小说与其编刊之其他著作关系颇为密切。比如《廉明公案》抄录《萧曹遗笔》的六十四篇"三词",亦见于《新刻御颁新例三台明律招判正宗》。《新刻天下四民便览三台万用正宗》"律例门"的分类和对词讼格式的归纳,出自《鸣情均化录》,《鸣情均化录》是与《萧曹遗笔》同类的通俗法家书。余象斗公案故事中的"三词"多出于自撰,但正合于《萧曹遗笔》,亦合于《新刻天下四民便览三台万用正宗》"律例门"之"词讼体制规格"、"体段格式"、"忌箴歌"、"词讼体段贯串活套"等书写规则,而律条依据则合于《新刻御颁新例三台明律招判正宗》,其公案小说中还明确说明一些判案方法跟宋慈《洗冤录》之间的关系。作为书坊主的余象斗,其法律知识很可能主要来自图书刊刻,而他又把这些知识运用于公案小说和类书等多类型图书的编刊之中。

余象斗公案小说与《万锦情林》的关系,则因其文体相近,文本关联更为直接,比如《诸司公案》"奸情类"第一则《胡县令判释强奸》、第二则《齐太尹判僧犯奸》,分别与《万锦情林》卷三上层"判类"《强奸判》、《僧奸判》故事相同,判词也完全相同,只是《诸司公案》叙事较为详细,而《万锦情林》仅以判词为主。当然,《万锦情林》的"判类"更早见于《国色天香》、《燕居笔记》,皆由罗烨《醉翁谈录》"花判"演化而来,万历时期几部通俗类书辗转抄录。从《廉明公案》《诸司公案》与《万锦情林》的关系,可见余象斗编撰公案小说与当时通俗小说传播及文学传统之间的密切关联。公案小说跟同时期的通俗类书、日用类书之间关系都非常密切,不仅判词判例,其他如呈结诉讼等文书,皆往往并见于这三类著作。可以推想,从接受的角度,公案小说并非纯文学读物,它是在百科全书性质的类书影响下产生的普及知识读物,近似于法律知识类书,但又不同于专门的法家书,它确实吸收了小说叙事方式而吸引读者。

由于小说"文备众体"的文体形式,以及小说叙事性对社会生活和知识结构丰富性的要求,小说家往往并非单纯的词赋手,而往往学问博杂或生活经历丰富。从罗贯中"有志图王"的人生经历和可能兼作小说戏曲的文学才能,到熊大木"博洽士"的修养和多种类型的图书编撰,到陈继儒、冯梦龙等驰骋于俗文学、时尚畅销书之间的才气纵横,都可见小说特别是通俗小说编撰对作者的知识学养、人生经验的要求,余象斗的才能和修养未能跟罗贯中、冯梦龙等文学家相比,但是,类比中可知,余象斗公案小说编撰得以成功亦有其知识结构和生活体验的底蕴。余象斗出身刻书世家，而又亲自参加出版和编撰，有着丰富的出版经验和敏锐的判断能力；又因为出身儒业，具备法律知识和司法文书写作的能力，还因为读书士子的学养而力图以公案小说宣扬"廉明"的吏治理想，加上对小说文体和小说出版传播的了解，颇为全面的知识结构使其具备"跨界"的可能性，因此才能作为书商而兼为小说编撰者，才能融合小说叙事和司法知识而创新公案小说文体。

长期业儒而未获功名，这样的人生阅历在余象斗的刻书事业中打下了深刻的烙印，他最了解的是未获功名的读书人这个阶层，他的刻书大多以这个阶层为潜在的读者对象。他出版的图书内容一是科举类"讲说"、"文筌"，包括经史子集各类"翼解"、"训解"、"品粹"等；二是小学类字书、韵书，以及诗词写作入门书如《诗林正宗》等所谓"活法大成"，这些以未获功名的学习者为主要阅读对象；三是法家书、医书、命书、地理、风水通书、日用类书；四是通俗小说，这两类的读者或有仕宦阶层，但是显然指向的是包括社会中下层在内的广泛人群，而其小说编刊以讲史、神魔、公案为主，则比较明显指向有一定阅读能力、但文化修养有限的这一读者层之需求。

明代嘉靖以后商品经济活跃，司法知识需求增长，又由于教育普及，产生了数量巨大的未能应举出仕的读书人群，他们中有一部分成为了官府的刑名吏员，有一部分以"讼师"身份"治生"，更多则成为了农工商从业人员，因此当时民众特别是工商阶层不仅识字率相当高，而且具备一定的阅读能力。与此同时，刻书业大为繁荣，包括讼师秘本在内的法家书大量刊刻，面向仕宦阶层的官箴书和面向普通民众的日用类书也都包含了丰富的法律知识。同样习儒而未获功名的书坊主余象斗非常敏锐地看到了商机，以流行的小说和讼师秘本、法律知识相结合，编刊了《廉明公案》和《诸司公案》。书判体公案小说浅近而近于白话的文言，"三词"的插入和故事结尾分析案情的按语，皆可见其读者定位，就是以包括刑名吏员、讼师在内的中下层文人为读者对象，当然也以更为广泛的工商阶层为读者对象。

尽管余象斗的图书编刊因其商业性翻刻、改编甚至抄袭而为人所诟病，但不能不说，在晚明建阳繁盛的刻书业中，余象斗是个突出的弄潮儿，他是晚明建阳刻书业不可多得的人才。但是，独木难成林，建阳书坊人才有限，主要编刊于建阳书坊的公案小说也难以持续发展。

三、公案小说的衰微与余氏书坊的关系

明代万历之刻书，以福建建阳最盛，建阳书坊以余氏最盛，不仅书坊数量和刻书数量多，而且组织书坊文人编书而对多种类型图书的编刊都具引领作用。余氏书坊之于公案小说发展具有重要意义，不仅在于余象斗确定了公案小说的类型特征，还在于余氏书坊影响了公案小说之兴衰。

从《廉明公案》开始，公案小说的编刊即以余氏为主导。就现存刊本来看，《廉明公案》应该有过六种余氏刻本。《诸司公案》现存余氏三台馆刊本。万历三十三年（1605），余象斗堂侄余成章聘请江西文人吴迁编写《新民公案》。现存书判体公案小说中，出于余氏书坊的这三部著作创造性成就相对较高。此后的公案小说皆模仿余象斗书判体形式，内容篇目多抄录《百家公案》、《廉明公案》、《诸司公案》、《新民公案》，或彼此辗转抄录。在后出的公案小说中，唯一突破书判体叙事模式而有所创新的《杜骗新书》也出于余氏书坊，此书万历四十五年（1617）序本内封题"居仁堂余献可梓"，余献可为余象斗的子侄辈余应孔（字献可）。

在现存公案小说中，也就余氏书坊刊本卷首有序，因此作者身份明确。余象斗自不必说，且说《新民公案》作者吴迁和《杜骗新书》作者张应俞。吴迁，字还初，江西南昌人①，知识广博，长期受雇于建阳书坊，《新民公案》之外，还编撰了《天妃济世出身传》、《南海观音菩萨出身修行传》、《五鼠闹东京》等神魔小说。在《新民公案》成书的同一年，署叶向高辑、吴迁校《新镌编类古今史鉴故事大方》十卷也由余成章刊刻成书。邓志谟称赏吴迁"胸臆中贮丘坟几许，一下笔词源滚滚，即譬之静界寺咄咄泉也"②。《杜骗新书》卷端署"浙江夔衷张应俞著"，但此书卷首熊振骥之序称其为"莒潭张子"。结合《杜骗新书》详于描写建阳县和建宁府小地名的特点，研究者判断张应俞应为福建建阳人，"莒潭"即今建阳莒口镇地名，而浙江应是张应俞之祖籍③。三岭山人熊振骥序言且称："莒潭张子，忧世哲人，悼虞夏之久

---

① 参见程国赋《明代小说作家吴还初生平与籍贯新考》，《文学遗产》2007年第4期。
② 〔明〕邓志谟《与吴君还初》，邓志谟《锲注释得愚集》卷二，上册，《明清善本小说丛刊初编》第七辑，台湾天一出版社1985年版，第89页。
③ 参见刘楷锋《张应俞籍贯建阳考》，《武夷学院学报》2016年第2期。

逝,触晚近而兴思。身涉畏途,如历九折之坂;目击伪俗,拟破百忧之城。乃搜剔见闻,渔猎远近,民情世故之备书,发慝伏如指诸掌上;奸心盗行之毕述,钩深隐若了在目中。"①《杜骗新书》虽然叙事简略,但是文笔流畅,风格近于文人笔记而适俗,可见作者的文化程度相对较高。而从其中一些故事内容来看,比如"诈哄骗"之《诈学道书报好梦》,所叙庚子年福建乡科及进京应考举人熊绍祖等,皆合于历史事实,叙述中可见作者谙熟本府本省学校情况和读书应举之事②。因此三岭山人熊振骥序言所谓"哲人"之称未必纯粹谀词,张应俞至少是当地一位习儒未第的读书人。

余象斗、吴迁、张应俞,都是具备较好文化修养的儒生,所以,《廉明公案》、《诸司公案》、《新民公案》编撰质量相对较高,《杜骗新书》则在万历后期公案小说辗转抄袭的潮流中独树一帜。这四部公案小说都出自余氏书坊,可见余氏书坊比较用心编刊,聘用文人素质较好。而其他公案小说的编撰者如《律条公案》署金陵陈玉秀,如《海刚峰居官公案》李春芳序言所谓"好事者",皆不可考,也就意味着这些作者是更为不知名的文人;而所谓《新刻海若汤先生汇集古今律条公案》、《新镌国朝名公神断陈眉公详情公案》、《李卓吾公案》,从其编刊之粗陋拼凑来看,显然是书坊伪托汤显祖、陈继儒、李贽之盛名③。从这些公案小说低质量抄袭拼凑可见,余氏之外的其他各家书坊只是看《廉明公案》畅销而跟风,诚如余象斗刊刻《八仙出处东游记》时所愤言:"……乃多为射利者刊,甚诸传照本堂样式,践人辙迹而逐人尘后也。今本坊亦有自立者固多,而亦有逐利之无耻,与异方之浪棍,迁徙之逃奴,专欲翻人已成之刻者,袭人唾余,得无垂首而汗颜,无耻之甚乎!"④

---

① 〔明〕熊振骥《叙江湖奇闻杜骗新书》,〔明〕张应俞著,孟昭连整理、鲁德才审订《江湖奇闻杜骗新书》卷首,百花文艺出版社 1992 年版,第 4 页。
② 参见〔明〕张应俞著,孟昭连整理、鲁德才审订《江湖奇闻杜骗新书》卷四,第 19—20 页。
③ 学界统计过公案小说集中相同相似的篇目:《新民公案》中,《廉明公案》3 篇、《诸司公案》7 篇。《海公案》中,《百家公案》18 篇、《廉明公案》9 篇、《诸司公案》2 篇。《详刑公案》中,《百家公案》5 篇、《廉明公案》2 篇、《明镜公案》1 篇。《律条公案》中,《详刑公案》32 篇、《廉明公案》2 篇、《诸司公案》4 篇。《明镜公案》中,《廉明公案》5 篇、《详刑公案》1 篇、《诸司公案》1 篇。《详情公案》中,《详刑公案》31 篇、《诸司公案》10 篇、《明镜公案》6 篇。《龙图公案》抄录《百家公案》48 篇,全书 100 篇中只有 10 余篇尚未找到来源。参见苗怀明《中国古代公案小说史论》,南京大学出版社 2005 年版,第 64 页。
④ 〔明〕余象斗《八仙传引》,〔明〕吴元泰《八仙出处东游记》卷首,《古本小说集成》,上海古籍出版社 1990—1994 年版,第 1—2 页。

余象斗此言多为今之研究者嘲讽,但从公案小说来看,余象斗之编撰固然也沿袭借径,但跟完全抄袭拼凑之作相比确实仍有明显的高下之分。

若放眼于万历时期之建阳书坊,会发现,余氏书坊不仅引领了公案小说之编刊,其他各体小说之编刊亦以余氏书坊为引领。

明代建阳书坊的通俗小说编刊发端于名著的模仿,最早为熊大木受《三国》《水浒》影响而编撰《大宋演义中兴英烈传》《唐书志传》等历史小说,至于万历年间,由于余彰德、余象斗加入刻书行业,余氏编刊小说的数量和规模超过此前刊刻小说的重要书坊杨氏、熊氏、刘氏等,而成为建阳最重要的小说刊刻书坊。从现存刊本来看,万历至崇祯间余氏刊刻小说五十多种,在当时建阳刊刻小说中占了一半。万历时期建阳大量刊行的讲史、神魔、公案小说,以及杂志型通俗类书,现存最早刊本多出自余氏书坊。在熊大木之后最早编撰历史小说的建阳文人是余象斗之族叔翁余邵鱼,嘉靖之后现存最早的历史小说刊本是万历十六年余氏克勤斋刊刻《全汉志传》,余象斗《北方真武祖师玄天上帝出身志传》应是最早模仿《西游记》的神魔小说,萃庆堂在万历二十五年(1597)之前就紧跟金陵通俗类书之时尚,刊刻了林近阳《燕居笔记》。

公案小说基本出自建阳书坊。了解万历以后余氏在建阳书坊编刊小说中的地位,就不难理解公案小说的发展与余氏书坊密切相关。由于建阳书坊人才有限,公案小说类型若要持续发展,仍然主要依靠余氏书坊。这就不能不说到余彰德、余象斗之后余氏书坊下一代经营者的能力和兴趣。

余氏至明末仍然是建阳书坊中最为兴盛者,据海内外现存刊本题署整理可知,余象斗、余彰德子侄应字辈的刻书者就有余应虬(字犹龙,号陟瞻)、余应腾(字天羽)、余应灏(字元素)、余应鳌(号红雪山人)、余应孔(字献可)、余应科(字夷庚,又字谦吉)、余应申(字季岳)、余应泰(字元昌)、余应兴(祥我)、余应良(真如)等,此外,还有余思雅(字仲穆)、余思敬(字元翼)、余思齐(字元叔),以及侄孙辈余昌祚(尔锡)、余昌宗(尔雅)、余昌裔(尔翼)、余有光(含灵)、余俊(千馀)、余芳(子实)、余璟(景玉)、余谟(仲弼),重孙辈余震等[①],他们参与了图书编刊或校阅。

在余氏后辈中,如元素、余季岳、余献可等继承和发展了前辈之小说编

---

① 以上余氏后辈的姓名字号均据所见文献整理,有的文献未标明或名或字,谨按原书照录。

刊。此前研究或以为"元素"、"余季岳"都是余象斗所用化名,把他们的小说刊刻都归于余象斗,很重要是因为他们的小说编刊沿袭了余象斗的类型和风格,有的小说就是余象斗刊本的改编或翻刻。如元素梓行《新刻按鉴编集二十四帝通俗演义全汉志传》十五卷,署"汉史臣蔡邕伯喈汇编"、"明潭阳三台馆元素订梓",乃"书林仰止山人编集"、"余氏文台重梓"《新刊京本编集二十四帝通俗演义西东汉志传》二十卷的改编。余季岳刊刻的"按鉴演义帝王御世"系列现存三种,即《盘古至唐虞传》、《有夏志传》、《有商志传》。这三种小说的叙事风格跟余象斗编撰的《列国前编十二朝》相似,文字朴拙,情节简单,乃拾掇史书和前代传说编撰而成,很少文学性的铺排描写,而且内容上跟《开辟衍绎》大体相同。而《开辟衍绎》原书应出自余象斗编撰,或者即从《列国前编十二朝》稍加演绎而来。"按鉴演义帝王御世"系列三种虽然创新性不强,但已属明末讲史刊本中不多的新编之作。《杜骗新书》则是《廉明公案》之后唯一的非书判体公案小说集,无三词插入。故事篇幅较短,叙事简洁,但篇末有按语提示如何"杜骗",与《廉明公案》篇末按语分析案情相似。《杜骗新书》虽无三词插入的司法色彩,但叙事的文学性色彩并未加强,"杜骗"的实用教化功能似更为明显。《杜骗新书》现存还有陈怀轩刊本,当时不止一家书坊刊刻,可见此书有其接受市场。从《杜骗新书》和"按鉴演义帝王御世"系列既可见余氏书坊在小说刊刻中重要地位的延续,建阳书坊新编小说仍然主要依靠余氏,但也可见其文学创造能力之不足,余氏书坊所擅长者,仍然是知识型、教化类文化普及读物,而这些新编著作的文学水平并未超过余象斗,甚至不及余象斗。

余氏后辈有些获得过科举功名,文化水平较高,他们参与家族刻书,但表现出不同于前辈的兴趣和能力。

由于家族财富的积累,余象斗这一代就已接受较好的教育,至余象斗子侄辈通过举业获取了功名,如余彰德之子余应虬,余象斗之子余应甲、余应科等,皆为生员,后辈生员更多,如孙辈余昌祚、余昌会、余昌年、余俊,重孙辈余震、余晋等。这些后辈子弟虽然获得了生员身份,但往往一边习儒,一边参与家族刻书事业,一方面是因为家族刻书名肆的出身便利,另一方面也因为他们多未能获取功名进阶而有谋生需求。他们的刻书,超越了余象斗主要以一人之力自编自刊的模式,不仅家族成员紧密合作,而且广交朋友,与建阳其他姓氏书坊合作,以生员身份融入江南文化圈,与江南文化名人合作,编撰图书类型和质量也与江南刻书相近。不可轻视余氏子弟的生员身份,因为明代闽北地区科举不振,至于晚明,建宁、邵武之举业在福建各府几乎排名末位,县学生员人数也很少,所以余象斗晚年因为子孙多人考取秀才而受郡县嘉许①。

明末余氏书坊子弟中文名最显、功名最著的是余彰德之子余应虬,他参与刻书时间长达50年,是明末清初余氏刻书的核心人物。

据熊人霖《书林荐举余犹龙墓志铭》,余应虬,字犹龙,生于明万历十一年十二月(1584),殁于清顺治九年十二月(1653),是余彰德三个儿子中"最颖敏"者,"髫龄补郡弟子员"。余应虬很早就参与了余氏书坊事务,万历三十四年余彰德刊刻的《世史类编》,乃余应虬万历三十一年(1603)约请组稿②,此书署明李纯卿草创、明谢迁补遗、明王守仁覆评、明王世贞会纂、明李槃增修,列名参阅者多为李氏门人:楚人张大孝、彭好古、彭遵古、樊玉衡、陈良心、汪起云,晋人景明、曹于汴,其身份标注为会魁、进士、解元,闽人余应虬、余昌祚则为庠生。此书卷首有曹于汴、冯梦祯、李大藺、李槃之序,接着是余应虬、余昌祚共同署名的《世史类编引》。从这些署名已初步可见余应虬的交游。余应虬后来入南京国子监,"肄业南雍,文名噪白下"③。在此前后,他不仅参与父亲余彰德萃庆堂的编刊,而且以"近圣居"、"世庆堂"、"春语堂"等堂号编刊了不少图书,与之交游合作者皆当世名士,比如与徐奋鹏合作选评、编纂《千古斯文》,且其中选录余应虬书信,与陈继儒、汤宾尹、袁宏道、茅坤、王世贞等名人同列;余应虬纂辑《近圣居四书翼经图解》署张明弼、包尔庚、章世纯等参补、考订;《新拟科场急出题旨元脉》署张萧撰,陈仁锡、余应虬订正;余象斗纂辑《刻仰止子参定正传地理统一全书》由余应虬和堂兄弟们共同校阅出版,卷前有汪元标、祁彪佳、胡明佐、钱继登、朱守键等序,卷首署钱继登、袁俨若参阅,胡明佐、朱廷旦校订;《近圣居三刻参补四书燃犀解》参校者有陈子龙、夏允彝等;天启二年(1622)近圣居刊刻了钟惺《隐秀轩集》;余应虬纂辑《镌古今兵家筹略》,首为郑芝龙《武库弁言》,

---

① 参见陈国军《余象斗生平事迹考补——以〈刻仰止子参定正传地理统一全书〉为中心》,《明清小说研究》2015年第2期。
② 〔明〕余应虬、余昌祚《世史类编引》:"余小子游先生之门墙有日矣。癸卯冬,获见先生手编,请寿诸梓以公海内。至丙午春,始得毕业。"《新刻世史类编》,明万历三十四年(1606)书林余彰德刻本,《四库禁毁书丛刊》史部,第54册,北京出版社1997年版,第12页。
③ 〔明〕熊人霖《书林荐举余犹龙墓志铭》,《鹤台先生熊山文选》卷十三,第四册。

对余应虬的学识修养颇为赞赏,称其"博极群书","精骛八极,心游万仞"①;福州著名学者、官员曹学佺曾邀请余应虬共同编纂《儒藏》,曹学佺《赠余犹龙序》称其"好刻古书,走吴越燕齐秦楚,四方之人来购,如取火于燧,取水于月,而恒见其不竭"②。大约在崇祯年间,余应虬主持同文书院,建阳当地名士、大姓子弟皆从其游。明亡后,他邀请熊明遇主讲同文书院,在南明灭亡后邀请熊明遇之子熊人霖主持同文书院。可见,余应虬以监生身份,广泛交游当代名士,其中不乏进士出身的名宦,还有郑芝龙、熊明遇这样的政治风云人物。大概可以说,余应虬以科举功名获得了阶层跃升。这样的身份地位必然影响他的刻书。

余应虬也刊刻小说,他刊刻小说主要与邓志谟合作。邓志谟长期服务于余氏书坊,是目前所知建阳书坊聘请文人中著作最多的一位,博学擅文,人称"两脚书橱",现存各类著作三十多种③。邓志谟所著道教小说《铁树记》、《咒枣记》、《飞剑记》及《花鸟争奇》等五种争奇小说皆由余氏萃庆堂刊刻,前三者最早刊刻于万历三十一年。争奇小说第一种《花鸟争奇》有余应虬题序,争奇小说现存刊本还有春语轩翻刻之《四种争奇》,包括"花鸟、童婉、风月、蔬果"。这些小说跟余象斗编刊的小说在题材风格和趣味上差别明显,三种道教小说叙事风格略近于话本小说,后来冯梦龙据《铁树记》删削改编为《旌阳宫铁树镇妖》。而争奇小说实为诗文小说,虽然诗文俗化,但相比于通俗小说,文人化色彩明显。余应虬还跟邓志谟合作刊刻了多种传奇,现存清玉芝斋抄本《八珠环记》、《凤头鞋记》、《玛瑙簪记》、《并头花记》皆署"饶安百拙生邓志谟编纂,潭水犹龙父余应虬参订",此原本应为余氏刊刻,从中亦可见余应虬之修养与雅趣。未见余象斗刊刻传奇剧本,而现存公案小说中未见余氏萃庆堂和余应虬之刊本。

余象斗的儿子余应科也是生员身份而参与刻书④。由余应科辑稿、张

---

① 〔明〕余应虬《镌古今兵家筹略》"卷首序",美国哈佛大学哈佛燕京图书馆藏南明刻本,第八叶、第十五叶。
② 〔明〕曹学佺《赠余犹龙序》,《石仓全集》第二十七册,第十七叶,日本内阁文库藏本。
③ 参见陈旭东《邓志谟著述知见录》,《福建师范大学学报》2012年第4期。
④ 崇祯十年(1637)刻本《刻仰止子参定正传地理统一全书》首卷署"西一余象斗仰止父著述""书林侄应虬犹龙父、樵川男应科君翰父绣梓",学界由此确认余应科为余象斗的儿子。参见陈国军《余象斗生平事迹考补——以〈刻仰止子参定正传地理统一全书〉为中心》,《明清小说研究》2015年第2期。

能恭校正的崇祯六年（1633）刊本《钱曹两先生四书千百年眼》，卷首列的编撰者名单庞大而豪华：李光缙、钱继登、曹勋、祁彪佳撰著，张溥、文震孟、黄道周、陈天定、吴伟业、张采等七十三人校阅，接着列纂著者余应科，又列"同在辑稿"者十三人，其中十人为余应科兄弟子侄：余仲穆（讳思雅），余元翼（讳思敬），余元叔（讳思齐），余天羽（讳应腾），余元昌（讳应泰），余季岳（讳应申），余千馀（讳俊），余子实（讳芳），余景玉（讳璟），余仲弼（讳谟）①。余应科及其兄弟子侄应为实际的主要编辑者，但卷首列举校阅名单中的不少名家，也见于余氏书坊刻书的编校或序跋题署，因此，从中多少可见余氏子弟的交游圈。值得注意的是，此书内容形式上也追求精英化，凡例首列"辟坊刻纂修之误"，谓："坊刻最可哂者，每岁讲义，汗牛充栋，将数十年腐本，改头换面，雷同剿袭，借一二新贵名色，额之曰某元魁所辑也……坊弊益深，其误天下士不浅矣……"②极言"坊刻尤所欲呕"，对坊本极为鄙视。此书字体版式也确实跟常见的建本不同，全书正文手书上版，书法精美。现存可见余应科编刊的图书不多，上述《刻仰止子参定正传地理统一全书》、《钱曹两先生四书千百年眼》二者之外，尚见《礼记疏意参新》、《三刻重订礼记疏意直解大全》，未见小说类著作。

很显然，余应虬、余应科编刊的图书主要以中上层文人、受过科举训练的士子以及胸怀文学雅兴、关注国家政治的文人精英为接受对象，跟余象斗大部分编刊面向底层读者的定位有很大差别。这是因为财富累积、功名进阶而实现了家族阶层跃升。余应虬、余应科等生员身份的刻书者已自觉融入江南为中心的文学、文化主流之中。

余氏刻书族人中，未有功名、籍籍无名者沿袭余象斗的编刊经验和风格，编创力量或有不逮，而文化层次较高的生员刻书者，则无意于面向底层的通俗小说特别是公案小说之编创，这应该是公案小说终结的重要原因之一。

---

① 《钱曹两先生四书千百年眼》十九卷、首一卷，首卷署：原温陵李光缙宗谦裁定，近武水钱继登龙门、樵李曹勋允大新裁，山阴祁彪佳世培删润，古吴张溥天如参订，古樵张能恭礼言较正、余应科谦吉缉稿。参见日本内阁文库藏日近馆崇祯六年刊本卷首。从卷前"日近馆姓氏"及各卷题署来看，日近馆主人应为余应科。

② 《四书千百年眼》"凡例"，《钱曹两先生四书千百年眼》，第一叶。

四、影响公案小说兴衰的多方面因素

从万历十九年余象斗投身刻书业,或者从万历二十六年余象斗编刊《廉明公案》,到崇祯十年(1637)余象斗在《斗首河洛理气三台通书正宗》留下人生最后的编刊信息,①余象斗后半生的这四十余年差不多也正是明代公案小说由兴至衰的发展全程,所以,余象斗作为晚明建阳书坊刊刻小说的核心人物而兼公案小说编撰的灵魂人物,他的谢世对于公案小说来说似有象征意义,一个时代就此结束。

当然,公案小说的兴衰,并非书坊主或书坊文人单一因素所决定,而是一个涉及社会经济文化多方面因素的复杂的文学史现象。

余象斗编撰的公案小说作为文体成熟的标志,最为重要的体现为司法诉讼知识性特征,这个特征不仅表现为三词插入和卷末按语的实用指向,而且还表现为平民题材的现实关怀。《廉明公案叙》明确表达本书编撰主旨,希望有助于官吏清明断案,以实现"庶民之安"、"政平民安",全文六百多字九次提到"民",要求官吏"劳抚字"、惜"孱弱"、释"良善",这样的民本思想植根于儒家传统,来自余象斗长期业儒的学养修为。但学界对此不太关注,关注点一般集中于余象斗的书商身份和商业行为。确实,《廉明公案》抄录《萧曹公案》六十四则"三词"是商业行为,此后《诸司公案》之续编也是因《廉明公案》畅销而为,谋利而编刊,是不争的事实。对于传统文人来说,"义利之辨"是个不容含糊的问题。因此如何评价一位谋利商人表现出来的民本思想,跟如何评价这样司法属性明显的小说的文学价值,实为公案小说这一文学现象有待于文学史研究给予进一步评论的一体两面。

事实上,从宋代至明代,由于社会形态的发展,士商关系已然发生变化。明代后期,因教育普及而产生的数量巨大的不第士子放弃举业投身商业,当时流行一种说法,谓"士而成功也十之一,贾而成功也十之九"②。社会变化

---

① 此书卷首《三台通书正宗序》署"万历戊戌岁仲冬月潭邑林维松谨书",又署一行"崇祯丁丑岁仲春月三台余仰止重梓",书中还有余象斗三台馆校书插图。此书首卷为《新刻玉函全奇五气朝元斗首合节三台通书正宗》上中下三卷,接着是《五刻理气纂要详辨三台便览通书正宗》十八卷。参见美国加州大学伯克利分校图书馆藏本。

② 参见余英时《儒家伦理与商人精神》,《余英时文集》,第3卷,广西师范大学出版社2004年版,第164页。

促进了儒学的发展,王阳明儒学以四民为立教对象,在时代潮流的激荡下,正德以后在中国文化领域出现了一个重要的现象,即士商合流。余英时在讨论晚明士商关系时,曾引汪道昆《诰赠奉直大夫户部员外郎程公暨赠宜人闵氏合葬墓志铭》语"良贾何负闳儒",并且引述大量例证说明商人引儒入商的作为和自信。读书人由儒入商虽是不得已,但是,商人往往当仁不让地把"致君尧舜上"的"儒道"理想转化为"贾道"①,而承续"道统"的眼光也从仰望君主转变成了平视众生。余象斗的公案小说编刊当然是商业行为,但无疑正产生于这样士商合流的时代背景,他的公案小说关注平民生存,明确提出以"庶民之安"为司法目标,是王学面向"愚夫愚妇"思想在当时社会的普遍反映;他把司法文书转化为更通俗的小说形式,分析案情和破案思路,知识教化指向的对象是官吏,体现了明末出身儒业的商人等视官绅的平等与自信。而从另一面来看,余象斗《廉明公案》当时至少出版过十种版本,在《廉明公案》影响下又产生了十来种公案小说集,则体现了那个士商合流的时代对余象斗式编撰公案小说的需求和认可,主要是对通俗讲故事以传递司法知识、且关怀庶民之安的认可。关于公案小说的价值不应该只是纯文学技巧的评价,也不应该只是后世文学观念作为标准的评价。公案小说体现了当时多个阶层人群的现实关切和知识需求,有其形成的必然性和存在的合理性。

在公案小说文体发展过程中,余象斗发挥了至关重要的作用,但是,个人能力仅仅是基础,个人能力得以发挥作用,则需要外在历史语境的呼应,当然也需要对文学传统的点醒和对读者需求的预判。正是文学内外诸因素交互影响而产生的合力,推动了小说史的发展。

在文学史丰富复杂的历史条件中,个人才能只是一种偶然性因素,但是,这种偶然性只要能与其他众多偶然性因素相互关联,就会在关联之中表达出必然性指向。然而,文学史又是一个充满创造性扬弃的历史过程。在余象斗之后,随着余氏后人能力或身份地位的变化,他们与外部语境之间的关联也发生了变化,以建阳书坊为编创中心、甚至主要依赖于余氏书坊的公案小说类型走向终结。

不过,公案小说的终结只是不再生产新的作品,并非不再传播。而公案

---

① 参见余英时《士与中国文化》,上海人民出版社1987年版,第530、562页。

小说在后世的传播情形耐人寻味。从现存刊本来看，公案小说传播最盛的是《龙图公案》，现存二三十种版本，其中不少为清刊。此外，只有《海刚峰居官公案》和《廉明公案》有少量翻刻。而《龙图公案》可谓公案小说抄袭拼凑之"大成"。

《龙图公案》一百篇中，抄录《百家公案》多达四十八篇，此外多抄自《廉明公案》《新民公案》《详刑公案》《律条公案》等，只有十来篇尚未找到来源，全书几乎拼凑而成。《龙图公案》在《百家公案》的基础上吸收了书判体小说以现实题材为主、重视案情分析而较少神异色彩的特点，也部分保留了插入"三词"的文本结构方式。全书三十四篇为插入"三词"的书判体文本，主要集中在卷首卷末，而在卷中则每隔几篇插入两篇书判体故事，有无"三词"的文本交替出现，表现出刻意安排的痕迹，从中可见书坊编刊营销的小心思，书判体在接受中还是有其市场的。因此，假如换一个角度看，抄袭拼凑的《龙图公案》或可视作明代公案小说综合性选编。通常认为公案小说终结的重要原因是抄袭拼凑而无创新，从《龙图公案》的传播来看，抄袭拼凑确实是公案小说终结的重要原因，市场不需要那么多公案小说，《龙图公案》应该是被视为公案小说代表性著作而流传的。当然，《龙图公案》的传播又有包公作为清官符号的深层原因。

公案小说在明代灭亡之后再无新编，从创作主体的角度来说，应该也跟入清以后建阳书坊之衰落相关，建阳书坊即使出现新的编辑人才也无能为力了。但清代未有公案小说之新编，也因为历史语境发生了变化，清代的知识观念和文化管理政策与明代大为不同。

清人对知识的体认和接受知识的方式跟明代差别颇大。明代儒学平民化以知识普及为习尚，清代则推崇知识专业化和学术化。清人崇尚实学，对于六朝以来层出不穷的类书，《四库全书总目》对类书的总体评价是："此体一兴，而操觚者易于检寻，注书者利于剿窃，转辗裨贩，实学颇荒。"甚至多认为是"剿窃腐烂之书"。对于大量的"麻沙书坊刊本"更是评价很低，认为"大抵出自乡塾陋儒，剿袭陈因，多无足取"①。而明代不胜其数的日用类书更是完全未入四库馆臣之眼。就法律知识来说，原本在明代日用类书中占

---

① 〔清〕永瑢等撰《四库全书总目》卷一三五《子部·类书类一》、《子部·类书类存目一》，第1141、1162、1151页。

据极大篇幅,在入清以后的《万宝全书》中严重压缩,如"矜式门"、"体式门"、"状式门"、"词状门"、"律例门"、"律法门"等基本消失①。当然,这并非纯粹知识性的变化,而是跟政府的文化管理政策密切相关。

对于民间讼学,虽然宋代以来历朝皆有查禁之举措,但是晚明政府失控,思想文化领域涣散放任,对于图书市场完全无力管控。进入清朝以后,朝廷崇尚理学,励精图治的君臣重建政府权威,对民间讼学作出明确的法律规定,如乾隆七年(1742)定例:"坊肆所刊讼师秘本,如《惊天雷》、《相角》、《法家新书》、《刑台秦镜》等,一切构讼之书,尽行查禁销毁,不许售卖。有仍行撰造刻印者,照淫词小说例,杖一百,流三千里。将旧书复行印刻及贩卖者,杖一百,徒三年。买者,杖一百。藏匿旧板不行销毁,减印刻一等治罪。藏匿其书,照违制律治罪。其该管失察各官,分别次数,交部议处。"②其中"照淫词小说例",则是大清律例明令禁止"小说淫词",比如王利器《元明清三代禁毁小说戏曲史料》整理收录的《钦定吏部处分则例》卷三十"礼文词",《钦定大清会典则例》卷二十"吏部文禁"等。清代初顺治九年(1652)、康熙二年(1663)、二十六年(1687)、四十年(1701)、四十八年(1709)、五十三年(1714)多次禁书坊刊刻市卖小说淫词,雍正乾隆及此后历朝亦多次发布禁令。雍正六年(1728)二月,郎坤因援引《三国志》小说之言陈奏而被革职,雍正谕言中有"郎坤从何处看得《三国志》小说"之句,可见当时禁小说之严。③ 自然,跟《惊天雷》等讼书内容相类相关的公案小说也很难存在。

明代晚期的公案小说、通俗类书中的判例判词、讼师秘本、日用类书中的司法文书,以同质异构的方式建构一个时代的法律知识,以多种途径满足读者的知识需求。清代则以新时代的权威方式解构了民间讼学借以传播的这个知识体系。因此,虽然公案小说仍然偶有翻刻,但是,无论从接受需求还是传播环境,公案小说新编或大规模的编刊却是不可能的了。

---

① 参见吴蕙芳《万宝全书:明清时期的民间生活实录》,《政治大学史学丛书》第6册,台湾政治大学历史学系2001年出版发行,第483—484页。
② 张荣铮、刘勇强、金懋初点校《大清律例》,天津古籍出版社1993年版,第526页。
③ 参见王利器《元明清三代禁毁小说戏曲史料》第一编,上海古籍出版社1981年版,第19—86页。

结　语

　　福建建阳僻处东南边隅、闽北丛山深处，却是宋元明三代刻书中心之一，亦为小说之编刊中心，不仅刊刻小说数量多，而且现存不少刊本标志着中国古代小说发展的重要阶段，比如宋代罗烨《醉翁谈录》、"元刊全相平话五种"等，在中国古代文学研究中备受关注。回望建阳刊刻小说发展历程，可见其在中国古代小说发展史上独特的价值和意义。

　　建阳刻书之盛与其地理位置密切相关。建阳处于武夷山麓南面，武夷山是闽地的天然屏障，六朝以来中原历次战乱中避乱的移民一批一批进入闽中，位于入闽要道的建阳，农林条件优越，为入闽移民居留的首选之地，宋元明三代刻书世家如熊氏、刘氏、余氏等多源自唐宋入闽之家族。南宋建阳成为闽学中心，并在文化高度繁荣基础上成为全国刻书中心，一方面因为移民文化积淀，另一方面因为宋室南渡后闽北与临安距离不远，政治文化信息灵通，又因为福建自然资源的丰富和对外贸易的繁盛、在中外贸易中的重要地位使其成为南宋最为重要的后方，闽北在全国处于经济文化重心的地位。当时文化教育最为发达的福建、浙江、江西为建阳书坊提供了作者和稿源，建本经由浙江、江西销往全国，并由闽江下行福州、泉州销往海外，建阳刻书的这一产销格局持续六百年未变，包括小说刊刻亦如此，建阳刊刻小说起于宋，兴于元，盛于明，衰微于清。

　　宋代小说刊刻地域分布广泛，但以杭州和建阳最为集中，其他地区只是偶有官员喜好而有一两种文言小说刊刻。杭州宋刊小说目前可知者四五十部，多为文言小说，唯"中瓦子张家印"《大唐三藏取经诗话》，一般认为是说经话本。建阳刊刻小说数量比杭州少得多，目前可确定者十来部，但却具有重要意义。

　　建阳亦以文言小说为主，但有的小说多次刊刻于建阳，如曾慥《类说》、洪迈《夷坚志》《容斋随笔》等,其他如张师正《括异志》、司马光《涑水记闻》、王明清《挥麈录》等,也都是小说史上重要著作。宋代刊刻小说皆以文言小说为主,并且包含了大量的文言笔记,是宋代重知识重学术的世风和文风之体现,宋代文学以重知识之实用为普遍的价值判断,文言小说主要因其知识性、学术性价值而被刊刻和传播。建阳刊小说既是对全国文学潮流的因应,同时也出于本地文化氛围之必然。由于建阳本地和周边地区是当时教育最发达最普及地区,建阳刻书以正经正史、子部儒家、医书、类书和文人别集为主,最重要的特点是重教育重知识,在这样的背景下,小说刊刻必然出于知识传播的价值判断而以文言为主。

宋元小说中有一些刊本值得特别关注。比如《新雕大唐三藏法师取经记》,此书与杭州中瓦子张家印本《大唐三藏取经诗话》同书异版,学界认为是建阳刻本,可见建阳跟杭州刻书相呼应,敏锐感应到说话艺术和通俗文学案头传播的新潮流,也说明以中心城市为主的说话艺术各家数,包括说经,辐射面极广。又比如罗烨《醉翁谈录》,则是跟说话艺术关系密切的传奇杂俎集,是小说艺术发展过程中传奇俗化、话本案头化的阶段性标志物。特别由于其甲集卷一《舌耕叙引》之《小说引子》和《小说开辟》概述了"舌耕"的艺术特点和题材分类,《醉翁谈录》被认为是第一部对说话艺术或小说艺术作理论总结的著作,在中国文学史上具有重要意义,而且其中列举的大量说话名目,对宋元说话艺术等相关问题的研究具有宝贵的文献价值,因此现代小说戏曲研究者视之为研究必读的基础书目之一。不仅如此,《醉翁谈录》甲集卷二开始的十九卷传奇和杂俎选编还具有重要的文学地理研究价值,这些故事选材暗合了文学中心从黄河流域向长江流域发展而一路向南的区域流变规律,其中故事情节所呈现的人群流动反映了文化的时代特征和变化进程,表现了地域间文学交流的历史轨迹,对文学地理研究具有场景还原的文本内证意义。

从宋代到元代,建阳书坊留下了小说从雅致书斋走向社会大众的发展印记。元代建阳书坊的小说编刊标志着小说发展从文言到白话、从短篇到长篇、从史传体到说书体的重要转变,在小说史上具有重要意义。

元代小说刊本目前所见不多,远远少于宋代。现存元刊小说以建阳刊本最多,建阳之外仅有茶陵、衢州、常州等地偶有文言小说刊刻,当然,可以推想大都、杭州应该刊刻过小说,但是,建阳书坊无疑已成为小说刊刻中心。

元代建阳刊刻小说目前可知者如至元二十四年（1287）安福刘应登校注《世说新语》八卷，约大德年间（1297—1307）沈天佑主持宋刻元修八十卷本《夷坚志》，翠岩精舍重编《新刊分类江湖纪闻》（现存节抄本），建安书堂《至元新刊全相三分事略》，至治间（1321—1323）建安虞氏刊刻"全相平话五种"即《新刊全相平话武王伐纣书》、《新刊全相平话乐毅图齐七国春秋后集》、《新刊全相秦并六国平话》、《新刊全相平话前汉书续集》、《至治新刊全相平话三国志》、《吴越春秋连像平话》、《红白蜘蛛》（存残叶）等。碧山精舍《新编湖海新闻夷坚续志》前集和《新刊分类江湖纪闻》，从字体和版式来看，可能也出于建刻。又有神仙传记类作品《新编连相搜神广记》，题淮海秦子晋撰，共收五十九神之事迹，或归之于小说，学界判断为元代中后期建阳坊刻。从中可见，元代建刻文言小说皆为叙事性文学文体小说，而非史料和学术考证性质的笔记，但更多的是通俗小说，特别是一系列讲史平话的刊刻引人注目。而现存于台湾"国家图书馆"的《宣和遗事》、《五代史平话》，一般判断为建阳刊本，虽然学界对宋刊还是元刊有争议，但无论是宋刊还是元刊，都进一步证明建阳刊刻过大量讲史话本。

《三分事略》和"全相平话五种"是现存最早的平话刊本，在小说史研究中广受关注。从建安虞氏刊全相平话五种的书名来看，当时刊刻的平话不只这五种。孙楷第《日本东京所见小说书目》认为，以书题测之，至少有八种。郑振铎认为，当时应该出版过所谓《十七史演义》之类的系列著作。清道光年间杨尚文刊《永乐大典目录》，记载"话"字部"评话"凡二十六卷，可惜未列出作品名目，这二十六卷应该就是宋元讲史平话。从建安虞氏刊刻平话内容的连续性推测，建阳书坊或许刊刻过完整的平话全史。

《红白蜘蛛》残叶也非常宝贵，它意味着建阳书坊不仅刊刻平话，而且很可能刊刻各类话本。从元刊平话和话本可见，通俗小说已成为此时小说发展的主流。

书坊刊刻小说的变化一方面是小说文体发展之必然，另一方面，则源于元代社会的政治经济文化之变。传统目录学著录于小说类的文言笔记，今人或称之为"子部小说"，其编刊和传播皆与科举考试选官制度密切相关，读书士子需要在经史之外博览群书，文言笔记以其经史考据和广博见闻为人所重，所以，宋代文言小说的刊刻多出于官刻和家刻。入元之后，科举考试长期未能正常举行，读书士子不能以科举求立身，宋代那个以文化精英为主的仕宦阶层解体了，元代的官员从身份、文化修养、生存方式各方面都与宋代大为不同，文言小说从编刊到传播的环境都发生了巨大变化。再加上元代刻书管理严格，官方刻书由中书省管理，地方机构刻书必须由中书省或其他管理机关下令才可以刊行，地方机构刻书要由本路进呈，经过上级逐级批准才能出版，因此，非经非史的小说极少有官刻和家刻。事实上由于政治文化制度的变化，原来各地兴盛的官刻和家刻力量整体衰减，小说和各类图书的刊刻主要由市场决定。因为科举不常，读书人的阅读在一定意义上获得了自由和解放，从小说来说，相比于知识性或政治性，小说的趣味性、娱乐性成为更为普遍的阅读需求，因此，元刊文言小说以文学文体类小说为主；又因为元代教育比之宋代更为普及，文化进一步下移，讲史平话等通俗小说满足了更为广泛的民众的需求。

元代各地书坊大为萎缩，而建阳书坊继续发展，书坊数量甚至比宋代还多，据统计，宋代建阳坊刻29家，元代坊刻不少于46家，当然，宋代建阳三十多家家刻也多有书坊性质，但仍然可见元代坊刻之盛。现存元代建本包括元刊后修本260种，在全国现存元刊本中占了很大比重。元代建阳书坊的兴盛，一方面是因为地处偏僻而较少受到政治环境和政策影响，另一方面更为重要的是，闽北及周边地区受理学影响入元不仕的文人多，民间教育持续发展，在小学教育、书院教育、民众教育的需求下，很多文人与书坊合作以文谋生，书坊因此得以持续发展。由于建阳为理学之渊薮，大量儒学家族和儒学人物由宋入元，从事文化教育和传承的工作，倔强地以道学自任，对地方文化产生了深远影响，因此，建阳书坊刊刻的小说虽适应市场需求而以通俗性娱乐性为主，但仍然不忘知识普及和义理教化，这就是建阳书坊大量刊刻讲史平话的地域文化背景。

明代刻书空前繁荣，建阳书坊规模也发展至顶峰，明代建阳共计230家书坊，是全国各省书坊数最多的地区。明代周弘祖《古今书刻》记载嘉靖以前中央机关和各省出版书目2412种，其中福建省479种，居全国第一，而福建刻书中建阳书坊刻本367种，在全国刻书业中处于领先地位。同时，明代是中国古代通俗小说繁荣期，繁荣的表现一是《三国志演义》、《水浒传》、《西游记》、《金瓶梅》等典范小说大量刊行，二是在典范作品影响下的类型小说大量产生。现存明刊小说版本出于建阳者大约百分之四十多，从中可见建阳书坊为明代小说繁荣所作贡献。

明代建阳刊刻小说可以分成两大类：一类是《三国志演义》、《水浒传》、《西游记》等经典名著的刊刻与改编，这三部小说的明代刊本大多出自建阳，这些版本是探讨祖本面貌、版本关系、小说艺术发展过程等问题的重要依据，备受国内外学者重视。另一类是经典名著影响下类型小说的编刊，这类小说多出自建阳书坊之自编自刊，大多沿袭宋元说话而具拓展新题材的意义，如《列国志传》、《唐书志传》、《南北宋志传》、《大宋中兴通俗演义》、《包龙图判百家公案》等，开拓了列国志、说唐、杨家将、说岳、包公等题材的创作，这些题材在民间影响很大，承载着以忠孝节义为核心的民族文化精神。

建阳书坊宋元明三代刊刻小说的历史一脉相承。宋代建阳刊刻小说以重知识重学术的文言小说为主，元代趋向通俗，但大量讲史平话的刊刻则可见宋代文教传统之延续，只是教育文化更为普及和下移。明代延续宋元以来普及教化的传统，而表现出更为明确的面向庶民阅读的编刊定位：小说语体仍以通俗白话为主，而少文言小说。题材类型则以普及历史知识的讲史小说最为大宗，在元代讲史平话的基础上，接受了《资治通鉴纲目》等著作的观念和知识，以"按鉴"相标榜；受讲史小说知识性影响，公案小说以普及司法知识为主旨，就连神魔小说也多以志怪演史。小说版式上延续宋元经史普及读物插图本的影响，以上图下文为主，以图释文，这种版式跟小说的随文注释评点相结合，最为凸显小说编刊引导文化水平不高的"庸夫愚妇"阅读的用心。

明末天启崇祯年间，建阳书坊刊刻小说已逐渐衰微，新编小说较少，对前代作品的翻刻往往比较粗陋。建阳书坊及其小说编刊的衰微有着复杂的原因，但小说题材类型的固守可能是重要原因之一。

明代万历以后，江南地区如苏州、南京、杭州编刊了大量的世情、时事、话本小说，而建阳书坊刊刻小说始终以讲史、神魔、公案三种类型为主，少有人情小说和话本小说，未见时事小说。这样的差异源自山林文化和城市文化的差异。建阳刻书所在的崇化书坊和麻沙是闽北山区的两个村镇，即使整个建阳县也是人户不多，根据《（万历）建阳县志》记载，万历二十年建阳人口为25046户，83371口，这样的人口规模，跟人口密集的江南地区没法比。苏州、杭州、南京和北京是明代全国人口最多的城市，比如苏州，据《明史》记载，万历六年600755户，2011985口。江南聚集了大量的文化精英，在精英文化和狂飙突进的近代化思潮影响下，小说敏锐地反映社会变革，敢于表现时代政治话题，敢于突破甚至悖逆传统。而福建文化以宋代为高峰，由于宋理宗之后历代尊朱子闽学为官学，福建，尤其是闽北、建阳，觉得山川生色，深以为荣，自觉以"海滨邹鲁"、"道南理窟"相守望。在明代农耕文明向城市文明转变的过程中，闽北仍以山林经济为本，书坊文人知识的获取主要来自经史典籍，在理学的视域中坚守传统规范，坚持知识传承和普及。所以，建阳书坊刊刻小说皆通过讲述故事通俗演绎儒家义理，风骨刚健，这一特征最主要的生成动力来自朱子闽学的深远影响，是建阳地域文化形成的道德基准和书坊主的自觉选择。这样的选择，在后世看来多少有些悲壮。建阳书坊在入清以后少有小说刊刻，未能适应时代变化，应该是建阳书坊刊刻小说衰微的根本原因。

主要参考文献

〔宋〕梁克家《(淳熙)三山志》,海风出版社 2000 年版
〔宋〕王象之《舆地纪胜》,中华书局 1992 年版
〔宋〕陈振孙著,徐小蛮、顾美华点校《直斋书录解题》,上海古籍出版社 1987 年版
〔宋〕晁公武撰,孙猛校证《郡斋读书志校证》,上海古籍出版社 2011 年版
〔元〕脱脱等《宋史》,中华书局 1977 年版
〔明〕黄仲昭《八闽通志》,福建人民出版社 1990 年版
〔明〕何乔远《闽书》,福建人民出版社 1994 年版
〔明〕郑庆云等纂《(嘉靖)延平府志》,上海古籍书店 1961 年版
〔明〕夏玉麟、郝维岳等修,汪佃等纂《(嘉靖)建宁府志》,上海古籍书店 1964 年版
〔明〕陈让编次,邢址订刊《(嘉靖)邵武府志》,上海古籍书店 1964 年版
〔明〕袁铦《(弘治)建阳续志》,齐鲁书社 1996 年版
〔明〕冯继科等修《(嘉靖)建阳县志》,上海古籍书店 1982 年版
〔明〕魏时应等修《(万历)建阳县志》,书目文献出版社 1991 年版
《明实录》,台北"中央研究院"历史语言研究所据国立北平图书馆红格钞本显微影卷放大校印
〔明〕高儒《百川书志》,周弘祖《古今书刻》,上海古籍出版社 2005 年版
〔明〕晁瑮《晁氏宝文堂书目》,徐燉《徐氏红雨楼书目》,上海古籍出版社 2005 年版
〔明〕胡应麟《少室山房笔丛》,上海书店出版社 2001 年版
〔明〕熊人霖《鹤台先生熊山文选》,日本内阁文库藏清初潭阳余震等校

刻本

〔清〕永瑢等《四库全书总目》,中华书局 1965 年版

〔清〕张廷玉等《明史》,中华书局 1974 年版

〔清〕郝玉麟等修《(乾隆)福建通志》,钦定四库全书本

〔清〕陈寿祺等《(道光)福建通志》,台湾华文书局股份有限公司 1968 年版

〔清〕柳正芳等修撰《(康熙)建阳县志》,北京图书馆出版社 2008 年版

〔清〕黄虞稷撰,瞿凤起、潘景郑整理《千顷堂书目》(附索引),上海古籍出版社 2001 年版

〔清〕黄宗羲原著,全祖望补修《宋元学案》,中华书局 1982 年版

孙楷第《日本东京所见小说书目》,人民文学出版社 1958 年版

日本东京大学东洋文化研究所编《东京大学东洋文化研究所汉籍分类目录》,日本东京大学东洋文化研究所 1970 年版

马蹄疾《水浒资料汇编》,中华书局 1977 年版

方品光《福建版本资料汇编》,福建师范大学图书馆 1979 年印本

胡士莹《话本小说概论》,中华书局 1980 年版

赵景深《中国小说丛考》,齐鲁书社 1980 年版

鲁迅《中国小说史略》(《鲁迅全集》卷九),人民文学出版社 1981 年版

王利器《元明清三代禁毁小说戏曲史料》,上海古籍出版社 1981 年版

柳存仁《伦敦所见中国小说书目提要》,书目文献出版社 1982 年版

杜信孚《明代版刻综录》,广陵古籍刻印社 1983 年版

王重民《中国善本书提要》,上海古籍出版社 1983 年版

《明清善本小说丛刊》,台湾天一出版社 1985 年起

路工《访书见闻录》,上海古籍出版社 1985 年版

朱一玄《古典小说版本资料选编》,山西人民出版社 1986 年版

马蹄疾《水浒书录》,上海古籍出版社 1986 年版

《古本小说丛刊》,中华书局 1987 年起

〔日〕大塚秀高《(增补)中国通俗小说书目》,日本汲古书院 1987 年版

郑如斯、肖东发《中国书史》,书目文献出版社 1987 年版

周芜编《中国版画史图录》,上海人民美术出版社 1988 年版

张秀民《中国印刷史》,上海人民出版社 1989 年版,浙江古籍出版社

2006年增订版

中国古籍善本书目编辑委员会编《中国古籍善本书目》，上海古籍出版社1989—1996年版

《古本小说集成》，上海古籍出版社1990年起

齐裕焜《中国古代小说演变史》，敦煌文艺出版社1990年初版，人民文学出版社2015年修订版

江苏省社会科学院明清小说研究中心、文学研究所编《中国通俗小说总目提要》，中国文联出版公司1990年版

黄岩柏《中国公案小说史》，辽宁人民出版社1991年版

刘树勋《闽学源流》，福建教育出版社1993年版

林国平、彭文宇《福建民间信仰》，福建人民出版社1993年版

石昌渝《中国小说源流论》，生活·读书·新知三联书店1994年版

李致忠《宋版书叙录》，北京图书馆出版社1994年版

周兆新主编《三国演义丛考》，北京大学出版社1995年版

朱万曙《包公故事源流考述》，安徽文艺出版社1995年版

宁稼雨《中国文言小说总目提要》，齐鲁书社1996年版

丁锡根《中国历代小说序跋集》，人民文学出版社1996年版

[英]魏安《三国演义版本考》，上海古籍出版社1996年版

刘海峰、庄明水《福建教育史》，福建教育出版社1996年版

安平秋、侯忠义、萧欣桥主编《中国小说史丛书》，浙江古籍出版社1997年版

齐裕焜、欧阳健主编《中国小说通史系列丛书》，江苏教育出版社1997—2000年版

首都图书馆编辑《古本戏曲版画图录》，学苑出版社1997年版

程毅中《宋元小说研究》，江苏古籍出版社1999年版

周芜、周路、周亮编著《建安古版画》，福建美术出版社1999年版

张树栋、庞多益、郑如斯《中华印刷通史》，印刷工业出版社1999年版

陈大康《明代小说史》，上海文艺出版社2000年版

纪德君《明清历史演义小说艺术论》，北京师范大学出版社2000年版

谭帆《中国小说评点研究》，华东师范大学出版社2001年版

杜信孚、杜同书《全明分省分县刻书考》，线装书局2001年版

谢水顺、李珽《福建古代刻书》,福建人民出版社2001年版

吴蕙芳《万宝全书:明清时期的民间生活实录》,台湾政治大学历史学系2001年出版发行

汉语大词典出版社编《中国古代小说版画集成》,汉语大词典出版社2002年版

王清源、牟仁隆、韩锡铎编《小说书坊录》,北京图书馆出版社2002年版

朱一玄、刘毓忱《水浒传资料汇编》,南开大学出版社2002年版

朱一玄、刘毓忱《西游记资料汇编》,南开大学出版社2002年版

纪德君《中国历史小说的艺术流变》,中国社会科学出版社2002年版

钱存训《中国古代书籍纸墨及印刷术》,北京图书馆出版社2002年

任继愈主编《中国版本文化丛书》,江苏古籍出版社2002年版

王尔敏《明清时代庶民文化生活》,岳麓书社2002年版

朱一玄、刘毓忱《三国演义资料汇编》,南开大学出版社2003年版

方彦寿《建阳刻书史》,中国社会出版社2003年,福建人民出版社2020年修订本

石昌渝主编《中国古代小说总目》,山西教育出版社2004年版

余英时《余英时文集》,广西师范大学出版社2004年版

胡胜《明清神魔小说研究》,中国社会科学出版社2004年版

宋莉华《明清时期的小说传播》,中国社会科学出版社2004年版

汪燕岗《明代通俗小说出版研究》,中国社会科学院研究生院2004年博士论文

林应麟《福建书业史——建本发展轨迹考》,鹭江出版社2004年版

李瑞良《中国出版编年史》,福建人民出版社2004年版

李孝聪《中国区域历史地理》,北京大学出版社2004年版

林拓《文化的地理过程分析:福建文化的地域性考察》,上海书店出版社2004年版

欧阳健《古代小说版本简论》,山西人民出版社2005年版

朱一玄、宁稼雨、陈桂声《中国古代小说总目提要》,人民文学出版社2005年版

潘建国《中国古代小说书目研究》,上海古籍出版社2005年版

苗怀明《中国古代公案小说史论》,南京大学出版社2005年版
杨绪容《〈百家公案〉研究》,上海古籍出版社2005年版
许振东《17世纪白话小说的创作与传播》,中国社会科学出版社2005年
肖东发、杨虎《插图本中国图书史》,广西师范大学出版社2005年版
高信成《中国图书发行史》,复旦大学出版社2005年版
邹逸麟《中国历史地理概述》,上海教育出版社2005年版
马廉《马隅卿戏曲小说论集》,中华书局2006年版
程毅中《明代小说丛稿》,人民文学出版社2006年版
潘建国《古代小说文献丛考》,中华书局2006年版
徐晓望主编《福建通史》,福建人民出版社2006年版
陈铎《建本与建安版画》,福建美术出版社2006年版
沈津《书韵悠悠一脉香——沈津书目文献论集》,广西师范大学出版社2006年版
梅新林《中国文学地理形态与演变》,复旦大学出版社2006年版
刘勇强《中国古代小说史叙论》,北京大学出版社2007年版
陈文新《传统小说与小说传统》,武汉大学出版社2007年版
马幼垣《水浒论衡》,生活·读书·新知三联书店2007年版
马幼垣《水浒二论》,生活·读书·新知三联书店2007年版
凌郁之《走向世俗——宋代文言小说的变迁》,中华书局2007年版
叶德辉《书林清话》,上海古籍出版社2008年版
程国赋《明代书坊与小说研究》,中华书局2008年版
缪小云《建阳本小说研究》,华东师范大学2008年博士论文
李致忠《中国出版通史》,中国书籍出版社2008年版
中国国家图书馆、中国国家古籍保护中心编《国家珍贵古籍名录图录》,国家图书馆出版社2008年起出版,至今已出版五批,公布了第六批
苗怀明《二十世纪中国小说文献学述略》,中华书局2009年版
林雅玲《余象斗小说评点及出版文化研究》,里仁书局2009年版
路善全《在盛衰的背后:明代建阳书坊传播生态研究》,中国传媒大学出版社2009年版
瞿冕良《中国古籍版刻辞典(增订本)》,苏州大学出版社2009年版

中国古籍总目编纂委员会编《中国古籍总目》，中华书局、上海古籍出版社2009—2013年版

刘世德《〈三国志演义〉作者与版本考论》，中华书局2010年版

中川谕《〈三国志演义〉版本研究》，上海古籍出版社2010年版

沈津主编《美国哈佛大学哈佛燕京图书馆藏中文善本书志》，广西师范大学出版社2011年版

韩春平《明清时期南京通俗小说创作与刊刻研究》，暨南大学出版社2012年版

曹炳建《〈西游记〉版本源流考》，人民出版社2012年版

徐忠明、杜金《传播与阅读：明清法律知识史》，北京大学出版社2012年版

曾大兴《中国历代文学家之地理分布》，商务印书馆2013年版

蔡亚平《读者与明清时期通俗小说创作、传播的关系研究》，暨南大学出版社2013年版

刘世德《水浒论集》，社会科学文献出版社2014年版

颜彦《中国古代四大名著插图研究》，社会科学文献出版社2014年版

朱万曙《徽商与明清文学》，人民文学出版社2014年版

王重民辑录、袁同礼重校《美国国会图书馆藏中国善本书录》，广西师范大学出版社2014年版

李国庆《明代刊工姓名全录》，上海古籍出版社2014年版

［美］包筠雅《文化贸易：清代至民国时期四堡的书籍交易》，北京大学出版社2015年版

闵宽东、陈文新、张守连《韩国所藏中国通俗小说版本目录》，武汉大学出版社2015年版

《海外中华古籍书志书目丛刊》，国家图书馆出版社2015年起陆续出版

乔光辉《明清小说戏曲插图研究》，东南大学出版社2016年版

梅新林、葛永海《文学地理学原理》，中国社会科学出版社2017年版

李剑国《唐五代志怪传奇叙录》，中华书局2017年增订版

孟昭连《之乎者也非口语论》，江苏人民出版社2017年版

程国赋、郑子成《中国历代小说刊印研究资料索引》，凤凰出版社2017

年版

邓雷《〈水浒传〉版本知见录》,凤凰出版社 2017 年版

王进驹、张玉洁《中国历代小说刊印研究资料集萃》,凤凰出版社 2018 年版

万晴川《古代小说文化学》,吉林文史出版社 2018 年版

孙楷第《中国通俗小说书目(外二种)》,中华书局 2018 年版

胡海义《明末清初西湖小说研究》,人民文学出版社 2019 年版

[美]贾晋珠《谋利而印:11 至 17 世纪福建建阳的商业出版者》,福建人民出版社 2019 年版

何炳棣著,徐泓译《明清社会史论》,中华书局 2019 年版

方彦寿《福建历代刻书家考略》,中华书局 2020 年版

潘建国《古代小说版本探考》,商务印书馆 2020 年版

徐大军《宋元通俗叙事文体演成论稿》,上海古籍出版社 2020 年版

冯保善《江南文化视野下的明清通俗小说研究》,江苏人民出版社 2020 年版

顾宏义《两宋笔记研究》,大象出版社 2020 年版

袁世硕《袁世硕文集》(全五册),人民文学出版社 2021 年版

后　记

　　2016年我以"建阳刊刻小说与地域文化关系研究"为题申报国家社科基金，获得立项。2017年出版了课题阶段性成果《明代建阳书坊之小说刊刻》一书，课题于2021年结项。此后我按照鉴定专家建议对结项成果进行修订，完成本书——《建阳刊刻小说与地域文化关系研究》。

　　与《明代建阳书坊之小说刊刻》相比，本书在两方面作了拓展：一是研究范围从明代扩展至宋元明三代，也就是建阳刊刻小说发展的全程；二是以下编三章对建阳刊刻小说题材类型研究作了新的拓展。第四章讨论讲史小说，梳理建阳书坊世家刻书背景、全闽历史著述传统和积累，把讲史小说的编刊置于更为具体而宏阔的地域文化背景之中；第五章讨论神魔小说，论述福建民间信仰、闽北民间风俗以及宗教神怪类图书的编刊等，以此对神魔小说的编刊背景作了更为深入的考察；第六章讨论公案小说，则从余象斗和余氏家族的小说编刊和刻书传承入手，较为具体而深入地揭示了公案小说类型兴衰的因缘。

　　在完成课题的过程中，我越发认识到建阳刊刻小说与地域文化关系的研究是一个复杂而又极具挑战性的课题。地域文化本身是一个漫长而多元的聚合生成过程，这一过程对于建阳刊刻小说的生产与传播究竟具有怎样独特的功能与意义？建阳刻书历经兴盛与衰微，特别是其衰微，自有其不可克服的内在原因，这其中地域文化又具有怎样关键的作用？刊刻小说虽然只是建阳刻书业的一部分，但它是最具想象力与创造力的部分，是建阳书坊文人的历史感知与审美情感的交汇，这其中深藏着一些重要的理论问题，比如文化生产中功利与审美的辩证关系，即情感、想象与价值关怀的实现方式之间究竟是什么关系？建阳刊刻小说所呈现的独特面貌，在小说史上具有什么意义？诸如此类的问题，虽然我勉力探寻，但仍有待继续深入，只能寄希望于接下来的研究。

　　这本书既是我对自己近些年学术思考的一次回顾，字里行间印着我在古代小说和地域文化研究领域深浅不一的足迹，也是我对学界师长朋友的致敬。这么多年的学术研究，于我而言，不仅是一个艰辛跋涉的过程，也是不断获得学界交流启发的过程，我在学术思维能力得到锤炼的同时，也收获了宝贵的师友情谊，让我非常珍惜。

　　书中一些章节在《文学遗产》、《文艺理论研究》、《光明日报》等刊物发表，得到编辑先生和匿名评审专家的大力支持和宝贵建议，衷心感谢。

　　长期以来，我的学习和研究得到导师袁世硕先生和齐裕焜先生的悉心指导，得到师门诸位师兄师姐的鼓励和关照，深铭于心。本课题研究得到胡小梅和邓雷两位博士协助。本书所涉大量建刻文献资料，多由小梅协助搜集整理；每每遇到文献查找困难，则多赖邓雷披荆斩棘克服困难找到资源。本书修改过程中，博士生马明洁、江恺杰、李兰兰协助核校了部分参考文献。本书出版得到福建师范大学文学院支持，得到清华大学周绚隆教授关心。在此一并致谢。

　　特别感谢人民文学出版社葛云波主任和杜广学老师的大力支持，因为他们的竭诚帮助和艰辛工作，才使得本书能够如期出版。

涂秀虹

2024 年盛夏写于榕城